O Tempo dos Amores Perfeitos

Tiago Rebelo

O Tempo dos Amores Perfeitos

Leya, SA
Rua Cidade de Córdova, n.º 2
2610-038 Alfragide • Portugal

Título: *O Tempo dos Amores Perfeitos*

Capa: Maria Manuel Lacerda

2.ª edição ASA
1.ª edição BIS: Julho de 2015
Paginação: Leya, S.A.
Depósito legal n.º 393 555/15
Impressão e acabamento: CPI, Barcelona

ISBN: 978-989-660-376-2

http://bisleya.blogs.sapo.pt

ÍNDICE

À minha mulher, Teresa.

Em 1894 a coroa portuguesa debatia-se com um crescente descontentamento social e uma crise política que já levara à queda de diversos governos desde o Ultimato britânico, quatro anos antes, quando Londres obrigara Lisboa a retirar as suas forças do território que ia de Angola a Moçambique. Tratava-se de uma extensa região, pintada a cor-de-rosa no mapa africano e reclamada por Portugal a partir da Conferência de Berlim, organizada pela Alemanha por sugestão do governo português, e que, decorrendo entre Novembro de 1884, e o mesmo mês do ano seguinte, ditou a partilha de África pelos países europeus participantes.

Contudo, as potências europeias com ambições territoriais em África sabiam das dificuldades portuguesas para estabelecer praças-fortes nas zonas mais interiores e menos acessíveis do continente africano.

E, perante a incapacidade de resistir militarmente, o governo português assinara o Tratado de Londres que doravante definia os limites territoriais das duas colónias. Esta cedência, aliada a uma percepção popular de que as afinidades da família real portuguesa com a coroa britânica eram demasiado estreitas e prejudiciais para os interesses nacionais, abriu caminho a uma crise política, a qual seria incentivada e explorada pela oposição republicana, que culminou na queda da monarquia constitucional em 1910.

A TEMPESTADE

1

A corveta de três mastros adornou assustadoramente para bombordo, com a força do vento a enfunar as velas. Em seguida, mergulhou a pique, como que deslizando por uma rampa com a proa apontada à vaga que crescia à sua frente, e atravessou a parede de água, quebrando-a num choque violento, e tornando a erguer-se enquanto uma enorme massa de água galgava a proa, correndo pelo convés com uma força imparável e voltando a escoar-se para o mar pelos embornais. Era um navio sólido, a corveta mista *Afonso de Albuquerque*, de sessenta e dois metros, e chegava a fazer 13,3 nós, velocidade que estava longe de conseguir atingir naquela tarde de mar encapelado e ventos furiosos. Tinha largado do porto de Lisboa havia quatro dias, sempre com mau tempo.

O seu destino era Luanda, onde, por ordem do Comando da Divisão Naval, iria reforçar a frota nacional naquele território africano.

Ao quarto dia a tempestade ganhou maior ímpeto. O duelo desigual da *Afonso de Albuquerque* com as forças da natureza prolongou-se desde as primeiras horas da madrugada até ao entardecer. O baloiçar impiedoso do navio já fizera os seus estragos entre os passageiros menos habituados ao alvoroço dos estômagos massacrados. Contudo, ao cair da noite, a ondulação foi misericordiosamente acalmando, o vento amainou e o tecto de nuvens baixas e negras rompeu-se para dar lugar a uma lua cheia deslumbrante que espelhou o seu brilho prateado na superfície do oceano Atlântico. Parecia milagre; eram os meados de Março, os derradeiros dias do Inverno no hemisfério norte, e o clima tempestuoso ainda não poupara o navio, particularmente nestas últimas horas.

Debruçado sobre o mar, com os cotovelos apoiados na amurada, o tenente Carlos Montanha aproveitou aquela trégua improvável dos elementos para gozar um pouco o ar puro da noite e fumar, enquanto se espantava com a beleza da paisagem: uma imensidão de água surpreendentemente apaziguada e de aspecto inofensivo que havia apenas umas escassas horas se enfurecia, agigantando-se em vagas sucessivas, de vários metros, que pareciam querer engolir a corveta. Agora, o mesmo oceano, há pouco indomável, transformara-se num mar chão iluminado por um luar de cortar a respiração. Por um instante, Carlos Montanha sentiu-se desconcertado com os caprichos meteorológicos. Levantou a cabeça e deitou, para o ar húmido da noite, o fumo do cigarro, esvaziando os pulmões com um suspiro. Mas a sua mente estava ocupada com outros pensamentos mais longínquos. A corveta navegava ao largo da costa ocidental de África, tendo passado as Canárias, e o tenente do exército português tentava imaginar como seria o seu futuro próximo, consciente de que ia a caminho da maior aventura da sua vida.

Uma sombra silenciosa deslizou no convés e aproximou-se por detrás do tenente, levando-o por reflexo a girar nos calcanhares das botas regulares que ele usava com o uniforme caqui de campanha. Todavia, antes de conseguir ver alguém, ouviu uma voz de mulher.

— Boa noite, tenente.

— Boa noite — retribuiu o cumprimento, surpreendido.

A mulher estendeu-lhe uma mão pequenina, frágil, enluvada.

— Ainda não tivemos ocasião de nos apresentarmos — disse.

— Muito prazer, tenente...

— ...Carlos Montanha, eu sei. — Sorriu, satisfeita por voltar a surpreendê-lo.

Carlos sorriu também, fazendo que sim com a cabeça. O seu lábio superior mal se adivinhava por baixo do farto bigode de pontas aristocráticas. Em contrapartida, ela reparou que os seus dentes brancos formavam uma linha perfeita, proporcionando-lhe um sorriso bonito, e decidiu de imediato que ele era um homem atraente, possante, habituado com toda a certeza a uma vida saudável, plena de exercício. Muito diferente da maioria dos homens de sociedade que ela conhecia, em geral uns emproados de maneiras afectadas. Mas não fez qualquer comentário impróprio, evidentemente, nem sequer deixou transparecer os seus pensamentos.

— Leonor de Carvalho — apresentou-se ela.

— Filha do coronel Henrique Loureiro de Carvalho, eu sei. — Foi a vez de ele mostrar que também sabia quem ela era. — É um mundo pequeno.

— É um barco pequeno — comentou Leonor.

O tenente virou a cabeça para a esquerda e depois para a direita, tirando as medidas da popa à proa com uma expressão teatral.

— Minha cara menina — corrigiu-a —, não é um barco, é um navio, uma corveta, para ser mais exacto, e se o comandante a ouvir falar assim do seu vaso de guerra vai ficar escandalizado, e triste.

Leonor inclinou a cabeça de lado, divertida.

— Então, o melhor é não lhe dizermos nada.

— Também acho — concordou Carlos a rir-se.

Leonor apontou para o pequeno charuto que ele segurava firmemente entre os dedos, como se este fosse um taco de bilhar.

— Incomoda-a o fumo?

— Não, pelo contrário, adoro. Estava mesmo a pensar se o tenente seria capaz de me oferecer um e de guardar segredo.

Carlos fitou-a, atónito, de olhos arregalados, procurando descobrir na expressão dela se falava a sério ou se se entretinha a provocá-lo. Leonor mordeu o labiozinho inferior.

— Se a minha mãe soubesse, dava-lhe um chilique.

— E onde está a senhora sua mãe?

— Acamada, no camarote, enjoada como uma pescada, coitadinha.

Desde que largámos de Lisboa, ainda não disse uma palavra. Só vomitou.

Carlos achou graça ao modo como ela disse aquilo, imaginando logo o martírio da mamã, patética na sua desgraça, naufragada numa açorda malcheirosa. Mas sem saber se devia, não se riu, receando melindrá-la com alguma impertinência. Era a mãe dela, mas, mais importante ainda, era a mulher do coronel. Seria bom que não se esquecesse disso. Ponderou, de cenho fechado, por momentos distraído dela, concentrado no esforço para não soltar uma gargalhada bem sonora que talvez estragasse a noite.

— Tenente?...

— Hum?... Sim, claro, tem sido uma viagem bastante violenta. Um exagero, um exagero...

— E a minha irmã está na mesma — disse ela, fatalista. — Imagine, eu feita enfermeira, a correr de um camarote para outro a esvaziar bacios. Um horror. — Acenou com a mão à frente da cara, como se quisesse apagar da memória o calvário dos últimos dias.

— E a menina, não enjoa?

— Meu caro tenente, é preciso muito mais do que uns abanicos para me deitar abaixo.

Carlos soltou a gargalhada que tinha entalada na garganta, aliviado por ela ter dito qualquer coisa vagamente espirituosa que lhe permitisse rir da figura da mãe, ainda presente na sua imaginação. Uma imagem bastante ridícula, por sinal.

— Não se ria — protestou ela, bem-disposta. — É verdade!

— Acredito, acredito...

Fez-se um silêncio. Ele prendeu entre os lábios o charuto em risco de se apagar e puxou-o várias vezes, desaparecendo momentaneamente numa nuvem de fumo.

— Vai continuar a fazer-me inveja com esse charuto?

— Não, não... — Apressou-se a tirar de um dos quatro bolsos do dólman um porta-charutos de couro. Com um cortador redondo, arrancou a ponta a um deles e ajudou-a a acendê-lo.

Quando riscou o fósforo e o aproximou do charuto, o rosto de Leonor iluminou-se, e Carlos pensou que nunca não estivera tão perto dela. Colocou a mão em forma de concha para proteger do vento a chama bruxuleante. Leonor fez o mesmo, chegando-se à frente. As suas mãos tocaram-se. Ele inclinou-se. Ela dava-lhe pelos ombros.

Tinha uma figura esguia enganadoramente frágil, e um rosto cândido que talvez não correspondesse ao espírito rebelde que parecia marcar o seu carácter. *O cabelo claro como âmbar dá-lhe uma graça única, de cortar a respiração, literalmente,* pensou Carlos ao aperceber-se de que susteve o ar enquanto lhe acendia o charuto, mais concentrado nos seus caracóis naturais caídos por cima das orelhas enfeitadas com brincos compridos de ouro fino. Os olhos eram castanho-claros, vivos, o narizinho perfeito, os lábios carnudos, sensuais. Apesar do cheiro adocicado da fumarada, ainda teve o grato prazer de sentir um aroma de perfume fresco exalado da sua pele branca e macia, bem cuidada.

Leonor fumou o charuto sem nenhum constrangimento. Não o fazia com o intuito de quebrar uma qualquer convenção, pois via-se que apreciava genuinamente o ritual do fumo.

Encostaram-se à amurada, ombro com ombro e olhos postos no mar. Sentia-se a humidade na atmosfera aguada. Estava frio, mas nada que não se pudesse suportar.

— Então tenente, preparado para a grande aventura africana?

— Sem dúvida.

— O que o levou a escolher Angola?

— Hoje em dia, Lisboa está uma confusão, uma intriga pegada, muita política. Angola é mais simples, mais apropriado a um militar.

— Concordo consigo — disse ela, abanando a cabeça. Deixou escapar o fumo sem o engolir e observou o charuto preso na ponta dos dedos.

— Mas não é a minha primeira vez em Luanda. Eu vivo lá faz dois anos. Só fui a Lisboa porque precisava de tratar de alguns assuntos pessoais, e para matar saudades. Apenas o tempo suficiente para querer fugir da pasmaceira e regressar à vida activa.

— Ah, bom... não tinha percebido. E onde está colocado?

— Na secretaria da Capitania dos Portos da Província de Angola.

Quer dizer, tenho prestado serviço na Capitania, mas agora fui colocado em Malange. É para lá que vou.

— Uma nova missão, mais difícil, talvez?

Carlos encolheu os ombros.

— Fui eu que solicitei a transferência. Quero experimentar a vida do sertão. Sou um soldado e, para lhe falar com franqueza, estou farto de burocracia. Luanda é muito agradável, mas não tem acção; uma pessoa morre de tédio.

— Não me diga isso que eu vou para lá.

— Para si é diferente.

— Por ser mulher, suponho?

— Naturalmente.

Leonor pôs-se séria e soltou uma fumarada exasperada, como se estivesse a ferver por dentro.

— Não me interprete mal — apressou-se Carlos a acrescentar, detectando-lhe o desagrado —, eu não estou a dizer que as mulheres têm menos valor.

— Quer parecer-me que o tenente é daqueles que pensam que o lugar das mulheres é em casa e que elas não podem ter uma vida activa, serem úteis à sociedade.

— De maneira nenhuma, a sociedade seria um caos sem a inestimável capacidade feminina para evitar que os homens descarrilem. Apenas digo que cada um tem o seu papel. As mulheres são demasiado preciosas para serem expostas aos perigos da guerra e à selvajaria dos povos que se opõem ao avanço da civilização cristã. Eu, pelo contrário, sou um soldado, e o meu destino é correr riscos e dar a vida pela pátria, se tal for necessário.

— Não concordo nada com isso. A vida de uma mulher não é mais preciosa do que a de um homem.

— Talvez, mas cada um é para aquilo que nasceu.

— Pois sim, não vou ao exagero de dizer que o exército devia recrutar mulheres, mas insisto que todas as vidas são preciosas por igual.

— Certamente, certamente... — aquiesceu Carlos, apaziguador.

Despediram-se com amabilidades formais, usando as mesuras próprias de um conhecimento acabado de travar. Embora ele fosse homem de linhagem decente e pudesse orgulhar-se da educação superior recebida do seu pai, um general de brigada do exército real, e da sua mãe, irmã do primeiro conde de Mahém, e fosse também descendente dos condes dos Arcos, o tenente Carlos Montanha sentia-se inibido no território feminino. Faltava-lhe a prática, não se ajeitava com as subtilezas do espírito fino do sexo fraco, perdia a paciência para cortejar e afastava-se. Tivera os seus casos, é claro, mas tinham sido sempre amores furtivos e inconfessáveis com mulheres sem importância, mulheres que não eram ninguém, que não mereceriam a aprovação de uma certa sociedade, demasiado presunçosa e ciosa da sua pretensa superioridade de carácter para transigir sem preconceitos com *gentinha de outro meio*. Não obstante, Carlos nunca se detivera por causa da sua condição social. Importava-se com a honra, isso sim, e não deixaria que esta fosse posta em causa por via da má-língua das almas mesquinhas que frequentavam os salões nobres do reino. Por isso, mantinha-se discreto quando tinha de ser, e era tudo. A vida de quartel, iniciada nas campanhas coloniais de Moçambique com apenas dezasseis anos, tornara-o um homem duro, habituado a concentrar todas as suas energias na tarefa de sobreviver. Ao contrário do que ele imaginava serem as relações habituais de Leonor, Carlos nunca tivera nem disponibilidade nem vocação para levar a existência glamorosa e inútil da alta sociedade lisboeta. As temporadas do S. Carlos não eram para ele. Como costumava dizer com uma vaidade amplamente justificada pelos muitos actos de bravura que ostentava no seu currículo, o único teatro que frequentava era o teatro de guerra.

Talvez por ser um homem de paixões, arrebatado, incapaz de se confinar às fronteiras dos homens comuns, irrequieto e sempre pronto a partir, desejoso de conquistar novos mundos, talvez por isso, tenha apreciado tanto a companhia de Leonor. Ela pareceu-lhe um espírito livre, indiferente às convenções, o que se lhe afigurava ainda mais notável pelo facto de ser filha de um oficial do exército. Aparentemente, o rigor militar que norteava o coronel não produzira uma filha dócil e conservadora.

Com efeito, a relação de Leonor com o pai nunca fora fácil. Ela insurgia-se contra as regras em excesso, não se deixava domar, nunca deixara, desde criança; e ele tinha dificuldade em compreender a propensão da filha para lhe desobedecer. Sendo um militar obcecado pela disciplina, acostumado a mandar sem ser contrariado, o coronel convivia mal com rebeldias. Pensava que ela tinha gosto em desafiá-lo, quando, na realidade, só fazia questão de preservar o seu espaço. Leonor achava-se no direito de tomar as suas próprias decisões e, especialmente agora que já completara os vinte anos e era uma mulher adulta, não precisava de que o pai lhe controlasse todos os passos. Dizia que não estava na tropa para andar a toque de marcha. Em contrapartida, o pai irritava-se com o espírito difícil da filha, mas, lá bem no fundo, admirava a sua força de carácter e tinha um fraquinho por ela que o levava a transigir com os seus caprichos, mais vezes do que era capaz de admitir.

Leonor ansiava por uma vida nova em Luanda, para onde o pai, há quase um ano colocado no palácio do Governador-Geral, finalmente mandara vir a família. Ela sentia uma excitação enorme, motivada pela expectativa de ir encontrar ali uma sociedade mais aberta e todo um mundo ainda por desbravar. Neste capítulo o destino reservava-lhe grandes surpresas, e Leonor teria a oportunidade de descobrir no fundo da sua alma uma coragem de que nem ela suspeitava ser dona.

2

Carlos deu com ela pela manhã, no convés, por baixo da mezena.

Leonor andava por ali, de braço dado com a mãe, a passarinhar pela popa.

— Bom dia, tenente — cumprimentou-o, deslumbrante com o seu sorriso genuíno, sugerindo uma intimidade que levou a mãe a esticar o pescoço para trás para a observar de esguelha, admirada com a familiaridade.

Dona Maria Luísa Loureiro de Carvalho era uma mulher de estatura média, possante, de quadril avantajado e, a adivinhar pelo tom afarinhado do rosto pálido, já conhecera melhores dias. Carlos achou-a distante, com uma expressão severa de maus fígados. Ou talvez fosse apenas a provação do enjoo que a trazia particularmente amarga. Não sabia dizer, não a conhecia. Em todo o caso, naquela manhã, definitivamente, não estava para graças.

— Tenente?... — resmungou.

— Carlos Montanha, minha senhora, às suas ordens — apresentou-se, com um bater de calcanhares firme e aprumado. Segurou-lhe a ponta dos dedos enluvados e dobrou-se pela cintura num beija-mão respeitoso, muito formal, muito militarão, um encosto de luva à face perfeitamente barbeada, de propósito para deixar uma boa impressão. Ela retirou a mão lentamente, desconfiada, e virou-se para a filha.

— Não nos conhecemos, pois não? — perguntou.

— Não, mãezinha. A senhora tem estado tão maldisposta que não teve oportunidade de conhecer ninguém a bordo.

— Lá isso é verdade. — Arrepiou-se toda, fazendo uma careta sofrida. — Que horror!

— O tenente Montanha teve a bondade de me fazer um pouco de companhia ontem à noite, depois da borrasca.

— Foi um gosto, foi um gosto — disse ele, pondo as mãos atrás das costas e rodando nos calcanhares para as acompanhar.

Uma menina dos seus dez, onze anos correu pelo convés e alcançou-os numa questão de segundos.

— Isso são maneiras, Luísa? — repreendeu-a a mãe.

Leonor abraçou-a.

— A minha maninha está muito bem-disposta esta manhã!

— Pois estou — disse a menina. — Felizmente. Já não era sem tempo.

— Cumprimente o senhor tenente — ordenou a mãe. Ao que ela fez uma vénia teatral, dobrando os joelhos e cruzando as pernas fininhas, ao mesmo tempo que levantava ligeiramente a saia com os dedos em pinças, como uma bailarina a fingir. Carlos afivelou um ar sério, mas a brincar.

— Como está a menina?

— Muito melhor!

Usava uma camisa de algodão com gola de marujo, por baixo de um nobre casaco comprido, azul-claro, e meias até ao joelho, com uns sapatinhos pretos envernizados, a brilhar. Pareceu-lhe uma criança feliz.

— O tenente não enjoa — informou Leonor, demonstrando que sabia *coisas dele*, o que provocou um tremor de olhos na mãe.

— Sou como a Leonor — acrescentou ele, levando a senhora a engasgar-se em seco. Leonor deu-lhe umas palmadinhas nas costas para a ajudar com a tosse.

— Vamos andando que está a ficar fresco — disse a mãe.

Ao jantar, o comandante convidou a mulher do coronel e as filhas para a sua mesa. O tenente mereceu a mesma honra, bem como os restantes oficiais da tripulação. Elas eram as únicas civis a bordo e só agora, desde o início da viagem, se sentiam capazes para tomar uma refeição. De qualquer modo, nos dias anteriores, o navio balouçara tanto que se tornara impraticável jantar com pratos, pois teria sido impossível manter a loiça quieta em cima da mesa. O compartimento acanhado e espartano não oferecia grandes luxos. Era um navio de guerra, construído para ser funcional e destituído de comodidades desnecessárias. A família do coronel ia à boleia, uma gentileza da marinha que lhe permitia poupar alguns contos de réis.

Carlos ficou à esquerda de Leonor – *Uma sorte*, pensou –, mas sob o olhar atento da mãe que se sentou à frente dela e que, nessa altura já lembrava ao tenente uma ave de rapina com o seu nariz adunco e os seus olhos saltitantes, sempre vigilantes, protectores.

— Constou-me que vai para Malange fazer história, tenente — afirmou o comandante, alimentando a conversa na pausa entre a sopa e o resto.

— É exacto, senhor comandante, vou para Malange, mas quanto a fazer história, já me parece um pouco exagerado.

— A sua fama precede-o.

— Ah, sim? — animou-se Leonor, que não o sabia um herói consumado.

— Não ligue, Leonor, o senhor comandante não está a falar a sério.

Mas Leonor observou-o com cuidado e tudo nele lhe dizia que, quer o comandante falasse a sério, quer não, Carlos tinha *mesmo* queda para herói.

— Não está? — perguntou.

— Não, é claro que não — repetiu ele, modesto.

Ela conformou-se com a certeza de que costumava ser boa a avaliar caracteres e de que raramente se enganava a respeito das pessoas.

— O exército tem uma tremenda responsabilidade no interior de Angola — comentou o comandante.

O tenente abanou a cabeça, dizendo que sim, lenta e gravemente.

— Ainda há tanto para fazer — disse —, e todos os efectivos são poucos para um território tão vasto.

— Se ao menos confiassem nas pessoas — deixou escapar Maria Luísa. — Mas não, querem governar as províncias a partir de Lisboa.

— Depois do que o outro disse — comentou Leonor com desprezo —, que não queria que nenhum ministro do seu governo, além dele, se desse ao incómodo de pensar, está tudo dito.

— Foi uma frase infeliz do senhor Dias Ferreira, realmente — concordou o comandante, referindo-se ao ex-presidente do conselho de ministros. — Mas há que reconhecer que fez um bom trabalho e que, de qualquer forma, agora temos outro governo, que quer solidificar o império.

— São todos iguais — insistiu Leonor.

— Falta-nos capacidade militar e meios humanos para estabelecer linhas de penetração e concretizar a ocupação das províncias — opinou Carlos, voltando à questão do exército.

— De repente — continuou Leonor —, o império colonial é a coisa mais importante deste país. Mas, se não fossem os ingleses, continuávamos a não ligar nenhuma às províncias.

— Talvez, talvez — concedeu o comandante —, mas, pelo menos, o ultimato britânico serviu para acordar a pátria e agitar as consciências adormecidas. Já perdemos uma parte do território, não vamos perder nem mais um bocadinho.

— Cá para mim — replicou Leonor —, as províncias só têm servido para sangrar as finanças públicas.

Este último comentário tão pouco nacionalista deixou o comandante bastante irritado, a remexer-se na cadeira, fazendo-se distraído com a travessa que o criado de bordo lhe apresentou e servindo-se em silêncio para não prolongar o diálogo com aquela *fedelha* atrevida. A conversa começava a incomodá-lo, e Carlos, divertido, pensou com os seus botões que o homem só não mandava pendurar imediatamente Leonor pelo pescoço no mastro grande por ela se tratar de uma mulher, civil e filha do coronel. Contudo, a mãe reparou igualmente na azia que as opiniões dela provocavam no altivo comandante e apressou-se a acabar com aquilo.

— Leonor, filha — disse, fazendo uma careta de repugnância —, que assuntos tão feios para uma menina ocupar a cabecinha.

— Sem dúvida, senhora dona Maria Luísa, sem dúvida — aproveitou o comandante.

Os olhos de Leonor faiscaram. Odiava que a diminuíssem só por ser mulher. Não conseguia compreender a passividade das mulheres, e até a colaboração da maioria delas, perante uma mentalidade social que as remetia para um papel secundário, como se elas fossem umas idiotas sem ideias próprias e cujas opiniões devessem ser desprezadas. O pai, se estivesse ali, teria achado que as provocações dela só pretendiam deixá-lo malvisto perante o comandante. Mas o coronel não estava ali e Leonor sentia, realmente, um genuíno prazer em afrontar a sobranceria intelectual masculina. Tinha génio, a filha do coronel, e daí os permanentes choques de personalidade entre ambos.

Fez-se um silêncio pesado, quebrado apenas pelo bater dos talheres nos pratos, o que acentuou ainda mais a tensão à mesa. O comandante decidiu ser benevolente e pacificar o ambiente com um brinde.

— Pelo menos — disse, levantando o copo —, penso que estaremos todos de acordo em brindar ao senhor D. Carlos.

Fez-se o brinde ao rei, e o jantar continuou sem outros percalços, entretendo-se os comensais com assuntos mais mundanos e triviais.

À sobremesa, Leonor aproveitou uma distracção da mãe e inclinou-se discretamente para dizer um segredo a Carlos.

— Fazemos o nosso passeio nocturno mais logo?

— Com todo o gosto — conseguiu o tenente responder, esforçando-se por não se engasgar com o pudim. Leonor baixou os olhos para o prato, a sorrir, radiante com o efeito das suas palavras. Não menos feliz, embora espantado com a audácia dela, Carlos decidiu que nunca conhecera uma mulher tão extraordinária como Leonor.

3

Esperou por Leonor no convés deserto. Acendeu um charuto, ergueu a cabeça e soprou o fumo para a noite escura. Estava mar chão, embora não se vissem as estrelas, escondidas por um tecto de nuvens pesadas, tenebrosas. Enrolou a ponta do bigode, pensativo; Leonor não lhe saía da cabeça. Adorara o modo como ela se referira ao *nosso* passeio nocturno, sugerindo um hábito, uma intimidade, que não existia de facto. Mas, ao mesmo tempo, revelava uma vontade, um gosto, em repetir o encontro da noite anterior, deixando claro que apreciara a companhia dele. Carlos encheu o peito com aquele ar puro da natureza, reparando que se sentia feliz a pensar nela. Era um sentimento novo, não sabia defini-lo, não se atrevia, pois conhecera-a apenas há vinte e quatro horas e, de resto, tinha a ideia feita de que a sensibilidade excessiva tornava os homens patéticos.

A seu ver, os suspiros de amor eram coisa de mulher. Contudo, não lhe custava reconhecer que havia um entendimento especial entre ambos, uma relação espontânea, fácil, e isso encantava-o.

Ouviu os saltos contra a madeira polida do convés e notou o roçar das botinas com o vestido comprido até ao chão. Voltou-se e lá estava Leonor, belíssima com o seu vestido creme –, uma opção algo temerária, tendo em conta que ainda fazia frio e ela não trouxera um casaco –, com uma cinturinha fina, elegante, admirável. As mulheres daquele tempo distinguiam-se mais pelas formas algo avantajadas dos seus corpos roliços. Todavia, também nesse aspecto, Leonor era diferente das mulheres do seu tempo.

— Fiquei muito desiludida consigo ao jantar, tenente — atirou-lhe ela de chofre, colocando as mãos na cintura em sinal de censura e fazendo um beicinho sedutor.

— Comigo?! — Carlos levou uma mão ao peito, surpreendido na sua inocência.

— Sim, consigo.

— O que é que eu fiz?

— Diga antes, o que é que *não* fez. Não me defendeu. Aquele troglodita do comandante tratou-me como se eu fosse uma parvinha, uma menina mimada a dizer disparates, e você nada, nem uma palavra a meu favor.

Carlos sorriu, tímido, olhou para o chão, meteu uma mão no bolso e levantou os olhos para a encarar de novo, com a cabeça de lado.

— Não me pareceu que você precisasse de mim para se defender. Achei até que deu bom troco ao comandante.

— De qualquer forma, teria sido reconfortante tê-lo do meu lado.

— Eu sou um soldado, não me meto em política.

— Desculpas. Não acredito que não tenha as suas ideias políticas.

— Eu não disse isso. Eu tenho ideias políticas, só que as guardo para mim.

— E quais são, pode saber-se, agora que estamos aqui só os dois?

Carlos abanou a cabeça, renitente.

— Não sei se lhe agradaria saber o que penso.

— Por que não? Vamos a isso. Ofereça-me um charuto e diga-me o que pensa.

Ele tirou o porta-charutos do bolso e estendeu-lhe um já com a ponta cortada. Acendeu um fósforo e aproximou-se dela para lhe dar lume, com a mão em concha, protegendo a chama de um vento inexistente, um reflexo condicionado. Tal como na noite anterior, Leonor fez o mesmo, mas desta vez não trazia luvas e colocou a mão em cima da dele. Carlos sentiu-a, macia e quente.

— Obrigada — agradeceu, retirando a mão. — Então, vamos lá ouvir as suas opiniões sobre os nossos pobres políticos.

Carlos hesitou, necessitando de um bocadinho para arrumar as ideias antes de falar. Fechou os olhos por um segundo, como se se sentisse penalizado com o assunto.

— Precisávamos de um governo que pusesse o país na ordem — declarou por fim.

— Então, tenente, não me desiluda outra vez. Estou certa de que pode desenvolver um bocadinho mais essa ideia.

— Foi um século perdido — continuou Carlos, ignorando o comentário dela. — Passámos um século inteiro envolvidos em guerras de poder, em guerras civis, em intervenções estrangeiras, em quezílias sangrentas entre homens sem escrúpulos, sem sentido de estado, preocupados apenas com as suas vidinhas e os seus privilégios.

— Concordo.

— Estamos pior do que nunca, atolados numa crise política e financeira, com a economia devastada pela depressão internacional. O país tem vivido acima das suas posses e não produz nada, não tem uma indústria capaz. Estamos nas mãos das potências europeias, ameaçados pela cobiça inglesa e alemã em África e pelo iberismo espanhol em casa... é um desastre.

Leonor abanou a cabeça gravemente, concordando em silêncio, pensativa, mas sem conseguir disfarçar uma admiração por ele, uma atracção pela sua franqueza, pela sua forma de falar desassombrada que a seduzia.

— Sabe, Leonor... — Ela voltou-se ao ouvi-lo dizer o seu nome, sentindo o coração acelerar, e olhou-o nos olhos. — Eu sou um militar, não percebo nada de finanças, mas sei ver as coisas. A democracia é uma brincadeira, é um sistema corrupto e decadente. A pátria afunda-se nos jogos de poder dos partidos, o rei não tem mão neles, os republicanos ganham terreno e agitam a canalha contra a monarquia, a carbonária põe bombas à vontade e o exército luta sem meios em África por territórios a que ninguém ligava nada até os ingleses nos terem vindo roubar. Tudo porque houve um ministro lunático que decidiu afrontar a maior potência europeia com uma declaração idiota sobre as pretensões territoriais portuguesas. Estas coisas deixam-me furioso.

— O Ultimato e a cedência aos ingleses foi o pior que podia ter acontecido ao regime — comentou Leonor.

— Não podíamos resistir-lhes, toda a gente sabe isso, até os hipócritas dos republicanos que acusam o rei de capitulação.

— Concordo com tudo o que disse, tenente, menos sobre a democracia.

A democracia não é a decadência dos regimes, é o sistema do futuro.

— Poderá ser o sistema do futuro, mas não é certamente o do presente — declarou ele, taxativo.

Leonor não contestou, não o queria contrariar. Estava mais interessada em manter a harmonia entre ambos do que em envolver-se numa discussão política.

Ficaram ensimesmados num silêncio pacífico, apreciando a companhia sem se sentirem incomodados.

Ele encostado à amurada, virado para a chaminé a meia-nau donde se escapava um fumo tíbio, embalando em meditações agradáveis ao som abafado e ritmado da máquina a vapor; ela com os cotovelos apoiados no rebordo, olhando o mar espesso de uma escuridão insondável. *Gosto dele*, pensou Leonor, sentindo um entusiasmo que lhe enlevava a alma, achando-o o tipo de homem que se fazia notar entre a multidão, um militar distinto e corajoso.

Isto trouxe-lhe à ideia pensamentos românticos. Imaginou-o a comandar tropas, montando a cavalo de espada em riste, investindo contra o inimigo, valente, à frente dos seus soldados... Soltou um suspiro sem querer. Carlos notou-lhe o desabafo do coração e tomou-o como um elogio discreto. *É uma mulher bonita e inteligente*, pensou, bem impressionado. Era a primeira vez que falava de política com uma mulher. Em geral, achava-as tão vazias, tão desinteressantes, muito dadas a conversas estéreis. As senhoras de sociedade pareciam fazer gala em serem ignorantes, deixando os negócios e a política para os maridos, aplicando-se na administração da casa, dirigindo a criadagem, recebendo bem, com elegância, tocando uma música ao piano, honrando o marido e dando uma educação cristã aos filhos, se os houvesse.

— Passou um anjo — disse Leonor, num sussurro alegre.

— Foi?

— É o que se diz quando todos se calam ao mesmo tempo.

—Sim...

— Está um mar tão calmo — reparou, continuando a falar baixo, instintivamente, reverente perante o *monstro* adormecido.

— Hum, não me parece que vá continuar assim por muito mais tempo.

— Não?

— Não. Com estas nuvens — apontou para cima —, não tarda nada está a chover.

Nem de propósito. Carlos acabou de dizer isto e entrou um vento forte que os apanhou de surpresa e, logo a seguir, começaram a cair os primeiros pingos grossos e quentes de uma chuva tropical.

Leonor virou-se para ele, inclinando a cabeça, e fitou-o com os olhos muito abertos num espanto divertido.

— Mas você é bruxo?!

Carlos abriu os braços com as palmas das mãos voltadas para o céu, qual Cristo perante a inevitabilidade do milagre.

— Carlos, você consegue adivinhar a chuva!

— Pois é, veja lá. — Encolheu os ombros, modesto, notando que ela se lhe dirigira pelo nome próprio pela primeira vez. Ofereceu-lhe uma expressão cómica e Leonor riu-se como uma menina pequena.

Um relâmpago riscou a noite ao longe, iluminando-a, e uma trovoada assustadora envolveu o navio segundos depois. O céu abriu-se e desabou sobre eles uma chuveirada impiedosa, deixando-os de um momento para o outro que nem pintos molhados.

— Vamos para dentro! — gritou Carlos, estendendo-lhe a mão para a ajudar. Leonor aceitou-a e correu ao seu lado pelo convés escorregadio até à escotilha mais próxima. Ele abriu-a e Leonor desceu à frente.

Carlos chegou ao fim da escada e quase caiu em cima dela, apertados no corredor acanhado, frente a frente. Tinham a roupa encharcada e o vestido de Leonor, leve e diáfano para os climas quentes, estava agora transparente e colado ao corpo. Ela, ofegante da corrida, riu-se com a partida da natureza. Ele, agradavelmente surpreendido, fixou-se no seu peito arfante, hipnotizado com os seios perfeitos revelados por baixo do vestido translúcido. Leonor, apercebendo-se do espanto dele, encolheu os ombros e cruzou os braços.

— Está toda molhada! — exclamou Carlos. Tirou um lenço seco do bolso e começou a limpar-lhe o rosto com uma afeição, um carinho inesperado.

Leonor parou de rir, as gargalhadas morreram-lhe na garganta e engoliu em seco, perturbada e excitada ao mesmo tempo.

— É só um aguaceiro — disse, um pouco atrapalhada.

— Vai constipar-se — insistiu Carlos, enxugando-lhe a testa e as faces coradas.

Sem se deter no gesto, sem ponderar a insensatez, Leonor pousou a mão em cima da dele, apertando-a contra o rosto. Carlos aproximou-se um pouco mais, lentamente, fez-lhe uma carícia, como que a compor-lhe o cabelo desalinhado. Olharam-se nos olhos, a centímetros um do outro, notando a respiração apressada, os corações galopantes, as bocas entreabertas numa expectativa amorosa, inevitável.

Carlos segurou-lhe o rosto entre as mãos e beijou-lhe a testa, os olhos, a boca. Depois enlaçou-a com os seus braços fortes e colou os lábios aos dela. Beijaram-se furiosamente, sem restrições nem vergonhas, devorando-se com uma urgência e uma entrega exacerbadas.

Leonor sentiu as mãos dele envolverem-lhe os seios com firmeza, sentiu-as quentes sobre o vestido molhado, enquanto a língua dele penetrava na sua boca, tudo ao mesmo tempo e tudo tão bom que Leonor percebeu que ele não pararia e, dali a pouco, ela já não teria forças para lhe resistir...

— Carlos, pare — pediu-lhe, desviando o rosto para lhe escapar aos lábios exploradores. Carlos apertou-a mais e beijou-a no pescoço e na boca. E Leonor outra vez: — Carlos, Carlos, espere.

Ele recuou, forçado pela mão dela contra o seu peito, obrigando-o a parar. Leonor encostou a cabeça à parede metálica atrás de si, mal podendo respirar, mal se tendo de pé, com as pernas a tremer, frágeis, o coração a correr como doido, prestes a explodir, o sangue quente a subir-lhe à cabeça, sentindo uma febre pelo corpo todo. — É melhor eu ir, agora — conseguiu dizer, sem saber o que faria, até aonde iria, se continuasse ali.

— Leonor — murmurou Carlos, suplicante, colocando a mão sobre a mão dela que lhe amparava o peito e o impedia de se aproximar, mantendo-o à distância de um braço, à distância de caírem numa vertigem imparável. *Tenho de me ir embora*, pensou Leonor, *ou não vou conseguir parar*.

Desencostou-se da parede; a sua mão deslizou devagar pelo peito dele, debaixo da mão dele, com força para se libertar da pressão que ele insistia em fazer para lhe quebrar a determinação e convencê-la a ficar. Deu dois passos trôpegos para o lado, voltou-lhe as costas e foi-se embora, tropeçando pelo corredor, amparando-se à parede, sem saber muito bem se lhe custava andar por causa da ondulação que sacudia o navio ou porque as pernas lhe pareciam de geleia.

— Leonor! — Ouviu-o gritar o seu nome, mas não respondeu nem se voltou, certa da sua fraqueza, assustada consigo própria.

4

Nessa noite mal conseguiram dormir, cada um na solidão do seu camarote, com a cabeça ocupada por mil memórias e mil pensamentos perturbadores. Leonor recordou todos os segundos e todos os beijos, fazendo aquele breve encontro prolongar-se na sua mente por horas a fio. Rebolou na cama sem sono, agitada, e atravessou a madrugada em branco. Ao chegar ao camarote, tinha-se trancado, um gesto instintivo, como se Carlos pudesse cometer a desfaçatez de ir atrás dela e invadir o seu espaço, a sua privacidade, e fazer-lhe tudo o que ela queria que ele fizesse, certa de que se isso acontecesse ficaria à sua mercê, sem força de vontade para lhe dizer que não. Respirou fundo, acalmou-se, despiu-se, secou-se com uma toalha, vestiu a camisa de noite e deitou-se, preocupada, consciente de que cometera uma loucura. *O que é que ele vai pensar de mim?*, perguntou-se, mortificada, espantada consigo própria.

Leonor nunca tivera ninguém, jamais se entregara a um homem, não sabia o que era o amor físico, tirando algumas brincadeiras furtivas de adolescente, cumplicidades secretas com os primos, filhos da tia Elvira, irmã da sua mãe, havia muito tempo, durante as férias grandes na quinta da Figueira, em Loures, onde a família costumava estabelecer-se no Verão para passar os dias lentos de Julho e Agosto. Mas isso eram impudências inconsequentes, coisas de miúdos que descobriam as novidades dos seus corpos em desenvolvimento e sentiam curiosidade pelos segredos inconfessáveis da sexualidade.

Agora Leonor fizera-se mulher, chegara à idade de casar, de constituir família, de ter filhos. Eram necessidades naturais que se lhe apresentavam cada vez mais prementes, pois ansiava por libertar-se da custódia dos pais. Leonor não via a hora de sair de baixo da asa da mãe, tomar as rédeas da sua vida. Sentia-se adulta, faltava-lhe a independência. Em contrapartida, não lhe faltavam pretendentes. Leonor não tinha a noção de quanto a sua beleza era lendária em Lisboa. Olhava-se ao espelho e via-se bonita, claro, sabia que atraía o sexo masculino, mas não imaginava os comentários elogiosos que suscitava entre os homens e a inveja mesquinha que levava ao falatório entre muitas mulheres ressentidas por não terem a mesma sorte. Infelizmente, Leonor sufocava com o cerco que eles lhe faziam, sentia-se perseguida por um bando de idiotas, convencidos, janotas com as suas roupas elegantes, pavões de cartola, sempre cheios de verve, jactantes, procurando impressioná-la com os seus nomes sonantes, com as suas fortunas de família. Leonor não se deslumbrava nada com as promessas de uma vida fácil, plena de riquezas e de comodidades. Isso devia-o ao pai, com quem aprendera a preservar a independência de espírito e a liberdade de acção acima de todas as riquezas da terra. Leonor achava que os homens de sociedade que lhe faziam a corte e se babavam em cima dela, derretidos com a sua beleza, eram um poço de preconceitos. Desconfiava muito de todos por igual. Estava convencida de que lhe estendiam uma passadeira vermelha para a conduzir a uma gaiola dourada. E, como não era isso que desejava, resistia-lhes. Deixava-os pairar à sua volta, era certo, oferecia-lhes migalhas de atenção enquanto eles lhe ofereciam mundos e fundos, mas, no fim, não se comprometia com nenhum.

As amigas criticavam-na abertamente, diziam-lhe para não ela ser tola, para aproveitar, porque a beleza não durava sempre. Acusavam-na de ser maldosa com aqueles pobres apaixonados, dispostos a darem um braço pela sua mão. Não compreendiam como ela podia desprezar tanto romance, ao que Leonor encolhia os ombros replicando que o amor desses peraltas era tão sincero quanto as suas vidas falsas. Eles só se preocupavam com as aparências, com o nome nas páginas sociais, com as quintas arejadas e as casas apalaçadas, com as recepções, as *soirées* elegantes. Pouco amigos do trabalho sério, lamentavam-se no entanto do estado do país, da economia desastrosa e da baixa política. Sentavam-se ao fim da tarde nos sofás adamascados das salas requintadas, derreados das suas voltas inúteis, sempre frustrados com «este país, esta desordem, esta pobreza de espírito...» Qualquer pessoa que tivesse ido a Paris ou a Londres sabia o que era a modernidade, diziam, o progresso, o primeiro mundo era «lá fora, na Europa. Agora, Lisboa?, pfff...», abanavam a cabeça com desprezo. Os que não eram políticos punham as culpas nos políticos, não hesitando em dizê-los abutres, desbaratadores dos dinheiros públicos. Acusavam-nos de arruinar a pátria, de usar o poder para se governar em vez de cuidarem da nação. Ora, Leonor fervia com esta hipocrisia pesporrente e, quando a conversa aquecia, desancava-os com indignação. Apelidava-os de «abutres chiques».

Era-lhes desconcertante serem chamados à pedra por Leonor, porque ela era da *sua gente* e deveria percebê-los. Não compreendiam a contradição. Afinal, pertencia ao mesmo meio e gozava dos mesmos privilégios. A Leonor, restava-lhe a consolação de não se resignar, de não aceitar ser a mulherzinha de um qualquer diletante que a quisesse para a levar ao passeio na Avenida ou a S. Carlos, enfeitada de jóias, para a exibir inchado de orgulho. Essa era a fraqueza da maioria das mulheres, ansiosas por se arrumarem na vida, ávidas por um marido com fortuna e um nome de família. Buscavam tranquilidade, no fundo, e estavam dispostas a abdicar de muita coisa para poderem sentir-se seguras. Já Leonor queria fazer da sua vida uma grande aventura, e estava disposta a correr os riscos que necessários fossem para não acabar atolada num casamento de conveniência e a sonhar com o que teria sido se não tivesse perdido a coragem. «Excêntrica, inconsciente, rebelde», mimoseavam-na as amigas. Ela não queria saber.

Nesse sentido, a decisão de partirem para Angola não poderia ter sido mais oportuna. África era um mundo novo, cheio de possibilidades, uma promessa de aventura, longe da decadência lisboeta. Leonor confiava que seria mais feliz ali, que teria mais espaço para respirar, mais livre dos constrangimentos sociais.

Levantaram-se ondas. O navio adornou ligeiramente a estibordo, endireitou-se, galgou uma vaga, atingiu a crista e inclinou-se para baixo; por momentos pareceu cair desamparado, mas logo bateu no fundo e atacou a onda seguinte, assim sucessivamente a uma velocidade razoável de cerca de nove nós. Chovia em regime de aguaceiros e fazia vento do quadrante sudoeste, forte; mas não se tratava de uma grande tempestade, nada que se comparasse com o temporal que fustigara a *Afonso de Albuquerque* no dia anterior. Deitado no seu camarote, Carlos calculou que dentro de um par de dias passariam Cabo Verde e, então, o estado do mar começaria a melhorar significativamente.

Mas o que tirava o sono ao tenente Montanha não era o uivo do vento que levantava as ondas, nem os queixumes da corveta que rangia sob a pressão da massa de água a avançar em vagas cíclicas de encontro à proa, testando a resistência do casco. O que o preocupava era Leonor. Agora, mais a frio, Carlos ponderava se não se teria precipitado, inquieto com a possibilidade de a ter ofendido. *Certamente que sim.* Aproveitara-se de um momento de fraqueza dela, pensou. *Fora tudo tão rápido, tão inesperado...* Na confusão da descida do convés, vira-se subitamente à frente de Leonor, a centímetros do rosto dela. Tinha ficado inebriado com o seu perfume doce, com a imagem dela no seu vestido molhado, bonita e vulnerável. E Leonor, surpreendida, baixara as defesas, entusiasmara-se também, incentivara-o, atraíra-o como um íman. Não se podia dizer que ele tivesse sido o único responsável pela situação ou que tivesse forçado Leonor, não; ela, irresistível na sua beleza, nos gestos, nas carícias, deixara-se ir, procurara os seus braços, os seus beijos. Mas depois caíra em si e arrependera-se, deixando Carlos para trás com um vago sentimento de culpa a espicaçar-lhe a alma.

5

O dia amanheceu sob uma camada de nuvens tristes. O convés estava molhado dos aguaceiros constantes, embora de momento não chovesse. O vento amainara um pouco, mas continuava a fazer-se sentir, e a *Afonso de Albuquerque* aproveitava a ondulação moderada para navegar a todo o pano. Através do navio notava-se a azáfama eficiente da tripulação entregue às tarefas de rotina. Carlos estava na popa a tomar uma caneca de café forte com o comandante quando viu Leonor a passear no convés, acompanhada pela pequena Luísa. Leonor trazia um casaco comprido beige por cima do vestido e usava óculos escuros, redondos, de aros metálicos, prateados. Carlos foi ao encontro delas.

— Bom dia.

— Bom dia, tenente. — *Voltámos ao tenente*, reparou Carlos.

— Bom dia, tenente — cumprimentou-o igualmente Luísa. — A mãezinha está outra vez enjoada — informou-o logo a miúda, com uns olhinhos muito vivos numa expressão séria.

— Não me diga! — exclamou Carlos, fazendo-se preocupado, não querendo desmerecer a atenção da pequena, visto que ela achava importante pô-lo a par da condição frágil da mãe.

— É verdade — confirmou ela, abanando gravemente a cabeça.

— A mamã não se sente bem esta manhã — disse Leonor, sorrindo enternecida com a apreensão da irmã.

— Nada de cuidado, espero.

— Não, são só os enjoos que não lhe passam. Não matam, mas moem.

— É muito desagradável, de facto.

— O médico já foi ao camarote dela. Obrigou-a a comer bolachas e a beber água. Diz que é o melhor remédio.

Luísa afastou-se a correr pelo convés, deixando-os a sós. Carlos aproveitou para abordar o assunto que lhes fervilhava no espírito.

— Leonor — começou —, sobre o que aconteceu ontem... sabe que... — hesitou, fazendo cara de caso, procurando as palavras. Depois disparou: — eu queria apresentar-lhe as minhas desculpas e dizer-lhe o quanto lamento o meu comportamento. Fui...

— Não lamente — interrompeu-o Leonor. — A culpa é tanto sua como minha. Não imagine que, por ser mulher, me considero inimputável. Fomos os dois responsáveis.

Os olhos de Leonor, escondidos atrás dos óculos escuros, não o deixavam perceber exactamente qual era o seu estado de espírito.

Ainda assim, ela sossegou-o ao pousar-lhe a mão no braço.

— Acho que nos entusiasmámos — disse, soltando um suspiro —, mas não posso dizer que esteja arrependida.

Carlos pôs as mãos atrás das costas, inclinou-se um pouco para a frente e concentrou-se na biqueira das botas, desconcertado com a sinceridade dela.

— Está arrependido, tenente?

— Não, não! — exclamou, erguendo a cabeça para a olhar de frente, não fosse ela pensar que lhe mentia.

Leonor sorriu.

— Talvez me ache demasiado atrevida — disse, apalpando o terreno.

— De maneira nenhuma... — murmurou ele, desorientado com o rumo da conversa. Não era o que estava à espera.

— Mas — continuou Leonor —, olhe que eu não costumo ser assim tão... tão impulsiva, mas é que...

— Não?

Ela levantou a cabeça, olhando o céu, sorridente, interrompendo o raciocínio.

— Certo — reconheceu. — Já me está a topar, tenente. Eu *sou* assim tão impulsiva, mas não pense que sou destravada. Para dizer a verdade, não tenho experiência nenhuma nestes assuntos. Em Lisboa tinha muitos pretendentes, mas nunca me interessei por nenhum. Acho que sou um bocadinho esquisitinha. — Soltou um risinho nervoso. — Ponho defeitos em todos. E depois, a minha mãe é uma querida, mas às vezes exagera.

— Demasiado protectora?

— Sim, é, mas enfim — reconsiderou —, estou a ser injusta. Não foi ela que me impediu de ficar noiva. Era eu que não queria a vida que me ofereciam, percebe, tenente? Isto faz algum sentido?

— O que é que a incomodava?

— As mulheres em Lisboa levam uma vida totalmente destituída de interesse. São vidas tão limitadas, tão vazias.

— Suponho que as mulheres, em Lisboa, tratam das suas famílias como as mulheres doutro sítio qualquer.

— Supõe mal, tenente. Não as mulheres de quem eu estou a falar, pelo menos, cheias de criadas e amas que tomam conta dos seus bebés praticamente desde que nascem. Não se iluda, elas não tratam realmente das suas famílias, elas são ricas, ociosas, afectadas e têm quem trate de tudo por elas. Tenho a certeza de que sabe do que falo.

— Não se iluda a Leonor, elas são iguais em todo o lado.

— O que é que quer dizer com isso?

— Quero dizer que, mesmo que se mudem para Luanda, mudam-se com todas as mordomias e todos os hábitos. Lá por irem para uma cidade mais simplória, não se tornam mais simples. Pelo contrário, até ficam mais ciosas da sua condição senhorial, mais pretensiosas. É um meio mais pequeno, sabe.

— Pois, imagino que sim.

— Sabe-se tudo, comenta-se a vida de toda a gente.

— Talvez... — admitiu Leonor, pensativa, parecendo desanimar. Mas logo arrebitou. — Não interessa, é uma experiência nova, não vou começar já a pensar que vai correr mal.

— Claro, faz bem, vai ter muita novidade. Pode ser até que encontre o que procura.

Já encontrei, pensou Leonor, com os olhos a brilhar, observando-o embevecida por detrás dos óculos escuros. Quando punha uma coisa na cabeça, não havia nada que a fizesse mudar de ideias.

Pelo resto da viagem, eles foram criando uma cumplicidade crescente. Procuravam constantemente a companhia um do outro, sentiam-se felizes juntos, partilhavam pensamentos, gostos, piadas. Descobriam interesses comuns e sabiam que podiam falar de tudo sem constrangimentos. Estavam em sintonia, entendiam-se facilmente.

À medida que avançavam para sul, os dias iam-se enchendo de sol e a viagem tornava-se mais fácil. As ondas gigantes, os ventos impiedosos, as chuvas perpétuas, as trovoadas e os relâmpagos assustadores ficaram para trás. Agora, já em pleno hemisfério sul, era o calor de chapa que torturava os corpos, levando uma pessoa a acreditar que derretia de tanto transpirar. No pino do dia, ao início das tardes quentes e lentas, desmoralizadoras, o ar tornava-se tão abafado que paralisava a vontade. Mas não havia ninguém a bordo que não concordasse que era preferível a provação escaldante à fúria tempestuosa. Leonor e a pequena Luísa usavam vestidos brancos de tecidos leves e cobriam a cabeça com chapéus simples de palhinha. Se não havia nada para fazer, procuravam a frescura dos espaços interiores nas horas piores e a brisa no convés quando o dia desafogava pela tardinha. A mãe, rejuvenescida, respirava de alívio por lhe terem passado os enjoos e nem se queixava do tempo quente e pegajoso, que suspeitava ser um prenúncio do que lhe estava reservado em África. Por vezes, Maria Luísa suspirava com saudades de casa, mas guardava para si esses pensamentos nostálgicos. Já se dava por contente por não andar a vomitar as tripas.

Ao décimo quarto dia, atingindo a latitude da ilha de Santa Helena, a meio do Atlântico, a corveta mudou de rumo para leste. «Era a última etapa», prometeu o comandante, «mais oito dias e chegavam».

Vendo que Leonor não despegava do seu tenente, a mãe, já mais viva e perspicaz, tomou-se de instintos protectores. Quando estava a sós com a filha, deixava cair um ou outro comentário depreciativo acerca do «homem», como se lhe referia, achando-o muito rude. O «homem», dizia ela, podia ser de muito boas famílias, mas devia ter sido educado no mato, de pé descalço como os negros. E, se Leonor esboçava um protesto, fazia-se ingénua e perguntava-lhe se não era verdade que tinha sido ele próprio quem dissera que entrara para a tropa com apenas dezasseis anos. Então? Se não fora educado no mato, fora educado no quartel, que ia praticamente dar ao mesmo. Não havia um pai e uma mãe, não havia um colégio, faltava-lhe uma instrução superior. Leonor irritava-se secretamente com estes reparos, mas sem dar muito azo a discussões, pois parecia-lhe melhor mostrar-se indiferente ao despeito da mãe do que alimentar uma conversa que não lhe convinha. Antes deixá-la pensar que ela não se interessava por ele. Mas a mãe, que não era cega e não tinha nada para fazer a bordo, tomou-o de ponta e redobrou-lhe a vigilância. A ela, o tenente não via os dentes nem ouvia uma simpatia. Carlos apercebeu-se da crescente hostilidade e supôs que, sendo a senhora mulher de um coronel, achava que a sua patente não estava à altura da filha. A ideia pareceu-lhe disparatada, mas a mulher era um gelo e não havia nada a fazer. Decidiu tolerar-lhe estoicamente as desconsiderações, pelo menos enquanto não lhe pisasse a honra. Carlos gostava de Leonor e não via vantagem nenhuma em iniciar uma guerra aberta com a mãe dela, ainda por cima quando tinham de conviver num espaço tão limitado.

Criou-se, portanto, um entendimento tácito: durante o dia evitavam-se e ao jantar não trocavam mais do que duas ou três frases de circunstância. No meio, Leonor fingia que não percebia nada e tratava os dois com a mesma alegria. Na realidade, ela não dava muita importância à embirração da mãe. Sabia que a senhora se sentia melindrada por ela nunca ter considerado com seriedade os seus conselhos matrimoniais. A mãe bem se esforçava por lhe impingir os melhores partidos, mas Leonor não ligava, não queria saber, ria-se como se fossetudo uma brincadeira. Só fazia o que queria e não aceitava orientações. E agora, subitamente, engraçava-se por um aventureiro, um tenente qualquer de quem não sabiam nada. Aos olhos da mãe, era tudo uma insensatez, um devaneio de adolescente. Como se ela não fosse já uma mulher. Contudo, ela queria acreditar que o entusiasmo de Leonor se devia à excitação da viagem e que, chegando a Luanda, teria oportunidade de acalmar e de cair em si. Nessa altura, mais ponderada, certamente veria as coisas doutra perspectiva. Aquilo a bordo não haveria de passar de uma paixoneta sem importância.

Não era a filha que a preocupava, mas o calculismo do tenente, um homem experiente e, sem dúvida, capaz de se aproveitar da ingenuidade de uma rapariga de bem. Este, por sua vez, podia adivinhar-lhe os pensamentos tortuosos mas, como estavam longe de corresponder à verdade e como não lhe parecia que cair nas boas graças da mãe fosse uma prioridade, não fez nada para lhe provar como estava errada.

Durante o dia, Carlos e Leonor iam-se cruzando pelo navio, naturalmente. Acompanhavam as actividades dos marinheiros, metiam conversa, aprendiam com eles coisas do mar. Por vezes até, era-lhes permitido participar numa ou outra manobra marítima, dando uma mãozinha a puxar o cabo que içava a vela grande ou a bujarrona, ou então a tomar o pulso à roda do leme. Havia dias memoráveis. O espectáculo de uma baleia corcunda a fazer acrobacias ao lado do navio era um acontecimento notável. O animal, de dezasseis metros de comprimento e trinta toneladas de peso, saltava com uma facilidade assombrosa e tirava o corpo inteiro completamente fora de água, exibindo majestoso as suas longas nadadeiras peitorais e a barriga muito branca, caindo depois de chapa, provocando uma chuveirada digna de aplauso. Eram momentos felizes que atraíam toda a gente ao convés. A pequena Luísa deu saltos de alegria ao ver pela primeira vez aquele animal gigante de temperamento dócil. Leonor levou as duas mãos ao rosto, tapando a boca incrédula, emocionada, pensando que todos os dias tinha mais uma razão para achar que, só pela viagem, já valera a pena ter partido.

Ali, no meio do vasto oceano Atlântico que lhe proporcionava tantas experiências inesperadas, Lisboa parecia-lhe demasiado pequena. E compreendia que ainda não conhecia nada, que, naqueles anos todos, enquanto crescia protegida por uma redoma de estufa, tinham-lhe negado o mundo. Era incrível, pensou, como a sua versão do planeta se reduzia a Lisboa e arredores. Em Portugal, Leonor podia ir à praia e ver o mar até à linha do horizonte, mas nunca se aventurara nele; assim como já ouvira falar de outros países sem nunca os ter conhecido verdadeiramente, e tinha visto imagens de baleias em livros sem lhe passar pela cabeça a beleza que era observá-las a sério, no seu *habitat*.

Em miúda, recebera uma instrução cuidada para se preparar para as exigências de uma vida de mulher bem-casada. Fora educada para o bom gosto. Sabia ler e escrever, tinha um dom natural para as contas e, evidentemente, falava um francês irrepreensível. Não ligava muito à música, mas tinha a noção de que era capaz de se sentar ao piano e fazer umas flores. Conseguia deliciar uma sala cheia de ignorantes finos. Já o fizera muitas vezes. Alinhavar umas peças, martelar umas teclas e esganiçar umas melodias medíocres não era problema quando a audiência se resumia a um grupo de gente muito bem e muito dura de ouvido. Até achava piada. Porém, se não lhe faltavam argumentos sociais, já não podia dizer o mesmo quando se tratava do mundo fora de portas. Em pequena, era: «A menina ponha-se com termos, junte os joelhos, baixe as asas, a menina isto, a menina aquilo.» Tanta *finesse*, tantas maneiras e afinal só lhe tinham dado uma sólida instrução convencional, útil, com certeza, mas muito limitada. Sentia-se uma ignorante. No início da viagem, sobrevivendo ao turbilhão da tempestade, só se ria, nervosa, excitada, na solidão do camarote, toda contente, a pensar que agora sim, começava a aprender alguma coisa, a descobrir um mundo de novidades interessantes.

Leonor não tinha muitas ilusões. Sabia que nascera numa sociedade de homens, feita para os homens, que lhes concedia todos os direitos ao mesmo tempo que coarctava as liberdades femininas por motivos que podiam ser histórica e culturalmente explicáveis, mas que, pelo menos a ela, soavam muito a hipocrisia. As mulheres eram educadas para serem subservientes, para se terem no seu lugar, enquanto os homens deviam protegê-las, deviam responsabilizar-se pelo seu bem-estar, para que nada lhes faltasse. Leonor via as mulheres da sua família, e todas as outras suas conhecidas, acomodarem-se convenientemente a esta situação, ouvia-as defenderem os seus homens com unhas e dentes. De uma maneira ou de outra, os homens estavam sempre a pressionar as mulheres de modo a subalternizá-las, e elas encontravam sempre justificações para os desculpar. Leonor prezava tanto a sua liberdade que preferiria ficar solteira até morrer a deixar que alguém lhe pisasse os calos. Porém, não era contra os homens nem sequer tencionava mudar o mundo, apenas pretendia viver a sua vida como muito bem entendesse e não aceitava vergar-se a quaisquer regras de educação ou a convenções sociais machistas que lhe coagissem a vontade.

O facto de perceber que não conseguiria alterar a mentalidade conservadora da mãe levava-a a não a contrariar abertamente, mesmo não concordando com ela. Ia gerindo a relação habilmente de modo a preservar a harmonia familiar, sabendo que em breve encontraria o seu caminho e então estaria por sua conta e deixaria de ter de prestar contas à mãe. Não a queria ofender nem tão-pouco afligi-la com assuntos que ela não saberia encarar senão com atitudes draconianas. Por isso, não lhe contava tudo e às vezes era necessário fazer coisas às escondidas.

Leonor estava a adorar todos os momentos da viagem. Gostava da vida a bordo durante o dia, mas ansiava pela noite. Os dias no navio podiam ser bastante divertidos e interessantes se recebiam a visita de três ou mais baleias corcundas, ou se surgia alguma actividade em que lhe era permitido participar. Os marinheiros, pouco habituados à presença de mulheres a bordo, deslumbravam-se com a beleza de Leonor. Eram, na sua maioria, rapazes novos e de origens modestas, cheios de energia, domados à custa de muita disciplina férrea, mas com Leonor revelavam-se sempre educados e prestáveis. Ela era bonita e cheia de alegria, e vê-la passear pelo navio alimentava as fantasias secretas da marinhagem e animava as conversas de beliche no repouso dos homens. Os praças sentiam-se agradecidos pela companhia dela. Já os sargentos, mais cépticos, torciam o nariz à ideia de ter civis num vaso de guerra. Eram mais dados a superstições e embalavam na crença tradicional de que mulher a bordo dava azar. Mas os oficiais, instruídos e sem preconceitos, não ligavam a esses disparates.

Ao fim da tarde, depois do jantar, Leonor, Luísa e a mãe recolhiam aos seus aposentos. Durante trinta minutos bem contados, Leonor impacientava-se no sossego do camarote, dando tempo para que a mãe se deitasse e adormecesse.

6

Sentado numa cadeira sólida de madeira, sob o toldo da proa, Carlos aguardava tranquilo. Leonor viria mais tarde, quando a *velha coruja* já ressonasse. Riu-se para dentro. Se Leonor soubesse o que ele pensava da *mamã*...

A noite ia caindo, Carlos adorava aquele pedaço do dia. Nunca faltava. Era como se fizesse o seu quarto de vigia, vendo o Sol pôr-se vermelho, o azul do céu morrendo aos poucos, em tons violáceos, e a Lua branca, muito redonda e nítida, já no seu posto, compondo um quadro fulgente. Aquele espectáculo dava-lhe paz, animava-lhe a alma. À sua frente, as velas latinas, triangulares, adejavam ao sabor de uma brisa morna.

Carlos entreteve-se a preparar dois charutos. Cortou-lhes as pontas com vagar, diligente, a matutar na vida, nos desafios que aí vinham. Começava a exasperar com a lentidão da viagem. Era um homem de acção condenado a três semanas de indolência. Não havia nada para fazer. Não fora a presença inesperada de Leonor a bordo e ele jurava por Deus que já se tinha oferecido para servir ao lado dos praças, nem que fosse para esfregar o convés. Tudo era preferível àquela apatia, àquela sensaboria. Sentia-se pesado, a engordar, a perder capacidades. Pensar que em breve estaria, muito provavelmente, a arriscar o pescoço em combate...

parecia-lhe impossível de acreditar, pois sentia-se seguro ali e não lhe ocorria que lhe pudesse suceder algum percalço funesto, senão talvez morrer de tédio.

A expectativa da batalha não lhe toldava a vontade. Tinha o medo como aliado, para o manter alerta. E quanto ao perigo, bem, era um soldado e já um dia escrevera sobre isso no livrinho onde apontava os seus pensamentos mais nobres: «*Viver ou morrer pouco importa. El-rei manda marchar e não manda chover. O dever é obedecer, ainda que se saiba que se caminha para o perigo ou mesmo para a morte! Morrer em defesa da Pátria, à sombra da gloriosa bandeira das Quinas, é para o soldado uma honra. Que importa pois morrer? A auréola da fama compensa o sacrifício, com os seus cânticos de louvor, engrinaldando a sua sepultura, perante a qual as gerações que se sucedem pelos séculos fora passam, reverentes, a prestar homenagens ao* HERÓI *que morreu sim, mas que deixou o seu nome vivo e bem gravado nas páginas da História, com as mais belas e brilhantes letras de ouro!*»

Acreditava piamente nisto.

Naquela derradeira semana, quase instintivamente, como que tomando consciência de que o seu estado de graça se extinguia, Carlos e Leonor iam lentamente caindo em si, começando a pensar que em breve deixariam de estar juntos, de viver vinte e quatro horas por dia na cumplicidade do navio, naquele espaço limitado, com vida própria, que se tornara um regaço para as suas almas. Já não faltava muito para regressarem ao mundo real, para se confrontarem com os obstáculos sociais e com a separação definitiva. Condicionadas por alguma inquietação, por uma certa ansiedade, as suas conversas concentravam-se agora muito no que cada um iria fazer com o seu futuro. Leonor queria saber tudo sobre a aventura de Carlos no interior de Angola, o que o aguardava, se correria perigos, se estaria bem instalado ou se se veria confinado a um forte ou a construções rudimentares erguidas no meio do mato. Queria saber, enfim, se haveria mulheres naquele lugar tão distante do litoral. Carlos sorria benévolo e sossegava-a com palavras esvaziadas de dramatismo. Dizia-lhe que só tinha pela frente trabalho duro, pois iria ajudar a solidificar os postos militares que apoiavam o desenvolvimento da administração civil e das casas comerciais, e não lhe falava das muito prováveis operações militares, preferindo dizer que o exército andava empenhado numa *ocupação pacífica*.

Para a testar, sugeriu que, depois de instalada em Luanda, ela teria mais com que se ocupar do que pensar nele.

— Disparate — replicou Leonor, levemente ofendida.

— Amanhã — notou Carlos, nostálgico —, quando desembarcarmos, vai cada um para seu lado...

— Você tem o meu endereço. Logo que se instale, mande-me uma carta com o seu. Prometo que lhe escrevo umas palavrinhas.

— Escreve?

Fez que sim com a cabeça.

— Para o animar — disse, sem querer mostrar-se demasiado sentimental, receando assustá-lo com a ideia de que pretendia obrigá-lo a um compromisso.

Era a última noite e sentiam-se divididos entre o alívio de chegarem e a tristeza de se separarem. Carlos, sentado ao lado dela a fumar um charuto, enrolando a ponta do bigode com dedos metódicos, abstraído do gesto quase obsessivo que acompanhava o pensamento, de olhos postos no horizonte marítimo, meio cerrados meio ausentes, calculou que pela manhã quando acordassem já veriam a linha de terra. Angola estava mesmo ali à frente. Sentados à proa, debaixo do toldo, a cumprir o ritual do fumo com alguns silêncios cúmplices de permeio, Carlos e Leonor já conseguiam sentir saudades destes momentos a sós. No total, seriam vinte e dois dias de viagem. E se o destino lhes falhasse, aqueles vinte e dois dias acompanhá-los-iam pela vida fora com uma mágoa e, no final, padeceriam ainda da tristeza de saberem que, se não tivesse sido assim, poderiam ter tido uma existência mais feliz. Agora, depois de o sol se ter posto no mar para eles uma última vez, Carlos e Leonor sabiam que os seus corações não escapariam incólumes àquela viagem. E, no entanto, nenhum dos dois fez qualquer referência directa ao assunto. As suas conversas transmitiam claramente a inquietação que lhes assombrava a alma, era certo; interrogavam-se sobre se se encontrariam em breve em Luanda, numa licença de Carlos, talvez.

— Vem ver-me, Carlos?

— Gostaria muito, mas não creio que a sua mãe me recebesse de braços abertos.

— A mamã?

— Sim, digamos que ela não morre de amores por mim.

— Ah, a mamã tem as suas embirrações...

— Não lhe agrada ver a filha crescer.

— Não é isso. É que ela quer à força casar-me com algum daqueles patetas de sociedade, desde que tenha nome e dinheiro.

— Pois diga-lhe que eu tenho nome — atirou-lhe Carlos, sem pensar.

Leonor embatucou. Virou-se para ele, corada,

pendente num sorriso nervoso, tentando perceber o significado das suas palavras, procurando-lhe um sinal, uma indicação de que ele quisera mesmo dizer o que ela entendera. Mas Carlos riu-se como se tivesse sido só uma piada, e o momento passou. Leonor pigarreou, recuperando a voz.

— Venha ver-me, Carlos, e deixe que eu me preocupe com a minha mãe.

— Está combinado.

— É melhor ir para dentro — disse por fim, com um arrepiozinho de frio. Cruzou os braços e esfregou os ombros com as mãos. — Amanhã vai ser um dia comprido.

Carlos acompanhou-a até à porta do camarote. Seguiu atrás dela, em silêncio, enquanto percorriam os corredores labirínticos do navio, que já conheciam tão bem. Ali chegados, Leonor cedeu a um impulso do coração, virou-se para trás sem aviso e, apoiando-se nos ombros dele, em bicos dos pés, beijou-o. Carlos sentiu os lábios dela nos seus, quentes, apaixonados, e aceitou de bom grado o facto de também a amar. Leonor encostou a cabeça ao seu peito. Carlos abraçou-a e afundou o rosto no cabelo dela, sentindo-lhe o perfume que já sabia de cor.

— Carlos?

— Sim?

— Não se esqueça de mim — pediu-lhe Leonor.

— Não me vou esquecer.

E quando ela se afastou dele tinha os olhos marejados e um sorriso hesitante.

— Não me vou esquecer, prometo — repetiu Carlos, num sussurro tranquilizador.

Leonor assentiu com a cabeça, abriu a porta do camarote, entrou e voltou a fechá-la devagarinho, sem fazer barulho. Carlos ficou a olhar para a porta, pensativo. «Que vida a minha», suspirou, a pensar que não estava talhado para aquelas complicações. Não sabia muito bem como se geriam aqueles assuntos. Gostava dela, mas uma parte de si resistia ao que lhe parecia ser uma relação condenada ao fracasso. De qualquer modo, amanhã partia para o interior e os próximos meses iriam exigir tanto de si que estaria demasiado ocupado para se torturar com dramas amorosos. E, além disso, pensou, iria precisar de manter todos os sentidos em alerta e mais valia não se pôr com sentimentalidades, pieguices inúteis.

No fundo, não acreditava que a pudesse esquecer, não era assim tão frio. No fundo, queria era convencer-se, queria defender-se psicologicamente de uma desilusão. Preferia encarar a realidade e não embarcar em fantasias. Não lhe adiantava nada amar uma mulher a centenas de quilómetros de distância. E havia outro problema. A mãe dela, que já sabia como era um casamento em bolandas, não só não gostaria de ver a filha casada com um militar como também haveria de fazer tudo para entregar a mão dela a algum peralvilho de Lisboa, um daqueles diletantes bem instalados na vida, com rendimento garantido. Pois bem, rendeu-se Carlos de si para si, também não a podia censurar por querer ver a filha a salvo de um naufrágio sentimental.

A *Afonso de Albuquerque* deitou ferro a meio da manhã, com terra à vista. Fundeou ao largo, entre a Ilha de Luanda e a cidade. Era possível ver a curva da baía com o seu casario baixo, caiado de branco, e, ao longe, encimando-se no alto do morro, a Fortaleza de S. Miguel. Em breve saiu uma embarcação especialmente incumbida de levar a família do coronel. Carlos ainda ponderou a possibilidade de pedir uma boleia, mas desistiu da ideia ao ver a quantidade de baús que os homens iam acumulando à popa da embarcação. E, mesmo assim, uma parte dos pertences teve de ficar para entregar mais tarde, tal era o peso que ameaçava voltar o pequeno barco e mandar tudo e todos para o fundo do mar. O comandante prometeu que faria chegar o resto da bagagem ao sobrado do coronel. E a senhora lá teve de se conformar com esta solução de recurso. Deixou a corveta contrariada, mas antes massacrou o comandante com recomendações de última hora, receosa de que lhe partissem as louças ou, pior ainda, que lhe roubassem o enxoval para a casa nova, que tanta maçada lhe dera a juntar, pois mandara vir de Paris quase todas as peças.

Enquanto deixavam o navio, Carlos aproveitou a distracção da senhora para se aproximar de Leonor. Maria Luísa, cheia de atrapalhações com o trasbordo, muito incomodada, encolhida nos braços fortes da marinhagem, debatia-se com aquelas mãos todas, calejadas e solícitas, que a agarravam, impedindo-a de cair à água e de se afundar como uma pedra.

Carlos segurou carinhosamente as duas mãos enluvadas de Leonor. Ela pusera os óculos escuros de armação prateada, que lhe escondiam os olhos tristes, e um chapéu simples, de palha, com uma fitinha azul, para se proteger do sol.

— Então, adeus — disse Leonor, com um sorriso desconsolado.

— Espero que lhe corra tudo pelo melhor — desejou Carlos.

— Vai correr — respondeu Leonor, acrescentando logo: — e a si também.

Carlos assentiu com a cabeça, complacente.

— Não se esqueça de me mandar a sua morada — pediu Leonor.

— Esteja descansada.

Leonor espreitou para o lado, a ver se a mãe a tinha debaixo de olho, e beijou-o.

— Não vou ficar descansada enquanto não receber a sua carta declarou em seguida.

— Então, vai ser a primeira coisa que vou fazer assim que lá chegar.

BENVINDA

7

Benvinda Chikola era uma força da natureza, uma mulher de sorriso eterno, gargalhada fácil, voluntariosa e bem-disposta. E, no entanto, só ela sabia quantos motivos tinha para chorar, quantas razões tivera para baixar os braços e desistir da vida. Não sabia ao certo a sua própria idade mas, pelas contas que fazia, deveria andar pelos trinta e oito anos. Oriunda da tribo dos ganguelas, Benvinda era ainda criança quando a sua aldeia, no centro de Angola, foi atacada e arrasada por guerreiros de uma tribo rival. Benvinda viu, horrorizada, os seus pais e irmãos morrerem a golpes de machado, juntamente com o resto da família e com mais outras cem pessoas que, por incapacidade para se defenderem, ou por não serem úteis ao comércio negreiro, foram abatidas como animais, esquartejadas com uma crueldade perversa e deixadas numa poça de sangue, com os corpos em carne viva. Benvinda, pequenina e magrinha, foi agarrada por um braço e atirada violentamente e com desprezo contra uma parede da casa. Desmaiou, e só não teve o mesmo destino dos outros porque, no meio da confusão da chacina, ninguém voltou a reparar na menina ensanguentada que, após recuperar a consciência, se deixou estar, imóvel, a fazer-se de morta.

Mais tarde, a coberto da noite, enquanto os assassinos faziam uma festa macabra no centro da embala, celebrando a vitória com o sangue do inimigo, à volta de uma fogueira gigante que atirava fagulhas incandescentes para muito alto no céu, a menina espreitou pela porta de casa, depois de ter passado por cima dos cadáveres dos seus familiares, e aguardou por uma oportunidade.

Atravessou as sombras até ao extremo da aldeia e rastejou, ao longo da paliçada que rodeava a embala, até encontrar uma falha que ela conhecia, entre as estacas, e esgueirar-se para o exterior. Afastou-se da embala ao som dos tambores de guerra e caminhou para longe durante várias horas.

Foi encontrada no dia seguinte por uma patrulha portuguesa que a descobriu por acaso, em estado de choque, a deambular junto à margem do rio Cubango. Foi uma sorte, porque a menina não teria sobrevivido muito mais tempo, ferida, esfomeada e à mercê dos animais selvagens.

Levada pelos soldados para a localidade de Caconda, alguns quilómetros dali para oeste, foi entregue aos cuidados de um casal de colonos luso-brasileiros que, por sua vez, a levou para a sua propriedade agrícola em Benguela e a colocou à guarda de uma família de escravos, impondo-lhes a responsabilidade de criarem a menina. Como ninguém sabia o nome da criança, e esta não estava capaz de o revelar, baptizaram-na com o que lhes pareceu mais apropriado, dadas as circunstâncias: Benvinda. Chikola era o apelido da família adoptiva. De origem ovimbunda, os novos pais de Benvinda só a toleraram por temor ao fazendeiro. Contudo, doravante, a menina seria sempre uma vítima do tradicional racismo dos ovimbundos em relação aos ganguelas. Mal amada pela família que a acolheu, ignorada pelos patrões, negligenciada por todos,

Benvinda foi crescendo sem facilidades nem carinho, tornando-se numa escrava para todo o serviço.

Trabalhou na casa principal desde os dez até aos dezassete anos. Nessa altura conheceu um mestiço, ex-soldado do exército português, que foi admitido na propriedade como trabalhador agrícola. Este homem, António de seu nome, era filho ilegítimo de alguém, um branco qualquer que ele nunca conhecera e que abandonara a sua mãe, negra, ainda grávida. Tinha vinte e dois anos e estava sozinho no mundo. A mãe morrera-lhe antes de ele fazer dezassete e, como não tinha mais ninguém, alistara-se no exército. Depois de vários anos nessa vida, António cansou-se da disciplina militar e decidiu tentar a sorte à civil. Partira de Moçâmedes, no Sul, onde estava colocado, para Benguela, no centro, onde ninguém o conhecia e poderia recomeçar uma vida nova. Desde então sobrevivia à custa de biscates e do trabalho sazonal nos campos.

António era um tipo magro, de boa constituição e um rosto suave que escondia na perfeição uma mente cínica e revoltada com o mundo. Quem o conhecesse agora, e por alguma razão ficasse a par das suas façanhas no exército, teria muita dificuldade em imaginar que aquele jovem de olhos bondosos tivesse a sua quota-parte de histórias cruéis e sádicas. Mas a verdade é que participara em algumas chacinas e era conhecido pelo seu gosto em torturar prisioneiros no segredo da savana. Temido pelos camaradas, António nunca tivera de recear que alguém o denunciasse. Por seu lado, os oficiais iam ouvindo rumores, uma história aqui outra ali, e, embora o desprezassem, como o sabiam intrépido, confiavam-lhe sempre as piores missões. Ninguém se teria importado se António não regressasse vivo do mato, mas isso nunca acontecera. Contudo, uma promoção estava fora de questão e ele, farto de arriscar a vida sem ser recompensado, demitiu-se do exército e partiu, para alívio dos seus camaradas de armas, que passaram a dormir mais descansados.

Não obstante o seu ódio aos brancos e o seu desdém pelos pretos, António revelava-se subserviente com os primeiros e afável com os segundos. Era um trabalhador exemplar, não bebia e nunca causava problemas. As pessoas só o achavam um pouco estranho por ser muito metido consigo próprio, chegando ao ponto de passar dias inteiros sem falar com ninguém. O seu feitio introvertido criava alguma perplexidade entre os outros trabalhadores, e o assunto era comentado com uma boa dose de maledicência quando ele não estava presente. A única pessoa de quem António se aproximou, cuja companhia apreciava e com quem gostava de conversar, era Benvinda.

Ela desabrochara e tornara-se adulta de corpo e alma, admiravelmente bela, alta e magra, toda atlética; tinha os músculos tonificados e movia-se com uma ligeireza e uma elegância extraordinárias. Tinha um rosto nobre e sorria, sorria sempre. O sorriso bonito, resplandecente, mais do que um estado de alma, era a sua arma para desconcertar aqueles que tudo faziam para a tornar infeliz. A infância de Benvinda não havia sido fácil, mas ela aprendera a defender-se das humilhações, dos insultos, das ameaças e muitas vezes da pancada que levava. Talvez por ter sido abençoada com uma inteligência superior, talvez por ser psicologicamente sólida aos maus-tratos, Benvinda retaliava com uma indiferença superior e um sorriso desconcertante. Agora, já suficientemente crescida para fazer frente às desconsiderações gratuitas dos adultos com quem vivia, mas a quem não chamava pais, e das filhas deles que invejavam a sua beleza, Benvinda continuava a sorrir. Tratava-os a todos com uma benevolência que os incomodava, mostrava-se sublime perante a mesquinhez e fazia-os sentirem-se culpados por terem sido sempre cruéis com ela. Mas, acima de tudo, Benvinda sorria para ser feliz, para não se tornar amarga, recusava-se a ceder aos maus instintos pois encarava isso como uma derrota pessoal. Dizia para si que aquilo era só uma fase, que um dia, em breve, tornar-se-ia independente, que haveria de ser feliz longe daquela gente e que guardaria para si a enorme satisfação de nunca ter deixado que lhe arruinassem a vida. Embora sentisse um estranho apelo da savana da sua infância e tivesse muita curiosidade e muita vontade de conhecer o seu povo, a sua gente, a quem tinha sido arrancada sete anos antes, Benvinda sabia que já não poderia regressar ao sertão. Tinha-se europeizado e era tarde para voltar atrás. Já quase não se lembrava da sua língua natal, já não conseguiria adaptar-se ao estilo de vida dos nativos e, de qualquer modo, não acreditava que a reconhecessem como igual e a aceitassem no seu seio. Benvinda tornara-se uma mulher sem pátria, mas tinha um plano e confiava que o momento de o pôr em prática acabaria por chegar. Foi então que conheceu António.

António já andava por ali havia quase dois meses quando Benvinda falou com ele pela primeira vez. Foi um acaso, um episódio curioso, que os colocou frente a frente e os levou a repararem um no outro. António regressava do trabalho no campo e, como habitualmente, dirigiu-se às traseiras do grande armazém de madeira onde se guardavam os utensílios da lavoura e os fardos de palha. Era ali que ele costumava ir para tirar água do poço e lavar-se antes do jantar.

Benvinda gostava de usar o cabelo curto, pois era crespo e difícil, e assim custava-lhe menos tratar dele. Lavava-o uma vez por semana, normalmente ao fim da tarde, se lhe sobrava um tempinho livre para ir até ao poço para se deliciar com a água fresca que se puxava com a ajuda de uma bomba manual.

António vinha em silêncio, a pensar nas suas coisas, quando virou a esquina do armazém e se lhe deparou aquela visão inesperada e extraordinária que o paralisou, de olhos esbugalhados, ao mesmo tempo maravilhado com a beleza do momento e estarrecido de embaraço, sem saber o que fazer. *Era aquela rapariga bonita*, pensou. Já reparara nela, embora não tivesse tido oportunidade de a conhecer pessoalmente. António ficou muito quieto, não disse nada, receando que ela se apercebesse da sua presença; olhou para trás, considerou a hipótese de recuar pé ante pé, até à esquina do armazém, e de desaparecer sem que ela chegasse a saber que ele estivera ali. Ia a fazer isso mesmo, rodou nos calcanhares, deu um passo silencioso, outro, pisou inadvertidamente um galho seco, fez uma pausa e uma careta, cerrou os olhos franzindo muito a testa, na expectativa, sem se atrever a olhar, sem saber se o estalido do galho o denunciara... e ouviu a voz dela.

— Com que então, a espreitar...

António gelou. Voltou a cabeça devagar, olhou por cima do ombro, comprometido, e viu-a com ar de censura, aborrecida. Segurava uma camisola interior branca, de alças, à frente do peito. Um segundo antes vira-a em tronco nu, a cantarolar uma musiquinha num murmúrio alegre, de olhos fechados por causa da espuma do sabão, enquanto esfregava a cabeça com as duas mãos. Os braços levantados empinavam-lhe ainda mais os seios de mamilos intumescidos. Não eram lá muito opulentos, mas orgulhosamente emproados, e ele imaginou que fossem duros. A espuma branca a escorrer-lhes por cima, contrastante com a pele muito negra, deixou-o quase sem palavras.

— Não — balbuciou —, eu vinha lavar-me, desculpe, não sabia que estava aí. Vou-me já embora.

— Espere — chamou-o.

— Não quer que eu vá? — perguntou, indicando com um dedo o caminho atrás de si.

— Já que aí está — disse ela —, ajude-me aqui com a manivela.

— Quer que eu?... — Apontou para a manivela.

— Hum-hum.

António deu um passo em frente.

— Espere!

Ele parou.

— Afinal, não quer...

— Deixe-me vestir a camisola primeiro.

António fez que sim com a cabeça.

Benvinda lançou-lhe *aquele* olhar.

— Não se importa de se voltar?

— Ah, sim, claro, desculpe. — Voltou-se.

Ela vestiu-se num abrir e fechar de olhos.

— Já pode — avisou-o.

António aproximou-se e começou a dar à manivela, fazendo a água jorrar pelo cano por cima da cabeça dela. Benvinda, dobrada sob a ponta do cano, tirou rapidamente o resto do sabão. Endireitou-se e começou a esfregar a cabeça com uma toalha. Entretanto, a camisola molhara-se e colara-se-lhe ao peito, e António não conseguia deixar de olhar, embora lutasse consigo próprio para desviar os olhos. Ela percebeu, mas não fez nada para se tapar, divertida com o embaraço dele.

— Obrigada pela ajuda — agradeceu, sorrindo-lhe. — Não é fácil tirar água e lavarmo-nos ao mesmo tempo.

— Pois não.

Benvinda trazia umas calças de caqui, de homem, com bolsos a meio da perna, e umas botas de cano curto e sola grossa, o que era invulgar. Ele estava fascinado com aquilo tudo.

— Chamo-me Benvinda — apresentou-se.

— António.

Depois deste encontro inusitado, António começou a falar com Benvinda. Quando se cruzavam pela propriedade, paravam e davam dois dedos de conversa. Em breve estavam a combinar encontrar-se ao anoitecer, junto ao armazém, donde se podia gozar uma vista extraordinária sobre a imensidão dos campos de cafezeiros, com a savana no horizonte. Ao longe, um caminho de terra vermelha, enlameado, rasgava por entre as bermas cercadas de arame. Ela apreciava a sua companhia, os seus modos confiantes, as coisas que lhe contava, demonstrando uma experiência de vida e uma independência que a contagiava.

— Às vezes — comentou Benvinda — penso em sair daqui, desaparecer, partir para longe.

Era a estação das chuvas, Março, e eles abrigavam-se sob um telheiro de onde escorriam fios de água, a ver a natureza encharcada e a explosão de cores, verdes, castanhos, vermelhos... era agradável, davam-se bem, António e Benvinda.

— Para quê? Não é igual em todo o lado? — interrogou-se ele.

— Não... não sei, acho que não. Pelo menos, se eu estivesse longe desta gente, poderia viver a minha vida, ser independente, percebes?

— Percebo... não gostas disto aqui? São boas pessoas, não achas?

— Para ti — disse ela.

— É a tua família.

— Aí é que tu te enganas.

Benvinda contou-lhe a história da sua família, falou-lhe dos assassinos, dos pais e dos irmãos massacrados à sua frente. Pela primeira vez viu-a triste, com lágrimas nos olhos. António não pôde deixar de pensar que ele próprio fizera coisas semelhantes. Sentiu uma certa nostalgia desses tempos intensos. Não havia lugar para remorsos, nada, nem tristeza nem culpa. Dizia, de si para si, que se limitara a cumprir o seu dever de soldado. *Eram eles ou eu*, convencia-se, *e eles eram o inimigo.* Nunca matara mulheres, crianças ou velhos. Só homens, guerreiros, que, se pudessem, ter-lhe-iam feito o mesmo. Era certo que se excedera ocasionalmente, e que havia sempre aquela sensação de poder, aquele prazer obsceno, inconfessável quando matava, mas isso eram coisas do passado, que ele queria afastar da cabeça. Agora tinha outra vida e ninguém precisava de saber os seus pecados. Ninguém compreenderia, como poderia, se ele próprio não encontrava explicação para alguns dos seus actos?

Ofereceu um lenço a Benvinda, consolou-a. Esperou que ela se recompusesse e em seguida aconselhou-a a ser paciente, a não se precipitar quanto ao futuro.

— Ainda és muito nova — disse-lhe. — Apesar de tudo, aqui estás segura, tens um tecto, levas uma vida boa. Não imaginas como as coisas podem ser duras para uma mulher que ande por aí sozinha.

Ela imaginava, mas queria ir para Luanda, sonhava com isso.

— É claro que eu não me arrisco a viajar sozinha, mas se tivesse alguém que me levasse, não pensava duas vezes.

Aquela ideia ficou a pairar no cérebro de António. Benvinda, inteligente, não insistiu no assunto, não o pressionou, nem sequer lhe pediu directamente que a ajudasse. Ocasionalmente, voltaria a falar do seu projecto e esperaria que fosse ele a propor-lhe a viagem. António coçou a cabeça, como que a querer apagar um pensamento confuso. De algum modo, Benvinda perturbava-o. Ele não gostava de negros, dos «pretos», achava-os estúpidos, inferiores, rejeitava-os como se rejeitava um fruto podre. Lembrava-se de ter chorado no funeral da mãe e de se ter odiado por isso. A mãe era negra e protegera-o, amara-o. O pai era branco e negara-lhe o seu amor. António nunca compreendera isso, como é que ele fora capaz de o abandonar? Quando era adolescente, à medida que ia crescendo e se apercebia do significado da cor da pele, ia interiorizando a ideia de que o pai tinha rejeitado a mãe por ela ser negra. No final, quando ela morreu, António culpou-a por lhe ter falhado, por o ter deixado sozinho, por ser negra e, por causa disso, o pai os ter abandonado e ele ter acabado por ficar sem ninguém. Mais tarde, no exército, António encontrou uma forma de apaziguar a sua raiva contra os negros. Ia para o mato e caçava-os, perseguia os «pretos» e descarregava neles toda a sua revolta, a sua frustração. Aproveitava-se da impunidade das operações militares para se vingar.

Mas agora ali estava ele, sentado debaixo do telheiro com Benvinda, a pensar que havia algo de muito errado no seu entusiasmo pela rapariga. O sonho de António era casar com uma branca, não se imaginava a viver com uma negra, era hipótese que nem se punha.

Ele culpava os negros de tudo o que tinha corrido mal na sua vida, responsabilizava-os pelos pesadelos que o atormentavam em miúdo, pelo sofrimento de não conhecer o pai, pela confusão que aquilo tudo lhe fizera, ainda fazia, consumindo-lhe a alma com pensamentos sombrios. Sentia-se uma vítima, sempre se sentira. As pessoas não sabiam o que representava para uma criança ser abandonada pelo pai, ter de crescer na ignorância, sem nunca o ter conhecido, e de ouvir os amigos falarem do pai deles com orgulho e não saber o que dizer. As pessoas não imaginavam a sua angústia. Bem, ela imaginava, Benvinda perdera o pai, a mãe e os irmãos em circunstâncias muito mais trágicas, tivera uma infância bastante mais traumatizante do que ele, e mesmo assim conseguia ser uma pessoa razoavelmente feliz, em paz consigo própria, o que o deixava perplexo.

Benvinda suscitava-lhe sentimentos contraditórios: repulsa e luxúria, desejos carnais e ressentimento. Ela era psicologicamente mais sólida e isso desconcertava-o, ela representava tudo o que ele odiava, mas era bonita e o seu corpo, de tão perfeito e atraente, perturbava-o. Queria possuí-la, desejava-a tanto que não conseguia ignorá-la. Benvinda era bela e inteligente, tinha um espírito generoso, uma benevolência genuína, inquebrantável, imune à maldade dos homens; tinha, enfim, tudo o que ele podia desejar numa mulher. Mas não era branca. António achava que uma coisa não combinava com a outra, tantas virtudes numa mulher negra surpreendiam-no, pareciam-lhe uma aberração da natureza, uma partida de mau gosto. Estava, porém, obcecado por ela, preso a ela. A sua beleza, a sua juventude, a alegria dela e até as pequenas coisas como o modo de sorrir, a forma descontraída como se sentava em cima das pernas cruzadas, aquele gesto característico de fazer ondas com a mão enquanto falava, o seu cheiro, tudo nela o atraía, impedia-o de pensar objectivamente. António estava a descobrir que uma coisa eram os seus preconceitos e outra bem diferente era a tentação incontrolável e inquietante por aquela mulher.

Tal como Benvinda previra – e planeara –, alguns meses mais tarde, António acabou por lhe propor que fugissem juntos. O trabalho dele na propriedade acabaria em breve e, mal recebesse o salário, ficaria com dinheiro suficiente para se aguentarem durante bastante tempo. Benvinda não aceitou à primeira, não queria fazer nada precipitadamente.

— Não podemos — respondeu-lhe. — Eles vêm atrás de nós.

— Não te preocupes, menina, no mato ninguém me apanha. Se eu quiser tornar-me invisível, não há aqui ninguém capaz de me descobrir. Vamos até Benguela, são dois dias a cavalo, e apanhamos um barco para Luanda.

— Não podemos roubar os cavalos! — alarmou-se Benvinda. Seríamos perseguidos como ladrões.

— Não os vamos roubar. É um empréstimo. Sossega, arranjaremos maneira de os devolver. Pagamos a alguém em Benguela para que devolva os animais.

O plano dela começava a concretizar-se. António nunca lhe tocara, não tinha coragem para tanto, não ali, pelo menos. Nunca lhe sugerira nada além da amizade, não se atrevia, porque, a partir do momento em que dormisse com ela, tudo seria diferente e ele morreria de vergonha se as pessoas soubessem que mantinha uma relação com uma negra. Mesmo tratando-se de Benvinda. Entretanto, ela fizera dezoito anos e, na propriedade, todos os homens a tinham debaixo de olho, incluindo o patrão, de quem ela fugia a sete pés com medo de que a encurralasse nalgum lugar isolado e a molestasse. Benvinda conhecia as histórias do patrão. Outras raparigas haviam caído nas suas garras e, por mais que o homem abusasse delas, não havia quem lhe fizesse frente. Os próprios pais calavam-se, com medo de serem castigados. Havia quem prestasse favores sexuais ao patrão de boa vontade, uma ou outra rapariga mais velha, mais calculista, interessada em cair nas boas graças dele, em tornar-se amante do homem e em receber tratamento especial. Mas as outras raparigas, as mais novinhas, as suas preferidas, aterrorizavam-se na presença dele, faziam-se pequeninas, escondiam-se em qualquer buraco quando o viam aproximar-se.

Já Benvinda, tinha consciência da sua beleza e do efeito que provocava nos homens. E é claro que o patrão era o mais perigoso. Um dia talvez não conseguisse escapar-lhe e não teria defesa. Benvinda suspeitava de que nem mesmo António seria capaz de o desafiar. E supunha bem, mas não exactamente pela razão que ela imaginava, pois António era suficientemente corajoso, ou suficientemente doido, para dar um tiro no patrão. Seria capaz disso e de muito mais. Contudo, se o fazendeiro quisesse possuir Benvinda à frente de António, este, mesmo contrariado, faria o que se esperava que fizesse: encolheria os ombros e viraria costas. Afinal de contas, era só uma negra, certo?

8

Partiram de madrugada enquanto toda a gente dormia. António pressionara-a muito para que fugissem. Ele não tinha inteligência que chegasse para perceber que estava a ser subtilmente manipulado, e ela tinha urgência em partir. Benvinda confiava em António, ele nunca lhe dera motivos para pensar o contrário. Mesmo sentindo que enlouquecia com a demora, morto de desejo, António portara-se sempre exemplarmente com Benvinda. Era amigo, mimava-a, mostrava-se preocupado com o seu bem-estar, conversava com ela e ajudava-a no que fosse necessário e estivesse ao seu alcance. Ao pé dela era um cavalheiro; nas suas fantasias mais secretas e mais incendiadas, imaginava o dia em que a tivesse só para si. Não a amava, jurava a si mesmo que não, mas sonhava todas as noites com ela, nua, nos seus braços, na sua cama. A imagem dos seios dela cobertos de espuma não lhe saía da cabeça e ansiava por eles, pelo seu corpo todo, negro e brilhante de suor do sexo que António ia concebendo em devaneios cada vez mais criativos e delirantes. Os dias assim tornavam-se longos, exasperantes, mas ele lá ia andando, convencendo-se de que era só uma questão de tempo, reconfortando-se com a certeza de que a sua oportunidade acabaria por chegar e de que, na altura certa, Benvinda não se lhe negaria. Acreditava que ela o queria tanto como ele a desejava.

Cavalgaram sem descanso pela madrugada e durante toda a manhã. Benvinda aprendera a montar em pequena e, tal como tudo o que aprendia, fazia-o bem. António não lhe mentira quando lhe dissera que podia tornar-se invisível no mato. Ele era exímio a apagar os rastos e a jogar às escondidas com os perseguidores. Não tomava o rumo mais óbvio, conseguia prever os passos dos perseguidores e antecipar-se-lhes. Saía do trilho, voltava atrás, punha-se de atalaia e via-os passar sem fazerem ideia de como estavam perto. Um grupo de cavaleiros, o patrão e os seus capangas armados passaram mesmo ao lado deles. Benvinda surpreendeu António observando-os com um sorriso nos lábios, genuinamente divertido, como se para ele aquilo fosse apenas um jogo.

À tarde, escolheu um bom lugar para se esconderem.

— Eles vão voltar em breve — explicou. — Vão cansar-se e regressar a casa. E nós vamos estar aqui a vê-los passar. Depois ficamos com o caminho livre.

E assim foi. As coisas aconteceram exactamente como António previu. Benvinda não o considerava estúpido e estava ciente da sua experiência no exército, contudo, era admirável ver como ele ludibriava os perseguidores. Transmitia-lhe uma certa segurança tê-lo a seu lado naquela situação, acompanhando-o pelos labirintos do mato, seguindo as suas instruções. Não havia crispação no rosto de António, nem um vislumbre de preocupação. Ele parecia absolutamente certo da sua superioridade e até se ria em surdina ao ver os cavaleiros passarem para a frente e para trás. Eram homens do sertão e, em circunstâncias normais, seriam capazes de encontrar qualquer pessoa ou animal tresmalhado, mas hoje estavam completamente desorientados com o desaparecimento impossível daqueles dois fugitivos.

Para o patrão era um ultraje, pois ele considerava-se «dono» de Benvinda e roubado por António; para os homens, esta era uma humilhação, um atestado de incompetência. Se fossem apanhados, as consequências seriam sérias; mas António desdenhava dos perseguidores, com as botas bem assentes na terra, as mãos na cintura e os polegares enfiados no cinto que lhe segurava o coldre com o revólver *Abadie*, uma recordação do exército. Benvinda não percebeu, mas, chegado àquele ponto, se os homens tentassem levá-la, António recebê-los-ia a tiro. Não queria saber!

Cavalgaram mais uma hora e meia, até ao anoitecer. Sem receio de coisa nenhuma, António esporeou o seu cavalo, instigando-o a correr em campo aberto, atravessando uma extensa planície, secundado por Benvinda. Porém, ao final da tarde, haviam-se embrenhado por uma zona de densa vegetação e foram andando, umas vezes a trote outras a passo, conforme era possível, e até ele puxar as rédeas do cavalo e anunciar que estava na altura de descansarem.

— Pernoitamos aqui — disse. «Aqui» era uma pequena clareira rodeada de árvores frondosas, capazes de os ocultar eficazmente de olhares curiosos. António escolhera o lugar criteriosamente, ponderando as condições do terreno.

Desmontaram, desaparelharam os cavalos, recolheram lenha para a fogueira e instalaram-se o melhor possível para comerem um jantar frugal e passarem a noite. Ocuparam-se destas tarefas sem falarem muito, remetidos a um silêncio entrecortado apenas pelas instruções curtas e precisas de António, orientando Benvinda sobre o que devia fazer. Tinha sido um dia de loucos e aquela era, para os dois, uma situação estranha. Até hoje, a relação deles obedecera a uma certa rotina, não propriamente planeada, mas antes ditada pelas circunstâncias das suas obrigações na propriedade. Em geral, encontravam-se ao princípio da noite debaixo do telheiro do armazém, depois do jantar, e conversavam um pouco antes de irem dormir. Durante o dia quase não se viam, à excepção de um ou outro encontro ocasional. De modo que tudo aquilo lhes parecia novo, um pouco intimidante até. Nunca tinham estado juntos tantas horas seguidas, nunca haviam assumido nenhum compromisso, nunca se tinham envolvido num projecto comum. Agora as coisas tornavam-se mais sérias. Embora não tivessem chegado a falar do assunto, o facto de decidirem enfrentar juntos um destino incerto pressupunha que, doravante, se considerassem um casal, com todo o significado que a palavra acarretava, ou não? Benvinda não sabia o que ele pensava disso, mas sabia ler os sinais e já se apercebera há muito da tensão sexual sempre presente nos seus encontros, nas meias-palavras escondidas em frases significativas, ditas no decorrer de conversas supostamente inocentes. Eram mais as coisas que ele dizia, ou sugeria, pois Benvinda preferia não se aventurar muito pelos terrenos desconhecidos das cumplicidades amorosas. Gostava de António, admitia-o, até que ponto é que não sabia. No fulgor dos seus dezoito anos, Benvinda vivia muito intensamente este impasse cheio de mistério. Sentia uma enorme excitação, um grande nervosismo. Ali estava ela, atirando-se de cabeça para o desconhecido, ao lado de um homem simpático, embora pouco expansivo. Benvinda era virgem, inexperiente, não fazia ideia de como devia comportar-se nestas situações, e ele não falava, não dizia nada.

Acabaram de comer em silêncio. António acendeu um cigarro e pôs-se a fumar, deitado no chão com a cabeça apoiada na sela e os olhos postos nas estrelas, descontraído, atirando círculos de fumo para o ar.

Benvinda acabou de arrumar os pratos e as canecas de ferro esmaltado e depois, sem mais nada para fazer, deixou-se ficar sentada, como se estivesse à espera de que acontecesse alguma coisa, sentindo-se desamparada. Subitamente, de uma assentada, foi assaltada por um turbilhão de questões urgentes. Até ali não tivera serenidade para se preocupar com nada a não ser em escapar aos perseguidores, sempre com a cabeça ocupada, cheia de emoções, num frenesim, com os nervos à flor da pele. Agora, porém, caiu em si e sentiu-se acometida de um ataque de pânico, sentiu-se acossada, vulnerável, como se tivesse novamente dez anos e corresse perigo de vida. Veio-lhe tudo à memória, recordações que o seu cérebro bloqueara há muito, quando era pequena, pormenores do massacre que ela havia esquecido graças a um mecanismo de autopreservação que eliminara pura e simplesmente da memória selectiva, os gritos aflitos dos pais e dos irmãos, os golpes de machado, o sangue a jorrar, os homens enormes, aterradores, a fuga para o mato escuro, a mesma selva, a mesma escuridão que a envolvia esta noite, o medo de ser apanhada e morta. Confundiu tudo, os assassinos de outrora e os perseguidores de hoje. Sem pensar no que fazia, levantou-se de um salto e começou a correr, a fugir, precisava de ir depressa para qualquer lado longe dali, esconder-se dos homens, dos guerreiros que a perseguiam que, afinal de contas, nunca tinham deixado de a perseguir desde pequena. Conseguia ouvir os passos pesados atrás de si e os gritos, alguém gritava o seu nome e Benvinda, em pânico, sempre a correr, quase sem fôlego, sem ver quase nada no mato cerrado, ferindo-se na densa vegetação que lhe batia no rosto, arranhando-lhe a pele. Tropeçou, caiu, levantou-se, continuou a correr, «fugir, fugir, fugir...»

9

Não sabia quanto tempo estivera desmaiada. Não muito, decerto, porque António ainda respirava com dificuldade, ofegante e com pingos de suor a escorrerem-lhe cara abaixo. Benvinda abriu os olhos e viu uma expressão assombrada no rosto dele. Tinha esbarrado contra uma árvore. «Foste de encontro a uma árvore», disse ele, «direitinha, de cabeça.» Benvinda sentiu a testa molhada por líquido espesso. Sangue. Estava deitada no chão com a cabeça no colo de António. «Estás doida?», perguntou ele, confuso. «Enlouqueceste?!» Soltou uma risada estridente, enervado com aquilo tudo. «O que é que te deu para te pores a correr assim nesta escuridão?» Ela quis dizer algo, responder-lhe, mas as palavras não lhe saíam da boca, mexia os lábios mas não dizia nada, toda ela tremia. «*Chiiiiu...*», fez ele. «Não digas nada, sossega.» Tirou um lenço do bolso e começou a limpar-lhe o sangue da testa. Depois abraçou-a e embalou-a com uma ternura desajeitada. António puxou-a mais para si, preocupado, pensando que era dele que ela fugira. «Não precisas de ter medo», disse-lhe, «eu protejo-te.» Abraçou-a com intensidade, receoso de a perder, começou a beijá-la, primeiro cheio de parcimónia, na testa, mas depois, mais embalado, nos olhos, no rosto, na boca. Inicialmente foi bom e Benvinda correspondeu ao calor febril dos lábios dele em contacto com os seus.

Mas António parecia possesso, como se a quisesse devorar com beijos, sem modos, sem romance, muito sôfrego, abrutalhado, procurando satisfazer a sua excitação urgente, sem pensar em mais nada, nem mesmo nela. Assustou-a. «Espera, espera...», pediu Benvinda, empurrando-o, mas ele, indiferente, continuou a beijá-la e a agarrá-la com força, explorando o seu corpo com as mãos, espremendo-lhe os seios, magoando-a. «Espera!», gritou ela. Conseguiu soltar-se dos braços dele.

— O que é que se passa contigo? — perguntou António, surpreendido e ofendido com o comportamento dela.

— Estavas a magoar-me.

— Porque é que fugiste de mim?

— Não fugi de ti.

— Mentirosa! — gritou-lhe, furioso. Benvinda estremeceu, sobressaltada, e ficou a olhar para ele como uma menina indefesa, aflita. António ergueu-se e aproximou-se dela, de joelhos. Tentou abraçá-la. Ela recuou, assustada, apoiando as mãos no chão para se arrastar para trás. Mas ele caiu em cima dela, obrigando-a a deitar-se na terra dura.

És minha — disse. Benvinda debateu-se, lutaram, ele começou a bater-lhe para a dominar. — Fica quieta! — gritou. — Puta! Fica quieta. Quem é que tu julgas que és, preta de merda?! Achas-te boa demais para mim, achas?!

Benvinda tentou arranhar-lhe a cara e ele desferiu-lhe um murro em cheio no queixo, deixando-a quase sem sentidos. Em seguida, rasgou-lhe o vestido, agarrou-lhe num seio com ferocidade selvática e enfiou-o na boca, chupando-o e lambendo-o avidamente.

— Não... — Chorou, implorou-lhe que parasse.

— Cala-te! — Envolveu-lhe o pescoço e começou a exercer pressão. — Cala-te ou eu mato-te.

Benvinda percebeu que não conseguiria impedi-lo e calou-se, certa de que António cumpriria a ameaça. Ele manteve-a imobilizada com a mão direita a segurá-la pelo pescoço enquanto enfiava a esquerda debaixo do vestido dela para lhe arrancar as cuecas, antes de desabotoar as calças e afastar-lhe as pernas para o lado. Benvinda sentiu uma dor que nunca tinha sentido, uma dor física, como se estivesse a ser rasgada por dentro, e uma dor de alma ainda pior. Rendida, desistiu de lutar, apática, à espera de que ele acabasse de fazer o que tinha a fazer e a largasse.

António deixou-a sozinha e regressou ao acampamento. Muito depois de ele se ter ido embora, sentada no chão, balouçando-se para a frente e para trás, a chorar de vergonha e de humilhação, tapando-se com os braços cruzados, segurando o vestido esfarrapado, Benvinda foi-se acalmando. Chocada, confusa, fez um esforço para se controlar, para pensar. Mas, por mais que tentasse, não conseguia perceber como é que se tinha enganado tanto a respeito de António. Não reconhecia aquele animal, aquele selvagem que acabara de a violar não era o mesmo homem amoroso que lhe fazia companhia todas as noites na propriedade, debaixo do telheiro do armazém. *Ele transformou-se!*, pensou, horrorizada.

A sua vontade era desaparecer dali para fora, afastar-se, esquecer que ele existia e começar a andar sem parar, sem olhar para trás. Mas Benvinda sentia-se dorida e febril, e nem precisava de pensar duas vezes para concluir o óbvio: não conseguiria ir a lado nenhum sem um cavalo. E, já agora, sem a orientação de António. *Talvez,* reconsiderou, *talvez consiga encontrar o caminho, mas preciso do cavalo.*

António abriu os olhos ao primeiro raio de sol. Acordava facilmente com a claridade, um hábito que lhe ficara dos tempos do exército. Dormiu bem, um sono pesado e despreocupado, sem qualquer remorso capaz de lhe provocar pesadelos. Aliás, quando Benvinda regressou ao acampamento, António já se deitara e dormia, satisfeito consigo próprio. Deitou-se com o pensamento feliz de que dera uma lição a Benvinda, convencido de que havia uma certa naturalidade na resistência dela, mas achando que estivera à altura da situação. É claro que ela precisava de ser domada, pensou, de aprender a colocar-se no seu lugar; afinal de contas, era uma fêmea brava, cheia de pêlo na venta. O seu último pensamento, antes de adormecer, foi que, no futuro, Benvinda seria mais dócil e as coisas entre eles seriam mais fáceis. E a primeira imagem que viu, ao acordar, foi Benvinda sentada no chão com as pernas cruzadas, ao seu lado, mas afastada a uns prudentes três ou quatro metros. Mudara de roupa, pusera um vestido limpo, e tinha um revólver nas mãos pousadas no colo.

Ainda estremunhado, António levou a mão à cintura e, em vez de ficar alarmado, ficou intrigado. *Como é que ela me roubou o revólver sem eu dar por isso?*, perguntou-se, sem deixar de sentir uma ponta de admiração pela habilidade dela.

Benvinda observava-o com uma expressão desconsolada, desiludida. António sentou-se, bem-disposto, e espreguiçou-se.

— Para o que é isso? — perguntou, apontando jovialmente para o revólver. — Vá lá, Benvinda, não vais ficar chateada comigo por causa de ontem à noite.

Ela não lhe respondeu.

— Benvinda — insistiu António —, eu gosto de ti, não estou zangado por teres fugido. Vamos esquecer isso e continuamos amigos, está bem?

Ela continuou sem reacção. Ele esfregou vigorosamente a cabeça com a mão direita, a pensar que lhe ia tirar o revólver, dar-lhe um par de estalos e mandá-la fazer café antes de se porem a caminho.

— Vais ficar aí sentada a olhar para mim, feita estátua, o resto do dia?

Então Benvinda quebrou o silêncio.

— Eu vou guardar este revólver — disse num tom calmo, controlado, de quem tivera bastante tempo a ponderar uma decisão. Vou contigo até Benguela e, quando chegarmos, vai cada um à sua vida. Não te quero ver mais. E se voltares a tocar-me, mato-te.

— Huuuuu... — fez ele, arregalando muito os olhos, divertido. — Que má! «Não te quero ver mais. E se voltares a tocar-me, mato-te.» Que dramática! Estou cheio de medo.

António pôs-se de pé. Benvinda levantou-se logo e apontou-lhe o revólver.

— Sabes o que vais fazer?

— Fica onde estás, ou disparo!

— Qual disparas! Tu sabes lá disparar um revólver. Sabes o que vais fazer? Vais dar-me essa arma e depois vamos tomar um cafezinho, tranquilamente.

Deu um passo na direcção dela.

— Não te aproximes!

— Não sejas parva, tu não és capaz de disparar contra mim.

Benvinda puxou o cão do revólver. António parou, hesitando, depois abanou a cabeça com um sorriso de desprezo e deu mais um passo.

O primeiro tiro não o derrubou, apenas o reteve. Benvinda ficou tão surpreendida quanto ele, como se o seu dedo tivesse apertado o gatilho automaticamente e o cérebro só registasse o acontecimento um segundo depois. António olhou para o próprio peito e viu uma mancha vermelha começar a alastrar na camisa branca. Levantou a cabeça e olhou para ela incrédulo. Deu mais um passo na sua direcção. Benvinda tornou a apertar o gatilho, uma, duas vezes. António, boquiaberto, aparvalhado, ergueu a mão e apontou-lhe um dedo acusador.

— Tu... — Tentou falar. A visão turvou-se-lhe, começou a vê-la desfocada, perdeu a força nas pernas e resvalou sobre si mesmo, caindo de lado, com a cara contra o chão de terra. Inspirou com dificuldade e tossiu, atrapalhado com a poeira que lhe invadiu a garganta. Um vómito de sangue saiu-lhe pela boca. O seu corpo em choque começou a sacudir-se convulsivamente. Depois parou, perdeu todos os sinais de vida. Morreu a olhar para Benvinda com uns olhos vítreos e uma expressão espantada, como se perguntasse *porquê?*

Benvinda caiu de joelhos à frente dele, com a arma fumegante ainda na mão. Ficou assim, paralisada, durante uns bons dez minutos, o tempo suficiente para se dominar e pôr as ideias no lugar. Tinha corrido tudo mal, pensou, uma pessoa planeava uma coisa durante meses e saía tudo ao contrário. *Incrível!* Não teve pena dele, não queria ter pena dele; naquele momento só sentia raiva por António a ter enganado, por ter demonstrado tanta falta de respeito, por a ter violado e por a considerar estúpida e fraca ao ponto de achar que não seria capaz de disparar. Até nisso ele a traíra. Agora estava ali sozinha, com o patrão e os seus capangas a persegui-la e nem sequer poderia contar com António para a ajudar. *Cabrão, filho da mãe!*

Pelo menos, numa coisa o sacana era fiável, pensou Benvinda: sabia esconder-se. Tinham-se embrenhado tanto no mato e encontravam-se tão afastados de qualquer zona de passagem que seria improvável alguém dar com ele durante meses, talvez anos. Entretanto, os animais selvagens encarregar-se-iam de o fazer desaparecer, de todo. A última coisa que Benvinda precisava era de ser acusada do homicídio de um homem.

Encheu-se de coragem, respirou fundo e começou a trabalhar com gestos precisos, automáticos, afastando todos os pensamentos da cabeça, procurando manter-se fria e objectiva enquanto despia o cadáver. Tirou-lhe as botas, a roupa toda, os documentos e o anel que usava no dedo da mão direita. Não deixou absolutamente nada que o pudesse identificar. Em seguida, foi buscar a pequena pá de cavar trincheiras que António trouxera, afastou-se cerca de vinte metros, abriu um buraco no chão, suficientemente profundo para não atrair o olfacto dos animais selvagens, atirou lá para dentro a camisa ensanguentada e os restantes objectos e voltou a tapar o buraco. Só guardou o dinheiro que ele trazia na carteira.

Regressou ao acampamento e gastou mais alguns minutos a recolher folhas para encobrir o cadáver de modo a ficar completamente escondido. Depois de se assegurar que ninguém o encontraria a menos que tropeçasse nele, Benvinda fez mais um buraco para enterrar as cinzas da fogueira.

Esquadrinhou o cenário com muita atenção, certificando-se de que não lhe escapara nada e, dando-se por satisfeita, selou os cavalos, montou, afastou-se dali.

Quando finalmente encontrou o trilho que tinham abandonado no dia anterior, desmontou e prendeu as rédeas dos cavalos a uma árvore. Sentiu que precisava de parar um momento. Benvinda sentiu-se quebrar por dentro. Ao tomar consciência de que a partir dali estaria mais vulnerável aos seus perseguidores e ao realizar a enormidade do que fizera nas últimas duas horas e a aventura que ainda tinha pela frente, sentiu o estômago às voltas e só teve tempo de se dobrar para a frente, incapaz de conter o vómito que lhe subiu à garganta. Depois ficou melhor. Inspirou fundo, acalmou-se, recuperou o controlo.

Atou a rédea do cavalo de António à sela do seu. Enfiou o pé no estribo, montou, agarrou bem a rédea, esporeou o animal com um grito decidido levando-a a galope, e rezou para encontrar o caminho até Benguela.

O SERTÃO

10

Eram vinte e nove quilómetros de Luanda a Cassualala, primeira etapa de uma longa viagem até Malange. Carlos foi à boleia num comboio de transporte de carga. Na estação do Bungo, na Cidade Baixa, saltou para um vagão madeireiro vazio e acomodou-se como pôde em cima da plataforma metálica. Pelo menos, não iria abafado no calor insuportável de uma carruagem de passageiros. Era agradável deixar pairar o espírito contemplador pela paisagem selvagem, enquanto o comboio fumarento rasgava a planície africana, cruzando-se aqui e ali com manadas de animais que largavam a fugir assustadas com o trovejar da composição quebrando o sossego da natureza. As girafas e as palancas afastavam-se para longe ao primeiro apito da buzina que o maquinista fazia soar para as ver correr. Os elefantes, desconfiados, enervavam-se ao ver o estranho monstro e punham-se logo em marcha, procurando outras paragens mais tranquilas. Quanto aos leões, deitados em pequenos grupos entre a camuflagem da vegetação, levantavam o pescoço, curiosos, mas deixavam-se estar, imperturbáveis na sua enganadora bonomia preguiçosa.

O sol brilhava pleno sobre a savana sem fim, ocasionalmente cortada por pequenos grupos de árvores que prometiam uma trégua fresca e escassa naquele território intocado, de uma beleza em estado puro, deslumbrante. Embrenhado em pensamentos platónicos, o tenente Carlos Montanha teve a reconfortante sensação de que regressava a casa. Trazia um saco de campanha com uma farda suplementar e mais alguns haveres. Levava no colo uma carabina *Kropatschek* de cano curto e, à cintura, um coldre com um revólver *Abadie*.

Chegando a Cassualala, onde pernoitou, Carlos alimentou-se convenientemente, sabendo que tinha pela frente uma difícil viagem de qutrocentos e vinte e cinco quilómetros. Era uma pequena localidade de agricultores, com um posto comercial e um representante da administração pública. Partiu no dia seguinte. Mais tarde escreveu no seu bloco de notas: «*O percurso até Malange, passando pelo Dondo e Pungo-Andongo, foi feito por estreitos e sinuosos trilhos de caravanas gentílicas e sob os tórridos e abafadiços ardores dos raios solares, amenizados porém, de quando em quando, pelas sombras oásicas de frondosos arvoredos e perante uma encantadora paisagem, que não poucas vezes se desfruta em África, por entre os mais variados aspectos dos horizontes sertanejos.*»

No Dondo aceitou a generosidade hospitaleira do chefe daquele concelho, um capitão do antigo Quadro Colonial, que colocou a sua casa à disposição de Carlos, oferecendo-lhe um quarto para dormir e um lugar à sua mesa. Ali ficou alguns dias, retemperando as forças, na companhia do anfitrião e dos comerciantes locais que o foram convidando, à vez, para jantar nas suas residências.

Demorou-se cinco dias no Dondo. Aproveitou para se abastecer de víveres e para comprar alguns bens nas lojas dos comerciantes. Na véspera da partida, o tenente foi obsequiado com um banquete em sua honra. Tomou-se um vinho do Porto antes da refeição e o chefe do concelho fez um brinde.

— Foi um gosto tê-lo cá, tenente — declarou o capitão, erguendo o copo e bebendo-o sem hesitação até à última gota. Em seguida, repetiu as queixas que Carlos ouvira vezes sem conta e de muitas bocas nos dias anteriores. — Estamos numa terra de oportunidades — disse e o exército faz-nos muita falta, é vital para garantir a expansão dos negócios em segurança. Infelizmente, como todos sabemos, Lisboa fica muito longe e o governo mostra-se pouco sensível a estas questões. Eu sei a empresa que o senhor tem pela frente, tenente, porque já passei por isso. A tropa é escassa e o armamento insuficiente. Os europeus enfrentam tribos insubmissas que contam com milhares de guerreiros. Aqui no Dondo, por exemplo, dependemos de nós próprios para nos defendermos. De todo o lado surgem mercadores gananciosos e pouco escrupulosos que vendem armas aos gentios. Estão a fornecer bom armamento ao inimigo. *Mannlicher, Winchester, Martini-Henry, Snider,* hoje em dia, eles têm acesso a tudo. Os holandeses e os alemães querem desacreditar a nossa política colonial; convém-lhes, é óbvio, mas há também alguns portugueses a fazer negócio à custa do nosso sangue. O que nos vai valendo é que a maioria dos guerreiros prefere as armas tradicionais e os outros ainda se ajeitam mal com as armas de fogo. Mas eles têm a seu favor a vantagem de serem em maior número. De modo que, meu caro tenente, estamos metidos num ninho de vespas.

Os outros iam abanando a cabeça gravemente, apoiando em voz baixa e reverente as palavras do chefe do concelho. Eram homens duros que tinham rumado a Angola com a perspectiva, senão de uma vida fácil, pelo menos de fazerem fortuna. Naquela época era comum despachar para África os indesejáveis do reino: criminosos, opositores políticos, anarquistas, gente pobre e analfabeta, havia de tudo um pouco. Movidos pela vontade inabalável de enriquecerem a todo o custo, e pela ganância, estabeleciam-se nos entrepostos comerciais ou fundavam colónias agrícolas. Os deserdados do reino, seguindo o princípio de que quem nada tem, nada tem a perder, iam criar raízes onde fosse preciso, nos locais mais distantes, onde mais interessasse ao Estado que lhes dava as propriedades. Em Portugal eram agricultores sem terra, em Angola era-lhes oferecida a oportunidade de prosperar. Ainda assim, eram poucos os que arriscavam a vida em África, onde a lei era frágil, a capacidade militar era débil, e os colonos, em minoria, isolados no interior, sentiam que dependiam apenas deles próprios para sobreviver.

Retomou a viagem de manhã, muito cedo, ainda com os tons amarelos tímidos a sobreporem-se lentamente ao azul-escuro do céu, na claridade escassa da aurora. O chefe do concelho colocou à sua disposição uma tipóia e quatro carregadores para o transportarem. Ao invés, Carlos preferiu montar um cavalo baio e aproveitar os homens para lhe levarem a bagagem e os víveres com a ajuda de animais de carga.

A pequena caravana seguiu pelos trilhos precários, internando-se pelas passagens estreitas do mato agreste, quando o havia, ou enfrentando os calores impossíveis da planície inóspita. Carlos tomou a dianteira, abrindo caminho. Sofria os transtornos do clima tropical e húmido, incomodado com o uniforme encharcado de suor, colado ao corpo, desde que o sol impunha o seu rigor, a meio da manhã, até ao cair da tarde. Tirando isso, os primeiros quilómetros fizeram-se sem contratempos de maior. Ao segundo dia, porém, o pior pesadelo do habitante da savana materializou-se subitamente, quando um grupo de leoas lhes caiu em cima com uma voracidade de gelar o sangue ao mais corajoso dos homens.

Carlos ia absorto em pensamentos agradáveis, meio espapaçado com o calor das dez da manhã, bem acordado mas um pouco desligado do ambiente que o rodeava. Puxara a pala do chapéu para a frente, de modo a proteger o olhos do sol intenso que se reflectia na paisagem amarelada, de capim alto, a perder de vista. As passadas ritmadas do cavalo embalavam-no em cima da sela e ele, mesmo sem querer, viu-se a imaginar Leonor em Luanda, a fantasiar sobre a rotina dela, tentando adivinhar o que estaria a fazer àquela hora. Talvez tivesse dormido até tarde e estivesse agora a acabar de se arranjar para sair. Talvez aproveitasse a manhã para sair com a mãe e com a irmã. Iriam às compras, provavelmente, ou tratariam de algum assunto para a casa, que naquela altura ainda não deveria estar, nem de perto nem de longe, ao gosto da mamã, exigente e requintada como era, toda ela dada aos luxos europeus. Carlos riu-se para dentro ao pensar na confusão que a vida colonial devia provocar na cabeça da criatura. Em contrapartida, Leonor deveria andar eufórica com tanta novidade, aproveitando bem o tempo para conhecer a cidade e as pessoas. Não duvidava de que ela se adaptaria rapidamente. Arranjaria motivos para se entreter. Perguntava-se se Leonor pensaria tanto nele quanto ele pensava nela. Já quisera escrever-lhe uma primeira carta, no Dondo, mas desistira do projecto, desmoralizado, sem saber como começar, o que lhe dizer, intimidado com o tom da missiva, se havia de lhe escrever uma carta de amor, cheia de sentimentos por ela, de intimidades ousadas, ou, pelo contrário, se devia limitar-se a alinhavar umas quantas frases factuais sobre os seus dias insípidos. Não sabia, não estava habituado. Mas agora, com a saudade a apertar e ponderando o risco de Leonor o esquecer se não mantivessem contacto regular por correspondência, ganhou uma nova determinação e decidiu que lhe escreveria o quanto antes, fosse para dizer umas quantas banalidades ou para lhe abrir a alma. Logo se veria, pensou, alguma coisa haveria de lhe surgir. Pelo menos, teria a desculpa de lhe enviar o seu endereço em Malange, o que já seria um começo. Prometera-lhe isso e tencionava cumprir. Era um ponto de honra, animou-se, e com a honra não se brincava!

Atrás dele, os carregadores apeados tinham vindo entretidos à conversa. Eram oriundos de uma tribo submissa. Envergavam roupas europeias, simples e encardidas. Falavam baixo, reverentes, fazendo lembrar a Carlos os sussurros das pessoas na missa. Mas entretanto tinham-se calado, e o silêncio dos homens chamou a atenção do tenente. Voltou-se na sela e alarmou-se ao vê-los de arma na mão. Os quatro pegavam nas suas carabinas *Martini-Henry*. Pareceram-lhe assustados, enquanto os animais, como que pressentindo o perigo, agitavam-se. Carlos puxou levemente as rédeas do seu para o deter.

— O que foi? — perguntou.

— Leões — disse um deles, em voz baixa.

Não houve tempo para mais nada.

11

Cinco leoas esfaimadas, exímias caçadoras, quais fantasmas invisíveis, deslizantes, camufladas no capim graças ao seu pêlo dourado, da cor da vegetação, vinham a segui-los com o propósito de lhes roubar os animais de carga. Tinham-lhes montado um cerco, aproximando-se lenta e pacientemente, estreitando-lhes o espaço de manobra para lhes limitar a fuga. Mas foram traídas pelo instinto dos animais, capazes de cheirar um predador à distância, e pela perspicácia dos carregadores que, ao verem a inquietação dos muares, não demoraram a perceber o que se passava.

Carlos só teve tempo de se apear com a carabina aperrada e fazer fogo à vontade. Os carregadores, mais habituados e mais lestos, já usavam as suas armas finas numa fuzilaria desesperada sobre o grupo atacante. As leoas correram para eles, agigantando-se a uma velocidade inacreditável.

A batalha de vida ou de morte prolongou-se por cerca de vinte minutos de nervos. O tenente assumiu o comando, organizando a defesa após repelirem a primeira carga das atacantes. Carlos deu ordem para que os carregadores tomassem posições em redor dos animais:

— Formem um quadrado! — gritou. — Protejam os animais!

Mas estes, assustados e nervosos, mal se continham no centro do quadrado improvisado pelos homens que os protegiam. As leoas voltaram à carga. Uma delas foi abatida com um tiro de instinto na cabeça, no último momento. Já ia no ar, no salto final de uma corrida tremenda, quando a bala lhe roubou a vida e foi aterrar morta aos pés de um dos carregadores, também ele quase morto de medo. Restavam quatro leoas. Feridas e enraivecidas com as ferroadas das balas, que lhes rasgavam a carne e lhes causavam sangrias, as leoas não compreendiam o resultado mortal das armas e só recuavam devido ao choque e à dor. Mas era uma questão de sobrevivência, pois tinham as crias na retaguarda e a comida estava ali mesmo à frente, à distância de uma curta corrida, demasiado tentadora para desistirem da caçada. Contudo, as feridas tiravam-lhes as forças, tornavam-nas mais lentas, mais vulneráveis.

Hesitantes, as leoas mantiveram o cerco à distância, rosnando de dor e de fúria. Os homens, percebendo que iam ganhar, acalmaram-se. Já os animais, possuídos por uma febre de pânico, saltavam, escoiceavam, relinchavam. Via-se-lhes o terror nos olhos tresloucados. Um dos muares acabou por perder as estribeiras e, com um golpe de pescoço, arrancou as rédeas das mãos suadas do homem que as segurava e largou a correr numa fuga sem esperança. As leoas, vendo a oportunidade, abandonaram o cerco para se concentrarem na presa fácil que galopava pela planície sem fim e sem refúgio, em passada demasiado lenta, muito pesada com a carga ainda presa ao dorso. Num instante, o macho foi alcançado pela leoa mais rápida e derrubado com um único golpe, uma patada violenta desferida na garupa. As outras leoas caíram-lhe em cima, saltaram-lhe para o pescoço, abocanharam-no, cravaram-lhe as garras e acabaram de estraçalhá-lo até à morte.

Carlos percebeu que era o momento ideal para se afastar de mansinho sem perturbar o festim das leoas, entretidas a mergulhar o nariz em sangue quente. Teve de se conformar com a perda da carga que o muar, na sua corrida infeliz, arrastara consigo. Deu ordem aos homens para recuarem em silêncio, de olhos postos nas leoas e carabinas prontas a disparar. Andaram assim até Carlos se sentir suficientemente seguro para montar e fugir dali antes que as leoas voltassem a interessar-se por eles.

O ataque das leoas custou-lhes um animal e a sua carga, com a agravante de que era o muar abatido quem carregava todos os víveres, pelo que, doravante, no resto da viagem, teriam de caçar para comer. E, ainda por cima, tinham-se visto na contingência de se desviar do caminho certo para contornar as leoas. *Do mal, o menos,* pensou Carlos, *estamos todos vivos, e isso é o que interessa.*

12

O tenente Montanha já contara trinta e cinco dias desde que saíra de Luanda, quando finalmente entrou em Malange, montado no seu cavalo a passo, seguido dos quatro incansáveis carregadores nativos conduzindo as três muares sobreviventes. Foi encontrar um concelho em pé de guerra.

Para os Portugueses, Malange, naquela época, era pouco mais do que um aquartelamento de tropas constituído por alguns edifícios toscos, embora bem organizado e sujeito aos rigores da disciplina militar. Havia as casernas, a messe dos oficiais e ainda a casa de armas. Tudo isto fortificado por grossas paredes defensivas, erguidas através de trabalhos de terraplenagem. A vida em redor resumia-se a uma rua muito larga, poeirenta, com meia dúzia de casas de cada lado, e contava com oito propriedades agrícolas e comerciais e a Missão Católica das Congregações do Espírito Santo, dos padres missionários e das irmãs religiosas. Além da repartição administrativa civil e militar, havia uma Câmara municipal e uma delegação judicial.

Carlos foi apresentar-se ao chefe do concelho, o capitão Cândido Castro, um militar obstinado de modos aristocráticos, muito magro, bigode de pontas finas e uma voz aguda condizente com o seu aspecto frágil e enganadoramente debilitado, pois revelou desde logo um carácter inflexível e uma energia inesgotável.

— Estamos aqui para pôr a casa em ordem, tenente — declarou. — O nosso principal problema é o jagado da Calandula Camuiri, três mil guerreiros em armas, e tenciono subjugá-los rapidamente, a bem ou a mal. Quero que se encarregue da instrução militar.

— Sim senhor, meu Capitão.

— Começa amanhã. Tem o dia de hoje para se instalar.

Como o tenente veio a constatar em pouco tempo, o capitão era um homem sem sentido de humor, caprichoso, cheio de ambições, mas com tendência para a asneira. Tinha pressa de conquistar território, embora não tivesse as ideias muito esclarecidas sobre a melhor forma de o fazer. Definitivamente, precisava de um bom conselheiro. Carlos viu ali uma oportunidade.

O alojamento que foi destinado ao tenente Montanha não podia ser mais espartano: uma pequena casa rústica de pau a pique, coberta de capim seco e barreada a branco. Na realidade, como só tinha uma divisão, era mais um quarto, com uma cama de madeira, colchão de palha, uma mesa pequena, duas cadeiras e um candeeiro a petróleo.

Nessa noite, depois de jantar na messe na companhia do capitão e dos outros oficiais, Carlos foi sentar-se a escrever a Leonor a carta que tinha vindo a adiar. Demorou muito tempo a ordenar as ideias que andavam a bailar-lhe na mente desde que saíra de Luanda. Gostaria de dizer a Leonor que a amava e que pensava nela todos os dias e a toda a hora, que ardia de impaciência por voltar a vê-la, agarrar as suas mãos pequeninas e delicadas e beijar os seus lábios carnudos, experimentar, enfim, sensações extraordinárias com ela. Mas sentia-se ridículo a escrever sentimentalidades e, como se lhe afigurava mais constrangedor fazer confissões de amor do que enfrentar os perigos da selva, optou por encher duas páginas manuscritas com os seus dias no interior, os caminhos percorridos, as pessoas que encontrara e, no final, uma pincelada sobre as cores apaixonantes da paisagem africana. Afinal, sempre foi descaindo um pouco para o sentimento, dizendo-lhe que era uma vida solitária e que tinha muita pena de não poder partilhar com ela os momentos únicos da aurora sertaneja. Embora não a quisesse perturbar com episódios sanguinários, a vaidade masculina falou mais alto e acabou por não resistir à tentação de a impressionar um pouco com uma descrição algo entusiasmada do ataque das leoas e de como escapara ileso graças à sua experiência militar que, escreveu, lhe preservava o sangue-frio em situações impossíveis. Depois, querendo-se modesto, juntou-lhe uma pitada de humor, acabando por reconhecer que, se não fosse o sacrifício involuntário do macho que lhes fugira em pânico, teria sido ele e os seus carregadores a servirem de repasto às feras. Releu a carta e, dando-se por satisfeito com o resultado de quase duas horas à secretária, rematou-a com «*um beijo de muita saudade*» e assinou o nome todo com uma caligrafia fina «*do seu Carlos Augusto de Noronha Montanha*».

O tenente Montanha tinha pela frente a árdua tarefa de dar instrução aos oficiais, aos sargentos e a seiscentos cabos e soldados indígenas de segunda linha. De modo que as duas semanas seguintes foram dedicadas a um programa de exercício intensivo. Actividade física e carreira de tiro. Do nascer ao pôr-do-sol. Perante o desafio de disciplinar centenas de homens, Carlos assumiu desde o início uma atitude altiva, foi duro, não hesitou em aplicar castigos severos ao mínimo laivo de rebeldia.

Tinha de manter a ordem, não podia perder o controlo. Coadjuvado por sargentos veteranos, dividiu os homens por patentes e grupos. Os oficiais, em menor número, recebiam um tratamento mais respeitoso, mais condizente com a sua graduação, embora não fossem poupados no treino, pois no geral foram todos submetidos ao mesmo programa implacável. Carlos sabia que aquilo que não os matasse na instrução salvá-los-ia mais tarde no campo de batalha. Era sua responsabilidade prepará-los para o pior, pois não se tratava de uma recruta de rotina num qualquer quartel da metrópole.

Estavam metidos bem no centro do furacão, em território hostil, rodeados de tribos insubmissas e dispostas a tudo para defenderem o seu modo de vida e a sua liberdade. Carlos conhecia bem o historial de derrotas que o exército português já sofrera em Angola, devido à incompetência militar de alguns comandantes e, sobretudo, ao facto de enfrentarem um inimigo muito superior em número. As vantagens do exército eram a disciplina das tropas debaixo de fogo, a capacidade estratégica dos comandantes e o material bélico superior, bem como a utilização correcta do armamento, assuntos em que os guerreiros indígenas deixavam muito a desejar. Quando em combate, os sobas das tribos mais poderosas, que ousavam desafiar a autoridade do *muene puto* dos portugueses –, confiavam muito na superioridade numérica e mandavam avançar os seus guerreiros em hordas, ondas humanas que caíam incessantemente, uma após outra, em cima das colunas do exército, às centenas de cada vez. Era uma estratégia temerária que custava muitas vidas entre os atacantes, mas já lhes granjeara a vitória em várias batalhas que haviam terminado com as tropas em retirada e a braços com uma quantidade inaceitável de baixas.

Além de supervisionar o treino dos homens, Carlos foi incumbido de auxiliar o chefe do concelho nas tarefas de administração civil e militar. Esse trabalho implicou um relacionamento profissional estreito com o capitão Cândido Castro e conduziu a um rápido conhecimento mútuo. Em breve, Carlos tornou-se o homem de confiança do capitão, ganhou o estatuto de braço direito e ficou a saber as idiossincrasias do seu comandante. Interpretava-lhe correctamente os humores e, vendo-o mais enérgico e impulsivo pela manhã, preferia esperar pela tarde para introduzir os assuntos que exigiam uma reflexão mais sábia e mais tranquila. Enquanto conselheiro do comandante-em--chefe, cabia-lhe antecipar as suas reacções a quente e prever as consequências das suas ordens, caso chegassem a ser executadas. Deste modo conseguia que uma guerra saída logo pela manhã da cabeça fervilhante do capitão se desvanecesse antes mesmo de começar, após uma conversa mais ponderada à tarde.

O comandante era um homem irrequieto, à procura de acção, cheio de iniciativa, ainda que a impaciência não fosse boa conselheira e a precipitação pudesse conduzir a situações catastróficas. Naquela época, os portugueses disputavam com os ingleses uma corrida pela ocupação de uma parte importante do território angolano. A sudeste de Malange, o Moxico era uma vasta região virgem que, devido à inexistência de riquezas apetecíveis, tinha-se mantido praticamente inexplorada até à data. Agora, porém, os tratados internacionais gizados na conferência de Berlim faziam depender os direitos coloniais de uma ocupação efectiva dos territórios. Os ingleses, confiando nos fracos recursos dos portugueses para cumprir esse objectivo, preparavam uma expedição que deveria partir do Cabo em breve e que, se fosse bem-sucedida, obrigaria a uma redefinição da linha que estabelecia a fronteira leste de Angola, aumentando a influência da coroa britânica na zona e reduzindo consideravelmente o território português. Contudo, os portugueses antecipar-se-iam aos intentos ingleses e acabariam por vencer esta corrida, porque um capitão temerário, liderando uma coluna miserável de setenta e dois degredados e meia dúzia de oficiais, partiu de Benguela em finais de Agosto de mil oitocentos e noventa e quatro e chegou ao Moxico antes da expedição inglesa, que contava com seiscentos homens mas que só partiu em Março do ano seguinte.

Embora não estivesse directamente envolvido nesta questão, o capitão Cândido Castro sentia-se contagiado por ela e pela urgência de solidificar igualmente a soberania portuguesa no concelho de Malange. O capitão ardia de impaciência e sobressaltava-se com as frequentes notícias que lhe chegavam sobre confrontos entre tribos rivais no território sob a sua jurisdição. Por seu lado, Carlos queria ter a certeza de que as tropas estariam bem preparadas antes de avançarem para uma campanha armada. E, de facto, conseguiu ganhar algum tempo, algumas preciosas semanas que lhe permitiram intensificar a instrução militar e preparar o melhor possível os homens. Mas houve um momento em que a paciência do chefe do concelho se esgotou.

— Não podemos esperar mais — declarou o capitão. — A situação está a tornar-se insustentável.

— Dava jeito mais algum tempo — comentou o tenente —, para completar a instrução.

Estavam no gabinete do comandante: este sentado atrás de uma secretária de madeira sólida, com a papelada arrumada com rigor militar, o tenente de pé, em sentido.

— À vontade, tenente. Sente-se.

Carlos sentou-se na beira da cadeira, aprumado, mantendo as costas direitas como se tivesse uma armadura de ferro dentro do dólman. Era uma atitude estudada; Carlos sabia que o chefe apreciava esse tipo de postura e precisava dele bem-disposto. Tanto quanto possível, pelo menos. Eram quatro da tarde e o comandante já dera a sua volta pelo campo de instrução e metera o nariz em todos os cantos do forte. Já despejara, enfim, a sua dose de mau feitio em cima de todos os infelizes que apanhara em falta.

O capitão recostou-se na sua cadeira de pau, fazendo estalar a madeira, meditativo, a fumar um cigarro. Fez uma careta, um esgar, cerrou os olhos por causa do fumo que lhe saía pela boca e pelo nariz, fazendo lembrar um touro enraivecido. Sentia-se inútil, e isso incomodava-o ao ponto de se irritar mais e mais de dia para dia. Tinha à sua disposição um número invulgar de soldados e mais algumas centenas de homens, auxiliares, prontos a pegarem em armas. Tudo por causa do clima de rebeldia que se instalara no concelho. A maioria dos povos da região guerreava-se, entre si, fazendo tábua rasa da autoridade portuguesa. Era como se o exército não existisse, um sinal claro de arrogância, de desprezo pelas leis do *muene puto*. Para o capitão, tratava-se de uma situação inaceitável, evidentemente; nenhuma potência europeia podia tolerar a insubordinação dos povos nativos, sob pena de perder o controlo, de ver a sua supremacia desvanecer-se como um castelo de areia. O capitão sabia – e o tenente também – que, pelo andar da carruagem, se não fossem tomadas medidas urgentes, mais dia menos dia, teriam os nativos à perna, desafiando--os, atacando-os. Era imperativo cortar o mal pela raiz.

— Já tiveram instrução suficiente — disse o capitão, debruçando-se sobre a secretária e apagando o cigarro num cinzeiro metálico. Não era uma pergunta, era uma decisão. — Não se preocupe, tenente, fez um excelente trabalho.

— Sim, meu Capitão.

— Acabou o tempo da tolerância e chegou o momento da força.

PERSEGUIDA PELO PASSADO

13

— Menina Leonor! — chamou Benvinda, correndo desde a porta da rua. — Menina Leonor! — Acudiu à cozinha e estacou muda, à porta, ao ver a patroa com a menina. Tagarelavam, cada uma do seu lado da bancada, no centro da cozinha, enquanto afundavam as mãos na farinha e na massa dos rissóis, esculpindo-lhes a forma, cortando-os em meias-luas com um copo ao contrário, preparando-os para fritar.

Leonor levantou a cabeça.

— O que foi, Benvinda?

Ela não respondeu logo, ponderando se devia dizer ao que vinha, escondendo a carta atrás das costas.

— Credo, mulher! — exclamou a mãe. — Onde é que é o fogo?

— Não sabia que a senhora estava aqui.

— Pois, mas estou. Diga lá ao que vinha. Aconteceu alguma coisa?

— Não, era só correio.

— Carta para mim? — Animou-se Leonor, precipitando-se para a torneira, para lavar as mãos.

— Nada de especial — respondeu Benvinda. Leonor toldou-se numa tristeza súbita.

— Estranha maneira de distribuir cartas sem importância comentou Maria Luísa, sem dar nota do desconsolo da filha.

— Não, é que veio uma carta de Lisboa.

— Deixe ver — ordenou.

Benvinda materializou o envelope e sorriu com a magia de o sacar do bolso do avental, enquanto escondia o outro, mais picante, mais secreto. Dava-lhe gozo a consciência de ser bem mais inteligente do que a senhora, embora não lhe quisesse mal. A mulher podia ter modos bruscos e tiques de superioridade, mas não era maldosa. No fundo, até era um coração mole. Só tinha de ser bem levada.

Maria Luísa socorreu-se dos óculos que trazia pendentes ao peito, pendurados no pescoço por um cordão, para ler o remetente.

— É da minha irmã — anunciou, com tremuras de emoção na voz e os olhos a brilharem com uma lagrimazinha fácil. Passou as mãos por água no lava-louça e foi sentar-se a ler as novidades frescas de Lisboa. Banalidades, por certo, mas que muito lhe aqueciam o coração. A letra da irmã ajudava-a a matar saudades de casa.

— Então — perguntou Leonor —, o que é que a tia conta?

E a mãe lá foi lendo uma ou outra passagem com mais graça.

Quanto a Benvinda, torcia-se em caretas silenciosas para chamar a atenção de Leonor. E esta, ao vê-la piscar-lhe o olho e a fazer-lhe sinal com a cabeça para a seguir, levantou-se, com o coração nas mãos, dizendo que já vinha.

— É do seu tenente — anunciou-lhe, no corredor, oferecendo-lhe a carta. Benvinda sabia ler, um caso raro em Angola, onde a população indígena não recebia instrução escolar. Era ideia que não ocorria aos europeus, e muito menos no caso das mulheres negras.

Mas Benvinda aprendera a ler sozinha, já em adulta, depois de chegar a Luanda. Antes ela não se interessara, isso não lhe fizera falta. Contudo, não lhe custara nada perceber a lógica das letras e hoje em dia conseguia ler qualquer coisa, fluentemente.

— Obrigada, Benvinda. És o meu anjo-da-guarda — agradeceu Leonor, antes de se ir fechar na casa de banho a devorar as duas páginas escritas pela mão firme de Carlos. Leu-a várias vezes, primeiro a correr, depois saboreando todos os bocados da prosa aventurada. Estudou-a, procurando intenções íntimas nas entrelinhas e, embora fosse quase toda muito descritiva, muito ao estilo circunspecto de Carlos, não havia dúvida de que também continha uma ou outra passagem que denunciava a sua saudadezinha, a sua vontade de a ter ao seu lado.

Foi logo a correr escrever-lhe uma resposta.

Leonor ainda se deslumbrava com as novidades de África. Estava a descobrir Luanda aos poucos. Embora fosse uma cidade muito mais pequena do que Lisboa, tinha as suas particularidades. Era aberta ao mar e com muito espaço livre, cheia de amplos terrenos por detrás do casario, dando a impressão exacta de que ainda estava a ser edificada. Dividia-se entre a Cidade Baixa e a Cidade Alta. A primeira ia desde a Ermida de Nossa Senhora da Nazaré até ao largo Infante D. Henrique, estendendo-se ao longo da baía de Luanda. Era aí que se concentrava o comércio, as lojas afamadas, a actividade portuária, as zonas residenciais mais nobres, os sobrados de boa construção e as igrejas, a de Nossa Senhora dos Remédios, que era a Sé Catedral, a de Nossa Senhora do Carmo e a da Nazaré. A Cidade Alta demarcava-se pelo topo do morro onde se erguia vigilante a Fortaleza de S. Miguel, seiscentista, até ao imponente hospital central

D. Maria Pia. Albergava o Palácio do Governador, os serviços administrativos e as instalações militares. Nos arrabaldes da cidade ficava o bairro das Ingombotas, onde morava a população indígena. Ali, as cubatas dos negros pobres conviviam numa vizinhança pacífica com as casas ajardinadas da burguesia crioula.

Já passava quase um século, desde que o navegador Diogo Cão marcara com os padrões lusos a descoberta da costa angolana, quando os portugueses fundaram a vila de S. Paulo de Loanda, em mil quinhentos e setenta e seis, um ano depois de uma armada comandada pelo conquistador do Reino de Angola, o capitão-mor Paulo Dias de Novais, ter chegado à Ilha de Luanda, onde desembarcou com cerca de setecentos homens. Destes, trezentos e cinquenta eram soldados, sendo os restantes servidores, mercadores e padres. Mais tarde, Salvador Correia de Sá e Benevides, que vinha do Brasil a proteger um comboio mercantil, recebeu ordem do rei D. João IV para restaurar Angola. A cidade havia caído em mãos holandesas havia sete anos, no dia vinte e quatro de Agosto de mil seiscentos e quarenta e um, tendo os portugueses refugiado-se no presídio da vila de Massangano, no Bengo. A doze de Maio de mil seiscentos e quarenta e oito, a frota de doze navios com mil e duzentos homens fundeou na baía de Quicombo. Quis o destino infausto que uma tempestade bíblica atingisse a frota e, numa desatenção de Neptuno, uma língua de água maior do que o mastro mais alto engolisse o navio almirante de um só fôlego, levando-o inteiro para o fundo do mar com as suas trezentas almas a bordo. Ainda assim, Salvador Correia de Sá e Benevides não abortou a missão e fundeou na baía de Luanda a catorze de Agosto, desfalcado de tropas, mas animado pela motivação inabalável de cumprir a ordem régia.

Em terra, os holandeses entraram em pânico à vista da frota portuguesa, iludidos pela conclusão apressada de que se tratava apenas da força avançada de uma esquadra invencível. Pensando que estava tudo perdido, precipitaram-se numa fuga de improviso para a Fortaleza de S. Miguel e, no dia seguinte, quando os portugueses desembarcaram, renderam-se após um primeiro assalto desastroso que custou muitas vidas entre as tropas lusas. Capitularam mais de mil holandeses perante uma força diminuta de seiscentos portugueses!

Simbolicamente, rebaptizou-se a cidade com o nome de S. Paulo de Assunção de Luanda, naquele quinze de Agosto, dia da Assunção da Virgem, com o propósito de fazer esquecer os sete anos de ocupação holandesa que, nas crónicas lusas, foram descritos como os mais negros da história da capital angolana.

Contudo, o desenvolvimento da cidade, tal como do resto do território angolano, foi negligenciado e estagnou Luanda num limbo desencantado que perdurou por séculos. Terra de degredo, reputada pela ideia assustadora de ser pasto das piores doenças, só com a capitulação ao Ultimato britânico de mil oitocentos e noventa, que negava as pretensões de Lisboa apresentadas no mapa cor-de-rosa, é que se renovou o interesse dos portugueses pela colónia, nos últimos quatro anos. O povo sentia-se defraudado, grassava um clima de indignação que forçava o poder político a investir mais na consolidação da presença portuguesa em África. Nas cortes, a oposição, irresponsável, populista, assanhava a populaça contra o rei e o governo, que eram criticados à boca cheia pelo homem da rua. Portugal atravessava uma situação económica difícil, e o caso do Ultimato viera extremar o descontentamento geral ao ponto de se tornar uma ofensa à pátria. O país nunca mais voltaria a ser o mesmo.

Não obstante, as potências europeias, indiferentes à susceptibilidade dos portugueses, preparavam-se para abocanhar o seu pedaço. A Inglaterra e a Alemanha, principais credores de uma dívida externa exorbitante, negociavam em segredo a divisão das colónias, oferecendo como isco um empréstimo financeiro a Portugal e exigindo como penhora os direitos alfandegários de Angola e de Moçambique. Fiavam-se que a dívida se tornaria incobrável e que, a breve prazo, Lisboa teria de abdicar dos seus territórios africanos. Mas o empréstimo nunca chegou a ser aceite, e Luanda, que em tempos fora apelidada de a «Paris de África», era agora de novo uma capital em desenvolvimento. O abastecimento de água canalizada concretizara-se havia cinco anos, tendo sido uma revolução em termos de qualidade de vida da cidade.

Leonor gostava do sol e dava-se bem com o clima tropical de Angola. Era um prazer dar passeios pela baixa, não obstante a caloraça eterna que abafava a cidade, muito por culpa da falta de arvoredo bastante para refrescar as ruas que se cobriam de poeiras vermelhas, conferindo-lhes um certo tom abandonado, árido, de deserto. Mas, a Leonor, o calor só lhe fazia lembrar as férias de Verão, que era como ela se sentia. Costumava percorrer a rua de Salvador Correia até ao largo. Ia ao estabelecimento comercial descobrir as novidades atrás das vitrinas de vidro fino e de madeira escura envernizada. Ali vendiam-se tecidos de qualidades várias, vestidos de seda, manteletes, luvas de pelica, lenços e gravatas de cambraia, calças e camisas, *chapeos de pello de seda*, botinhas de cetim, carteiras, cintos, chapéus de sol, perfumes, lunetas e muitos outros artigos de luxo, tudo aos preços mais cómodos, conforme anunciado pela gerência no boletim geral do governo quando chegava uma remessa da metrópole ou do Brasil.

Leonor tomava sempre uma limonada fresca na confeitaria Restauração, e gostava de ir dar um giro à praia do Peixe, ali a dois passos, por baixo da Fortaleza, ou então ia só ao fim da rua espreitar a baía e observar as manobras dos barcos. A ponte de desembarque e a alfândega também ficavam muito perto, tendo ainda, naquela época, um descampado por detrás. Lá em cima, no alto do morro, a Fortaleza de S. Miguel dominava, desde os mais remotos tempos, o casario da Cidade Baixa. Este acumulava-se junto ao mar, ao longo da baía. As grandes obras de arquitectura, como a Sé ou, na Cidade Alta, o imponente hospital central e o Palácio do Governador, faziam de Luanda uma capital orgulhosa, um símbolo do poder colonial. Mesmo que a expansão no interior angolano fosse atabalhoada, titubeante e recheada de episódios rocambolescos, mesmo que o exército se visse aflito com a falta de meios e de efectivos, mesmo que a colónia servisse de depósito para toda a sorte de indesejáveis e que os degredados da pior espécie se acumulassem em condições desumanas nas catacumbas de S. Miguel, Luanda era, apesar de tudo, a prova viva de que os portugueses estavam para ficar. Numa época em que a população europeia mal chegava às nove mil almas em todo o território angolano, a capital constituía inequivocamente o centro urbano mais civilizado e atractivo da colónia.

Quanto a Leonor, maravilhada com a sua nova vida, estas pequenas grandes minudências da realidade angolana passavam-lhe ainda ao lado. Só via o lado bom das coisas. Queria muito ir à Ilha, experimentar a água do mar que, ouvia dizer, era quente! Entretanto, passeava-se por todo o lado na companhia de Benvinda, a criada angolana que o pai contratara depois de se instalar. Leonor não fizera nenhuma amizade sólida entre as raparigas do seu meio. Não sentia vontade. As reuniões sociais eram cópias fiéis do que se fazia em Lisboa. A mãe levou-a a um lanche em casa de uma condessa, um conhecimento recente, e as senhoras sentaram-se à volta de uma mesa branca em ferro forjado, atravessada no centro pelo varão de um guarda-sol de riscas azuis, à beira de um jardim luxuriante, a beber sumo de manga fresco, a destilar com os seus vestidos tufados, de cores escuras, até aos pés, e com os seus chapéus pomposos e a queixarem-se muito do desditosa fortuna que lhes reservara o desterro naquele fim do mundo sem esperança. Estavam tão longe da civilização, diziam, cercadas por selvagens. «Um horror!», suspiravam, «antes Lisboa, apesar de tudo...» Leonor aborreceu-se. Não compreendia como podiam ser tão pobres de espírito, tão mesquinhas, que desdenhassem assim do milagre que lhes fora concedido. Quer dizer, quem mais é que tinha a sorte de conhecer outras civilizações, outras terras, com as suas cores próprias, os seus cheiros, os seus costumes singulares, um sem-número de novidades enriquecedoras? Que tipo de gente era aquela que desprezava com modos tão altivos a oportunidade de uma vida?

Mais tarde, não resistiu a comentar o assunto com a mãe.

— As pessoas têm saudades de casa — respondeu ela, depois de olhar para a filha como se avaliasse a sua sanidade mental.

— Saudades de casa, pfff... — desdenhou Leonor. — Saudades de quê?

— Saudades de tudo, ora essa!

— O que é que elas faziam em Lisboa? Passavam os dias enfiadas em casa a jogar *whist*, iam a São Carlos ou ao passeio público. Grande coisa. Eram infelizes lá e ainda se queixam de se terem livrado daquela monotonia?

— Leonor! — explodiu a mãe, sentindo-se directamente atingida. — Quem é a menina para dizer se as pessoas são ou não felizes?

— Mas, mamã, a vida em Lisboa *é* um tédio. Elas são as primeiras a reconhecê-lo.

— Tédio ou não, é a *nossa* vida, as nossas raízes. É natural que as pessoas tenham saudades da sua terra.

— Não digo que não. Mas agora estamos aqui, e é errado não aproveitarmos o que a vida nos oferece.

— Se nos queixamos, é porque temos razões para isso — disse a mãe, seca e definitiva, deixando, escapar um raro desabafo. Normalmente, Maria Luísa podia parecer tão insuportavelmente afectada como qualquer mulher do seu meio, mas nunca se queixava da vida familiar, das ausências do marido, da solidão e do grande vazio que seriam os seus dias se ela não tivesse tanta energia e não se mantivesse ocupada com a educação das filhas, a orientação da casa, mil e um assuntos para tratar, coisas para resolver, que ela inventava quando não havia nada pendente.

Maria Luísa não escolhera aquela vida, simplesmente nascera num meio que não lhe permitira grandes alternativas. Embora não se pronunciasse sobre isso, sabia bem o que Leonor pensava destas coisas, sabia que Leonor observava as mulheres que a rodeavam e, perspectivando o futuro, não gostava nada do que lhe estava reservado. Os homens tinham os negócios, a política ou, no caso do seu marido, o exército e os assuntos do governo. Elas não tinham nada, nada de realmente interessante, pelo menos. Maria Luísa pensava que a filha estava certa. Quantos jogos de *whist* uma mulher podia jogar, quantas idas à modista, a São Carlos, andar para trás e para diante no maldito passeio público?! A verdade é que passava a maior parte do seu tempo enfiada em casa e falava mais com as criadas do que com as pessoas do seu meio. O marido esperava que ela tivesse a casa num brinco, que se preocupasse com as necessidades da família, que fosse uma boa esposa, enfim. E ela cumpria a sua parte, esforçava-se, não falhava em nada. Quando era mais nova, tivera os seus dias maus, mas nunca deixara que alguém lhe notasse a infelicidade. Fechava-se no quarto a chorar, desiludida com a vida, desesperada. Depois acalmava-se, respirava fundo e voltava à luta. Com o tempo foi-se acomodando, conformando-se, mentalizando-se de que não valia a pena chorar no leite derramado, que não adiantava querer ser alguém que nunca seria. Tinha uma boa vida, um marido decente, duas filhas saudáveis, não lhe faltava nada, o que ganhava em correr atrás de uma quimera romântica? Não se sentia totalmente realizada, faltava-lhe algo, mas não lhe faltaria sempre? Não faria isso parte das leis da vida; não seria impossível uma pessoa conseguir alcançar a satisfação plena?

Hoje em dia, mais serena, sentia-se em paz consigo própria, preparada para tudo e a envelhecer tranquilamente.

De modo que Maria Luísa compreendia Leonor bem melhor do que a filha imaginava, mas não a encorajava muito, porque, sabendo o que sabia, preferia não lhe encher a cabeça de ilusões, não alimentar fantasias pouco consentâneas com a realidade. A sua própria experiência fora suficientemente desanimadora para não desejar que a filha passasse pelo mesmo. Acabara por concluir que, quando uma pessoa não tinha condições para cumprir as suas ambições, mais valia não as ter. Mas, ao mesmo tempo, procurava ter uma relação equilibrada com a filha, tentava fazê-la ver as coisas sem a magoar, sem a desmoralizar. Achava importante não lhe matar a esperança. *Afinal de contas*, pensava, *todos temos o nosso lado utópico, os nossos sonhos, e agarramo-nos a eles para seguirmos em frente.*

Maria Luísa era excepcionalmente atenta às filhas, trazia-as sempre debaixo de olho e zelava pelo seu bem-estar. Preocupava-se em orientá-las o melhor que sabia. Por vezes podia parecer castradora, podia até parecer demasiado intrometida. Não o desejava, não queria tornar-se naquele tipo de mães cujas filhas não viam a hora de se verem livres delas. Maria Luísa só queria que estivessem tão preparadas quanto possível para que, quando chegasse o momento inevitável de cortar as amarras, pudesse vê-las partir com a consciência tranquila de ter sido uma boa mãe, de lhes ter oferecido uma educação apropriada.

A pequena Luísa ainda estava a crescer, mas Leonor era já uma mulher e, em breve, seria uma adulta completa e não aceitaria mais as directivas da mãe. Talvez continuasse a ouvir os conselhos dela, mas quereria tomar as suas próprias decisões. Maria Luísa testemunhara a primeira paixão da filha, no barco, e, tinha de o admitir, não a aceitara de ânimo leve, custara-lhe engolir a realidade, convencer-se de que a filha já estava em idade de se apaixonar. Sentira uma enorme tentação de a travar. A sua primeira reacção fora protegê-la, colocá-la a salvo das garras daquele homem mais velho, mais experiente e, por certo, capaz de a seduzir. Mas depois ponderou melhor e disse a si mesma que a filha saberia estar à altura da situação. Não lhes facilitou a vida nem se mostrou entusiasmada, não se desfez em simpatias com o tenente, bem pelo contrário, não perdeu uma oportunidade para o desvalorizar aos olhos da filha. Mas também não a repreendeu por causa das escapadelas nocturnas para se encontrar com ele no convés, e fingiu que não reparava nas trocas de olhares ao jantar e, por fim, não comentou o modo como ele segurou nas mãos dela e o beijo demorado que lhe deu no momento da despedida, ainda a bordo, nem tão-pouco disse uma palavra quando, já na pequena embarcação que as levou para terra, viu Leonor a disfarçar as lágrimas que lhe caíam por baixo dos óculos escuros.

Se por um lado não via grande futuro naquela relação, por outro compreendia que aquilo fazia parte do processo de crescimento da filha e, bem, nunca se perdoaria se tivesse sido tão severa ao ponto de lhe arruinar a recordação feliz do primeiro amor. Leonor tinha o direito de se apaixonar por quem entendesse, por quem o seu coração chamasse. Haveria de ter as suas desilusões, com certeza, mas se caísse teria de se levantar e de continuar com a sua vida. Maria Luísa estaria lá para a ajudar e nunca para lhe destruir as oportunidades de ser feliz.

Já em Luanda, Maria Luísa via Leonor levitar de alegria ao receber uma carta do seu tenente, via-a correr para um canto qualquer onde pudesse lê-la às escondidas e depois fechar-se no quarto a escrever a resposta. Maria Luísa não era tola, apercebia-se da cumplicidade de Benvinda, das corridas da criada quando vinha o carteiro e das saídas delas para irem deitar uma carta ao correio. Mas contentava-se em saber no que paravam as modas e em encarar o assunto com uma certa benevolência maternal. No passado procurara orientar Leonor para os bons partidos, de forma a levá-la a interessar-se por alguém de boas famílias, alguém que lhe garantisse o futuro. Agora, com o sentimento do dever cumprido, era tolerante e deixava nas mãos da filha a responsabilidade de escolher o seu próprio destino.

Maria Luísa teria preferido que Leonor se tivesse aberto com ela e não andasse a receber cartas às escondidas, mas compreendia os receios da filha; dizia a si própria que ela agia assim para não a perturbar ou para não criar um conflito entre as duas. Enfim, fosse qual fosse a razão, não lhe dava motivos para sorrir. Preocupava-se com a ideia de ter erguido uma barreira entre elas, perguntava-se se não havia sido demasiado rigorosa com a filha, se não acabara por perder o direito de partilhar da sua intimidade. Isso inquietava-a, embora quisesse acreditar que haveria de chegar a oportunidade de elas terem uma conversa reveladora, e então Leonor saberia que a sua mãe não era tão inflexível como às vezes podia parecer.

14

— Porque é que nunca te casaste, Benvinda?

A criada soltou uma gargalhadinha fugaz, como se tivesse achado graça à pergunta de Leonor. Era a sua maneira de ganhar tempo quando a surpreendiam com alguma inconveniência. E aquela, definitivamente, era das tais. Ora bem, pensou, podia dar-lhe a resposta longa ou a curta. Olhou para Leonor com a cabeça de lado e um sorriso matreiro. Leonor imitou-a, aguentando o seu olhar em silêncio, sorrindo uma para a outra, a ver quem cedia primeiro.

— Não calhou — disse Benvinda, baixando os olhos e encolhendo os ombros. Era a resposta curta.

— Nunca te apaixonaste por ninguém?

— Hum-hum. — Abanou a cabeça. — Ninguém.

— Vá lá, Benvinda, não acredito que nunca tenha havido ninguém.

Ela ergueu os olhos e contemplou o mar, pensativa. Estavam na praia, na Ilha de Luanda. A água tornava-se de um verde transparente quando as ondas formavam uma parede, indo quebrar-se à beira-mar e espraiando-se numa espuma branca que trepava pela areia acima. Atrás delas havia coqueiros; ao longe, dois pescadores à volta de um barco tratavam das redes. A praia, de uma beleza extraordinária, sugeria pensamentos românticos. Parecia impossível que uma terra assim pudesse ser, ao mesmo tempo, tão bonita e tão cruel; ela custava a acreditar que fosse cenário de violências extremas. Benvinda adorava Angola, não conhecia mais nada senão a sua terra, mas suspeitava de que poderia viajar muito por esse mundo fora e não conseguir encontrar outro lugar como aquele, abençoado por Deus com uma abundância e uma beleza extraordinárias. Talvez por isso fosse objecto da ganância dos homens. Era uma terra lindíssima, com paisagens de cortar a respiração, mas surpreendentemente impiedosa, cheia de histórias de sangue.

— As coisas cá são diferentes, menina.

— Diferentes, como?

— Diferentes — disse. — Os homens não nos respeitam.

— Ah, isso... — disse Leonor, a pensar que as coisas *cá* não deviam ser assim tão diferentes de *lá*. — Aqui, como em todo o lado, há-de haver bons e maus homens.

— E a menina? — perguntou Benvinda, astuciosa, passando o peso das confidências para os ombros de Leonor.

— Eu?... — Enterrou os pés na areia branca, dengosa, um pouco sonhadora, um pouco envergonhada, sem saber muito bem se devia contar-lhe o segredo, mas desejosa de falar com alguém sobre o *seu* tenente. — Eu, sim! — resplandeceu. Riram-se as duas, e depois Leonor começou a falar; deixou-se embalar e acabou por desabafar tudo. E foi assim que Benvinda se tornou uma espécie de dama de companhia de Leonor, conhecedora dos seus segredos, conselheira indispensável e cúmplice.

Embora Benvinda mantivesse uma certa deferência para com Leonor e não tivesse perdido a noção de que a patroa pertencia a outro mundo, onde ela nunca poderia entrar em pé de igualdade, elas eram boas amigas, pois tinham-se aproximado uma da outra por via das confidências que partilhavam... bem, na realidade eram só as confidências de Leonor, porque Benvinda esquivava-se a falar de si, da sua intimidade ou do seu passado. Um dia, porém, quando menos esperasse, tudo mudaria, e ela ver-se-ia obrigada a contar-lhe o que há muito decidira não contar a ninguém, coisas que calara para sempre no mais íntimo do seu ser com a certeza de que, se as revelasse, o passado voltaria para a perseguir. Mas em breve teria mesmo de o fazer, para se salvar. Quanto a Leonor, ela era, apesar de tudo, uma rapariga habituada a ser o centro das atenções e gostava que aquela amizade singular se desenrolasse à volta dela, das suas aspirações, dos seus estados de alma, das inquietações do seu coração apaixonado. De tal forma que nem se preocupava muito em saber mais coisas da vida de Benvinda, presumindo, claro está, que a vida de Benvinda se resumia à insignificância que conhecia. Mas elas entendiam-se assim, e Leonor podia ser um pouco egoísta, mas não deixava de reconhecer as qualidades da sua criada. Surpreendia-se com a inteligência de Benvinda, achava-a tremendamente perspicaz e divertida, e comovia-se com a sua alma pura.

Benvinda revelou-se uma extraordinária cicerone. Levou Leonor a todo o lado, mostrou-lhe a cidade de fio a pavio, contou-lhe a história de Luanda, falou-lhe de Angola, explicou-lhe as origens e as diferenças das diversas etnias que povoavam o país, pô-la a par dos hábitos locais e até lhe ensinou os rudimentos do linguajar impossível do dialecto quimbundu, que ela própria se dera ao trabalho de aprender por sua conta. A cultura de Benvinda era tão vasta que todos os dias deixava Leonor de boca aberta. Por certo, não seria uma criada típica, os seus conhecimentos deviam-se a uma invulgar capacidade para aprender e ao entusiasmo de um homem bom.

Estivera empregada durante dois anos e meio na casa de um professor de história natural, um português celibatário, apaixonado por Angola e dedicado aos estudos africanos. Era um homem algo excêntrico, um solitário, de idade indeterminada, talvez na casa dos quarenta. Quase não fazia vida social, pouco saía de casa, mas nem por isso descuidava a aparência, pois tinha para si que a degradação física não era mais do que o reflexo da decadência espiritual. Gostava de acordar tarde e de começar o dia com um banho de imersão, onde se deixava ficar a boiar em água fria, a pensar na vida durante o tempo de fumar um charuto pequeno. Depois saía da banheira, revigorado e bem-disposto, enrolava uma toalha à cintura e gastava alguns minutos à frente do espelho a aparar a barba grisalha com uma tesourinha de pontas curvas. Penteava-se, perfumava-se e vestia uma das suas eternas vestimentas coloniais, sempre bem engomadas e correctamente vincadas.

Morava numa casa soberba, muito espaçosa, que já arrendara mobilada, cheia de divisões ignoradas e rodeada por um alpendre arejado com uma vista para o mar que raramente aproveitava. O seu lugar predilecto era o escritório, onde passava meses, mergulhado em livros, lendo calhamaços ou escrevendo os resultados das suas pesquisas em cadernos vulgares. Era um patrão fácil, na medida em que vivia noutro mundo e não falava durante longos períodos. Ocasionalmente, reparava em Benvinda e então tirava os óculos de lentes em meia-lua e punha-se a conversar com ela durante uma hora ou um dia inteiro, conforme calhava. Ao fim da tarde saía do escritório para jantar, sentava-se à mesa com um livro na mão e, sem parar de ler, engolia o que Benvinda lhe pusesse à frente, com a certeza de que trinta minutos depois estaria de volta ao escritório e, se alguém lhe perguntasse, não saberia dizer o que tinha comido.

Passados alguns meses de hibernação intelectual, chegava o momento em que fechava os livros e os cadernos e partia em expedição.

— Basta de livros — anunciava. — Vamos ao trabalho de campo, que no terreno é que se aprende.

Ordenava a Benvinda que lhe preparasse a mochila de campanha e punha-se a caminho, animado de um indómito espírito aventureiro. Partia em viagens exploratórias ao interior de Angola com a ambição de descobrir novas espécies de animais, para mais tarde as catalogar e revelá-las ao mundo. Em geral, regressava no prazo de três ou quatro meses. Nesses interlúdios, Benvinda ficava com a casa por sua conta. Num desses dias, aproveitando a sua ausência, ela entrou no escritório para fazer uma limpeza geral. Estava Benvinda a dar ordem aos papéis dispersos do professor quando reparou num livrinho com o desenho de um menino na capa que lhe chamou à atenção. Era uma cartilha antiga. Intrigada, sentou-se na cadeira giratória de madeira do professor a folhear distraída as páginas amareladas e, dali a pouco, já se embrenhava no desafio de decifrar o sentido das palavras. Como viu que conseguia perceber a lógica da cartilha, continuou a estudá-la até à última página.

Quando o patrão voltou da viagem, Benvinda anunciou-lhe a sua descoberta com uma naturalidade desconcertante.

— Já sei ler, professor — disse.

Ele olhou para ela, admirado.

— Quem é que te ensinou, Benvinda?

— Ninguém — respondeu, mostrando-lhe a cartilha. — Aprendi por aqui.

O professor deixou-se cair na poltrona de orelhas, na sala, silencioso, estupefacto, a avaliá-la, tentando perceber se ela falava a sério. Conquanto fosse um homem céptico, viu imediatamente que Benvinda estava a dizer a verdade.

— Vai ali buscar um livro — ordenou-lhe, indicando as prateleiras do armário recheadas de literatura. Benvinda foi e tirou um ao acaso. — Agora lê — disse. E Benvinda leu.

O professor abanou a cabeça como se a leitura dela fosse música para os seus ouvidos. «Incrível», murmurou, a pensar alto, com os olhos brilhantes de emoção. Foi a correr ao escritório, escolheu uma pilha de livros numa atrapalhação comovida e voltou cheio de entusiasmo.

— Vais ler isto, e isto e isto, e isto... — E, antes que Benvinda pudesse dizer alguma coisa, depositou-lhe os livros nos braços. — Vai, vai, vai ler, vai ler. Vai ler, porque tens muito para aprender.

Foi assim que Benvinda se iniciou no mundo das palavras e aprendeu pelos livros uma quantidade extraordinária de coisas que lhe escapavam no seu quotidiano singelo. Nessa época leu com gosto tudo o que o professor lhe indicou, e essa experiência espantosa mudou muito a sua percepção da realidade que a rodeava e até lhe deu a conhecer outras realidades de que nem suspeitava. Dos europeus, por exemplo, só sabia como eram por conviver com eles, mas leu um livro que retratava a sociedade portuguesa, e isso ajudou-a a compreendê-los melhor. Por seu lado, o professor, animado com a possibilidade de ter conversas interessantes, mostrava-se menos taciturno e interpelava-a constantemente, encorajando-a a comentar as leituras que ela devorava com a urgência da descoberta.

Infelizmente, alguns meses depois, um golpe da vida arrancou Benvinda ao conforto das ideias escritas, obrigando-a a preocupar-se exclusivamente com a tarefa muito prática de sobreviver. O patrão voltara a partir numa viagem exploratória a alguma região distante. Só que desta vez nunca mais regressou. Benvinda esperou por ele quatro, cinco, seis meses e nada. Foi dado como desaparecido, talvez devorado pelas feras ou morto pelos indígenas, quem sabia? Desconsolada, Benvinda continuou a tratar da casa, a fazer almoço e jantar e a pôr o lugar do desaparecido na mesa, dia após dia, imaginando que ele entraria pela porta da rua um dia, como se nada fosse, e se sentasse a comer com um livro na mão. Fazia-o mais por uma questão de hábito, porque era isso que ela fazia, era esse o seu trabalho, e não tanto por uma questão emocional. Benvinda tinha um espírito racional, sempre tivera, o qual superava naturalmente o seu lado emotivo. De modo que manteve a sua rotina por achar importante ser disciplinada, embora não se deixasse iludir quanto ao regresso improvável do patrão. Todos os sinais indicavam que isso não aconteceria, e ela acreditava mais em factos do que em milagres. Não se foi embora, evidentemente, pois não tinha para onde ir. E, à falta de alternativa, só lhe restou aguentar a situação enquanto lhe foi possível.

Ao fim do quinto mês, o dinheiro que o professor lhe deixara para as despesas correntes começou a escassear. E ao sexto mês acabou. Recorreu então às suas próprias poupanças, mas, ao fim de algum tempo, também essas acabaram. Com a renda atrasada, Benvinda recebeu a inevitável ordem de despejo e, nessa altura, viu-se obrigada a procurar um novo patrão. Foi então que o coronel a contratou.

15

Deambularam pelo mercado, um lugar ao ar livre, através dos corredores estreitos que se formavam entre as bancadas das quitandeiras negras. Estas permaneciam sentadas em bancos toscos atrás dos seus produtos, aguardando serenamente e sem regatear a decisão dos clientes. Algumas traziam os filhos às costas. Os bebés dormitavam, bem seguros pelos panos garridos que as mães enrolavam ao corpo, embalados suavemente pelo movimento natural delas. Leonor passeou-se por ali, protegendo-se do sol com uma sombrinha de tecido branco, encantada com as cores vivas dos produtos expostos, cheia de vontade de fazer compras, mas indecisa no momento da escolha, perdida na variedade das frutas tropicais, dos legumes, do peixe fresco e da lagosta acabada de apanhar. Parou à frente de uma banca que tinha bananas, abacaxis, mangas, pinhas, batata-doce e farinha de mandioca. Benvinda explicou-lhe que esta última servia para fazer o funge, uma espécie de polenta que era o prato mais típico dos angolanos. E Leonor, que ainda nem sequer experimentara aqueles sabores todos, decidiu levar uma ou duas peças de cada fruta e um saco de farinha de mandioca, com a condição de Benvinda se comprometer a fazer o funge. O que ela aceitou. Leonor deixou a escolha da fruta ao critério de Benvinda, mais conhecedora, mais habituada a fazer compras. Enfiaram tudo num cesto de duas asas que Benvinda trouxera de casa.

Mais à frente o mercado tornava-se numa feira onde os vendedores ofereciam pentes, colares, barras de sabão, panos típicos, artesanato, enfim, qualquer coisa que uma pessoa normal precisasse de comprar a baixo preço. Leonor quis ir ver as pequenas estatuetas de guerreiros de madeira com lanças finas metálicas, e as máscaras esculpidas em madeira macia, tão expressivas que chegavam a ser arrepiantes. Foi aí, entre a confusão da clientela entrecruzada no pouco espaço deixado livre pelas peças colocadas no chão em cima de lonas, que Benvinda surpreendeu o homem branco de olhos fixos nela.

Era um tipo dos seus cinquenta anos, de estatura mediana, mas compleição forte. Notava-se, pelo rosto moreno e a pele maltratada pelo sol, que trabalhava no campo. Um fazendeiro, certamente. Trazia botas de montar, calças de fazenda castanhas e uma camisa branca com as mangas arregaçadas, revelando uns braços musculados. Estava parado a uns bons vinte metros de distância, com as pernas afastadas, os pés bem assentes no chão, os punhos cerrados e apoiados nos quadris. Uma das mãos fechava-se em torno de um pequeno chicote de couro. Benvinda deu com ele a observá-la, intrigado sem dúvida, mas com uma fixação tal que chegava a ser perturbadora. Ela desviou os olhos e baixou a cabeça. Leonor dizia qualquer coisa, de cócoras, encantada com uma estatueta, mas Benvinda não a ouvia, pois só pensava no homem, preocupada, assustada. Olhou de esguelha e lá continuava ele, na mesma pose ameaçadora.

— Esqueci-me do gindungo — disse Benvinda, subitamente.

— O quê?

— O gindungo, esqueci-me do gindungo.

— O que é isso?

— Piripiri.

— Ah, deixa lá — disse Leonor, rodando apreciadoramente a estatueta nas mãos. — Nós não gostamos de piripiri.

— Mas é preciso.

— Não, Benvinda, se pões piripiri na comida, ninguém consegue comê-la.

— É só um bocadinho, para dar gosto. Não fica mal, menina, prometo. Vou comprar num instante.

— Está bem, pronto, vai lá. Mas não te demores.

— Não demoro, prometo.

Leonor pressentiu ansiedade na voz da criada e levantou a cabeça para a observar.

— O que é que tens, Benvinda? — estranhou, erguendo-se. — Há algum problema?

— Não, não, está tudo bem, menina.

— Pareces preocupada.

— Não, a sério, não há problema.

— Benvinda... — insistiu Leonor, arrastando a voz, com olhos penetrantes.

— Vou comprar o gindungo — disfarçou. — Já volto.

— Vai... — disse, ficando a vê-la afastar-se, a pensar que havia algo errado nela. Benvinda misturou-se entre as pessoas, desapareceu. Leonor voltou a interessar-se pelas estatuetas. Deixou-se estar por ali, a compará-las, sem pressa, sem reparar no homem de botas de montar e de chicote de couro que passou por trás de si, devagar, olhando-a de alto a baixo, de viés, memorizando o seu rosto. Pousou a estatueta e pediu ao vendedor que lhe mostrasse as máscaras. O artesão revelou uns dentes muito brancos e pôs-se a explicar-lhe as qualidades das suas peças, como as fazia, com que materiais. Leonor, encantada, quis saber mais coisas e, quando deu por si, já tinha duas máscaras e uma estatueta para levar para casa. Abriu o pequeno porta-moedas que trazia na bolsa e deu uma ao homem, toda satisfeita, a pensar que era tudo uma pechincha. Entretanto, tinham passado uns quinze minutos e começou a estranhar a demora de Benvinda. *Onde é que ela se meteu?*, cismou, contrariada.

Deu ainda uma volta para ver o trabalho dos outros artesãos, mas agora menos interessada, sem se fixar em nada em especial, uma vez que já estava servida, já comprara o que queria, e porque se sentia incomodada por Benvinda não voltar. Olhou para onde a vira desaparecer, cada vez mais intrigada. Começou a preocupar-se, foi procurá-la.

Percorreu o mercado de fio a pavio. Chegou à zona das bancas e Benvinda não estava lá. Voltou para trás, imaginando que a criada fora ter com ela às estatuetas. Talvez se tivessem desencontrado, pensou, embora achasse improvável, pois só se circulava por dois corredores estreitos, pelo meio das bancas, e acabara de percorrer um, atenta ao outro. *Em todo o caso...* lá foi ela. Também nada. Voltou às frutas. Benvinda sumira-se ia para mais de meia hora. Leonor, aborrecida, não conseguia entender aquilo.

Resolveu sair da confusão do mercado e tentar localizá-la lá fora. Afastou-se um pouco, atravessou a rua para ter uma visão geral do mercado, mas nada de Benvinda. Esperou, esperou, esperou... os pés começaram a doer-lhe, fazia muito calor, queria ir para casa. *Que chatice!* Já passara a fase da irritação, estava na da aflição. Leonor nunca saía sozinha, não ia a lado nenhum sem Benvinda. Mas iam e vinham, sem se separarem. Não teria qualquer problema de orientação, obviamente, sabia perfeitamente o caminho para casa, mas o desaparecimento da criada não fazia qualquer sentido, e isso é que a incomodava. Por fim, teve de se conformar com a possibilidade de se terem mesmo desencontrado e de Benvinda ter decidido ir andando para casa. *Aposto que quando eu chegar, já ela lá está há horas*, pensou, decidindo que não ganhava nada em continuar ali à espera. Se se desse o caso de Benvinda não estar em casa, poderia sempre voltar ao mercado com ajuda. *Até é melhor assim,* convenceu-se. Tomou uma carruagem, partiu.

Atirou a tralha da estatueta e das máscaras para cima do banco e esbodegou-se no fundo do trem, agradecida por poder dar descanso aos pés. Fechou a janela para se defender do pó da estrada, mas agora sufocava. O interior da carruagem era sujo e abafado, cheirava a gente. Abriu a janela. Procurou um lequezinho na bolsa e foi-se abanando no martírio do fedor, sentindo gotinhas de suor na testa. Ainda por cima as rodas não encontravam piso regular e as molas eram antigas e bambas, fazendo-a baloiçar como doida, agarrando-se inutilmente à porta, saltitando no banco, enquanto percorriam a rua Sousa Coutinho, virando depois à direita na rua da Alfândega.

Chegou a casa e correu a saber se Benvinda havia regressado. E ela lá estava, em cuidados, muito penalizada por tê-la perdido no meio da confusão do mercado. Não a vira mais, explicou-se, de modo que viera embora.

— E eu ali especada — censurou-a Leonor —, toda ralada!

— E eu, menina! Que esperava encontrá-la já em casa, a minha cara quando vi que não. E a sua mãezinha, zangada!

— Pronto, rapariga, deixa lá. Também, não é nenhuma tragédia.

A coisa passou, mas Leonor não ficou lá muito convencida. Algo lhe dizia que Benvinda estava a esconder-lhe um mistério qualquer. E estava, de facto.

16

O homem das botas de montar encostou-se a fumar uma cachimbada debaixo da piedosa sombra da arcada de um edifício colonial. Perdera a negra de vista, mas seguira a outra até ali, à rua da Alfândega. Era uma rua muito tranquila, sem árvores, com passeios estreitos, metida para dentro desde a baía, três quarteirões, até à Sousa Coutinho. De ambos os lados da rua havia casas de dois andares, sobrados discretos, de traça portuguesa típica. O ar quente do meio-dia impregnava-se com o cheiro acolhedor dos refogados que se escapava das janelas com as suas portadas de ripas abertas de par em par. Uma quitandeira passou a apregoar o peixe fresco que trazia num cesto equilibrado sem esforço em cima da cabeça. Dois homens empurravam uma carroça cheia de carga, puxada por um velho muar de patas preguiçosas. Era uma das melhores zonas da capital, na Cidade Baixa, logo, muito provavelmente, de gente rica e poderosa, concluiu o homem que fumava cachimbo. E esse raciocínio foi o suficiente para lhe refrear a vontade de tocar à porta da casa que vigiava. A situação aconselhava prudência. Não podia garantir que não tivesse sido topado, ponderou, enquanto se entretinha a encher o cachimbo com tabaco fresco, mas que o diabo da mulher era escorregadia como uma enguia, lá isso era.

Nos dias seguintes Benvinda recusou-se a sair com Leonor. Fez-se adoentada, andou muito caída. A imagem do homem branco imóvel no meio da agitação do mercado ainda a perturbava. Leonor aborrecia-se, não gostava de ir à rua sem companhia. Quis pô-la boa à força. Ao terceiro dia disse-lhe que ia chamar um médico para a ver. Benvinda reflectiu depressa. Não lhe custaria nada simular uma gripe vulgar para enganar o médico, mas a verdade é que não gostava de médicos, chamava-lhes feiticeiros brancos; era um pouco supersticiosa com eles, achava que traziam desgraça, e não queria nenhum estranho a observar-lhe o corpo, a tocar-lhe. Não queria, disse a Leonor.

— Não sejas palerma, Benvinda — insistiu ela. — É para o teu bem.

— Não é doença — improvisou a outra —, é só aquela coisa chata do mês.

Leonor abriu a boca, estupefacta.

— É só isso?! — esganiçou-se, como se fosse caso para indignação. Benvinda abanou a cabeça, embatucada. — Olha, que me saíste uma boa fiteira — acusou-a, furiosa.

Apesar dos receios de Benvinda, a vida continuou a ser o que era, sem tirar nem pôr. De manhã fazia as suas limpezas, depois ajudava na cozinha. A patroa gostava de se atirar aos tachos e tinha bastante jeito para os petiscos. Maria Luísa não engraçava nada com as receitas locais, para desespero da cozinheira, uma mulher orgulhosa, dos seus cinquenta e muitos anos, que antes cozinhava para o coronel sem ouvir uma queixa e agora via o seu santuário a ser invadido todos os dias pela patroa. Maria Luísa entrava-lhe pela cozinha, voluntariosa, a pôr o avental, e propunha-se fazer um Bacalhau à Braz ou uma perna de cabrito. Fazia da outra ajudante, ensinava-lhe receitas portuguesas sem se dar conta de que a melindrava. Depois, à mesa, gostava de ouvir os elogios do marido. Ele, que não era nada exigente com a comida, gabava-lhe os pratos só para a ver feliz. Costumava ir almoçar e jantar a casa. Reservava as refeições para estar com a família. O coronel, que estava colocado no Palácio do Governador, tinha consciência do sacrifício que a mulher fazia para viver em Luanda e preocupava-se com ela; fazia o possível para a recompensar. Já as filhas, pareciam-lhe perfeitamente adaptadas. Leonor não se queixava, nem sequer falava de Lisboa. E a pequena Luísa muito menos. Era uma criança alegre. Tinha uma preceptora inglesa que lhe dava aulas.

À tarde, se calhava, Benvinda saía com Leonor, senão deixava-se estar no seu canto. Por vezes, conseguia arranjar um livro e aproveitava todo o tempo livre para o devorar. Leonor emprestava-lhos e depois elas entretinham-se a comentar as histórias que liam.

Leonor adorava a liberdade de que desfrutava em Luanda. Era uma vida mais simples, mais suave, sem as permanentes solicitações sociais e as preocupações de etiqueta que estava habituada a ter em Lisboa. A própria mãe mostrava-se muito mais descontraída em relação a ela, mais condescendente. De vez em quando lá a obrigava a acompanhá-la a um daqueles eventos sociais aborrecidos. Dava-lhe sermões ligeiros, dizia-lhe que precisava de conhecer pessoas do seu meio, de ter amigos, que não estava certo dar-se só com uma criada. Mas a verdade é que, ao pé de Lisboa, Luanda parecia-lhe o paraíso. Quando disse isto a Benvinda, não compreendeu por que razão é que ela se riu, como se soubesse algum segredo.

— O que foi? — perguntou-lhe, desconcertada.

— Nada — respondeu Benvinda, complacente, acrescentando o mesmo de sempre. — Isto aqui é diferente.

— Está claro que é diferente. — Abriu os braços, exasperada. Não foi o que eu acabei de dizer?

— Sim, menina — disse, *mas se soubesses o que eu já passei no paraíso*... pensou.

Nem de propósito. Foram à venda do senhor Manuel, ali a dois passos de casa. Maria Luísa mandara Benvinda comprar ovos e batatas.

— Vai lá, Benvinda — ordenou a patroa. — Hoje vou fazer Bacalhau à Braz. — *Outra vez não*, gemeu a cozinheira em silêncio.

— Vou contigo — disse Leonor, saltando do banco onde estava sentada, à mesa, entretida com um copo de leite. — Preciso de ir arejar.

A venda do senhor Manuel era um estabelecimento pouco asseado, com três portas em arco abertas para a rua. Por um dos lados entrava-se por entre caixotes de fruta, encostados à parede exterior de modo a facilitar a escolha do freguês. O outro lado dava acesso a uma sala estreita, com balcão e três mesas de madeira. Lá dentro circulava-se entre a mercearia e a tasca sem que houvesse qualquer obstáculo a separar as duas divisões. O senhor Manuel ficava atrás do balcão e servia vinho tinto ordinário a copo aos bêbados ociosos que dormitavam em cima das mesas. Eram, em geral, simplórios sem eira nem beira, desmobilizados do exército à espera de barco, um ou outro soldado de licença a derreter o pré nos copos, embarcadiços da marinha mercante, negociantes de má sorte, arruinados e alcoólicos, aventureiros cheios de bazófia regressados do interior da colónia com os bolsos vazios e, claro, velhos solitários e azedos que repetiam todos os dias as suas histórias tristes a quem os quisesse ouvir. O senhor Manuel servia a todos por igual, enquanto a sua mulher se ocupava da mercearia, atendendo as freguesas que iam à procura de algum produto de última hora.

Em princípio, os dois espaços podiam ser considerados incompatíveis, na medida em que uma tasca obscura, cheia de tipos com aspecto duvidoso e a cair de bêbados antes do meio-dia, não era, definitivamente, o local próprio para uma senhora de bem frequentar. Contudo, havia uma separação tácita entre os dois espaços que impedia a mistura das clientelas. O senhor Manuel e a mulher eram pessoas autoritárias. Ele era aquela figura paternalista que guardava a sua lendária moca debaixo do balcão; ela era uma jóia de pessoa, mas, avisava quem a conhecia, «não a queiram ver zangada». De modo que seria impensável algum daqueles ébrios toscos atrever-se sequer a dirigir a palavra a alguma das respeitáveis senhoras que entravam na mercearia. Lá fora, os homens podiam matar-se que era lá com eles, mas, uma vez no interior, tinham de respeitar escrupulosamente as regras da casa.

— Benvinda, vai lá escolher meia dúzia de mangas para o almoço — pediu Leonor.

— Sim, menina.

— Então, menina Leonor, o que é que vai ser mais? — perguntou a merceeira.

— Ovos e batatas.

— Quantos ovos, menina?

— Aí uma meia dúzia.

— Meia dúzia. Tenho aqui uns ovos fresquinhos que são uma categoria. Ah, menina, nesta terra faz tanto calor que os ovos estragam-se num instante, mas estes são de confiança, foram postos hoje. Então, e a menina, está a gostar de Luanda?

Leonor distraiu-se uns minutos a tagarelar com a mulher.

Lá fora, Benvinda começou a apalpar as mangas, bem-disposta, a cantar baixinho uma musiquinha alegre, escolhendo criteriosamente as peças de fruta, tirando uma a uma do caixote e colocando-as num saco. Estava quase a terminar quando uma manápula calejada lhe agarrou o braço com firmeza, apanhando-a desprevenida, assustando-a.

— Fazes barulho e encho-te de chumbo — segredou uma voz ameaçadora atrás dela, ao ouvido. Benvinda sentiu o metal frio espetado entre as costelas, baixou os olhos e ficou aterrorizada ao ver que era um revólver; olhou de esguelha e reconheceu o homem branco. Foi como se o seu coração tivesse parado de bater. *Estou morta*, pensou.

— Olhe que eu já cá estou vai para vinte e cinco anos — disse a merceeira. — Isto é uma canseira, menina. A gente põe-se a pensar e dá-nos uma saudade de casa, sabe? Eu sou de Trás-os-Montes. Mas, o que é que havemos de fazer? — Encolheu os ombros, fatalista. — O meu rapaz anda na tropa e tão cedo não sai de lá, a miúda casou, já tem um menino e nem quer ouvir falar de Portugal. Nós, por nós, regressávamos, mas os filhos já nasceram cá, nunca foram à metrópole, imagine. Dizem que esta é que é a terra deles. Ah, eu, sem os meus filhos e o meu neto, morria. Nem pensar!

— Pois é — disse Leonor, compreensiva. — Mas deixe lá, que aqui está melhor — consolou-a. — Tem os seus filhos, tem o seu negócio, tem este tempo maravilhoso, que nunca faz frio...

— Ah, menina, não diga isso. O que eu sofro com o calor! Meu rico frio de Trás-os-Montes... Bem, vamos lá às batatas.

As batatas estavam lá fora, ao lado da fruta. A mulher deu a volta ao balcão para ir buscá-las. Leonor seguiu-a.

— O que é isto?! — exclamou a merceeira, vendo as mangas e o saco espalhados pelo chão.

— Onde está a Benvinda? — estranhou Leonor. Olhou em redor. — Benvinda! — gritou, ao vê-la a caminhar encostada a um homem. Iam quase no fim do quarteirão. — O que é que ela está fazer?

— Aonde é que ela vai, o diabo da mulher?! — espantou-se a merceeira.

— Benvinda! — gritou novamente Leonor —. Benvinda voltou-se para trás ao ouvir gritarem por ela. Por um momento, viu-se-lhe uma expressão de pânico no rosto, depois o homem puxou-lhe o braço, obrigando-a a voltar-se para a frente e a continuar a caminhar. Afastavam-se rapidamente. — Benvinda!

Em seguida rebentou uma gritaria na rua, com Leonor a chamar por Benvinda e a merceeira a chamar pelo marido. Ao longe, o homem das botas de montar estugou o passo, arrastando Benvinda sem delicadeza. O taberneiro saiu a correr com a moca na mão, seguido por alguns clientes sacudidos da letargia alcoólica pela arruaça. Eles próprios arruaceiros de maus vinhos, quiseram ir atrás do motim, atraídos pela perspectiva de uma boa cena de pancadaria. Acorreram todos em socorro de Benvinda. Esta, sentindo o conforto do auxílio popular, começou a gritar e a debater-se para se libertar da mão de ferro do sequestrador. Um bravo e providencial cavaleiro de passagem, alertado pelos pedidos de ajuda, tomou a iniciativa de se antecipar à turba e, esporeando a montada com um alarde de poeira, invadiu o passeio, cortando-lhes o caminho antes que desaparecessem para sempre numa carruagem estacionada ali ao virar da esquina, onde um cocheiro sinistro, pago para fazer o serviço e ficar calado, os aguardava a postos, com as rédeas numa mão e o chicote na outra.

O homem branco não soltou o braço de Benvinda, nem mesmo quando deu por si encostado à parede, rodeado pela populaça que se juntava, atraída pelo escândalo, cercando-o. O alarido foi tanto que os transeuntes pararam alarmados e muita gente saiu de casa acudindo ao passeio para saber a que se devia aquela gritaria. Assim, uma rua normalmente quase deserta encheu-se de pessoas num abrir e fechar de olhos. Os bêbados da taberna, encorajados pela superioridade numérica, sacaram de armas brancas e arreganharam os dentes dispostos a estripar o homem sem mais delongas. Mas este, sentindo-se acossado, apontou o revólver à multidão para a deter.

— Para trás — rosnou ameaçador, apontando alternadamente o revólver a um e a outro. — Para trás...

— Calma! — gritou o senhor Manuel, de braços no ar, ainda ofegante da corrida, mas impondo a sua autoridade de taberneiro para evitar o banho de sangue. — Calma! Dêem espaço! — O cerco alargou-se um pouco. — Liberte a rapariga e vá-se embora antes que lhe aconteça alguma coisa — aconselhou-o.

— Não largo, porque ela é minha — retorquiu ele, prendendo-a agora com um braço em torno do pescoço, usando-a como escudo, à laia de refém.

— É mentira! Ela é minha empregada! — esganiçou-se Leonor, muito enervada, com lágrimas nos olhos.

— Ela fugiu da minha fazenda!

— Oh, homem, tenha juízo — disse o taberneiro. — O tempo da escravatura já acabou.

— Ela fugiu da minha fazenda com dois cavalos, roubou-me os cavalos — insistiu ele.

— É mentira! — gritou Leonor, desesperada, achando aquilo tudo um disparate sem pés nem cabeça.

— Não, é verdade. Diz-lhes que é verdade, diz-lhes! — sacudiu-a, tentando forçá-la a falar. Mas Benvinda, aterrorizada, só repetia um lamento quimbundu: «*Aiué-mamé! aiué-mamé!*, Ai, minha mãe!»

A multidão, enfurecida atrás do taberneiro, gritava impropérios ao fazendeiro, insultava-o, pedia a sua cabeça. No meio do magote destacava-se um tipo alto e magrinho que agitava uma catana de mato, muito histérico, muito disposto a decepar o pescoço ao fazendeiro. Com a excitação, os de trás empurravam os da frente. Começaram os empurrões, as agressões, a confusão dos braços esticados por cima dos ombros do taberneiro, tentando agredir o desconhecido, querendo molhar a sopa. Uma faca golpeou-lhe um ombro, abrindo-lhe um rasgão feio na camisa. De imediato, o homem levantou o braço e ripostou com dois tiros para o ar. O cavalo que lhe tapava o caminho deu um pinote assustado, erguendo-se nas patas dianteiras, relinchando nas alturas, quase deitando o dono ao chão. A multidão fraquejou e abriu uma clareira. Leonor encolheu-se de medo e tapou os ouvidos com as mãos. A merceeira, chocada, abraçou-se a ela. Já o taberneiro, deu um passo atrás, mas não perdeu a fibra. Ainda queria resgatar a refém.

— Para trás! — ordenou o fazendeiro, armado.

O seu cocheiro, alertado pelos tiros, contornou a esquina de urgência e parou a carruagem mesmo ali à frente, quase atropelando a populaça, distribuindo chicotadas indiscriminadamente do alto do seu assento, mantendo-a em respeito.

— Eu vou sair daqui agora — ameaçou o fazendeiro. — A bem ou a mal.

— Saia, mas solte a rapariga — pediu o taberneiro, que era o único no seu caminho.

— Está bem — cedeu o outro. — Mas isto não fica assim. Eu vou atrás de ti e vais pagar-me, ouviste?! Vais pagar-me os cavalos até ao último tostão — avisou-a, gritando-lhe ao ouvido.

E, dito isto, atirou uma Benvinda desvalida para os braços do taberneiro, atravessou o passeio sem oposição e, já pendurado no estribo da carruagem, apontou a arma à populaça.

— Cambada de merdosos — bradou. — Mato-os a todos!

Em seguida, meteu-se para dentro e bateu com a porta enquanto o cocheiro abria caminho por entre as pessoas, chicoteando os cavalos, quase passando por cima daqueles que lhe saltaram da frente à justa, mergulhando para o lado para não serem espezinhados. Um deles, mais patético, o tipo alto da catana, começou a correr atrás da carruagem soltando gritos guerreiros, mas, olhando para trás, viu que era o único e, apercebendo-se da triste figura que fazia, desistiu da perseguição. Antes porém, atirou a catana inofensiva contra a carruagem que já ia longe. Ao ver aquilo, os bêbados incrédulos explodiram numa gargalhada geral.

E depois, abraçados, recolheram à taberna agarrados à barriga de tanto rir. Já tinham ganhado o dia.

Benvinda deixou-se cair no passeio, sem forças nas pernas, amparada pelo senhor Manuel, a mulher e Leonor. Toda ela tremia, em estado de choque. Foi levada em braços para dentro. Trouxeram-lhe um banco, sentaram-na, ofereceram-lhe um copo de água e tentaram acalmá-la com palavras suaves.

— Tiveste sorte, rapariga — disse o taberneiro, como que encerrando o assunto, deixando-a entregue aos cuidados das mulheres.

Ela rompeu num choro convulsivo.

— Calma, Benvinda — confortou-a Leonor, carinhosa, abraçando-a. — Já passou. Aquele bruto já se foi embora. Descansa.

— Não foi, não foi, não foi... — soluçou ela, histérica, em pânico.

— Já foi, Benvinda. Ele fugiu. Tu viste...

— Mas ele vai voltar. *Aiué-mamé*, ele vai voltar!

17

O coronel Loureiro de Carvalho deu um valente murro no tampo da sua secretária de madeira robusta.

— Quero esse filho da puta preso até ao final do dia!

— Sim, senhor, meu coronel — aquiesceu serenamente o primeiro-sargento, seu ordenança no Palácio do Governador. Era um militar experiente, veterano de gabinete, que já passara pela assessoria de muitos oficiais. Eles iam e vinham, o primeiro-sargento ficava. Sabia lidar bem com eles. Aturava-lhes os caprichos, imperturbável, tinha paciência, simpatia.

— Mas, que fique bem claro, *eu-quero-esse-homem-nos-calabouços-hoje!* — insistiu o coronel, fora de si, batendo com o dedo indicador na superfície da secretária, como se a quisesse picar, para sublinhar cada palavra.

— Vamos tratar disso imediatamente, meu coronel — respondeu o primeiro-sargento, sem estar muito certo de que a ordem seria realmente cumprida. Tudo e por junto, Luanda não teria mais de trinta ruas, mas em todo o caso... Em todo o caso, não valia a pena contrariá-lo. Mais tarde, quando estivesse mais calmo, poderia confortá-lo com a certeza de que o homem seria capturado a qualquer momento. Agora o coronel ainda estava furioso com a notícia de que o desconhecido ameaçara a sua criada com uma arma de fogo e, pior ainda, colocara a vida da sua filha em perigo. Acabara de regressar de casa. Tinha sido chamado de urgência pela mulher e fora encontrar a família e a criadagem em pânico. Uma afronta! O coronel era um dos homens mais poderosos de Luanda e o primeiro-sargento não duvidava nem por um segundo de que, se necessário, usaria toda a sua influência para virar a cidade do avesso, de uma ponta à outra, até que o agressor fosse encontrado e enfiado no calabouço mais sinistro, mais escuro e mais húmido da Fortaleza de S. Miguel, onde ficaria esquecido a definhar até ser só pele e osso. Pela sua parte, pensou, não se ralava nada que o homem apodrecesse numa prisão nojenta, mas de momento o mais importante era pôr as coisas a mexer para sossegar o coronel.

— Se me permite a sugestão, meu coronel, talvez fosse prudente colocar um homem de guarda à porta da sua casa.

— Não ponha um homem, primeiro-sargento, ponha dois! Ponha dois e já!

Não tardou muito para que o insólito acontecimento chegasse aos ouvidos do Governador-Geral, a quem, aliás, o coronel já mandara pedir para ser recebido, sendo de imediato convocado à sua presença. O Governador-Geral, numa atitude de pouca cerimónia institucional, foi buscá-lo à porta do seu gabinete que, não obstante ser surpreendentemente espaçoso, era bastante despojado de mobiliário. A mesa de trabalho, uma faustosa secretária de pau-santo sobre a qual alumiava um vetusto candeeiro, encontrava-se *arrumada* no extremo oposto à porta, ao canto. Atrás da secretária, um óleo do rei D. Carlos prestava o devido tributo à Coroa, juntamente com a bandeira nacional. Ao lado havia um conjunto de sólidas prateleiras preenchidas com excelentes obras encadernadas, abrangendo os mais variados campos da sabedoria que cobriam os temas da geografia, da história universal e das leis. E, junto à parede interior daquele gabinete de um tamanho absurdo, uma zona de sofás era como que uma ilha de couro delimitada por uma rica tapeçaria, onde se acomodavam as visitas mais ilustres para conversações solenes e charutadas.

O Governador-Geral veio do outro lado do gabinete a fumegar que nem uma locomotiva, com um charuto entalado nos dentes. Abanou com firmeza a mão do coronel entre as suas, fizeram juntos a travessia do deserto até à secretária. O Governador-Geral perguntou pela saúde da família dele e pelas disposições tomadas. O coronel pô-lo a par enquanto ele ia dizendo que sim com a cabeça, aprovadoramente.

— Este mundo está perdido — entristeceu-se, chocado com o sucedido.

— Ainda não, senhor Governador — contradisse-o respeitosamente o coronel, contendo-se na sua vingança latente. — Pelo menos enquanto eu aqui estiver. Pode estar descansado que eu próprio não descansarei enquanto não esclarecer este assunto.

— Faz muito bem, coronel, faz muito bem — disse o Governador, sentando-se à secretária. — Tem toda a minha simpatia - que era como quem dizia, *faça o que entender, que eu não me meto nisso.*

— Fico-lhe agradecido.

— E, mais uma coisa, coronel — levantou os olhos dos papéis e empregou um tom casual, como se fosse só uma minudência.

O coronel deteve-se à porta do gabinete e voltou-se para trás, olhando por cima do ombro.

— Diga...

— Vamos tratar este assunto com pinças. Se corresse por aí que já há quem se atreva a atacar as nossas famílias, meu Deus... — abanou a cabeça com dramatismo —, nem quero pensar nisso, ficávamos em muito maus lençóis.

— Com certeza, não se preocupe.

O Governador voltou aos seus papéis, dando-se por satisfeito com a conversa. Dera uma palavra de apoio ao seu homem de confiança, mas sem se comprometer demasiado, e transmitira-lhe a necessidade de ser discreto. *Está muito bem assim*, pensou.

No dia seguinte desabou um dilúvio pelas quatro da tarde, mas os dois guardas à frente da casa do coronel permaneceram impassíveis, cada um do seu lado da porta, em posição de descanso, segurando pelo cano a espingarda com a coronha pousada no chão, ensopados, vendo a água da chuva a escorrer pelas abas do chapéu e a cair à frente dos seus olhos. Uma carruagem parou no outro lado da rua e ali ficou estacionada. O cocheiro esperou imóvel, encolhido à chuva sob uma capa negra, até que a porta se abriu, dando passagem a um homem de estatura média, protegido por um oleado até aos pés. O homem aproximou-se com passos seguros, sem se preocupar em desviar-se das poças, pisando-as com umas botas de pele grossa. Atravessou a cortina de água que turvava a vista aos guardas e, quando levantou a cabeça para os encarar por baixo do chapéu que o protegia da chuva, deu com o cano de duas espingardas apontadas ao coração.

— Alto, ou disparamos! — avisaram os soldados.

O fazendeiro deteve-se à chuva, ponderando as suas hipóteses. Não se ensaiava nada para enfiar uma bala em cada um dos guardas, mas um rebate de bom senso levara-o a deixar o revólver na carruagem. De qualquer modo, avaliou as probabilidades e estas não o favoreciam de todo.

— Desejo falar com o dono da casa — anunciou.

— As mãos! — gritou um dos soldados. — Quero ver as mãos!

— Calma, calma... — recomendou o fazendeiro em tom sereno, e ergueu as mãos.

Os guardas avançaram para o deter e, em seguida, manietaram-no com brutalidade exagerada, obrigando-o a deitar-se no chão, de barriga para baixo e rosto enfiado no lamaçal, enquanto o algemavam.

O coronel deixou-se ficar pensativo de costas para a porta, com uma ponta de nostalgia na alma, a admirar uma árvore lá fora, debaixo da sua janela, defronte da larga rotunda onde pontuava a estátua de Salvador Correia de Sá, vendo as folhas verdes ainda a brilharem do aguaceiro recente. As chuvas tropicais eram assim, iam e vinham numa questão de minutos, mas sempre com uma intensidade desconcertante. O coronel, no entanto, nunca se acostumara às particularidades do clima africano e ficou espantado a avaliar a atmosfera carregada de humidade como se fosse uma bolha de água prestes a rebentar. Demorou-se de propósito, para enervar o prisioneiro.

De pé no centro do gabinete, com os pulsos algemados, enquadrado por dois soldados, o fazendeiro não pôde deixar de pensar que tinha ido meter-se na boca do lobo. Naquele dia em que dera com Benvinda no mercado por acaso, acertara em cheio ao depreender que a sua antiga escrava se empregara em casa de uma família poderosa. E hoje, no exacto momento em que a sua carruagem parara à frente dessa casa, ao ver os soldados de guarda, o fazendeiro não tivera mais ilusões. Definitivamente, vivia ali gente endinheirada e poderosa. Por instantes sentiu-se tentado a bater no tecto da carruagem e a mandar o cocheiro seguir, mas depois ponderou melhor. *Não posso continuar eternamente neste impasse,* pensou, *que se lixe, alguma coisa se há-de arranjar.* Já perdera demasiado tempo em Luanda, tinha urgência em regressar a casa e, de qualquer modo, partir de mãos a abanar era hipótese que nem se punha. Aquela negra estava-lhe entalada na garganta, e o desejo de vingança foi mais forte do que o risco. Fá-la-ia pagar bem caro a desfeita de lhe ter escapado por entre os dedos. Agora que a reencontrara e que a reconhecera, ao fim de tantos anos, o fazendeiro dispunha-se a qualquer coisa para satisfazer o rancor que lhe guardava por ela ter fugido. Ele, que a abrigara em criança, que lhe dera um tecto e uma família, que a vestira e a protegera enquanto crescia, nunca compreendera como pudera ela ser tão ingrata.

De modo que ali estava ele, no Palácio do Governador, algemado entre dois soldados mal encarados, encharcado até aos ossos, em cima de uma poça de água que se formava à volta das suas botas, manchando o soalho encerado do gabinete do coronel.

O coronel deitou fora um suspiro, como que despertando do êxtase, e piscou os olhos para se libertar do hipnotismo que o prendia à beleza natural do exterior. Rodou nos calcanhares, em pose marcial, de mãos atrás da costas e hirto no seu uniforme sem mácula. Aproximou-se do prisioneiro com uns olhos pequeninos, como se estes procurassem um alvo e o queixo erguido, autoritário. Tinha olhos cinzentos e umas sobrancelhas enormes e escuras que o faziam severo. Parou à frente do fazendeiro. Era bem mais alto do que o outro, uma cabeça pelo menos. Inclinou-se ligeiramente para baixo de modo a fixá-lo, olhos nos olhos, a centímetros. Podia cheirar-lhe o medo. O rosto do fazendeiro parecia derreter-se em suores frios, embora a transpiração copiosa que lhe descia pelas faces pudesse ser só a água da chuva que ainda lhe escorria do cabelo molhado, pois teve a coragem de aguentar firme o olhar fulminante do coronel. Este voltou-se subitamente e foi sentar-se em cima do tampo da sua secretária, onde apanhou um revólver *Abadie* de cano curto. Abriu o tambor para se assegurar de que estava carregado e tornou a colocá-lo na posição original com um gesto brusco, algo teatral, ameaçador.

— Estou aqui a perguntar-me — disse — o que é que me impede de lhe enfiar já uma bala na testa.

Os guardas agarraram o fazendeiro pelos braços com firmeza e deram prudentemente um passo ao lado.

— A lei?... — arriscou o prisioneiro, vacilante.

— A lei? — espantou-se o coronel, pondo a cabeça de lado e arqueando uma sobrancelha carregada. — A lei?! — Esticou o braço e apontou-lhe o revólver, muito tenso, com o rosto escarlate de indignação. — A lei aqui sou eu, seu filho da puta!

O fazendeiro engoliu em seco, apoquentado com a sensação de que o coronel ia apertar o gatilho. Mas era um tipo duro, habituado a uma vida conquistada a golpes de chicote e, se necessário, a tiro de revólver, e recuperou o sangue-frio a tempo de ouvir a pergunta seguinte.

— Ouça bem o que lhe vou dizer — avisou o coronel. — Ou me explica muito bem esta história, ou garanto--lhe que não sai vivo deste gabinete. Pode começar por dizer porque quis raptar a minha criada.

— Porque ela me roubou dois cavalos.

O coronel baixou a pistola, a pensar na resposta.

— Ah, roubou-lhe dois cavalos...

— Exactamente.

— E como é que isso aconteceu?

— A Benvinda era minha escrava, há uns anos, e um dia fugiu com um dos meus empregados, e levando os cavalos.

A história não surpreendeu o coronel, pois já a ouvira da boca de Benvinda, a quem tivera a oportunidade de espremer até ao mais ínfimo pormenor.

— Quer dizer que fugiram os dois?

— Sim.

— Nesse caso, a Benvinda só roubou um cavalo. O outro foi o seu empregado que o levou.

— Isso já não sei. Só sei que me roubaram dois cavalos.

— Mas sei eu! — gritou o coronel. — Se eram dois em fuga e levaram dois cavalos, cada um ia montado no seu, certo?!

— Certo.

— Portanto, cada um roubou o seu cavalo. Portanto, cada um é responsável por *um* cavalo.

— Só que eu não sei onde anda o meu empregado, mas sei onde está a Benvinda.

Isto soou bastante a ameaça ao coronel, que já estava pelos cabelos com aquele tipo inesperado. Por causa dele, tinha o expediente todo atrasado e a família num alvoroço.

— E o que é que pretende dizer com isso? — perguntou-lhe.

— Ela paga-me um cavalo e diz onde posso encontrar o homem e eu deixo-a em paz, ou ela paga-me os dois cavalos e eu fico satisfeito. Ou ainda, ela não faz nenhuma destas duas coisas, e eu obrigo-a a voltar comigo para a minha fazenda, onde ficará a trabalhar até me recompensar do prejuízo.

— Mas, veja bem — replicou o coronel, aparentemente serenado por um fôlego de tolerância —, você não pode arrastar a mulher até à sua fazenda. É a lei, como você disse. Já passaram muitos anos, ela já não é sua escrava, portanto... — Abriu os braços em sinal de impotência, como quem não vê solução para o problema. — Parece-me que não vai poder obrigá-la a acompanhá-lo.

— Ou paga a bem, ou paga a mal — rosnou o fazendeiro, irredutível, já esquecido do revólver. — A mim tanto se me dá.

— Ah, isso faz-me lembrar outra coisa — continuou o coronel, quase prazenteiro, enganadoramente descontraído. — O senhor atacou a mulher em plena rua e em plena luz do dia. Tentou raptá-la, há muitas testemunhas, as quais, aliás, foram também ameaçadas por si.

— Eu só me defendi — retorquiu ele. — Ainda tenho um braço ligado por causa da facada que me deram. Eu só me defendi.

— Você estava a arrastar a mulher à força, apontou-lhe um revólver! — recordou-lhe o coronel. — É natural que tenha sido perseguido.

— Ela roubou-me! — esganiçou-se o fazendeiro.

— Não quero saber! — gritou mais alto o coronel, pondo-se de pé com um salto enérgico. — Ou desiste da história dos cavalos e sai de Luanda imediatamente, ou vai preso por agressão, tentativa de rapto e perturbação da ordem pública. Como é que vai ser?

O fazendeiro crispou os lábios, resistindo ao ultimato, com os olhos injectados de raiva.

— Como é que vai ser?! — pressionou o coronel.

Então o fazendeiro não conteve a fúria que lhe toldou a razão e deu a resposta errada.

— É como eu lhe disse. Ou ela me paga a bem, ou me paga a mal.

O coronel fitou-o em silêncio por um segundo e depois, como que desistindo da discussão, deixou cair o revólver em cima da mesa, deu a volta à secretária e sentou-se na cadeira.

— Tirem-me este monte de esterco da minha frente — ordenou, varrendo o ar com a mão num gesto soberano de desprezo.

Ao coronel tanto se lhe dava se, anos antes, Benvinda roubara dois cavalos e matara um homem. Pelo que ela lhe contara, tinha razões de sobra para temer o patrão e fugir. Já o homem que ela abatera a tiro, era um porco e não merecia piedade; o seu caso não pedia maior justiça do que aquela que Benvinda fizera pelas suas próprias mãos. O coronel tinha-se na conta de homem justo e, ponderando o assunto, concluiu que se aquilo não fora justiça, então o que fora? Mas a tolerância não era a sua maior virtude, bem pelo contrário; o coronel exasperava-se facilmente com as fraquezas humanas, de tal modo que ganhara a reputação de ter mão pesada com os prevaricadores. Ora, Benvinda faltara ao seu dever de lealdade quando, depois de perceber que estava a ser perseguida pelo fazendeiro, escondera o assunto dos patrões. Ele tê-la-ia ajudado, não teria deixado os acontecimentos chegarem a extremos tão dramáticos para ela e tão comprometedores para o próprio coronel que, devido ao alto posto que ocupava, se via agora na ingrata posição de ter de abafar uma afronta pública. O Governador-Geral tinha toda a razão, como é que ele ficaria se se tomasse conhecimento de que um simples fazendeiro, um tipo qualquer, um básico sem melhor instrução do que a experiência da vida rude do campo, se atrevera a desafiá-lo de revólver na mão? Porque, para o coronel, atacarem-no a ele, a um membro da sua família ou a alguém a seu cargo, o que era exactamente a mesma coisa. Em qualquer dos casos, o agressor revelava um inaceitável desprezo por si e pelo alto cargo que ele ocupava. Bem vistas as coisas, até o enfurecia mais que aquele energúmeno tivesse atacado a *sua* criada e colocado em risco a *sua* filha. *São duas mulheres, por amor de Deus!* Um homem enfrentá-lo directamente teria sido mau, mas ele, pelo menos, merecia algum respeito por demonstrar uma certa coragem. Agora, *duas mulheres?!* Ah, isso punha-o fora de si.

Quanto a Benvinda, o coronel acabou de ouvir a sua triste história e perguntou-lhe por que razão ela lhes escondera um assunto tão sério, sabendo que o fazendeiro andava a rondar as vidas deles. Por acaso não lhe ocorrera que o seu silêncio faria Leonor correr um perigo desnecessário?

— Pensei que ele não me ia encontrar mais.

— Pensou mal — censurou-a. — Vamos fazer as suas contas. Quero que saia desta casa ainda hoje — declarou, no mesmo tom seco e definitivo que costumava empregar em assuntos de trabalho. Estava habituado a dar ordens que mudavam dramaticamente a vida de outras pessoas e, se isso nunca lhe fizera perder o sono, não seria agora que tal aconteceria.

— Sim, senhor... — aquiesceu Benvinda num sussurro embaraçado, à beira das lágrimas.

MUXABATA

18

O jagado da Calandula Camuiri ficava a dois dias de marcha. As tropas partiram de Malange às seis horas. O capitão Cândido Castro reunira uma coluna de mil e duzentos homens armados que tinham a missão de atacar e tomar a embala grande do soba e capturá-lo. A residência do chefe da tribo estava rodeada por uma paliçada de grossos troncos de árvore e era circundada estrategicamente pelas aldeias dos seus sobetas, as mucundas, espraiadas por uma vasta área de modo a prevenir ataques de surpresa à embala do potentado. Este contava com cerca de três mil guerreiros distribuídos entre a sua embala e as aldeias.

A maior parte da coluna do exército era formada por indígenas, quase todos na realidade, mil cento e setenta homens, oriundos dos dois únicos povos submissos da região, os bambeiros do Lombe e os ambaquistas. Eram oficiais, sargentos, praças e auxiliares. As tropas europeias perfaziam um todo de trinta e três efectivos, e contavam igualmente com oficiais, sargentos, alguns auxiliares brancos e ainda agricultores e comerciantes locais. O tenente Montanha estava incumbido de comandar a guarda avançada de oitenta praças de segunda linha que seguia à frente do grosso da coluna.

Os soldados usavam a uniforme de caqui amarelotorrado, polainas vermelhas, sandálias e cofió igualmente vermelho; os auxiliares vestiam à civil, alguns envergavam roupa europeia, outros os típicos panos africanos que usavam enrolados no corpo até aos pés.

Montado a cavalo, a passo, Carlos fazia-se acompanhar pelo sargento-quartel-mestre Ferreira, um português veterano de muitos combates que cavalgava a seu lado. O tenente não comentou o assunto para não dar parte fraca, mas a companhia do outro aplacava-lhe um pouco o nervoso miudinho. Era a primeira vez que entrava em acção em Malange, e logo a comandar a força avançada! *Diacho*... a responsabilidade pesava-lhe no pensamento.

A coluna marchava a três quilómetros por hora, silenciosa, quase às apalpadelas quando a Lua se escondia atrás das nuvens. À frente, seguiam os auxiliares em formação de flecha. Atrás deles e à cabeça da coluna, Carlos e o sargento-quartel-mestre, seu auxiliar. Entre o forte e a embala nada mais que o sertão selvagem, o capim alto, alguns arvoredos espaçados, um imenso território virgem, sem civilização, sem nada. Vindo lá de trás, ouvia-se o chocalhar distante e pesado da carroça, a ambulância que transportava o facultativo militar, um médico desembaraçado que, pensou Carlos, tinha muito trabalho garantido para o dia seguinte. Se não fosse a curar as feridas dos seus homens, *queira Deus que não*, haveria de ser por causa dos rebeldes.

A noite foi amena, atravessada naquele silêncio apreensivo das vésperas das grandes batalhas, mas, ao raiar do dia, o sol veio com uma inclemência brutal, capaz de derrubar um touro. Carlos foi dando ordem de alto para os homens comerem e descansarem o mínimo necessário, após o que retomavam a marcha, perseguidos pelo zumbido irritante dos mosquitos. No inferno daquele calor estagnado, sem uma brisa, o mais importante é que fossem bebendo muita água, de modo a evitarem a desidratação.

Chegaram a uma floresta depois de um dia de caminhada e ali bivacaram para se refazerem do esforço. Comeram ração de combate em silêncio e não fizeram fogueiras. Agora já estavam perto do objectivo.

Sentado no chão, de pernas cruzadas, pensativo, Carlos enrolava uma ponta do bigode com os dedos, iludindo a ansiedade com uma lembrança feliz. Recordava Leonor. Desde que enviara a carta para Luanda, não havia semana que não perguntasse ao segundo-sargento, encarregado do correio, se havia carta para si.

— Alguma coisa para mim, segundo-sargento?

— Não veio nada, meu tenente.

O correio era incerto em Malange. Tanto podia chegar no dia esperado como noutro qualquer. Vinha na lancha do Cuanza, uma canhoneira de trinta metros, com duas grandes rodas laterais propulsoras, que subia o rio em missão de patrulha com todo o respeito que a sua metralhadora *Nordenfelt* de 8 mm impunha. Passava a mais de cinquenta quilómetros do forte, num ponto predeterminado, onde entregava os sacos do correio a um estafeta.

Se tivesse vindo carta para o tenente, não deixaria de lhe chegar às mãos. A distribuição era feita nas casernas. Um praça levava o saco e gritava pelos nomes dos destinatários. Era uma festa. Todavia, no caso do correio dos oficiais, o próprio segundo-sargento fazia as entregas em mão. Portanto, era inútil Carlos passar pelo guiché a perguntar se havia carta. Era óbvio que não havia.

Porém, ele sentia-se bem por perguntar e o segundo-sargento não lhe levava a mal. O segundo-sargento ria-se para dentro, supondo que se o tenente se sentia ansioso por causa de uma carta que não chegava, não seria certamente porque a mãe demorava a escrever-lhe. Mas, claro, não fazia nenhum comentário inconveniente. Se o tenente Montanha não era propriamente conhecido por encorajar os homens a procurá-lo para desabafarem os seus problemas com ele, muito menos estaria interessado em falar de assuntos pessoais com o segundo-sargento dos correios. Era só o que faltava!

De facto, Carlos ganhara em pouco tempo a reputação de oficial a evitar. Entre os homens, corria a funesta ideia de que não era nada bom sinal calhar-lhes o tenente na rifa. E Carlos tinha consciência disso, bastava-lhe ter dado instrução à maior parte deles para saber que não havia ninguém desejoso de estar sob o seu comando. O tenente era disciplinador, exigente, inflexível. *Um filho da puta do pior*, na versão dos praças. Tinha-lhes tornado a vida num inferno durante a instrução, ao ponto de mandar prender durante uma semana um auxiliar que ousara desafiar a sua autoridade para o testar em frente a um pelotão. O incauto, um tipo de Viana do Castelo, a roçar os dois metros de altura, capaz de arrastar atrás de si seis ou sete homens quando media forças com todos puxando a ponta de uma corda, apelidava-se muito apropriadamente de Rocha. Ora, o Rocha tomou a infeliz iniciativa de se interpor entre o tenente e um soldado que desfalecia no decorrer violento dos exercícios. O soldado fora obrigado a *encher* trinta elevações de castigo por se ter atrasado numa marcha de vinte quilómetros, e o Rocha, delicadamente ameaçador, *fez* peito ao tenente, *pedindo-lhe* que poupasse o pobre-diabo. Em resposta, recebeu imediatamente ordem de prisão. Um acabou detido, o outro acabou na enfermaria. O pelotão, esse, teve de marchar mais cinco quilómetros como penalidade pelo comportamento dos camaradas.

Aquando da sua chegada a Malange, Carlos tinha encontrado a soldadesca um pouco à vontade demais. A rotina instalara-se no quartel, a indolência ganhava terreno e a disciplina vacilava. Carlos tinha sido precisamente incumbido de tomar as rédeas da situação de modo a preparar os soldados para a guerra. E foi isso que fez. O importante não era que gostassem dele, mas que não lhe morressem no primeiro combate.

Carlos dormitou um pouco; entrou no sono leve à medida que se extinguiram os murmúrios dos soldados mais excitados que demoravam a pregar olho. Mas, às quatro em ponto, foi o primeiro a pôr-se de pé, sentindo-se fresco e preparado para tudo. Acordou o sargento-quartel-mestre Ferreira.

— Vamos, sargento-quartel-mestre — abanou-o. — Está na hora.

Os soldados foram-se sacudindo uns aos outros até estarem todos acordados. Deu-se-lhes o tempo à justa para tomarem o mata-bicho, e meia hora depois retomaram o caminho em silêncio absoluto. Marchavam numa coluna de duas filas paralelas. Atacariam as primeiras povoações dos rebeldes às seis horas, contando apanhá-los ainda a dormir. Porém, como sempre acontecia no terreno, nem tudo acontece exactamente como planeado.

A cerca de quinze minutos de começarem a descortinar as cubatas das primeiras senzalas, percorrendo um trilho que atravessava uma larga clareira por entre o arvoredo, a marcha da guarda avançada foi interrompida pelo zunido mortal de balas disparadas por atiradores inimigos escondidos no alto e atrás das árvores. À frente, um auxiliar caiu, atingido no peito. Um soldado que marchava na coluna sentiu o espasmo da ferroada de uma bala na coxa direita e resvalou para o chão sem força para suportar o próprio peso.

— Alto! — gritou Carlos, ao aperceber-se da emboscada.

A saraivada de balas abateu-se sobre a coluna pela frente e pelos flancos.

— Defendam os flancos! — ordenou Carlos, levando os soldados de cada fileira a apoiar um joelho no chão e a assumir automaticamente a posição de tiro. *Calmos e disciplinados,* não deixou de reparar o tenente, momentaneamente orgulhoso por ver que a instrução começava a dar os seus frutos. Circulando a cavalo entre as duas fileiras, com um revólver na mão direita e as rédeas bem curtas na esquerda, Carlos mandou disparar descargas cerradas contra os dois lados da floresta.

— Fogo!

À frente, os auxiliares dispostos em flecha responderam igualmente aos disparos do inimigo escondido no mato. Os guerreiros calandulas, bem organizados, recuaram com o fogo defensivo do exército, mas pouco depois voltaram a atacar em maior número. Uma segunda linha calandula esperava na retaguarda da emboscada, preparada para tomar as posições e as espingardas dos guerreiros mortos ou feridos em combate. Eram os melhores atiradores, equipados com espingardas *Snider* e usando cartucheiras atravessadas no tronco nu. Uma terceira linha, muito mais numerosa, armada com flechas, facas, machados, mocas e zagaias — as pequenas lanças de ponta afiada — aguardava a sua vez de entrar em acção. Esta força era secundada por outras cuas de guerreiros comandadas pelos seus chefes, os lengas. As cuas estavam destinadas a serem lançadas em vagas sobre o exército, assim que conseguissem desbaratar a organização defensiva do inimigo.

Montado a cavalo, sempre em movimento, o tenente Montanha sabia que era um dos alvos prioritários dos atacantes que visavam os oficiais na esperança de quebrar a cadeia de comando e de instalar o caos no quadrado defensivo do exército. Carlos resistiu ao impulso de se apear para se abrigar. O instinto dizia-lhe que devia fazê-lo, pois no chão ficaria mais protegido, coberto pelas duas linhas de soldados que asseguravam os flancos, mas pensou que transmitiria a mensagem errada aos seus homens e afastou a ideia da cabeça.

— Abrigue-se, tenente! — ouviu o sargento-quartel-mestre gritar-lhe do chão. Este já o fizera e ainda gozava da protecção extra proporcionada pelo próprio animal que lhe servia de escudo. Mas Carlos ignorou o conselho, decidindo que não podia acobardar-se.

— Fogo, fogo à vontade! — continuou a ordenar.

As pernas tremiam-lhe e chegou a recear que não lhe sobrassem forças para manter o equilíbrio em cima da montada. As balas disparadas do interior do arvoredo zuniam à sua volta, pareciam vir de todos os lados. Carlos sentia o suor do medo, dos nervos. Agora que as mãos já não tinham a mesma firmeza, enrolou as rédeas no pulso esquerdo. O revólver escorregava-lhe por entre os dedos da direita, ensopada. Mais uma descarga cega contra as árvores, «Fogo!»; mais uma saraivada de balas em resposta.

Os guerreiros, afoitos, começaram a surgir na orla da floresta, arriscando alguns passos em campo aberto. Iam e vinham, conforme a intensidade do tiroteio os obrigava a recuar. Os soldados continuaram a disparar, incansáveis no seu propósito de manter o inimigo à distância. Mas os homens assim a descoberto constituíam um alvo fácil e já havia alguns feridos que atiravam como podiam. Carlos sentiu um certo alívio ao aperceber-se de que o grosso da coluna se aproximava a passos largos, vinda em seu auxílio. Mas logo uma bala mais certeira rasou-lhe a cabeça, furando-lhe o chapéu e rasgando-lhe a pele. Levou a mão à fonte direita e viu que sangrava. Teve um instante de indecisão, escassos segundos flutuando entre o choque e a fúria, alheado do perigo, como se a batalha ficasse suspensa enquanto ele analisava as suas alternativas. Do alto da sua montada, qual espectador da tragédia, Carlos viu um soldado a ser atingido na barriga e a cair agarrado às tripas a escassos metros, pálido de medo, de olhos arregalados ao tomar consciência do que lhe estava a acontecer. Alguém ao lado gritou desesperadamente pelo médico. Vendo aquilo, o tenente compreendeu que não podiam continuar expostos ao fogo dos calandulas. Tinha de tomar uma atitude, pensou, tudo dependia de si, uma palavra, uma ordem sua e os oitenta homens moviam-se automaticamente, em bloco, obedientes,confiantes no juízo superior. Eram treinados para isso, para obedecerem, executarem as ordens sem questionarem nada. Carlos deu consigo a pensar nisto tudo no meio daquele inferno de fogo, poeira e sangue. Mas foi só um momento, só o tempo à justa para serenar, recuperar a presença de espírito e tomar a decisão inspirada de mandar carregar sobre o inimigo sem mais delongas.

— Vamos a eles, homens! — ordenou. — É avançar e limpar a floresta!

À ordem do tenente, os soldados saltaram como se tivessem molas e correram em frente, debaixo de fogo, metade para cada lado, ganhando terreno à esquerda e à direita, animando-se com os cânticos de guerra, carregando sobre o inimigo, apanhando-o de surpresa.

Embora abrigados no mato e tendo a vantagem de serem praticamente invisíveis nas suas posições, os atiradores calandulas eram apenas uma escassa parte dos milhares de guerreiros que esperavam na retaguarda, divididos em dois grupos. Ora, ao verem os soldados a surgirem de uma nuvem de pólvora e a correrem direitos a eles, os calandulas, desorientados com a audácia da carga e sentindo que haviam perdido a iniciativa, retiraram à pressa, acossados pelo exército e assustados. Quase ao mesmo tempo, entraram em acção as peças de artilharia *Ehrhart*, trazidas pelo grosso da coluna que se juntava agora à força avançada e já flagelava a floresta com tiros sucessivos, dizimando os calandulas em fuga e impedindo as cuas na retaguarda de virem em seu socorro. Os projécteis caíam no meio das árvores, a leste e a oeste da clareira, com um poder de fogo devastador. As descargas ininterruptas atiradas para a frente dos soldados comandados pelo tenente Montanha permitiram-lhes alcançar a orla da floresta sem oposição. Os homens embrenharam-se no mato, efectuando tiro rápido, sempre em movimento, abatendo os guerreiros encurralados entre a barragem da artilharia e o fogo das armas finas da infantaria.

Não demorou muito para que o exército limpasse a floresta, obrigando o resto das forças inimigas a retirar. Já reagrupados, os soldados perseguiram os guerreiros que convergiram para a embala grande do potentado, onde tomaram posições defensivas atrás da paliçada que a rodeava. Os soldados atravessaram as mucundas desertas e alguns deles traziam archotes improvisados com trapos embebidos em álcool e enrolados em paus a arder, com os quais atearam fogo aos telhados de colmo das cubatas. E quando acabaram de cruzar as aldeias circundantes, preparando-se para cercar a embala do soba, tinham deixado para trás um rasto de destruição. Dezenas de colunas de fumo espesso enrolavam-se pelo céu limpo do sertão, transmitindo um mau prenúncio aos guerreiros entrincheirados. Entre mortos e feridos, entre os que fugiram e os que ficaram, restavam ainda muitos homens em armas, prontos para tudo. O capitão Cândido Castro conferenciou rapidamente com os seus oficiais e estes concordaram que deveriam contar com forte resistência na embala do soba. Calcularam que teriam de enfrentar várias centenas de combatentes, talvez milhares. Eram jovens guerreiros, de boa raça, formidáveis, homens de músculos sólidos, resolutos, forjados numa terra implacável para os fracos e propícia à sobrevivência dos mais fortes e mais aptos para as práticas guerreiras.

O potentado calandula, o chefe, era eleito pelo povo que escolhia alguém proveniente de uma linhagem de sobas, mas a liderança só era mantida porque este impunha uma autocracia musculada. Os lengas, nomeados pelos seus laços de sangue com o potentado ou por serem homens de confiança, dirigiam as suas aldeias e os seus guerreiros, conservando uma cadeia de comando muito próxima do chefe. Os desafios à liderança eram sanados na ponta da faca.

Aos guerreiros bastava-lhes a actividade diária, as longas caminhadas, a caça e as escaramuças frequentes com as tribos vizinhas para se tornarem fortes como leões. Tinham treinos de combate desde novos e aprendiam a manejar as armas brancas e a acertar com a zagaia num alvo em movimento, a trinta ou quarenta metros, com uma precisão aterradora, quando caçavam animais selvagens ou perseguiam combatentes inimigos. Na luta corpo a corpo eram temíveis, muito difíceis de derrotar, mas tamanho poder físico, tanta destreza de armas, valeu-lhes de pouco quando a embala grande começou a ser bombardeada pela artilharia e as granadas a caírem em terreno aberto, a explodirem em mil estilhaços, espalhando a morte numa orgia de carne dilacerada e de sangue. No interior da embala não havia muitos locais de abrigo, e os tiros cruzados tornavam quase inútil a protecção da paliçada. Cada boca-de-fogo *Ehrhart* valia mais do que cem guerreiros, por mais duros e sanguinários que fossem.

No exterior, os oficiais refreavam a custo a impaciência dos soldados, quase todos oriundos de tribos tradicionalmente inimigas dos calandulas, ávidos de sangue e desejosos de saldarem contas antigas. Finalmente, o capitão Cândido Castro deu a ordem para o assalto final. Os homens convergiram para a paliçada e abriram passagem a golpes de machado nos pontos previamente atingidos e fragilizados pela artilharia. O tenente Montanha apeou-se da sua montada e encabeçou o assalto. O primeiro embate foi assustador. Uma centena de guerreiros arremessaram uma chuva de lanças, facas e machados, e os três auxiliares que entraram à frente foram imediatamente atingidos. Ele próprio só não o foi também porque um dos homens lhe caiu positivamente nos braços, obrigando-o a recuar enquanto puxava o ferido que, simultaneamente, lhe serviu de escudo. Carlos ordenou que levassem o auxiliar cravejado como um Cristo e mandou vir uma metralhadora *Nordenfelt*. Esta foi introduzida pela brecha na paliçada e desbaratou a resistência indígena com duas rajadas autoritárias.

O tenente entrou na embala acompanhado pelo sargento-quartel-mestre Ferreira e pelas muitas dezenas de homens que os secundaram, entre eles o soldado Rocha que, no excesso da sua confiança de gigante sem medo, se adiantou ao resto do grupo na direcção da casa do potentado. Mais prudentes, os auxiliares e restantes praças fizeram um compasso de espera para dar tempo de reunir um número razoável de tropas dentro do perímetro.

Olhando em redor, Carlos não encontrou vivalma. Apenas cadáveres espalhados por todos os lados que a vista alcançava.

— Parece que o trabalho está acabado — disse.

O sargento Ferreira arqueou uma sobrancelha.

— Parece que sim — concordou, fleumático, sempre imperturbável.

Lá fora, a cavalaria passou a galope, rodeando a paliçada para cortar o caminho a eventuais fugitivos. No lado oposto do extenso terreiro ficava a entrada principal, para onde se dirigiam os praças a cavalo, e a residência do potentado. O soldado Rocha aproximou-se da paliçada interior que cercava a senzala principal e aventurou-se por um corredor estreito formado por duas linhas de troncos e ramos, o qual conduzia à libata do potentado. A passagem não tinha mais de quatro a cinco metros, o que para o Rocha equivalia a quatro a cinco passos normais. Avançou de espingarda aperrada e baioneta armada. A meio do corredor surgiram-lhe dois guerreiros armados com machados. Por sorte, a passagem era estreita e o Rocha trespassou o primeiro com a baioneta e apanhou o segundo com uma bala que atravessou o guerreiro da frente e derrubou o de trás. Mas, ao desembocar no pátio da casa, deparou-se com mais cinco tipos mal-encarados e armados com facas e machados. *Estou morto,* pensou o Rocha.

Carlos voltou a cabeça por reflexo ao ouvir soar o primeiro tiro algures no interior da libata do potentado. Olhou por cima do ombro, intrigado, lembrando-se de ter visto o Rocha a afastar-se para lá depois de terem invadido a embala.

— Estão todos aqui?! — perguntou o sargento--quartel-mestre, dirigindo-se aos praças.

O tenente passou os olhos pelo pelotão e ficou logo clara a ausência do Rocha. O tipo tinha pelo menos mais duas cabeças de altura que qualquer um dos camaradas.

— A mim! — gritou Carlos, precipitando-se numa corrida desenfreada em direcção à libata do potentado. O pelotão alarmado seguiu-o sem hesitar.

Chegou-lhe o som de mais tiros de arma fina enquanto corria, *aguenta-te homem,* pensou, dando o máximo que as pernas conseguiam e os pulmões permitiam. Passou como um furacão pelo corredor estreito, saltou por cima dos dois guerreiros mortos e invadiu o pátio aos tiros de revólver.

O Rocha estava de joelhos entre três guerreiros e segurava pelo pescoço um quarto que havia arrastado na esperança de lhe servir de escudo. O quinto guerreiro jazia ali ao lado numa poça de sangue. O cérebro de Carlos só teve tempo de registar uma mão a descer num golpe de cima para baixo e a espetar uma faca nas costas do grande *Urso Branco*; uma segunda mão a desferir-lhe um golpe de machado na cabeça e uma terceira mão a agitar ameaçadoramente um facalhão, mas tapada pelo rosto do homem esganado, de língua de fora. Carlos teve uma fracção de segundo para decidir o primeiro tiro contra o braço que se abatia sobre a cabeça do Rocha com o machado na mão; o segundo tiro para o guerreiro que já lhe enterrara a faca nas costas e o terceiro tiro para o que agitava o facalhão. Os praças, que o secundavam, entraram um ou dois segundos depois, não mais, mas já estava tudo acabado.

19

O assalto à embala do potentado ficou concluído por volta das treze horas. Feitas as contas, tinha sido uma vitória incontestável. Contudo, era preciso admitir uma falha grave que, em última análise, poderia ter-lhes sido fatal: os serviços de informações dos calandulas haviam funcionado na perfeição, o que arruinara o factor surpresa e propiciara a emboscada.

— Excelente iniciativa, tenente, excelente — elogiou o capitão, referindo-se à «*rápida iniciativa do comandante da guarda avançada de romper fogo com inexcedível coragem e sangue-frio, mandando avançar em massa todos os seus auxiliares, enquanto atacava os flancos com descargas cerradas*», conforme descreveu mais tarde o momento mais crítico destas operações no seu relatório para o governo-geral.

— Mas fomos topados desde o início — lamentou Carlos. — Eles sabiam que vínhamos.

O capitão abanou a cabeça, concordante.

— Lá isso é verdade. Malditos espiões! — rosnou com asco. Cuspiu para o chão, enfiou a ponta da bota no estribo e saltou para a sela, elevando com uma ligeireza de mágico o seu corpo magrinho, como que voando. — Mas o que interessa é que ganhámos — acrescentou ainda, esporeando a montada com um súbito golpe — Ah! — E afastando-se a galope.

Em bom rigor, podiam supor que os calandulas os tinham vigiado desde o início da operação. Provavelmente, algum espião infiltrado entre os auxiliares do exército fizera chegar a informação ao potentado, e este colocara observadores a vigiar-lhes os movimentos. Eram práticas correntes e só assim se explicava a emboscada à chegada e o facto de encontrarem as aldeias vazias.

Durante a operação tinham morrido seis homens da força avançada e onze do grosso da coluna. Havia ainda catorze feridos no total, cinco dos quais acabariam por morrer nas próximas horas. Em contrapartida, os calandulas tinham perdido cento e cinquenta e três guerreiros e deixado para trás sessenta e um, feitos prisioneiros. Destes, quase todos feridos com maior ou menor gravidade. Ao contrário do que os portugueses previram, não tinham encontrado milhares de guerreiros no interior da paliçada da embala principal. Depois do interrogatório aos prisioneiros, ficaram a saber que o potentado morrera em combate e não escapara à captura, como inicialmente haviam pensado. Esse revés determinante pusera os calandulas em fuga, deixando apenas alguns homens para trás, de modo a permitir que a maior parte dos guerreiros se afastasse em segurança, transportando o corpo do potentado.

As tropas bivacaram em campo aberto, junto à embala principal, do lado de fora da paliçada. Por ordem do capitão, Carlos organizou a defesa do perímetro, orientando a colocação de sentinelas e de atiradores especiais em posições estratégicas. O resto da tarde foi dedicado ao tratamento dos feridos, aos interrogatórios e à preparação do regresso ao forte, no dia seguinte. Realizou-se ainda a cerimónia do hastear da bandeira nacional seguido das salvas de espingarda.

O capitão Cândido Castro sentou-se então atrás de uma pequena mesa de campanha, colocada debaixo de um embondeiro afastado do acampamento, à qual foi levado o único lenga capturado vivo durante os combates. Os chefes vestiam-se à europeia, enquanto os guerreiros usavam a tradicional tanga de pele curtida e um ou outro adorno, como os colares ao pescoço ou as tiras de couro enroladas nos braços, de modo que não foi difícil distinguir o lenga dos outros guerreiros.

O chefe calandula foi trazido à presença do capitão e convidado a sentar-se na cadeira desdobrável colocada do outro lado da mesa, à sombra do imponente embondeiro com grossas raízes à vista, cravadas num chão de terra seca. Soprava uma brisa poeirenta de fim da tarde e o sol em declínio matizava o céu de tons alaranjados. Atrás do capitão, de pé, dois tenentes aprumados emprestavam mais solenidade à cerimónia. Carlos era um deles. Os praças que trouxeram o *lenga* enquadraram-no com passo marcial e espingarda ao ombro, tomando a posição de sentido depois de o chefe se ter sentado.

— Os guerreiros calandulas lutaram com honra e agora é tempo de fazermos a paz — declarou o capitão.

O lenga fez um ligeiro aceno com a cabeça, sem tirar o chapéu alto de feltro preto que usava como símbolo do seu poder. Não teria mais de trinta e cinco anos e não poderia ter menos de trinta. Tinha uma expressão séria, um rosto anguloso, duro, com a pele curtida por décadas de exposição ao sol inclemente da planície sertaneja. Era alto e esguio, de porte nobre. Pela atitude de homem digno, percebia-se imediatamente que era possível parti-lo, mas nunca vergá-lo.

— O povo deverá eleger um novo soba — continuou o capitão —, e este deverá prestar vassalagem ao rei de Portugal.

As negociações arrastaram-se até a noite descer e acabaram sob a luz parda de uma lanterna bruxuleante, protegida por quatro vidros fininhos, que atraía uma nuvem de mosquitos curiosos com a dança da sua chama azul e amarela. Conversaram serenamente, quase em surdina, como que venerando o silêncio da escuridão profunda que os rodeava, quebrada ao longe pelas fogueiras dos soldados, dispersas pelo descampado. O capitão falava pausada e lentamente, mais em tom de conselheiro amigo do que de chefe de guerra, dando a todos a ideia de que «o que lá vai lá vai», como se não tivessem passado a manhã a matarem-se. Por seu lado, o lenga, pragmático, parecia aceitar bem essa atitude. Ouvia o que o capitão lhe dizia com uma atenção de sábio e ponderava os assuntos sem se apressar com respostas precipitadas. E, enquanto pensava, instalava-se um longo silêncio, naturalmente preenchido pela sinfonia estrídula dos grilos invisíveis. Ocasionalmente, o capitão inclinava-se sobre a bamba mesa de campanha e procurava ajudar o raciocínio do lenga com algum argumento suplementar, uma ou outra achega posta na mesa à laia de conselho. Se bem que ambos soubessem que não estavam em pé de igualdade, pois, afinal de contas, o que ali se discutia eram os termos de uma capitulação. Contudo, a guerra e os mortos faziam parte da vida dos calandulas, o próprio lenga era um veterano calejado de muitos combates, e portanto capaz de encarar a situação com espírito prático. Não denotava nem ódio latente nem derrotismo resignado, *a vida é assim mesmo*, parecia pensar, *vocês fazem o que têm a fazer, nós fazemos o que temos a fazer. Agora vamos ver como ficamos no futuro.*

O capitão mandou o lenga em paz com a condição de transmitir a mensagem ao povo para que regressasse à sua terra sem receio de represálias. Em contrapartida, dentro de dois dias deveria ser enviada ao forte de Malange uma embaixada calandula chefiada pelo novo soba para a cerimónia de vassalagem. Entre os guerreiros capturados, seriam escolhidos os mais válidos para servirem no exército e os restantes, os que apresentavam ferimentos graves, seriam tratados e posteriormente libertados.

Levantaram o acampamento às quatro horas da madrugada, após o toque de despertar, e iniciaram o regresso a Malange. Quando chegaram ao forte, tinham passado praticamente três dias de marchas, combates e muito pouco sono. Carlos sentia-se moído como se tivesse sido atropelado por um elefante. Doíam-lhe todos os músculos e mal conseguia manter os olhos abertos. Contava com várias feridas de pouca gravidade e um número razoável de nódoas negras para curar. Trazia uma barba de três dias, o uniforme roto e amarrotado, suado e coberto de pó dos pés à cabeça. Precisava de tomar um banho e sentia-se capaz de dormir durante uma semana. Antes porém, assegurou-se de que os feridos recebiam o tratamento adequado. Acompanhou-os pessoalmente à enfermaria e deteve-se alguns minutos à cabeceira do soldado Rocha para o encorajar. O destemeroso *Urso Branco*, como era conhecido entre os camaradas de armas, aguentara estoicamente a provação da viagem, sempre consciente, apesar da gravidade dos ferimentos e de arder em febre. Por felicidade, a facada nas costas não atingira nenhum órgão vital e as perspectivas de uma recuperação rápida eram bastante boas.

— Ponha-se bom depressa, Rocha — disse o tenente. — Ainda há muito para fazer lá fora.

— Obrigado, meu tenente — respondeu o gigante, comovido, com lágrimas nos seus olhos sinceros de homem bom. — Obrigado por me ter salvo.

— Não pense mais nisso, soldado — replicou bruscamente Carlos, incomodado pelo sentimentalismo inusitado. — Agora é recuperar e voltar ao activo.

Mas o Rocha não deixaria de pensar nisso, de tal modo que, dali para a frente, ser-lhe-ia sempre fiel como um cão de fila, tornando-se uma espécie de guarda-costas por iniciativa própria. E levaria a dívida de gratidão ao ponto de, um dia mais tarde, em circunstâncias dramáticas, sacrificar a própria vida para o salvar de uma morte atroz.

De resto, o soldado Rocha não foi o único a mudar de opinião sobre o tenente Montanha. Depois de um baptismo de fogo tão auspicioso no sertão, Carlos passou de diabo a deus num ápice. Aos olhos dos homens, o seu comportamento exemplar em combate, a coragem revelada debaixo de fogo provaram que era digno do respeito de todos sem excepção. Daquela operação arriscada ficar-lhes-ia sempre a memória do tenente Montanha cavalgando o seu alazão, para a frente e para trás, dirigindo as tropas, indiferente à chuva de balas que lhe caía em cima como granizo mortal. Com o tempo, a história ganharia contornos míticos e as proezas do tenente Montanha seriam passadas de boca em boca com pormenores cada vez mais delirantes. Haveria quem jurasse a pés juntos que ele era imune às balas – uma versão que se tornaria absolutamente verdadeira aos olhos dos povos indígenas da região, depois de Carlos se mandar alvejar por um pelotão de fuzilamento e de ter escapado sem um arranhão, perante a estupefacção do potentado Cambo Camana, mais conhecido por rei da Ginga. Outra história que alimentaria muitos serões fantásticos da soldadesca seria a do *Urso Branco,* o homem mais forte do regimento que, dizia-se, o tenente salvara de morte certa ao enfrentar e abater sozinho, um a um, dez, quinze, vinte guerreiros (o número variava conforme o entusiasmo de quem contava o episódio). De modo que, de um dia para o outro, o tenente Montanha tornou-se uma lenda viva nas fileiras do exército.

Terminadas as incumbências mais urgentes, Carlos dirigiu-se para os seus aposentos, desejoso de cair no catre mal-amanhado onde costumava dormir, mas que, suspeitava bem, hoje lhe pareceria tão cómodo como um leito de rei. Deixou o forte e ia caminhando pacatamente, descendo pelo trilho que o levava à sua rústica casinha, ali a dois passos, quando surgiu no seu encalço, espavorido, o segundo-sargento encarregado do correio, chamando por ele e agitando no ar um envelope branco.

— O que é que se passa, segundo-sargento?

— Correio para si, meu tenente — explicou o homem, sem fôlego, entregando-lhe a carta. — Como não passou lá pelo guiché...

Pois não, pensou Carlos, *nem me lembrei.*

— Obrigado, segundo-sargento — disse, demasiado cansado para se dar ao trabalho de o esclarecer por que motivo quebrara a rotina.

— Às suas ordens, meu tenente — saudou-o com uma continência feliz, genuinamente satisfeito por ter finalmente correspondência para lhe entregar.

Carlos leu o nome no envelope, sem reparar que o segundo-sargento ficou a olhar para ele na expectativa de ver a sua reacção, sem resistir à esperança de estabelecer uma cumplicidadezinha com o tenente. Carlos sorriu ao perceber de quem era a carta. Depois levantou a cabeça e deixou de sorrir.

— Mais alguma coisa, segundo-sargento?

— Não, não, meu tenente, mais nada.

— Pode ir.

— Sim, meu tenente.

Carlos interessou-se pelo envelope novamente, observou-o de um lado e do outro e bateu com ele na palma da mão esquerda, triunfante, retomando o caminho para casa a assobiar de contente. *Finalmente*, pensou, finalmente recebera carta de Leonor!

20

Nas semanas seguintes, o tenente Montanha — coadjuvado pelo sargento-quartel-mestre Ferreira e comandando uma força de sessenta praças e outros tantos auxiliares indígenas — estendeu as operações militares pelo vasto território do concelho de Malange, cumprindo a ordem específica de «aplicar o devido correctivo aos povos insubmissos que persistem na rebeldia», conforme o incumbiu o capitão Cândido Castro.

Eram tempos heróicos aqueles, arriscava-se a vida por uma pátria que ousara ser do tamanho do mundo e que entregara a nobre missão de o descobrir a sonhadores de boa índole, homens de grande engenho e determinação que tinham atravessado oceanos sem a certeza de nada, senão de que navegavam para a morte ou para a glória. Agora, séculos passados, a capital do reino afundava--se em intrigas vãs, urdidas por políticos medíocres, egoístas, mesquinhos e traidores. O rei claudicava no momento em que a pátria, arruinada, mais precisava de um timoneiro seguro e decidido. A coroa perdia o brilho, a anarquia ganhava terreno e o império esboroava-se aos poucos. Mas em África tudo parecia diferente. Não fosse o inexplicável desinteresse da metrópole, que se reflectia na escassez de meios humanos e materiais, e os ecos do desastre não chegariam ao sertão selvagem. Todavia, Carlos era um desses sonhadores românticos que se regiam pelo dever e pela ética, que perseveravam na sagrada missão de cumprir até à última gota de sangue o juramento da bandeira nacional.

De certo modo, ele sentia-se um descendente dos bravos marinheiros de outrora e acreditava que lhe cabia a responsabilidade de dar continuidade à herança recebida dos antepassados. De forma que se propunha lutar com honra e abnegação pela integridade do território angolano, não permitindo que nem um pedacinho daquela terra lusa caísse nas mãos das potências europeias rivais. Para tal, era necessário garantir a soberania efectiva sobre os territórios, vergando a resistência do gentio a bem ou a mal, não obstante o desleixo da coroa com a tão nobre obrigação moral de espalhar a civilização cristã. Nesse sentido, escreveu o tenente Montanha no caderno onde apontava as aventuras impossíveis que ia vivendo: *«Se a Cruz de um lado, empunhada por zelosos e intrépidos Obreiros da Fé, avança vitoriosamente na conquista das almas incultas e selvagens; não é menos certo que a Espada do outro, com não menor zelo, intrepidez e indómita bravura, arrostando com imensos perigos, audaciosamente prepara aquele avanço da civilização cristã e a fama das suas grandiosas vitórias, ecoando pelo mundo fora, servindo de dique às cobiças da Europa.»*

Os combates sucederam-se ao longo das margens do rio Cuanza, do rio Cole e do rio Luige. As características do terreno variavam à medida que progrediam, de conquista em conquista, através de zonas alagadiças, de pântanos capazes de engolir um homem a cavalo; de vales profundos e matos impenetráveis onde se abria caminho a golpes de catana; de desfiladeiros cercados por florestas onde espreitava a emboscada. Calemba, Quibange, Madeira, Hembe, Mufima, eram nomes de sobados que o tenente Montanha ia riscando do mapa, todos derrotados, todos vergados à lei do *muene puto*, a lei dos portugueses, que Carlos fazia valer pela ponta da espada quando carregava sobre os insurrectos à frente dos seus soldados.

Esta sucessão de batalhas vitoriosas trouxe fama e prestígio guerreiro ao comandante da força que andava a fazer autênticas razias entre os sobados que resistiam ao ocupante. As notícias corriam depressa, os povos da região comunicavam entre si através de mensageiros ou, melhor ainda, recorrendo à tabalha, um engenhoso instrumento que consistia num tronco oco onde se batia com duas baquetas, produzindo sons capazes de se propagarem a grandes distâncias, constituindo uma espécie de telégrafo indígena. Quando Carlos se aproximava de um sobado com a sua coluna invasora, era habitual começarem a ouvir ao longe o batuque regular das tabalhas, anunciando o perigo. Entre as fileiras do exército havia tradutores que sabiam *ler* os sons e, normalmente, comunicavam ao comandante o teor das mensagens alarmadas que costumavam dizer «vem aí o Muxabata», o *Guerreiro Invencível*, como, em breve, passou a ser apelidado pelos seus inimigos.

Tinha chegado o mês de Setembro e, com ele, a estação das chuvas. As surtidas aos sobados rebeldes das redondezas tornaram-se menos frequentes, não só porque as condições meteorológicas eram menos propícias a operações militares, como por já serem poucos os povos que ainda se atreviam a desafiar a autoridade do Exército. Nos últimos meses, por exigências estratégicas ditadas pela escassez de meios humanos, muitos efectivos haviam partido de Malange rumo a outros concelhos, onde faziam falta reforços. Este facto trazia dificuldades acrescidas, diminuindo fatalmente a capacidade militar naquela região, apesar de o trabalho não estar acabado. Havia outros povos mais distantes e mais aguerridos cuja submissão dependia necessariamente de uma força mais numerosa, de maior poder de fogo, meios que, de momento, não estavam disponíveis. Em contrapartida, as acções punitivas infligidas cirurgicamente aos vizinhos insurrectos contribuíram para pacificar o concelho, pois esmoreceram os ânimos guerreiros da maioria dos chefes tribais. Em breve, estes começaram a deslocar-se ao forte de Malange, chefiando embaixadas de paz e prestando vassalagem à soberania do *muene puto*. As hostilidades cessaram praticamente, limitando-se, aqui e ali, a escaramuças sem grande importância. O tempo voltou a correr devagar e atrapalhado por aguaceiros bíblicos que lançavam um caos de lamas e deslizamentos de terras no forte, onde se tornava obrigatório proceder a constantes trabalhos de manutenção nas suas grossas muralhas terraplenadas, em forma de estrela, e nos baluartes da fortificação.

Contudo, subsistia um caso urgente que exigia medidas drásticas. Na confluência do rio Cuque com o rio Cuanza ficava o sobado do poderoso e sanguinário régulo Chacaleia. Este belicoso chefe tribal, temido pelos seus vizinhos por recorrer à violência sem escrúpulos e sem limites, fazia do banditismo um modo de vida. Os seus guerreiros, tão cruéis quanto o chefe, espalhavam o terror pela região, atacando as caravanas comerciais e deixando atrás deles um brutal rasto de sangue e de destruição. Eram *ajibi,* assassinos.

Chacaleia era coadjuvado por um ex-capitão indígena de segunda linha do exército português, conhecido por Mandinga – Feiticeiro –, a quem o régulo havia dado asilo. Mandinga era procurado pelas autoridades portuguesas por ter assassinado a tiro de espingarda o tenente Morais, um antigo chefe do concelho de Malange. Desde então refugiara-se na embala de Chacaleia, tendo-se tornado seu braço direito e conselheiro principal.

Carlos recebeu ordem para capturar os dois homens, vivos ou mortos. Por se tratar de uma operação particularmente delicada, tendo em conta a perigosidade dos criminosos, e para prevenir fugas de informação como no recente caso do ataque aos calandulas, esta foi planeada debaixo de total sigilo, no gabinete do capitão, com a participação de um grupo restrito de oficiais. O comando operacional foi entregue ao tenente Montanha, o mais experiente e mais competente do grupo.

Foram necessárias três semanas de preparação, incluindo alguns dias de espera, para que o ataque pudesse ser levado a cabo nas condições ideais. Mas, apesar de todo o secretismo, um contratempo de última hora criou um grave problema de segurança e tornou a missão ainda mais arriscada.

Estava o capitão Cândido Castro numa volta de rotina ao forte quando, num dos seus lendários acessos de mau feitio, interrompeu inadvertidamente a inspecção e foi-se embora. Por sorte, a súbita mudança de humor levou-o a regressar mais cedo ao gabinete, onde o esperava uma surpresa tão extraordinária que ele próprio duvidou do que os seus olhos viam. José, o seu leal auxiliar indígena, o único a quem confiava a sagrada tarefa de lhe fazer a faxina ao gabinete, afinal talvez não fosse tão leal quanto ele pensava, pois no preciso momento em que o capitão abriu a porta, surpreendeu-o a vasculhar a gaveta da secretária onde guardava o dossiê da missão.

— O que é que estás aí a fazer, José?! — perguntou-lhe, brusco, mas ainda suficientemente incrédulo para pensar que podia haver uma explicação aceitável para aquilo. Contudo, o homem deu um salto para trás, assustado com a interrupção inesperada, e não foi capaz de imaginar uma boa resposta.

— A limpar, meu capitão — disse muito depressa, sem conseguir ser convincente. Bastou uma rápida observação para captar os sinais da mentira. O homem tinha gotas de suor na testa e tremia como um condenado a caminho da forca. O capitão olhou para o lado e reparou na vassoura abandonada a um canto do gabinete, deu quatro passos em frente e foi ver onde é que o auxiliar enfiava as mãos poucos segundos antes. José poderia ficar o resto da vida a explicar o que é que a gaveta aberta e o dossiê aberto tinham que ver com a limpeza do gabinete, mas o capitão jamais acreditaria nele.

— O caralho, é que estás a limpar — rosnou, soltando em seguida um grito épico que se ouviu em todo o quartel. — Guardas!

O auxiliar José era oriundo de Ambaca e, veio a apurar-se mais tarde, fazia espionagem por conta própria, vendendo pelo melhor preço as informações que conseguia. Uma prática, aliás, que já não era de agora. Descobriu-se, por exemplo, que fora ele quem alertara os calandulas para o ataque iminente à sua embala, permitindo-lhes que preparassem a emboscada que provocara vários mortos na coluna do exército. O traidor recebeu voz de prisão imediata e foi colocado numa cela, em rigoroso isolamento. Depois daquilo a que se usava chamar eufemisticamente um «interrogatório severo», foi possível concluir com razoável certeza que José não chegara a passar nenhuma informação ao inimigo. Não obstante, o capitão deixou ao critério de Carlos a decisão de avançar ou de suspender a missão.

— É consigo, tenente — disse —, mas o homem não chegou a roubar nenhum documento relacionado com esta missão. Mesmo que já tivesse visto a papelada anteriormente, não teria percebido nada do que lá estava escrito.

— Pois, claro, não sabe ler.

— O que me preocupa são os mapas.

— Ele viu os mapas...

— Pois viu.

Carlos cruzou os braços, pensativo, encostado ao parapeito da janela do gabinete do capitão. Este fumava um charuto sentado à secretária, recostado numa cadeira de braços que se inclinava perigosamente para trás, enquanto o capitão olhava com ar sério para cima e soltava um longo sopro de fumo para o ar, engrossando a nuvem densa que se ia formando junto ao tecto.

— Mas nós sabemos que ele não se ausentou do forte nos últimos dias — disse Carlos, como se estivesse a pensar alto. — Portanto, mesmo que já tivesse visto os mapas, não teve oportunidade de vender a informação.

— Mas não sabemos se tem um cúmplice.

— O homem confessou tudo no interrogatório — lembrou Carlos. — Não acredito que se tenha aguentado nesse pormenor.

O capitão fez um trejeito concordante, lembrando-se do aspecto bastante maltratado do prisioneiro depois do interrogatório.

— De facto...

Carlos desencostou-se do parapeito e descruzou os braços, tomando a sua decisão.

— Se o meu capitão me permitir, eu vou em frente com a missão.

— É essa a sua decisão?

— É a minha decisão.

— Nesse caso, tem o meu apoio, tenente.

21

O rasto da poeira levantada pelas patas dos animais era visível a quilómetros de distância, na savana. A paisagem que a caravana atravessava era uma extensa planície amarela, episodicamente pontuada pelo verde das árvores dispersas que não ofereciam esconderijo possível. O caminho mais provável até à margem do rio Cuanza passava por um súbito desfiladeiro, atrás do qual se encontrava um grupo de vinte guerreiros, chefiado por um homem fardado de caqui, um negro alto, de ombros largos e olhos brilhantes e tresloucados que inspiravam reverência temerosa aos que o rodeavam.

Um dos guerreiros que estavam de vigia aproximou-se do chefe, vindo do topo do desfiladeiro.

— Vem aí uma caravana, Mandinga — anunciou, tendo primeiro o cuidado de se colocar de cócoras para não ficar ao mesmo nível do chefe, que se sentava numa rocha lisa, impassível, como que em estado de contemplação.

— Quantos? — perguntou, sem olhar para o súbdito.

— Três homens a cavalo e três camelos com mercadoria.

O rosto de Mandinga abriu-se num sorriso assassino.

— *Ndoko tuakalue ita* — disse ele, fitando jubiloso o horizonte escaldante. — Vamos fazer a guerra.

— E os mercadores? — quis saber o guerreiro.

— *Afua* — respondeu Mandinga, como se cuspisse a palavra. *Afua*, Morrem!

A caravana continuou a aproximar-se e, no espaço de uma hora, o simples rasto de poeira vermelha que inicialmente chamara à atenção do vigilante ganhou nitidez suficiente para se perceber, pelo modo sumptuoso de vestir dos mercadores, que vinha aí uma rica carga para saquear. Mandinga chegou-se à beira do desfiladeiro e espreitou a caravana através dos *olhos mágicos*, os binóculos que roubara ao exército e que nunca deixavam de espantar os guerreiros, quando ele os deixava usar para os impressionar com os seus alegados poderes sobrenaturais de feiticeiro. Eram três homens, conforme dissera o guerreiro, envergavam panos de excelente qualidade, montavam bons cavalos e usavam camelos para lhes carregar a mercadoria. Tudo lhe sugeria que era gente abastada. Vinham armados, sem dúvida, mas o que podiam três espingardas contra vinte? Ainda para mais numa posição bastante desfavorável. Nada, claro. O mais certo era que nem sequer fossem bons atiradores.

Mandinga deu ordem aos guerreiros para se dividirem pelas duas faces do desfiladeiro, espalhando-se ao longo do caminho que a caravana percorreria muito em breve. Cinco guerreiros desceram a encosta com uma agilidade felina e foram-se esconder atrás de umas rochas providenciais, que estreitavam a passagem a meio do desfiladeiro. A ideia era que, se tentassem forçar a marcha, através da emboscada, os mercadores fossem cair direitinhos na mira dos cinco guerreiros que estariam à espera deles a tapar-lhes a saída. Entretanto, outros cinco tratariam de descer para tomar posições à entrada do desfiladeiro assim que a caravana se embrenhasse no interior da garganta. Era um bom plano, pensou Mandinga, satisfeito.

Não tiveram de esperar muito. A caravana continuou o seu caminho impávido até à toca do lobo, como se fosse um bando de cordeiros ingénuos, embora se detivesse à entrada do desfiladeiro, onde os três mercadores iniciaram uma longa e exasperante conferência. Hesitaram, a farejar o perigo, ponderando a possibilidade de perderem uma hora a rodear o maciço, em vez de atravessarem a garganta. Lá no topo da armadilha, Mandinga fervia de pura raiva, percebendo que os mercadores estavam prestes a desistir de se aventurarem pelo tão pouco convidativo caminho. Doente com a perspectiva de perder o seu precioso saque, o *Feiticeiro* mal continha os nervos, com o dedo a tremer no gatilho, perturbado, quase tentado a arriscar um tiro de sorte.

Os mercadores não pareciam ter pressa. Puseram-se a fumar e a berrar uns com os outros, envolvendo-se numa discussão interminável, cujos ecos se ouviam claramente no interior do desfiladeiro, embora não se conseguisse entender nada daquela algaraviada irritante que enervava cada vez mais os espíritos gananciosos dos emboscados. Pelo que Mandinga percebia dos gestos enfáticos dos mercadores, dois deles queriam atravessar o desfiladeiro enquanto o terceiro preferia rodear o maciço. A discussão prosseguiu, interminável. O problema que se punha a Mandinga é que se os mercadores decidissem tomar o caminho alternativo, não haveria forma de os apanhar, pois tinham a vantagem dos cavalos. Mandinga também tinha o seu cavalo, mas era o único. Os seus homens deslocavam-se a pé e ele próprio só usava a montada como transporte. Qualquer guerreiro que se prezasse combatia sempre apeado.

O tempo ia passando e os mercadores não se mexiam. Até parecia que faziam de propósito para enervar os guerreiros, como se soubessem que estavam ali à espera deles. Não foi nada que Mandinga não começasse a pensar. Não havia certamente ninguém em todo o sertão com um espírito mais paranóico e desconfiado do que o dele. Se ele ainda continuava vivo, era por ter a estranha capacidade de descobrir que um tipo o iria trair mesmo antes de o próprio o saber. E claro, matava-o logo. Se por acaso se enganasse, paciência, era-lhe indiferente. Bastava que alguém dissesse uma palavra errada, fizesse um gesto, uma atitude fora do quadro normal, para o pôr de pé atrás. E, depois de disparado o alarme naquela mente obsessiva, já não havia nada a fazer, pois haveria de perseguir o desgraçado até o matar. Por vezes era instantâneo.

Não passavam muitas luas, numa dessas noites felizes em que se sentia suficientemente bem-disposto para surpreender os guerreiros com a sua companhia, Mandinga entrara a meio de uma conversa à volta da fogueira, atraído pelas gargalhadas dos homens.

— Estão a rir-se de quê? — perguntou com aquela sua voz de trovão, interrompendo as gargalhadas que morreram de imediato nas almas geladas de medo. Mandinga sentou-se entre eles, com a palma das mãos viradas para cima em sinal de expectativa. — Então, estavam a rir-se de quê?

Os guerreiros olharam uns para os outros, hesitantes, mas depois um deles lá se atreveu a quebrar o gelo.

— Estávamos a lembrar-nos daquela vez em que o Nginga estragou aquela emboscada porque caiu da árvore por causa dos macacos, que não o queriam lá pendurado.

Mandinga começou a rir-se com gosto, ao recordar a figura ridícula de Nginga a correr à frente de um bando de pequenos macacos irados.

— E os macacos largaram atrás dele — disse alguém a rir.

— E a caravana fugiu — acrescentou mais alguém.

— O mercador só gritava para o outro: *Leng'é! Leng'é!* Foge! Foge!

Mandinga ria a bom rir, perdido de gozo, contagiando o resto do grupo, uma roda de amigos a recordar os bons velhos tempos. O próprio Nginga também já entrara na gargalhada.

— E eles fugiram mesmo — disse Mandinga.

— Também — comentou Nginga, com lágrimas nos olhos de tanto rir — a emboscada não valia nada, estava toda mal planeada. Nós ali agarrados, mal nos aguentávamos nas árvores, pior que os... *glug... glug...* — O facalhão atravessou o pescoço de Nginga de um lado ao outro e estraçalhou-lhe a garganta. Num momento estava a rir-se e no momento seguinte estava agarrado a um fio de vida, lutando desesperadamente para respirar, a esguichar sangue como um porco desvalido, afogando-se no próprio sangue, *glug... glug...* Caiu lentamente para trás, de costas, com os olhos muito abertos numa cara de espanto, morto no meio de um enorme silêncio. Foi um gesto tão rápido que os outros guerreiros precisaram de alguns segundos para absorverem o que tinham acabado de presenciar. Mandinga levara a mão à cintura, desembainhara o facalhão e lançara-o por cima da fogueira com uma agilidade difícil de registar pela mente humana.

— *Kindulutu* — rosnou. — Estúpido. A emboscada não estava mal planeada. Nginga é que estragou tudo porque nunca faz nada bem feito.

Mandinga levantou-se para desenterrar o facalhão da garganta do morto e foi-se embora de mau humor, furioso por Nginga lhe ter estragado a noite. Os guerreiros ficaram paralisados de horror, vendo-o afastar-se e desaparecer na escuridão. Mandinga não suportava uma crítica, nem a brincar, interpretava-a como um desafio à sua liderança, e Mandinga também não tolerava que pusessem em causa a sua autoridade. Por mais remoto que fosse o desafio, mesmo que nem houvesse intenção – ou que só a houvesse na sua imaginação –, ele preferia cortar o mal pela raiz.

Aquilo deixou-o chateado, porque, embora tivesse sido uma oportunidade de ouro para inspirar respeito aos homens – como se tal ainda fosse necessário –, Mandinga até gostava de Nginga. O seu estilo desajeitado, os disparates constantes, compensava-os por ser um tipo bastante divertido e apreciado por todos. Mas desta vez esticara demais a corda e isso ele não podia perdoar. *O que é que lhe terá passado pela cabeça?*, perguntou-se Mandinga, irritado por Nginga o ter obrigado a matá-lo. *Kindulutu!*

De modo que agora Mandinga observava os mercadores à entrada do desfiladeiro e a demora já começava a mexer com ele. Estariam aqueles malditos a preparar alguma? Seria só uma questão de indecisão ou haveria mais qualquer coisa? Hoje não tinham o Nginga para lhes estragar a emboscada com uma das suas atitudes incrivelmente catastróficas, mas Mandinga sabia que não podia permitir que o impasse se eternizasse. Em breve alguém mais impaciente acabaria por ceder aos nervos e um movimento imprevisto, um barulho, um reflexo ou uma sombra seriam suficientes para deitar tudo a perder. Mandinga já se dispunha a tomar uma iniciativa de recurso quando o embaraço se resolveu por si. Ao longe, viu os mercadores armarem-se com espingardas e porem a caravana em andamento, em direcção ao desfiladeiro.

Avançaram devagar, atentos a todos os pormenores, procurando sinais de perigo, com as espingardas engatilhadas para o primeiro tiro, se fosse caso disso. Mandinga esperou. Deixou-os entrar na garganta e embrenharem-se até ficarem ao alcance das armas. Cabia-lhe abrir as hostilidades, ninguém estava autorizado a disparar enquanto ele não o fizesse. E se Mandinga não disparasse um tiro, a caravana passaria inevitavelmente por todos sem sofrer qualquer transtorno. Mas isso não aconteceria, porque Mandinga apontou ao homem da frente e apertou o gatilho, ao que se abateu um dilúvio de fogo sobre os mercadores. Valeu-lhes a pontaria sofrível dos guerreiros que, em boa verdade, eram mais voluntariosos do que certeiros. Normalmente ganhavam pela persistência. Desatavam todos a disparar ao mesmo tempo e pronto. Despejavam os carregadores em cima do alvo e acabavam por deitá-lo abaixo. Mesmo Mandinga, o mais adestrado pela prática regular na carreira de tiro do exército, falhou o cavaleiro da frente, traído pela ansiedade de o matar, e não teve segunda oportunidade.

Assim que a emboscada rebentou, os mercadores reagiram com uma ligeireza surpreendente e tomaram duas decisões imediatas que lhes salvaram a vida: deram meia-volta e deixaram para trás os camelos. Ao escolherem a entrada do desfiladeiro como via de fuga, evitaram os guerreiros que os aguardavam escondidos mais à frente e, ao desenvencilharem-se dos camelos, não se deixando atrapalhar pelo estorvo dos animais pesados, ganharam rapidez suficiente para passarem a galope pelos guerreiros que ainda desciam a encosta para lhes cortar o caminho na retaguarda. Aliás, os dois mais lestos a descer foram abatidos pelos cavaleiros em movimento quando tentavam barrar-lhes a passagem. Mandinga não gostou nada de os ver escapar, mas teve de admirar a presença de espírito, a coragem e o desapego dos três mercadores. Se tivessem caído na tentação de fugir com a carga, àquela hora estariam mortos.

Apesar de tudo, foi um bom dia. Os camelos vinham carregados com uma mercadoria valiosa: tecidos de excelente qualidade, alpercatas, pentes, óculos de sol, colares de missangas e outras bugigangas que seriam muito cobiçadas pelo povo e, especialmente, fariam as delícias das mulheres. E, como se não bastasse um saque tão lucrativo, ainda tiveram a extraordinária surpresa de encontrar como prémio adicional quatro ancoretas de aguardente! Essas sim, fariam as delícias dos homens.

A emboscada custara a vida a dois guerreiros, mas Mandinga sentia-se tão eufórico com o seu saque e com a boa figura que faria perante o chefe Chacaleia que nem pensou mais nisso. Tinha pressa de regressar a casa, de oferecer ao régulo os três camelos e a sua maravilhosa carga e fazer uma grande festa para celebrar a vitória. Mal sabia quão próxima estava a hora de pagar com juros altos esta e outras pilhagens. Muito em breve chegaria, implacável, a justiça que saldaria as contas das vítimas da sua infinda maldade.

22

Os três soldados disfarçados de mercadores entraram no forte a galope, saltaram das montadas e correram a apresentar-se no gabinete do capitão, onde este os aguardava impaciente, na companhia do tenente Montanha.

— Missão cumprida, meu capitão — anunciaram, fazendo em seguida um relatório pormenorizado dos acontecimentos. Correra tudo bem, disseram, exactamente conforme fora planeado. — A mercadoria está entregue.

— Não houve problemas? — Quis saber o capitão. — Ninguém ficou ferido?

— Não houve problemas, meu capitão.

— Óptimo. — disse, satisfeito. E virando-se para Carlos: — Então, tenente, agora é consigo.

— Está tudo a postos. Partimos ao anoitecer.

Dado tratar-se de uma operação secreta e pretender-se conservar o elemento surpresa até ao último instante, as tropas actuariam disfarçadas com trajes gentílicos. Carlos mobilizara sessenta praças de segunda linha, armados com espingardas *Snider*, devidamente municiadas. Os soldados seriam apoiados por trezentos auxiliares indígenas armados com lazarinas, as espingardas de chumbo fino e médio, normalmente usadas pelos civis. Os auxiliares levavam também armas de fabrico artesanal: zagaias, catanas, facas, mocas com pregos espetados e machadinhas.

Como a primeira parte da missão era extremamente arriscada, Carlos escolhera os seus três melhores cavaleiros, que eram simultaneamente os três melhores atiradores. Foi-lhes confiada a difícil tarefa de *entregarem* a carga a Mandinga sem levantarem suspeitas e, claro, sem se deixarem matar. Fora uma ideia de Carlos, um momento de inspiração.

Durante semanas, enviou espiões indígenas para observarem à distância todos os movimentos do grupo de Mandinga. Entretanto, os três falsos mercadores mantiveram-se de prontidão, preparados para serem chamados a qualquer momento, o que finalmente aconteceu quando os rebeldes decidiram passar a noite no desfiladeiro. Aquele era o local ideal para efectuar a *entrega*, e Carlos ordenou a partida imediata da caravana. O compasso de espera à entrada do desfiladeiro fora igualmente ponderado pelo tenente Montanha que, conhecendo o carácter paranóico e instável de Mandinga, recomendou aos seus homens que fizessem os possíveis para o enervar antes de entrarem em acção. A medida acabara por se revelar bastante positiva, pois levara Mandinga a precipitar-se no primeiro tiro e salvara o soldado visado pelo *Feiticeiro*.

A coluna deixou o forte mais tarde, durante a noite, comandada pelo tenente Montanha, vestido à civil e com o rosto pintado de preto. Era coadjuvado pelo sargento-quartel-mestre Ferreira e seguido de perto pelo seu fiel anjo-da-guarda, o *Urso Branco*, hoje igualmente mascarrado com carvão.

Os homens tinham sido mantidos em total ignorância sobre o objectivo da missão até ao momento da partida. Pouco antes de saírem, o sargento ordenou uma formatura no pátio para receberem todas as instruções.

— Companhia, sentido! — gritou, levando-os a perfilarem-se. — À vontade!

O tenente aproximou-se a cavalo, falou do alto da sua montada.

—Homens, hoje vamos caçar o traidor Mandinga, assassino do nosso tenente Morais, vamos capturar o régulo Chacaleia, que lhe dá guarida, e vamos dar uma lição a todos os bandidos armados daquele sobado que têm espalhado o terror e a morte entre os povos vizinhos.

Concluídas as instruções, partiram com a recomendação rigorosa de manterem silêncio absoluto.

A coluna chegou ao objectivo por volta das quatro e trinta da madrugada e aproximou-se do sobado inimigo a coberto da escuridão impenetrável de uma selva densa, que era necessário atravessar para atingir a embala principal sem ser pelo lado mais exposto e, provavelmente, vigiado. As copas das árvores frondosas ocultavam o luar, obrigando a uma progressão difícil e morosa, por vezes às apalpadelas.

Por fim, deram com a clareira que rodeava a embala, e Carlos fez sinal ao sargento-quartel-mestre que por sua vez transmitiu a ordem para a cercarem, através de gestos enérgicos e precisos. Centenas de sombras silenciosas esgueiraram-se no terreno, tomando posições.

A embala do régulo Chacaleia era protegida por um duplo cercado de troncos altos, bem fincados no chão e aguçados no topo. De modo que Carlos decidiu-se por invadi-la através da entrada principal.

Não havia barulho, nem um som de movimento no interior espaçoso da embala grande. Aparentemente, a festa morrera antes da chegada deles. Tal como Carlos previra, o presente envenenado cumprira a sua função. Chacaleia e os seus guerreiros não estavam habituados ao álcool e quatro ancoretas de aguardente conseguiam fazer estragos consideráveis.

Os sentinelas bêbados dormiam profundamente à entrada da embala, afundados num coma alcoólico de que nunca mais acordariam, pois foram entregues ao cuidado dos deuses por mãos implacáveis que lhes taparam as bocas ao mesmo tempo que lhes passavam o gume afiado de facas silenciosas pelas gargantas.

Carlos foi o primeiro a entrar no pátio da embala e a deparar-se com o incrível espectáculo de dezenas de guerreiros a dormir no chão, caídos por terra de qualquer maneira. Sentiam-se tão intocáveis que nem se davam ao trabalho de tomar providências para prevenir um ataque. Pois bem, pensou Carlos, a sua arrogância seria a sua perdição.

Os soldados tomaram posição à volta do pátio, encostados à paliçada, enquanto os auxiliares, sorrateiros, *pescavam* as armas dos guerreiros adormecidos, subtraindo-lhes, uma a uma, as espingardas e as zagaias negligentemente espalhadas pelo chão. E teria sido tudo fácil se um dos guerreiros não tivesse despertado, num sobressalto de consciência que precipitou o desastre. O homem surpreendeu os atacantes ao saltar por cima de um auxiliar com uma agilidade improvável e um rugido de leão, ao mesmo tempo que lhe enterrava uma faca no peito. «*Ribokela! Ribokela!*», gritou, «Alarme! Alarme!»

Embora estremunhados, os guerreiros reagiram mais depressa do que seria de esperar. Talvez por estarem alcoolizados, talvez por se julgarem invencíveis, não se deixaram intimidar pelas dezenas de espingardas que os tinham na mira e envolveram-se numa luta corpo a corpo com os auxiliares. Os soldados abriram fogo, mas a confusão era tanta que não podiam disparar à vontade, receosos de atingir os seus camaradas.

Armado com um revólver *Abadie* na mão direita e uma espada na esquerda, Carlos embrenhou-se no caos de morte, abatendo o inimigo à queima-roupa ou trespassando-o com a lâmina. O soldado Rocha, agigantou-se atrás do seu tenente, protegendo-o com uma espingarda, disparando à esquerda, partindo crânios à coronhada à direita e distribuindo pontapés, joelhadas e cotoveladas por todos os que tentavam atacar Carlos pelas costas. Os soldados seguiram o exemplo do comandante e começaram a estreitar o cerco, abatendo os guerreiros que resistiam, e por vezes também os que não resistiam mas que, pelo simples facto de se terem levantado, confusos com o despertar violento, foram considerados hostis.

Em breve, a resistência foi perdendo força e a luta acabou por se extinguir naturalmente, com a rendição dos poucos guerreiros ainda vivos, encurralados no centro do pátio e mantidos em respeito pela ponta do cano das armas dos soldados. O estrépito da batalha perdeu a força ao mesmo tempo que a poeira assentava por baixo dos corpos, donde corriam rios de sangue, substituindo os gritos de intimidação dos soldados e os gemidos lancinantes dos feridos.

Feitas as contas da refrega, havia quase trinta guerreiros mortos e dezassete capturados, quase todos feridos. Do lado do exército, contaram-se sete auxiliares mortos e dez feridos ligeiros. A luta tinha terminado, mas as surpresas não.

— Falta o Mandinga e o Chacaleia — anunciou o sargento-quartel-mestre Ferreira.

— Filhos da mãe! — rosnou Carlos. — Vamos à embala.

Começou a dirigir-se para a casa do soba, acompanhado pelo sargento, pelo soldado Rocha e por mais alguns praças. Não avançaram muito, porém, incrédulos com a cena patética que se lhes deparou.

Envergando uma simples tanga e agitando uma machadinha acima da cabeça, Mandinga emergiu da porta da embala a correr como um louco desenfreado na direcção deles, de peito descoberto, olhos tresloucados e com as goelas abertas, soltando um grito de guerra. Deu meia dúzia de passos, não mais, antes de cair fuzilado por uma chuva de balas.

Carlos trocou um olhar de espanto com o sargento--quartel-mestre.

— Está bêbado, o homem — comentou, sem se alterar.

— Estava — corrigiu o tenente, encolhendo os ombros e retomando a passada larga em direcção à casa.

Foram encontrar o régulo Chacaleia encolhido no canto mais escuro da sua embala, a tremer de medo e a chorar como uma criança assustada.

— Não merece os guerreiros que tem — disse Carlos, indignado com a cobardia do soba. — Prendam este merdoso.

23

Sentado à porta da sua casinha simples, debaixo do pequeno alpendre de colmo, Carlos fumava tranquilamente um cigarro de enrolar, ponderando as probabilidades de o forte se desfazer em lama e já não existir pela manhã. Era noite cerrada e ele não conseguia ouvir um som ou ver sinal de vida humana para lá da cortina de chuva, dois metros à sua frente. O céu desabara pontualmente sobre Malange às seis da tarde. Eram agora quase onze da noite e a chuva continuava a cair com a mesma intensidade de cinco horas antes. Já se tinham enchido os depósitos de água existentes e já se tinham improvisado mais alguns de reserva e, mesmo assim, estavam todos a deitar por fora. Carlos passara horas a organizar a defesa do forte, mobilizando brigadas para reforçarem as muralhas e encherem sacos com terra para fazerem diques com o intuito de domar os rios que se formavam espontaneamente um pouco por todo o recinto. As casernas e as restantes construções de madeira soltaram-se da terra mole e deslizaram livremente no interior das muralhas, como jangadas à deriva num mar de lama. Finalmente, Carlos deixou-se convencer que lutar contra aquele dilúvio bíblico era o mesmo que construir castelos de areia à beira-mar. Exausto e frustrado com o esforço inútil de andar horas a fio enterrado na lama até aos joelhos, mandou toda a gente descansar.

— Amanhã de manhã construímos um forte novo — disse. — Este já nos venceu.

O capitão Cândido Castro concordou com a avaliação pragmática do tenente e ordenou apenas que pusessem os animais a salvo e que se mantivessem em alerta, não fosse alguém ser arrastado pela força das águas e desaparecer para sempre. Carlos já tomara providências para que tal não acontecesse. Os homens passariam a noite alojados no armazém grande, fora das muralhas, que era de construção sólida. E os animais ficariam ao relento, num curral, onde não havia perigo de serem levados por algum deslizamento de terras. Aliás, Carlos supervisionara pessoalmente a transferência dos animais, pois tinham uma importância vital para o exército. Preocupara-se em particular com os três camelos que usara para enganar Mandinga, o que na altura muito lhe pesara, embora, felizmente, tivesse conseguido recuperá-los inteiros e de boa saúde.

Os camelos já lhe haviam dado água pela barba e contavam com uma história suficientemente insólita e rocambolesca para Carlos lhes ter um carinho especial e os proteger com cuidados de animais de estimação.

Pouco tempo antes de ser incumbido de chefiar a missão para punir a tribo do régulo Chacaleia, fora-lhe ordenado que se dirigisse a Ambaca com o encargo de receber e escoltar os camelos, destinados a Malange, juntamente com o seu tratador argentino, país donde eram originários. Por uma questão de segurança e para se assegurar de que o serviço se fazia sem contratempos, Carlos fizera-se acompanhar de seis praças a cavalo, todos europeus. Não seria assim, porém, que as coisas se passariam, pois, naquela época não se conseguia levar a cabo nenhuma empresa no interior da colónia sem que surgissem inúmeros obstáculos imprevistos e, por vezes, fatais, como foi o caso.

A viagem começou logo manchada pelo mau presságio que assaltou o tenente com a certeza de que, apesar de ser uma missão infinitamente mais simples do que a generalidade das outras, mais recentes, não teria a vida facilitada. Desde a partida de Malange, Carlos teve de suportar a perplexidade respeitosa, mas, ao mesmo tempo, carregada de fina ironia, dos seus homens. O descontentamento óbvio dos praças por se verem forçados a fazer uma jornada tão longa para ir buscar animais de circo - assim lhes chamaram, com desdém, pelo que se lhes afigurava ser um simples capricho do capitão, do governo de Luanda ou de quem quer que fosse a ideia peregrina de importar os camelos -, e esse sarcasmo desgastante foi subindo de tom à medida que o calor e o cansaço aumentavam o incómodo da viagem.

A utilização de camelos em Angola não seria muito comum, porque estes animais não eram naturais daquela parte de África, contudo já tinham sido importados para serem usados no transporte de água. E, nos anos subsequentes, seriam utilizados episodicamente nas campanhas militares como animais de carga. Portanto, os três camelos que eles iam buscar, mais o seu tratador, não constituíam motivo para grande espanto, a não ser pelo facto singular de virem da Argentina! Só que os soldados não estavam para aí virados e, como eram jovens e perpétuos desafiadores da autoridade, Carlos teve de os pôr na ordem logo na primeira paragem, quando eles voltaram à carga com a pilhéria fácil, acreditando que o seu tenente sentia a mesma indignação.

— O que é que se chama a um conjunto de camelos? — perguntou um deles.

— Uma cáfila — respondeu outro.

— E um conjunto de três camelos com um tratador?

— Quatro camelos? — sugeriu o segundo.

Os soldados rebentaram numa gargalhada.

Carlos esperou que acabassem de rir, sem mexer um músculo do rosto, fingindo-se interessado num mapa da região que tinha nas mãos e que conhecia de cor.

— Meus senhores — disse depois, levantando os olhos para os encarar. A sua expressão era fria, os olhos gélidos. — Esta missão pode parecer-lhes muito engraçada, mas é uma missão como qualquer outra e eu exijo um desempenho irrepreensível da vossa parte, entendido? — Responderam todos que sim. — Muito bem, então, como parece que ainda estão todos frescos e divertidos, aproveitemos o dia para fazer o máximo de quilómetros possível. — E, com isto, levantou-se. — A cavalo disse. Não estavam ali nem há meia hora.

Acabaram-se as graças, mas não se acabaram os problemas.

Afinal de contas, os soldados haviam interpretado correctamente a situação. De facto, Carlos não estava nada satisfeito com a missão. Bem pelo contrário; sentia-se profundamente irritado por ter de servir de ama-seca a três animais de bossas e ao camelo do tratador - para citar os praças. Sendo ele tenente, e ainda por cima com um currículo militar brilhante, de grandes feitos em combate, Carlos sentia-se enfurecido por o capitão lhe ter dado uma tarefa tão insignificante. Por essa altura, Carlos já estava pelos cabelos com o capitão. Tinha de lhe aturar os caprichos, os maus humores, as explosões de fúrias por causa de insignificâncias e, sobretudo, custava-lhe ter de engolir o seu revoltante hábito de usurpar para si todos os sucessos militares da companhia. Não havia sido nem uma nem duas as vezes que o capitão o elogiara em privado devido a operações que Carlos comandara, juntando-lhe a promessa de o louvar no relatório para o governo central e, depois, *esquecer-se* de o fazer. Na maior parte dos casos, Carlos propunha a estratégia, o capitão aprovava-a, ele executava-a e, no fim, o homem ficava com os louros. Pressentindo a crescente insatisfação do tenente, o chefe do concelho não achara melhor forma de o colocar no seu devido lugar do que enviá-lo a Ambaca buscar camelos! Aquilo deixara-o possesso.

Os soldados que o acompanhavam não eram estúpidos, percebiam que algo de estranho se passava; caso contrário não seriam comandados por um tenente numa missão sem importância. Ora, quando os praças se puseram a gozar com aquilo tudo foi, obviamente, com o duplo propósito de mostrar o seu descontentamento e de espicaçar o tenente por causa do castigo injusto que lhe havia sido aplicado. O capitão não lhe oferecera a missão como se fosse um castigo, logicamente, mas era difícil ver a coisa de outro modo, por muito que o superior se tivesse esforçado por apresentar a viagem como um assunto de extraordinário interesse estratégico. *Interesse estratégico, o tanas!* Mas um militar fazia o que lhe mandavam, ia para onde lhe diziam e de boca calada. Quanto a isso, Carlos pouco podia fazer; já no que tocava àqueles seis soldados que se aproveitavam de uma situação menos feliz para lhe testar a autoridade, o assunto mudava de figura. Carlos não iria permitir abusos de confiança, aliás, sentia-se suficientemente chateado para dar voz de prisão ao primeiro que se atrevesse a boicotar a missão. A última coisa de que ele precisava naquele momento era falhar no desempenho de uma tarefa que podia – e devia – ter sido atribuída a um sargento. Por isso jurou a si próprio que os camelos haveriam de chegar a Malange nem que tivesse de os levar ao colo.

A irritação de Carlos era cada vez maior, pois parecia confrontar-se com uma obscura conspiração para o impedir de levar os animais para o forte. Em Ambaca, o chefe do concelho local começou por se recusar a fornecer-lhe dinheiro para as despesas com os camelos, o tratador e os praças, tal como previsto. O chefe do concelho alegou falta de verbas, o que tanto podia ser verdade como podia ser uma desculpa de má vontade. Em contrapartida, quanto mais contrariavam o tenente, maior era a sua determinação, de modo que não esteve com meias-medidas e telegrafou de imediato à Secretaria do Governo-Geral a expor o problema e a pedir instruções. A solução veio com a resposta, seca e definitiva, autorizando-o a requisitar os fundos ao chefe do concelho de N'dalatando.

Não satisfeito com o facto de lhe recusar o dinheiro solicitado, o chefe do concelho de Ambaca ainda teve a desfaçatez de lhe pedir a exorbitante quantia de um conto de réis por uma jangada tosca de varas e caniços presos por fibras vegetais, engendrada por mãos indígenas. Carlos precisava muito dela para atravessar em segurança o rio Lucala com os camelos, mas a indignação já era tanta que virou costas ao homem e foi-se embora sem a maldita jangada.

A travessia do Lucala acabou por se revelar uma aventura arriscada. O rio, caudaloso, rugia como um animal feroz, ameaçando a pequena caravana. Aquilo era uma complicação acrescida, e das grandes. Ali estavam eles, parados na margem, a olhar para o obstáculo aparentemente intransponível e sem outro remédio senão encontrar uma forma de o ultrapassar. Voltar para trás estava fora de questão. Isso era o que o chefe do concelho esperava que acontecesse, mas Carlos preferia morrer a dar-lhe essa satisfação. Por outro lado, era exactamente o que parecia que lhes aconteceria se ousassem atravessar o rio.

Um dos soldados assobiou baixinho, impressionado com a força da corrente. Mas bastou um olhar frio do tenente para que ele, ou qualquer um dos outros, se abstivesse de mais comentários. Contudo, o próprio Carlos, reparando na inquietação dos camelos, não resistiu a fazer um comentário desolado.

— Coitados, nunca devem ter visto tanta água na puta da vida.

— *No, ni en pedo!* — exclamou Juan, o tratador, aterrorizado, prevendo a tragédia.

— Vamos continuar para sul — disse Carlos — e procurar um sítio onde se possa passar a vau.

Seguiram ao longo da margem durante cerca de uma hora, até encontrarem uma zona mais prometedora, onde o rio estreitava consideravelmente.

— Vamos atravessar aqui — anunciou Carlos.

Embora mais estreito - teria cerca de vinte metros de largura - e menos profundo, o rio não deixava de correr fortíssimo, mas o tenente já tomara a sua decisão e não tencionava mudar de ideias.

— Enquadramos os camelos com os cavalos e fazemo-los atravessar a nado — explicou.

Entraram na água. A certa altura, quando o rio atingia a profundidade máxima, a meio caminho entre as duas margens, os animais deixaram de conseguir apoiar as patas no fundo e de contrariar a corrente e, num instante, foram arrastados rio abaixo de qualquer maneira, separando-se todos, os homens agarrados às suas montadas, incentivando-as a nadar, tentando controlar o pânico que assaltava cavalos e camelos, exigindo-lhes o esforço impossível de se oporem à força das águas e assim chegarem à margem ali mesmo à frente. Faltavam poucos metros, mas era longe demais. A corrente levou-os, paralelos à salvação da terra firme, a uma velocidade alucinante, esgotando rapidamente os animais, que começaram a vacilar e a desistir de lutar contra um elemento mais poderoso do que eles.

Aquela aflição prolongou-se por largos minutos, e cada minuto era como uma hora. Desesperados, mas sem energia para mais do que limitarem-se a manter as cabeças à superfície, os animais abandonaram-se à vontade do rio e deixaram-se ir, seguindo o curso das águas, numa atitude de sobrevivência instintiva, poupando as forças para não se afogarem, até uma altura em que, por sorte, o rio inflectia para a esquerda, e esse acidente natural permitiu que se aproximassem o suficiente da margem para os animais voltarem a conseguir apoiar as patas no fundo e assim galgarem dali para fora. Dispersos, mas ilesos, homens e montadas fizeram um derradeiro esforço para se reunirem em terra. Os últimos a serem resgatados foram os três camelos que só se salvaram porque iam ligados uns aos outros por cordas passadas pelo pescoço, o que permitiu aos homens em terra puxá-los e arrancá-los da água.

Juan desmontou do camelo da frente e deixou-se cair de costas no lodo preto da margem, encharcado até aos ossos, desalentado e arrependido, pensando que os portugueses eram demasiado inconscientes para chegarem a ser intrépidos. O argentino não disse, mas pensou, que viera colocar a sua vida nas mãos de uma cambada de irresponsáveis suficientemente doidos para se matarem numa aventura desnecessária. Infelizmente para o tratador, os portugueses estavam mais habituados aos perigos daquele meio ambiente sertanejo, tão hostil e traiçoeiro até para os mais resistentes. E ele seria o único a não sobreviver à viagem.

Acamparam junto à margem do Lucala, suficientemente perto para continuarem a ouvir o rumorejar eterno da água a correr, para lá de uma cortina de árvores. Carlos escolheu uma clareira entre as árvores para passarem a noite. Mantivera os homens ocupados desde que saíram da água, para os impedir de pensar muito. Um dos jovens soldados, perturbado com a má experiência da travessia, perdera o tino e entrara em histeria, aos gritos, amaldiçoando a missão que quase os matara a todos por causa *da porcaria dos camelos, animais de merda, é matá-los a todos de uma vez!* Carlos vira-se obrigado a abanar vigorosamente o soldado pelos ombros e a dar-lhe dois estalos para o chamar à razão.

Agora as coisas estavam mais calmas. Os praças, acabrunhados, com o nariz enfiado nas suas tigelas metálicas atulhadas de feijão com carne, comiam em silêncio. Depois do jantar, Carlos entreteve-se a enrolar um cigarro e a fumar sozinho, enquanto tomava uma chávena de café forte e pensava na falta que lhe faziam o sargento Ferreira e o soldado Rocha – o *Urso Branco* –, os seus dois homens de maior confiança. Mas até nisso o capitão fora dissimulado, pois negara-lhos quando ele os pedira para o acompanharem, argumentando que já lhes destinara outra missão.

Em todo o caso, Carlos foi deitar-se com a esperança de que, dali para a frente, a viagem corresse sem novidade. Debalde...

24

Tal como acontecera em praticamente todos os seus vinte e cinco anos mal dormidos, Carlos acordou assim que o sol deu sinal de vida, como se lhe piscasse o olho, um raio de luz tímido, mas suficiente para o despertar irremediavelmente para o dia. Dali a pouco estava de pé, arrebitado e agradecido pela frescura matinal. Gostava de ser o primeiro a acordar, aproveitava a calma do acampamento ainda adormecido para fazer a sua higiene diária em paz e sossego. De modo que não perturbou o repouso dos outros, sabendo que dali a pouco teria toda a gente pendente das suas ordens e que se lhe acabaria o sossego. Só abriu uma excepção com o sentinela, que montava guarda em sonhos, abraçado à espingarda. Carlos deu um pontapé na coronha apoiada no solo com tanto ímpeto que o soldado se despenhou de cara na terra.

— Alerta, alerta! — gritou, sobressaltado, e depois, ao perceber que era o tenente, ainda ficou mais assustado. Apanhou atabalhoadamente a espingarda e pôs-se de pé num salto. — Peço desculpa, meu tenente.

— É assim que você garante a segurança dos seus camaradas?!

— Não, meu tenente.

— Os seus camaradas confiam a vida deles nas suas mãos e você adormece?!

— Não volta a acontecer, meu tenente.

— Pois não volta, não. Três dias de detenção quando chegarmos ao forte.

— Sim, meu tenente. Obrigado, meu tenente.

Carlos fulminou-o com os olhos, tentando perceber se ele estava a gozar.

— Quero dizer, sim, meu tenente, três dias de detenção.

Mas era só atrapalhação.

O falso alarme do sentinela arrancou os outros soldados do sono leve em que todos pairavam, sempre preparados para um alarme a sério, mesmo enquanto dormiam. Acudiram descalços e espantados, mas com as carabinas *Snider* prontas a disparar. Quem quer que passasse alguns meses no sertão habituava-se a ser acordado de emergência pelos mais variados motivos. Tanto podia ser uma investida de inimigos indígenas como um ataque de leões famintos. Neste caso, era só um sentinela estremunhado.

Juan, que mal tocara no jantar da véspera e mesmo assim ficara com uma confusão intestinal irreparável, torcendo-se com dores de barriga e padecendo de gases, passara a noite a correr para trás das silvas.

— Dormiu bem? — perguntou-lhe Carlos.

— Nem por isso — desabafou o tratador. — Ia-me desfazendo em merda.

— Deu-se mal com os feijões? — aventou o tenente, franzindo uma sobrancelha.

— E de que maneira.

Desejoso de se lavar, Juan afastou-se do grupo e tomou o caminho do rio, onde surpreendeu um dos cavalos à solta, a beber água na margem. Pelos vistos, deduziu o tratador, o animal ficara mal preso e escapulira-se até ali. Juan abanou a cabeça, exasperado, a pensar que os portugueses não faziam nada bem feito. Aproximou-se lentamente do cavalo, sossegando-o com palavras doces, até o agarrar pelas rédeas caídas. Mas como o animal se revelou submisso e não recuou um passo, o tratador encolheu os ombros e libertou-o outra vez. Precisava das mãos livres para se lavar. Dali a pouco estavam os dois debruçados na margem a refrescarem-se.

Juan espantou-se com a calmaria das águas. Embora se lhe notassem uns remoinhos perigosos e fosse previsível que continuasse a ter correntes traiçoeiras, o rio parecia francamente mais calmo. A água estava turva, castanha, não se via o fundo, mais um sinal de que corria com força abaixo da superfície. Mas, ainda assim, nem parecia o mesmo rio do dia anterior. Afinal, pensou Juan, não teria feito diferença se tivessem pernoitado na outra margem e atravessado com maior segurança de manhã.

Uma das características mais notáveis do crocodilo do rio era a sua capacidade para se aproximar das presas com uma impaciência infinda, uma perícia admirável, invisível até ao último instante. Um crocodilo de cinco metros totalmente imóvel era facilmente confundido com um inofensivo tronco a boiar à deriva. Quando se encontrava praticamente cara a cara com a presa, o enorme réptil abocanhava-a com uma mandíbula capaz de exercer algumas toneladas de força, esmagando a presa numa questão de segundos. Depois abanava-a violentamente e arrastava-a para a água, onde acabava com ela, afogando-a, antes de a despedaçar com os dentes afiados e engoli-la aos bocados, sem a mastigar.

Juan e o cavalo estavam debruçados na margem, deliciando-se com a água fresca. O tratador colocou-se de cócoras, retirou o lenço que trazia ao pescoço, molhou-o abundantemente e passou-o pelo rosto e pela nuca. Apesar de tudo, pensou, tinha de admitir que aquela terra era um autêntico paraíso, a paisagem não podia ser mais grandiosa, de uma beleza extraordinária. Juan pôs os olhos no horizonte esplêndido, a lembrar-se de que viera a Angola atraído pela promessa de uma grande aventura e, até ao momento, não podia dizer que os acontecimentos o tivessem desiludido nesse aspecto. A ideia de embarcar numa viagem emocionante pelo interior de África entusiasmara-o desde o início e Juan aceitara o contrato para entregar os camelos aos portugueses sem qualquer hesitação. Os animais tinham sido comprados no Egipto por um comerciante argentino que os levara de barco para a Argentina com a ideia de fazer criação. Mas o projecto não lhe correra bem, porque o homem não percebia nada do assunto e finalmente, farto dos animais, aceitara vendê-los a preço de custo por não saber o que fazer com eles. Vendera-os a um intermediário brasileiro que fazia negócios em Angola e que os prometera aos portugueses, através de um contacto no exército. Por seu lado, o intermediário contratara Juan para garantir a entrega, e este trouxera-os de volta a África.

E agora ali estava ele, mais longe de casa do que algum dia imaginara, observando aquela terra selvagem e linda, com um aspecto tão grandioso e pacífico que lhe parecia irreal e, pela primeira vez nas últimas vinte e quatro horas, sentiu-se tranquilo e sorriu de puro prazer, arrebatado por uma sensação de liberdade e de alegria indescritíveis. Os olhos enevoaram-se-lhe com uma lágrima emocionada e, se não fosse aquele nó na garganta, teria gritado ao vento para expressar toda a excitação que lhe ia na alma. O céu transparente, de um azul infinito, inspirou-o, transmitiu-lhe uma confiança ilimitada e, nesse instante mágico, Juan teve a certeza de que ia correr tudo bem. Foi então que aquele monstro pré-histórico se elevou da água com um espalhafato de pesadelo e abriu uma boca gigantesca para a voltar a fechar em menos de um segundo. O ataque foi tão rápido, tão inesperado e tão violento que Juan nem teve tempo para se perguntar como tinha sido possível um crocodilo daquele tamanho materializar-se à sua frente sem que ele se tivesse apercebido do perigo. E, antes que pudesse sequer esboçar a mais ínfima reacção, já tinha acabado tudo.

25

Carlos ficou aborrecido com o alarido que o sentinela fizera ao ser arrancado de surpresa do sono, porque lhe arruinara a possibilidade de se arranjar em sossego. E só ele sabia como era sagrado para si fazer a barba na mais perfeita tranquilidade, gozando a deliciosa paz das primeiras horas da manhã, escanhoando-se ao som do alegre chilrear da passarada, metido consigo próprio, sem ninguém o incomodar com coisa nenhuma. De forma que teve de acabar de se barbear com o barulho de fundo do acampamento já em plena actividade, escutando as conversas inúteis dos soldados, arreliando-se, uns aos outros, com brincadeiras parvas, e sem ser capaz de ouvir os seus próprios pensamentos.

Os praças, apesar de muito jovens, estavam bem treinados e Carlos sabia que podia contar com eles nos momentos mais críticos. Mas, precisamente por serem rapazes novos, eram agitados, com sangue na guelra, e precisavam de constante atenção. Caso contrário, descarrilavam com enorme facilidade.

Carlos considerava Angola a sua terra, a sua casa. Só quem lá vivia é que podia compreender, mas a verdade é que África era o lugar mais avassalador do planeta, um lugar pelo qual um homem se apaixonava irremediavelmente. Não tinha a menor dúvida de que, uma vez habituada à vastidão daquele território espantoso, uma pessoa, qualquer pessoa, seria incapaz de voltar a ser feliz no continente europeu, onde tudo parecia acanhado e mesquinho. Liberdade. Era isso! África transpirava liberdade. O sertão era terreno livre das convenções do mundo civilizado, um lugar onde era possível não avistar cidades, estradas, caminhos-de-ferro, qualquer sinal de sociedade organizada durante dias e dias de viagem. Ali, naquele mundo perdido que se conservava muito perto do estado imaculado do princípio dos tempos, onde a presença humana era tão diminuta e tão dispersa, onde a lei dos brancos era um conceito algo abstracto, só o exército fazia a diferença, resgatando os homens dos seus instintos mais básicos. Carlos tinha perfeita noção disso e compreendia a importância de impor aos seus soldados uma disciplina férrea quando se aventuravam pelo sertão, entregues exclusivamente à sua auto-suficiência para sobreviverem. Não teria sido a primeira ocasião, nem certamente a última, em que uma missão acabara em tragédia. Uma vez isolados do resto do mundo, a quilómetros de distância da civilização, os homens tinham tendência para se esquecerem depressa das regras e das hierarquias e para desafiarem a autoridade dos seus superiores. Uma unidade amotinada acabaria a deambular ao acaso, vivendo do banditismo, afundando--se numa autofagia violenta, acossada pelo exército e ameaçada pelos indígenas, pelas feras e pela doença, sem possibilidade de sobreviver, enfim. Mas acontecia, em todo o caso, e Carlos, ciente disso, tomava as suas precauções. Domava os corações selvagens da soldadesca, incutindo-lhes temor e respeito para lhes moderar os ímpetos e não permitir que se precipitassem com atitudes insensatas e sem retorno. Paternalista, o tenente era capaz de dar a vida por qualquer um dos seus homens, na justa medida em que não hesitaria em sacrificar um insubordinado para o impedir de arrastar os outros para uma situação desastrosa. Trazia o seu revólver *Abadie* sempre à cintura e mantinha a sua carabina *Kropatschek* à mão. Qualquer laivo de revolta teria uma resposta imediata e demolidora.

Carlos serviu-se da água que haviam armazenado no dia anterior, despejou um pouco numa tigela metálica, ensaboou o rosto com sabão e entregou-se à tarefa minuciosa de passar a navalha bem afiada pela superfície da pele sem se cortar. Orientando a mão direita pelo reflexo de um pequeno espelho de *toilette* que agarrava com a esquerda, foi vigiando o trabalho dos praças durante as pausas para passar a lâmina por água. Atrás dele, os homens tratavam de preparar o pequeno-almoço e de levantar o acampamento.

Em breve estariam de novo a caminho. Carlos sentia-se ansioso por chegar a Malange. Queria despachar aquela chatice rapidamente e dedicar-se a coisas mais importantes do que andar a passear camelos pelo sertão.

Por momentos, deteve-se com a navalha suspensa no ar, observando-se ao espelho, a ponderar se não estaria a envelhecer demasiado depressa devido à vida dura que levava. Os dias em África tanto podiam afundar-se numa pasmaceira inútil como correrem a um ritmo estonteante, e ambas as possibilidades conseguiam ser bastante desgastantes. Em todo o caso, na maior parte do tempo, Carlos estava demasiado ocupado a esquivar-se do perigo ou a evitar que o matassem, para se preocupar com problemas existenciais. Vivia o presente com uma intensidade brutal e não lhe restava muita disponibilidade para ponderar o futuro. Uma perfeita loucura. Mas havia momentos de lucidez, como aquele, em que parava para reflectir e perguntava-se, a si mesmo, se aquela vida faria realmente sentido. Onde estaria dali a dez anos? Que recompensas lhe trariam os sacrifícios, a renúncia aos prazeres mundanos, a dedicação total ao exército que servia com a convicção de ser um humilde instrumento do rei e da pátria? Bem, Carlos não era propriamente um homem desprovido de ambição, gostava de se ver como um soldado empenhado numa causa maior do que ele, mas, ao mesmo tempo, acalentava a firme aspiração de ficar na história ao lado dos nomes mais insignes da pátria e de um dia ser recordado como um homem que fizera a diferença no seu tempo, um português que contribuíra decisivamente com os seus feitos heróicos para consolidar o império e elevar mais alto a glória do seu país. Coragem não lhe faltava e oportunidades para o provar também não. Contudo, Carlos sentia que ainda tinha tanto para fazer, que ainda estava tudo por fazer e, por vezes, acusava o peso da responsabilidade que assumira consigo próprio, perguntando-se se conseguiria mesmo alcançar o objectivo que se propunha, se chegaria de facto a ser reconhecido como um oficial brilhante, se teria tempo suficiente para chegar aonde queria chegar. Era por isso que ficava tão exasperado quando se via obrigado a desperdiçar dias a fio em tarefas menores por causa da susceptibilidade mesquinha de um superior que se sentia ameaçado pelas suas qualidades, por um capitão que achava que o tenente às suas ordens lhe fazia sombra, por um cretino sem escrúpulos capaz de ficar com os louros conquistados em combate e que não lhe pertenciam! Ah, isso sim, irritava-o solenemente.

Carlos nunca o admitiria, evidentemente, mas no fundo estava obcecado pela guerra. A adrenalina, o perigo, as vitórias suadas a sangue, era o que ele sabia fazer, o seu modo de se sentir útil. Orgulhava-se das batalhas que planeara e vencera, gostava de pensar que tinha um trabalho especial, diferente da maior parte dos trabalhos aborrecidos e rotineiros da maioria dos homens. E tudo isso era demasiado importante, e excitante, e sobrepunha-se à consciência de que seria praticamente impossível morrer velho numa cama confortável se persistisse em comandar tropas, combate após combate, semanas, meses, anos. Um dia, pensava Carlos, uma bala inevitável encontrá-lo-ia no meio de uma batalha decisiva e toda a sua vida se resumiria a esse instante terrível. Apagar-se-ia com a facilidade de um estalar de dedos. E no entanto continuava a sair em campanha, porque era o mais ambicioso e o mais intrépido dos oficiais de Malange. O capitão Cândido Castro estava amarrado ao tenente Montanha pelo dilema de que ele lhe assombrava o prestígio, mas, ao mesmo tempo, não podia passar sem o seu talento militar sob pena de deixar de poder escrever as páginas e páginas de relatórios extraordinários que expedia para o governo central com uma regularidade espantosa. Já Carlos, o único pesadelo que o afligia era morrer antes de se perpetuar nos livros de História.

Por outro lado, o exército não era o seu único interesse. Carlos lembrava-se muito de Leonor e, ultimamente, surpreendia-se a imaginar como seria a vida dele se casasse com ela. Sempre sentira uma certa relutância em relação ao casamento, mas também nunca tivera motivos para considerar o assunto com a seriedade que ele merecia. A questão nem se punha, antes de conhecer Leonor.

Em todo o caso, Carlos não se via de regresso a Lisboa para se atolar no conforto de uma existência burguesa. Receava menos morrer no campo de batalha do que sucumbir de tédio nos sofás do Grémio Literário. Parecia-lhe descabido trocar uma vida emocionante por uma rotina sem esperança. Ter mulher e, quiçá, dois ou três rebentos da sua lavra seria tentador, mas este era um compromisso eterno, uma responsabilidade que lhe cortava as asas e que ele não desejava. Até ser traído pelo feitiço do amor. Pensar que aquela viagem de barco começara por ser apenas mais uma travessia oceânica demorada e aborrecida, entre a marinhagem desprovida de encanto, e acabara por o marcar para a vida! Os encontros com Leonor a seguir ao jantar, as conversas que os retinham no convés como almas gémeas até muito depois de o sol se pôr por detrás da curva do mar romântico, o cheiro do perfume dela, que se lhe entranhara na alma, a textura da sua pele, as mãos emaranhadas nos caracóis do seu cabelo macio, o milagre dos primeiros beijos, a memória dos pormenores mais íntimos do corpo dela, revelados pela transparência frágil do vestido encharcado por uma tempestade inesperada; todas estas recordações continuavam vivas como se tivessem sido ontem e bailavam-lhe no espírito quando Carlos sonhava de olhos abertos e sorriso tolo.

Suspirou, pensando que lhe fazia falta a leitura diária das cartas de Leonor. Quando as recebia, devorava-as com uma impaciência de adolescente enamorado e, só depois de chegar ao ponto final da última linha, é que voltava a respirar. Recomeçava então, lendo devagar, absorvendo todas as frases, procurando duplos sentidos, interpretando as palavras de Leonor conforme os anseios do seu coração.

Um dia foi assaltado pela perturbadora clarividência de que se o saco do correio chegasse alguma vez sem o molho de cartas atado pela fita de cetim azul, partiria nesse mesmo instante para Luanda, nem que tivesse de abrir caminho a tiro e desertar para a ir ao encontro dela. Carlos torturava-se com o secreto pavor de que Leonor se fartasse dele, que fosse progressivamente perdendo o entusiasmo de namorar por carta, talvez desanimada por não o ver, não o ter de facto, e que acabasse por o esquecer ou por o trocar por outro homem que lhe oferecesse mais do que a fantasia de um romance que se ia escrevendo em vez de se ir vivendo.

Tinham-se passado meses desde que fora para Malange. No início ele achara que a esqueceria em breve. Vinha entusiasmado com um sem-número de possibilidades, mais preocupado em fazer uma carreira brilhante do que em gastar energias com palpitações amorosas. Acreditava deveras que as suas virtudes militares ecoariam nos gabinetes do governo central. Caíra na ingenuidade de pensar que seria possível ser promovido ao ritmo das conquistas que faria no terreno. E afinal ali estava ele, atolado no mesmo posto que trazia à chegada a Malange, ocupando-se de camelos e com a convicção óbvia de que não seria promovido a capitão enquanto fosse comandado por um.

Carlos não desanimava por causa de um contratempo de medalhas. Lá por lhe falharem as merecidas condecorações ou a mais do que justa promoção, isso não era suficiente para o deitar abaixo. Mantinha intactos todos os seus propósitos, e jamais alguém o veria deixar-se ficar para trás num combate para evitar enfrentar o inimigo de olhos nos olhos. Em contrapartida, já não era o mesmo em matéria de coração e nem se apercebia de que se enganava a si próprio com a ilusão de que seria possível conciliar a vida de combatente com um casamento feliz.

Juan apareceu a correr esbaforido e pálido, a fugir da morte. Carlos acabara de passar uma toalha pelo rosto para limpar os vestígios de sabão e estava a pentear o bigode com o pequeno pente que também usava para o cabelo, quando o tratador surgiu aterrorizado.

— *El co-co-co-codrilo...* — gaguejou. — *El co-co--co-codrilo...*

— Acalme-se, homem. O que é que se passa?

— O crocodilo comeu o cavalo!

26

Um desastre levava a outro e este levava a mais um e por aí fora numa sucessão de fatalidades que nunca mais acabava. Carlos não queria acreditar que aquilo lhe estava a acontecer e já se perguntava o que viria a seguir. Embora não fosse supersticioso, teve de apelar ao seu lado mais racional para não perder o controlo da situação. Os homens comentavam entre eles que tinham embarcado numa viagem amaldiçoada e o tenente pô-los na ordem com uma explosão de fúria como nunca lhe tinham visto. Ao soldado negligente que perdera o cavalo, desancou-o com um sermão dos antigos. Avisou-o de que, como o cavalo era propriedade do exército, ele teria de o pagar com o seu soldo, para aprender a ser mais responsável. Aos outros, ameaçou-os com todas as represálias de que se lembrou para o caso de voltarem a cometer o mais pequeno deslize até chegarem a Malange. Juan, coitado, ainda via a boca enorme do crocodilo a engolir a cabeça do cavalo com uma única dentada, mas Carlos também não o poupou.

— Que belo tratador de animais você me saiu — repreendeu-o que nem sequer sabe que os crocodilos vivem nos rios.

— Mas se ainda ontem o atravessámos a nado! — defendeu-se Juan, esticando um braço para apontar na direcção do rio.

— E depois? Imaginava, porventura, que íamos pedir-lhes licença para o atravessar?

— Não, mas...

— Oh, homem, aquele rio está infestado de crocodilos. — Encolheu os ombros. — Mas isso, parece que você já sabe.

O soldado que perdera o cavalo teve de seguir montado num camelo, com o estômago contrariado pelos movimentos laterais que o animal fazia a cada passada, provocando-lhe náuseas semelhantes aos dos barcos em águas tumultuadas. Olhou espantado para o tratador, o único que montava os camelos sem enjoar.

— Como é que consegue?

— É só uma questão de hábito.

— Pode ser, mas comigo não vai resultar — gemeu, convencido do que dizia.

O soldado não tardou a vomitar o pequeno-almoço. Mas nem isso lhe bastou para sossegar as entranhas revoltadas. E, assim como uma pessoa desesperada com o enjoo seria capaz de saltar borda fora no meio da pior tormenta, o soldado acabou por saltar de cima do camelo para se livrar da tempestade ambulante que o bicho simulava na perfeição.

— Temos de continuar — disse o tenente, depois de lhe conceder quinze minutos para recuperar um pouco de fôlego.

— No camelo não consigo — replicou-lhe o soldado, pálido, sem se importar com as consequências.

— Então, vai a pé — declarou o tenente, dando por concluída a questão. Esporeou o seu cavalo com um toque subtil e retomou uma marcha lenta, de modo a permitir que o soldado os acompanhasse.

Ao fim de três horas e meia a caminhar debaixo de um sol infernal, o homem rendeu-se ao esforço. Já não estava enjoado, mas agora eram as pernas que se recusavam a andar.

— Vem no meu cavalo que eu vou um bocado a pé — ofereceu-se um dos camaradas, fazendo menção de se apear para lhe ceder a montada.

— Fique onde está, soldado! — O tenente apontou-lhe um dedo indicador à laia de aviso. — E você, se está cansado, monte o camelo.

De modo que o infeliz não teve outro remédio senão ir alternando entre navegar no camelo e andar a pé logo que sentia os vómitos a subirem-lhe à garganta. No decorrer da tarde, foi-se acostumando aos bordos do animal e aguentando cada vez mais tempo sem enjoar. E, a partir do segundo dia, o mal-estar desapareceu definitivamente e até já parecia que montava a camelo desde sempre. Tal como o tratador o avisara, era uma questão de hábito. O mais estranho é que agora era Juan quem padecia de um mal-estar tremendo.

Quando o tenente deu ordem de alto para acamparem ao cair da tarde, Juan fechou os olhos por uns segundos, agradecido do fundo do coração. Estava adoentado e sentia uma necessidade imperiosa de descansar. Havia já várias horas que se debatia com uma dor de cabeça persistente que atribuiu a demasiada exposição ao sol, pois viera uma parte do caminho sem chapéu.

Fez o camelo deitar-se e desmontou. Quando se pôs de pé, sentiu-se zonzo.

— Está tudo bem? — perguntou-lhe o tenente, achando-o esquisito.

— Estou estourado, com dores de cabeça e a chocar uma gripe. Tirando isso — forçou um sorriso —, está tudo bem.

— Com uma boa refeição e umas horas de sono, vai ver que se sente melhor.

— Espero bem que sim — disse Juan, em tom de lamento.

Contudo, dali a uma hora, mais apático do que nunca, Juan recusou o prato de comida que lhe estenderam e foi procurar a sua tenda, encolhido como uma velhinha, enrolado num cobertor com arrepios de frio, apesar da temperatura amena do ar. Passou mal a noite, acometido de calafrios, suores, náuseas e dores de cabeça. Mas de manhã acordou como novo. Depois de o corpo ter expurgado a doença, acabara por adormecer durante umas quatro horas misericordiosas.

— Tive uma noite horrível — queixou-se ao pequeno-almoço.

— É porque não está habituado a dormir no chão duro — disse um dos soldados.

— Não, não foi isso — explicou. — É que estou com gripe e tive febre.

Uma vez retomado o caminho, não demorou muito para que voltasse a sofrer com dores de cabeça e calafrios de febre. Ao pararem para o almoço, Juan sentia-se tão debilitado e apático que não tornaria a montar o camelo a menos que o obrigassem. Carlos começou a ficar preocupado. Não disse nada, mas os sintomas que Juan apresentava sugeriam-lhe algo mais grave do que uma simples gripe. O dia, quente, rondava então os vinte e cinco graus, mas o tratador pediu um cobertor porque tremia de frio. Não foi difícil constatar que ardia numa febre insana, prostrado no chão poeirento e a tagarelar em castelhano coisas sem sentido.

Carlos não teve alternativa senão ordenar que o carregassem para cima do camelo e prosseguir a viagem. Podia parecer cruel mas, dadas as circunstâncias, ajuizou que era a melhor decisão a tomar. Quanto mais andassem, mais perto estariam de encontrar ajuda médica.

A partir de certa altura foi necessário amarrar Juan ao camelo, porque o tratador não se bastava a si próprio para se equilibrar na montada. Mas por volta das quatro da tarde a febre voltou a descer de forma brusca sem explicação e ele arrebitou.

Ao jantar, conseguiu comer um pouco. Depois, a temperatura recomeçou a subir gradualmente e, com ela, vieram os mesmos sintomas das horas anteriores. Levaram-no para a tenda e colocaram-lhe um pacho de água fresca na testa para evitar que se lhe cozessem os miolos em quarenta graus de febre. Juan tinha ataques de calafrios, tremia sem controlo e agitava-se com alucinações. Delirou até de madrugada e adormeceu num charco de suor quando, mais uma vez, a febre caiu sem razão aparente.

— É biliosa — comentaram os soldados, verbalizando a suspeita que Carlos tinha guardado para si, com receio de os desmoralizar ainda mais.

Nos dias seguintes, Juan foi alternando entre as subidas e descidas bruscas de temperatura. O seu estado de saúde foi-se deteriorando até ficar demasiado debilitado para montar. Instalaram-no então numa tenda com o conforto possível enquanto ponderavam o que fazer.

— Se continua assim, ainda nos morre nos braços — disse um dos soldados.

— Mas se ficar aqui sem ajuda, também não se safa — contrapôs Carlos.

De modo que mandou um praça montar a cavalo e ir à frente pedir ajuda médica ou, pelo menos, os fármacos que lhes faltavam para estabilizar o doente e arrancá-lo daquele estado moribundo enquanto o transportavam para uma enfermaria onde pudesse receber tratamento adequado. Mas foi tarde de mais. Juan morreu nessa noite, em delírio, depois de ter persistido durante a madrugada inteira a cantar uma modinha argentina, que ninguém ouvira antes mas que todos ficaram a conhecer de cor, a qual lhe foi morrendo na garganta até se extinguir por completo, finalmente vencido pelo cansaço e o seu corpo rendido em definitivo ao paludismo. Estavam a três dias de Malange. Fora picado por um mosquito nove dias antes, ainda em Ambaca.

A VINGANÇA

27

Enterraram o pobre Juan debaixo de um embondeiro majestoso, concedendo-lhe o lugar mais nobre da região inóspita onde o viram morrer sem nada poderem fazer. Improvisaram uma cruz - dois paus atados - que cravaram sobre a sepultura à sombra da basta folhagem da árvore centenária. O tenente mandou formar os praças, disse uma oração solene para lhe garantir um funeral cristão e só não ordenou que disparassem uma salva de espingarda por entender que Juan não era uma personalidade importante nem um leal servidor do Exército. Era, tão-só, o diabo de um azarado que eles haviam conhecido havia uma semana. Mas isso não lhe conferia o direito de receber honrarias militares, nem mesmo depois de morto. Em compensação, obsequiaram o defunto com a *sua* modinha, cantando-a em coro, tal e qual ele os ensinara no desvario do seu leito de morte.

O tenente encarregou-se de lavrar o respectivo auto de notícia para que mais tarde fosse possível passar uma certidão de óbito. O braço comprido da burocracia arranjava forma de se estender até mesmo aos lugares mais recônditos do sertão.

No final daquela provação, restou-lhes a magra satisfação de terem chegado a Malange com os três camelos inteiros e de excelente saúde. E tanto Carlos como todos os soldados que os tinham ido buscar, passaram a tratar os animais com um carinho especial. Afinal de contas, quase tinham morrido por causa deles.

A casinha rústica de pau a pique, onde Carlos costumava pernoitar em Malange, estava tão alagada como o forte, e os parcos móveis que a compunham andavam lá por dentro a boiar. Mas pelo menos não ameaçava ruir como as muralhas do forte. Talvez fosse milagre, mas o telhado de colmo revelava-se totalmente impermeável à tempestade. A casa só se inundara pela porta, o seu ponto fraco, provando que a construção tradicional indígena era melhor do que a moderna engenharia europeia.

A única preocupação de Carlos foi resgatar as preciosas cartas de Leonor. Conservou-as secas dentro de uma capa de cartolina, no colo, bem como um candeeiro a petróleo, pendurado na parede exterior, por cima da cadeira onde se sentava, abrigado pela cobertura do alpendre. Aproveitou para reler a primeira que ela lhe enviara e que já estava gasta de tanto a manusear. Na realidade, sabia-a de cor, mas gostava de percorrer com os olhos a letrinha muito bem desenhada pela mão apaixonada de Leonor.

Ela escrevera-a de um só fôlego, com a sinceridade das emoções fortes, pouco depois de receber a dele. *«Meu querido Carlos, peço-lhe desculpa se me achar um pouco errática nestas linhas que lhe escrevo, mas tenho o coração exaltado, a mão trémula e a alma nas nuvens.»*

Tinha ido fechar-se no quarto a correr, com o peito a arfar de excitação, nervosa, muito corada. Sentou-se à escrivaninha com uma folha em branco, pena, tinteiro e o espírito leve e feliz como um passarinho a vaguear num céu muito azul. Sentia-se apaixonada, em suma.

E tão confiante de ser correspondida que nem mediu as palavras, não se conteve. Escreveu uma carta de amor, definitivamente.

«Não imagina o bem que me fez saber notícias suas. Tenho-as esperado impaciente, valendo-me apenas, para não desesperar, das recordações vivas que conservo da nossa viagem, dos nossos momentos no barco. Quem me dera que tivéssemos dado a volta ao mundo! Assim, só me restam as memórias felizes. No outro dia lembrei-me de si. Fomos à praia, eu e Benvinda, a nossa criada, e vimos os barcos!»

Preencheu uma página inteira com todas as novidades que havia na sua vida, escrevendo ao sabor do pensamento, conforme se ia lembrando. Descreveu a Cidade Baixa, os passeios pela rua de Salvador Correia, pelo Bairro Comercial, as lojas, o bulício animado das ruas, das quitandas, a curiosidade que a espicaçava para ir *espreitar* as Ingombotas, a seguir à igreja do Carmo, embora soubesse que não era um bairro *recomendável,* ou por isso mesmo! Talvez o fizesse um dia, às escondidas da mamã, claro estava. Depois regressou a ele, à carta dele, ao relato do ataque das leoas que, disse, tinha lido cheia de aflição, mas também de admiração. Terminou dizendo que se sentia muito feliz por saber que ele estava bem, *«finalmente posso ficar descansada. Agora, não demore tanto tempo a dar-me mais notícias, para não ficar em cuidados.»* E, com um rebate de consciência, ponderando se não havia ido longe demais, pediu-lhe que não a achasse muito atrevida, *«é que fiquei tão feliz de receber a sua carta, que fui logo responder-lhe de coração aberto. Sua dedicada Leonor»*, assinou.

Carlos e Leonor continuaram a escrever-se ao longo dos meses, vivendo das emoções das palavras que os aproximavam, que os iam tornando mais e mais íntimos, porque sempre havia menos cerimónia em revelar sentimentos que, pessoalmente, teriam mais relutância em deixar sair cá para fora. Não faziam declarações amorosas nem assumiam compromissos que não tinham selado olhos nos olhos, pelo menos abertamente, porque nas entrelinhas dos comentários que escreviam havia sempre uma tradução de amor. O simples facto de se corresponderem a um ritmo tão frenético quanto permitia a distância infinda que os separava, já era de uma dedicação de amantes. A certa altura, Leonor descobriu uma forma expedita de ultrapassar o obstáculo da exasperante lentidão dos correios. Começou a escrever-lhe uma carta por dia, ainda que não chegassem diariamente, pois a lancha que trazia a correspondência só passava uma vez de sete em sete dias, na melhor das hipóteses. Mas assim Carlos podia ler uma carta por dia, isto é, se não fosse o caso de ele não resistir e lê-las todas de uma vez. Era como se umas fossem o capítulo seguinte das outras, e Carlos não aguentava a curiosidade de saber a continuação da história da vida dela, dia a dia, hora a hora, momento a momento. No fundo, Leonor estava a escrever um diário, onde nem sequer reservava os seus estados de alma mais particulares, as suas tristezas e felicidades, e enviava-lho aos poucos. Carlos tentava acompanhá-la, respondendo-lhe com a frequência possível, mas escasseava-lhe a disponibilidade por causa das suas obrigações de quartel, e não tinha a mesma fluidez de pensamento para passar de jacto ao papel linhas e linhas de inspiração romântica. Faltava-lhe desembaraço de espírito e à-vontade suficiente para despejar numa carta, sem constrangimentos, os seus humores e os seus problemas. Aliás, havia segredos militares que não podiam, pura e simplesmente, ser revelados. E, mesmo que pudessem, as histórias sangrentas, os horrores dos campos de batalha, as lembranças terríveis dos corpos mutilados, os camaradas mortos no instante de uma bala certeira, o cheiro da pólvora entranhado na alma, nada disso se coadunava com uma carta de amor. Mas Carlos escrevia-lhe, uma vez por semana quando estava no forte, mais espaçadamente quando andava envolvido em campanhas bélicas.

28

Benvinda foi despedida. O coronel chamou-a para a ouvir confessar o seu passado e, no final, disse-lhe que tinha de se ir embora. Não a condenava por ter roubado os cavalos ao antigo patrão – no seu íntimo, até lhe gabava a coragem –, mas considerava inaceitável que ela lhe tivesse escondido um problema que poderia ter acabado em tragédia. Pior, levara para aquela casa um problema dela, pondo toda a família em risco e deixando que os acontecimentos ganhassem proporções dramáticas sem ter tido a probidade de os avisar. Em suma, ela tinha traído a confiança dos patrões, e isso era imperdoável.

Leonor foi dar com Benvinda a chorar baixinho no quarto, enquanto esvaziava o roupeiro já com a mala aberta em cima da cama. Toda ela tremeu dos pés à cabeça, assustada com o que via.

— O que é que estás a fazer, Benvinda?! — perguntou, ou melhor, exclamou, sentindo-se indignada, traída, ofendida. Ela não se podia ir embora, hã, hã, nem pensar, ela era a sua maior companhia, a *sua* amiga. Não a podia abandonar!

Benvinda voltou-se ao ouvir a voz de Leonor e deixou cair os braços, desamparada no seu irremediável desgosto, agarrando um vestido acabado de tirar do cabide, com as duas mãos.

— Oh, menina — disse, perdendo a compostura —, foi o seu paizinho, o coronel despediu-me.

— Ah, não! — Leonor precipitou-se pelo quarto adentro e tomou Benvinda nos braços, consolou-a. — Não, não, não. Acalma-te, Benvinda. Eu vou falar com o meu pai.

— Não faça isso, menina.

— Mas é claro que faço! Nem penses que te deixo sair desta casa.

— Mas o coronel tem razão — disse. — Eu devia ter contado tudo, eu pus a menina em perigo. Desculpa-me?

— Disparate! Não me puseste nada em perigo. É verdade que devias ter-me contado, mas isso não é razão para te despedir.

— Tenho tanto medo, menina...

A excitação do primeiro ano tinha-se esvaído na rotina livre dos meses que acabava por ser sempre muito igual. Leonor comemorou os seus vinte e um anos com uma festa que foi falada em toda a Luanda, a Luanda do Governador-Geral, do presidente da Câmara, dos altos funcionários, das altas patentes militares e das restantes personalidades com posição social, bem entendido. No final da noite, Leonor sentiu-se cansada, mas feliz. Por vontade dela, a festa ter-se-ia limitado a um bolo de anos com a família, mas a mãe nem quis ouvir falar do assunto.

— Era só o que faltava — indignou-se. — Só se faz vinte e um anos uma vez na vida. É uma data especial e tem de ser comemorada como deve ser.

— Só se fazem todos os anos uma vez na vida — replicou Leonor, que não percebia o que é que os vinte e um tinham de especial.

— Sim, mas vinte e um são vinte e um — insistiu a mãe.

Leonor suspirou, abatendo-se no sofá forrado a veludo púrpureo, enfolando o vestido de qualquer maneira, o que mereceu logo um reparo da mãe.

— Ponha-se com termos, menina.

Ela bufou, aborrecida. Alisou de má vontade o vestido por baixo de si, e deixou cair os ombros, encurvando as costas para a frente, com os cotovelos esquecidos no colo.

— Pelo menos — suplicou —, vamos fazer uma festa pequena.

— Vão ser só os mais chegados — disse a mãe. — E não se preocupe, que eu trato de tudo.

A questão era precisamente essa: quem eram, para Maria Luísa, os mais chegados? Sendo Luanda uma cidade pequena, *toda a gente* se conhecia. Ora, quando havia uma festa de sociedade, seria de muito mau tom convidar umas pessoas e deixar outras de fora. Quando Maria Luísa fez a lista dos convidados, chegou num ápice aos cento e cinquenta, apenas os imprescindíveis, pois não contou com outros tantos que, apesar de não pertencerem à *nata* da sociedade, não deixavam de ser *pessoas de consideração*: um ou outro fazendeiro poderoso, um ou outro comerciante sem nome de família mas muito abastado e influente, e por aí fora. Por outro lado, era a primeira recepção que Maria Luísa dava desde que chegara a Luanda. Costumava receber com alguma frequência. Volta e meia, o coronel convidava gente de cerimónia para jantar, como o próprio Governador-Geral e a esposa, ou então ela combinava um lanche com o grupo de amigas mais íntimas. Mas nunca dera uma verdadeira recepção. De modo que, desta vez, Maria Luísa tinha a oportunidade perfeita para retribuir convenientemente os muitos convites com que havia sido obsequiada desde os primeiros tempos em Luanda. Sim, porque, justiça fosse feita, tinha sido recebida de braços abertos.

Carlos começou a notar uma mudança de humores nas cartas de Leonor. Já não lhe escrevia com o mesmo desembaraço errático a que o habituara. Media mais as palavras, estruturava as frases com mil cuidados. E o pior de tudo é que a alegria de antigamente decaíra bastante. Estava mais séria, mais ponderada e, sem dúvida, menos inconsequente. Queixava-se do enfado que lhe dava continuar a viver na casa dos pais. Queria o seu cantinho, a sua independência. Não dizia – porque não era necessário dizer –, mas ambos sabiam as implicações daquela vontade. Uma menina de sociedade, por muito liberal que fosse, nunca deixava a casa dos pais a não ser para casar. E Leonor nem sequer era liberal por aí além. Na volta do correio, Carlos evitava escrever sobre esse assunto. Não lhe convinha, ou melhor, não tinha nada de encorajador para lhe dizer, nenhum milagre para lhe propor. Separavam-nos cerca de quatrocentos e cinquenta quilómetros e uma quantidade infindável de dificuldades. Mas ela insistia no tema, voltando a ele com uma recorrência implícita nas entrelinhas das cartas, temperando a saudade que sentia por ele com os seus projectos de mulher adulta.

Era evidente que não bastaria ir a Luanda casar com Leonor e em seguida arrastá-la consigo para Malange. Aquele lugar perdido no mapa parecia-lhe muito pouco atraente para Leonor, muito pouco adequado. Não sabia se ela estaria disposta a tamanho sacrifício, mas também não lhe perguntou, só porque partiu do princípio de que não. O que foi, no mínimo, um erro de cálculo, uma dedução precipitada.

Leonor escrevia as suas cartas com genuína subtileza feminina, dizia tudo sem chegar a dizer, dava a entender. Queria levar Carlos a fazer-lhe a proposta que tanto desejava, mas não o admitia directamente. Bem, em boa verdade, pela forma como Leonor expunha os seus estados de alma em relação a estes assuntos, nem chegava a ser muito subtil. Mas Carlos supunha que eram todas assim. Porque uma mulher, quando se interessava por um homem, era transparente como água. Só lhe faltava dizer que o amava e que queria casar com ele. E só não o dizia por desejar que fosse ele a declarar-se. Talvez até mostrasse uma ligeira surpresa no caso de Carlos se decidir finalmente.

Leonor escreveu uma carta inteira sobre o assunto da maternidade.

«*Querido Carlos, hoje acordei atoleimada, a cismar com uma questão que me assaltou de supetão ao ver a minha própria imagem no espelho da casa de banho. Estava velha! Não sei dizer se acordei velha, se aconteceu de repente, ou se fui eu que só hoje tomei pé desta verdade insofismável. Tenho rugas, dois ou três cabelos brancos, enfim, estou velha. Apercebi-me então de que vou fazer vinte e um anos em breve e que ainda não realizei o maior desejo de qualquer mulher: ter filhos. E logo eu, que quero um rancho deles! Tenho amigas em Lisboa que tiveram dois e três antes dos vinte, imagine. E eu, com a minha obstinação pela liberdade, as minhas embirrações, não me deixei tentar pelas falinhas mansas dalguns partidos, bons partidos, admitamo-lo, mas nem por isso suficientemente interessantes para me encherem a alma. Nunca fui dada a conveniências e decerto não será com o casamento que me vou tornar calculista. Antes prefiro apodrecer solteirona, quiçá triste e amarga, mas nunca sujeita aos caprichos de um marido que eu não queira pelas razões certas. Mas estou preocupada, confesso, estou inquieta com o atraso da minha maternidade. Não pense que se trata de um capricho, porque não o é. Apenas me apercebi de que estou a ir para velha mais depressa do que esperava.»*

Carlos sorriu de ternura, divertido com o exagero de Leonor, sem conseguir imaginá-la velha. Mas depois, mais a sério, compreendeu a mensagem dela, ou julgou compreender o que ela pretendia dizer: que não ficaria eternamente à espera dele!

Leonor enfrentou o pai na questão de Benvinda. Foi interrompê-lo no recato do seu escritório do rés-do-chão, para onde se costumava retirar depois do jantar com o pretexto de ir pôr os papéis em ordem. Na realidade, era o seu melhor momento do dia, em que se deleitava com uma charutada e um digestivo no mais perfeito sossego. Leonor bateu levezinho à porta e, abrindo, disse-lhe que precisava muito de falar com ele. O coronel condescendeu com a presença da filha, mas mostrou-se contrariado, pois já estava à espera de que ela lhe fosse pedir para não despedir a criada.

— Preciso de lhe falar de uma coisa — disse Leonor.

— Diga lá.

— É por causa da Benvinda.

Por vezes as discussões entre Leonor e o pai eram tão controversas que o coronel perdia a calma, enervava-se, fazia-se escarlate, parecendo prestes a rebentar de indignação, e elevava a voz para afirmar uma autoridade que se esbatia no calor do debate, tentando impor-se pela voz grossa, já que o estatuto paternal não era condição suficiente para demover a filha das suas opiniões. Leonor, quando defendia o que achava justo, não só não baixava os braços como esgrimia argumentos com uma convicção desconcertante. Neste caso, porém, Leonor preferiu uma abordagem de cordeiro, ajuizando que não se tratava de uma questão de princípio, mas tão-só de comover o pai, de modo a levá-lo a voltar atrás na decisão de despedir Benvinda. Não o queria abespinhar. Concedeu-lhe toda a razão no que dizia respeito ao comportamento incorrecto de Benvinda, isso nem se discutia, ela tinha-se portado mal, sem dúvida. Mas disse, em sua defesa, que era preciso dar-lhe um desconto, havia que ter em conta o passado dela, as provações terríveis, os perigos por que passara. Era uma sobrevivente solitária e agira como tal. Não se podia condenar uma pessoa que vira assassinar toda a sua família diante dos seus olhos na mais tenra meninice por não conseguir confiar plenamente em ninguém. Afinal de contas, Benvinda ficara sozinha no mundo, entregue a estranhos que não a estimavam, apenas dependente de si própria para não morrer de fome ou de coisa pior. Qualquer um de nós, garantiu Leonor, *qualquer um,* frisou bem, teria feito o mesmo, especialmente se fosse mulher.

O coronel contrapôs que uma pessoa podia ser digna de toda a simpatia devido ao infortúnio do seu passado, com certeza, mas isso não lhe servia de desculpa para trair a confiança de quem a tratava bem no presente. Não era atenuante. Se contemporizasse com os erros dela desta vez, como seria da próxima?

Não haveria *próxima vez,* prometeu Leonor de imediato, muito aprumada na sua certeza. Ela própria assegurar-se-ia de que não se repetiria. Mas o coronel pensava que a filha não podia garantir coisa nenhuma.

Então Leonor fez notar que estava há quase um ano em Luanda, longe de todos os seus amigos, afastada da sua vida em Lisboa, exilada do seu mundo por causa do pai. E no entanto nunca se queixara de nada, não esboçara um protesto por ter de viver nos antípodas do mundo, numa cidade que não era a sua, em consequência de opções determinantes para as quais não havia sido tida nem achada.

Este último argumento deixou o coronel de boca aberta, pois estava convencido de que a filha adorava viver em Luanda. Leonor sentiu-se um pouco culpada, sabendo que se fazia de vítima sem motivo. Nada daquilo correspondia exactamente à verdade. Ela *adorava* viver em Luanda, mas enfim, o que havia de fazer?, no calor da argumentação uma pessoa recorria ao que tinha à mão para fazer jus aos seus pontos de vista, às suas ambições, intelectuais ou outras. E continuou, dizendo que, para o pai, Benvinda era apenas uma criada, igual às outras que serviam lá em casa, mas, para ela, era muito mais do que isso. Sentia-se muito sozinha, não fizera grandes amizades e, no fundo, Benvinda era a sua melhor amiga em Luanda.

O coronel ficou chocado. A melhor amiga da sua filha era uma criada negra? *Mas aonde é que nós já chegámos?!*, perguntou-se.

— Mais uma razão para despedir Benvinda — disse, com um vago ressentimento na voz —, para ver se a menina começa a dar-se mais com as *pessoas de consideração.*

E Leonor, vendo que falhara o tiro, gastou a sua derradeira munição com uma precisão letal.

— Paizinho — chegou-se a ele toda dengosa —, eu vou fazer anos, vinte e um anos. É uma data importante, mas não quero nenhum presente valioso. A única coisa que quero, a única coisa realmente importante para mim, é que a Benvinda continue cá em casa. Não me vai negar isso, pois não?

E, perante esta despudorada pressão psicológica, o coronel não foi capaz de lhe dizer que não.

Quando subiu, o coronel entrou no quarto com o cenho carregado, apreensivo. Abriu a porta de espelho do pesado guarda-fatos de madeira maciça, retirou um cabide e despiu as calças da farda. Dobrou-as pelos vincos com rigor militar, demorando-se nos seus pensamentos.

Maria Luísa já estava deitada, a debater-se com o sono, agarrada a um romance excitante do Eça. Ele interrompeu o que fazia, deixando cair os braços com as calças nas mãos.

— Olha lá...

Maria Luísa baixou o livro em cima do peito, mantendo um dedo indicador a marcar a página.

— Sim?

— A Leonor suplicou-me que não despedisse a Benvinda. Diz que é a sua melhor amiga.

— Pois... — confirmou, resignada. — Aquelas duas são inseparáveis.

O coronel olhou para a mulher, inquisidor, como se lhe pedisse responsabilidades.

— O que é que queres? — reagiu ela. — Não posso proibi-la de se dar bem com as criadas.

— Não são as criadas. É *uma* criada. A Benvinda.

— Mesmo assim... E tu?

— E eu, e eu?! O que é que eu havia de fazer? Não a despeço, está bem de se ver.

Maria Luísa sorriu, farta de saber que ele acabava sempre por ceder aos desejos da filha.

— O que foi? — refilou ele.

— Nada — respondeu, inocente.

— Ela disse-me que lhe custava estar longe dos amigos e de Lisboa — comentou o coronel. — Já te tinha dito isto alguma vez?

— Não, nunca.

— É estranho. Pensei que ela gostava de viver cá.

— E gosta — disse Maria Luísa, tranquilizadora. — Mas pode ter saudades na mesma.

— Pois pode — concordou ele, pensativo, pendurando o cabide depois de se dar por satisfeito com o acerto matemático dos vincos das calças.

Maria Luísa tapou o rosto com o livro e riu-se para dentro, encantada com o poder de influência da filha. Sabia perfeitamente que Leonor não tinha grande saudades de Lisboa, e muito menos dos amigos, que não lhe faziam falta nenhuma.

A festa de anos de Leonor celebrou-se com um aparato de estreia de teatro. Foi um acontecimento memorável que espantou até a própria aniversariante. Leonor foi acompanhando os preparativos dos dias anteriores com crescente inquietação. A mãe prometera-lhe uma festa comedida, ou pelo menos fora o que Leonor depreendera da resposta dela ao seu pedido para que fosse pequena. «Vão ser só os mais chegados», dissera ela. Mas Leonor não parava de ver entrar gente pela casa adentro pelos mais diversos motivos. Foi a equipa de carpinteiros, em seguida os pintores, depois os homens com as mesas e as cadeiras, os jardineiros com vasos de plantas... Os dois salões do primeiro andar foram despojados da mobília habitual e redecorados a preceito para a função. O soalho foi arranjado e encerado; as paredes, pintadas de alto a baixo com uma cor de casca de ovo levezinha; os grandes castiçais dourados de tecto foram sujeitos a rigorosa limpeza; as cadeiras de palhinha fina e as mesas redondas, igualmente douradas, foram colocadas em ambos os salões onde seria servido o jantar. O guarda-louças ficou, assim como os quadros, excelentes óleos - algumas marinhas, uma ou outra natureza-morta e um grande retrato de família, um avô afidalgado com um formidável bigode de pontas enceradas - que foram retirados durante as obras e repostos depois de a pintura ter secado nas paredes. Maria Luísa comprou toalhas de mesa e guardanapos novos. Um magnífico serviço *Vista Alegre*, que custou os olhos da cara ao coronel, chegou no vapor da metrópole com a escassa antecedência de três dias, causando grande ansiedade a Maria Luísa que mal dormia sob o peso de tamanha responsabilidade. O coronel, esse, andava com um humor de cão, farto de assinar cheques, uns a seguir aos outros.

— Isto afinal é uma festa de anos ou um casamento? — perguntou finalmente, vendo aquele não-acabar de despesas que ameaçavam atirá-lo para uma irremediável insolvência.

— Não querias que a tua filha se desse com as pessoas do seu meio? — replicou Maria Luísa com um desembaraço prático. — Pois bem, meu querido, esta vai ser a sua festa de debute.

— Está bem, está bem — resmungou o coronel. — Mas não precisas de nos arruinar de uma só vez.

— Não te preocupes — gracejou ela, bem-disposta — que ainda nos vai sobrar o suficiente para a velhice.

— Por este andar, duvido.

E ainda havia que pagar ao tipógrafo os convites finos impressos em letra debruada a dourado; à modista, os vestidos a estrear que Maria Luísa mandara fazer depois de encomendar tecidos de seda para si e para as filhas; e o jantar que seria confeccionado e servido por um batalhão de cozinheiras e empregadas fardadas com uniformes novos.

Enquanto Leonor se afligia, vendo a festa *só para os mais chegados* ganhar proporções faraónicas, a sua irmã andava numa excitação enorme com tanta novidade lá por casa. A pequena Luísa corria para cima e para baixo, acompanhando feliz o movimento constante. Ele era gente a entrar e a sair, caixotes a chegar que se abriam para desembalar coisas que se descobriam entre a palha protectora, as obras de recuperação dos salões nobres do sobrado, os vestidos, uma festa antes da festa.

Chegada a tão aguardada noite, a rua da Alfândega foi fechada ao trânsito, pela polícia, no quarteirão entre a Salvador Correia e a Sousa Coutinho. Ao fundo, nas extremidades do quarteirão, a populaça acumulava-se para assistir à chegada das pessoas importantes e embasbacar à passagem das carruagens, dos cupés, dos coches que transportavam os casais distintos, tal e qual como nas *soirées* de estreia na Sociedade Dramática! Os homens traziam elegantes fatos escuros de cerimónia e *chapeos de pello de seda*; as senhoras, carregadas de jóias, exibiam vistosas musselinas de seda tufada, de manga curta e generoso decote. Cobriam-se depois com os manteletes da moda. Quem mereceu o maior aplauso do povo foi o Governador-Geral, engalanado no seu uniforme de cerimónia, envergando um dólman bordado com abotoaduras douradas, cordões com agulhetas ao peito e charlateiras nos ombros. As calças tinham uma lista vermelha em cada perna. Mas o melhor de tudo era o seu muito nobre chapéu emplumado que o notabilizava. Era o convidado mais importante, o mais distinto representante da Coroa!

A porta da casa alumiava-se com dois fachos até ao chão, presos à parede em cima, com argolas de ferro. As suas chamas bruxuleantes davam um efeito bonito, original, chique. Um tapete vermelho havia sido desenrolado desde o interior, pelos dois degraus abaixo, até à beira do passeio.

Um oficial em traje de gala desceu de uma carruagem que parou defronte. Entregou o seu convite a um negro de jaquetão preto, chapéu alto e luvas brancas, que fazia as honras da casa. Este indicou-lhe a escadaria para o primeiro andar e guardou o convite no bolso sem o ler, embora curioso, pois não conhecia o convidado. Se soubesse ler, ficaria elucidado: era o comandante do Depósito-Geral de Degredados da Fortaleza de S. Miguel. O coronel dera-lhe a honra do convite em reconhecimento pela questão do fazendeiro da Benvinda. O comandante fizera-lhe a cortesia de enfiar o homem numa masmorra e deixá-lo para lá esquecido, «de modo que ninguém volte a ouvir falar dessa besta nos próximos cem anos», conforme lhe pedira o coronel. Que não se preocupasse, tranquilizara-o o comandante, «terei todo o gosto em hospedá-lo em S. Miguel. Fica no segredo durante um ano, donde há-de sair um passarinho. E dali, só pra cova!»

O oficial subiu ao primeiro andar, entrou nos salões, misturou-se com os convidados, circulou, trocou palavras de circunstância com um ou outro cavalheiro, mas não se interessou por ninguém em particular. Era Leonor que o trazia ali, a oportunidade de estar frente a frente com ela, de se anunciar, de lhe falar. Procurou-a ansiosamente, percorreu depressa os dois salões de uma ponta à outra com o coração desenfreado, mal se contendo de impaciência, mas, infelizmente, sem conseguir localizá-la em lado nenhum. Um tipo baixinho, gordinho, de calva luzidia, muito afogueado na fatiota de cerimónia, foi meter conversa com ele, interrompendo-lhe a busca, importunando-o. Apresentou-se. Era banqueiro, há poucos dias em Luanda, vinha em missão de trabalho, disse. Pediu-lhe conselhos sobre a cidade enquanto enxugava o suor do rosto e da careca com um lencinho. E o oficial, contrariado, lá foi respondendo, pouco entusiasmado. Mas os seus olhos não se fixavam no banqueiro, antes se moviam sem parar, continuando a vasculhar esperançosamente por entre as pessoas.

Foi então que a viu.

Mal fez a sua aparição no salão, Leonor foi cercada pelos convidados mais próximos da porta, que disputaram a sua atenção numa animada sofreguidão para serem os primeiros a felicitá-la. As senhoras afogaram-na com beijinhos, todas elas elogios, querendo passar por mais íntimas do que na realidade eram; os cavalheiros foram ao beija-mão, também eles sem lhe regatear merecidos encómios.

O oficial pediu escusa ao banqueiro e deu logo dois ou três passos na direcção dela, deixando o outro para trás, a meio de uma frase qualquer. Estacou, estranhamente sereno, em contemplação, como se o facto de a ter encontrado tivesse sido suficiente para o acalmar. Leonor pareceu-lhe mais bonita do que nunca. E de facto estava de uma elegância divina, num vestido de musselina púrpureo, com o cabelo apanhado numa grinalda. O pescoço destapado salientava duas esmeraldas pendentes em ricos brincos de ouro.

Ele não se mexeu, impossibilitado de se aproximar dela devido à turba festiva que a rodeava em alegres simpatias. Leonor, desorientada com tantas solicitações, ia correspondendo a todos, oferecendo-lhes um sorriso embaraçado e um vago «muito obrigada», com uma vozinha tímida de quem não fizera nada para merecer aqueles exageros. O oficial ficou suspenso na sua graça, admirando-a como num sonho, através do fumo dos charutos que pairava na sala ao nível dos ombros, das cabeças, criando uma atmosfera ligeiramente enevoada, ora conseguindo descortiná-la entre as pessoas, ora perdendo-a de vista. Leonor, muito acanhada, penando as manifestações de afecto daquela gente que mal conhecia, embrenhou-se mais na sala, virou a cabeça e viu de relance, ao longe, um jovem oficial fixado nela. Ficou curiosa, mas não se prendeu nele, continuou a falar às pessoas, enredada na confusão. Porém, uma consciência súbita tomou-a de assalto e o seu coração parou. Seria possível?! Voltou-se devagar, a medo, quase com receio que a imagem do oficial se desvanecesse como uma visão no deserto. Mas não, ele continuava ali, a sorrir-lhe, insinuante, a enrolar a ponta do bigode com os dedos, entre o divertido e o provocador. Leonor exclamou o nome dele, «Carlos!», tão baixinho que só ela se ouviu, e fez uma expressão interrogativa, incrédula. Carlos respondeu-lhe com um encolher de ombros e uma resignação engraçada que queria dizer *é verdade, sou eu mesmo, aqui, agora.*

Leonor levou a mão ao peito, teatral, e abanou a cabeça com um sorriso desconcertado. À volta dela, as vozes não eram mais do que um rumor sem importância. Naquele momento mágico, só tinha olhos para ele, não havia mais ninguém na sala. As pessoas, reparando no oficial que a hipnotizava, perguntavam umas às outras quem ele era. Leonor avançou para Carlos.

Os convidados abriram alas, formando-se um corredor entre os dois. As pernas dela pareceram-lhe de geleia, o coração batia-lhe sobressaltado. Ele estendeu-lhe os braços, ela estendeu-lhe os braços, deram as mãos, Carlos beijou-lhas. Leonor tentou falar, mas não lhe saiu nenhuma palavra da garganta embargada. Engoliu em seco. Abanou a cabeça com força para quebrar o feitiço.

— Estás cá... — conseguiu dizer, rouca de emoção.

— Estou cá — disse Carlos, deleitado, reparando que era a primeira vez que ela o tratava por *tu*.

— És mesmo tu... — insistiu Leonor, para se convencer, soltando um risinho nervoso.

— Sou mesmo eu — confirmou Carlos.

29

Carlos chegara de Malange ao final da manhã. Desembarcara na estação central do Bungo, na Cidade Baixa, junto à Ponta da Mãe Isabel, no extremo norte da baía de Luanda. Saltou do comboio ainda em andamento e precipitou-se para a saída com pressa de arranjar um trem que o levasse a S. Miguel. Atirou a mala e a mochila para o interior da primeira carruagem que encontrou, saltou lá para dentro e, fechando a portinhola, deu a Fortaleza como destino ao cocheiro.

Nem uma hora depois já se encontrava no gabinete do comandante, sentado à secretária do seu antecessor, sentindo nos ombros o peso daquelas quatro paredes espartanas despidas de encanto. Salvava-se um quadro, um óleo poderoso, de um metro por metro e meio, retratando uma tremenda batalha naval entre portugueses e holandeses, em meados do século XVII, dois navios trocando fogo de canhão, envoltos numa nuvem de pólvora. Estava colocado no centro da parede em frente à secretária. Era o único quadro, de resto. A ladear a secretária havia dois armários de madeira preta com portas de vidro, cheios de dossiês muito pouco estimulantes. À direita, separada por um arco em alvenaria, abria-se uma salinha de estar mais desafogada: dois cadeirões e um sofá grande de couro, uma mesa de apoio e uma pele de zebra a fazer de tapete.

E ali estava ele, espantado com as voltas que a vida dava. Pedira a transferência para Luanda não fazia um mês. Já não aguentava mais a mesquinhez do capitão; estimou mesmo que, se continuasse naquele sufoco por muito mais, ainda acabava por lhe ir aos fagotes. Ultimamente estava feito escriturário, preso a uma secretária, afogado em papelada. Uma estopada! O capitão penalizara-o bastante por causa da morte do tratador, como se ele pudesse impedir os mosquitos de picarem o desgraçado! Era demais! Não tivera culpa nenhuma, com certeza que não, mas o capitão aproveitou-se da má sorte do defunto para o azucrinar até à medula. Aquilo tinha sido uma barraca, «uma barraca», repetiu vezes sem conta, muito incomodado, «o homem morrer-lhes nas mãos, quando estava à responsabilidade deles... era o diabo! O que é que ele haveria de dizer a Luanda?» *Que há mosquitos no sertão?*, pensou Carlos, *e que os mosquitos picam as pessoas e, às vezes, elas morrem de paludismo?* Pensou, mas não disse.

— Foi um azar, coitado — comentou. — Mas, enfim, pelo menos safaram-se os camelos.

— Sim, ao menos isso. Mas o tratador morto e enterrado num buraco qualquer é que é uma grande barraca...

E dali em diante confinou o tenente à burocracia. Sem lhe dizer nada, sem lhe atirar acusações à cara, só como se o quisesse ali por não confiar nele, como quem diz *ficas à secretária para não fazeres mais asneiras.* E, sendo aquela uma época pacífica, pouco propícia a combates heróicos, o capitão não se sentia muito dependente do seu melhor homem. Podia perfeitamente deixá-lo pendurado, esquecido num gabinete abafado onde não havia espaço para se evidenciar, para se dar ares de grande guerreiro.

Ainda assim, não havia semana que não aparecesse uma embaixada nativa a perguntar pelo Muxabata. Os régulos dos vários povos recentemente derrotados pelo exército dirigiam-se a Malange para reconhecerem a soberania portuguesa e perguntavam pelo *Guerreiro Invencível,* a quem, pelo seu prestígio de grande combatente, vinham prestar vassalagem ou mesmo convidar para uma visita de boa vontade às suas embalas. Aquilo irritava solenemente o capitão que, apesar do orgulho ferido, se sentia obrigado a deixar o tenente Montanha exercer o seu papel diplomático. Carlos gozava de um carisma especial aos olhos dos homens, e o capitão não queria criar mal-estar nas suas fileiras com a ideia de que o perseguia sem motivo. Afinal, o tenente tinha um currículo imaculado. Depois da insípida aventura dos camelos, Carlos só tivera uma oportunidade, uma única! A captura do régulo Chacaleia e do traidor Mandinga. O resto havia sido um longo marasmo...

Mas o que o arrancou definitivamente da indecisão foi a carta de Leonor. Aquela carta crepuscular. Desejava ter um rancho de filhos e não havia meio de casar, escrevera ela, desanimada, estava a ficar velha! Pois bem, a carta lida e relida ia sempre no mesmo sentido: um ultimato de amor! E Carlos, desanimado com a falta de uma guerra, sentindo que os seus préstimos não eram apreciados, achando-se vítima de uma enorme ingratidão e perseguido pelo infortúnio, não teve dúvidas. Era pedir a transferência para Luanda, mas pedi-la já! E, se assim pensou, melhor o fez. De que lhe valia continuar atolado naquele fim do mundo se os seus sacrifícios não seriam recordados pelas gerações vindouras? Havia que partir o quanto antes, não se deixar definhar numa amargura medíocre. Podia perder o seu lugar na História, mas não podia perder Leonor.

Calhou-lhe em sorte assumir o comando interino do Depósito-Geral de Degredados. Foi uma colocação de urgência. O anterior comandante da Fortaleza de S. Miguel partira na exacta manhã em que Carlos chegou a Luanda, tendo embarcado no navio para a metrópole em virtude de doença súbita da sua mulher, fulminada de morte em Lisboa. O triste viúvo aguardava há semanas por um navio que o levasse, e entretanto consumia-se num luto sem consolo, incapaz de dar uma ordem em condições, atormentado com a consciência pesada de ter faltado ao funeral da própria mulher, já para não mencionar que lhe falhara terrivelmente por não ter estado a seu lado para lhe agarrar a mão no leito da morte.

De modo que o tenente Montanha foi dar com uma prisão à deriva e, como nem sequer tivera a possibilidade de receber a passagem do testemunho, sentou-se no gabinete a vasculhar a secretária à procura de papéis pendentes. O outro, no seu desgosto fúnebre, nem chegara a esvaziar as gavetas. Carlos ordenou que lhe trouxessem um caixote e despejou toda a tralha pessoal do ex-comandante lá para dentro com o intuito de mandar expedi-la para Lisboa. Foi então que, no meio da papelada em desordem, lhe saltou à vista um envelope em particular.

Carlos correu para despachar a revista à tropa alinhada na parada, contrariado com a obrigação, necessária e importante, que ele mesmo ordenara, mas que agora, perturbado com a descoberta do envelope, já não lhe parecia tão urgente. Desceu ao pátio, onde foi recebido por um primeiro-sargento, percorreu em passo marcial as fileiras de soldados que o aguardavam em sentido à torreira do sol e fez um discurso sucinto, autoritário, despojado de simpatias sedutoras, que se podia resumir a um ponto de ordem: *quem manda aqui sou* eu *e* eu *não tolero desleixos e insubordinações.* Causou impacto, espantou a soldadesca, voltou para o gabinete.

Novamente sentado à secretária, brincou com o cartão entre os dedos pensativos, demorando-se com os olhos pousados no convite chique, tentado pela letra dourada. Era uma dupla surpresa: Leonor fazer anos naquele dia e ele ter na mão o convite para a festa dela.

Leonor fizera-lhe o relato pormenorizado da festa que a mãe engendrava. Escrevera, assombrada, «*a mamã diz que é uma recepção só para os íntimos da casa, mas parece que prepara um acontecimento nacional! Estou aterrada.*» Contudo, Carlos já partira há muito e não chegara a ler as últimas cartas dela. Ainda pensara escrever-lhe a informar que regressava a Luanda mas, num repente romanesco, decidiu que seria muito mais sensacional aparecer-lhe à frente sem aviso, surpreendê-la. Sempre teria mais efeito.

O convite que Carlos manipulava nervosamente não se dirigia à sua pessoa, evidentemente. Mas, por outro lado, também se dirigia, pois não havia referência a nenhum nome em concreto, apenas mencionava o comandante da Fortaleza de S. Miguel. Ora, a partir de hoje, ele *era* o comandante da Fortaleza de S. Miguel, ainda que interino. Ponderou bem a questão. Atrever-se-ia?... Não?... Decidiu-se, dando com os dedos uma pancada seca no nobre cartão. Atrever-se-ia!

Levantou-se com ímpeto, foi abrir a mala de viagem, desempoeirar o uniforme de gala. Chamou o ordenança, mandou-o engraxar as suas melhores botas e advertiu-o de que não lhas devolvesse enquanto ele não se conseguisse ver ao espelho nelas.

Depois de tomada a decisão, Carlos pôde dedicar-se com tranquilidade às questões de serviço. Convocou o primeiro-sargento que o coadjuvava, inquiri-o sobre as disposições mais urgentes que aguardavam resposta e, animado por uma determinação febril, foi pela tarde fora dando despacho aos assuntos pendentes com uma clarividência impressionante que deixou sem fôlego o pobre cérebro do primeiro-sargento. Ao final da tarde, dispensou-o e recolheu aos seus aposentos para vestir a farda a rigor, com tempo, metodicamente, de modo a garantir uma apresentação irrepreensível. Depois mandou preparar uma carruagem e foi para a festa surpreender Leonor com uma aparição de prestidigitador.

30

Os primeiros tempos em Luanda foram felizes. O suave discorrer dos dias amenos, a alegria desmesurada de estarem finalmente juntos depois do que lhes parecera um século de separação, transmitia-lhes a tranquilizadora impressão de terem pela frente uma eterna jornada doce e solarenga, temperada pela suave despreocupação das suas almas apaixonadas. A claridade azul daqueles dias transparentes, fáceis, não deixava prever o trágico acontecimento que em breve os poria à prova. Uma decisão fatal teria um resultado catastrófico. Uma nuvem cinzenta desceria sobre eles, condenando o seu amor a um fracasso insuperável, caso não fossem suficientemente resolutos para vencerem todos os obstáculos que lhes seriam colocados.

Leonor acordava de manhã cedo, agradavelmente surpreendida com o familiar chilrear dos seus canários. A gaiola artesanal, construída em cana de bambu pelas mãos habilidosas de um artista anónimo - um palácio de grades composto de caprichosos recantos, janelas salientes, diversos poleiros - estava pendurada na cozinha. O canto alegre dos canários escapava-se pela janela do rés-do-chão e invadia o quarto de Leonor, no primeiro andar, através das persianas de madeira que lhe permitiam dormir com as vidraças abertas, usufruindo da frescura da madrugada.

Leonor saltava da cama sem esforço e passava à sala de jantar em roupão, onde Benvinda servia o pequeno-almoço. Comia com gosto o pão com manteiga e o seu leite simples. Ela pairava pelos corredores, leve como os seus canários, cantarolando na casa de banho, no quarto, enquanto se vestia para sair, dar a sua volta pela baixa, aproveitar a manhã radiosa!

Carlos não teria dificuldade em conseguir que lhe fosse dado boleto nalguma casa particular, uma vez que, segundo a lei, tinha direito a ser hospedado numa residência de gente respeitável, embora essa prática não fosse muito bem aceite pela Câmara Municipal, que se dispunha, mais por obrigação do que de bom grado, a incomodar os seus melhores cidadãos, impondo-lhes a presença de estranhos nas suas casas. De qualquer modo, cioso da mais rigorosa discrição numa cidade onde os boatos corriam como o vento pelas ruas desabrigadas e as intrigas alastravam como epidemias nefastas através da má-língua, Carlos preferiu arrendar uma casa ali junto à Sé. Ainda que lhe ficasse bastante em conta, pois não se tratava de nenhum palácio, teve de pagar do seu bolso o preço da privacidade. Era uma despesa extra, mas, no fundo, uma ninharia, considerando o luxo de dispor de um bom quarto de cama, uma sala espaçosa e mais duas divisões a que não dava uso especial, senão aproveitar uma delas como quarto de arrumos. Ocupava o primeiro andar de um sobrado dividido em dois, tendo a viver no de baixo a senhoria, uma mulher pragmática, viúva de um comerciante afamado, que vestia cores alegres, espantando o luto com uma atitude muito prática. Esta herdeira endinheirada, que nutria as invejas de muitas senhoras sorumbáticas que lhe condenavam a alegria de viver, decidira dividir o sobrado por achar que tinha casa a mais só para ela. Assim, Carlos arrendou o primeiro andar, decorado ao gosto da proprietária, simples, sem grande elegância, mas com a vantagem de ter serventia independente, uma escada exterior, e de beneficiar do mais puro desinteresse dela pela vida do seu inquilino.

Leonor resistiu às sugestões de Carlos para que o visitasse, com receio de ser vista por alguém a entrar sorrateiramente em casa dele. Nem queria pensar no escândalo se se espalhasse a notícia picante de que a filha do coronel andava a encontrar-se com um homem num apartamento para os lados da Sé. Luanda era uma cidade pequena, um pedaço de civilização cercado pelo sertão agreste, um lugar onde as pessoas se conheciam todas e podiam ser bastante maldosas.

Carlos e Leonor faziam grandes passeios ao entardecer. Tomavam um refresco na rua de Salvador Correia, davam uma volta lânguida ao coreto, sentavam--se sem pressa num dos bancos públicos virados para a estrutura com o seu parapeito gradeado e a sua cobertura piramidal, onde por vezes as bandas vinham dar concertos de rua. Conversavam muito, como durante a viagem do ano anterior, como nas cartas trocadas ao longo dos últimos meses.

Quando saía de casa, Leonor fazia-se acompanhar por Benvinda, como sempre. A criada esperava por ela para regressarem juntas, ou então seguia-a à distância, enquanto Leonor passeava com Carlos. Era um escrúpulo para manter as aparências, uma precaução para evitar perguntas da mãe. Maria Luísa não as fazia, realmente, embora soubesse aonde a filha ia. As pessoas notavam, viam-nos no passeio público, testemunhavam com pensamentos concupiscentes os encontros deles na missa, lembravam-se bem do oficial na festa dela, de como ele a arrebatara, monopolizando a sua atenção, sabiam que era o novo comandante do Depósito-Geral de Degredados e reparavam na intimidade entre o altivo tenente e a bela Leonor. E aquela novidade de romance recente suscitava comentários, quer atrás do balcão da confeitaria ou na sala da modista, quer nas ocasiões sociais exclusivas das *pessoas de consideração*. Afinal, diziam todos eles, o coração da bela Leonor sempre tinha dono. A beleza extraordinária da filha do coronel não passara despercebida na reduzida sociedade luandense. Para os mais humildes, era um anjo que passava na rua, um gosto para os olhos, inalcançável, porém. Já os jovens afidalgados, que frequentavam os salões mais chiques de Luanda, cobiçavam-na com frustração, pois perceberam desde o início que mal conseguiriam pôr-lhe a vista em cima, o que tornaria quase impossível conhecê-la bem, ensaiar uma aproximação. As senhoras em Luanda viviam muito retiradas em casa, defendendo-se da intriga fácil, limitando as aparições sociais a uma ou outra festa, a uma ida ocasional ao teatro em dia de estreia, à missa na Sé. De resto, não havia grandes distracções. Mas Leonor até essas falhava. Não tinha interesse, maçava-se. A sua festa de aniversário, porventura uma honrosa excepção, fora um acontecimento que criara grandes expectativas entre os pretendentes e acabara por deixar, ao fim da noite, um rasto de corações despedaçados.

Mas agora estava desfeito o mistério. A evasiva filha do coronel tinha o seu segredo, o seu tenente. Até o próprio coronel, eterno distraído, que não costumava tomar conhecimento dos mexericos de amor, reparou na predilecção da filha pelo tenente recém-chegado.

— O que é que se passa entre a Leonor e aquele tenente? — perguntou à mulher num desses domingos em que os surpreendeu a cochichar à saída da missa na Sé.

— São só amigos — respondeu Maria Luísa, casualmente, não querendo alarmar o marido com preocupações desnecessárias. Preferia reservar para si estes assuntos, consciente de que o envolvimento do coronel traria mais prejuízos do que benefícios.

— Amigos, como? — espantou-se o coronel. — Se o homem acabou de chegar a Luanda!

— Sim, mas ele veio connosco no barco de Lisboa — esclareceu. — Tem estado em Malange.

— Disso já eu sabia — rosnou o coronel, toldado pelo seu proverbial mau humor de fim-de-semana. E não fez mais comentários, aparentemente satisfeito com a explicação. Mas algo no tenente lhe espicaçou a curiosidade porque na segunda-feira ainda andava a remoer o assunto. Já ouvira falar do oficial que viera comandar o Depósito de Degredados, embora a nomeação não lhe tivesse passado pelas mãos. Ouvira alguns comentários elogiosos, «um sujeito capaz, bom currículo, muitas vitórias no mato», mas, na altura, não prestara grande atenção. Agora porém, quis saber mais coisas sobre ele. Fez as suas diligências discretas, uma pergunta aqui outra ali, e apercebeu-se de que toda a gente sabia quem era o tenente Montanha. O tipo tinha história, diziam-lhe, em menos de um ano em Malange subjugara a maior parte das tribos insubmissas. Era uma máquina de guerra, uma lenda, constava que os indígenas o apelidavam de Muxabata, o *Guerreiro Invencível*! Mas também se dizia que era muito arrogante, de temperamento difícil, enfim, um problema para o seu comandante. Não lhe caíra no goto, por isso se viera embora. O coronel conhecia o género, um oficial competente, corajoso, com iniciativa, mas que se achava bom demais para cumprir ordens. Um problema, *de facto, um problema*. A tropa não gostava dos soldados que pensavam pela própria cabeça, preferia os subalternos obedientes, disciplinados.

O tenente Montanha estava bem longe de imaginar que a sua fama de militar incorruptível lograra alcançar as mais altas instâncias da colónia e que alastrava pelos corredores do poder. Desconhecia que o seu nome era quase tão admirado pelas honrosas vitórias no teatro de guerra, como rejeitado pelo peso excessivo que tal folha de serviço exercia na cadeia de comando. Às autoridades civis, um herói de guerra não incomodava, mas para quem tinha a pesada responsabilidade de dirigir um exército inteiro, podia constituir um embaraço. E o mais irónico é que, naquela época conturbada, as duas autoridades confundiam-se bastante, visto que muitos militares ocupavam lugares de destaque na administração civil.

Carlos sabia que tinha os seus defensores no Quartel-General, em Luanda, muito embora também não lhe faltassem detractores. O que ele não compreenderia nunca é que os generais adoravam os soldados medianos, porque esses obedeciam sem fazer perguntas, e eram alérgicos aos soldados excepcionais com tendência para pôr em causa as ordens vindas de cima, mesmo se normalmente não tinham conhecimento da estratégia no seu conjunto. Era por isso que Carlos nunca chegaria a receber o prometido – e merecido – Colar de Torre e Espada, embora viesse a receber a Medalha de Valor Militar. Não podendo negar-lhe a condecoração, os generais resolveriam o assunto com uma medalha menos importante. O colar é que não!

Pela mesma ordem de razão, quando Carlos pediu transferência para Luanda, o Quartel-General ofereceu-lhe um comando digno, deixando-o em suspenso com a ressalva do epíteto *interino*, além de não se tratar de um cargo de excelso prestígio para um oficial carregado de honrarias militares arrancadas a golpes de espada em combate, enquanto os melhores postos de chefia eram atribuídos aos heróis de gabinete que nunca tinham visto o campo de batalha a não ser nos mapas inofensivos onde planeavam a guerra que outros faziam. De qualquer modo, dava jeito aos generais tê-lo ali à mão para um lugar que mais ninguém queria.

O tenente Montanha apercebeu-se disso com justificada mágoa e anotou-o no seu caderninho de memórias, com uma certa nostalgia na letra. «*Encontro-me então em Luanda, mais ou menos conformado com a minha sorte, comandando o Depósito de Degredados, na Fortaleza de S. Miguel, sinistro antro de assassinos, salteadores, e quem sabe se de alguns inocentes!... Comandar uma Companhia de Degredados por se ser considerado enérgico e disciplinador não é, na realidade, uma situação muito desejável.*»

A Fortaleza era o lugar mais temido de Luanda. Tal como a sua designação oficial deixava perceber, não passava de um depósito de degredados, pestilento e mortífero, para onde se atiravam homens e mulheres sem esperança, fechando-os em masmorras assustadoras e com nomes sinistros, como a Cova da Onça e as Casas de Cal, que não auguravam nada de bom. Os guardas, cruéis e insensíveis, tratavam os reclusos com uma severidade de carrascos. «*Aplicam-se a estes desgraçados penalidades pesadas que se podem, em abono da verdade, classificar de desumanas*», escreveu Carlos, reconhecendo que «*poucos dos aqui enclausurados resistem por muito tempo aos seus efeitos*». Era certo que havia casos de degredados que cumpriam pena e conseguiam integrar-se na sociedade local, alguns deles com sucesso assinalável, mas eram uma minoria.

E no entanto, a vida precária na penitenciária não seria alterada em quase nada com a chegada do novo comandante. Carlos sentia-se tocado pela barbaridade que testemunhava, achando mesmo que aquelas condições iam contra os seus princípios de católico devoto. Mas havia a considerar o magro orçamento disponível para gerir uma instituição com tantas carências e tantas despesas que se tornava inviável o desvio de verbas para a realização imediata de obras de melhoramento.

Durante o dia, a prisão inchava de calor como um ovo podre. Ratazanas circulavam à vontade pelos corredores sombrios, abafados, mais parecendo animais domésticos que ninguém incomodava. E à noite invadiam as celas sobrelotadas, nojentas, e atacavam os reclusos, roendo-lhes os pés, as pernas e os braços, quando não mordiam o rosto a algum incauto adormecido, demasiado enfraquecido para se bater com elas de igual para igual.

Os prisioneiros saíam para o pátio de terra batida, onde ficavam envoltos numa nuvem de poeira vermelha, à torreira do sol inclemente, fritando em carne viva no exterior para não morrerem sufocados nas celas. Não havia uma sombra e eles moviam-se lentamente, como fantasmas cadavéricos, entorpecidos pelo calor. Vendo aqueles farrapos humanos, o tenente Montanha sentia-se tentado a montar um cavalo, correr ao Quartel-General e arrastar pelos colarinhos o chefe do Estado-Maior até ali, para que visse com os seus próprios olhos a que ponto chegara a indiferença oficial. As chefias militares não queriam saber, o Chefe da Polícia não queria saber e o Governador-Geral ainda menos.

Outras vezes, Carlos imaginava que abria o portão aos prisioneiros, fazia-os descer à cidade e desfilar em plena luz do dia pela rua de Salvador Correia, para que as pessoas soubessem o estado de degradação física e moral dos mesmos agrilhoados arrogantes e agressivos que elas viam passar quando desembarcavam dos navios que chegavam da metrópole. Eram só devaneios, evidentemente, a rigorosa formação militar do tenente impedia-o de manchar a sua impecável carreira com atitudes imponderadas. Apesar de tudo, considerava mais importante manter a ordem pela ponta da espingarda do que embarcar nalguma rebeldia insensata para salvar uns quantos condenados miseráveis. Um comando sob a sua responsabilidade não saía dos eixos. Falhar seria impensável! O caos não era opção. Carlos não se esquecia de que, embora obediente e submissa, a maioria dos degredados era gente da pior espécie. Escreveu no diário de bordo da sua vida: «*O fado destes homens é sofrer, a bem ou a mal, até terminarem o seu cativeiro. O seu triste destino é esse, têm de o cumprir, custe o que custar!...*»

Havia casos esporádicos de prisioneiros que se evadiam. Desses, os que não eram recapturados embrenhavam-se no mato onde acabavam devorados pelos animais selvagens ou trucidados pelos gentios. Ou então pereciam, perdidos e exaustos, depois de muito deambularem sem destino, vítimas de fome, de sede ou de doença. Os seus restos mortais ficavam a apodrecer ao abandono num qualquer lugar esquecido daquela terra sem fim. Raros eram os que, sendo bem-sucedidos na fuga, encontravam um refúgio seguro onde pudessem recomeçar a sua vida.

Alguns bafejados pela sorte também se salvavam por serem requisitados para trabalhar fora das muralhas da

Fortaleza. A falta de mão-de-obra em Luanda motivava a requisição, sob fiança, dos degredados. Estes prestavam serviço em casas particulares, nas obras públicas, nos hospitais ou nas repartições do Estado.

Aos outros, maltratados pelos guardas, pelas ratazanas e pelas condições deploráveis, restava-lhes rezar para a morte os aliviar do inferno em que penavam. Não pagavam o preço justo pelos seus erros, eram simplesmente humilhados, esmagados, destruídos de corpo e alma. Houve, contudo, um recluso em particular que suscitou a atenção de Carlos. Foi uma infelicidade, que levou a uma fatalidade, imprevisível, mas que não teria acontecido se não fosse a obstinação orgulhosa do tenente em fazer sempre o que pensava ser o mais correcto.

31

A mulher, vestida de negro, trajando um chapéu preto elegante, com o rosto encoberto por um véu que lhe protegia a identidade, esgueirou-se incógnita pela sombra de uma rua estreita, deserta, fustigada pelo sol tórrido das três da tarde. Segurou a saia com as duas mãos e levantou-a um pouco para evitar que fosse a arrojar pelo chão de areia solta, enquanto atravessava a rua. Uma poeira vermelha, fina, elevava-se do solo e cobria a cidade, pairando numa atmosfera turva, irrespirável. Fazia um calor insuportável que obrigava as pessoas a refugiarem-se na penumbra fresca do interior das suas casas caiadas de branco.

A mulher alcançou o passeio oposto e caminhou até à carruagem estacionada mesmo ali à frente. O cocheiro obediente esperava sentado no seu lugar, de costas para ela, e não se voltou para a ver chegar. A portinhola estava aberta e, no interior, conseguia-se ouvir os saltos finos das suas botinas ressoarem apressados no passeio, aproximando-se.

Ela entrou, a portinhola foi fechada e o cocheiro fez estalar o chicote, incitando os cavalos a andar, pondo a carruagem em marcha sem necessitar de receber instruções. Ela atirou-se para o fundo do banco, levantou o véu e sorriu.

— Estás linda — disse Carlos, embevecido, a torcer a ponta do bigode, numa atitude contemplativa, sinceramente espantado com a beleza dela.

— Estou a morrer de calor — replicou Leonor, desembaraçando-se do chapéu que a abafava. Abriu um leque com um golpe de punho e pôs-se a abaná-lo. Carlos, sentado no banco oposto, chegou-se para a frente e agarrou-lhe a mão livre, a esquerda, pequenina entre as dele, pousada no regaço. Os seus joelhos tocaram-se quando ambos se inclinaram para se beijarem.

— Feliz? — perguntou Carlos.

— Hum-hum...

— Eu também — disse. E depois, num repente alegre, soltou-a e recostou-se no banco, ficando quase deitado, de perna aberta, descontraído, e soltou uma espécie de grito triunfal. — Finalmeeeente!

Leonor ofereceu-lhe um sorriso malicioso, divertida com aquela aventura e excitada com a expectativa de uma tarde promissora.

A carruagem tomou o caminho da Praia do Bispo, às portas da cidade. Não era muito longe a praia – que devia o seu nome ao facto de, em tempos idos, ter existido ali uma residência episcopal –, mas suficientemente retirada para que Carlos e Leonor pudessem estar umas horas a sós, despreocupados, sem receios nem sobressaltos, sem cuidarem se alguém os observava. Carlos pedira-lhe aquilo. O amor deles precisava de espaço, eles precisavam de privacidade. Encontravam-se sempre em lugares públicos, davam excelentes passeios, davam as mãos, alguns beijos furtivos, mas quase não tinham momentos exclusivamente seus.

Leonor adorou a ideia de passarem uma tarde na praia do Bispo, que ela nem sequer conhecia. O que a atraiu de imediato foi a perspectiva de viajarem incógnitos, às escondidas, numa carruagem conduzida por um cocheiro de confiança, o qual, uma vez chegados ao destino, se retiraria sem uma palavra, desaparecendo por duas ou três horas. A sensação de fazer uma coisa proibida, socialmente censurável, entusiasmou-a logo.

Passearam descalços pelo areal à beira-mar. Carlos arregaçou as calças e Leonor arrepanhou a saia. Molharam os pés no caldo oceânico. A água cálida, convidativa, banhava a praia com uma oscilação tranquila de maré baixa. As ondas rebentavam longe, e eles deram as mãos e foram andando em direcção ao mar, tendo a água pelos tornozelos. Brincaram como crianças felizes, molharam-se mutuamente, chapinhando a espuma branca que lhes chegava fresca da rebentação lá ao fundo. Carlos abraçou-a com ternura, ficaram muito tempo assim, juntos, beijando-se e acariciando-se com uma entrega apaixonada e uma liberdade que nunca tinham experimentado.

Depois voltaram à praia e deitaram-se no areal a partilhar um charuto, mais por nostalgia, por lhes trazer lembranças agradáveis da viagem de Lisboa, quando se encontravam no convés a seguir ao jantar para fumarem juntos. Carlos deitou a cabeça no regaço dela e Leonor acariciou-lhe o cabelo muito curto enquanto conversavam. O sol era agora uma bola de fogo alaranjada em lento declínio no horizonte, prenunciando a noite. A praia vazia era um paraíso só deles, e Leonor não conseguia imaginar nada mais perfeito. Carlos chegara a Luanda há quase quatro meses e, por vezes, Leonor ainda precisava de se convencer de que ele estava mesmo perto dela, de que aquilo não era um sonho. E Carlos, embora fosse demasiado orgulhoso para admitir uma fraqueza, nunca deixava de se espantar por ela o amar. Ela era a mulher mais bonita de Luanda, não era só ele quem o dizia, era a cidade inteira! Podia escolher o homem que quisesse, podia casar-se com um fidalgo com bens de família, um nobre que lhe desse uma vida despreocupada e, aos seus filhos, uma linhagem irrepreensível; ou então, quiçá, interessar-se por algum herdeiro de uma daquelas famílias de comerciantes locais, cujos progenitores haviam erguido autênticos impérios coloniais e acumulado grandes cabedais, imensas fortunas, donos de terras a que não se via o fim e de casas comerciais afamadas, pessoas de consideração, cujo poder financeiro lhes abria todas as portas da política luandense, desde a vereação à presidência da Câmara. Enfim, podia ter escolhido qualquer um, mas escolhera-o a ele. Carlos tinha um bom nome de família, tinha o seu brasão, mas a verdade é que não passava de um tenente do exército real que vivia do seu magro soldo. Não era dono de propriedades nem herdeiro garantido. Que diabo, Carlos nem sequer morava em casa própria!

Ele não era pessoa para se minimizar, bem pelo contrário, jamais lhe passaria pela cabeça abordar com ela este assunto que, parecia-lhe, não abonava nada em seu favor.

Absorto numa perplexidade profunda, quebrou-se num silêncio alheado, sem tomar nota do que Leonor dizia, como que hipnotizado pelo tom doce das suas palavras, embora não as interiorizasse, de olhos fixos nos dela, pensativo.

— O que é que achas?

— ...

— Carlos?

— Hã?...

— Não ouviste nada do que eu disse, pois não?

E ele, ainda ausente, pensou que se tivesse fortuna, algum dinheiro de lado, uma casota digna, qualquer coisa!, já teria pedido a mão dela em casamento. Nos últimos quatro meses torturara-se muito com aquele problema sem solução. A sua pobreza irremediável é que o havia impedido. Nesse instante, porém, achando-se ali deitado com ela naquele paraíso, todas as dificuldades, todos os obstáculos insuperáveis dissolveram-se nos olhos de Leonor, castanhos, suaves, na sua delicada pele branca, quase transparente, macia, nos caracóis aloirados.

Levantou a cabeça do colo dela, ergueu-se, apoiado no braço direito, enterrando a palma da mão na areia quente, por cima das pernas dela, ficando de frente para ela, olhos nos olhos. Pousou a mão esquerda no pescoço de Leonor e puxou-a suavemente para si. Beijou-a nos lábios repetidamente, uma, duas, três vezes, com a intensidade impetuosa de um arrebatamento. Ela sorriu, espantada e lisonjeada ao mesmo tempo.

— O que é que te deu? — perguntou-lhe, feliz com o seu repente amoroso.

Ele encolheu os ombros.

— Não te resisto — respondeu.

— Eu também não te resisto — disse ela, enlevada.

— Leonor?

— Siiim?... — arrastou o «i» numa expectativa cantada, divertida.

— Casas comigo?

32

A missiva já se encontrava em cima da secretária do coronel quando ele chegou ao gabinete, às sete horas da manhã. Era da Fortaleza. Dizia «Secreto» e «Urgente».

O coronel torceu o nariz assim que viu o envelope. Fixou-lhe uns olhos desconfiados, pondo a cabeça de lado, olhando-o de cima, enquanto rodeava a secretária e pousava a pasta no chão, por baixo do tampo da mesa. Sentou-se, procurou o abre-cartas com a mão sem perder de vista o envelope. A pequena faca prateada estava enfiada no copo das canetas. O coronel bateu com ela no envelope, a ponderar o assunto. *Tenho a certeza de que...* pensou, nem queria pensar nisso, mas tinha a certeza de que aquele envelope continha problemas. Abanou a cabeça, irritado, respirou fundo, partiu o selo de lacre com o abre-cartas e abriu o envelope de uma só estocada. Leu...

Ora aí estava! Nem mais. Problemas!

Leonor passeou-se toda a manhã pela Baixa, vasculhando lojas e armazéns, frenética, muito interessada nos mais variados artigos, embalada numa fúria de compras que, afinal, em nenhum dos casos se concretizou. Benvinda acompanhou-a, estupefacta, arrastada sem explicação para esta minuciosa investigação comercial, vendo-a gastar largos minutos em redor de uma cama de casal, de uma mesa de jantar, de um louceiro em jacarandá.

Da mobília saltou para os tecidos importados da metrópole, de Paris, de Boston; procurou vestidos, saias, sapataria em geral e toda a sorte de acessórios. Quis inteirar-se das novidades da cosmética, dos arrebiques, do pó-de-arroz.

— Estamos à procura de alguma coisa em especial? — perguntou Benvinda, perplexa, sem aguentar mais a necessidade de dar sentido àquela prospecção inconsequente.

— Nada de especial — respondeu Leonor, estendendo-lhe um frasquinho com uma pequena bomba de borracha que Benvinda apertou, borrifando o fino pulso da patroa. — Nada de especial... — repetiu Leonor, altiva, fazendo-se distraída, cheirando o pulso para sentir o perfume. E depois, casualmente, em tom distante, acrescentou: — É que quero tratar do meu enxoval.

— Menina Leonooor... — sussurrou Benvinda, como se imitasse um fantasma, de olhos muito abertos, tapando a boca com as duas mãos.

E Leonor, deixando cair aquela postura sisuda, esganiçou-se baixinho, toda excitada,

— Não é fantáááástico?!

— Ai, menina, e não me dizia nada?

— Estava a ver se me perguntavas, tonta.

Benvinda lembrou-se de uma coisa, pôs-se séria.

— Já contou à sua mãezinha?

— Ainda não...

— *Aiué*, vai haver *maka!* — gemeu, vendo o sorriso morrer na cara de Leonor.

— Qual quê, disparate! — replicou ela, sobranceira. — Não vai haver *maka* nenhuma — imitou-lhe o sotaque africano, fez uma careta irritada. — Porque é que a mamã haveria de fazer disto uma questão?

— Vai mesmo casar, menina Leonor? — perguntou Benvinda, dócil.

— Vou! — replicou de peito cheio, animada de uma determinação inabalável.

Carlos tinha pedido a sua mão na véspera. Leonor andava a reunir coragem para anunciar a grande novidade aos pais. Tencionava fazê-lo ao jantar. Queria organizar as ideias, preparar argumentos para valorizar as vantagens e desvalorizar as desvantagens, antecipar as críticas para lhes dar boa réplica. Estava à espera de que a mãe levantasse dificuldades, fizesse uma cena, tentasse pressioná-la dizendo que Carlos não era homem para ela, não tinha fortuna, não era um bom partido. Esperava que a mãe se mostrasse desiludida, procurasse pressioná-la. Estava pronta para tudo, para tudo menos para ser surpreendida com uma relativa passividade da mãe e a total reprovação do pai.

O coronel apeou-se da carruagem e atirou com a portinhola. Não dirigiu uma palavra de apreço ao cocheiro, nem sequer se lembrou dele. Vinha irritado, aborrecido com o dia. Abriu a porta de casa, entrou como um furacão. Foi refugiar-se no escritório do rés-do-chão, demasiado perturbado para subir logo, em paz. Precisava de um momento no seu canto para desanuviar um pouco a cabeça. Serviu-se de uma boa dose de conhaque e tomou a bebida forte de um só trago. Encostou-se à secretária com os braços cruzados, o copo vazio esquecido na mão, pensativo. *Aquele... aquele filho da puta!* Respirou fundo, pousou o copo na secretária, fez um esforço para serenar. Fechou a porta, subiu.

Leonor entrou na sala de jantar a correr, atrasada mas rejubilante, e foi encontrar os pais recolhidos num silêncio incómodo.

— Peço desculpa pelo atraso — disse, moderando o entusiasmo, fazendo-se submissa, deslizando para a sua cadeira no meio da mesa.

Sentado no lugar mais distante da porta, o coronel ergueu os olhos da sopa, contrariado.

— Era bom — resmungou — que a menina chegasse a horas, de vez em quando.

— Sim, paizinho — murmurou, preocupada com o mau humor do pai. Lá se ia o seu grande anúncio, pensou.

— Coma a sopa, que está a ficar fria — disse a mãe, num tom sereno, apaziguador.

Ninguém falou mais e, durante largos minutos, só o ocasional toque da colher de sopa em contacto com o prato perturbou o silêncio incómodo.

Eram só os três às refeições. A pequena Luísa jantava mais cedo, na copa, até ter idade para ser admitida à mesa com o resto da família.

Benvinda veio retirar os pratos da sopa. Servia o jantar fardada de azul-escuro e avental branco. Deu a volta à mesa, recolheu a loiça com cuidado para não bater com os pratos, não perturbar o silêncio. Fez o seu serviço sem abrir a boca. Ouviu-se o cuco no corredor dar as dezanove horas com uma impertinência enervante. Benvinda notou o ambiente pesado, preocupou-se. *Leonor já teria feito o anúncio?*, perguntou-se. Mas não.

Normalmente, o coronel fazia questão de não trazer as suas preocupações de trabalho para casa. Os problemas ficavam no gabinete, no palácio. Tinha esse bom princípio. Mas hoje não conseguia abstrair-se do assunto que o mantivera em ebulição durante o dia inteiro. Logo de manhã, recebera aquela missiva assinada pelo tenente Montanha, comandante do Depósito de Degredados, questionando-o sobre o destino a dar ao *maldito* fazendeiro. Para o coronel, era um assunto encerrado. O homem ficava preso, esquecido, não se falava mais disso. Mas para o tenente era um caso de justiça, pendente.

O coronel serviu-se do assado que Benvinda serviu numa baixela de prata. Comeu duas garfadas, olhou em redor, exasperado, como se lhe faltasse alguma coisa.

— Precisas de alguma coisa? — perguntou Maria Luísa.

— Não — respondeu. Pousou os talheres, bebeu o vinho. — Não tenho vontade de comer.

— Não tens fome?

— Não.

— Mas não está bom? Queres que mande fazer uns ovos?

— Não. Está bom. Perdi a fome, só isso.

— O que tens, Henrique? — inquietou-se Maria Luísa. — Estás nuns nervos, hoje.

— É aquele tenente, aquele... aquele traste, é o que ele é!

— Qual tenente, Henrique, o que foi?!

— O tenente de S. Miguel!

Leonor pousou os talheres, pôs-se pálida.

— O que é que ele te fez, homem de Deus?! — exclamou Maria Luísa, numa aflição.

E então o coronel quebrou a sua própria regra de não contar os seus assuntos e contou tudo. Falou da missiva, aquela missiva em termos inaceitáveis! Ah, sim, o tenente expusera o problema com todos os pontos nos is e todos os traços nos tês, muito oficial, muito impessoal, para não deixar dúvidas de que não transigiria com um favor, com uma amabilidade informal. O que é que ele queria? Afrontá-lo, por certo, mas a que propósito?!

Escrevera-lhe uma resposta seca, dizendo que considerava o assunto tratado, pois recebera a palavra de honra do anterior comandante, antecessor do tenente, de que o caso estava encerrado.

— E à tarde — continuou, indignado — enviou-me outra missiva. Imagina que teve a desfaçatez de me dizer que o caso não está encerrado. Queria saber se eu desejo apresentar queixa, ir para tribunal. Caso contrário, não tem como mantê-lo na prisão. Será libertado!

— Mas o homem é um perigo — protestou Maria Luísa. — Não pode ser libertado!

— Pois não, pois está claro que não! Mas o que queres que faça? Se vou para tribunal, é o diabo, uma festa na praça pública!

— Isso não pode ser... — murmurou Maria Luísa, prevendo as consequências.

— Isso não pode ser, isso não pode ser — agastou-se o coronel. -

Só me apetece dar-lhe um tiro.

— Isso não! — gritou Leonor. Foi uma reacção instintiva, saiu-lhe da boca, do fundo da alma.

Caiu um silêncio. O coronel olhou para a filha, espantado. Leonor chorava. As lágrimas desciam-lhe pelo rosto lívido. E toda ela tremia em espasmos febris, chocada, horrorizada com as revelações do pai, com o rumo da conversa. A comida esfriava no prato, esquecida, embora ela se agarrasse aos talheres e tivesse os nós dos dedos brancos da força que faziam.

Maria Luísa percebeu logo o drama da filha, o coronel não tanto. Enfim, suspeitou, mas não alcançava, não podia imaginar a seriedade do caso. Vê-la naquele estado de nervos, com o beicinho a tremer, não o comoveu nada, só lhe agravou a má disposição. Lembrou-se de que Leonor tinha a sua responsabilidade naquela confusão, que poderia ter-se livrado já da criada e, com ela, do problema, de meio problema, pelo menos. Pois agora estava metido num grande sarilho.

— Então, Leonor, acalme-se, filha — acudiu a mãe, preocupada. -

O seu pai não vai dar tiros a ninguém.

— Mas que tenho vontade — rosnou ele —, lá isso...

— Henrique, por amor de Deus! — censurou-o.

Leonor largou os talheres, tirou o guardanapo do colo e depositou-o na mesa.

— Com licença — murmurou, levantando-se. — Vou para o meu quarto.

Mas o coronel ainda tinha uma última palavra.

— Vá lá para o seu quarto — disse. — Mas fique sabendo que não quero voltar a vê-la a falar com aquele tenente, nem mais uma vez.

Ao ouvir isto, Leonor rodou nos calcanhares num reflexo impensado. As pernas fraquejavam-lhe numa tremedeira de geleia, o seu coração batia aflito, suava calores, sufocava de medo.

— Mas, paizinho — soluçou, mal conseguindo expressar-se —, eu vou casar com ele.

— Nunca! — explodiu o coronel, com um monumental murro na mesa, um estrondoso punho fechado que atirou pelos ares pratos, talheres, copos, um massacre de cristal.

Leonor deu um salto, aterrada. Levou as mãos à boca, tapando metade do rosto, muito branca, sem pinga de sangue. Sentiu-se mal, faltou-lhe o ar, arquejou, agarrando-se às costas da cadeira, tentou respirar convulsivamente, viu a sala num rodopio, resvalou para o chão como um peso morto, apagou-se.

33

Carlos estranhou a ausência de Leonor no dia seguinte. Era sábado. Devia encontrar-se com ele junto ao coreto. Tinham planeado um passeio à tardinha, depois do calor. Esperou vinte minutos, meia hora, uma hora, ela não veio. Ficou preocupado. Leonor nunca faltara a um encontro, chegava sempre religiosamente à hora combinada. Consternado, Carlos pôs-se a imaginar o que poderia ter acontecido para ela lhe falhar assim, sem uma palavra, um recado. Se estivesse impossibilitada de sair, doente ou com outro problema, enviar-lhe-ia certamente um bilhetinho pela criada. Não, remoeu, era mais alguma coisa. E só podia ser a questão do fazendeiro.

Sentou-se no banco público de madeira, um pouco prostrado, de perna estendida, enrolando obsessivamente o bigode aristocrático com dois dedos maquinais e a cabeça a oscilar levemente para a frente e para trás, acompanhando o ritmo dos dedos. Era um tique, ajudava-o a pensar. *Que estupidez a minha...* censurou-se. *Devia ter-lhe dito. Estraguei tudo, deve estar possessa...*

Passou o Arsénio Pompílio, um rapaz de pouca pinta, mas muito abonado, neto de um célebre da cidade, um histórico, ex-degredado, político da Madeira, exuberante personalidade que nos seus tempos fizera fortuna e chegara a presidente da Câmara depois de ter sobrevivido a escândalos e à prisão! O Arsénio dava o seu passeio higiénico, para abrir o apetite, disse. Cumprimentou o tenente, sentou-se um pouco na cavaqueira, de perna cruzada, à larga, sentindo-se janota com uma fatiota amarrotada: camisa branca apertada até ao colarinho, paletó branco e correia de ouro atravessada por cima do colete abotoado. Era um jovem simpático, ligeiramente imberbe porém, com o seu buço penugento e o seu cabelo espetado pouco asseado; exactamente o oposto do tenente que tinha um fino bigode encerado nas pontas e nem um cabelo fora do lugar, e envergava uma farda vistosa, sem vincos, imaculada. Ficou por ali uns bons quinze minutos a fazer conversa, a falar dos negócios, distraindo Carlos das suas preocupações. Mas este, meditativo, não lhe deu grande réplica. De modo que o Arsénio desanimou e, pescando pela correia a sua cebola do bolsinho do colete, fez um espanto alegre, desculpou-se com as horas e foi à sua vida.

Logo a seguir chegou a carruagem. Parou do outro lado do largo e ficou à espera. «Bem...», disse Carlos, falando de si para si, dando uma palmada revigorante nas coxas e levantando-se. Lançou um último olhar em redor, suspirou resignado e dirigiu-se para a carruagem. O cocheiro bateu para a Sé, onde foi deixar o tenente.

Carlos apeou-se, despediu-se do homem e decidiu jantar numa casa de pasto ali perto antes de recolher a casa. Ia lá muito, por não ter quem cozinhasse para si. Entrou, recebeu mesuras do proprietário. Este foi à frente passar um pano húmido pela mesa habitual do tenente. Costumava sentar-se ao lado da ampla janela com vista para a Sé. Afastou um bocadinho a cortininha que tapava meio vidro, pendente de um varão metálico, dourado, e espreitou para a rua, melancólico, com os olhos presos no infinito, sem registar o escasso movimento do fim da tarde, recordando a alegria de Leonor no dia anterior, quando a pedira em casamento, quase à mesma hora, na praia.

«Casas comigo?», tinha-lhe perguntado. E Leonor, desprevenida, levara as mãos à cara, sentindo-se corar muito. Os seus olhinhos atónitos, claros como água, tinham ficado turvos e brilhantes, rasos de emoção. Leonor não lhe disse mas, antes de lhe responder, ela, que pouco antes pensara que não conseguia imaginar nada mais perfeito, pensou: *afinal ainda podia ser melhor*.

O que teria acontecido?, perguntou-se Carlos.

O doutor Machado saltou da carruagem atrapalhado, em mangas de camisa, com o casaco enrolado no braço esquerdo e uma maleta de couro na mão direita. Benvinda esperava-o à porta, acenando-lhe impaciente. Entrou logo. Ela apressou-o, pedindo-lhe que a seguisse pela escada acima, onde foi recebido por Maria Luísa e pelo coronel.

— Boas noites, minha senhora. — Dobrou-se ao beija-mão afogueado, revelando uma calva luzidia riscada por uns fiapos, escassos cabelos brancos colados com pomada cosmética. Era entradote, um pouco encurvado, de voz meiga e reverente. — Então, digam lá o que se passa — pediu, enquanto apertava a mão ao coronel.

— É a nossa filha, doutor Machado — adiantou-se Maria Luísa —, a Leonor, sentiu-se mal, desmaiou. Ai, estou numa aflição.

— Vamos, tenha calma — recomendou o bom do doutor. — Mas diga-me, como é que isso aconteceu?

— Foram os nervos doutor, enervou-se.

— Perfeitamente, um choque — comentou, naquele seu tom benfazejo, pondo os olhos tímidos na madeira do soalho. — E já veio a si?

— Já, agora já, mas está febril.

— Vamos lá ver isso, vamos lá ver isso. Onde está ela?

Maria Luísa conduziu o médico ao quarto da filha. O coronel não entrou, foi para a sala esperar, ansioso e furioso ao mesmo tempo. Ele próprio apanhara um enorme susto. Excedera-se, definitivamente excedera-se, e agora sentia-se culpado e com remorsos. Que situação aquela!

Serviu-se de uma dose de aguardente velha, abateu-se no sofá, afundado na sua perplexidade, incomodado. *Não sabia...* pensou, *como é que não sabia de nada? Leonor e o tenente! Incrível!* Mas Maria Luísa havia de saber, tinha de saber! E não lhe dissera nada... Mas era tudo muito estranho, pois se o tenente estimava Leonor, não quereria manter o homem fechado numa cela? Quanto mais não fosse, para a proteger!

Carlos não pensava que o fazendeiro representasse uma ameaça. Vira-o no pátio da Fortaleza, acabado de cumprir cinco meses na solitária, esquelético. Agarrava as calças rasgadas do uniforme prisional – um pijama cinzento às riscas – para não lhe caírem, e arrastava os pés. Tinha as pernas enferrujadas, os músculos atrofiados por meses de inactividade. Estivera enfiado numa cela sufocante, pouco maior do que um armário e tão baixa que não podia endireitar-se quando de pé. A luz do sol feria-lhe os olhos, incapaz de os abrir depois ter passado tanto tempo em rigorosa escuridão. Em suma, era um farrapo esquálido, uma sombra do homem teso, arrogante e assustador que Leonor lhe descrevera numa carta assombrada.

Carlos não queria libertá-lo, dava-lhe voltas ao estômago fazer tal coisa, mas a lei era a lei e tinha de se cumprir. Se o seu caso não lhe tivesse chegado ao conhecimento pelas mãos do seu ordenança, nem se teria lembrado dele. Mas o primeiro-sargento perguntara-lhe o que fazer com o homem, que se encontrava na solitária há cinco meses sem culpa formada, e Carlos não tivera outro remédio senão mandar passá-lo para uma cela normal. O seu código moral de militar impoluto impedia-o de se aproveitar do poder que lhe conferia uma posição privilegiada para enterrar vivo numa cela abominável um recluso indesejável. O tenente honrado não se permitia agir à margem da lei. O homem, por mais odioso que fosse, tinha direito a um julgamento, e foi isso que Carlos solicitou ao coronel.

Já era extraordinário que o fazendeiro tivesse sobrevivido ao regime infernal do segredo. Poucos podiam gabar-se de tal façanha. Ao fim de duas semanas, mercê de uma alimentação melhorada, do exercício matinal no pátio e do convívio com os outros reclusos, o fazendeiro ganhou algum peso, perdendo aquele aspecto chupado de cadáver sem cor com que emergira da catacumba. O segredo era o pior castigo que se podia infligir a um prisioneiro, uma medida extrema reservada aos desordeiros e recalcitrantes, capaz de quebrar a vontade e de arruinar os espíritos mais obstinados. Ao fim de algumas semanas, o prisioneiro, encafuado como um animal no buraco infecto, na mais profunda escuridão, perdia a noção do tempo e do espaço, mergulhava numa tremenda depressão, desesperava, enlouquecia.

Nos primeiros dias, o fazendeiro andou estranho, alheado, muito calado, bastante baralhado, a tentar orientar-se nas novas rotinas que, apesar de poucas e básicas, não deixavam de constituir um choque face ao mundo das trevas onde ele estivera e onde, simplesmente, não havia regras, senão a obrigatoriedade de permanecer em silêncio naquele buraco negro que mais fazia lembrar um caixão. Havia limites para o que uma pessoa conseguia aguentar, e aqueles que permaneciam demasiado tempo na solitária acabavam irremediavelmente dementes.

Embora recuperasse fisicamente, de cabeça o fazendeiro não estava bem. Houve uma noite, na cela comum, quando já todos dormiam e só ele permanecia acordado e vigilante como um morcego de olhos arregalados e radar apurado, em que uma ratazana de dimensões assustadoras se introduziu através das grades. O animal impudente, sem medo, agressivo, uma ameaça silenciosa para os homens adormecidos, levantou o focinho e farejou o ambiente saturado, antes de se aventurar por entre os corpos espalhados por cima da palha imunda que cobria o chão húmido de pedra. O fazendeiro viu a ratazana desde o instante em que ela apareceu. Seguiu-a com uns olhos obsessivos de caçador dedicado, muito atento aos seus movimentos. O bicho começou a rondar um dos reclusos, preparando-se para o atacar. O fazendeiro levantou-se devagar e, sem fazer o mínimo barulho, aproximou-se, deslizando como uma sombra, passando cuidadosamente sobre os homens deitados no chão. Quando chegou perto, a cerca de dois metros da ratazana, acocorou-se e esperou. O bicho avançou, mordeu uma perna, o recluso gritou de dor e de susto. O fazendeiro deu um salto em frente, mergulhou sobre a ratazana, agarrou-a com as duas mãos e cravou-lhe os dentes no lombo, abocanhou-a com uma violência mortífera, arrancou-lhe um bocado de carne enorme e cuspiu-o. O animal guinchava, jorrava sangue, debatia-se em pânico. O fazendeiro girou nos calcanhares, rodando sobre si próprio, e, aproveitando o movimento do corpo, atirou-o contra a parede. A ratazana embateu na superfície rugosa com um barulho seco e soltou um guincho de dor, caindo no chão atordoada. Hesitou um instante e depois fugiu para fora da cela numa corrida incerta, deixando atrás de si um rasto vermelho. A cela caiu num silêncio horrorizado. Os homens, arrancados ao sono, observaram chocados a expressão desvairada do fazendeiro. Tinha o rosto coberto de sangue e os olhos esbugalhados como faróis acesos. *Parecia doido. Estava doido,* pensaram os homens, estupefactos, sem se atreverem a dizer nada. Ele também não falou. Regressou simplesmente ao seu lugar e sentou-se em cima da palha, encostado à parede, tranquilo, como se nada tivesse acontecido.

34

Benvinda estava sentada aos pés da cama de Leonor e levantou-se assim que o médico entrou.

— Então, como vai a nossa doentinha? — perguntou ele em tom jovial para desanuviar o ambiente fúnebre do quarto.

— Estou melhor, senhor doutor — respondeu Leonor, com uma vozinha fraca, esboçando um sorriso envergonhado. — Não precisava de se incomodar a esta hora.

— Não é incómodo nenhum, não é incómodo nenhum — disse ele, sentando-se numa cadeira que Benvinda colocou ao lado cama. — A mãezinha disse-me que teve um desmaio, não foi?

— Foi.

— Acontece, acontece. — Tomou-lhe o pulso. — Acontece, pois está claro que acontece — foi dizendo, murmurando, concentrado na pulsação dela. Depois pediu-lhe para se sentar enquanto vasculhava a maleta de couro donde tirou um estetoscópio. Auscultou-a, mais para sossegar a mãe do que por outra coisa qualquer. Pediu-lhe para respirar fundo duas ou três vezes. Não encontrou nada. A pequena Luísa andava por ali, curiosa, a rondar a cama. — Não noto nada de invulgar — declarou ele finalmente, voltando a guardar o estetoscópio na maleta. — Foi só uma quebra de tensão, provavelmente. Só precisa de uma noite bem dormida e amanhã vai ver que acorda fina como uma flor.

Leonor ofereceu-lhe um sorriso desconsolado. Sentia-se fraca, abatida, não tanto por doença, mas porque morria de preocupação e de desgosto. Não sabia como interpretar o comportamento de Carlos. Não entendia os motivos dele, não encontrava sentido na sua determinação em desenterrar o caso do fazendeiro, em admitir libertar um homem que era uma ameaça para ela, para a sua família, para Benvinda. Por que razão desafiava o seu pai e por que não lhe falara do assunto? *Como é que ele me pede em casamento e faz uma coisa destas ao mesmo tempo?*, perguntou-se vezes sem conta, incrédula, sem achar uma explicação razoável. Não fazia sentido. Não pensara Carlos que a iria magoar? Não compreendera que iria voltar o coronel contra ele, que deitaria tudo a perder? A possibilidade de uma boa relação com os pais dela, de o aceitarem sem reservas, de darem o consentimento para se casarem, para o acolherem incondicionalmente como genro, tudo isso tornara-se impossível a partir do momento em que Carlos lançara um ultimato ao coronel. Ou levava o homem a julgamento ou libertava-o. Libertava-o?! Mas porquê?! Leonor tinha medo do homem, ficara descansada por sabê-lo preso e desejava que assim continuasse para o resto da vida, fechado e bem fechado, podia apodrecer na prisão, podia morrer, não lhe interessava, só queria que ficasse longe dela, da sua família e de Benvinda para sempre, que nunca mais ouvisse falar dele. Agora, libertá-lo, levá-lo a julgamento? Para quê, santo Deus?!

O sábado foi um inferno. Leonor sentiu-se sob vigilância permanente. A mãe cercou-a com cuidados de enferma, insistindo para que não se cansasse, impedindo-a de ir à rua, tratando-a como se estivesse doente, levando-lhe o pequeno-almoço à cama numa bandeja, tirando-lhe a febre, insistindo para que ficasse deitada, desaconselhando-a a tomar banho, para não correr riscos, para evitar uma recaída.

— Já estou óptima, mamã — protestou Leonor, exasperada. — Não me dói nada, não estou doente.

— Mesmo assim, é melhor descansar — respondeu a mãe, irredutível. — Tenha paciência, mas hoje fica a descansar.

O que a mãe pretendia era mantê-la em casa, obviamente. Leonor não se deixou enganar, mas Maria Luísa também não se esforçou muito para disfarçar. Não voltaram a tocar no assunto da véspera. Maria Luísa, ponderada, clarividente, teve o bom senso de perceber que não se tratavam feridas escarafunchando nelas. Aquela não era a altura certa para discutir com serenidade o futuro de Leonor. Insistir no tema só serviria para espicaçar a fúria do marido, e Maria Luísa tremia com a ideia de que a cena da noite anterior se repetisse. Conhecendo o génio da filha e a casmurrice do pai, receava que tivessem uma discussão para a vida. De modo que impôs aos dois a sua vontade de ferro, fortalecida pelo pânico de que eles se dissessem coisas imperdoáveis, de que se tomassem atitudes irreparáveis. Não havia nada neste mundo que Maria Luísa receasse mais do que a sua família desfazer-se e, naquele momento, o melhor que podia fazer para evitar uma situação catastrófica era separá-los para garantir que se manteriam unidos no futuro. Proibiu Leonor de sair de casa, consciente de que o marido perderia a cabeça se imaginasse que ela se ia encontrar com o tenente. E, quanto a ele, manteve-o afastado do quarto da filha, com o pretexto firme de que Leonor precisava de repouso absoluto, e eles não podiam correr o risco de lhe provocar uma recaída.

O coronel aceitou o argumento dela, ainda que tivesse passado o dia perdido pela casa, desorientado pelos corredores, sem saber o que fazer naquele sábado interminável. Almoçou com Maria Luísa na sala de jantar mas não abriu a boca, não emitiu mais do que um resmungo ocasional, e ela deixou-o em paz com a sua má disposição. Depois fechou-se no escritório com uma pilha de jornais recentes – edições do *Diário de Notícias* – enviados da metrópole, embora não tivesse conseguido concentrar-se o suficiente para ler uma única notícia do princípio ao fim. Aborreceu-se, impacientou-se, foi remoer para o sofá da sala. Aguentou cinco minutos, levantou-se, voltou ao escritório. Sentia-se envergonhado por ter sido tão violento com a filha mas, não encontrando uma forma adequada para lidar com esse sentimento, acabrunhou-se num silêncio pesado, confortando-se com um ressentimento crescente, dirigindo toda a sua fúria para o tenente, planeando vinganças, ansiando pela segunda-feira para retaliar. O que lhe custava mais era aquela inactividade, não achar nada de útil que o ajudasse a resolver as coisas com a filha. Gostaria de falar com ela, de fazer as pazes, mas para isso seria necessário que Leonor abdicasse daquele disparate de casar com o tenente e que lhe pedisse desculpa por amar um homem que persistia no desaforo de o afrontar. Não concebia o contrário, não podia voltar atrás, não seria ele a pedir perdão e conhecia a filha demasiado bem para se iludir com o pensamento feliz de que ela se renderia facilmente.

Leonor dividia-se entre a fúria e o desgosto, entre a vontade de acabar tudo com Carlos, de nunca mais lhe falar, e a tristeza imensa que isso lhe provocava. Não saiu do quarto. Sentia-se profundamente ofendida, revoltada, não queria falar com o pai, não tinha vontade de falar com ninguém. Pediu a Benvinda que a deixasse sozinha, proibiu a irmã de entrar.

A cidade parou, modorrenta pela canícula das três da tarde. E Leonor, que nem tivera ânimo para se vestir, foi à janela no seu roupão de cetim, espreitar a rua. Não encontrou vivalma. O sol batia de chapa no chão de areia vermelha. A rua despovoada, o silêncio, as toalhas dependuradas nas janelas e caídas por falta de vento, a total ausência de movimento e o calor cintilante, apático, davam a impressão de que o tempo parara, de que a cidade não se mexia, paralisada por algum fenómeno meteorológico sem explicação. Leonor apoiou os cotovelos no parapeito e descansou o queixo nos punhos, pensativa, melancólica, momentaneamente distraída a desfiar o conceito do tempo suspenso. Logo o cuco saltou da sua casinha de madeira no relógio do corredor e cantou as quinze horas com uma monotonia deprimente, desfazendo todas as dúvidas. O tempo não parara, a terra continuava a mover-se, o sol a brilhar escaldante e o problema de Leonor não iria desaparecer nem resolver-se por si próprio.

Meteu-se para dentro, desmoralizada. Encostou as portadas de persianas para cortar o bafo quente do exterior. Deixou-se cair na cama com um livro escandaloso de Flaubert que andava a ler às escondidas da mãe. As ansiedades de Madame Bovary por uma vida diferente lembravam-lhe vagamente as suas próprias frustrações. Ao fim de algumas linhas, as letras perderam consistência e Leonor deixou-se vencer pela sonolência e adormeceu. Acordou uma hora mais tarde espapaçada com o calor que abafava o quarto. Tinha a testa a brilhar e sentia-se mole, pegajosa e muito susceptível.

O dia arrastava-se pesado e triste, e só lhe apetecia chorar. Pensou como seria bom meter-se no barco e voltar a Lisboa, deixar para trás as complicações amorosas e fazer como as suas amigas que mediam o amor pela conta bancária dos futuros maridos. Entregar-se-ia nos braços de um dos seus presunçosos e incrivelmente endinheirados pretendentes, fantasiou, e não se ralaria com mais nada. Se era para sofrer que se apaixonava, antes ser prática, ter vida de rica e confortar-se com as jóias, as mordomias, as criadas, todas as comodidades do luxo fácil e opulento... mas, enfim, divagava, imaginava uma vida que na verdade não desejava.

Que tédio... Olhou para o relógio embutido em pedra verde, em cima do toucador branco. Pensou em Carlos, à sua espera na praça, junto ao coreto. Tinha faltado ao encontro. Estava tão furiosa com ele que se submetera com surpreendente passividade à ordem da mãe para não sair. Noutra altura teria batido o pé e de certeza que ninguém a teria conseguido impedir de ir aonde quer que decidisse ir. Hoje ninguém a arrancava de casa, fechada no quarto, na sua conchinha, amuada com o mundo.

Decidiu que precisava de um banho fresco para se livrar daquele calor que a deitava abaixo e não a deixava pensar com clareza. Tinha uma casa de banho só para ela, contígua ao quarto. Despiu-se diante do espelho de corpo inteiro e olhou-se atentamente, procurando algo em si de que se pudesse orgulhar, já que se sentia tão desanimada. Notou que estava mais gordinha, com umas formas mais roliças e não desgostou.

Entrou na banheira e sentou-se com um arrepio de frio, devagar para se habituar à água fresca. Demorou-se muito a esfregar o corpo todo com uma esponja macia, experimentando um prazer licencioso ao ensaboar os seios, fazendo movimentos circulares com as mãos, firmes, sentindo as pontas duras, estimulando-se, motivada por uma enorme vontade de se agradar, uma absoluta necessidade de gostar de si mesma. Lavou o cabelo com muita espuma, esfregando a cabeça com as mãos em forma de garra, vigorosas.

Saiu da banheira, enrolou-se numa toalha fina de linho, secou-se bem e voltou a desfazer-se da toalha. Ficou nua frente a uma prateleira recheada de frascos, hesitante na escolha. Optou por um óleo protector, de amêndoas. Deitou-o na palma da mão e espalhou-o pelos seios, com volúpia, acariciando-se novamente, prazerosa, vigiando-se pelo espelho, curiosa, deslizando uma mão audaciosa pela barriga, pelo interior das coxas, pelas nádegas, deleitando-se com gestos sábios, saboreando longamente a massagem e o gozo de sentir a pele agradavelmente húmida, refrescada, prolongando o momento até ficar satisfeita, até serenar. Depois voltou ao quarto sem se cobrir, ficando nua para deixar o corpo absorver o óleo naturalmente, enquanto penteava o cabelo.

Antes de se vestir, Leonor borrifou-se de alto a baixo com uma água-de-colónia fresca. Escolheu um vestido ligeiro de algodão, branco, de alças, que enfiou pela cabeça delicadamente para não se amarrotar logo toda. Depois voltou a sentar-se frente ao espelho do toucador, de escova na mão, continuando a pentear-se, com gestos lentos, olhando-se nos olhos, pensativa.

O banho renovou-lhe as energias. O tempo que dedicou a si própria, a tratar do corpo, a mimar-se, restaurou-lhe a confiança. Leonor sentia-se outra, preocupada, com certeza, mas mais segura de si. Resolveu que já bastava de pieguices e de ter pena de si própria. Não seria certamente andando a chorar pelos cantos que esclareceria as coisas. Sim, porque estava decidida a esclarecer tudo. Iria confrontar Carlos, saber as suas intenções, arrancar-lhe a verdade. Não concebia a ideia de... não, não via a menor possibilidade de Carlos não ter sido sincero com ela desde o início e de ter andado a divertir-se à sua custa, ou, hipótese ainda mais diabólica, a tivesse usado por algum motivo tão perverso e obscuro que Leonor não conseguia determinar. Tudo isso lhe parecia absurdo. Não, está claro que não podia ser. Conhecia bem Carlos, havia uma história, eles *tinham* um passado, não se conheciam há meia dúzia de dias. Leonor podia contar a vida toda de Carlos desde a infância, era capaz de o descrever física e psicologicamente, conseguia dizer os seus gostos, as manias, os tiques, prever reacções. Ninguém tinha a capacidade de fingir o tempo todo, de se dedicar a uma mulher, de lhe abrir a alma e o coração, de a pedir em casamento e, finalmente, ser tudo mentira. Agora, mais serena e ponderada, Leonor já não tinha dificuldade em perceber que teria de haver uma explicação razoável para aquela situação impossível. E só Carlos a poderia esclarecer.

35

Era noite alta quando a sombra se esgueirou pela escada, descalça, em bicos dos pés para não fazer estalar a madeira dos degraus enquanto descia. Atravessou o chão de pedra frio que cobria o pequeno vestíbulo, abriu a porta da rua e saiu sem bater ao fechá-la. Só depois Leonor se calçou.

Calcorreou dois quarteirões até à rua de Salvador Correia, transida de medo, esforçando-se por se manter nas zonas mais obscuras, fugindo à luz desmaiada dos candeeiros a gás para assim passar mais despercebida, muito receosa de se deparar com algum homem. A cidade dormia, não se via ninguém e não era habitual uma mulher andar sozinha na rua à noite, muito menos uma mulher da sua condição. Apercebeu-se do risco que corria e, nesse momento, já não lhe pareceu tão boa a ideia de se aventurar lá por fora àquela hora. Tomou consciência do sarilho em que se podia meter se lhe surgisse pela frente um bêbado sem escrúpulos que tentasse molestá-la ou se encontrasse uma patrulha da polícia que lhe exigisse um boa explicação para andar a passarinhar-se tão tarde pelas ruas silenciosas e perigosas. De qualquer modo, seria uma complicação de proporções catastróficas, porque o pai não lhe perdoaria nunca a irresponsabilidade.

Em todo o caso, era tarde para se arrepender, pensou Leonor. Chegando à esquina da rua da Alfândega com o largo de Bressane Leite, deteve-se à espreita no canto do edifício, cautelosa, averiguando se o caminho estava livre. Estava. Olhou para trás, tentada a regressar, mas calculou que seria sensivelmente a mesma distância se seguisse em frente. Respirou fundo, encheu-se de coragem e continuou a andar em direcção ao seu destino. Atravessou o largo espaçoso e poeirento, sentindo-se vulnerável ao aventurar-se em campo aberto, sem a protecção reconfortante das sombras dos edifícios.

Quando metia uma coisa na cabeça... lamentou ser assim, teimosa e impulsiva. Aquela sua firmeza de espírito poderia ser uma virtude, mas não seria a primeira vez que se metia em apuros por ser tão determinada. Estugou o passo, procurando dominar o medo para não começar a correr. Afigurou-se-lhe mais sensato manter uma atitude serena, controlada. Imaginou que, se fosse apanhada pela polícia, poderia sempre inventar uma emergência, poderia dizer qualquer coisa, que ia à procura de um médico, por exemplo. Percorreu mais dois quarteirões, até à Sé. O coração batia forte, um suor frio descia-lhe pela espinha, descargas de adrenalina mantinham-na em alerta, tremiam-lhe as pernas e as mãos e necessitava de inspirar fundo golfadas de ar, muito precisada de bombear os pulmões com oxigénio puro, de modo a não perder o controlo do corpo cansado e do espírito assustado. Era uma alma indefesa em território hostil, longe da segurança de casa.

Carlos adormecera vestido no sofá da sala. Teve um sonho aflito com Juan, o tratador argentino. Viu-o tão real como se pudesse tocar-lhe e falar com ele. Juan estava enfiado num caixão, apesar de Carlos ter a certeza de que o sepultara numa cova. Tinha os olhos esbugalhados de medo e a boca muito aberta, sem oxigénio, tentando engolir o ar viciado. Sufocava! Batia desesperadamente na tampa de madeira, aterrorizado, *pam, pam, pam, pam, pam*... O som foi-se tornando cada vez mais presente, mais verdadeiro, impossível de ignorar, *pam, pam, pam*... Carlos acordou sobressaltado e percebeu logo que as pancadas não eram de Juan, mas de alguém que batia insistentemente à porta, confundido-se com o sonho. Levantou-se, foi abrir.

— Leonor! — alarmou-se. — O que é que fazes aqui?

— Precisava de falar contigo.

— A esta hora?

— A esta hora.

— Aconteceu alguma coisa?

— Como se não soubesses.

Vinha afogueada, a transpirar medo, toda ela tremia.

— Que disparate, Leonor, atravessares a cidade sozinha de noite ... — Abanou a cabeça, desconcertado.

— Precisava de falar contigo, já te disse.

— Mas é alguma coisa que não pudesse esperar por amanhã?

— É! — exclamou ela, brusca, irritada. Os seus olhos deitavam faíscas. Carlos recuou, ainda estremunhado, mal refeito da surpresa de a ver ali, irrompendo-lhe pela casa adentro a desoras, mas consciente de que seria mais avisado não a contrariar.

A porta da rua dava para a sala. Leonor precipitou-se em direcção ao sofá e deixou-se abater nas almofadas, perturbada. O efeito da adrenalina passara, e ela, caindo em si, apercebeu-se da enormidade que acabara de cometer e teve um ataque de pânico. Tapou o rosto com as mãos, rompeu num choro convulsivo. Carlos, vendo-a descontrolada e a debater-se com uma dificuldade em respirar, atrapalhou-se e, à falta de melhor ideia, correu à cozinha e acudiu-a com um copo de água. Leonor tomou-o, sôfrega, segurando-o com duas mãos trémulas como se viesse do deserto, e, mesmo assim, sem conseguir evitar derramar água no vestido. Ele ajudou-a, de cócoras à frente dela. Depois recebeu o copo, colocou-o em cima da mesa de apoio, sentou-se a seu lado, levantou-se, foi abrir a janela para arejar, voltou a sentar-se e puxou Leonor para si, gentil, querendo fazê-la sentir-se segura.

— Sossega, minha querida, sossega — sussurrou-lhe, ele próprio muito assustado. — Acalma-te, que coisa...

Envolveu-a num abraço forte e protector. Leonor, muito chorosa, escondeu o rosto no peito dele, acometida de soluços e espasmos de ombros que se foram extinguindo lentamente até ela recuperar o controlo e as lágrimas secarem.

— Porque é que fizeste aquilo? — perguntou Leonor bastante depois, quebrando finalmente o silêncio, ainda num tom frágil, mas afastando-se primeiro dos braços de Carlos, com os olhos postos no pequeno tapete de ráfia que cobria o soalho, tendo por cima uma mesa baixa, à frente do sofá.

— Fiz o quê, Leonor?

Ela levantou a cabeça e voltou-se para o encarar. E desta vez a sua voz não tremeu.

— Porque é que fizeste um ultimato ao meu pai? Porque é que ameaçaste libertar aquele... aquele homem horrível?

Carlos inclinou a cabeça para trás, olhando para o tecto e soltando um longo suspiro, como quem diz *aí vem mais uma tempestade*.

— Não me faças essa cara, Carlos — avisou-o. —

Responde-me. Eu quero saber porque é que puseste o nosso casamento em perigo, porque é que deitaste tudo a perder.

— Uma coisa não tem nada que ver com a outra! — reclamou, espantado com a interpretação que ela dava aos factos. — Uma coisa é o nosso casamento, outra, muito diferente, é esse assunto.

— Mas tu não vês que não os podes separar? O meu pai está fora de si, gritou-me quando lhe disse que íamos casar, proibiu-me! Nem me deixa falar contigo, ver-te. O que é que eu vou fazer da minha vida? O que é que vamos fazer, Carlos?

— Então, Leonor, acalma-te...

Mas ela não se queria acalmar, estava com génio, queria respostas.

— Não me digas para me acalmar!

— Sim, Leonor, mas vamos conversar.

— Pois sim, vamos conversar. Podes começar por me responder.

— Mas, se eu já te disse que estás a baralhar tudo. Eu não misturo assuntos de trabalho com a minha vida pessoal. Isso não, não me peças isso.

— O homem atacou-me, ameaçou-me! Como é que podes separar as duas coisas?

— O homem estava preso ilegalmente, percebes? — replicou Carlos, impaciente. — É uma questão legal, não sou eu quem faz as leis, eu tenho de as cumprir.

— Mas tu tens o poder e é quanto basta.

— Não, não, não, não... — Carlos levantou-se e pôs-se a andar nervosamente pela sala, para a frente e para trás. — Não é assim que a coisa funciona.

— É exactamente assim que a coisa funciona — replicou Leonor, muito assertiva.

— Comigo não, comigo não! — Fez que não com o dedo indicador, horrorizado com a sugestão dela. Estacou no meio da sala, depois voltou para o sofá, sentou-se, explicou-lhe a sua posição. Não pretendia afrontar o coronel, simplesmente tinha as mãos atadas. Não podia manter o homem preso por uma eternidade, disse, havia que fazer alguma coisa, dar-lhe um destino legal, era isso, um destino legal. Levava-se o homem a tribunal, era condenado, voltava para a prisão. Ponto final.

— Isso é fácil de dizer — indignou-se Leonor. — Mas se o caso vai a tribunal, quem fica em maus lençóis é o meu pai. Imagina a má-língua, a intriga que seria.

— Qual quê, Leonor, se o teu pai vai para tribunal tem toda a razão, vocês é que são as vítimas, ganha o caso de caras. Pode lá perdê-lo.

— Mas, e o escândalo?

— Qual escândalo, Leonor? Estás a disparatar.

— O meu pai tem um lugar *político!* — gritou. — E vai perdê-lo se isto for para tribunal!

Carlos deixou-se cair para trás, recostando-se. Leonor permaneceu sentada à beira do sofá. Tinha as palmas das mãos unidas, entaladas entre os joelhos, olhava para a parede em frente, onde não havia nada para ver além de um papel de parede verde, no qual ela reparou pela primeira vez desde que chegara, e achou bastante feio, por sinal.

— Sabes o que nós estamos aqui a fazer? — perguntou Carlos, interrompendo o silêncio que se impusera entre eles.

— O que nós estamos aqui a fazer?

— Sim, nós, eu, tu, o teu pai, os portugueses em geral.

— O que tem isso que ver com a nossa questão?

— Tem tudo que ver.

Leonor voltou a cabeça, olhando para ele, entre o espanto e a curiosidade.

— Estamos a construir um país — continuou Carlos —, a moldar uma nação à nossa medida, segundo os preceitos da civilização cristã.

— Não se trata de uma nação, mas de uma colónia — corrigiu-o Leonor.

— Uma colónia catorze vezes maior do que o reino.

— Mesmo assim, faz parte do reino, também é Portugal.

— A questão, Leonor, é que o poder a que tu te referiste, esse nosso poder só se justifica moralmente se o usarmos por uma causa nobre. Aqui em Luanda podes reduzir tudo a questiúnculas políticas, a lutas pelos melhores cargos no governo, mas, sabes?, no interior, onde nos batemos para civilizar o gentio, há portugueses a morrer em combate, portugueses que lutam como heróis, com uma bravura notável contra um inimigo incomensuravelmente superior em número. Eles são aos milhares, nós somos impiedosos para sobrevivermos. Eles fazem guerras tribais, matam-se uns aos outros e somos nós quem os separa; eles desobedecem-nos, revoltam-se e nós castigamo-los. Só Deus sabe como arriscamos a vida todos os dias e sujamos as mãos com sangue para cumprirmos a transcendente missão de expandir a palavra cristã.

— Nunca me tinhas falado disso — murmurou Leonor, assombrada com a revelação que ele lhe fazia.

— Não queria deixar-te em cuidado — justificou-se. — De qualquer modo, não são coisas que se contêm. O que acontece no mato, fica no mato. Mas é imperioso que entendas o que está em jogo. Aquele homem — continuou —, o fazendeiro, era um farrapo quando saiu do buraco onde esteve enfiado quase meio ano sem direito a julgamento. Repara, se nós não temos princípios, se não temos de obedecer às nossas próprias leis, então o que é que estamos aqui a fazer?

Fez-se um silêncio pensativo. Leonor hesitou, embrenhada numa perplexidade inesperada. Os seus olhos brilhavam com uma lagrimazinha teimosa. Embora se sentisse mais inquieta com o seu problema pessoal do que com a *transcendente* missão de salvar as almas dos negros, as palavras de Carlos tocaram--na, não pôde ignorá-las, imaginou campos de batalha, horrores, os perigos por que passara. Tentou colocar-se no seu lugar, compreender o seu ponto de vista, os seus sentimentos, impressionou-se. Eram coisas que se ouviam frequentemente em Luanda; notícias desgarradas sobre a expansão do exército no interior circulavam entre a população branca, na maior parte das vezes comentadas com grande júbilo e sem regatear elogios ao heroísmo dos soldados que se batiam pela solidificação da soberania portuguesa em Angola. Ninguém falava de barbaridades ou de dificuldades sangrentas, só de vitórias gloriosas. Leonor evitara sempre esses assuntos, afastando-os da cabeça com pensamentos mais agradáveis, cuidando que não lhe diziam respeito, pois aconteciam em lugares remotos, a centenas ou mesmo milhares de quilómetros. De resto, era a primeira vez que tinha intimidade com alguém que participara directamente neles e, ao referir-se-lhes, tornava-os mais próximos, contrariando um pouco a sua indiferença habitual. Mas Leonor preferia não pensar muito nisso e logo regressou ao problema mais concreto que a incomodava. Iludiu-se com a esperança de que talvez fosse possível um compromisso, apesar de tudo.

— Ao menos — disse — podias tentar conversar com o meu pai, chegar a um acordo, resolver as coisas a bem.

Carlos soltou um suspiro.

— Mas tu não vês que a única forma de resolver as coisas a bem seria o teu pai tomar a decisão correcta?

— Não digo que não, mas a complicação toda é que o meu pai é muito obstinado, não vai lá com pressões, precisa de ser levado às boas, percebes? Não te quero forçar a fazer nada contra a tua consciência, só te peço que atrases um pouco o processo, mantém o homem na prisão mais uns dias, deixa que eu converse com o papá primeiro. Fazes isso por mim, Carlos? — pediu-lhe com uma voz sofrida, suplicante. Era a sua última esperança de compor as coisas. E ele já um pouco impaciente, achando que era tudo um tanto quanto melodramático demais, considerando que o coronel e Leonor estavam a fazer uma tempestade num copo de água com uma questão que se resolvia facilmente com uma atitude prática, respondeu-lhe sem mais rodeios:

— Tu não estás a perceber, Leonor. Eu já libertei o homem. A esta hora, o desgraçado já vai a caminho de casa. Nunca mais vamos ouvir falar dele. Caso encerrado.

Leonor deu um salto no sofá, pôs-se lívida.

— Não fizeste tal!

— Podes crer que fiz.

36

Eram seis da manhã quando, descendo a escada de casa, Carlos foi surpreendido pela chegada abrupta de uma carruagem apressada que parou junto ao passeio no meio de uma nuvem de areia solta debaixo dos cascos dos cavalos nervosos com a excitação da corrida. Carlos estacou no passeio, apreensivo com aquele aparato de urgência, vendo o primeiro-sargento que o coadjuvava abrir a portinhola, saltar para a rua e bater-lhe a pala.

— Bom dia, meu tenente.

— Bom dia, primeiro-sargento — retribuiu-lhe com uma continência negligente. — Algum problema?

— E dos grandes — desabafou o homem. Tinha um rosto sanguíneo, marcado por pequenos vasos azuis resultantes de derrames nas faces e no nariz. Usava um bigode já grisalho que fazia lembrar uma escova.

— Então?

— É o fazendeiro, meu tenente.

— O que é que tem o fazendeiro?

— Voltou a aparecer na cidade — disse o primeiro--sargento. — E o pior é que anda por aí a dizer que vai matar o coronel!

A informação tinha-lhe sido passada por um conhecido que vira o homem numa taberna ali para os lados da rua da Alfândega, a emborcar canecas de vinho e a vociferar ameaças bem audíveis à pessoa do coronel

Loureiro de Carvalho, apregoando para quem o quisesse ouvir que tencionava vingar-se do *maldito coronel* por tê-lo enfiado numa masmorra imunda durante um ror de meses. Carlos ouviu aquilo tudo alarmado, como quem leva um murro no estômago.

— Mas ele devia estar num barco a caminho de Benguela! — exclamou. — Que diabo, homem, eu recomendei-lhe especificamente que se assegurasse de que ele seguia no barco.

— E eu assegurei-me — defendeu-se o primeiro-sargento. Havia bolhas de suor na sua testa enrugada de aflição. — Não percebo como é que se escapou.

— Você viu o barco partir?

— Absolutamente, vi! — Abanou a cabeça com fervor.

— Vamos embora — disse Carlos, saltando para a carruagem. — Para a taberna.

A taberna onde o fazendeiro havia sido referenciado ficava muito perto da residência do coronel, na rua da Alfândega, onde Carlos fora deixar Leonor há poucas horas, certificando-se de que chegava bem a casa. Tinha sido uma noite comprida. Ela reagira mal à revelação de que o homem fora libertado, ficara aterrorizada. Mas Carlos conseguira acalmá-la, pedira-lhe encarecidamente que sossegasse, garantira-lhe que estava em perfeita segurança. Explicara-lhe que o fazendeiro já não andava por Luanda, que tinha sido embarcado à força no navio para Benguela. Ele próprio advertira-o de que voltaria a ser preso se regressasse, e desta vez para sempre.

No final, tinham acabado unidos como nunca. Carlos tomou-a nos braços durante muito tempo, para lhe dar confiança, para a confortar. Leonor deixou-se abraçar, agarrou-se a ele desesperada por se sentir protegida, fragilizada, desejosa de receber um mimo, com as emoções à flor da pele. Carlos enterrou os dedos nos seus cabelos macios, puxou-a mais para si. Ela escondeu o rosto no peito de Carlos, ele fez o mesmo na sua cabeça, inebriado com o seu perfume, passando a palma da mão livre pelos seus ombros, pelas costas, com um vigor apaixonado, um calor, uma excitação que a fez abrir mão de todas as defesas, deixando-se afundar lenta e irremediavelmente numa volúpia excitante, sem esboçar resistência, desfalecida de prazer e querendo mais e mais os seus beijos, as suas mãos quentes e ousadas tocando-a em todo o lado, percorrendo freneticamente o seu corpo, sem pudor, provocando-a... Estava tanto calor e Leonor sentia-se transpirada, a dissolver-se em suores febris. Ele beijava-a sem parar, no rosto, nas pálpebras, chupava-lhe o lóbulo da orelha e o pescoço, arrepiando-a com sensações maravilhosas, fazendo-a deslizar para um estado de pura felicidade. Beijou-a nos lábios e a sua língua invadiu-lhe a boca, húmida, quente, deixando-a definitivamente à sua mercê, sujeitando-a a uma doce tortura. Leonor correspondia-lhe com beijos ansiosos, estremecendo de excitação, mal se contendo na vontade avassaladora de ir mais longe, de ir com ele até ao fim. Sentia-se morrer de expectativa, queria tanto consumar o amor, experimentar tudo aquilo que antecipara vezes e vezes sem conta quando imaginava aquele momento, quando pensava que não via a hora de se tornar uma mulher completa, de ter um homem, o seu homem, o seu amor...

Carlos pegou nela e levou-a ao colo sem uma palavra. Leonor abraçou-se a ele, aninhou a cabeça nele, na curva do ombro com o pescoço. «O que fazes?», perguntou-lhe numa vozinha débil, submissa, quando passaram a porta do quarto. Carlos depositou-a gentilmente na cama, mais uma vez sem dizer nada.

Deitou-se a seu lado, subiu-lhe a saia, subjugando-a definitivamente com uma habilidade amorosa, despojando-a de todas as peças de roupa, uma a uma, e tratando ele próprio de fazer o mesmo em seguida, perante o fascínio silencioso de Leonor enquanto ele lhe revelava o corpo musculado, aqui e ali marcado por cicatrizes de guerra que lhe davam um aspecto mais viril, mais bestial, provocando nela uma confusão de emoções, totalmente dominada por um misto de espanto, de receio e de excitação.

Leonor recebeu-o de braços abertos, preparada para o ter e para sofrer as dores da primeira vez, convencida de que seria difícil, mas absolutamente decidida a suportá-las com Carlos, por ser o homem que amava e, tinha a certeza, o único a quem se entregaria em toda a sua vida.

Uma dor breve mas lancinante atravessou-a no momento em que o sentiu invadi-la, como se a rasgasse por dentro. Leonor mordeu o lábio para não gritar, embora incapaz de se descontrair, agarrando-se a ele com muita força, cravando as unhas nos seus braços. Carlos surpreendeu-a com uma generosidade, uma preocupação apaixonada que a comoveu ao perguntar-lhe se desejava que parasse. Disse-lhe que não. E não desejava de facto, não queria interromper nada, pelo contrário, queria viver a plenitude daquele acontecimento único na sua vida. Depois a dor atenuou-se e foi substituída por um prazer crescente, arrebatador, e Leonor apercebeu-se de que o corpo dele, forte e ágil, investia com uma agressividade benigna contra o seu, numa cadência cada vez mais rápida, mais vigorosa e agradável, transportando-a até àquele instante mágico em que se sentiu unida a Carlos numa explosão de gozo físico, de euforia, de plena satisfação.

Carlos surgiu bruscamente na taberna, secundado pelo primeiro-sargento. Entraram ambos com uma postura oficial, autoritária, olhar arguto, parados à porta da chafarica, observando-a de uma ponta à outra, à procura de alguém. Eram seis e dez da manhã, e um taberneiro encorpado e descabelado dormitava sobre um jornal, em cima do balcão. Mal os viu, endireitou-se, alarmado com a presença da autoridade, preparando-se para saber ao que vinham. Era um lugar cavernoso, lúgubre, obrigava a fazer uma pausa para habituar a vista. Desciam-se três ou quatro degraus e levava-se logo com um bafo a álcool em cheio nas ventas. As janelas estreitas, gradeadas e eternamente fechadas, davam para a rua, ao nível do passeio, mas tinham os vidros tão opacos de uma sujidade velha que mal deixavam passar a claridade. Fazia um calor bafiento.

— Já não está cá — resmungou Carlos, vendo apenas um cliente solitário na mesa do canto mais afastado, sentado de perna aberta, voltado com uma arrogância ébria para o centro da sala, todo recostado na cadeira e de braço esticado, agarrando uma caneca de estanho como se estivesse pregada à mesa.

Dirigiram-se ao balcão.

— Bons dias — saudou-os o taberneiro, fazendo uma vénia respeitosa com a cabeça. — Em que posso ser útil a vossas senhorias?

Carlos olhou-o de alto a baixo, desdenhoso, e o homem sentiu-se pequenino, apesar de ser um tipo imponente, quadrado, exibindo uns braços grossos que saíam das mangas de uma camisa branca cheia de nódoas, arregaçadas acima dos cotovelos. Carlos foi directo à questão, sem lhe dar a dignidade de um cumprimento, perguntando-lhe pelo bêbado de grande barba grisalha que estivera ali mais cedo a bradar ameaças de morte ao coronel Loureiro de Carvalho.

— Um tipo desagradável, sim, esteve cá — confirmou o taberneiro. — Estive mesmo para o correr a pontapé.

— E então, aonde foi ele?

— Pois, não sei. Pagou, levantou-se, foi-se embora.

— E é tudo?

— E é tudo.

— Demorou-se muito?

— Uma meia hora, talvez um pouco mais.

— E o que disse?

— Primeiro estava muito calado. Pediu vinho e ficou metido consigo mesmo, a ruminar com a caneca. Mas à quarta caneca começou a asneirar, a levantar a voz, a dizer francamente o que ia fazer.

— Que era?

— Matar o coronel, pois então!

— E vossemecê não achou avisado chamar a autoridade?

— Não discorreu — comentou o primeiro-sargento, num aparte desagradável, como quem chama estúpido ao outro.

— Não... — respondeu o taberneiro, olhando ressentido para o primeiro-sargento. — Pareceu-me só mais um bêbado a distilar a bílis. É muito comum, sabe? Eles vêm para aqui dar-se ares de muito duros, que fazem e acontecem, mas é só bazófia, está bem de ver.

— Pois, bem, mas e o nosso homem, o que fez a seguir?

— A seguir?... — perguntou o taberneiro, baralhado.

Carlos suspirou.

— O homem começa a gritar que vai matar o coronel, que se quer vingar — disse, monocórdico, impaciente —, e a seguir?

— Ah, isso. Então, eu, chegou-me a mostarda ao nariz e fui à mesa dele avisá-lo que o punha na rua se não parasse com o banzé.

— E ele?... — Carlos incentivou-o a falar com um gesto de mão rotativo, começando a ficar exasperado por ter de lhe arrancar as palavras da boca.

— É como lhe disse — encolheu os ombros —, pagou a conta e foi-se embora.

— Sem dizer mais nada?

O taberneiro abanou a cabeça negativamente, devagar, solene, e Carlos seria capaz de jurar que, apesar da sua expressão de pesar, não podia estar mais satisfeito por não ter nenhuma informação útil para lhe dar.

37

Às seis e meia Carlos estava à porta do coronel, muito direito na sua farda, na sua dignidade. Ainda que preparado para a contingência de ter de engolir o orgulho perante o pai de Leonor, era imperioso avisá-lo do perigo, pedir-lhe que permanecesse em casa enquanto o fazendeiro não fosse capturado. O que lhe custava mais era a lembrança da expressão crédula de Leonor, poucas horas antes, quando a olhara de frente, olhos nos olhos, tranquilizando-a com a sua palavra de honra. «Confia em mim», pedira-lhe, «não tens nada a temer, não o vais ver nunca mais.» Explicara-lhe que fizera do fazendeiro um passageiro compulsivo no barco para Benguela. Iria parecer um logro, apoquentou-se, Leonor pensaria que a ludibriara intencionalmente, iria tirar conclusões erradas, teria desconfianças. Carlos enfureceu-se consigo próprio, com a sua mania de tomar sempre as atitudes correctas. *Se fosse hoje...*, pensou, tristemente desapontado com a sua honestidade, *se fosse hoje não lhe comprava uma passagem para Benguela, não, comprava-lhe era uma passagem para o inferno!* E ainda não perdera a esperança de o fazer.

Agarrou na aldraba, uma argola de ferro no centro da porta, bateu. Esperou, quase em sentido. O primeiro-sargento deixara-se ficar para trás, aguardando convenientemente ao largo, consciente de que não devia interferir.

Foi Benvinda quem acudiu ao toque.

— Senhor tenente! — sobressaltou-se.

— Olá, Benvinda.

— A menina Leonor não está! — avisou-o precipitadamente, sem lhe franquear a entrada, permanecendo agarrada à porta, quase espreitando pela abertura estreita que bloqueava com o próprio corpo, como se receasse uma tragédia, no caso de o deixar entrar.

Carlos sorriu, benevolente.

— Não é por ela que venho — disse. — O coronel está?

— Também não — respondeu Benvinda, e Carlos reparou na expressão de alívio dela, na sua postura menos tensa, o patrão não estava, graças a Deus...

Mas Carlos não a deixou descansada por muito tempo.

— Benvinda — disse —, é muito importante que eu fale com o coronel. Sabe onde posso encontrá-lo?

— Foram todos à missa, senhor tenente — respondeu. — À Sé.

— Já saíram há muito?

Ela abanou a cabeça.

— Há um bocadinho. Vão à das sete.

Carlos consultou o seu relógio de bolso. Eram seis e trinta e cinco.

— Mas antes foram àquela confeitaria na Salvador Correia — acrescentou ela. — Sabe qual é?

— Obrigado, Benvinda, sei perfeitamente.

Começou a caminhar ao longo do passeio, apressado. O primeiro-sargento correu para o alcançar.

— Foram à missa na Sé — informou-o Carlos, sem se deter. — É lá que ele vai matá-lo.

Separaram-se. Carlos foi a pé para a confeitaria e ordenou ao primeiro-sargento que levasse a carruagem e fosse buscar reforços à fortaleza. Em ambos os casos eram distâncias relativamente curtas, questão de minutos.

— Encontramo-nos na Sé — disse. — Quero dez homens armados espalhados pela praça. Se ele aparecer, dá-se-lhe voz de prisão. Um aviso. Se não se render, é atirar a matar; se estiver armado, atirem a matar.

— Às suas ordens, meu tenente. — Bateu a pala e saltou para dentro da carruagem.

Carlos percorreu a rua da Alfândega, chegou à Salvador Correia e entrou na confeitaria. Tinha sangue-frio, mantinha-se calmo e racional nas piores situações. Afizera-se a uma certa funcionalidade de espírito, a uma iniciativa prática tão necessária quando debaixo de fogo. A experiência de combate ensinara-o que o pânico era o seu maior inimigo. Contudo, hoje vivia uma circunstância muito particular que lhe provocava uma angústia, um desespero que nunca sentira, pois desta vez estava em jogo a vida de Leonor e da sua família. Apercebeu-se de que era diferente quando só tinha de se preocupar com a sua segurança e a dos seus soldados. De certa forma, nesses casos, conseguia distanciar-se dos sentimentos afectivos que tantas vezes levavam as pessoas a tomar opções fatais em situações de perigo.

De modo que entrou espavorido na confeitaria, a rebentar de ansiedade, a transpirar de puro terror, com a camisa colada às costas e sentiu logo um frio súbito, um arrepio de alto a baixo, como se tivesse a febre delirante do paludismo que enlouquecia um homem, no momento quase instantâneo em que acabou de varrer a sala com olhos desvairados e perdeu toda a esperança de chegar a tempo de evitar o pior.

— O coronel Loureiro de Carvalho, alguém o viu?! — Como não queria perder mais tempo com abordagens pessoais e explicações inúteis, Carlos gritou para a geral a pergunta que o queimava por dentro. — Alguém sabe dele?!

Mas devia parecer um doido varrido, pálido como uma vela ardendo em fogo lento, pois a sala emudeceu, subitamente assombrada. Cavalheiros convenientemente trajados, senhoras e crianças envergando roupa esmerada de domingo, todos se fixaram nele submetidos a um silêncio sinistro, transidos com aquela intromissão alarmante que lhes arruinou de chofre a boa disposição do dia do Senhor, dos almoços de família, das tardes tranquilas. E Carlos, vendo que acabara de contagiar aquelas almas pacíficas com o *seu* medo, achou melhor dar-lhes uma satisfação, para desfazer a impressão errada de que era ele quem andava atrás do coronel para lhe fazer mal.

— Ouçam — disse —, o coronel corre um perigo sério. Preciso de o encontrar para o avisar. Alguém o viu? Esteve aqui?

— Saiu não faz nem dez minutos.

Carlos voltou a cabeça para a direita, donde viera a resposta. A voz era de alguém que se esforçara para se fazer ouvir com nitidez, ainda que se lhe notasse um tremor no tom perturbado.

— Estava acompanhado da família? — perguntou Carlos.

— Estava com a dona Maria Luísa e as meninas — voltou a responder o homem atrás do balcão. Vestia calça e colete pretos, camisa e avental brancos. O seu cabelo escasso tinha um risco milimétrico acima da orelha esquerda e era penteado de modo a disfarçar a careca, alisado e colado ao crânio, de orelha a orelha, com uma pasta que o fazia brilhar como se estivesse molhado. Usava um bigode encerado de pontas dobradas para cima, como cornos de javali. Suava, muito ruborizado, incomodado por intervir na questão, quando a sua vontade era esconder-se atrás do magnífico balcão de madeira bem envernizado, a condizer com a decoração confortavelmente elegante, quase cerimoniosa, da sala, onde normalmente não se falava alto nem se assustava os clientes com urgências de vida ou de morte. Carlos rodou nos calcanhares, batendo com os saltos das botas de cano alto no chão de azulejos pretos e brancos. Saiu, lançou-se a correr rua fora e já não ouviu o imergir das vozes no interior da confeitaria, onde as pessoas ficaram a comentar o susto da intromissão.

A igreja da Nossa Senhora dos Remédios coroava a rua de Salvador Correia com a sua magnificência de Sé Catedral, desafogada por uma vastíssima praça fronteira rodeada por edifícios mais baixos. A fachada principal tinha a entrada maior ao centro, ladeada por outras duas portas e encimada por duas janelas curvas, rematadas por uma terceira em circunferência. O telhado era em arco com uma grande cruz de pedra no topo. Por sua vez, o corpo central da igreja era enquadrado por duas torres mais altas, com cerca de vinte metros de altura, tendo cada uma a sua janela decorada com vitrais e o seu sino de bronze. Os cunhais, as cornijas e os vãos eram moldurados de granito. Em redor da porta principal havia uma grade de ferro forjado, com um portão ao centro.

Faltavam quinze minutos para as sete. Carlos via a igreja no fundo da rua. Demorou cinco minutos a chegar lá. Uma multidão de fiéis acumulava-se à frente da porta principal sem pressa de entrar. Os homens fumavam charuto, as mulheres entregavam-se a uma tagarelice animada e as crianças corriam à volta delas. Carlos já ia a meio da praça quando as pessoas se voltaram na sua direcção atraídas pela chegada a galope de um grupo de soldados a cavalo, em formação comandada pelo primeiro-sargento. Os cascos dos animais levantavam uma nuvem de poeira fina, avermelhada, ao pisarem o chão de areia solta em passo de corrida moderado, mas imponente. Quando entraram na praça, os cavaleiros dividiram-se, começando a contorná-la, cercando-a. Carlos continuou a correr para a multidão, ainda demasiado afastado para conseguir distinguir os rostos. Levou instintivamente a mão à cintura, recordando-se logo, contrariado, de que não havia trazido a arma.

O coronel acabava precisamente de chegar, ladeado pela mulher e por Leonor, de braço dado com as duas, enquanto a pequena Luísa dava a mão à mãe. De manhã, sentira um grande alívio ao reparar na mudança de atitude da filha. Leonor estava diferente, bem-disposta, como que irradiando uma alegria, um brilho, em tudo diferente do seu estado de espírito na véspera. À saída de casa, ela dera-lhe o braço como era habitual quando iam juntos à missa, tranquilizando-o desta forma com um sinal claro de que não havia ressentimentos.

De facto, Leonor acordara nas nuvens, em paz consigo própria, muito animada com a recordação feliz da noite anterior, quase eufórica.

Sentia uma alegria apaixonada que não conseguia disfarçar convincentemente, apesar dos olhares perscrutadores que a mãe lhe deitava, desconfiada. *Se ela soubesse...* pensava Leonor, toda deliciada, com secreta irreverência, ponderando ao mesmo tempo como era estranha a vida, num momento encurralada num labirinto sem esperança, no momento seguinte desfiando-se facilmente sem obstáculos à felicidade. O fazendeiro havia sido expulso de Luanda e levara com ele todos os problemas, ou quase todos. Leonor acreditava que agora seria mais fácil convencer o pai de que Carlos tomara a atitude certa para lhe evitar embaraços. O homem desaparecera, já cá não estava, era como se não existisse, ponto final. Ah, Leonor exultava com a alma enlevada, com a sensação de levitar, reconciliada com o mundo.

— A menina está de uns modos impossíveis — repreendeu-a a mãe, já exasperada com o seu sorriso tolo, receosa de que Leonor estivesse a ser cínica, a cumprimentar toda a gente, a exagerar propositadamente nas simpatias, como se fizesse pouco dos amigos dos pais, das pessoas de *consideração*. Sabendo bem do que a filha era capaz, Maria Luísa temeu uma cena.

— Que fiz eu?! — espantou-se Leonor.

— A menina sabe muito bem. Comporte-se.

— Sim, mamã — respondeu, baixando a cabeça para esconder o sorrisinho trocista.

Carlos embrenhou-se na multidão, furou por entre as pessoas, afastando-as do seu caminho quando lhe impediam a passagem, ignorando os protestos. Os seus olhos, muito atentos, saltavam de rosto em rosto, analisavam fisionomias sem se deter, procuravam Leonor, o coronel, alguém da família e, simultaneamente, tentavam localizar o fazendeiro.

Vislumbrou Leonor ao longe, a falar com a mãe. O coronel estava ao lado, estendendo a mão a alguém... era o presidente da Relação, reconheceu-o. Viu-os a trocarem cumprimentos e a separarem-se.

Seis e cinquenta. As pessoas aglomeravam-se à porta da igreja, imergindo no interior devagar, sem atropelos. Dali a pouco, o coronel e a família juntar-se-iam aos que aguardavam a sua vez de entrar. À medida que se aproximava deles, Carlos notou a multidão mais compacta, mais impenetrável. De modo que se viu obrigado a ser mais enérgico. Elevou a voz, pediu passagem, empurrou, abriu caminho sem cerimónias, deixou atrás de si um rasto tumultuoso.

Os soldados a cavalo começaram a fechar o círculo, apertando o cerco, a passo. As pessoas, intimidadas com aquela manobra inusitada, agarraram os seus filhos pela mão e recuaram para a porta da igreja, trocando comentários indignados, dizendo que era um escândalo, perguntando-se a que se devia tal despropósito. Ao contrário, o coronel deteve-se, querendo interrogar os cavaleiros para saber ao que vinham. Logo se abriu uma clareira à sua volta e da sua família.

Carlos ouviu um burburinho à esquerda, alguém a gritar, pessoas a fugir. O coronel estava ali à frente, à sua direita. Carlos empurrou uma, duas pessoas, e saltou para a clareira catapultado do aperto humano que recuava em sentido contrário. Recuperou o equilíbrio, correu na direcção do coronel.

Ouviu-se um tiro. Uma mulher caiu sem um ai, de barriga no chão, com o vestido de domingo manchado de vermelho. O fazendeiro surgiu atrás de Carlos, empunhando um revólver e a gritar enquanto avançava, trôpego, sem se deter para fazer pontaria certeira. Disparou de novo, de qualquer maneira, e a bala passou milagrosamente por toda a gente sem encontrar um alvo. Leonor, assustada, abraçou-se ao pai. O fazendeiro voltou a apertar o gatilho. A bala mortífera que saiu do cano do revólver de calibre trinta e oito levava uma velocidade de trezentos e quarenta e nove metros por segundo e tomou uma trajectória em linha recta com o coração de Leonor. Como o fazendeiro não se encontrava a mais de dez metros de distância, o tempo entre a bala partir e atingir o alvo foi praticamente instantâneo.

38

No dia anterior à tragédia, uma carruagem escoltada por soldados a cavalo deixou o forte ao entardecer e seguiu para o cais da Alfândega. Ali chegada, tinha à espera um escaler com dois marinheiros. Os soldados fizeram sair o prisioneiro, ajudando-o a descer agrilhoado para não se estatelar no chão ao pisar o estribo. O fazendeiro observou o horizonte marítimo, o navio ao largo, a ilha de Luanda um pouco mais longe. Não falou, manteve-se imóvel, inexpressivo, enquanto lhe retiravam as algemas, libertavam-lhe os pulsos e os tornozelos. Já não vestia o uniforme regulamentar da cadeia, o pijama cinzento às riscas. Tinham-lhe devolvido a mesma roupa que vestia no dia em fora levado sob prisão para S. Miguel. Com a diferença que se sentia a nadar nas calças e na camisa, pois emagrecera cerca de quinze quilos e estava uma sombra do que era.

Encaminharam-no para o escaler, fizeram-no entrar. Dois soldados foram com ele e com os marinheiros até ao navio fundeado ao largo. Feita a entrega do prisioneiro – doravante um homem livre –, o escaler voltou a terra para trazer os soldados.

Ao chegar a bordo do navio que o levaria a Benguela, o fazendeiro repeliu com irritação os marinheiros que tentaram ajudá-lo a saltar a amurada. Rosnou algumas imprecações aos homens que o rodeavam com boas intenções, e estes encolheram os ombros e dispersaram, «deixá-lo para lá», disseram, «grande besta... » E assim sendo, vendo-se sozinho, o fazendeiro ficou por ali, sensivelmente a meia-nau, atento às manobras da tripulação que se preparava para levantar ferro. Era um brigue, um veleiro de dois mastros e um terceiro à proa, oblíquo, o gurupés.

Fazia calor a bordo. Uma brisa quente entrava sem aliviar os corpos suados, as camisas coladas às costas, o sol a bater na cabeça, inclemente, embora já no declínio do fim da tarde. O fazendeiro voltou a atenção para o escaler que regressava rapidamente, impulsionado pelas remadas vigorosas imprimidas pelos marinheiros. Estes acostaram ao brigue, amarraram a embarcação pequena e treparam por uma escada de corda e degraus de madeira encostada à amurada.

O fazendeiro achou-se então num momento decisivo da sua vida. O navio partiria muito em breve. A tripulação movia-se em conjunto, cada membro executando a sua tarefa com energia e gestos precisos. Içavam as velas, levantavam a âncora. Os homens sabiam exactamente o que faziam e revelavam um à-vontade, uma eficiência digna de se ver. O comandante dava as suas ordens através do imediato, aguardando com uma mão pousada na malagueta da roda do leme e a outra na cintura.

O fazendeiro ponderou se devia deitar para trás das costas a terrível experiência por que passara nos últimos meses. Havia tanto a perder se ficasse e tanto a ganhar se partisse. Em Benguela, esperava-o a família e a liberdade. Imaginou que, por aquela altura, a fazenda já deveria estar bastante degradada. Sabia bem como os empregados negligenciavam o trabalho quando se viam sem a presença do patrão para os orientar com mão firme. E ele já não ia a casa há meses. A mulher e os dois filhos, os seus rapazes, tinham-se mantido na mais completa ignorância sobre o seu paradeiro até uma carta recente que ele conseguira fazer sair da Fortaleza através de um esquema clandestino. E, mesmo assim, não tinha a certeza de que a carta tivesse sido expedida e chegado à família. O fazendeiro deu um murro desesperado no rebordo da amurada, sentindo-se impotente para tomar a opção correcta, muito embora soubesse qual era. Provavelmente teria partido sem pensar duas vezes, se não fosse um homem perturbado, alterado pelos maus-tratos que lhe haviam infligido na prisão, dominado pela raiva. Mas tinha as *vozes* dentro da cabeça que o espicaçavam, que o massacravam, exigindo o acerto de contas, dizendo-lhe que não podia ir-se embora assim, de mãos a abanar. Não! Não seria cobarde nem ficaria até ao fim da vida a lamentar-se por ter engolido uma afronta. Estava obcecado pela vingança, por um sentimento de revolta que controlava todos os seus pensamentos, todos os seus planos, não o largava nem a dormir, nas escassas horas que conseguia fazê-lo; sentia uma revolta cada vez maior, cada vez mais densa, mais dominadora. Era um homem transtornado e perigoso, uma bomba ao retardador, prestes a explodir.

Pensou em saltar para a água, dar um mergulho, algumas braçadas abaixo da superfície, afastar-se do navio e nadar para terra. Se o tivesse feito, talvez acabasse por se afogar, pois não era um grande nadador e usava umas botas de cano alto que o teriam arrastado para o fundo antes de as conseguir tirar. Mas reparou que o escaler continuava ali amarrado ao navio e decidiu que seria preferível usá-lo.

Olhou em redor, ninguém lhe prestava atenção. Os tripulantes concentravam-se na manobra de levantar ferro, e os poucos passageiros no tombadilho entretinham-se a assistir ao trabalho da marinhagem. Só precisou de dois ou três segundos para deslizar por cima da amurada e desaparecer, agarrado à escada de corda por onde desceu até ao escaler.

Demorou cerca de uma hora a chegar a terra, não porque fosse muito longe, mas por se ver aflito com a corrente. Momentos antes, observando os marinheiros a remar para o navio, parecera-lhe bastante fácil. Agora, porém, apercebeu-se de que não estava à altura dos marinheiros, que eles eram mais jovens, mais fortes e mais experientes. E eram dois. O fazendeiro sentia-se exausto e, por mais de uma vez, teve de parar de remar para recuperar forças. Entretanto, o escaler era arrastado para longe de terra a uma velocidade surpreendente, colocando-o na mesma posição donde partira minutos antes, quando se vira igualmente obrigado a parar para descansar. Se se tivesse arriscado a nado, nunca teria chegado a terra. Contudo, também estava longe de conseguir levar o escaler para onde pretendia.

Levantou os olhos, a cidade estava mesmo ali à frente, tão perto e, no entanto, tão longe; olhou para trás, o navio já só era um pontinho no oceano, a caminho de Benguela. Exasperou-se, gritou ao vento todas as imprecações que lhe vieram à cabeça. Depois obrigou-se a acalmar-se, analisou a situação, decidiu não contrariar a corrente e remar na diagonal. Começou a fazer progressos, gritou novamente, mas agora de triunfo.

Foi dar à Praia do Peixe, mesmo por baixo do morro onde se erguia a Fortaleza de S. Miguel. Era um areal exíguo, deserto e poluído pelas descargas de dejectos. Em Luanda, nessa época, não havia um sistema de esgotos apropriado, tudo se despejava no mar; as próprias praias serviam de depósito para toda a espécie de imundícies e, quando soprava a brisa marítima na maré baixa, um cheiro nauseabundo atingia a cidade com uma violência de cair para o lado. No decorrer das tardes madraças em que o tórrido sol tropical queimava as ruas de areia escaldante, um odor insuportável vinha pousar sobre a Cidade Baixa, desertificada, salvo uma outra alma torturada que, por força dos seus negócios, se via obrigada a aventurar-se lá por fora, usando fatiota clara para aliviar o inferno e lencinho perfumado para enxugar o rosto que pingava água e para iludir o fedor. Quanto às senhoras, deixavam-se estar no abrigo mais fresco de suas casas, resguardando-se das temperaturas altas. Usavam vestidos brancos de tecido ligeiro e muniam-se dos indispensáveis leques, abanando-se com elegância sofrida, prostradas no conforto luxuoso dos sofás das suas salas penumbrosas, mantendo as persianas encostadas para retrair o bafo lá de fora.

A noite já caíra quando o fazendeiro abandonou o escaler à borda de água e se esgueirou para a cidade. Abotoou o casaco para ter um aspecto mais composto, baixou a cabeça e caminhou com os olhos postos no chão. Afortunadamente, ainda tinha o seu chapéu de abas e conseguia tapar o rosto ao cruzar-se com outros transeuntes. Era uma cidade pequena, as pessoas conheciam-se todas, uma cara estranha dava nas vistas. O fazendeiro não se queria arriscar mas, por outro lado, beneficiava por ser sábado à noite. Luanda era uma cidade morta na generalidade das noites, não havia distracções e o sábado, sendo o dia de lazer, constituía a única excepção. Os trabalhadores aproveitavam a folga para beber à vontade. Muitos bebiam até caírem, outros envolviam-se em rixas e acabavam por dormir na prisão. De modo que o fazendeiro podia contar com uma razoável dose de indiferença, desde que não desse nas vistas nem se metesse em confusões. De resto, foi precisamente a falta de discrição que o perdeu no fim.

O destino imediato do fazendeiro era as Ingombotas, já nos subúrbios da cidade. Ia à procura de uma casinha miserável ali para os lados da igreja da Nossa Senhora do Carmo. Tinha essa referência para se orientar, não obstante a relativa anarquia do bairro, onde as casas do mestiços ficavam paredes meias com as cubatas de pau a pique dos indígenas. O fazendeiro lembrava-se da casa, do jardinzinho descuidado, rodeado por uma cerca meio derrubada de ripas incertas; das paredes caiadas mais amarelas do que brancas, expostas ao vento e às poeiras; das janelas com os vidros opacos de sujidade. Era uma zona desabrigada e terrosa, pontuada pelo casario disperso e pelas cubatas, um grande descampado aberto ao sertão, onde a civilização acabava e a vida selvagem começava.

O fazendeiro ia pedir guarida ao seu fiel cocheiro, um mestiço mal encarado com merecida fama de malfeitor, um tipo muito calado, perigoso, capaz de tudo a troco de um punhado de moedas. O fazendeiro estava confiante de que o homem não lhe desdenharia ajuda. Decerto recordar-se-ia dos pagamentos generosos de quando andava ao seu serviço. O fazendeiro abonava-o então bastante acima da retribuição devida a um cocheiro normal, mas, claro, ele não era um cocheiro normal. Pagava-lhe para o transportar e para o safar das situações complicadas, como daquela vez em que quase fora linchado pela populaça ao tentar raptar Benvinda. De qualquer modo, poderia voltar a pagar-lhe, caso saísse ileso da aventura insensata a que se devotara, embora não tencionasse contar-lhe o que pretendia fazer, evidentemente.

Bateu com os nós dos dedos na porta de madeira com a tinta descascada. Ouviu vozes lá dentro, uma discussão rápida entre duas pessoas sobre quem ia abrir. Voltou a bater, mais forte, mais impaciente. A voz masculina impôs-se, e uma mulher baixinha, muito magra e muito jovem, abriu a porta e deixou-se ficar ali especada, com um olhar vazio, sem dizer nada, sem perguntar nada. Estava descalça e trazia um vestido curto, desmazelado, com a alça direita descaída sobre a dobra do cotovelo. O fazendeiro sabia que o cocheiro vivia com uma negra, embora nunca a tivesse conhecido. *Também, não perdi nada,* pensou, contemplando-a com indisfarçável desprezo. Ela manteve-se impávida, alheada, aparentemente imune a qualquer tipo de provocação, desprovida de emoções.

— Onde é que ele está? — perguntou bruscamente o fazendeiro.

Ela não respondeu, mas voltou para dentro sem fechar a porta para o deixar passar. Seguiu-a. A entrada dava directamente para a divisão principal da casa, uma sala acanhada e obscura, envolvida em sombras. Havia uma bancada repleta de loiça suja, dando a entender que se ia acumulando sem ninguém se dar ao trabalho de a lavar; um fogão a lenha coberto por uma camada de gordura ressequida e uma mesa central, rectangular, de madeira tosca, coberta por uma toalha enodoada, repugnante. Em cima, um solitário candeeiro a petróleo, cuja chama mal se via, porque o vidro estava preto de tanto queimar, dava a sensação de que se ia extinguir a qualquer momento.

A mulher desapareceu atrás de um cobertor que fazia as vezes da porta de passagem para um quarto contíguo. *Preta sinistra,* pensou o fazendeiro, escutando em seguida uma conversa curta, abafada.

— É para ti — ouviu-a dizer.

— Quem é?

— Sei lá eu.

O fazendeiro ponderou a possibilidade de se sentar numa das duas cadeiras postadas de cada lado da mesa, mas desistiu do intento, ajuizando que não eram lá muito sólidas. Queria transmitir a mesma imagem de poder de antigamente, mas tinha perfeita consciência da sua fraca figura, da barba por fazer despontando pêlos no rosto negligenciado, chupado, precocemente envelhecido, da roupa descuidada e demasiado grande no seu corpo esquálido. Os olhos faiscantes de aguerrida maldade, sedentos de vingança; aqueles olhos determinados eram a sua derradeira arma para intimidar, para se fazer obedecer. Fosse como fosse, a última coisa de que precisava agora era estatelar-se no chão por causa de uma cadeira desengonçada. Havia uma terceira, com as pernas partidas, esquecida a um canto da sala, no chão, premonitória.

Ficou de pé, à espera. Passou um minuto, dois... impacientou-se com a demora do homem, aparentemente pouco interessado em saber quem o visitava. Uma desconsideração, indignou-se, dominando-se para não lhe invadir logo o quarto e trazê-lo ali a pontapé. Andava irritadiço, já não lhe sobrava um pingo de tolerância com ninguém, nem com coisa nenhuma. Sentia-se arrasado, precisava de dormir, embora receasse os pesadelos que o massacravam sempre que pregava olho.

Mas agora também tinha o problema das *vozes* dentro da cabeça. Ouvia-as claramente, diziam-lhe faz isto, faz aquilo, transtornavam-no. Pensava no diabo, achava-se perseguido pelo demónio! Batia muito com a palma da mão na cabeça para espantar as *vozes*, mas só quando ninguém o via. «As pessoas haveriam de dizer que estou doido», murmurava para si e ria-se, um risinho estridente, velhaco.

Apesar de tudo, conseguia ter pensamentos lúcidos, analisar situações, estruturar ideias plausíveis. Não estava incoerente, sabia o que fazia e como fazia, mas não discernia entre o bem e o mal, pois delineava planos malévolos com a consciência tranquila. Tinha as faculdades mentais diminuídas e, claro, não se apercebia de que se encontrava a um passo de atravessar a ténue fronteira da insanidade.

O cocheiro apareceu a puxar os suspensórios para os ombros e a entalar a camisa nas calças, indolente, desgrenhado, com todo o ar de quem acabara de despertar de uma sesta.

— Patrão! — exclamou, confuso por o ver ali, e não menos pelo seu aspecto, que era o de um homem vinte anos mais velho do que meio ano antes. — Não sabia que tinha saído.

O fazendeiro assentiu vagamente com a cabeça.

— Saí hoje — disse. — Tens o meu revólver?

— Tenho.

— Preciso dele.

— Vou buscá-lo.

Voltou a desaparecer atrás do cobertor e regressou dali a um minuto. Entregou-lhe o revólver em perfeito estado de conservação, limpo e oleado, envolto num pano para o proteger da poeira. O cocheiro tinha-o deixado no banco da carruagem na última vez que ele o transportara. Abriu o tambor, verificando se estava carregado, fechou-o, entalou a arma na cintura.

— O que é que há aí atrás? — perguntou, apontando com o queixo altivo para trás do cocheiro.

— É o nosso quarto.

— Vejo que dormias.

— Sim — admitiu o cocheiro. — Hoje acordei muito cedo e...

— Tanto melhor — resmungou, interrompendo-o sem cerimónias, sentindo-se mais confiante para dar ordens, agora que estava novamente armado. — Então, é a minha vez. Preciso de umas horas de sono. Manda-a sair e acorda-me ao alvorecer. E prepara a carruagem, que temos um serviço para terminar.

— Sim, patrão — disse o homem, obediente. Afastou o cobertor e falou para dentro, num tom áspero. — Sai daí, mulher. O patrão precisa de dormir.

39

A carruagem passou pela casa do coronel sem se deter, seguindo lentamente ao longo da rua da Alfândega. Oculto na obscuridade interior, o fazendeiro chegou-se para a frente no banco, afastou com um dedo a cortina diáfana e espreitou por detrás do vidro subido. Não vendo qualquer sinal de movimento na casa, deduziu que ainda era cedo e bateu no tejadilho para continuarem. Não quis ficar parado ali com receio de dar nas vistas, de espantar a caça. Tanto se lhe dava se não o apanhasse à porta, pois sabia onde o coronel estaria às sete em ponto. Não o queria era entrincheirado em casa. «Não me escapas, maldito», murmurou, a falar sozinho, «não me escapas, não me escapas, não me escapas...» Ultimamente desenvolvera o hábito de falar em voz alta. Quando estava encarcerado no segredo, na Fortaleza, distraía-se do isolamento fazendo conversa consigo próprio, cochichando os dois lados da cavaqueira, ora dizendo ora respondendo. E era isto durante horas a fio. Pois bem, não perdera o hábito.

Decidiu entrar numa taberna. Deixou o cocheiro à espera na rua. Sentou-se a uma mesa, pediu um naco de pão e um jarro de vinho. Tamborilou nervosamente com os dedos na mesa enquanto aguardava o pedido. Olhou em redor, só havia mais um cliente na sala.

Engoliu o pão insípido, sem ânimo, tomando generosos goles de vinhaça para desembuchar. Esvaziou a primeira caneca, e depois outra, e outra, e outra... Bebia furiosamente, com gestos sôfregos. As vozes perturbavam-no e, sem se dar conta, começou a falar alto, a responder-lhes. «Vou matar o coronel, sim senhor...» Abanava a cabeça, como se escutasse alguém. «Sim, esse mesmo, o pulha, o coronel Loureiro de Carvalho, vou matá-lo ainda hoje!»

Um tipo discreto, envergando roupas simples de trabalhador, deslizou do seu lugar, levantou-se, atirou uma moeda para cima da mesa, olhou o bêbado de esguelha, soltou uma fungadela de desprezo e foi-se embora, prevenir o primeiro-sargento, seu compadre, com quem costumava desemburrar as tardes pachorrentas de sábado em alegres jogatanas de damas, depois de uma boa almoçarada no sítio do Malheiros, uma casa de pasto ali na rua de Sousa Coutinho, paralela à Salvador Correia.

O taberneiro levantou o tampo levadiço do balcão e dirigiu-se ao bêbado turbulento que começava a mexer com a sua paciência. Pousou duas manápulas grossas em cima da mesa do fazendeiro e inclinou-se para o olhar bem nos olhos.

— Ou te calas, ou te pões a andar — avisou-o.

— Hã?...

— É como te digo, homem — repetiu. — Pára lá de gritar, ou tens de sair.

O fazendeiro olhou para o taberneiro, estupefacto, parando imediatamente de vociferar, caindo em si, tomando consciência de que tinha passado os últimos minutos a falar alto.

— Quanto devo? — perguntou, num registo de voz perfeitamente normal, embora entaramelando um pouco a língua.

O taberneiro endireitou as costas, puxou o pano de limpar os copos que trazia ao ombro e esfregou as mãos enquanto o informava do valor da despesa. Ele pagou, levantou-se e encaminhou-se para a porta num passo incerto. Ainda parou antes de sair, argumentando com as *vozes*... Encolheu os ombros. «Não vale a pena», murmurou em resposta, decidindo que não gastaria uma bala no taberneiro. Ajeitou o revólver entalado nas calças, fechou o casaco e saiu.

Entrou na carruagem. Dali a pouco passaram novamente à porta do coronel e, como estava tudo na mesma, o fazendeiro disse ao cocheiro para bater à Sé.

Deu ordem ao cocheiro para o aguardar numa rua paralela ao largo da Sé. Consultou o relógio de bolso e anunciou que ia e vinha num pulo. Só não lhe disse que, entretanto, ia matar o coronel. Meteu por uma travessa que desembocava no largo. Sentia-se tonto, cambaleante, as pernas não lhe obedeciam, trocavam-lhe as voltas e obrigavam-no a um esforço de concentração para se manter a direito. As mãos tremiam-lhe, as *vozes* exasperavam-no. Bateu com a palma da mão na testa, reclamando. «Vão-se embora, vão-se embora!» Tropeçou no passeio, apoiou-se numa parede, endireitou-se, retomou a marcha. Sentia-se confuso, enfurecido. Sempre tivera mau vinho, mas costumava aguentar bem a bebida, era preciso beber muito para se tornar violento. Contudo, estivera quase seis meses sem tocar em álcool e o seu corpo debilitado revelou-se pouco tolerante às canecas emborcadas praticamente em jejum. Os efeitos perversos do vinho, o corpo descontrolado, as *vozes*, a pressão psicológica, uma dor de cabeça a despontar, contribuíam para o irritar, para lhe exacerbar o desejo de vingança. Afeiçoara-se à ideia de matar o coronel, de o encher de balas, de o destruir, e agora o projecto impunha-se-lhe como uma bênção, como um acto depurador, essencial para expurgar o mal que tomava conta da sua cabeça. Sentia-se uma vítima desesperada por justiça, de modo a conseguir recuperar a paz de espírito.

Chegou ao largo da Sé, deparou-se com a fachada direita da igreja e com o grupo de fiéis que se acumulava à entrada, mesmo à sua frente. Embrenhou-se numa multidão domingueira, descontraída, entregue a conversas ligeiras, sem pressa para nada. O fazendeiro não queria falar com ninguém, não conhecia aquela gente, só lhe interessava encontrar o coronel para lhe cobrar todas as humilhações dos últimos meses, nada mais tinha a fazer ali. Foi furando por entre as pessoas, avançando lentamente, atento aos rostos, à procura do coronel. Como não o via, alarmou-se com a possibilidade de ele já ter entrado na igreja, o que seria uma contrariedade para o seu plano. Achava-se preparado para tudo, menos para matar alguém frente a um altar. Seria uma falta de respeito, um sacrilégio! Deu consigo a bichanar uma oração nervosa, pedindo a Deus que o coronel não se fosse refugiar sob o manto protector do Espírito Santo.

Dali a pouco notou que havia algo errado, um nervosismo geral, cabeças a levantarem-se, protestos, um súbito movimento da massa humana a recuar, a tornar-se mais compacta. Voltou-se para perceber o que se passava, viu os cavalos a fecharem o cerco, a comprimirem a multidão. *Fui traído!*, pensou de imediato, sem duvidar nem por um segundo de que os soldados estavam ali por sua causa, para o capturar. Sentiu-se à beira do pânico, não tanto por recear ser preso, mas por depreender que chegara tarde. Calculou que o coronel tivesse sido alertado e já não estivesse na praça. Tomou-se de suores, desesperado com a perspectiva do falhanço.

Não podia ser, não podia, era demasiado injusto, pensou, sentindo os nervos a cederem ao medo.

Mesmo assim, o fazendeiro não desistiu. De qualquer modo, não tinha outra alternativa senão misturar-se com aquela gente. Se voltasse para trás e se se isolasse, seria facilmente localizado pelos soldados e capturado. Foi em frente, esgueirou-se pelas pessoas, abriu caminho, progrediu devagar. E nisto, deu com o coronel. Vislumbrou-o ao longe, entre o movimento de cabeças. Um milagre, ele ainda ali estar, pensou. Mas logo se lhe extinguiu todo o sangue-frio, desorientado numa inquietação, numa aflição, impedido de passar pela barreira humana, deixando de ver o coronel, receando não o conseguir alcançar.

O aperto começou a perturbar profundamente o fazendeiro, assaltado por uma angústia súbita, uma falta de ar, uma necessidade urgente de espaço, queria respirar, mexer-se. Cercavam-no por todos os lados, não o deixavam andar, os cavalos vinham aí, os soldados procuravam-no, o coronel, onde estava o coronel? Já não o via... Perdeu a cabeça, sacou o revólver, ergueu a mão ameaçadoramente acima da cabeça, soltou um rugido selvagem que aterrorizou as pessoas. Houve gritos, pânico, corpos a chocar, pernas a tropeçar, gente a cair de costas sobre os demais. Abriram-se alas e o fazendeiro conseguiu avançar, empurrando uns, ameaçando outros, consciente de que não podia parar. Se lhe perdessem o medo e o atacassem, estaria perdido, não haveria forma de enfrentar centenas de braços enraivecidos. Seria simplesmente estraçalhado por uma turba assassina.

Os olhos frenéticos do fazendeiro voltaram a ver o coronel. Não pensou duas vezes, baixou a mão do revólver e apertou o gatilho, um tiro cego, dado que não se imobilizou para garantir a pontaria e porque ia a gritar, sem serenidade, sem concentração para preparar o tiro. Mas disparou, e atingiu uma mulher pelas costas, bastante ao lado do alvo. Deu um segundo tiro à sorte e a bala passou sem acertar em ninguém. À sua volta, o pânico abriu mais espaço. O fazendeiro disparou o terceiro tiro, mas desta vez estacou antes de o fazer, bem apoiado nos dois pés para não falhar.

Aconteceu tudo em simultâneo. O fazendeiro disparou e, ao mesmo tempo que apertava o gatilho, viu que Leonor se interpusera entre a bala e o pai, e que mais alguém, uma terceira pessoa, se atirou para a frente deles. Um movimento de relance, como uma sombra, umas costas, foi o que viu. Um tipo fardado deu o corpo à bala e recebeu o impacto em pleno voo sobre o coronel e a filha, aterrando em cima deles, caindo os três desamparados com o peso do homem. O fazendeiro hesitou na dúvida, tentando apurar se falhara realmente a bala dirigida ao coronel. Uma questão de segundos, não mais, mas o suficiente para perder a oportunidade de voltar a disparar. Ia fazê-lo, quando algo enorme chocou contra as suas costas, projectando-o para a frente, vários metros, com uma ligeireza de papel, como se não pesasse nada. O fazendeiro morreu instantaneamente, esmagado pelo embate. Partiu o pescoço e teve outras lesões internas, qualquer uma delas suficientemente grave para lhe provocar a morte.

Carlos sentiu uma dor lancinante nas costas. Tentou levantar-se, mas o seu braço esquerdo não se moveu e as forças abandonavam-no. Desistiu. Conseguiu rodar sobre si próprio. Viu uma nuvem solitária no céu muito azul; uma revoada de pássaros assustadiços, regressando à igreja depois do tiroteio; partículas de poeira pairando no ar cristalino, levantadas pelo tumulto. Viu uma expressão de terror no rosto sujo de sangue de Leonor, inclinado sobre o dele. Compreendeu que tinha a cabeça apoiada no seu colo, que ela o abraçava.

— Estás bem? — perguntou-lhe. — Não estás ferida?

— Estou bem — respondeu Leonor. — Estou bem, não te preocupes.

— Mas tens sangue na cara.

— Não é meu, é teu. — Soltou uma risadinha histérica, como se aquilo tivesse alguma piada.

— Ah... — Fez um esgar parecido com um sorriso. — Ainda bem.

— Oh, meu Deus! — gritou Leonor. — Acudam-nos! — E depois para ele: — Tem calma, Carlos, tem calma! — E ele, ouvindo-a em pânico, pensou que estava calmo, ela é que não. A dor inicial atenuou-se no conforto do colo de Leonor, os gritos que o rodeavam, a vozearia alterada, transformaram-se num rumor distante, mas tinha dificuldade em respirar e as pálpebras pesavam-lhe, uma cortina negra descia sobre os seus olhos, perdia os sentidos, talvez a vida, pensou, tranquilo, surpreendido por não ter medo, apenas um cansaço terrível. A última coisa que lhe ocorreu foi que não custava nada morrer.

40

A notícia do atentado ganhou uma dimensão tal que, uma hora depois, já toda a cidade sabia. Os ecos do tiroteio propagaram-se de rua em rua, de boca em boca. As pessoas saíram das suas casas e juntaram-se nos passeios a comentar, «A vizinha já sabe?, O vizinho ouviu?, Sabe quem estava lá?, O meu marido viu tudo!, Diz que foi um pandemónio, valha-me Nossa Senhora!» Não se falava de outra coisa na rua, nos restaurantes, nas lojas. À hora do almoço, o dia tornou-se mais sombrio. Uma baixa pressão formou um tecto de nuvens, tapando o sol. Pairava um pesado ambiente de escândalo, um certo desconforto geral agravado pelo tempo cinzento. Correram os boatos mais inconcebíveis, dizia-se que tinha sido uma questão de saias, havia quem garantisse que o coronel andava amantizado com uma criada e que mandara encarcerar o outro em S. Miguel por ele ter tentado roubar-lhe a negra. Era vingança, só podia ser vingança! E era uma boa versão, tinha romance, tinha drama, tinha sangue e depravação. Um mimo para os salões mais chiques; um pitéu para as vizinhas. E logo em Luanda, o paraíso da má-língua!

Maria Luísa não sairia à rua nas próximos tempos. As coisas que se diziam dela e do marido criavam-lhe um embaraço terrível, um constrangimento paralisador, deixavam-na doente, deprimida, mergulhada num torpor que nem parecia dela. Maria Luísa habituara toda a gente a reagir com férrea determinação às dificuldades, não havia memória de se deixar abater pelas partidas do destino. Normalmente, era a primeira a levantar a cabeça e a arrostar as contrariedades com um optimismo contagiante. Mas desta vez foi demais até para ela. Fechou-se em casa a carpir a desgraça, desorientada, sem saber como resgatar o bom nome da família, convencida de que o mal estava feito e não tinha remédio.

Um solene período de nojo desceu sobre a residência dos Loureiro de Carvalho, doravante fechada ao mundo para proteger a privacidade familiar. Os mais próximos vieram fazer pungentes visitas de desagravo, trazendo uma palavra amiga, uma consolação, desejando exprimir-lhes apoio incondicional e colocar-se às ordens para alguma urgência, qualquer necessidade, enfim, para aquilo que tivesse de ser. Os primeiros ainda foram recebidos por boa educação, pelo coronel, no escritório do rés-do-chão, os demais nem da porta da rua passaram, educadamente barrados por Benvinda, gentilmente repelidos com uma explicação sucinta: a patroa não se sentia capaz, achava-se recolhida a descansar.

— Homessa! — exclamou uma alma mais persistente. — Que tem ela?

— É enxaqueca — respondeu Benvinda, de lábios crispados, abanando seriamente a cabeça, sem dar espaço para mais perguntas.

De modo que Maria Luísa não recebia. Não queria ver ninguém, ficava em casa, mortificada, muito fúnebre, compadecida da sua má sorte.

O funeral do fazendeiro decorreu discretamente no cemitério municipal. O corpo, enrolado num lençol branco, foi sepultado numa cova comum, sem o conforto moral de um caixão de madeira, uma vez que ninguém se aprestou a despender o preço de um enterro digno para um assassino desprezível, nem mesmo a autarquia, cujo presidente se negou a custeá-lo mais por ressentimento do que por outra razão. O presidente da Câmara Municipal de Luanda, furioso com o falecido por este ter deixado a sua cidade em polvorosa, redigiu um edital de raiva onde declarava que, *«De ora em diante, exime-se esta autarquia da obrigação de prover às despesas fúnebres de qualquer indivíduo falecido que, no total desrespeito pela segurança dos seus concidadãos, tenha, em vida, colocado criminosamente em perigo as pessoas e bens da cidade de Luanda.»* «Morrer não é desculpa», rosnou, profundamente agastado, enquanto assinava o decreto. O extraordinário edital foi publicado no boletim oficial do governo-geral da província de Angola, tornando-se um documento célebre pelo seu carácter insólito. Como a viúva e os dois filhos do fazendeiro só conseguiram chegar à capital quase três semanas depois da tragédia, o enterro foi testemunhado apenas por um padre piedoso e por dois coveiros de má vontade.

Leonor não conseguiria dormir em paz durante muitas noites, atormentada pelos acontecimentos daquela manhã tremenda, cujas imagens lhe regressavam em sonhos com uma nitidez e uma riqueza de pormenores ainda maior do que na confusão do próprio momento, como se o seu cérebro tivesse precisado de algum tempo para deixar a informação assentar e, tendo mais tarde as ideias em ordem, pudesse reproduzi-la em pesadelos assustadoramente reais. Leonor acordava a meio da noite alagada em suores, aterrorizada com a sensação de viver tudo outra vez. E eram imagens tão credíveis que a faziam perguntar-se se não estaria a ficar louca, pois não se lembrava de ter presenciado uma boa parte delas naquele domingo na praça da Sé. Ficava sentada na cama até ao amanhecer, com os olhos fixados nas rosas do papel da parede do quarto, em transe meditativo, encalhada numa perplexidade angustiada.

O certo é que, embora não pudesse garantir que tivesse acontecido tudo exactamente como a sua memória lhe dizia, recordava-se perfeitamente de ter ficado para trás com os pais e com a irmã quando os cavalos começaram a apertar a multidão; o pai quisera tirar satisfações com os soldados. Conseguia ver como se fosse hoje o burburinho a despontar na multidão à sua frente, as pessoas a fugirem de qualquer coisa, um tiro a soar, uma mulher a cair abatida pelas costas, o atirador surgindo de arma na mão! Leonor lembrava-se de ter reconhecido o fazendeiro e de ter procurado instintivamente a protecção do pai, abraçando-se a ele apavorada. Soara outro tiro. Carlos aparecera de repente e os olhos dele, alarmados, haviam-se fixado nos dela enquanto corria na sua direcção. O fazendeiro posicionara-se mesmo atrás de Carlos, fazendo pontaria, disparando. Carlos saltara para cima dela e do pai, arrastando-os numa queda abrupta. Lembrava-se de ter ficado sentada no chão, confusa, em choque, com lágrimas nos olhos, mas o seu cérebro não deixara de registar a imagem impressionante do cavalo enorme a irromper pela confusão e a atropelar o fazendeiro. Por mais anos que vivesse, tinha a certeza, nunca se esqueceria desse momento tão brutal. O cavalo embatera no fazendeiro e projectara-o vários metros para frente, como se fosse um boneco desarticulado, matando-o instantaneamente.

Só depois Leonor tomara consciência de que Carlos estava ferido com gravidade, ao reparar que não se movia e ao ver a mancha vermelha, sinistra, expandindo-se nas suas costas à medida que era absorvida pelo tecido do dólman. Colocara a palma da mão na ferida para estancar o sangue, mas Carlos reagira ao contacto, fizera menção de se levantar, sem o conseguir. Ela ajudara-o a voltar--se, de modo a ficar de barriga para cima, e acolhera-o no seu colo, abraçando-o desesperadamente. Trocaram breves palavras, ele perguntara-lhe se estava ferida, ela respondera que não. Gritara por socorro, o primeiro--sargento – fora ele quem lançara o cavalo contra o fazendeiro – desmontara para ir em seu auxílio. Dali a pouco surgira uma carruagem e várias mãos frenéticas tinham arrancado Carlos dos seus braços, levando-o à pressa. Outras pessoas tinham transportado a mulher ferida. A carruagem partira em tropel, levando-os para o hospital, e Leonor ficara ali esquecida, sentada no chão a tremer, incapaz de se levantar sozinha, coberta de sangue, o sangue de Carlos, e só lhe ocorria que ele já não dava acordo de si quando o levaram, inerte, de olhos revirados e muito pálido. *Está morto!*, convenceu--se, desesperada, *está morto, de certeza...*

41

O primeiro impulso de Leonor foi correr ao hospital. Queria ver Carlos, receava pela vida dele. Pediria a Benvinda que a acompanhasse. Desceu a escada e procurou-a no quarto dela. Mas encontrou Benvinda encolhida como um feijãozinho em cima da cama, com as mãos entaladas entre os joelhos, desamparada num choro convulsivo.

Leonor chegara a casa ainda atordoada pelo choque tremendo que aquilo tudo lhe causara. Vinha pálida, a tremer, à beira do colapso, coberta de sangue, sem saber o que pensar, sem saber o que fazer. Os soldados tinham-na trazido numa carruagem, juntamente com a irmã e a mãe. Benvinda acorrera à porta para as ajudar, mas a mãe tinha-a enxotado com um gesto nervoso. Maria Luísa tomara fôlego para enfrentar o resto da vida, uma inspiração profunda, procurando reunir forças para não desmaiar, dez anos mais velha do que era uma hora atrás, quando saíra por aquela mesma porta da rua. Em seguida subira a escada num passo incerto, agarrada ao corrimão, indo refugiar-se no seu quarto em risco de desfalecer antes de se conseguir deitar, iludindo-se com a esperança vã de que, se dormisse durante um mês inteiro, ao acordar talvez pudesse constatar que aquele homem horrível, os tiros, as pessoas feridas, o pânico, não passara tudo de um grande pesadelo.

A pequena Luísa estava numa agitação de nervos que não se calava, querendo exteriorizar a excitação, desejando contar a cena insólita, mas sem encontrar as palavras certas para explicar algo que não entendia. A menina nunca imaginara sequer a possibilidade de alguém querer fazer mal ao seu pai. Fora uma situação tão absurda, uma violência psicológica, a proximidade do perigo, a brutalidade, os corpos dilacerados. As imagens do caos ficar-lhe-iam gravadas na memória como uma marca indelével e, durante muito tempo, teria ataques de pânico inusitados, tornar-se-ia uma criança insegura e assustadiça. Benvinda encarregou-se de Luísa, uma vez que a mãe não estava em condições de lhe dar a atenção de que ela precisava e a irmã ainda menos.

Leonor fechou-se na casa de banho, olhou-se ao espelho e teve um choque ao ver o seu estado descomposto. Tinha a camisa branca manchada de vermelho, o cabelo numa confusão, o rosto, o pescoço e os braços sujos com uma mistura de terra e de sangue seco. Desembaraçou-se da roupa, frenética, e enfiou-se numa banheira de água tépida. Esfregou--se vigorosamente com escova e sabão, ansiosa por se livrar do sangue, do cheiro do sangue. Quase arrancou a pele de tanto esfregar os braços, as mãos, as unhas, o rosto. Fê-lo com um zelo excessivo, obcecada pela ideia de apagar as marcas da tragédia do corpo e da mente. Por um momento, enquanto se esfregava como doida, sentindo-se enlouquecer, Leonor quis negar tudo, fingir que não acontecera nada, que Carlos não fora ferido, que não morrera – tinha tanto medo de que ele estivesse morto... –, mas logo sentiu algo ceder dentro de si e, rendendo-se à incontornável realidade, passou do frenesi à apatia, deixando cair os braços, parando de se lavar e, finalmente, rompendo num pranto fúnebre.

Chorou uma hora seguida de inconsolável tristeza. Saiu da banheira a chorar, enrolou-se na toalha, enxugou-se e sentou-se desalentada no chão frio da casa de banho, derrotada pelo desgosto e pela sensação de impotência total. Levantou-se a custo, foi para o quarto. Tirou ao acaso um vestido branco de algodão e abateu-se na cama, sentando-se, com a roupa esquecida no colo. As lágrimas corriam-lhe livres pela cara abaixo enquanto recordava Carlos, inanimado, a ser carregado por mãos prestimosas para a carruagem, lá na praça da Sé. Parecera-lhe morto, dera-o como morto, um corpo ensanguentado, inerte, a quem a alma já tivesse abandonado. Mesmo não querendo aceitar que assim fosse, receava inteirar-se da verdade, temendo que a resposta fosse a dolorosa confirmação. Mas não tinha a certeza, pensou, a verdade é que não tinha a certeza. De repente, uma esperança, um sopro de optimismo, veio contrariar as emoções fatalistas, e Leonor, mais fria, secou as lágrimas e vestiu-se, agora com urgência, movida por uma intuição, decidindo que Carlos só estaria morto se o visse morto.

42

Carlos recuperou os sentidos na pior altura. Abriu os olhos e demorou o seu tempo a focar a visão, apercebendo-se então de que se encontrava deitado de barriga para baixo numa marquesa, em tronco nu e com os braços inertes estendidos ao longo do corpo. Tinha a cabeça de lado e tudo o que via era uma parede muito branca, de azulejos, e uma mesa metálica, sobre a qual havia uma bandeja com instrumentos cirúrgicos e alguns frascos. Ouviu vozes atrás de si e compreendeu que estava entregue aos cuidados dos facultativos do exército. Quis falar, chamar os médicos, mas, aparentemente ninguém lhe prestou atenção; ou talvez não tivesse chegado a emitir qualquer som, talvez não fosse capaz de falar, não sabia, não conseguia perceber se chegava a articular as palavras que o seu cérebro mandava dizer. Mas algum som terá produzido quando urrou de dor no momento em que sentiu um instrumento duro penetrar-lhe na carne, como se alguém estivesse a fazer-lhe um furo nas costas, porque os médicos pararam imediatamente a operação. «Está consciente», ouviu dizer. «Tenente Montanha, sou o doutor Gonçalves», disse a mesma pessoa. «O senhor encontra-se no hospital Maria Pia. Foi ferido com uma arma de fogo e é forçoso extrair a bala que tem alojada nas costas, mas não se inquiete que está em boas mãos.

Vamos tratar bem de si», tranquilizou-o. E depois, dirigindo-se a alguém, disse apenas «doutor...» e Carlos percebeu que o doutor Gonçalves dera alguma indicação ao cirurgião que o coadjuvava, porque uma bata branca veio colocar-se à sua frente. Espreitou para cima e conseguiu entrever pela visão periférica a figura do médico. Usava uma longa barba grisalha de sábio, registou. Este deu-lhe a cheirar uma droga fortíssima que lhe atingiu o cérebro com tamanho impacto que o deixou atordoado à primeira inspiração. Carlos reconheceu o odor penetrante e inconfundível do clorofórmio. A sala começou a andar à roda, perdeu o controlo ocular, os olhos deixaram de conseguir fixar-se nos objectos, a visão embaciou-se. As vozes dos médicos ecoaram-lhe na cabeça, imperceptíveis, acentuando-lhe o estado de confusão. Um fio de saliva escorria-lhe pelo canto da boca. Sucumbiu gradualmente ao efeito anestesiante do clorofórmio até perder a consciência.

O doutor Gonçalves trabalhou depressa. Procedeu à lavagem prévia da zona da ferida com sabão e líquidos anti-sépticos para eliminar a sujidade e evitar uma infecção; cobriu a ferida com uma grande compressa de gaze anti-séptica humedecida em sublimado corrosivo – cloreto de mercúrio – e fez-lhe uma abertura para poder trabalhar na região afectada. Em seguida extraiu a bala, suturou com fio de seda, drenou a ferida e cobriu-a novamente com gaze embebida num composto de iodo.

O doutor Gonçalves comentou com o colega que o paciente era um homem de sorte, porque a bala não afectara nenhum órgão vital. Mas infelizmente fizera os seus estragos, pois destruíra tecidos musculares e provocara uma fractura séria no omoplata, o que obrigava à imobilização do braço esquerdo. Carlos tinha pela frente uma longa recuperação.

Foi o próprio coronel quem deu a boa notícia à filha, ao deparar-se com Leonor junto à porta quando entrou em casa.

— O seu tenente já foi operado e está fora de perigo — resmungou, deixando subentendida uma censura carregada de rancor.

— Graças a Deus! — exclamou Leonor, aliviada, abanando as mãos entrelaçadas à frente do rosto massacrado pelo tempo que tinha passado a chorar.

O coronel arqueou uma sobrancelha. Suspirou, aborrecido. Vinha do hospital, onde se deslocara só para cumprir o dever moral de se inteirar pessoalmente do estado dos feridos. Não sentia o menor regozijo por Carlos escapar com vida daquela trapalhada toda. Nem sequer o comovia o facto de o tenente ter oferecido o corpo à bala para o proteger. Na sua opinião, ele não fizera mais do que a sua obrigação. Se estava à espera de receber louvores, bem podia esperar sentado. *Que raio,* pensou, *nada disto teria acontecido se ele não tivesse soltado o assassino. Por mim, o tenente pode ir para o diabo que o carregue!*

Deixou Leonor e foi saber de Maria Luísa. Encontrou-a no quarto, acamada, com as janelas fechadas, na mais rigorosa escuridão, muito padecida, com a cabeça a estoirar.

— Está tudo bem, filha — apaziguou-a. — Venho do hospital, salvam-se os dois.

— A senhora também? — perguntou ela, sofrida, erguendo-se nos cotovelos. — A pobrezinha salva-se?

— Absolutamente. Os médicos asseguraram-me de que já não corre perigo.

— Ainda bem, Henrique, ainda bem! Louvado seja Deus.

— E tu, como estás tu?

— Para morrer, como hei-de estar?

O doutor Machado já lhe fizera uma visita. Recomendara-lhe repouso e um pano de água fria na testa para as dores de cabeça. Mas, estava bem de se ver, Maria Luísa precisaria de muito mais do que uma simples compressa para se refazer do choque. Depois do tiroteio, ficara num estado de nervos que só visto.

O coronel já amaldiçoara mil vezes o tenente pelo mal que fizera à sua família. Além de quase ter sido morto devido à teimosia, à inconsciência dele, pensava o coronel, as repercussões que o escândalo teria na sua carreira poderiam ser devastadoras, irreparáveis. Já não seria possível abafar o caso. Àquela hora, os opositores políticos do Governador-Geral estariam de garras afiadas, preparando-se para se atirarem à sua garganta, quais lobos esfaimados! E se ele tinha opositores, ah, se tinha... O coronel não duvidava nem por um segundo de que, mais tarde ou mais cedo, o Governador-Geral acharia um modo prático de se desembaraçar dele para se salvar. A sua cabeça seria servida numa bandeja e a vida poderia continuar. Dali a alguns dias, a notícia do tiroteio frente à Sé de Luanda chegaria ao conhecimento do rei D. Carlos, sabia-se lá sob que versão. O presidente da Câmara e os seus correligionários, por certo, encarregar-se-iam de a *pintar* da pior maneira possível. Eram conhecidas as quezílias entre a vereação e o Governador-Geral pelas mais diversas questões, normalmente pleitos relacionados com as competências de cada um. Ora, enquanto braço direito do Governador-Geral, o coronel sabia que o seu caso seria perfidamente usado por muitos daqueles que o tinham de imediato obsequiado com manifestações de *profundo choque e indignação*. Decerto, vários deles já estariam a conspirar nas suas costas para tirarem proveito político do incidente. O coronel, sentindo o tapete a fugir-lhe debaixo dos pés, marinava num ressentimento, numa fúria latente, jurando a si próprio que haveria de se vingar do tenente Montanha. *Não lhe perdoo, nunca lhe perdoarei! Há-de-mas pagar, eu não me chame Henrique se não mas pagar!* Pois bem, seria só uma questão de tempo, porque o destino encarregar-se--ia de lhe dar essa oportunidade.

43

Carlos ressuscitou numa cama de hospital. Acordou, viu o quarto turvo, piscou os olhos, percebeu que o tinham deixado sozinho. Observou lentamente as coisas em redor. A cama, de ferro branco-sujo, era protegida por um mosquiteiro. De resto, não havia muito mais... apenas a cadeira de ferro aos pés da cama, encostada à parede do fundo e, à esquerda, a mesa de cabeceira. Em cima desta, um jarro transparente, tapado com um paninho, tendo o respectivo copo de água ao lado, e ainda alguns frascos rotulados, cujo conteúdo ignorava. Medicamentos, por certo. À direita, a única janela tinha as gelosias encostadas, deixando passar uma luz escassa, uma sombra, talvez para não incomodar a sua vista sensibilizada e para o poupar à temperatura quente do exterior. E, de facto, não fazia muito calor. O quarto era estreito, mas com um pé-direito bastante alto, azulejos brancos, chão de pedra, muito limpo, e tresandava a desinfectante, o característico cheiro a iodo.

Sentia as mazelas do ferimento e da operação, doía--lhe tudo. Tinha a boca seca, a língua pastosa. Quis beber água, mas era como se o jarro estivesse a quilómetros de distância. O menor movimento provocava-lhe um sofrimento horroroso. Decidiu ficar quieto, não mexer um músculo. Os efeitos da anestesia ainda não se haviam dissipado totalmente, e Carlos viu-se a fazer um esforço enorme para sustentar o peso das pálpebras, ora cedendo ora abrindo-as. Mas o tempo que levava para voltar a abrir os olhos foi aumentando progressivamente, até acabar por ceder ao sono.

Não sabia dizer quanto tempo estivera a dormir mas, a avaliar pela intensidade da luz do dia, não devia ter sido mais do que uma meia hora. O quarto estava na mesma: vazio, silencioso. Carlos sentiu a cabeça mais desanuviada e pensou que lhe fizera bem dormir mais um bocadinho. Continuava com sede e agora também já não desdenharia comer qualquer coisinha. O corpo, embora dorido, já não o massacrava tanto. Descobriu que conseguia mexer-se, se tivesse cuidado. Dedicou--se a fazer algumas experiências, para ver até aonde ia a sua auto-suficiência. As pernas e o braço direito não constituíam problema, mas a armadura de gesso que lhe prendia o braço esquerdo e envolvia a parte de cima do tronco causava-lhe grande transtorno.

Entrou uma enfermeira de uniforme cinzento-claro e avental branco.

— Olha, olha, quem é vivo! — exclamou a mulher, como quem diz *já não era sem tempo*. Irrompeu pelo quarto com uma energia brusca, inesperada, mas, de certa forma, bem-vinda, pois Carlos começava a perguntar-se se não haveria ninguém naquele hospital. — Então, o nosso tenente decidiu regressar ao nosso convívio?

— Parece que sim — disse ele, sentindo necessidade de pigarrear primeiro para recuperar a voz.

— Que bela soneca, a sua.

— Dormi muito tempo?

— Umas boas vinte e quarto horas.

— Não me diga! — espantou-se Carlos. — Pensei que tinha sido meia hora.

— Qual meia hora! — retorquiu a mulher, abanando a cabeça. Tinha modos condescendentes, falando naquele tom complacente reservado aos ineptos, e Carlos, não fosse o seu abatimento geral que o diminuía, já estaria a ferver por dentro e a implicar com ela. Mas assim tolerou-lhe a desconsideração, admitindo até que não fosse por má-fé. Acompanhou-lhe os gestos competentes, arrepelando o mosquiteiro, ajeitando a roupa da cama vigorosamente, sem ternura. Era forte, com um arcaboiço avantajado de meter respeito. Deu-lhe uns trinta e muitos, imaginou-a solteirona, encalhada e com temperamento, dada a melindres, refugiando-se em autoritarismos excessivos para disfarçar as fragilidades, para desmentir a infelicidade. *Precisa de homem!*, concluiu, satisfeito com o retrato maldoso que teceu dela.

— Agora — anunciou a enfermeira, interrompendo-lhe o devaneio —, vamos tomar um caldinho muito rico para recuperar forças.

Nessa noite teve dificuldade em adormecer. Apesar de se sentir ainda muito fraco, deu-lhe a espertina, o que não era para admirar, depois de vinte e quatro horas a dormir. Carlos tivera a tarde toda para reflectir, pois, tirando a presença do primeiro-sargento, que o honrara com uma breve visita, não lhe sobrara outro motivo qualquer para o distrair das horas modorrentas que passara pregado à cama. E quanto mais pensava, mais aumentava a sua preocupação. Leonor não viera vê-lo; tinha passado um dia e ela não dera qualquer sinal de vida. Não o visitara, não lhe fizera chegar um bilhete sequer.

Deitado na sua cama de enfermo, agonizando no desespero daquele colete de forças de gesso que lhe impedia os movimentos, Carlos teve de aceitar a ideia de que talvez tivesse perdido Leonor. Inicialmente pensou que ela entenderia que... bem, ele atravessara-se à frente da bala para a proteger e... pensou que isso chegasse para que ela compreendesse o quanto a amava. Mas, aparentemente, não fora suficiente.

O quarto de Benvinda ficava ao lado da cozinha, na ala reservada aos criados, no rés-do-chão. Era pequeno e abafado, uma cama, um guarda-fatos de madeira sólida, um tapete de juta e quatro paredes. Nada de luxos, evidentemente, mas tinha a sua janela e a sua dignidade.

Leonor descobriu Benvinda derrotada em cima da cama. Foi sentar-se ao seu lado. A rede de arame por baixo do colchão de palha rangeu sob o peso dela.

— Benvinda. — Afagou-lhe o ombro para conseguir a sua atenção. — Benvinda, acalma-te, por favor.

E ela, surpreendida com a presença de Leonor, voltou a cabeça e abriu uns olhos muito brancos, cheios de lágrimas.

— Que tens, Benvinda?

— É tudo culpa minha, menina.

— Disparate, não é nada.

— É sim — insistiu Benvinda, sentindo-se acossada pelo passado. — É sim...

— Escuta, Benvinda, tu não és responsável por um doido começar aos tiros na rua.

Mas ela não se conformava com esta verdade simples. Não seria responsável pelos tiros, mas era certamente por ter apresentado o *Mbungula-hita*, o diabo, ao coronel. Leonor bem tentou convencê-la de que o diabo já estava morto, mas ela replicou-lhe que também o mal já estava feito e que, naqueles casos de grande ódio, os espíritos maus costumavam voltar para se vingarem. *Crendices*, pensou Leonor, desistindo de a contrariar. De modo que deixou Benvinda a contas com os seus fantasmas e foi-se. Encostou a porta devagarinho, a pensar no que fazer, quase decidida a ir sozinha ao hospital, quando ouviu o pai a entrar em casa. O coronel estacou ainda com a porta da rua aberta, surpreendido por encontrar Leonor ali em baixo, como se estivesse à sua espera. Lançou-lhe uma expressão zangada, preparado para a desancar com palavras duras, mas depois lembrou-se de que a filha já passara por muito e suavizou a fúria, dissipando-a num longo suspiro. «O *seu* tenente já foi operado e está fora de perigo», disse afinal, mas sem conseguir evitaro tom de censura, apesar de tudo. «Graças a Deus!», exclamou Leonor, aliviada, e ele, pensando que não havia forma de meter juízo naquela cabeça, deixou escapar um segundo suspiro e passou pela filha sem lhe dispensar um carinho. Subiu a escada.

A notícia de que Carlos ficaria bem e o inconveniente de Benvinda não se sentir capaz para a acompanhar ao hospital abalaram a determinação de Leonor. O pai tirara-lhe de cima da sua cabeça o gume afiado de uma espada, ao aliviá-la da angústia da incerteza. Agora já sabia que Carlos sobrevivera ao tiro maldito. Levou a mão ao peito, podia voltar a respirar.

O domingo ainda ia a meio, mas seria capaz de jurar que já se extinguiam lá fora os últimos raios de um dia que começara glorioso e prometedor, mas cedo descambara em tragédia. Umas nuvens cerradas de chumbo, muito apropositadas para a ocasião, vieram pesar sobre a cidade. A tarde escureceu prematuramente, perdeu o brilho da manhã, tornou-se cinzenta, baça e sinistra, rasgada por uma tempestade eléctrica e abalada pelo ribombar assustador da trovoada. Ameaçou-se uma carga de água que afinal não se concretizou.

Leonor sentou-se nos primeiros degraus da escada, alquebrada, tendo esgotado as derradeiras energias, subjugada por um cansaço desmotivador. Cruzou os braços no regaço e apoiou neles a testa. Cuidou que não teria coragem para enfrentar naquele momento a ira do pai e fazer sozinha o caminho todo até ao hospital. Precisava muito de descansar.

O coronel não proibiu a filha de visitar o tenente, o assunto nem foi aflorado, embora Leonor soubesse que o pai desaprovaria a ida dela ao hospital e, ainda assim, estivesse decidida a ir, mas discretamente. Não lhe pediria autorização. Mas passou um dia, dois, uma semana, e Leonor foi adiando sempre a visita. O hospital Maria Pia ficava na Cidade Alta e dava-lhe a sensação de ser uma viagem, uma empresa transcendente, um dia inteiro para lá e para cá, uma estafa de corpo e alma. E Leonor continuava abatida numa prostração psicológica que a limitava às tarefas comezinhas de trazer por casa. Arrastava os chinelos, em roupão e camisa, bocejando sem ânimo, até meio da tarde. Tomava um banho frio quando já não aguentava mais o calor e a humidade pegajosa e, com isto, passara-se outro dia que, bem espremido, não deixava nada para contar. Maria Luísa, ela própria com os nervos em frangalhos, não se importava nada com o desmazelo da filha. Ficava a maior parte do dia no quarto, sentada num canapé de palhinha, a tricotar um cachecol inútil para o clima local e grotesco pelo tamanho disparatado que entretanto já tinha atingido, embora ela não tencionasse dá-lo por concluído. E se alguém comentava o despropósito, Maria Luísa encolhia os ombros e dizia com um sorriso triste: «É só para me entreter.»

Leonor acordava de madrugada e sentava-se de repente na cama para se pôr a salvo das balas do fazendeiro que lhe pareciam tão verdadeiras e tão perigosas em sonhos como no domingo na Sé. E depois, mais sossegada, recebendo na face corada a aragem nocturna entrando pela janela aberta e enxugando-lhe os suores do pesadelo, Leonor abraçava-se ao seu almofadão preferido e ficava ali a cismar de olhos muito abertos até ao raiar do sol. E, este chegando, voltava-lhe a dar o sono. Deitava-se para o lado e dormia toda a manhã, já sem medos e sem pesadelos.

Leonor não encontrava uma explicação satisfatória para o fazendeiro ter irrompido pela multidão aos tiros, quando Carlos lhe dera a sua palavra de honra que o embarcara à força para Benguela. Punha-se a recordar aquela noite com Carlos, a mais memorável da sua vida, e sentia uma raiva tremenda crescer dentro de si, pois quanto mais pensava no assunto, mais se convencia de que Carlos a enganara. Porquê? Para a seduzir, evidentemente! Carlos acalmara-a com palavras sábias, dissera exactamente o que ela queria ouvir, levara-a a confiar nele, fizera-a sentir-se segura e, entretanto, puxava-a para si, rodeava-lhe a cintura e os ombros, apertando-a com braços fortes e tentadores, beijando-a com lábios sôfregos, murmurando-lhe coisas de amor, excitantes, deitando abaixo todas as suas defesas, tornando-a vulnerável, arfante, levando-a a perder o domínio das suas emoções, a enlouquecer de desejo ao ponto de se entregar a ele de boa vontade.

Não era que Leonor achasse que Carlos não fosse verdadeiro no seu amor por ela, porque não achava, mas não tinha sido totalmente sincero, faltara-lhe definitivamente à verdade. Talvez tivesse pensado que conseguia controlar o fazendeiro, que o homem não constituía ameaça; talvez tivesse levado demasiado longe o entusiasmo, a vontade de a possuir, e, no desvario do momento, não tivesse hesitado em dizer-lhe qualquer coisa para a ter na sua cama. Tivera-a, mas a que preço! Não a avisara do perigo, perdera a mão dos acontecimentos e por pouco morriam todos! E ela, vítima da sua própria ingenuidade, sentia-se estúpida, humilhada e furiosa, porque a decisão de dar a Carlos a sua virgindade havia sido um acto de amor transcendente, uma recordação que Leonor esperava guardar no coração como um dos momentos mais belos da sua vida. Carlos não compreendera isso, manipulara os seus sentimentos, escondera-lhe coisas, roubara-lhe essa alegria. A sua primeira vez ficaria para sempre marcada por uma sinistra recordação de sangue e morte.

Leonor não lhe perdoava, achava-o orgulhoso e insensível, um casmurro, incapaz de se moderar nos propósitos para não ferir os mais queridos. Carlos fazia vingar os princípios sem cuidar se os estilhaços atingiam os outros. Mesmo agora parecia-lhe uma arrogância de Carlos, uma altivez sem limites, atirar-se para a frente das balas quando todos fugiam. Não lhe encontrava nobreza no gesto, senão um alardear de coragem, uma falta de humildade insuportável.

Razão tinha o coronel em apontar-lhe o dedo, acusando-o de ser destravado e perigoso, pensava Leonor, dando a mão à palmatória, mais lúcida e indignada. Era uma tristeza imensa, uma decepção que a deixava de rastos, mas o seu amor por Carlos murchara como uma rosa sem viço que se desfazia em pétalas soltas ao vento na palma de uma mão aberta. E, por tudo isto, decidiu, não queria voltar a vê-lo.

OS QUINTOS DO INFERNO

44

Corria o mês de Maio de mil oitocentos e noventa e cinco e com ele chegara a estação do cacimbo. Era a época mais seca e mais fresca do ano e prolongar-se-ia até Setembro. Em Malange, o período administrativo da chefia do capitão Cândido Castro terminara, tendo este sido substituído nas funções pelo capitão de infantaria do exército do reino, Ernesto Osório dos Santos.

Sentado à porta da sua velha casinha de pau a pique, Carlos fez estalar a periclitante cadeira de madeira carcomida pelo caruncho ao mexer o braço esquerdo em movimentos rotativos. Os dois meses que passara hospitalizado, submetido a competente tratamento, tinham-lhe restituído o uso do braço. Contudo, as esforçadas jornadas por difíceis trilhos do interior, que se lhe seguiram, haviam sido penosas. Por recomendação do facultativo militar de Malange que o observara à chegada, Carlos deveria abster-se de forçar aquele braço, mas sem deixar de o exercitar moderadamente para recuperar os músculos debilitados.

O regresso do tenente Montanha fora largamente saudado pelos seus antigos camaradas de armas, que o surpreenderam com as mais entusiásticas manifestações de regozijo. Entre eles, o gigante soldado Rocha, o fiel *Urso Branco*, não cabia em si de contente; e o circunspecto sargento-quartel-mestre Ferreira veio logo bater-lhe uma continência rigorosa seguida de um aperto de mão informal, entre amigos, e resmungou que finalmente acontecia por aquelas bandas alguma coisa digna de nota. «Já não era sem tempo», disse.

Enquanto a partida do controverso capitão Cândido Castro fora encarada sem pesar, somente com a natural observância das cerimónias formais da passagem do comando, tendo-se notado até o esvaziamento de um certo clima de tensão, já a anterior partida do tenente Montanha deixara no ar um sentimento de perda. Carlos era profundamente respeitado pelos seus soldados. Tinham-no na conta de um oficial duro mas justo, inflexível mas competente e, acima de tudo, um bravo que não se escondia atrás dos seus homens, lutando lado a lado com eles, sempre na linha da frente, arriscando-se mais do que eles pois, em combate, os oficiais eram sempre os alvos privilegiados do inimigo.

Mesmo os sobas mais impetuosos e indomáveis rendiam um temor reverencial ao Muxabata, de modo que a presença do tenente Montanha à testa de uma coluna de combate representava uma vantagem psicológica inestimável. No teatro de operações, os praças nutriam uma enorme confiança por ele e, quando os comandava, seguiam-no para qualquer lado sem pestanejar. Por mais absurda que fosse a ordem, os homens cumpriam-na, inspirados pela certeza absoluta de que o tenente sabia o que fazia.

O inquérito que se seguiu aos acontecimentos da praça da Sé não encontrou, nas suas conclusões, qualquer conduta irregular ou menos própria do tenente Montanha. Antes pelo contrário, para consternação de alguns responsáveis do Estado-Maior, recomendava um louvor devido à denotada coragem do tenente, *«pois a bravura e a determinação da sua acção contribuíram decisivamente para salvar vidas e evitar males maiores numa situação de perigo público evidente, perante a qual, o tenente Carlos Augusto de Noronha Montanha não hesitou em sacrificar a sua própria segurança para prestar auxílio e proteger os populares ameaçados por um indivíduo de inequívoca perigosidade.»*

Assim sendo, os generais do Estado-Maior e o próprio Governador-Geral ficaram de mãos atadas, vendo-se impossibilitados de satisfazerem o seu enorme desejo de crucificar o irrequieto tenente, cujas atitudes orgulhosas haviam criado sérios embaraços a todos eles. Não obstante, aproveitaram o pretexto da demorada recuperação física de Carlos para lhe retirar o comando do Depósito-Geral de Degredados da Fortaleza de S. Miguel. Em boa hora, o prestimoso capitão Ernesto Osório dos Santos viera em seu auxílio. Sabendo-o exímio combatente e bastante experiente no difícil terreno sertanejo para onde acabara de ser nomeado enquanto chefe do concelho de Malange, teve o capitão a inspirada iniciativa de convidar Carlos para aí prestar serviço às suas ordens. Iniciativa essa que, não sendo isenta de interesse pessoal, muito agradou às chefias militares em Luanda, ansiosas por se verem definitivamente livres dele.

Carlos enrolou um cigarro, pensativo, debaixo da cobertura de colmo que sombreava o alpendre estreito da sua casa barreada a branco fulgente, às três da tarde. À esquerda, no alto de uma colina próxima, erguiam-se as muralhas terrosas do forte e, mesmo à frente, a vista do tenente abarcava o extremo da rua onde, para lá de uma considerável área descampada, se alinhavam os edifícios administrativos do concelho e algumas residências. Era aquilo Malange: um punhado de construções vulneráveis e um forte que se esboroava com a severidade das águas de Março. Uma terra onde se lutava sempre com a natureza, onde o trabalho nunca estava acabado. Sentia-se de novo em casa.

Acendeu o cigarro, encheu os pulmões e soltou devagar um nostálgico suspiro de fumo. Pensou em Leonor, fechou os olhos e abanou a cabeça, frustrado. Não se conformava com o facto de ela o ter banido do seu coração. Durante os primeiros dias no hospital, Carlos acreditou que Leonor acabaria por ir visitá-lo. Estava abalada, era natural, precisava de se recompor, ajuizou, mas logo haveria de aparecer. Mas o tempo foi passando e Leonor não dava sinal de vida. Carlos tinha uma esperança, agarrava-se à ideia romântica de que o amor haveria de prevalecer, mas não queria enganar-se a si próprio, obrigava-se a considerar a hipótese de ela se ter melindrado, de pensar que ele a enganara deliberadamente. Entretanto, passaram dois meses, e o silêncio de Leonor tornou-se esclarecedor.

O que mais lhe custava foi ela não lhe ter dado uma oportunidade para ele se explicar. Leonor sentia-se traída, era compreensível, mas não seria natural pensar que houvera uma boa razão para as coisas não terem corrido conforme ele prometera? Não seria evidente que Carlos não fizera intencionalmente nada para perigar a relação deles? Que em última instância, ele não hesitara em dar a vida para a proteger!

Depois de sair do hospital, Carlos tentou falar com Leonor. Procurou-a em casa, bateu-lhe à porta, arriscando uma confrontação com o coronel, mas ela recusou-se a recebê-lo. Estava irredutível, não queria falar com ele, mandou dizer por Benvinda.

— A menina Leonor não quer ver o senhor tenente.

— Por amor de Deus, Benvinda, eu preciso de lhe dar uma palavra, devo-lhe uma explicação!

— Mas a menina não quer ouvir — desculpou-se Benvinda, notando-se-lhe uma nota de frustração. — Ai, se o senhor tenente soubesse...

— O quê, Benvinda, se eu soubesse o quê?

— A menina Leonor está outra, não quer saber de nada, não sai, não se interessa por nada — queixou-se. — Que posso fazer?

— Deixe-me entrar, Benvinda.

— Isso não, senhor tenente! — alarmou-se.

Carlos cerrou os lábios, lívido, enrolou furiosamente a ponta do bigode, estava capaz de forçar a entrada, de invadir a casa, de lhe entrar pelo quarto, de se ajoelhar a seus pés, de tomar as suas mãos. Obrigá-la-ia a escutar as suas satisfações; Leonor teria de o ouvir e, então, entenderia tudo.

— A senhora Maria Luísa está em casa — disse Benvinda, adivinhando-lhe as intenções. — Vai ser pior.

Ele olhou-a nos olhos, num momento decisivo, prestes a explodir, mas depois descontraiu os ombros, deixou cair os braços, rendido. Era precisamente por causa do seu génio impetuoso que se encontrava naquela situação; não seria pois sensato persistir no erro. Carlos tinha o hábito de cortar a direito no sentido da razão, da sua razão, tinha sempre certezas, era clarividente, não se sentia bem a lavrar em dúvidas. Esta firmeza de carácter podia ser-lhe muito útil no campo de batalha, onde se tornava imperioso tomar decisões de vida ou de morte numa questão de segundos, mas causava-lhe dissabores noutras ocasiões menos prementes e de maior susceptibilidade. Acostumado a decidir as vidas dos homens que comandava, Carlos via-se a fazer o mesmo com todas as pessoas. Ora, Leonor não era um dos seus soldados e, sendo ela tão determinada quanto ele, não tolerava que Carlos dispusesse da sua vida como bem entendesse. Ele fizera-o, tomara várias decisões que tinham afectado dramaticamente a vida dela: quando notificara o coronel de que deveria acusar o fazendeiro ou este seria libertado, quando o libertara de facto e, pensava Leonor, quando, enfim, deixara o homem à solta nas ruas de Luanda. Pior, ele mentira-lhe, dissera-lhe que o fazendeiro já estava a caminho de Benguela! E fizera isto tudo mantendo-a na ignorância, como se ela fosse uma pateta, uma menina mimada que não soubesse nada da vida e, portanto, não merecesse que partilhassem consigo as grandes decisões. Alguém decidiria por ela, alguém tomaria as opções certas, o que fosse melhor para ela. Esse alguém era Carlos, evidentemente.

Se lhe tivesse dado a oportunidade de se explicar, tinha a certeza, ele dir-lhe-ia que não quisera perturbá-la com tantos problemas, que só pretendera protegê-la. Mas não lhe dissera ela que não desejava ser protegida desse modo, que não queria ser tratada como uma criança? Não fora suficientemente clara quando lhe explicara que nunca casaria com um homem que não a tratasse de igual para igual, que se recusava a ser o adorno do casal, a mulherzinha bonita, inocente e ignorante, boa esposa, boa mãe e boa dona de casa, a quem o marido só contava as coisas belas da vida, as futilidades, preocupando-se ele com as questões sérias?

Leonor achava o comportamento de Carlos indecoroso. Ele minorara-a, desprezara a sua opinião, não a considerara digna de ter uma palavra a dizer. Para seu grande desgosto, Leonor teve de aceitar a realidade: afinal, Carlos não era muito diferente de todos os outros petulantes que ela passara a vida inteira a afugentar. Santo Deus, até o seu pai, o todo-poderoso coronel, era igual!

Carlos fumou o seu cigarro devagar, inclinado na cadeira instável, equilibrando-a só nas pernas de trás, mantendo as da frente levantadas sobre as tábuas de madeira do alpendre e as costas apoiadas contra a parede, absorto numa perplexidade angustiante. Ainda não compreendia por que razão ficara Leonor tão magoada. Fizera tudo o que estava ao seu alcance para a proteger e, no entanto, ali estava ele, novamente regressado ao ponto de partida, sozinho e sem mais planos do que dedicar-se de corpo e alma ao exército, ao rei e à Pátria!

A notícia da presença de Carlos em Malange correu depressa, atravessou os arvoredos obscuros das selvas cerradas e os campos abertos das planícies douradas. O bater cadenciado das tabalhas telegrafou freneticamente uma frase que saltava de aldeia em aldeia, de sobado em sobado, anunciando o regresso do Muxabata, enquanto mensageiros discretos levavam a novidade aos povos mais distantes. E não tardou muito a que os seus bons ofícios fossem explicitamente solicitados por dois chefes tribais desavindos. Carlos mal teve tempo para se instalar pois viu-se logo envolvido até aos cabelos na tarefa sensível, se não impossível, de evitar um conflito armado entre aqueles dois destravados. Se bem percebia, o banho de sangue estava por dias, e o Muxabata era a última cartada diplomática antes de se esgotar a tolerância e a guerra explodir.

Atirou a beata para longe com um piparote, levantou-se, bocejou, espreguiçou-se sem qualquer constrangimento. Encolheu os ombros, talvez fosse apanhado pelo fogo cruzado mas, pelo menos, estaria distraído, pensou, e enquanto estivesse ocupado a sobreviver, não estaria a cismar com Leonor. E, quiçá, conseguisse fazer melhor do que ficar apenas a ver o massacre. Pôs o chapéu, deu um esticão forte ao dólman para se aprumar e tomou o trilho que ia dar ao forte, no cimo da colina, onde o esperava um pombeiro indígena que voltava de uma viagem de negócios às terras do potentado Catala Caginga e trazia uma mensagem deste, pedindo a visita e o auxílio do Muxabata. Tinha uma missão difícil para cumprir.

45

A missão de Carlos revestia-se de especial interesse por ser uma oportunidade soberana para fazer o reconhecimento de um vasto território e estudar a possibilidade de uma ocupação pacífica. O convite partira do próprio potentado que, nos últimos dias, fizera passar a mensagem ao chefe do concelho de Malange através de vários pombeiros. Sendo assim, Carlos não receava que a sua presença provocasse qualquer constrangimento. De facto, desde o momento em que transpôs os limites desse território e o atravessou até à embala de Catala Caginga, passando pelas diversas libatas da região, a comitiva – composta por um intérprete, dez praças de segunda linha e sessenta carregadores bambeiros – foi sendo bem recebida pelos vários régulos. Estes iam ao encontro do Muxabata com os seus séquitos e as suas populações para lhe darem as boas-vindas com instrumentos de música e presentearem-no com a tradicional garapa, uma bebida fermentada e adocicada, e com fuba.

O caminho fazia-se através de *«belos cenários panorâmicos, intercalados porém, de quando em quando, por frondosas matas de pujante vegetação tropical onde era necessário embrenharmo-nos»*, conforme descreveu Carlos no diário onde apontou as circunstâncias da viagem. Nas libatas onde foi pernoitando, a comitiva era honrada com a matança de um boi para o repasto, a que se seguia a tradicional batucada até à alvorada do dia seguinte. Carlos escreveu: «*o aspecto fisionómico dos gingas era, em geral, simpático e prazenteiro, denotando energia, robustez e expansiva vivacidade.*»

Catala Caginga aguardava o Muxabata num local próximo da sua embala. Era um homem enorme, senhor de musculada figura, de tez muito negra, indubitavelmente poderoso, embora com modos cordeais que transmitiam confiança e dissiparam desde logo qualquer receio de agressividade. «*Encontrava-se ladeado de todos os grandes da sua corte, que eram seguidos por uma enorme multidão armada, envergando os seus aparatosos trajes de gala e que, com gestos grotescos e cânticos bélicos, eram acompanhados por instrumentos musicais compostos de marimbas, tantãs, pífaros e ferrinhos. Isto tudo em sinal de regozijo.*»

A comitiva foi conduzida para a embala do potentado, ampla, limpa e rodeada por uma paliçada defensiva edificada com troncos. No interior do recinto havia diversas casas de pau a pique, revestidas de capim. No alojamento que lhe foi destinado, Carlos encontrou uma cama arquitectada com quatro forquilhas, sobre as quais havia paus cruzados, cobertos de capim e de uma esteira nova. No chão havia uma pele de gazela e dois cepos que serviam de bancos. Os restantes membros da comitiva ficaram alojados em cubatas vizinhas, onde foram sendo servidas cabaças de garapa para refrescar os convidados.

Houve um jantar e uma representação de danças guerreiras. Depois Carlos despediu-se do anfitrião e recolheu aos seus aposentos ao som dos tradicionais batuques, que seguiram pela noite dentro até de madrugada. Carlos aproveitou a cama de paus para aí colocar a sua bagagem e dormiu noutra, de campanha, bastante mais confortável. Antes de adormecer, Carlos lembrou-se de Leonor e no quão longe ela se encontrava dele, e não estava só a pensar na distância física. Mas não tardou a ser vencido pelo cansaço.

Eram onze horas da manhã quando os batuques recomeçaram a tocar acompanhados de mais instrumentos, como que criando um ambiente de expectativa para o momento solene que se seguiria. O potentado chegou com a sua corte e convidou o Muxabata para uma reunião na sala de audiências. O amplo jango era uma cobertura de capim, sem paredes, suportada por uma simples mas sólida armação de pau a pique. Catala Caginga sentava-se no seu trono, ao centro, um cepo maior e mais alto do que os restantes, trabalhado com embutidos metálicos e figuras talhadas na madeira, assente sobre uma bela pele de zebra e coberto por outra, de leopardo, ainda mais magnificente. Ladeavam-no os cepos dos seus conselheiros, também ornamentados, guarnecidos e assentes em peles raiadas de antílope. Em redor do centro, numa plateia de cepos toscos colocados sobre peles de diferentes animais, sentavam-se os restantes vassalos e régulos de menor importância na hierarquia da tribo. Mesmo em frente ao trono tinha sido colocado um cepo destinado ao Muxabata, quase idêntico ao do potentado, assente numa pele sedosa, de leopardo e coberto com outra igual.

Para dar um toque de categoria ao acto, Carlos apresentou-se em cena com o intérprete transportando a bandeira nacional içada numa lança e com uma escolta formada pelos dez praças e por todos os carregadores. Saudou o potentado com uma vénia respeitosa, mandou apresentar armas à bandeira e armar baionetas, e foi sentar-se no seu lugar. Logo, os carregadores depositaram ali à frente o saguate que encheu de júbilo o potentado. Era uma bandeira nacional, uma ancoreta de aguardente, um chapéu armado de penas brancas, uma sumptuosa farda vermelha com botões amarelos e muitos tecidos de fazenda de diferentes padrões.

Catala Caginga, solene, segurava um nobre bastão com cabo de metal embutido, triangular, e uma cauda de leão pendurada. Vestia um roupão amarelo decorado com missangas coloridas e, sobre os ombros, um manto de peles de leopardo e gazela. Usava um imponente turbante de cabedal adornado com lâminas metálicas, a que se prendiam penas azuis, vermelhas, verdes, amarelas e brancas. Em volta do pescoço, dos braços e da cintura tinha grossas argolas, alternadas entre o dourado e o prateado, donde pendiam diversos amuletos.

A voz grossa e pausada do potentado encheu o jango, caído em reverente silêncio e sincero interesse. Os olhos dele concentraram-se nos do Muxabata, resplandecendo uma intensidade escura, ignorando os restantes presentes na audiência. Catala Caginga fez a sua exposição. O motivo da contenda era o direito ao título de rei da Ginga e, consequentemente, a legitimidade para governar o povo de todo o território que compreendia o reino, actualmente dividido em parte com o seu rival, Cambo Camana. Catala Caginga arrogou-se a hereditariedade da região sob domínio de Cambo Camana, alegando que este era um usurpador porque, tendo embora sangue sagrado por ser filho do rei que o antecedera, o mesmo não acontecia da parte de sua mãe, uma escrava que engravidara do referido rei. Por seu lado, Catala Caginga, sendo o sobrinho primogénito do rei e descendente directo de príncipes, não tinha sangue plebeu, o que, a seu ver, lhe transmitia automaticamente o título de único e legítimo rei da Ginga.

Fez-se silêncio. Todos pousaram os olhos expectantes no Muxabata. Carlos tomou a palavra para dizer que levaria a questão ao seu governo, de modo que este pudesse reflectir e transmitir um parecer definitivo sobre o assunto, embora não tivesse dúvida de que a resposta só poderia ser de total apoio ao potentado, uma vez que este já dera provas de submissão ao mui poderoso rei de Portugal.

A intervenção do Muxabata foi bastante apreciada por Catala Caginga, cujo rosto se abriu num resplandecente sorriso, secundado pelos membros da corte com idênticas manifestações de regozijo.

Terminada a audiência, seguiram-se três dias de festa ao som dos omnipresentes batuques. Carlos aproveitou para fazer alguns passeios de reconhecimento pelas redondezas, chegando mesmo a determinar o local ideal para estabelecer um posto de penetração, uma vez que, não havendo qualquer oposição dos povos da Ginga, pretendia informar o chefe do concelho da conveniência de se concretizar a imediata ocupação militar da região.

Na hora da despedida, o próprio Catala Caginga fez questão de acompanhar a comitiva, cavalgando ao lado do Muxabata durante uma boa parte do primeiro dia de viagem. Muito agradado com o resultado das conversações, o potentado pediu-lhe que voltasse a visitá-lo tão breve quanto possível. O restante percurso até ao limite do território do reino da Ginga foi honrado com uma numerosa escolta formada pelas personalidades mais importantes da sua corte.

Deste modo se concluiu auspiciosamente a primeira parte da missão de pacificação e futura ocupação daquele vasto território. Contudo, Carlos desconfiava de que a conversa com Cambo Camana seria bastante mais complicada, o que aliás se veio a confirmar, tendo até de recorrer a medidas desesperadas para salvar a missão do fracasso total.

46

Seis dias depois de Carlos ter chegado a Malange, uma embaixada enviada pelo potentado Cambo Camana acampou nos arredores da vila. Logo a seguir dois emissários apresentaram-se aos militares solicitando autorização para a embaixada entrar na sede do concelho com o objectivo de ser recebida em audiência. O capitão Ernesto Osório dos Santos concedeu a autorização, mas entretanto ordenou a Carlos que formasse em frente da secretaria do comando militar toda a força disponível, de modo a prevenir um eventual ataque de surpresa. Os soldados tomaram posição, armados e municiados, e daí a pouco chegou a embaixada, com cinco dos régulos mais importantes da corte de Cambo Camana à frente de uma grande multidão.

Apresentaram os cumprimentos do rei da Ginga e comunicaram em seu nome que traziam a incumbência de prestar tributo de vassalagem ao rei de Portugal. Cambo Camana só não o fazia pessoalmente, explicaram, por temer que a sua ausência fosse aproveitada pelo rival, Catala Caginga, para atacar as suas terras e apoderar-se delas. De qualquer modo, o potentado enviava ao chefe do concelho duas pontas de marfim de grande valor e dez excelentes bois, pagando este tributo como prova de que aceitava a suserania de Portugal. E pedia ainda a visita do Muxabata, assegurando de antemão que seria muito bem recebido na sua embala.

Assim sendo, lavrou-se o auto de vassalagem em nome de D. N'Dombo Ambingo de Cambo Camana, rei da Ginga, e ficou a embaixada com a promessa de que o Muxabata seria enviado muito em breve para retribuir a visita, apresentar pessoalmente cumprimentos ao potentado e oferecer-lhe um saguate tão ou mais valioso do que aquele trazido pelos seus régulos.

Para esta delicada missão, Carlos fez-se acompanhar do sargento-quartel-mestre Ferreira e do soldado Rocha, sentindo-se mais confortado por poder contar com os conselhos sensatos do primeiro e a dedicação musculada do segundo. O capitão Ernesto Osório dos Santos incumbiu-o de «*agradecer e retribuir as saudações e o valioso saguate enviado pelo Cambo Camana e, muito particularmente, com a maior diplomacia, prudência e habilidade, captando a confiança e a simpatia daquele potentado e do seu povo, procurar estabelecer no seu território o domínio definitivo da nossa soberania e assumir o comando militar daquele vasto e importante território.*»

A viagem até à embala do potentado cumpriu-se sem incidentes, muito embora Carlos tivesse notado algum retraimento nos rostos dos régulos e dos populares das várias libatas que foi cruzando ao longo do caminho. Contudo, os régulos esforçavam-se por disfarçar as suas reservas e, certamente por indicação superior, tudo faziam para se mostrarem hospitaleiros, indo ao encontro da coluna com um aparato de festa, acompanhando-a no trajecto enquanto se tocavam as músicas tradicionais.

Carlos e o sargento-quartel-mestre Ferreira eram os únicos a cavalo. Precediam uma força militar de vinte praças indígenos de segunda linha, encabeçada pelo soldado Rocha, e oitenta carregadores bambeiros.

Sentia-se uma certa tensão no ar e até as características do terreno, bastante acidentado e quase todo feito por difíceis florestas cerradas, contribuíam para enervar os espíritos expectantes.

Cambo Camana recebeu o Muxabata frente à sua embala. Rodeavam-no os seus mais próximos e muitos homens armados e em trajes guerreiros. Revelou-se um anfitrião cordial, embora Carlos lhe tivesse detectado sinais de nervosismo nos gestos bruscos. Mais tarde, Carlos tomou nota desse primeiro encontro com o potentado, recordando-o como «*tendo a tez de um negro-amarelado, um olhar vivo e penetrante, estatura mediana e boa musculatura. No seu conjunto, aparentava energia dominadora e mesmo uma certa altivez e poder despótico. A sua indumentária não tinha aquele requinte quixotesco do seu adversário.*»

Cambo Camana envergava um colete engalanado com botões de metal sobre uma camisa branca encardida, calças de veludinho azul excessivamente coçadas e uma capa do mesmo tecido, presa pelo colarinho com um botão prateado. Usava ainda argolas metálicas nos braços e no pescoço, das quais pendiam amuletos. Tinha uma cauda de leão presa ao pulso esquerdo e segurava, à laia de ceptro, um enorme bastão com cabo de metal engastado e uma ponta bicuda que se podia espetar na terra.

Os rituais não diferiram muito da recepção anteriormente proporcionada pelo rival do rei da Ginga, como era apelidado Cambo Camana. Os membros da comitiva foram divididos por várias cubatas no interior da embala do potentado, cuja residência era a única isolada por uma paliçada circundante que garantia a mais perfeita privacidade à família real. Dentre as cubatas postas à disposição dos visitantes, havia uma maior destinada ao Muxabata. Carlos ordenou que fosse cravada uma haste no chão, à sua porta, onde se içou a bandeira nacional e montou guarda uma sentinela de baioneta armada.

Nessa noite foi abatido um boi, e os batuques soaram ritmados até de madrugada.

Às onze horas da manhã do dia seguinte três macotas – ministros do potentado – apresentaram-se à porta da cubata do Muxabata, convidando-o a comparecer no jango onde já o aguardava Cambo Camana para dar início à audiência. Uma música indígena envolvia a embala com os sons guerreiros dos grandes momentos.

O sargento-quartel-mestre Ferreira mandou formar os vinte praças para se prestarem as honras à bandeira nacional, empunhada pelo intérprete da comitiva. Depois Carlos seguiu para o jango das audiências à frente das tropas a marchar, secundadas pelos carregadores.

Havia dois largos bancos de madeira com braços, frente a frente, no centro do jango. Um, maior e mais alto, era o trono real, o outro destinava-se ao Muxabata. O do rei estava assente numa pele de leão e coberto por outra de leopardo; as peles do banco do convidado eram ambas de leopardo. O potentado subiu para o seu elevado trono pisando um banco mais baixo que servia de degrau. Sentou-se, ladeado pelos seus macotas e tendo alguns guerreiros armados e engalanados em trajes solenes de pé, atrás de si. Carlos sentou-se. Os praças comandados pelo sargento-quartel-mestre Ferreira apresentaram armas, fizeram continência à bandeira nacional com o toque do corneteiro e armaram baionetas. Terminadas as formalidades, a força retirou-se e foi colocar-se em sentido atrás do banco de Carlos.

Fez-se um silêncio tenso. Os grandes da corte e os régulos mais importantes, em larga maioria, juntamente com os membros da comitiva, ocupavam todos os centímetros do espaço disponível no jango. De pé, fora da sombra do telhado de capim, milhares de guerreiros armados rodeavam por completo a sala de audiências e estendiam-se mais além, até aonde a vista alcançava. E mesmo assim, só se ouvia o zumbido das moscas. Os olhos escuros, intensos, de Cambo Camana cravaram-se nos do Muxabata. A sua expressão intimidante, severa, sugeria algo terrivelmente maléfico, como se fosse levantar o braço a qualquer momento e, com um gesto soberano, mandar massacrar todos os visitantes. Não foi nada que não ocorresse a Carlos, certo de que bastaria uma simples palavra, uma ordem seca, para lhes caírem em cima os milhares de guerreiros que cercavam o jango e criavam uma atmosfera asfixiante.

Carlos aguentou aquele olhar constrangedor, procurando manter-se imperturbável. De súbito, como se aquilo fosse um teste que ele passara, o rosto do potentado abriu-se num sorriso expansivo e a tensão dissipou-se. Escutaram-se exclamações aprovadoras, como as que se ouviam nos parlamentos europeus. Cambo Camana deu então início às conversações, que mais tarde Carlos reproduziu por escrito, na tranquilidade dos seus aposentos.

«Muxabata, sinto-me satisfeito por ter o comandante de Malange anuído ao meu pedido de vos enviar aos meus domínios. Agradecendo, damo-vos as boas-vindas. Visitastes o meu adversário, Catala Caginga, por isso também quis que viésseis aos meus domínios para me visitardes e para vos conhecer. Dizei-me agora O que o comandante de Malange vos encarregou de me

transmitir em nome do rei de Portugal. Todos vos escutarão.

Cambo Camana, pedistes, por intermédio da vossa embaixada, a comparência do Muxabata. Aqui me tendes.

O comandante de Malange, em nome do rei de Portugal, senhor de muitas terras, soberano de muitos povos e possuidor de grandes exércitos que conquistaram o mundo pela sua enorme coragem e bravura, encarregou-me de vos retribuir as saudações e o valioso saguate que lhe oferecestes como um dos seus submissos vassalos. Para vos manifestar o seu apreço, venho retribuir o saguate com os fardos que vedes na vossa frente e com esta bandeira nacional que é a que flutua nas ameias de todos os seus castelos e nos palácios e residências de todos os seus súbditos. Deseja que seja ela a única que se conserve hasteada nos vossos domínios. Ao entregar este glorioso lábaro, que acompanhou os numerosos exércitos vitoriosos do rei de Portugal, o comandante de Malange incumbiu-me também, e muito especialmente, de permanecer nas vossas terras para vos proteger na defesa das mesmas.

Já sabeis como o Muxabata, com os seus valentes soldados, subjugou os povos insubmissos que não se subordinaram ao mando da autoridade. Não tendes, portanto, nada a recear com a minha presença nos vossos domínios, pois saberei castigar todos os que se atreverem a atacar-vos. Aqui me tendes pois ao vosso lado para vos auxiliar e defender.»

Carlos fez sinal aos carregadores e estes precipitaram-se sobre os fardos colocados defronte do potentado, expondo o saguate perante os seus olhos muito abertos. Seguiram-se mais exclamações gerais de franca admiração. Ali estava um carregamento de missangas coloridas, um rolo de arame amarelo, dois fardos de fazenda de diversos padrões, um barril de aguardente e a bandeira nacional.

«Vede os presentes que vos trago em nome do rei de Portugal.»

Cambo Camana fez uma vénia agradada com a cabeça e deu ordem para que os presentes fossem levados para a sua residência.

«Muxabata», disse, *«apresentai as minhas saudações e os meus agradecimentos ao rei de Portugal. Dizei-lhe que a sua bandeira será a única respeitada e hasteada no meu reino. Conquanto ao oferecimento de permanecerdes com os vossos soldados nos meus domínios, é assunto que terei de tratar com os grandes e os conselheiros da minha corte. A resposta fica, portanto, pendente das consultas e das decisões que forem tomadas.»*

Com isto, o potentado levantou-sc do seu trono, dando por encerrada a sessão. Havia nele, reparou Carlos, um ar de indubitável preocupação, pelo sorriso forçado que esboçou na despedida, pela expressão vaga, pensativa com que acompanhou as manobras da força, desarmando baionetas à voz de comando do sargento Ferreira, apresentando armas à bandeira e marchando em retirada ao toque de corneta. Tinha corrido tudo mal, inquietou-se Carlos, não conseguira uma resposta positiva, imediata e incondicional de Cambo Camana a todas as suas pretensões. Sentiu que a missão estava ameaçada e pouco ou nada poderia fazer para se livrar do vexame de partir para Malange com as mãos a abanar. Tinha a vassalagem do potentado e a bandeira a flutuar nas suas terras, mas dificilmente conseguiria a anuência para uma ocupação pacífica do território e isso, obviamente, era o objectivo principal. O impasse acabaria por ter um desfecho dramático, pois quinze dias passariam, ao fim dos quais Carlos ver-se-ia em frente a um pelotão de fuzilamento.

47

Carlos observou o pelotão de fuzilamento, colocado a uma distância de cinquenta passos, com as espingardas apontadas ao seu peito e, não saberia dizer porquê, mas, nesse momento decisivo, apesar de todas as preocupações que lhe ocupavam a mente, a última coisa que lhe ocorreu foi um pensamento para Leonor. *Que estaria ela a fazer, sentiria a falta dele?*

Olhou para a direita. Fora da linha de tiro, de pés descalços bem assentes na terra ardente exposta aos inclementes trinta e dois graus das três da tarde, Cambo Camana aguardava a execução de braços cruzados. O potentado adoptou uma pose arrogante, enquanto a sua expressão pairava entre a curiosidade genuína e a máscara maldosa e assustadora, algo teatral, que normalmente assumia. Ladeado pelos seus macotas e postado à frente de uma multidão imensa, Cambo Camana não se permitiu a desconsideração de se rir em público do Muxabata, mas sempre gostava de ver como é que o *Guerreiro Invencível* se safaria desta.

O tenente, envergando uma farda branca, voltou a encarar os canos das espingardas apontados ao seu coração e, um segundo antes de o pelotão desaparecer atrás de uma nuvem de pólvora, ouviu-se a murmurar o nome de Leonor.

«Fogo!»

O braço-de-ferro arrastara-se por mais de duas semanas num embaraço enervante, sempre protelado com as respostas ínvias do potentado que não levavam a lado nenhum. Todos os dias o rei da Ginga visitava o Muxabata com o seu séquito e assistia a um interminável desfile de cânticos guerreiros e de batutes, e todos os dias Cambo Camana adiava a decisão pela qual Carlos esperava. Das reuniões diárias do potentado com os conselheiros da corte nunca resultavam nada de concreto, senão a certeza evidente de que nada se queria decidir. O ambiente engrossava numa cordial desconfiança que a diplomacia já não conseguia disfarçar.

Carlos ia ocupando o tempo a redigir relatórios e a dar instrução aos praças. Fazia treino físico, carreira de tiro e esgrima de baioneta, exercícios que muito satisfaziam a curiosidade da multidão, sempre entretida em redor dos convidados, em especial os miúdos. Nas horas vagas, fazia passeios pelas redondezas e planeava a construção do fortim que, futuramente, deveria servir para acantonar as tropas.

Mas a situação começava a tornar-se insustentável e Carlos chamou o sargento-quartel-mestre Ferreira à sua embala, decidido a fazer qualquer coisa para resolver a questão.

— Temos de tomar providências — disse. — Não podemos continuar aqui parados eternamente.

O sargento-quartel-mestre assentiu com a cabeça.

— Também me parece — concordou. — Os homens passam o tempo a beber garapa e a insinuar-se às mulheres. Isso ainda nos vai trazer complicações.

— Pois, muito bem, tenho uma ideia, mas é um expediente arriscado. Quer dizer, se nos sair mal, ficamos pior do que já estamos.

O sargento-quartel-mestre olhou em silêncio para o tenente, absorvendo as palavras deste. Até tinha medo de ouvir o que ele tinha a dizer.

— Venha de lá essa ideia — decidiu-se.

Para concretizar o esquema imaginado por Carlos, houve necessidade de fazer preparativos, cuidar que nada falhasse na hora de o pôr em prática. O tenente estava certo quando disse que iam correr riscos. Para o sargento-quartel-mestre, ele só fora demasiado optimista, pois a seu ver, a melhor forma de descrever a ideia era que se tratava de uma perfeita loucura. Mas, por outro lado, era tão extravagante que talvez resultasse.

Os praças foram convocados, um a um, e informados no maior secretismo da manobra que o tenente pretendia fazer para quebrar definitivamente a resistência do potentado. E os soldados, em vez de se afligirem com a jogada arriscada, exultaram com a perspectiva de se divertirem à custa do grande Cambo Camana. Carlos, esse, não estava tão divertido, ciente de que iria colocar em jogo todo o seu prestígio. Mas isso não o fez recuar.

E assim chegou Carlos àquela situação bizarra de se ver à frente do pelotão de fuzilamento como um infeliz condenado à morte. Na realidade, condenara-se a si próprio, ao dizer a Cambo Camana que ele não só era invencível às balas como o iria provar numa demonstração a que o convidava a assistir. O potentado, conhecedor da reputação do Muxabata, interessou-se pelo desafio. Se o tenente era louco ao ponto de se deixar fuzilar, não seria ele quem o iria impedir, pelo contrário, até se animou com a possibilidade de ele morrer, pois resolver-lhe-ia o problema da presença militar portuguesa nos seus domínios, que nem ele nem os seus conselheiros desejavam. Foi pois bastante despreocupado assistir ao fuzilamento do seu hóspede.

À voz de fogo dada pelo sargento-quartel-mestre Ferreira, os vinte praças alinhados dispararam em simultâneo sobre o seu comandante. Foi uma descarga violenta e ruidosa como um trovão. As bocas das espingardas *Snider* cuspiram o seu fogo mortal e, por um instante de suster a respiração, o potentado, o séquito e o povo inteiro viram o Muxabata agarrado ao peito, ligeiramente dobrado para a frente, sem dúvida atingido pelas balas. Mas, no momento seguinte, Carlos endireitou-se e, embora tivesse o uniforme chamuscado, não aparentava qualquer ferimento.

A boca do potentado abriu-se de incredulidade. Não podia acreditar em tamanha magia! O Muxabata, já recuperado do impacto, aproximou-se dele num passo calmo e imperial, muito direito, muito altivo, e, abrindo uma mão firme, mostrou-lhe algumas das balas disparadas.

— Cambo Camana — lançou Carlos —, desafio-vos a colocar-vos à frente de alguns dos vossos súbditos para receberdes uma descarga, tal como acabo de fazer.

O potentado, apanhado desprevenido pela provocação, abanou nervosamente a cabeça.

— Não, não — disse, traindo a sua proverbial impassibilidade. Não tenho o mesmo poder de invencibilidade e, se fizesse tal coisa, morreria por certo. Não quero arriscar a vida!

Vendo-o perder a compostura perante os seus, Carlos percebeu que tinha vencido a jogada.

— Aqui me tens, então, o Muxabata, imune às balas, que, pelo meu poder de imortalidade ao fogo dos inimigos, venci todas as batalhas e subjuguei todos os povos rebeldes!

Cambo Camana, ao ouvir a tradução pela boca do intérprete, soltou um grunhido de contrariado assentimento.

— Cambo Camana — continuou Carlos, embalado no seu discurso de vitória —, recebi ordem do mui poderoso rei de Portugal para ocupar militarmente todo o território sob o vosso domínio e de vos reconhecer, rei da Ginga, como um dos seus submissos vassalos. Em cumprimento desta ordem, invisto-vos agora desta dignidade e tomo posse imediata do cargo de comandante militar da Ginga.

Em seguida, perante a estupefacção de um Cambo Camana desconcertado e derrotado, Carlos foi colocar-se à frente dos praças formados em parada e mandou prestar honras à bandeira nacional.

48

Um mês depois deste retumbante sucesso, Carlos ainda aguardava o envio de Malange de ferramentas e materiais necessários para a construção do fortim que deveria ser edificado no coração do território de Cambo Camana. Era desanimador... Carlos tinha redigido um relatório pormenorizado, relatando as incidências dramáticas em que se vira enredado para, com muita audácia, acabar por conseguir a anuência do potentado para se estabelecer o posto militar nos seus domínios. Explicou que instruíra os praças para prepararem os cartuchos, colocando algodão nos invólucros de modo a não se perder a pólvora no momento de lhes retirar as balas. Cada praça faria uso de uma munição e, no momento de carregar a espingarda, deveria separar a bala do invólucro e colocar apenas este último na arma. Os homens desatarraxaram previamente a bala para melhor a soltar logo depois de exibirem a munição completa aos olhos do potentado e da restante assembleia. Assim se fez. As *Snider* foram municiadas sem as balas e sem ninguém reparar na manobra largamente ensaiada pelos soldados. Entretanto, Carlos guardou no bolso algumas balas e um cartucho cheio de pó de carvão, o qual lhe serviu para sujar sub-repticiamente o uniforme branco após a descarga, dando a ideia de que fora realmente atingido pelos tiros do pelotão. As balas, essas, foram o derradeiro toque de magia para desconcertar o potentado, pois ser-lhe-iam exibidas como se Carlos as tivesse apanhado no ar.

Bem se podia dizer que se fizera o mais difícil, mas não se conseguia concretizar o mais fácil. Tudo porque Malange não enviava um simples carregamento de ferramentas! Era esta a sina dos portugueses em África, peritos em expedientes, mestres em criar laços afectivos com as populações locais, mas sempre atolados em dificuldades imprevistas e desgastantes. Ali estava ele, cansado de esperar, farto de insistir e de ser simplesmente ignorado, como se aquele esforço todo tivesse sido desnecessário. De facto, não recebeu os materiais de que precisava mas, em contrapartida, recebeu ordem para regressar a Malange, deixando o comando interinamente nas mãos do seu imediato. De modo que, sem chegar a ver edificado o fortim que tanto exigira dos seus recursos criativos, Carlos partiu um pouco frustrado, mas também aligeirado com a boa notícia de ver pelas costas aquele lugar do fim do mundo. Começava a sentir-se francamente entediado com a falta de acção. Afinal de contas, já fizera o que tinha a fazer ali, e impacientava-se por receber outra missão. Um soldado não se cobria de honra e glória sentado à espera de uns quantos materiais para construir um singelo fortim!

A corneta estridente, de grande efeito sonoro, surpreendeu a aldeia adormecida com o toque da alvorada às cinco da manhã. Os praças saíram do aquartelamento em marcha acelerada para o exterior da embala, que apresentava a vista de uma extensa planície, em cujo horizonte surgia o sol alaranjado. A cerimónia de passagem de comando foi intencionalmente demorada, arrastou-se por uma longa manhã. «Para impressionar o gentio», disse Carlos, «é preciso que o novo comandante seja visto com o mesmo respeito, o mesmo prestígio!»

Prestaram-se honras à bandeira, que foi hasteada numa lança cravada na terra, frente a uma tenda de campanha entretanto armada para a ocasião. Mais tarde, o tenente entregaria formalmente o comando ao sargento-quartel-mestre, sentado a uma mesa ali colocada, em cima da qual se abriria o livro oficial para ser lavrado o auto de notícia. Antes porém, o sargento--quartel-mestre conduziu os praças para o descampado onde decorreram diversos exercícios militares de algum aparato, incluindo a sempre cativante esgrima de baionetas e a carreira de tiro. A encerrar a cerimónia, tornou-se a apresentar armas à bandeira nacional, tendo Carlos, num impulso inspirado, ordenado de improviso uma salva de pólvora seca em saudação ao novo comandante, depois de lhe ter entregado o seu próprio sabre.

Cambo Camana, que assistiu à cerimónia com grande interesse, ofereceu um banquete de despedida ao Muxabata, onde não faltou a carne fresca de um boi abatido nessa manhã, as quindas de fuba e muita garapa. Tudo coroado com a mais extraordinária dança guerreira alguma vez vista por Carlos, pois Cambo Camana, entusiasmado com a exuberância das cerimónias do exército, não lhe quis ficar atrás e convocou cento e cinquenta guerreiros vestidos com trajes bélicos e todos os músicos da sua senzala para actuarem ao som ritmado de batuques, tantãs, marimbas, flautas e ferrinhos.

Carlos partiu a cavalo, com o seu fiel guarda--costas, o bom do *Urso Branco*. Foram escoltados por alguns destacados membros da corte de Cambo Camana que os acompanharam até ao limite das terras do rei da Ginga. Carlos sentia-se satisfeito com o resultado das suas missões diplomáticas junto dos dois potentados desavindos. Fora uma manobra inteligente pois, embora nada tivesse feito para resolver a questão que os opunha, na prática deixara-os de mãos atadas, já que, tendo-se submetido à autoridade do rei de Portugal, nenhum dos potentados se atreveria a lançar ataques a territórios ocupados militarmente pelo exército.

Era um bom epílogo para uma história que poderia ter acabado em tragédia e, mais importante ainda, que havia proporcionado uma oportunidade de ouro para concretizar a ocupação de uma vastíssima região, sem que tivesse sido necessário dar um tiro! Em breve, Carlos chegaria a Malange. Estava desejoso de terminar a viagem, de reencontrar aquele lugar familiar, de descansar na sua casinha e de se preparar para receber uma nova missão. Contudo, não podia imaginar a surpresa que o esperava em Malange, onde seria surpreendido por uma extraordinária notícia.

49

Leonor sentia saudades. Era mais forte do que ela, um sentimento que se impunha à sua vontade. Passavam quatro meses desde a última vez que vira Carlos, e não era uma recordação feliz, essa, dele a ser carregado em braços, assustadoramente pálido, sem dar acordo de si, como morto, deixando-a prostrada no chão, coberta de sangue e de terra. Graças a Deus, acabara por não ser um ferimento tão grave como ela pensara nesse momento de pânico, após o tiroteio na Sé. Só ela sabia quantas orações rezara por ele, para que se salvasse. E depois ficara de tal modo aliviada que acreditara num milagre, convencida de que Carlos havia sido salvo pela intervenção divina. Mas não o visitara no hospital e não o recebera quando ele a procurara em casa, certa de já não o amar, de já não o querer, em virtude das desconsiderações, ainda assim muito sofrida, muito abatida, a pairar qual alma penada pelos lúgubres corredores lá de casa. Perdera a alegria toda, os dias eram um fardo, a vida uma desilusão. Sofrera, chorara, pensando que estava condenada a uma infeliz existência. E nada a ajudava a recuperar o interesse pelas mesmas coisas de antigamente. Agora já arriscava uma ou outra saída tímida, mas nada de muito público, pois dava-lhe uma revolta quando as senhoras a abordavam na rua, nas lojas, na confeitaria, com vozes baixas de sentido pesar, interessando-se por ela, pela sua saudezinha, como se fosse uma viúva a precisar de consolo.

Mas Leonor não conseguira esquecer Carlos. Agora, meses passados, via-se a questionar as atitudes definitivas que então, com a precipitação da revolta, o seu coração ditara sem vacilar. Sentia um arrependimentozinho a roer-lhe a alma saudosa, já se perguntava se não teria sido demasiado severa com ele, talvez até um pouco injusta.

Em casa, a mãe continuava no quarto, tecendo o seu cachecol infinito, alheada dos deveres domésticos e sem dar atenção à filha mais nova, a pequena Luísa que, por esses dias, andava desasada com a cabeça num desconcerto por não saber como reagir ao comportamento estranho dos adultos. Maria Luísa não saía, mas em contrapartida o coronel mal aparecia à família. Tinha deixado de ir almoçar e só regressava ao fim da tarde, bem tarde, entrando como um furacão, a modos que zangado, com um caretão que desmoralizava qualquer um de encetar qualquer tipo de conversa com ele. Jantava em silêncio, imerso em pensamentos insondáveis, preocupado, sem espírito para trivialidades. Depois soltava um resmungo imperceptível e retirava-se. Refugiava-se no escritório do rés-do-chão.

A vida profissional do coronel transformara-se num pesadelo. Fragilizado pelo escândalo do fazendeiro, cujas circunstâncias acabaram por ser conhecidas em detalhe no decorrer das semanas subsequentes ao tiroteio na praça da Sé, o coronel via-se acossado por todos os lados e pelas vias mais obscuras. Gastava o seu tempo no palácio a defender-se de conspirações de gabinete e das intrigas virulentas urdidas pela oposição. Agora que se tornara um alvo fácil, vulnerável aos ataques dos adversários políticos, mal conseguia aproximar-se do

Governador-Geral que receava os estilhaços da fuzilaria política. Este, contrariado com a presença da sua incómoda figura, deixava-o a marinar num conveniente esquecimento. O coronel passara de braço direito a indesejável, afastado sem grandes subtilezas das questões importantes, praticamente ignorado, menoscabado nas suas funções. Os amigos de sempre evitavam-no e mesmo o pessoal menor fugia dele como se tivesse uma doença contagiosa, como se não fosse aconselhável ser-se visto na sua companhia. E os que antes lhe tinham respeito e receavam a sua alta posição no palácio, agora afiavam as garras e aproveitavam para o desafiar com toda a espécie de estratagemas mais ou menos descarados, criando-lhe problemas vários, sonegando-lhe informações, lançando boatos maldosos e perniciosos.

Era uma dessas fastidiosas manhãs. O coronel penava no purgatório em que se tornara o seu gabinete. Tinha a secretária coberta de papéis inúteis e dava voltas à imaginação para arranjar qualquer coisa proveitosa com que ocupar o tempo. Pensou em sair para tomar uma bebida, mas ainda era demasiado cedo. Bufou de impaciência. Veio um ordenança bater-lhe à porta e interromper-lhe o tédio para informá-lo de que o Governador-Geral desejava falar-lhe. O coronel recebeu a mensagem sem se alterar, fazendo por aparentar uma tranquilidade que não sentia, pois alarmou-se com a convocatória e, tentando antecipar-se ao governador, traçou cenários tortuosos para lhe adivinhar as intenções, embora sem conseguir chegar a nenhuma conclusão concreta. *Havia novidade, definitivamente, mas o quê?*

Sendo homem de grande dinamismo, sedento de actividade, com ambição de poder, o coronel não se resignava às dificuldades e reagia como um leão encurralado. Massacrava o pessoal subalterno com perguntas e metia o nariz em todos os assuntos que os seus superiores procuravam laboriosamente esconder-lhe. Começava, em suma, a tornar-se um caso sério para o Governador-Geral. Este, raposa velha sobrevivente de muitas crises bem piores e mais devastadoras para a sua carreira, caso não tivesse tido a arte e a mestria de as rodear a todas, não ficara parado a fingir que não via a situação a degradar-se e, desejoso de se descartar do fruto podre na sua árvore, engendrou uma solução genial para o *problema*. Chamou o coronel ao seu gabinete.

Recebeu-o de braços abertos, animado de uma hipocrisia desconcertante, interessando-se muito pela família do coronel e tecendo mais alguns comentários de circunstância, todo prazenteiro, como se nada de anormal se passasse entre eles, levando-o de braço dado através do interminável gabinete até à secretária, no outro extremo, tal e qual dois velhos amigos num momento de cumplicidade. Convidou-o a sentar-se.

— Tenho boas notícias para si, coronel — disse o Governador-Geral, deixando-se cair na sua poltrona e dando uma palmada entusiasmada no tampo da mesa com as duas mãos. — Grandes notícias!

— Não me diga — comentou o coronel, cínico, sentando-se muito hirto na beira da cadeira.

— É verdade — confirmou, fingindo não reparar no desagrado dele. — E olhe que são mesmo muito boas — sublinhou a afirmação com um dedo indicador apontado energicamente para o tecto.

— Está a deixar-me curioso.

— Vou fazer de si governador! — anunciou, fazendo um compasso de espera para o coronel absorver a notícia, para observar a reacção dele.

— Governador? — Foi só o que disse, cauteloso, desconfiado.

— Exactamente.

— Governador de quê?

— Meu caro coronel, como sabe, Lisboa tem insistido muito na necessidade de garantirmos a *ocupação efectiva* de todo o território angolano. Desde aquela maçada de Berlim que os direitos históricos não valem um chavo, hoje em dia o que conta é a ocupação militar, cultural ou comercial. — O coronel assentiu com a cabeça, a pensar se o governador tencionava dizer-lhe alguma coisa que ele não soubesse, mas o outro já ia embalado. — E nós a braços com milhões de quilómetros quadrados entregues aos elefantes e aos leões! Pois bem, não há-de ser no meu mandato que a estrangeirada toma conta de um centímetro da nossa terra. Militarmente, somos muito esforçados, mas, francamente... — Abriu os braços em sinal de impotência. — Os meios que possuímos não sobejam. Digamos que não temos exército, não temos, não temos... — Abanou a cabeça, desolado. — Os ingleses têm um exército, os franceses, os alemães! Nós temos boa vontade, patriotismo, heroísmo! Mas não temos exército. Ocupação cultural, eh... — Encolheu os ombros com desprezo. — Se vamos deixar o trabalho nas mãos da padralhada... Não, nem pensar! De modo que só nos resta a ocupação económica. Já sei o que vai dizer, coronel, que não há dinheiro, que não há uma verdadeira política económica colonial. — O coronel pensou que não ia dizer nada, mas concordava. — E é verdade, é verdade, tem toda a razão! Mas há os privados, há aquelas bestas esfomeadas que dão o couro e cabelo para fazerem fortuna. Então, porque não dar-lhes oportunidades? Porque não ajudá-los? E como é que isso se faz? Faz-se criando condições para os comerciantes prosperarem.

Faz-se dando-lhes condições administrativas e segurança militar para se instalarem no interior.

— Sem dúvida — disse o coronel, começando a perceber a ideia —, sem dúvida.

— Meu caro coronel — declarou o Governador-Geral —, eu decidi criar um novo distrito na Lunda e você vai ser o seu governador!

— Ah! — exclamou o coronel, chocado, sem saber se rir ou se chorar.

O outro abanou a cabeça com grande firmeza.

— Exactamente — afirmou. — Com sede provisória em Malange. Veja só, é uma oportunidade de ouro, é um pontapé bem dado no traseiro desses energúmenos todos que o têm atazanado por causa daquela questão infeliz.

Pois, pensou o coronel, *aquela questão infeliz... dás-me guia de marcha para o fim do mundo, vês-te livre de mim com uma promoção dos diabos.*

— Não sei o que dizer... — disse o coronel.

— Não diga nada, coronel, não precisa de me agradecer. Vai governar uma região imensa, um território do tamanho de um país!

Um país de coisa nenhuma, pensou ele, *selva, planície, gentios e animais selvagens.* O que raio havia para governar?!

— Estou a ver — disse, desanimado.

— Já assinei o decreto, já propus o seu nome ao rei, já foi aprovado. Vamos deixar toda a gente de boca aberta.

Lá isso vamos, pensou o coronel, *a começar pela minha mulher.*

— Vamos calar esses infames que o têm doestado, a si e a mim! entusiasmou-se o governante. — Ah, não, que com a assinaturazinha do senhor D. Carlos não se brinca, e essa já nós a temos! É a caligrafia real, meu caro, sempre quero ver quem vai afrontar a sua nomeação! Ninguém, pois está claro que ninguém. Cambada de hienas.

Ali estava uma manobra de mestre, exemplarmente congeminada pelo espírito ladino de um político de gema, um arquitecto da intriga fina, diriam os apreciadores do mais puro maquiavelismo; *um espírito tortuoso, um cão sem dono, é o que ele é,* ajuizava o coronel, mais terra a terra, pouco inclinado para admirar as jogadas astuciosas do governador, sentindo-se descoroçoado, porque o homem a quem devotara incondicionalmente a sua dedicação profissional preferira lucrar com o seu afastamento a lutar até ao último pingo de sangue contra aqueles que o injuriavam. Nomeá-lo governador podia ser uma hábil solução para lhe salvar a carreira, tornando-o intocável – e uma vitória para o Governador-Geral, bem entendido, pois ninguém poderia dizer que cedera às pressões e deixara cair o seu homem –, mas as pessoas não eram idiotas, sabiam distinguir uma verdadeira vitória de uma fuga para a frente. Na maneira de ver do coronel, o que acontecera fora precisamente isso, um chuto para cima, uma promoção indesejada para o afastar do centro de decisão e condená-lo a uma espécie de exílio nos quintos do inferno. E depois, aquela iniciativa do Governador-Geral de propor o seu nome ao rei sem antes o consultar afigurava-se-lhe verdadeiramente inconcebível. Era como ele dissera, «com a assinaturazinha do senhor D. Carlos não se brinca», e isso, claro estava, valia tanto para os outros como para ele próprio. O Governador-Geral encostara-o à parede, deixando-o sem saída possível, confiando que não teria coragem de recusar o lugar depois de ter passado pelo crivo real. Seria uma afronta ao rei!

O coronel saiu da reunião profundamente perturbado, a espumar de indignação, pensando que aquele ultraje pedia vingança, pedia sangue! *Ele não me conhece, não sabe do que eu sou capaz...* E, na sua cabeça, já tinha decidido pedir a exoneração e regressar a Lisboa no primeiro navio. Tanto pior se desagradasse ao rei. Teria de se reformar, evidentemente, mas ao menos teria a satisfação de deixar o Governador-Geral em maus lençóis, com a reputação nas ruas da amargura lá para os lados do Terreiro do Paço. *Se ele é isso, caímos juntos e ninguém se fica a rir*, pensou.

50

O que mais incomodava o coronel era sentir que já não controlava o seu destino, que era um títere nas mãos do Governador-Geral, de cuja vida este punha e dispunha conforme as suas melhores conveniências, a não ser se realmente recusasse a nomeação e regressasse a Lisboa. Mas um par de horas mais tarde, ao entrar em casa, a determinação irredutível do primeiro embate já se esfumava em dúvidas. Alquebrado pela gravidade da decisão - ficar ou partir -, subiu ao primeiro andar agarrado ao corrimão da escada, como que ponderando cada passo, degrau a degrau, cansado e lento, imerso em cogitações, vendo já algumas vantagens em Malange. Afinal de contas, iria para longe daquela cidade sórdida onde agora lhe dava asco continuar a viver e, bem, sempre seria rei e senhor de um «território do tamanho de um país,» conforme dissera o *infame*. Não podia negar que o título de governador lhe assentava bem, lá isso. Não fosse aquela sensação de estar a vender a alma ao diabo e teria de admitir que era tentador. Noutras circunstâncias, nem hesitaria.

Apresentou-se à mulher, no quarto, dez anos mais velho.

— Credo, homem, parece que viste um fantasma! — exclamou Maria Luísa, deixando cair no colo as mãos agarradas às agulhas de tricô e espreitando-o por cima dos óculos de ver ao perto. Estava sentada no canapé do costume. A almofada forrada a seda cor de laranja, em cima do assento de palhinha, já fazia uma cova, moldada ao corpo dela. O cachecol absurdo que tricotava havia meses estendia-se pelo canapé, passava por baixo dos braços finos em nogueira de linhas curvas, caía em fole para o chão, continuava pelo tapete ao longo da parede e acumulava-se no canto do quarto com os seus mais de vinte metros de comprimento. Se nessa época incaracterística o coronel não andasse tão exacerbado com as suas próprias preocupações, ter-se-ia, porventura, apoquentado com o comportamento algo excêntrico da mulher e teria certamente ponderado se ela não necessitaria de acompanhamento médico. Mas andava distraído e a verdade é que Maria Luísa até lhe parecia bastante normal, tirando aquele passatempo bizarro, embora inofensivo.

Sentou-se à frente dela, aos pés da cama.

— Venho de uma conversa com o Governador-Geral — anunciou.

Maria Luísa tirou os óculos e deixou-os cair sobre o peito, suspensos do pescoço por um cordão.

— Más notícias?

— Promoveu-me a governador.

— Não! Jura!

O coronel abanou a cabeça, pesaroso, a dizer que sim.

— Pois foi — disse.

— Caramba... — pasmou, ao mesmo tempo admirada com a atitude dele. — Dizes isso como se fosse uma má notícia.

Ele encolheu os ombros.

— É e não é.

— Então, decide-te, é ou não é? A mim, parece-me extraordinária.

— Digamos que é uma maneira airosa de me dar com os pés.

— Ah...

— Nomeou-me governador da Lunda. Até já tem a concordância do rei.

— E isso é muito longe?

— Nem queiras saber.

— No interior... — disse, pensativa.

— Bem no interior.

— Perigoso?

— Não creio, mas enfim, filha, não deixa de ser só um punhado de casas ao lado de um forte.

— Está bem, mas sempre serás governador, não é verdade?

O coronel ergueu uma sobrancelha, estranhando a reacção dela. Não imaginara que aceitasse a notícia com tanta passividade.

— Sempre serei governador, isso é verdade. E é um posto com uma certa relevância porque, em aceitando, iria administrar um território extensíssimo.

Fez-se um silêncio pensativo.

— Bem — disse o coronel, batendo com as palmas das mãos nas pernas, como que dando o assunto por encerrado —, mas não penses mais nisso. É claro que não vou aceitar.

— Não vais? — estranhou Maria Luísa.

— Não, não seria capaz de vos fazer passar por isso. Imagina, irmos viver para o meio de nada, sem as comodidades da cidade, um tormento.

— Não me importa — disse ela, casualmente. — Há outras mulheres a viver lá, ou não?

— Com certeza que há.

De súbito, Maria Luísa abriu a boca e os olhos, alarmada, lembrando-se de uma coisa.

— Que foi? — intrigou-se ele.

— Não me digas que já disseste ao governador que não aceitavas.

— Não, não fui capaz, fiquei tão assarapantado com a notícia que nem disse nada. Mas digo-lhe logo à tarde, não te preocupes.

— Mas, Henrique, não disseste que o rei deu o seu acordo?

— Pois foi, uma maçada. Isso é que é o diabo, contrariar o rei. Mas, também, não há de ser o fim do mundo. Reformo-me, voltamos a Lisboa.

— Homessa, de jeito nenhum! — afirmou Maria Luísa, chocada. — Não vais estragar a tua carreira, não consinto.

— Que queres tu, filha? Aceite ou não o cargo, é sempre uma derrota para mim. Se disser que sim, as pessoas vão pensar que fui afastado, se me demitir, pensarão o mesmo.

— Pois, bem, não é assim que eu vejo.

— Não?

— Não — disse Maria Luísa, aferrando-se a uma determinação que ele já não lhe via há meses. — Cá para mim, o que interessa é que foste promovido a governador. Digam lá o que disserem, é uma grande honra.

— Bem, sim, suponho que tens razão — concordou o coronel, pouco convencido e, ao mesmo tempo, estupefacto por ver os papéis deles invertidos pois, em circunstâncias normais, se alguém tivesse de convencer alguém das virtudes de se enfiarem num buraco insuportavelmente entediante no meio do sertão, seria ele e não ela.

— Então, está decidido — disse calmamente Maria Luísa, colocando as agulhas de lado. — Já estou saturada deste estúpido cachecol — comentou, levantou-se, sorriu-lhe. — Vamos almoçar?

51

De modo que o coronel recebeu a sua promoção que, em boa verdade, não lhe custou assim tanto aceitar como se lhe afigurara num primeiro momento. Em todo o caso, era merecida, não tinha uma dúvida de que era merecida. Depressa se afeiçoou ao sumptuoso título de governador e, irrequieto como era, já fazia planos; via-se a percorrer aquelas planícies escaldantes a cavalo, todo-poderoso como um vice-rei nos seus domínios.

Quanto a Maria Luísa, parecia ter despertado de uma longa hibernação. Tomou as rédeas à casa e embrenhou-se nos preparativos para a viagem. Havia um ror de providências a tomar, era necessário desmanchar a casa, embalar as loiças, encher caixotes, enfim, preparar a mudança. Podia ir para a selva, mas não ia de mãos a abanar, não abdicava das suas coisas, não iria viver como uma selvagem. Espantou as criadas, as filhas, o próprio coronel, com um entusiasmo extraordinário. Acordava cedo, vestia roupas práticas, tomava um pequeno-almoço ligeiro e punha logo tudo a mexer. Distribuía tarefas, dava ordens concisas, esfalfava a criadagem com instruções frenéticas, umas em cima das outras.

Era uma transformação incrível; ela parecia outra. O que ninguém entendia é que Maria Luísa se agarrava à nova oportunidade que a vida lhe oferecia como a uma tábua de salvação. Luanda deixara de ser uma cidade hospitaleira para ela e para a sua família, não podiam sair à rua sem serem olhados de lado, comentados, corriam boatos, diziam-se coisas desagradáveis a respeito deles. Maria Luísa conhecia os rumores levianos, as falsidades dadas como garantidamente verdadeiras acerca da tragédia da Sé, as alcunhas maldosas que lhes tinham posto – ao marido chamavam o *Negreiro*, a ela a *Perdida da Sé* – pois, embora vivesse praticamente metida no seu quarto, era uma cidade tão mal-dizente e tão perversa que nem mesmo assim conseguira evitar que lhe chegassem aos ouvidos as versões mais delirantes sobre o caso do fazendeiro. As próprias *amigas* encarregavam-se de lhe dar notícia do que se dizia, fazendo-se muito escandalizadas com a má-língua, mas, evidentemente, adorando cada pedacinho da tagarelice, como se lhes desse prazer atazaná-la. A princípio não as recebia; depois viu-se forçada a ceder às visitas mais insistentes, mas revelava-se sempre apática, pouco faladora, quase incomodada por ter companhia, e elas, vendo que não lhes dava assunto, foram desistindo de lhe bater à porta.

Por sua vontade, Maria Luísa teria partido para Lisboa há muito, mas dispôs-se a suportar aquele tormento com um silêncio estóico para não prejudicar ainda mais a carreira do marido. Era da sua natureza resignar-se ao que a vida lhe oferecia e adaptar-se o melhor possível às circunstâncias. Sempre assim fora, discreta, cumpridora, fazendo o possível para que as coisas corressem dentro da normalidade. Vivia para o marido, as filhas, para lhes proporcionar todas as comodidades, esforçando-se para nada falhar em casa, para lhes dar estabilidade. Prezava muito a sua condição social, nada lhe enchia mais o peito do que as suas origens aristocráticas, a educação refinada que lhe dava um certo sentido de superioridade, a sólida reputação isenta de qualquer reparo. E então aquela desgraça, aquelas coisas que se diziam sobre o marido, a criada, um pesadelo! Se ao menos aquele homem horrível tivesse morrido na prisão...

A presença de Benvinda passara a incomodar Maria Luísa, pois impedia-a de se abstrair das más recordações que a desgostavam. Mesmo a sabendo inocente, a criatura não deixava de ser um empecilho à felicidade que lhe escapava como areia por entre os dedos. Mas era incapaz de uma injustiça, por isso não a despedia. E depois, Leonor adorava a rapariga, não lhe perdoaria.

Agora porém, Maria Luísa já respirava melhor, aliviada com a perspectiva de deixar Luanda, encantada com a ideia de se tornar mulher de um governador! Nem chegava a apoquentar-se por ir viver para um lugarejo onde não havia nada.

Já Leonor, teve um choque quando soube a notícia pela mãe.

52

Carlos não queria acreditar na partida que o destino lhe pregara. O coronel Henrique Loureiro de Carvalho havia sido nomeado governador da Lunda. Não conseguia imaginar nada mais inconveniente para si do que ficar às ordens do coronel. Ao chegar da Ginga, foi encontrar uma Malange em clima festivo, celebrando a boa nova da criação do distrito da Lunda, com sede provisória ali mesmo em Malange. Era uma grande notícia porque o novo distrito assegurava a Portugal a posse definitiva – segundo os padrões da legalidade internacional – de um vasto e rico território e garantia ao comércio a possibilidade de se expandir com razoável segurança. Naturalmente, persistiam naquela época os desaguisados esporádicos entre os comerciantes e os povos locais. Exemplos disso não faltavam, tanto assim que, pouco depois de se ir instalar provisoriamente no Quela, cerca de cinquenta quilómetros a nordeste de Malange, o tenente Montanha recebeu ordem para sanar um desses conflitos, por sinal bem sangrento.

Carlos integrava uma força de cento e cinquenta praças de segunda linha, chefiada pelo capitão Ernesto Osório dos Santos, encarregada de estabelecer o primeiro posto militar de penetração desde a instituição do distrito da Lunda. Atravessaram os sobados de Quinguangua e do Cambo sem incidentes, porque o capitão tivera a cautela de mandar avisar previamente aqueles povos indígenas da passagem da coluna. Como se tratava de uma missão pacífica com o objectivo de fixar um comando militar para além dos seus domínios, a coluna foi bem recebida por ambos os povos que, inclusivamente, se ofereceram para ajudar a limpar o terreno onde os soldados acamparam.

Já no Quela, a coluna ocupou uma clareira cercada de floresta. Depois de recuperarem do esforço da marcha, os praças pegaram em machadinhas e catanas para derrubarem árvores e cortarem a madeira que serviria para a construção de alojamentos. Foram abatidas as árvores, procedeu-se à preparação dos troncos, ao corte de paus, de fibras e de capim e à limpeza do terreno. Em três dias ergueram-se as casas e começou-se a revesti-las com barro, bem assim como se iniciaram as obras para construir um edifício de dois andares ao qual foi dada a imponente designação de Pavilhão Governamental. Foi um trabalho célere, mas não isento de incidentes.

Carlos estava a supervisionar os homens ocupados a derrubar as árvores quando a queda de uma delas feriu inadvertidamente uma jibóia de cinco metros. O grande animal, enfurecido, reagiu abocanhando a perna do soldado mais próximo e, sem lhe dar hipótese de fuga, envolveu-lhe o corpo em vários anéis com uma rapidez incrível, apertando-o para lhe esmagar os ossos. O soldado gritou aflito, pedindo socorro. Carlos foi o primeiro a reagir, saltando em frente, embrenhando-se na floresta cerrada para localizar a origem do pânico, seguido de perto pelo grupo de homens que se encontrava mais próximo. Todos juntos atacaram a jibóia a golpes de machadinhas e catanas, numa urgência desesperada para libertarem o soldado capturado pelo bicho. Mas o monstro agigantou-se obstinado, sem abdicar da sua presa, e defendeu-se com uma energia e uma força terríveis, chicoteando violentamente os homens que se colocavam ao alcance da sua poderosa cauda, derrubando-os facilmente. Carlos atacou a jibóia golpeando-a com uma catana na cabeça. A superioridade numérica dos homens acabou por lhes dar vantagem e, ao fim de uns minutos de luta, conseguiram matar o réptil e soltar o soldado ainda com vida, embora com os ossos feitos em papa. Este acabaria por morrer algumas horas mais tarde, não resistindo às lesões internas gravíssimas que o animal, na sua fúria assassina, lhe infligira. Outros três soldados atingidos na refrega pelas chicotadas da jibóia sofreram ferimentos ligeiros, tendo recebido assistência médica; depressa recuperaram. Ali na selva, viviam num ambiente hostil onde tudo o que pudesse acontecer de mau geralmente acontecia. Era uma luta constante pela sobrevivência. O próprio capitão Ernesto Osório dos Santos provaria o amargo sabor da desdita logo no dia seguinte.

Era de madrugada. Com a companhia ainda acampada, estavam todos a dormir quando Carlos foi despertado, sobressaltado por um lamento de dor. Ergueu a cabeça já com o revólver *Abadie* empunhado. Ali perto, o capitão contorcia-se com dores, agarrado à mão. Carlos levantou-se de um salto e correu para ele.

— O que foi, meu capitão?

— Um maldito lacrau — disse — picou-me no dedo.

Sabendo que todos os segundos contavam, Carlos improvisou com o seu cinto um garrote no braço do capitão, de modo a estrangular a circulação do sangue a impedir que o veneno afluísse livremente para o resto do corpo. Gritou pelo facultativo, o doutor Colaço, veterano do sertão, muito batido em ferimentos de guerra, doenças tropicais e ataques de animais selvagens. Este acorreu de imediato para ajudar o capitão muito pálido, já com a mão e o braço esquerdos a começarem a inchar. Apesar do socorro pronto, o capitão precisou de receber tratamentos intensivos durante três dias difíceis, acometido de dores, suores, náuseas e vómitos. Teve hipotermia, a temperatura do corpo baixou-lhe para valores alarmantes e tremia muito. Mas os tratamentos produziram efeito e o capitão acabou por ser resgatado do estado de apatia mental e de sonolência em que o veneno o deixou logo após a picada do lacrau.

Nos escassos intervalos em que a natureza lhe dava tréguas, Carlos surpreendia-se a pensar em Leonor. Tinha desistido dela, era certo; resignara-se ao facto de que a perdera e já não procurava iludir essa infeliz realidade com uma esperança insensata. Mas lembrava-se muito dela, qualquer pretexto, qualquer momento agradável acabava por morrer na tristeza de não o poder partilhar com ela. Se bem que, ultimamente, começasse a ter mais consciência das injustiças, das desconsiderações a que Leonor o votara e isso mexesse com ele. Revoltava-o que Leonor o tivesse ignorado enquanto convalescia ao abandono numa cama de hospital; revoltava-o a soberba dela ao mandar dizer pela criada que não o receberia, não o veria nem lhe falaria, enfim, que não queria saber mais dele.

Sabia que Leonor iria viver em Malange com os pais e a irmã, pois não resistira à curiosidade e perguntara casualmente ao capitão se o coronel se faria acompanhar pela família. Aquele, estando obviamente a par dos antecedentes, olhou-o de frente com os olhos franzidos e mexeu os lábios cerrados como se bochechasse, fazendo bailar o seu fino e distinto bigodinho. Era um tique algo caricato que aparecia quando estava nervoso e que os soldados gostavam de imitar nas suas costas e das dos oficiais. O capitão tinha escolhido Carlos para o coadjuvar não tanto por motivos beneméritos mas porque, ao fazê-lo, beneficiara duplamente com o assunto. Por um lado, integrara no seu comando um elemento valioso que gozava de grande prestígio e temor entre os indígenas e, por outro, ganhara a simpatia do Quartel-General em Luanda, donde lhe chegara a discreta sugestão para convidar o tenente a regressar a Malange. A mensagem, secreta, comunicava que a sua cooperação neste caso seria muito apreciada, eufemismo para lhe dizer que, na altura apropriada, o capitão teria a sua recompensa.

As altas chefias militares, não querendo afastar acintosamente Carlos, considerado então um herói de grande envergadura pela generalidade das pessoas do povo, procuraram *arrumá-lo* discretamente num posto apropriado, ou seja, bem longe da capital. Pretendiam assim aplacar a fúria do Governador-Geral, do presidente da Câmara e dos restantes gabinetes do poder. Na sequência do incidente da Sé, o Exército recebeu uma chuva de protestos indignados de responsáveis políticos, de entidades civis e até da Igreja. As críticas, muito incisivas, apontavam, ao jeito de dedo acusador, a grave falha de segurança e o clima de medo e apreensão social que se abatera sobre a cidade. Na realidade, não era de todo em todo inédita a ocorrência de incidentes com armas de fogo em Luanda, mas este em particular teve a capacidade de fazer vir ao de cima rivalidades antigas e ressentimentos de outras questões, constituindo para muitos uma oportunidade de ouro para atirar alguma lama às fardas dos intocáveis.

O Estado-Maior, apanhado desprevenido pelo incidente da Sé e pelas subsequentes queixas exaltadas, atrapalhou-se na sua defesa, remetendo-se a um obstinado silêncio oficial escudado no inquérito prontamente ordenado, só quebrado por alguns contactos informais ao mais alto nível para prestar uma ou outra satisfação aos responsáveis políticos incontornáveis, como o Governador-Geral e o presidente da Câmara. Depois, um inoportuno desentendimento entre os que queriam descarregar todas as culpas no tenente Montanha e os irredutíveis que defendiam teimosamente a necessidade de fazer dele um herói para não fragilizar ainda mais a posição do Exército, acabou por torpedear o consenso. Assim sendo, o inquérito seguiu os trâmites normais, sem uma orientação rigorosa, e acabou por ser favorável a Carlos. Mas num ponto estavam todos de acordo: era urgente correr com o tenente de Luanda.

De modo que, não sendo o capitão Ernesto Osório dos Santos exàctamente o benfeitor desinteressado que gostava de dar a entender, quando Carlos lhe perguntou sobre a ida da família do coronel Henrique Loureiro de Carvalho para Malange, ele mostrou-se nervoso.

— Vem — replicou, seco. — E, meu caro tenente, se eu fosse a si, não ia por aí. — O bigodinho encerado bailava-lhe irrequieto em cima do lábio cerrado. — Não ia por aí, definitivamente não ia por aí. Sabe, é claro que sabe, não preciso de lhe dizer que o coronel vem com a força de Deus e do rei, evidentemente.

— Esteja descansado, meu capitão, que são águas passadas.

— Para si, talvez, para o coronel foi um rio que transbordou e, se bem o conheço, não é homem que deixe passar em claro uma afronta. Você despertou a fera, tenente, agora o melhor que tem a fazer é não a enfurecer ainda mais. Deixar-se estar sossegado no seu canto, é o melhor que tem a fazer.

— Também não sou homem de me esconder. — Deixou cair a frase com uma ponta de desprezo, a roçar a impertinência.

O capitão encolheu os ombros.

— Bravatas — disse, sem lhe querer dar muito valor, mas preocupado, prevendo o pior.

53

Carlos não podia deixar de se espantar com a ironia do destino. Ele que regressara a Malange quase como um exilado, afastando-se de Luanda, onde ninguém o queria; ele que se vira rejeitado por Leonor e jurara a si próprio nada fazer para a contrariar, era agora surpreendido com a iminente chegada dela. Inacreditável! *E Leonor,* pensava Carlos, *o que pensaria ela daquela fatalidade? Era óbvio que não lhe seria indiferente, não podia ser!*

O capitão tinha toda a razão, reconhecia-lhe isso, ficar às ordens do coronel era uma contrariedade, um revés na sua já bastante conturbada carreira. Saber que Leonor estaria por perto até poderia ser uma consolação, como que o adocicar de todos os amargos de boca que o pai dela certamente lhe procuraria infligir, se Carlos não estivesse ressentido com Leonor e decidido a evitá-la. Era uma questão de dignidade, pensava, Leonor ignorara-o e ele faria o mesmo.

Naquele afã da partida, entre a confusão da mudança e os nervos da mãe, nem mesmo assim Leonor conseguia abstrair-se de que iria reencontrar Carlos em breve. Era mais forte do que ela. Quando a sua alma se detinha nele, Leonor sentia o coraçãozinho palpitante, uma falta de ar inofensiva, de emoção, uma sensação de calor a subir-lhe do peito, pelo pescoço, corando-lhe as faces. Sem sequer se dar conta, esboçava um sorriso tolo, enlevada, enquanto ressuscitava as deliciosas recordações da noite que passara em casa dele e, no segredo dos seus pensamentos mais secretos, lembrava tudo outra vez, vendo-se, como se fosse hoje, nos braços de Carlos. Devaneava sobre o reencontro e sentia-se pairar de felicidade.

— Anda muito aérea, a menina — admoestou-a a mãe, apanhando-a num desses momentos que, bem notava, tornavam-se cada vez mais frequentes.

— Não posso estar feliz?

— Pode, claro — replicou, de mau humor. — E pode saber-se o motivo?

— Oh, nada de especial.

— Então, é tonta.

— Homessa... — reclamou, levemente ofendida.

— Com certeza — insistiu Maria Luísa —, se está feliz e não sabe a razão, é tonta.

— Ora, mamã, é só da mudança de ares, acho que me vai fazer bem. Já imaginou, sair de Luanda, viajar para o interior, conhecer o sertão!

— Pois sim — resmungou —, vai ser uma grande aventura.

— Lá isso vai — achou Leonor, soltando um suspiro de alívio. Sinto-me abafar nesta terra.

Maria Luísa sentia a mesma impaciência da filha, ansiava pela bendita hora em que partissem, mas não era de modo algum pelo apelo da aventura sertaneja e muito menos porque houvesse alguém em Malange que ela desejasse reencontrar. Ao dar conta do entusiasmo de Leonor, recriminava-se pela ingenuidade de ter chegado a convencer-se de que a filha se curara da paixão pelo tenente. Como se enganara. E o mais estranho, até para si mesma, é que também não conseguia odiar o diabo do homem. Até parecia que ele enfeitiçara toda a família com algum encantamento inexplicável. Amasse-lo ou odiasse-lo, a verdade é que o incorrigível tenente se instalara nas vidas deles com uma força, uma influência impossível de ignorar. Deixara toda a gente num desconchavo, partira e, mesmo assim, continuava a condicionar-lhes o destino. Pois não seria verdade que era por sua causa que partiam para Malange?

Tinham-se passado meses e Leonor não fora capaz de esquecer Carlos. Tinha saudades dele, admitia-o, já não procurava contrariar os seus sentimentos, não continuava a pensar que nunca mais lhe perdoaria, talvez já o tivesse perdoado, aliás. O tempo relativizava tudo, as recordações mais negras esbatiam-se, perdiam força, tendiam a ser esquecidas. O espírito defendia-se, havia uma tendência natural para dar relevo às coisas boas e ignorar as más. Leonor deixara de ter as mesmas certezas iniciais que a tinham levado a afastar-se de Carlos. Banira-o da sua vida, pura e simplesmente, abandonara-o no hospital quando ele mais precisava do seu apoio, não o quisera ver, não lhe dera uma hipótese de se explicar, decidindo logo que não havia explicação possível. Mas estava profundamente transtornada então, agira de espírito quente, sem a ponderação serena que a situação exigia. Com o tempo, começara a ver as coisas com outros olhos. Na altura, sentira-se esma gada pelo carácter dominador de Carlos, escandalizara-se por ele a subalternizar, por lhe esconder os problemas, não lhe pedir uma opinião. Todavia, a despeito de todos os seus defeitos, a verdade é que Carlos arriscara a vida para a salvar e, se necessário, teria morrido por ela! Antes não pensava assim, deixara-se toldar pela raiva e, de tão indignada, até o seu sacrifício ela recusara. Agora achava que tinha sido injusta. E não via a hora de se encontrar com ele, de lhe abrir o coração. Mas vivia num sobressalto constante, tinha altos e baixos, momentos de euforia, imaginando-se junto dele, e momentos de pânico, com de medo de ser rejeitada. Consumia-se muito. Era um sofrimento aquela incerteza, não saber como Carlos reagiria, não saber sequer se quereria ainda vê-la, falar, enfim...

CERCADOS NO N'XISSA

54

A cerca de vinte e cinco quilómetros do Quela, no posto militar de penetração do N'Xissa, viviam-se acontecimentos dramáticos. Cercada por centenas de guerreiros, uma força de apenas setenta e cinco homens com as munições quase esgotadas sustentava a custo hordas de rebeldes enfurecidos que lançavam ondas constantes de ataques sobre o acampamento mal defendido.

O problema tinha começado horas antes com uma questão de pouca monta, mas depressa ganhou uma proporção alarmante devido aos excessos autoritários de um segundo-sargento com uma arrogância descomedida e totalmente carecido de bom senso. O segundo-sargento, Fernandes de seu nome, enviado de Malange à frente de quinze praças, apresentou-se no N'Xissa pela manhã para investigar uma queixa de um comerciante local, que acusava alguns carregadores oriundos da libata do soba Zungulo de lhe terem furtado uma carga de borracha. Facto que se veio a confirmar como insofismável.

Tanto o militar como o comerciante eram de raça negra, embora o segundo fosse um mulato que passava por branco. De qualquer modo, os dois entenderam-se bem e tiveram oportunidade de aprofundar essa empatia durante uma almoçarada bem regada e bem-disposta.

Entretanto, a notícia da presença no N'Xissa da coluna militar chegou aos ouvidos do régulo Zungulo que, antecipando os problemas que dali poderiam advir, ordenou aos carregadores prevaricadores que fossem devolver sem demora a carga de borracha ao comerciante lesado. E, num sábio gesto de boa vontade, o soba mandou oferecer-lhe ainda um porco para o ressarcir de qualquer prejuízo e apaziguar eventuais ressentimentos. Os carregadores, instruídos com rigor, apresentaram-se humildes ao comerciante que os recebeu depois do almoço. As relações com aqueles povos dos bondos, de índole aguerrida e afeitos a conflitos, eram algo instáveis, de modo que o comerciante, ciente de que teria de continuar a conviver com os seus indomáveis vizinhos, aceitou a oferta para sanar o diferendo. Já o segundo-sargento, menos contemplador, embalado pela euforia do álcool, achou insuficiente a devolução da mercadoria e tomou a infeliz decisão de dar voz de prisão a toda a gente.

Entre a delegação indígena havia dois embaixadores de boa vontade, macotas do soba, que acompanhavam os carregadores, ambos capturados quando tentavam fugir com mais três homens. Dos carregadores, escaparam dois que foram contar ao régulo o sucedido. E não tardou que um desentendimento sem grande importância desse para o torto e descambasse num combate infernal.

O soba Zungulo, profundamente despeitado com o tratamento pouco digno dado aos seus enviados, entendeu a reacção do segundo-sargento como um insulto à sua nobre pessoa. Portanto, compareceu no posto logo a seguir com uma escolta armada para pedir satisfações e exigir a libertação dos prisioneiros. Ao que o segundo-sargento respondeu que não atenderia a tal reclamação.

— Os homens são ladrões e o lugar dos ladrões é na prisão — declarou o segundo-sargento, inflexível na sua autoridade bastante entaramelada pela língua arroxeada do tinto.

— Foi um mal-entendido — insistiu o soba, com a ajuda de um tradutor local. — Eles não são ladrões. Já devolveram o carregamento, solte-os.

— Negativo.

— Solte-os agora mesmo! — exigiu o soba, furioso, à beira de perder a cabeça.

O segundo-sargento Fernandes abusava da bebida com uma frequência indesejável, com a agravante de ter mau vinho. Dir-se-ia que, para ele, aquela situação não passava de um desafio interessante, um divertimento de homens duros, e quanto mais o soba perdia as estribeiras, mais ele se engalfinhava no confronto, cuspindo desconsiderações na cara do rei sem ter em atenção o respeito devido ao seu alto estatuto. Este, por seu lado, fervendo de indignidade, aumentou o tom das imprecações, tornando-se cada vez mais agressivo.

— Retire-se imediatamente — avisou o militar — ou eu prendo-o também.

Como a ameaça não surtisse efeito, empunhou o seu revólver *Abadie* e disparou tiros de aviso para o ar, secundado pelos praças armados com espingardas *Snider*. O soba afastou-se então, mas, ao longe, gritou que voltaria para buscar a sua gente. A tropa respondeu com mais tiros, houve troca de fogo, os bondos fugiram. O segundo-sargento tomou a ameaça do régulo em consideração e, prevendo o pior, pediu reforços a Malange, mas estes demorariam a chegar.

O soba Zungulo já não via alternativa para salvar a honra que não fosse resgatar os prisioneiros a qualquer preço. Estava em jogo a sua imagem perante milhares de súbditos. Ele tinha consciência de que uma fraqueza agora custar-lhe-ia muito caro no futuro próximo. A qualquer momento começariam os desafios à sua autoridade, e a isto seguir-se-iam retaliações sangrentas e ninguém poderia prever como e quando acabaria, no meio disto tudo, o seu reinado enfraquecido. Normalmente, o soba não ousaria enfrentar abertamente o exército, mas tratando-se de uma questão de sobrevivência, Zungulo nem hesitou. Mandou convocar guerreiros a todas as libatas do reino e preparou-se para a guerra.

A coluna do capitão Freitas chegou ao N'Xissa já os quinze praças combatiam há várias horas. O soba regressou com mais guerreiros e atacou o posto que, no fundo, não passava da loja do comerciante, um casebre miserável com um quarto de dormir asfixiante nas traseiras, um armazém fronteiro ainda mais nojento e, à frente, as tendas do acampamento militar. Em redor, os soldados escavaram trincheiras separadas poucos metros umas das outras, formando um perímetro defensivo. Ali ao lado havia uma libata com meia dúzia de cubatas. Horas depois, quando chegou a força do capitão Freitas, já havia perto de cem combatentes envolvidos no assalto ao posto e os praças defendiam como podiam, não tanto a loja do comerciante, mas as próprias vidas.

Entre os praças, os carregadores, o comerciante e alguns dos seus empregados, eram agora setenta e cinco homens armados contra mais de uma centena de guerreiros, os quais não paravam de chegar, reforçando a força atacante. Ao capitão Freitas bastou-lhe uma análise sumária da situação para perceber que em breve se encontrariam perante uma dramática desigualdade de forças. Alarmado com as proporções que o conflito ganhara, enviou um pedido urgente de reforços a Malange e ao N'Xissa, que ficava bastante mais perto. Até a ajuda chegar, teriam de aguentar o cerco e não permitir a invasão do perímetro, se não quisessem ser massacrados.

55

O pedido de socorro chegou ao Quela através de um estafado escoteiro, o Preto José, assim conhecido por ter sido um dos homens de mão do muito famoso Zé do Telhado, bandido de bom coração, degredado em Angola e falecido em Malange, onde, em virtude dos seus inúmeros talentos de negociante, estabelecera uma relação de muita confiança com os povos da região, de quem merecera grande estima e veneração mesmo depois de desaparecido.

O Preto José trazia um ofício desesperado do capitão Freitas, solicitando reforços urgentes, pois encontrava-se cercado e sob sucessivos ataques perpetrados por centenas de guerreiros dos povos dos bondos.

O tenente Montanha recebeu ordem imediata para seguir a pé, comandando uma coluna de quarenta praças e outros tantos carregadores, os primeiros armados com espingardas *Snider*, os segundos transportando pacotes ligeiros de vinte quilos cada, com munições e mantimentos, mas também armados. O sargento-quartel-mestre Ferreira – entretanto regressado das terras do Cambo Camana – e o soldado Rocha, juntamente com o tenente Montanha eram os únicos europeus na coluna.

Saíram do Quela às duas da tarde e encetaram uma marcha forçada de vinte e cinco quilómetros até ao N'Xissa. A caminhada haveria de durar quinze horas infernais, debaixo de um calor tórrido no início, sujeita à cacimbada nocturna depois, sempre por trilhos impossíveis e através da escuridão impenetrável de frondosas florestas, quase intransitáveis, que obrigaram a abrir caminho à catanada.

Carlos aproveitou um interregno nos combates para entrar com a sua coluna no acampamento. Foi dar com os defensores à beira da exaustão, sem provisões de boca e, tudo e por junto, contando seis cartuchos por arma. Meia hora de atraso e teriam sido todos mortos! Sob as suas ordens, e após breve conferência com o capitão Freitas, as unidades frescas tomaram posição na face oeste, a mais vulnerável por se encontrar junto à orla da floresta que rodeava o acampamento, donde vinham as maiores e mais violentas ofensivas. A face sul estava a cargo do tenente que coadjuvava o capitão e a face leste ficava por conta do segundo-sargento Fernandes, por esta altura já completamente sóbrio, mas nem por isso menos corajoso e destemido, gozando até as emoções fortes da pequena guerra que ele próprio inventara e que lhe dava uma boa sensação de poder. Já a face norte, que não apresentava problema de maior, pois era cercada por um pântano quase inexpugnável, achava-se sob a vigilância atenta de um primeiro-cabo indígena e mais dez homens. No telhado instável da casa do comerciante, postara-se o corneteiro, vigiando as movimentações do inimigo e passando informações ao capitão que se encontrava no centro do acampamento dirigindo a defesa, abrigado atrás de alguns sacos de terra.

Houve tempo para tomarem uma refeição ligeira antes de o corneteiro dar o toque de alerta e cair em cima do acampamento um ataque simultâneo de guerreiros contra as três frentes. Vinham agora às centenas, lançando um dilúvio de fogo, zagaias e flechas.

— Fogo à vontade! — gritou o capitão.

Fizeram-se descargas cerradas sobre os guerreiros desembestados que investiam de peito feito, surgindo das profundezas da floresta com temíveis gritos de guerra, animados de tamanha coragem e de desprezo pelas balas mortíferas que sugeriam serem um caso de insanidade colectiva. Vê-los assim avançar sedentos de sangue era de tal modo aterrador que exigia das forças defensivas uma disciplina exemplar. Carlos, consciente de que o pânico deitaria tudo a perder, manteve-se atento ao comportamento dos seus soldados, falando com eles num tom calmo e confiante, levando-os a concentrarem-se em exclusivo nos procedimentos militares amplamente automatizados por horas e horas de adestramento. De qualquer modo, era só uma preocupação adicional, porque a maior parte deles já havia entrado noutros combates e a experiência adquirida nas refregas anteriores dizia-lhes que, estando em inferioridade numérica, a sua maior vantagem era a superioridade táctica. Acreditavam cegamente nas ordens do comandante e, desde que o tenente não caísse em combate, manter-se-iam confortáveis nos seus postos e não vacilariam. Não recuariam nem que tivessem de enfrentar o inimigo numa luta corpo a corpo.

Os combates prosseguiram ao longo de cinco horas, com altos e baixos, ora intensos ora abrandando. Mais tarde, Carlos retratou aquele dia de aflição no seu diário, com a memória ainda fresca, transmitindo à penauma descrição rigorosa, ainda que deixando patente naquelas linhas o orgulho que sentia por um trabalho bem desempenhado: «*Os sitiantes não desistiam do seu intento. A vozearia, o tiroteio e o zunido dos zagalotes continuavam à proporção que recebiam novos reforços de guerreiros. No acampamento, contudo, havia calma e ordem, apesar de já haver baixas e feridos a lamentar. Os soldados batiam-se corajosa e destemidamente, continuando a entremear o tiro lento e à vontade com as descargas dadas às vozes dos seus comandantes. Prolongar-se-ia assim este vaivém de assaltos infrutíferos, por vezes tão arrojados que chegámos a duvidar de podermos aguentá-los se se prolongassem por muito mais tempo e com aquela impetuosidade.»*

A luta parou ao fim da tarde, dando a ideia de que, escondidos para lá da linha das árvores, os rebeldes preparavam-se para o assalto final. As forças inimigas estariam já perto dos mil efectivos, enquanto a defesa do acampamento se fazia com cerca de cento e cinquenta homens. Ou seja, uma desproporção avassaladora, embora ninguém colocasse a hipótese de negociar o fim das hostilidades com a entrega dos prisioneiros, pois a honra e a autoridade do exército não eram negociáveis!

Sentado no fundo da trincheira ao lado do sargento-quartel-mestre Ferreira, Carlos aproveitou a acalmia para descansar um pouco.

— É uma coisa de loucos — disse, como se tivesse deixado escapar um pensamento. O sargento-quartel-mestre ergueu uma sobrancelha céptica, olhando-o de esguelha. *Estaria o tenente a perder a motivação*?, queria dizer a sua expressão.

— Estamos aqui a morrer pelo quê? — continuou o tenente.

— O senhor sabe melhor do que eu a resposta a essa pergunta afirmou o sargento-quartel-mestre, naquele seu tom seco que não mudava nem que o mundo explodisse à sua volta, o que, aliás, era mais ou menos o que acontecia naquela tarde. Podia estar a morrer de aflição por dentro, mas jamais o demonstraria. Manteria a sua atitude circunspecta. Era uma defesa, uma forma de não revelar fraqueza, de deixar os outros na dúvida. Quanto menos comentava, mais parecia um sábio com resposta para tudo. E às vezes não tinha, embora fosse realmente um veterano experiente, um apoio bastante fiável. Carlos confiava nele, apesar de ter sempre de lhe arrancar à força as suas valiosas opiniões.

O tenente abanou a cabeça, reprovador.

— Que diabo, homem, diga-me o que pensa! — Exprimiu a sua impaciência em voz baixa para que nenhum soldado o ouvisse.

— Bem, o segundo-sargento Fernandes é um tremendo idiota...

— Lá isso é.

— Meteu-nos numa embrulhada do caraças.

— Sim...

O sargento-quartel-mestre encolheu os ombros como se não houvesse muito mais a dizer.

— Agora, é aguentar — disse. — Já fizemos do Zungulo um inimigo, o que é que podemos fazer senão dobrá-lo?

— Podemos entregar os prisioneiros, tentar um acordo de paz — sugeriu o tenente, a testá-lo, cansado de saber que não fariam tal coisa.

O sargento-quartel-mestre olhou para ele a ver se este falava a sério. Depois, percebendo que não, permitiu-se um esgar parecido com um sorriso. *A ver se me apanhas,* pensou.

O tenente sorriu também.

— Está claro que não vamos negociar — disse. — A minha vontade era entregar ao Zungulo a cabeça do segundo-sargento Fernandes numa bandeja.

— A minha também — concordou. — Mas, de qualquer forma, não podemos negociar.

— O exército não pode aceitar uma derrota — suspirou o tenente.

— Pois não.

— Mesmo quando não tem razão.

Assim como o soba Zungulo seria comido vivo pelos seus no dia em que deixasse passar em claro uma afronta, os portugueses, rodeados de povos orgulhosos e agressivos que só compreendiam a lei do mais forte, estariam condenados se começassem a fazer cedências. Só podiam dar-se ao luxo de serem tolerantes quando estivessem em posição de força. Eram eles que ditavam as leis, quem não as aceitava arcava com as consequências.

O corneteiro interrompeu a conversa, dando o alarme do seu posto de observação.

— Estão a infiltrar-se na libata! — avisou, referindo-se às cubatas onde viviam os antigos serviçais do Zé do Telhado.

Os guerreiros invadiram a libata e lançaram um ataque demolidor sobre os flancos sul e leste, aproveitando as árvores e as cubatas para se abrigarem dos tiros defensivos. Os soldados, ajudados pelos serviçais e pelos carregadores, começaram a sentir sérias dificuldades em aguentarem as posições, vendo-se incapazes de suster a progressão do inimigo. Os rebeldes, cada vez em maior número, aproximavam-se perigosamente das trincheiras, fazendo fogo sobre estas para dar cobertura aos reforços que os seguiam, tornando a situação desesperada. A invasão do perímetro estava iminente.

Carlos dirigiu-se então ao capitão, surpreendendo-o com uma daquelas suas iniciativas corajosas que no passado muito tinham contribuído para o celebrizar com o cognome de Muxabata, o *Guerreiro Invencível*.

— É preciso rechaçá-los, meu capitão. Peço licença para comandar uma carga — ofereceu-se.

— Avance tenente — respondeu o capitão, aceitando a proposta.

Acto contínuo, Carlos correu para o sector em dificuldades, seguido por dez homens do seu flanco, cujo comando entregou ao sargento-quartel-mestre Ferreira. O *Urso Branco* foi o primeiro a saltar da trincheira para acompanhar o tenente. Com eles, correram mais dez praças do flanco norte.

Atacaram os invasores com quatro descargas consecutivas e, pressentindo que o inimigo desmoralizava por ter perdido a iniciativa, Carlos caiu-lhes em cima com uma impiedosa carga de baioneta, envolvendo-se numa rápida luta corpo a corpo. Sem hesitar, espetou a baioneta no peito de um guerreiro que lhe fez frente com um machado. Esguichou sangue. O homem caiu em estertor e o soldado Rocha passou-lhe por cima, pisando-lhe a ferida mortal com uma bota demolidora, como se fosse uma simples barata, ansioso por apanhar um segundo guerreiro que, no entanto, conseguiu escapar-lhe por entre os dedos, correndo como um coelho assustado para a segurança das árvores.

Forçaram assim a fuga precipitada dos guerreiros, desencorajados com a violência do ataque, voltando a embrenhar-se na floresta, fugindo como podiam, alguns deles feridos e a escorrer sangue. Impediram a invasão do acampamento, salvaram a vida mas, de regresso à sua posição na face oeste, Carlos perguntou-se durante quanto tempo mais conseguiriam aguentar a pressão.

56

Passaram três dias sem se repetirem os ataques ao acampamento, embora continuassem a se ouvir ao longe as tabalhas que convocavam mais combatentes. Aparentemente, o desaire do último ataque tinha-os desmoralizado. No interior do perímetro, os soldados aprimoraram as defesas. Encheram sacos de terra para melhor cobrirem o topo das trincheiras e cavaram o terreno com pás, de modo a estenderem o seu espaço de manobra. Apesar de não serem incomodados pelo inimigo, o ambiente era tenso. Dormiam por quartos, enfiados nos abrigos precários e incómodos, sempre atentos à orla da floresta, donde, a qualquer momento, poderiam surgir novas ondas assassinas. Esperavam pacientemente a chegada de reforços. O rancor de terem perdido sete camaradas de armas e de contarem dezoito feridos era como um suplemento de raiva que mantinha o moral elevado. Pelo menos, tinham a satisfação de saberem que os rebeldes haviam sofrido baixas bastante mais pesadas. Entre as cubatas da libata e no descampado que antecedia a floresta jaziam os corpos dos combatentes que, na pressa da fuga, não puderam ser transportados.

Uma força composta de cem carregadores indígenas entrou no acampamento ao terceiro dia, comandada por um capitão de segunda linha, levando a tranquilizadora notícia de que estava para breve a chegada do grosso da coluna. Os auxiliares, guerreiros do Lombe armados, traziam mantimentos e munições.

No dia seguinte receberam os quarenta homens da guarda avançada com festejos de alívio. O grosso da coluna de Malange chegou pouco depois, encabeçada já pelo capitão Ernesto Osório dos Santos, que se reunira a ela vindo do Quela. Eram duzentos praças de artilharia e infantaria, duzentos carregadores armados e trinta solípedes. Vinham equipados com duas peças de artilharia, uma metralhadora *Nordenfelt* de 8 mm, mais munições e mais víveres.

Para reforçar a posição do exército na região, deu-se logo início à construção de um fortim e de uma torre de observação. Dois dias mais tarde, enquanto decorriam os trabalhos para melhorar a defesa daquele posto militar de penetração, o tenente Montanha foi comandando várias surtidas de colunas armadas da bateria mista e de infantaria contra os povos dos bondos. Atacaram, uma a uma, as libatas dos insurrectos e, valendo-se da superioridade que lhes conferiam as peças de artilharia, fizeram autênticas razias nas senzalas, bombardeando-as e pegando fogo às cubatas, cujas populações se encontravam agora em fuga. A relação de forças tinha-se invertido dramaticamente e os poucos guerreiros inimigos que se atreviam a defender as suas libatas acabavam dizimados, tendo sido feitos prisioneiros quarenta combatentes capturados no decorrer das operações.

Finalmente, apesar de doente com febres altas, Carlos voluntariou-se para comandar uma derradeira carga à frente de dez praças a cavalo, adiantados a uma coluna encabeçada pelo capitão Ernesto Osório dos Santos, contra o último acampamento rebelde. Este encontrava-se nas faldas da montanha de Caange, a pouca distância do N'Xissa e, como Carlos teve o ensejo de escrever no seu diário de guerra, «*os rebeldes, opondo uma insignificante resistência combativa, acabaram por ser destroçados, pondo-se assim termo a estas operações com alguns tiros de canhão, que troaram ao vento, repercutindo os seus ecos entre aquelas montanhas com estrondosa retumbância, para mostrar aos vencidos a força prestigiosa da autoridade, o poder das nossas armas e o valor e a bravura dos nossos valentes e destemidos soldados!*»

Passou-se uma semana e, estando a situação estabilizada no terreno, o grosso das tropas iniciou a retirada. O capitão Ernesto Osório dos Santos comandou a coluna que regressou a Malange. O novo governador da Lunda chegaria em breve e ele não queria de modo algum estar ausente nesse momento de tão rara importância. Por outro lado, viu no incidente do N'Xissa uma excelente oportunidade para se ver livre do tenente Montanha durante os tempos mais próximos. Mas havia um problema. Carlos tinha o desconcertante hábito – por vezes inconveniente, na opinião do capitão – de se cobrir de glória de cada vez que lhe era confiada uma missão. Ora, essa virtude não só lhe reforçava o prestígio junto dos camaradas de armas como lhe conferia uma extraordinária aura de invencibilidade entre os povos guerreiros. O tenente Montanha merecia o respeito de todos o que, de certa forma, o tornava intocável. O capitão não podia tratar mal o seu melhor e mais bravo oficial, estava bem de se ver, não podia afastá-lo assim, sem mais nem menos, sob pena de merecer a reprovação de todos os seus homens e ganhar deles imediata e definitiva aversão. Restou-lhe portanto prestar os maiores encómios ao tenente, prometer-lhe uma promoção e oferecer-lhe um comando que mais não era do que um presente envenenado.

Na hora da despedida, o capitão mandou formar as tropas em parada e, animado de um entusiasmo porventura excessivo – embora não provocando a desconfiança dos soldados –, abraçou o tenente Montanha à frente de todos e teceu-lhe o elogio rasgado que só Carlos sabia quanta falsidade continha:

— Tenente Montanha — disse —, devido ao pronto auxílio que se prestou e à bravura e coragem como se bateu com os rebeldes, proporei que lhe seja oferecida a promoção por distinção ao posto imediato e lhe seja concedido o Colar de Torre e Espada! Entretanto, é com satisfação e emoção que lhe confio o comando deste posto militar.

Não receberia nem uma nem o outro. Mas ficaria atolado naquele lugar sem esperança, cujo comando só aceitou por entender que a dignidade e a honra não lhe permitiam outra atitude. Para o capitão, era um descanso mantê-lo afastado de Malange, não provocando assim irritações desnecessárias ao governador logo no início do mandato. Para Carlos, era apenas o princípio de uma série de contrariedades que teriam um epílogo trágico.

Ali ficou responsável por oitenta praças de infantaria indígenos, quatro europeus da bateria mista encarregados de uma peça de artilharia e ainda o sargento-quartel--mestre e o fiel soldado Rocha. Não obstante o desagrado pelo seu infortúnio, que considerava uma obra-prima de injustiça, Carlos não se deixou abater e decidiu meter mãos à obra. Em breve libertou todos os guerreiros feitos prisioneiros no decorrer dos recentes combates, mandando-os em paz com a recomendação de informarem os seus régulos e o próprio soba Zungulo de que poderiam regressar às suas terras com o povo, sem receio de sofrerem retaliações. Depressa correu a notícia de que aquele posto militar era comandado pelo Muxabata, e Carlos não teve de fazer mais nenhum esforço diplomático para que os povos dos bondos lhe reconhecessem a justeza dos princípios e viessem prestar vassalagem ao rei de Portugal na figura do seu maior guerreiro.

As populações, cujas libatas haviam sido destruídas pelo fogo, reconstruíram rapidamente as simples cubatas que lhes serviam de abrigo. Depois, o soba Zungulo, agradado pela libertação dos seus guerreiros, vendo nessa atitude um gesto de boa vontade e uma tácita ajuda do Muxabata para lhe salvar a face perante os seus, achou por bem recompensar tamanha magnanimidade com outro gesto de boa vontade. Carlos dera o primeiro passo, ele dava o segundo. Não havia vencedores nem vencidos, apenas aliados. O *statu quo* convinha a Zungulo e este enviou ao N'Xissa uma embaixada com alguns dos mais altos dignitários do seu reino para comunicarem ao Muxabata o desejo do soba em ser recebido. Desejo esse que foi naturalmente concedido e, na ocasião, formalizado o acto de submissão ao rei e à bandeira nacional por parte do todo-poderoso Zungulo.

Corria tudo bem, tão bem que Carlos começava a sentir que definhava naquele reino da pacificação onde já nada acontecia, porque nada mais havia para acontecer. O sargento-quartel-mestre, cansado das manobras de adestramento para manter os praças em actividade, queixou-se da situação com uma ironia lúcida que só a ele era permitida:

— O meu tenente foi a Luanda acordar a besta e agora estamos para aqui condenados a morrer de tédio.

Carlos soltou uma gargalhada genuína, surpreendido por aquele comentário tão aberto que, vindo da boca do seu circunspecto adjunto, não podia ser mais inesperado.

— Tem toda a razão, sargento-quartel-mestre. — Abanou a cabeça, desconsolado, ainda com o sorriso pendente no canto da boca. — Tenho este terrível defeito de empreender nas atitudes justas.

Carlos não imaginara que o outro conhecia os fundamentos da sua questão pessoal com o coronel Loureiro de Carvalho, mas, pensou, bem vistas as coisas, era uma ingenuidade, porque, afinal de contas, tudo se sabia.

Estavam lá fora a fumar debaixo do universo estrelado, um espectáculo que ambos davam de barato só ser possível contemplar com tamanha magnificência em África. Carlos nunca acabava um dia sem cumprir o ritual inspirador de observar o céu imenso e, ao ver a noite límpida, iluminada pelas estrelas, surpreendia-se a especular sobre a exequibilidade de um dia, no futuro longínquo, os homens voltarem a transcender-se e arranjarem forma de explorar o espaço tal como no passado tinham partido à descoberta da Terra. *Seria possível,* perguntava-se, *voar para as estrelas?* Queria acreditar que sim, embora lamentasse que não vivesse o tempo suficiente para testemunhar esse momento. Quando se punha assim em contemplação, confortava-se com a sensação de que tudo era possível, sendo só uma questão de vontade própria. Acreditava que cada um era dono do seu destino, dependendo apenas de até aonde se levava a força de vontade.

Naqueles tempos de lassidão, sentindo-se definhar sem nada para conquistar, só uma determinação de ferro impedia Carlos de se render ao desalinho a que tendiam as tropas aquarteladas quando condenadas à ociosidade de um dia igual ao outro. Fazia um calor tremendo, os soldados arrastavam-se de má vontade e a toque de caixa sob a autoridade incontestável do sargento-quartel-mestre que, orientado pelo tenente Montanha, mantinha as coisas a andar e não tolerava abandalhamentos. Havia tarefas a cumprir, rotinas a observar, desde a alvorada ao som da corneta até ao declinar do céu avermelhado no fim da jornada. Inflexível, Carlos impunha a disciplina nas fileiras. Ele próprio comandava patrulhas no terreno difícil mas pacificado dos bondos, evitando o contacto directo com aquelas gentes orgulhosas e pouco dadas a confraternizações com o *muene puto*. Eram aliados à força, não eram amigos. Carlos tinha consciência de que as escaramuças do mês passado não seriam esquecidas tão cedo. Ele mesmo havia executado uma política de terra queimada, apagando do mapa as suas libatas, vergando-os no seu território, humilhando-os, de modo que não os podia censurar pela hostilidade latente. O facto de saber que não era bem-vindo naquele território e de continuarem rodeados pelas libatas de milhares de guerreiros rancorosos, constituía um factor acrescido para não deixar os seus soldados esmorecerem na enganadora paz restabelecida a tiro de canhão.

Carlos tudo fazia para se manter activo, ocupando a cabeça com assuntos práticos do dia-a-dia, mas nem sempre conseguia esquivar-se a um devaneio traiçoeiro, deixando cair o pensamento em Leonor. Debatia-se ainda com aquele ressentimentozinho por ela o ter ignorado enquanto jazia frustrado na cama do hospital sem nada poder fazer para atenuar o sentimento de impotência e de perplexidade que o dominava, devido ao teimoso silêncio dela. Não desejava falar-lhe, mas, por algum motivo que ele próprio não saberia explicar muito bem, queria regressar a Malange, estar lá quando Leonor chegasse, olhá-la de frente e então ir à sua vida. Talvez fosse uma questão de orgulho, talvez quisesse mostrar-lhe que podia viver sem ela. Por outro lado, irritava-o solenemente saber-se confinado àquele maldito lugar por causa do pai de Leonor, afastado pelo capitão Ernesto Osório dos Santos para ele não afrontar o governador. O seu lado desafiador impelia-o mais para o confronto definitivo do que para as soluções adiadas. Achava que o tempo não apagava as questões de honra e era-lhe por demais evidente que, se o coronel navegasse ainda nas águas turvas de um ultraje mal resolvido, não haveria nada a fazer senão oferecer-lhe uma oportunidade concreta para lavar do espírito a desconsideração em que empreendia. E isso não se fazia com panaceias dúbias nem deixando o tempo passar.

O pântano em que se encontrava, o horror de que alguém pudesse comentar com alguém a suspeita de ele estar naquele posto desinteressante para se esquivar da fúria do novo governador transtornava Carlos, consumia-lhe os nervos. Não concebia a ideia de se manter indefinidamente estacionado no N'Xissa, como se o medo ao coronel o obrigasse a esconder-se. O tenente andava intratável, irascível, descarregava doses maciças de mau génio nos subordinados. Mas se por acaso cometia alguma injustiça, acabava por compadecer-se da vítima e, posteriormente, procurava compensá-la. Não pedia desculpa a ninguém, porque era o comandante, mas na primeira oportunidade que se lhe oferecesse, reparava o mal com uma palavra elogiosa, a título de desagravo. O sargento-quartel-mestre Ferreira assistia preocupado ao crescente agastamento do tenente e, no seu estilo reservado, procurava incutir-lhe alguma tranquilidade. O sargento receava o dia em que o tenente chegasse ao limite da paciência e tomasse alguma iniciativa irreparável.

57

A caminho de Malange, a caravana do governador chegou a Pungo Andongo, onde permaneceu alguns dias para repouso de todos. Enquanto Maria Luísa se remetia a um estóico silêncio para não se queixar do duro esforço da viagem, Leonor e a irmã, Luísa, encantavam-se com as extraordinárias pedras negras, majestosos maciços rochosos que se erguiam abruptamente na planície verde, às quais se encostava a povoação que de boa vontade lhes deu guarida. Pungo Andongo era o nome aportuguesado de Pungo-a-N'Dongo, que significava Pedras Altas, território outrora conquistado em vigorosas ofensivas militares para favorecer o rei Ngola Airi em detrimento da rainha Jinga, a implacável soberana angolana posta em fuga no longínquo ano de mil seiscentos e vinte seis. A rainha, exímia negociadora, fascinara o governador João Correia de Sousa quando, ao ser recebida em audiência, mandara uma das suas escravas colocar-se de gatas para se sentar em cima dela uma vez que na sala só havia uma cadeira para o governador. E quando, no final do encontro, o governador lhe perguntara por que razão não mandava a escrava levantar-se, Jinga respondera que já não precisava dela, pois nunca se sentava duas vezes na mesma cadeira. A altiva e genial rainha Jinga, que depois se deixou baptizar com o nome cristão de Ana de Sousa, haveria de andar em guerra com os portugueses durante três décadas. Os seus feitos espantosos ao longo de uma extraordinária longevidade torná-la-iam, além da sua morte aos oitenta e um anos, uma figura mítica venerada pelo povo angolano como a maior heroína da sua história.

Na povoação das Pedras Negras – ou Pedras Altas, como também lhe chamavam –, o coronel e a sua família mereceram a esmerada hospitalidade dos mesmos colonos que bastas vezes tinham acolhido igualmente o tenente Montanha, quando este por ali passara em viagem. Leonor sentia uma secreta excitação por saber que em breve estaria junto dele. O seu coração vibrava de romantismo enquanto ela dava passeios idílicos pelas redondezas, emocionando-se com a paisagem que rodeava o escasso casario de Pungo Andongo: atrás, os misteriosos maciços negros; defronte, um tapete verde fulgente a perder de vista. E teria desfrutado mais a beleza abençoada da natureza se não fosse a ansiedade que lhe provocava o justo receio de não ser bem recebida por Carlos. Leonor conhecia suficientemente o espírito orgulhoso de Carlos para não se deixar iludir com a ideia de que ele lhe facilitaria a vida. Não, Carlos não passaria uma esponja por cima do passado nem a receberia de braços abertos. Quanto mais cismava com isto, mais Leonor sentia a alma ficar pequenina e envolta numa nuvem nostálgica, saudosa dos tempos felizes que tivera com Carlos. Vivia agora em função da urgência de o reencontrar. Todos os pensamentos em todas as horas iam para ele. Leonor imaginava o momento pelo qual mal podia esperar, o momento mágico em que voltaria a vê-lo. Tinha as palavras todas na cabeça, repetidas centenas de vezes em pensamentos redundantes mas apaziguadores para os nervos; sabia-as de cor, tal como antecipava os gestos e porventura as lágrimas suscitadas pela sinceridade do seu coração em sangue quando lhe pedisse perdão. Devia-lhe um pedido de desculpas, um acto de contrição, prostrar-se-ia a seus pés se necessário. Dizia a si própria que se cobriria de humildade, implorar-lhe-ia que fosse compreensivo e tolerante com ela, pois já não lhe custava admitir o quão injusta e cruel havia sido com ele. Carlos não merecera o seu desdém, pensava Leonor, compungida de remorsos.

Depois de Pungo Andongo retomaram viagem, seguindo ao longo do rio Cuanza numa lenta e fastidiosa jornada através de trilhos, por vezes, quase intransitáveis. Era a época do cacimbo, ainda assim a menos quente do ano, mas Maria Luísa não deixava de ter saudades do clima bem mais ameno da metrópole. *Minha rica Lisboa*, suspirava, afrontada com o bafo asfixiante daquela terra vermelha, abanando-se muito com um leque nervoso que não lhe proporcionava grande alívio.

A pequena comitiva do governador resumia-se a oito liteiras levadas em ombros pelos respectivos carregadores. Nelas se fazia transportar o coronel, a família e Benvinda; o seu ajudante de ordens um segundo tenente da Administração Naval; o secretário do governo e sua mulher; e ainda dois funcionários civis que iriam chefiar as repartições do correio e da fazenda. Atrás deles, cem carregadores incansáveis palmilhavam quilómetros levando as bagagens e os mantimentos.

Para Leonor, esta aventura não poderia ser mais revigorante. Agradava-lhe sobremaneira vir explorar o interior daquela colónia imensa, da qual não conhecia mais do que um cantinho à beira-mar, Luanda. Afigurava-se-lhe disparatado uma pessoa viver num território tão grande e, apesar disso, ver-se confinada a uma cidade. Luanda era pequena e bastava lá passar uma curta temporada para se ficar a conhecer de cor todas as ruas, todos os recantos e todas casas da cidade – já para não falar de todas as caras. Para ela, os aspectos positivos da viagem valiam bem todos os transtornos de uma deslocação de centenas de quilómetros através de uma região que, embora se estivesse no dealbar do século XX, permanecia inóspita, ainda por desbravar, sem estradas nem outros sinais da civilização, onde praticamente não se avistava a presença humana. Ao reflectir nestes factos extraordinários, Leonor não podia deixar de se considerar bafejada pela sorte, pois percebia quão afortunada era por lhe ser dada a oportunidade de viver uma experiência única. Sentia-se uma autêntica exploradora!

Durante toda a sua vida, Leonor fora contemplada com as maiores comodidades que o dinheiro podia pagar, beneficiara sempre de uma existência segura e sem preocupações. Agora estaria à mercê das mesmas condições precárias a que estavam sujeitos todos os europeus que se embrenhavam no interior de Angola por planícies, selvas e rios por onde deambulavam à solta os animais selvagens e onde a assistência médica para fazer frente às enfermidades – algumas delas desconhecidas – era escassa e incipiente. Havia ainda a ameaça das tribos inimigas, insubmissas, que teimavam preservar a liberdade e que resistiam às intenções subjugadoras dos portugueses. Mas Leonor não se alarmava com as circunstâncias mais desfavoráveis. Na realidade, nem pensava nisso. Deslumbrada com as paisagens que se abriam perante os seus olhos e com as novidades de todos os dias, Leonor não conseguia ter um pensamento negativo que a levasse a recear pela vida. Apesar de ter consciência de mulher adulta e conquanto já não aceitasse de bom grado as orientações paternas como ordens terminantes, no fundo Leonor não perdera o mais importante e reconfortante sentimento de menina: o de que, acontecesse o que acontecesse, seria sempre protegida pelos pais. Leonor continuava a não ser realmente dona da sua vida, porque não tinha casa própria, não tinha meios de subsistência e não começara uma nova família. Vivia, de facto, em função dos pais, dependendo sempre do destino destes. Talvez por isto Leonor ainda conservasse alguma daquela confiança cega que as crianças depositavam nos progenitores, aquela convicção ingénua de que os adultos sabiam sempre o que andavam a fazer. Não seria tanto uma atitude consciente, mas mais um reflexo psicológico instintivo que lhe transmitia segurança e conforto à alma. Mas em breve a sua maturidade seria posta à prova por circunstâncias que exigiriam que Leonor saísse definitivamente de baixo da asa protectora dos pais. Um dia, no futuro próximo, Leonor seria obrigada a tomar nas mãos o seu destino, assumindo com coragem os riscos inerentes ao perigoso caminho por que decidiria enveredar.

58

Passado um mês que assumira o comando do posto militar de penetração do N'Xissa, Carlos pouco dormia e nada descansava. De dia, cavalgava à frente dos seus soldados em patrulhas incessantes, que justificava pela necessidade de manter em respeito o soba Zungulo, de modo a dissuadir o orgulhoso régulo de qualquer tentação aventureira contra o posto; de noite, rebolava no catre de olhos espantados na escuridão, assombrado pelas preocupações persistentes que não o deixavam em paz. Quando o céu africano começava a colorir-se com os belíssimos tons da aurora, Carlos, como que rendendo-se à inutilidade de contrariar a insónia, punha-se a pé e saía da acanhada casa de pau a pique que lhe servia de aposento. Aproveitava a tranquilidade do posto militar ainda adormecido para se escanhoar lá fora, no descampado que havia entre as muralhas terraplenadas do fortim e a orla da floresta, gozando a frescura da madrugada que findava. Colocava uma tigela metálica com água em cima de um suporte de madeira desdobrável e usava uma navalha e um pequeno espelho de *toilette* para se barbear. Depois de limpar os últimos vestígios de sabão e de lavar o rosto, secava-se com uma toalha que trazia ao ombro. Cumprido o ritual da higiene, sentia-se enganadoramente revigorado como se tivesse tido uma noite de sono sem sonhos.

— Já a pé... — disse o sargento-quartel-mestre Ferreira e, pela entoação, não se tratava de uma pergunta, mas antes de um comentário crítico.

— É a melhor hora do dia — respondeu o tenente, ignorando a repreensão bem-intencionada, aparando agora as pontas do bigode com uma tesourinha.

— O meu tenente é como os morcegos — resmungou o outro. Mas olhe que até os morcegos precisam de dormir.

Carlos interrompeu o que estava a fazer e desviou os olhos do espelho, na direcção do sargento.

— E quem lhe disse que eu não durmo?

Ele encolheu os ombros.

— Ninguém — respondeu, e Carlos entendeu que ele queria dizer que desistia de meter um pouco de juízo na cabeça do seu comandante.

Carlos voltou a concentrar-se no espelho e deu uma tesourada precisa na ponta direita do bigode.

— Que raio, homem, você parece meu pai — disse, sem melindre, estudando ao espelho a ponta esquerda para cortar uma porção igual.

— Ai, isso é que eu não sou, com certeza — replicou o sargento-quartel-mestre.

A sua preocupação era fundada, pois nesse mesmo dia o tenente regressou de patrulha muito antes da hora habitual mal se tendo em cima do cavalo, e ele teve de ir a correr ampará-lo enquanto o tenente desmontava, furioso com a ajuda.

— Porra — irritou-se. — Ainda consigo andar sozinho! — Sacudiu orgulhosamente o braço para se libertar da mão do adjunto, deu três passos incertos e caiu redondo no chão.

Levaram-no em braços para os seus aposentos, deitaram-no.

— Tragam-me água! — ordenou o sargento--quartel-mestre. — E uma toalha!

Desabotoou-lhe a camisa encharcada em suor e mandou sair toda a gente. Carlos ardia em febre e tremia de frio, apesar de fazer um calor sufocante no seu quartinho de uma só janela. Improvisou um pacho com um lenço limpo embebido em água fresca, que lhe aplicou na testa, e ficou as horas seguintes a seu lado, refrescando-o com uma toalha molhada.

A vida ficou suspensa no posto militar. Os homens acumularam-se à porta do tenente, ou no topo das muralhas, preocupados. Falavam baixo e fumavam sem parar enquanto aguardavam notícias. Assim que soube o que se estava a passar, o soldado Rocha rompeu por entre os praças, afastando-os de qualquer maneira, e precipitou-se pela casa do tenente quase em pânico.

— O que se passa com o tenente?!

— Não é nada, soldado, não é nada — respondeu o sargento-quartel-mestre, procurando transmitir uma tranquilidade que não sentia. — É apenas uma febre, mas há-de pôr-se bom com algum repouso.

O sargento-quartel-mestre ordenou-lhe então que aguardasse lá fora com os outros, mas ele resistiu.

— Vai desculpar-me, sargento-quartel-mestre, mas daqui não saio. Fico a ajudá-lo no que for preciso.

Nem tentou fazer valer o peso da autoridade. Quando se tratava do seu tenente, o soldado Rocha tornava-se cego, seria inútil insistir para que saísse. E, afinal de contas, acabou por revelar-se um bom ajudante. De vez em quando, o sargento-quartel-mestre mandava-o trazer mais água ou uma toalha lavada, e ele ficava grato por poder contribuir de alguma forma para a recuperação do tenente Montanha.

Como medida de precaução, ordenou-se ao comerciante que ali vivia, bem como ao Preto José e aos seus companheiros da libata vizinha, que recolhessem ao interior do fortim. Doravante, não entrava nem saía ninguém. O objectivo era impedir a todo o custo que a notícia da enfermidade do comandante chegasse aos ouvidos do soba Zungulo. Tal informação poderia criar perturbação, dado que os bondos tenderiam a pensar que reinava a desorientação no posto militar. Consciente da existência de vigilantes inimigos ocultados no interior obscuro da floresta, o sargento-quartel-mestre mandou distribuir munições pelos praças e deu indicações específicas para montarem uma guarda discreta para não espicaçarem a curiosidade dos espiões de Zungulo.

Carlos delirava, muito febril, incoerente. Finalmente atingira o limite da resistência. Não chegara a recuperar-se totalmente desde que comandara adoentado as sucessivas batidas contra o inimigo. Depois, as patrulhas forçadas e as noites transtornadas pela frustração e mágoa que sentia pela ingratidão do capitão Ernesto Osório dos Santos, que o deixara para trás, acabaram por lhe consumir o resto das forças.

O sargento-quartel-mestre estava agora extremamente preocupado. Acompanhado pelo solícito soldado Rocha, também ele muito assustado, mas de pouca utilidade num assunto desta gravidade, o adjunto do tenente amaldiçoava o capitão por ter deixado o posto do N'Xissa desguarnecido de ajuda médica. Como noutras situações difíceis, não deixou transparecer a sua impotência perante o problema que enfrentava. Não queria alarmar os praças mais do que o necessário. Quanto menos soubessem, melhor. Para os homens, o tenente era como um pai, a figura tutelar de quem dependiam nos momentos difíceis e, de um modo geral, até nas pequenas decisões do dia-a-dia. Com o tenente sentiam-se seguros, sem ele ficariam desorientados. Por isso, o sargento-quartel-mestre mandou dizer-lhes pelo soldado Rocha que não deveriam preocupar-se demasiado, porque o tenente estava bem e só precisava de uma boa noite de repouso. É claro que não engoliram a explicação, uma boa noite de repouso não exigia medidas excepcionais como aquelas que haviam tomado, mas a atitude serena do sargento-quartel-mestre foi suficiente para os sossegar por algumas horas. Decidiram confiar em que o superior sabia o que estava a fazer e tinha a situação controlada. Em boa verdade, a única coisa que ele sabia, de tão elementar bom senso, era que precisava de baixar-lhe a temperatura a todo o custo. Mas ele não precisava de ser médico para ter a certeza de que a água fresca não passava de um paliativo para um mal maior. À falta de melhor remédio, concentrou-se no objectivo de lhe debelar a febre e, como não podia fazer mais nada, esperou que o tenente fosse suficientemente forte para resistir à doença e deixou o resto nas mãos de Deus.

— Como é que ele está? — perguntou o soldado Rocha.

Já tinha perdido a conta às vezes que ele lhe fizera aquela pergunta, mas deu-lhe a mesma resposta tranquilizadora.

— Vai recuperar — disse, embora estivesse convencido de que o mais certo era o tenente morrer-lhe nos braços a qualquer momento.

59

As horas passaram sem resultados animadores. Algures num mundo de trevas, Carlos lutava solitariamente com os seus demónios. Delirava, deixando escapar os nomes de todos os chefes guerreiros que enfrentara no passado e aqueles que aniquilara em combates leais e que agora voltavam para o atormentar: o soba Calandulo, o Chacaleia, o feiticeiro Mandinga. Viu o Cambo Camana no meio de um pelotão de fuzilamento, disparando uma bala verdadeira que o atingiu na testa, provocando-lhe uma dor de cabeça excruciante; surpreendeu o soba Zungulo correndo na sua direcção à frente de milhares de guerreiros e atacando-o sem piedade. Carlos agitava-se, insultava-os, desafiava-os com palavras incoerentes. Eram espíritos malignos, imagens concretas dentro da sua cabeça, e, no desvario da febre, tomava-os como os verdadeiros responsáveis pelo fogo que sentia, como se tivesse o cérebro a arder. Continuou naquela tortura, ora vendo claramente os inimigos atearem-lhe fogueiras na alma, ora repelindo-os em sonhos enquanto lhe trespassavam a cabeça com zagaias e machadinhas cortantes. Ao fim de cinco horas a vaguear nesta alucinação tormentosa, mas sem nunca desistir de se opor aos fantasmas que o assaltavam, Carlos começou a ver uma luz branca, intensa que, numa lenta transição, se foi sobrepondo a tudo o resto. No centro da luz uma imagem foi ganhando contornos, aproximando-se, até se conseguir reconhecer. Era Leonor, vestida com uma túnica branca fulgente e uma grinalda de rosas no cabelo. Ela sorriu-lhe, irradiando tranquilidade, transmitindo-lhe uma paz de espírito que lhe foi mitigando todas as dores, salvando-o do inferno, refrescando-o com um lenço branco molhado que espremia sobre ele, e amparando-lhe a cabeça dentro de um mar de águas calmas, ajudando-o a regressar à superfície...

A noite ia alta quando a febre cedeu aos cuidados pacientes do sargento-quartel-mestre e Carlos deu acordo de si. Abriu os olhos e espantou-se por ver o adjunto à cabeceira. Demorou um pouco a reconhecê-lo.

— Sou eu, o Ferreira — impacientou-se ele, brusco.

— Ah, sim... — disse Carlos, parecendo desiludido. Tinha estado a sonhar com Leonor. Um segundo antes seria capaz de jurar que eram as mãos dela, quentes e macias, que tratavam de si.

— Ainda bem que me faz o favor de abrir os olhos, que eu já estou a fechar os meus — resmungou o sargento-quartel-mestre, aliviado por vê-lo recuperar, mas avesso a sentimentalismos.

— Dei-lhe muito trabalho?

— Bastante.

Carlos, embaraçado, fez menção de se levantar.

— Eh, eh, calma, meu tenente — disse o outro, colocando-lhe as mãos nos ombros para o obrigar a deitar-se. — Tenha calma, que ainda me desmaia outra vez.

Carlos afundou a cabeça na almofada, sentindo um cansaço tremendo. Ia a dizer qualquer coisa, balbuciou duas palavras sem nexo, fechou os olhos, adormeceu.

Despertou, livre da febre mas zonzo, após ter dormido doze horas consecutivas. Sentou-se no catre um pouco a custo, ainda debilitado da provação da doença. Sentia-se dorido e precisava de comer, embora não pudesse dizer que tivesse realmente vontade, pois o seu estômago colado achava-se incapaz de aguentar qualquer alimento sólido. Olhou em redor e encontrou-se sozinho. Os despojos da doença, a tigela de água, as toalhas, os lenços haviam desaparecido e o aprumo militar voltara a reinar no quartinho silencioso de parede redonda, caiada, tosca, de uma simplicidade confrangedora. O chão, avermelhado, de terra, tinha sido varrido. Aos pés da cama, o seu dólman impoluto repousava nas costas da única cadeira, ao lado da mesinha desengonçada onde Carlos escrevia os seus relatórios sem história. Enfim, luxos de comandante. Os praças dormiam em tendas.

Emergiu no calor do meio-dia tão competente quanto lhe foi possível aparentar, dadas as circunstâncias. Faltava-lhe lavar-se e fazer a barba de um dia e meio, mas ao menos vestia um uniforme limpo e, bem, de qualquer modo, tomar banho a sério era coisa que ninguém fazia naquele lugar desolado e tão insignificante que nem constava no mapa, em nenhum mapa do mundo, aliás.

O sargento-quartel-mestre materializou-se à frente de Carlos, surgido do nada.

— Preparado para outra, meu tenente?

Carlos pestanejou, encadeado pelo fulgor do sol nos olhos ainda sensíveis. Escudou-os com a mão em pala, levando o adjunto a corresponder com uma continência formal, enganado pelo gesto repentino do tenente.

— Que raio de coisa! — disse este. — Apanhou-me com força.

— Bem pode dizê-lo. Está melhor?

O tenente fez uma expressão depreciativa como se tivesse sido só um percalço.

— Estou óptimo — garantiu.

Mas não estava.

Nem vinte e quatro horas mais tarde, ansioso por provar aos praças que o seu comandante era rijo e que se encontrava em perfeitas condições de saúde, Carlos chamou o soldado Rocha.

— Prepare o meu cavalo — ordenou-lhe. — Saímos em patrulha dentro de meia hora.

— Às suas ordens, meu comandante! — exclamou o *Urso Branco*, maravilhado com a extraordinária capacidade de recuperação do tenente.

Foram inúteis os protestos respeitosos do sargento--quartel-mestre para que ele ficasse em repouso mais uns dias. Carlos não se deixou comover com nenhum argumento, pois estava apostado em esconjurar a doença a qualquer custo e, como sempre, acreditava mais na força de vontade do que em qualquer outra terapia.

— O exercício faz-me bem — declarou.

— Vá então — resignou-se o adjunto. — Já que não morre das balas...

Carlos conduziu os homens por um estreito trilho que atravessava a floresta densa indo desembocar num lugar onde, por um capricho da natureza, se formava uma clara fronteira entre a última linha de árvores e a planície de vegetação escassa que se estendia durante alguns quilómetros, a partir desse ponto, até se embrenharem novamente noutra área frondosa. Algures no interior desse labirinto verde, a floresta clareava a céu aberto e descobria-se um trecho de rio que serpenteava pelas redondezas.

Ali chegados, Carlos levantou o braço, dando ordem de alto. Em seguida desceu da montada e, com as pernas afastadas e os pés bem assentes na terra, colocou as mãos na cintura e inspirou fundo o ar puro da natureza.

— Rocha! — ordenou, sem desviar a vista do quadro bucólico que se apresentava à sua frente. — Vamos colocar sentinelas a guardar o perímetro.

Tinha um sorriso pendente da alma encantada por aquela paisagem inspiradora. Quem o visse agora não diria o mal que passara apenas dois dias antes. Carlos não preveniu ninguém do que ia fazer, porque ele próprio não fora capaz de prever o impulso que o levaria a tomar tão estranha e despropositada atitude. Porém, conseguiu desconcertar os homens ao ponto de estes se perguntarem se o comandante não teria perdido o juízo de vez.

60

A caravana do novo governador irrompeu pela rua principal de Malange num domingo azafamado. Num esmero de falsa modéstia que lhe surgiu à última hora, o coronel Loureiro de Carvalho decidiu enviar à frente um estafeta com a notícia da sua chegada iminente, recomendando ao mesmo tempo que não se empenhassem as autoridades e o povo em festividades aparatosas. Preveniu-se assim do embaraço de surpreender a cidade em camisa de dormir, dado que era dia de descanso, ao mesmo tempo que garantia uma recepção digna da sua alta posição. Para dar tempo ao capitão Ernesto Osório dos Santos de preparar uma cerimónia a preceito, tomou a precaução suplementar de estabelecer acampamento quase às portas da cidade na última noite e de deixar para a manhã seguinte uma curtíssima derradeira etapa.

Estava certo de que o capitão não se atreveria a cumprir a sua ordem de o receber discretamente e trataria de fazer da sua chegada um acontecimento memorável. Não se enganou, evidentemente. Logo de madrugada, foi ao encontro da caravana do governador uma escolta a cavalo com a incumbência de a acompanhar nesses últimos quilómetros que culminaram com a entrada triunfal em Malange, onde um capitão Ernesto Osório dos Santos engalanado com farda de honra e vistoso chapéu emplumado já o esperava à frente de uma guarda de honra.

O governador e a sua família tomaram uma carruagem que os foi buscar tão longe quanto o terreno atribulado permitia, e chegaram assim, enquadrados pelo esquadrão de cavalaria. O coronel desceu e trocou cumprimentos de cerimónia com o capitão.

— Vai desculpar-me, coronel, mas o povo não me perdoaria se não lhe preparasse esta modestíssima recepção — disse.

— Com certeza, eu compreendo — respondeu o coronel, olhando em redor. A população negra, convocada para o efeito, observava-o à distância com um misto de apatia e de curiosidade; enquanto os brancos, em considerável menor número, se acumulavam mais à frente, aguardando com comovida ansiedade o momento de o cumprimentarem pessoalmente.

O governador passou revista às tropas, tocou-se o hino, foi dada uma salva de vinte e um tiros. O capitão levou-o junto dos colonos e apresentou, um a um, os comerciantes, os agricultores, as suas famílias, os missionários católicos e os funcionários públicos. Seguiu-se um banquete num pavilhão preparado para acolher todos os europeus sem excepção.

Maria Luísa deixou-se conduzir ao longo daquele dia interminável, mostrando-se positivamente encantada com a afabilidade das senhoras que se atropelavam num frenesi em seu redor, excitadíssimas, cobrindo-a de gentilezas. E ela, fazendo-se agradavelmente surpreendida, achava aquilo tudo infinitamente pior do que os seus piores receios. Era uma gente sem categoria nenhuma, constatava horrorizada, uns rústicos inenarráveis! Foi servido o almoço – caldo verde e cozido à portuguesa –, as sobremesas, os digestivos; acenderam-se charutos, uma nuvem de fumo pesada foi-se instalando, toldando o ambiente sufocante do pavilhão. Era um espaço polivalente que servia a população conforme as necessidades. Na realidade, não passava de um grande barracão de madeira. Tinha um pé-direito de sete metros e o tecto reforçado por sólidas travessas de madeira a toda a largura. Fora ali que os soldados se haviam refugiado uns meses antes, quando o seu forte terraplenado se desfizera como areia debaixo de um dilúvio bíblico. O espaço amplo tanto podia servir de armazém temporário, para guardar abastecimentos recentes, como era utilizado nas festas das grandes ocasiões. Era prático, mas, como não tinha janelas, o calor humano e as panelas a ferver elevavam a temperatura interior bastante acima de valores razoáveis. As senhoras abanavam-se com leques, muito ruborizadas, os homens humedeciam os lenços com o suor do pescoço e da testa e começavam a tirar os casacos, arregaçando as mangas da camisa, indiferentes ao protocolo. Só os militares mantinham a dignidade da farda intacta, aguentando o calor com um estoicismo de louvar. Desde o seu lugar de honra, entre o marido e o comerciante mais rico da terra, Maria Luísa observava espantada aquela gentinha barulhenta e sem modos, assentada em bancos corridos ao longo das mesas compridas e colocadas perpendicularmente à mesa das individualidades. Ao seu lado, o comerciante endinheirado começou a aborrecê-la com o interessante negócio da borracha ainda a sopa lhe pingava do exuberante bigode encerado, e só esgotou o assunto ao café quando, acendendo um longo charuto, quase a asfixiou com uma fumarada espessa.

O capitão Ernesto Osório dos Santos segredou qualquer coisa ao governador; levantou-se, bateu repetidas vezes ao de leve com uma faca num copo de vidro vulgar e esperou que o pavilhão caísse em atencioso silêncio. Declarou:

— Excelentíssimo senhor Governador, minha senhora, temos hoje o galardão de os receber em Malange, juntamente com vossas encantadoras filhas, conscientes de que, com a presença de Vossas Senhorias entre nós, o recentíssimo distrito da Lunda vive um momento histórico. Nossas almas pioneiras que, contra tudo e contra todos, arrostaram com os perigos dos elementos e a ameaça dos selvagens para, com o concurso benevolente dos missionários aqui presentes, fazerem desta uma terra cristã, rejubilam na confiança de poderem contar a partir de hoje com um novo e mui importante agente de desenvolvimento que é, naturalmente Vossa Excelência, representante directo do Governador-Geral e do Senhor D. Carlos, Rei de Portugal! Colocamos pois em vós grandes e justificadas expectativas e renovamos o nosso inabalável moral na transcendente missão de fazer da Lunda um pólo de progresso e de modernidade. — Fez uma pausa, ergueu o seu copo de vinho. — Bem haja, senhor Governador, e aceite as boas-vindas que entusiasticamente lhe prestamos, esperando que permaneça entre nós por muitos e prósperos anos.

Credo, espero bem que não!, sobressaltou-se Maria Luísa, aterrada com a perspectiva de ficar ali atolada *muitos e prósperos anos*. Deixou escapar inadvertidamente um suspiro agastado, mas imperceptível no fragor de palmas que sobreveio às palavras do capitão. Maria Luísa ergueu o seu copo com um sorriso postiço, enquanto ponderava que, na melhor das hipóteses, aguentaria viver umas poucas semanas naquele lugarejo infecto.

Sentada no extremo direito da mesa principal, Leonor ardia de impaciência. No momento em que descera da carruagem que a deixara na rua principal de Malange, olhara para todos os lados, na esperança de ver Carlos algures entre os militares que compunham a guarda de honra. Debalde. Ele não se encontrava nem aí nem em parte alguma. Desde então, sempre rodeada de gente, Leonor não parara de escrutinar febrilmente a multidão. A sua frustração foi crescendo ao longo do almoço tardio que ameaçava eternizar-se. Impossibilitada de sair discretamente da mesa das individualidades, Leonor dedicou-se ao estudo metódico das pessoas presentes no pavilhão. Um esforço inútil, que só serviu para confirmar a ausência de Carlos. Sempre que a porta se abria ao fundo e alguém entrava, ela olhava esperançada para logo se desiludir ao descobrir que era só mais uma cara estranha. Muito penalizada por Carlos ter faltado à recepção, foi levada a concluir que ou ele se encontrava fora ou, muito simplesmente, decidira ignorar a sua chegada a Malange. E nenhuma das possibilidades a satisfazia. De modo algum! Era uma dor de alma, um desconsolo, sentia-se rejeitada.

Remetida ao mais completo mutismo, infelicíssima, Leonor nem se apercebia de que, enquanto suspirava pelo amor não-correspondido de um homem, todos os jovens naquele pavilhão a vigiavam espantados com a sua beleza serena que ofuscava a das mulheres da terra. Elas, sentindo-se ameaçadas, davam cotoveladas aos namorados hipnotizados, aos maridos babados, irritadas com o deslumbramento deles, ressentidas com a elegância sofisticada da *menina fina*. Sem que ela se desse conta, era já o centro das atenções e alvo do achincalhamento feminino, dos comentários torcidos, dos chistes glosados à boca pequena para a denegrir, para a minorar aos olhos dos seus homens. Mas estes, embevecidos, só tinham olhos para ela, confundindo a sua atitude discreta com uma comovente timidez.

Debicou o seu almoço, desinteressada da comida, ao arrepio da parceira do lado, uma mulher gorducha, totalmente dedicada ao prato, que se empanturrava com uma ferocidade notável. Leonor rebentava de preocupação, desligada das conversas, da festa, dos discursos. Passou ao lado da apropriada declaração de circunstância com que o seu pai obsequiou «o bom povo da Lunda», como ele se referiu à assistência. Só desejava que aquela estopada acabasse de vez para poder fazer qualquer coisa, explorar a terra, investigar o paradeiro de Carlos. Antes de entrar no pavilhão, Leonor, alarmada por não vislumbrar Carlos entre a multidão alegre ou a tropa alinhada, segredara a Benvinda que procurasse por ele, que o fosse desencantar onde quer que ele estivesse. Ainda aguardava por notícias da criada e já não acreditava que estas pudessem ser boas. Por momentos, Leonor teve a tentação de pensar que Carlos só não viera ao seu encontro para evitar dar de caras com o coronel, mas, conhecendo-o bem, sabia que ele nunca se deixaria intimidar por nada nem ninguém. Por isso, resignou-se à certeza de que, se não viera, era porque não a queria ver. Despeitada e furiosa com Carlos, em momento algum Leonor imaginou que, de qualquer modo, ele não poderia vir naquele domingo pois jazia desfalecido numa cama, atormentado por uma indómita doença.

61

Os soldados não conseguiam acreditar no que estavam a ver. O Rocha, meio embaraçado, observava a cena olhando de esguelha, com a mão esquerda entalada na axila direita e a outra apoiando o queixo, adoptando uma postura estranhamente professoral, como se analisasse algum bizarro e invulgar fenómeno. E, de facto, assim era.

Os praças indígenos pararam o que faziam e ficaram à espreita, segurando um riso nervoso, sem saberem o que pensar da incómoda situação. Ali estava o tenente, de costas para todos, de rabo ao léu, exibindo a cor leitosa do seu recato que, naturalmente, raramente expunha ao sol inclemente do sertão, avançando nu para o rio. Perante os olhos esbugalhados dos seus soldados, o tenente Montanha acabara de despir a farda e preparava-se para um banho depurativo naquelas águas frescas. Por algum motivo insondável que nunca suscitara o interesse dos homens, o tenente tinha o hábito de preservar a sua intimidade, pelo que nunca ninguém o vira naqueles preparos. Talvez por isso, a súbita decisão de interromper uma patrulha para se atirar em pêlo ao rio parecesse, aos olhos dos praças, uma atitude completamente inusitada e irregular. Dava que pensar.

Carlos mergulhou de cabeça, desapareceu momentaneamente debaixo de água, regressou à superfície e, em seguida, foi e veio de margem a margem com braçadas impetuosas. O Rocha, alarmado com o eventual aparecimento inesperado de algum crocodilo, acautelou-se com a sua *Kropatschek*, engatilhando a carabina para o que desse e viesse. Mas não houve novidade. O tenente emergiu das águas transparentes com um sorriso de suprema satisfação e foi deitar-se numa grande rocha lisa junto à margem, ficando ali a secar-se ao sol acolhedor do meio-dia.

O *Urso Branco* aproximou-se, silencioso, apoiou uma bota no declive redondo da rocha onde o tenente gozava o seu banho de sol. Dobrou-se para a frente e encostou a carabina à rocha, descansando depois o cotovelo no joelho, entretendo-se a enrolar dois cigarros. Acendeu um, inspirou o fumo, soltou-o para o ar. Carlos esticou o pescoço, levantando o queixo e espreitando por cima de modo a conseguir ver o outro atrás de si.

— Tudo em ordem? — perguntou, só para dizer qualquer coisa.

— Tudo em ordem, meu tenente.

— Excelente, excelente — comentou, colocando-se mais confortável, com as mãos cruzadas debaixo de cabeça, fazendo de almofada.

O Rocha ofereceu-lhe o cigarro aceso, o tenente esticou a mão e segurou-o; fumou.

— Se me permite a liberdade de dizer, meu tenente...

— Diga.

— ... o pessoal está um bocado espantado com o seu mergulho.

Carlos voltou a contorcer-se para espreitar para trás, curioso. Ao longe, os praças observavam-nos intrigados. Eram dez ao todo: três de sentinela, colocados a espaços de vinte metros, assegurando o perímetro, os restantes agrupados junto dos dois cavalos.

— Deixe-os estar, Rocha — disse o tenente, depois de dar mais uma passa no seu cigarro. — Não há novidade.

De facto, em condições normais, Carlos não teria cedido ao apelo de um mergulho refrescante no rio, nem mesmo se fizessem uns insuportáveis quarenta graus centígrados, o que até nem era o caso. Mas Carlos estava ciente da inquietação que tomara conta dos seus homens, preocupados com a ideia de permanecerem em território hostil com a liderança fragilizada de um comandante enfermo. O inspirador mergulho tivera assim o propósito esclarecedor de lhes mostrar que se encontrava em perfeita forma física. Mais tarde, teriam oportunidade de comentar largamente o assunto com os outros camaradas de armas. Contudo, o tiro sair-lhe-ia pela culatra, como se costumava dizer.

Nessa noite, Carlos juntou-se aos praças, acompanhado pelo sargento-quartel-mestre, e fizeram a refeição ao ar livre em redor de uma crepitante fogueira junto às tendas no interior das muralhas do fortim. Foi um raro momento de camaradagem com os homens, pois Carlos tinha o hábito de marcar bem as devidas distâncias. Normalmente, mantinha uma relação austera com os seus soldados, preservando a autoridade inquestionável que lhe assegurava a resposta disciplinada e imediata dos homens em combate, a qual lhe rendera já bastantes sucessos em situações desfavoráveis. Quando uma força isolada era surpreendida pelo inimigo em terreno aberto, caindo numa armadilha, atacada por centenas de resolutos guerreiros, dependia apenas de si própria para sobreviver. Em tais ocasiões era imperioso agir depressa, mecânica, disciplinadamente, cumprir sem questionar as ordens terminantes do comandante. Formar o quadrado protegendo todos os flancos, aguentar o fogo, fazer descargas à voz de comando, encher sacos de terra com as pás de campanha para improvisar abrigos; tudo ao mesmo tempo, depressa, sem vacilar. Situações destas não se compadeciam de soldados assustados, incapazes de afastar o medo das suas cabeças para não paralisarem debaixo de fogo. Ora, os praças jovens, para serem bem adestrados e bons combatentes, precisavam de comandantes disciplinadores, justos mas inflexíveis, que os orientassem sem dar espaço a dúvidas. Não se pretendia que o comandante fosse um amigo, e o tenente Montanha não era, definitivamente, um camarada a quem se falava à vontade e se dava uma palmada amiga nas costas. Era distante, reservado, um chefe temido de quem se contavam histórias extraordinárias, porventura romanceadas com pormenores lendários. Os homens não se atreviam a contrariá-lo, andavam na ordem, aceitavam a disciplina, cumpriam! Em contrapartida, tinham a honra de servir sob o comando de um dos oficiais mais reputados do exército e podiam gabar-se de terem partilhado com ele a glória de muitas vitórias.

Carlos aceitou amavelmente um pouco da carne de novilho, assada no espeto, mas quase não tocou no prato. O animal havia sido confiscado aos bondos no decorrer das recentes operações militares, e Carlos tinha pessoalmente ordenado que fosse abatido para o jantar. A sua presença bem-humorada, partilhando com os praças o rancho melhorado, pretendia ser mais um sinal de que estava tudo bem e não havia motivos para alarme.

Retirou-se cedo, logo depois de terminar de comer, desejando boas-noites a todos e afastando-se da fogueira a passo lento e febril, sem se aperceber de que deixava na mente dos praças a pálida imagem de um fantasma fardado a rigor. A caminho dos aposentos fez uma pausa com o pretexto de cumprir o ritual de contemplar o céu estrelado, mas o sargento-quartel-mestre, que o acompanhava, não se deixou enganar pelo estratagema. Era notório que o tenente estava sem fôlego e que fraquejava das pernas. Absteve-se porém de fazer o comentário cáustico que trazia debaixo da língua, decidido a não lhe beliscar o orgulho. Obviamente, a ousadia do mergulho no rio valera-lhe uma recaída e o sargento-quartel-mestre, enxofrado com a imprevidência, teve vontade de lhe mandar à cara a irresponsabilidade que, de certa forma, lhe parecia uma falta de respeito pelos seus incansáveis esforços para o pôr de boa saúde. Mas prevaleceu a sua proverbial contenção.

— Está frio — disse Carlos. — Vou para dentro.

— Tenha uma boa noite, meu tenente — despediu-se o sargento-quartel-mestre, ficando a vê-lo entrar nos aposentos com uma ruga de preocupação marcada na testa. Na verdade, não fazia frio, abafava-se, pois estava uma daquelas perfeitas noites tropicais em que não corria uma aragem.

Carlos padecia de hemoptise. A doença atacava-lhe os órgãos respiratórios provocando-lhe hemorragias internas, expectoração de sangue e febres altas. Ao fim de uma semana de impasse, tornando-se evidente que não se conseguiria curar sem o tratamento adequado, Carlos viu-se obrigado a pedir a Malange a rendição no comando. Partiu, escoltado por dez praças de infantaria indígenos e pelo soldado Rocha, após uma curta cerimónia de passagem de comando ao sargento-quar-tel-mestre Ferreira.

Seria uma viagem morosa até Malange, através de florestas virgens e planícies escaldantes. A jornada, já por si difícil, revelar-se-ia ainda mais tortuosa para Carlos, enfraquecido pela doença, incomodado pelos acessos de tosse e pelas persistentes febres. Porém, o tenente não era homem para se queixar e aguentar-se-ia teimosamente a cavalo até acabar por ceder aos apelos obstinados do soldado Rocha para que descansassem, dando a ideia de que era ele e não o tenente quem necessitava de fazer uma pausa. Embalado pelo passo certo da montada, Carlos iludiu as suas cruzes com o truque antigo de se concentrar noutros assuntos.

Por essa altura, já se ouvira no N'Xissa a notícia da chegada a Malange do novo governador com sua família. E Carlos, recordando-se do providencial sonho que tivera aquando dos monstruosos delírios de febre, em que Leonor o resgatava aos sobas inimigos, sentiu-se comovido com a perspectiva de voltar para junto dela. De alguma forma, Leonor contribuíra decisivamente para o salvar. Estava certo disso. Não que esta certeza o fizesse mudar de ideias relativamente a ela, bem entendido. Carlos continuava ressentido, achava-a casmurra e mimada, e bastava lembrar-se daqueles dias em Luanda, abandonado no hospital, para se enfurecer. Ainda se espantava com a falta de compaixão dela. Não conseguia entender como Leonor fora capaz de o votar ao mais puro esquecimento, depois de ele se ter atirado para a frente de uma bala mortífera para a salvar.

Em breve estariam frente a frente, Carlos e Leonor, olhos nos olhos, num encontro fortuito, e esse momento ditaria se estavam preparados um para o outro, ou se a magia de outrora há muito se desvanecera nos seus corações contrariados.

MALANGE

62

Logo que recebeu a notificação de Luanda sobre a criação do distrito da Lunda, o capitão Ernesto Osório dos Santos achou por bem tomar a iniciativa de mandar construir uma residência digna do novo governador. A casa havia sido edificada em tempo recorde, mercê dos extraordinários recursos humanos empenhados pelo exército, sob a caprichosa dedicação do capitão em pessoa, que acompanhou a obra passo a passo, devotando muitas horas ao desenho, à localização, à escolha dos materiais, enfim, a todo o processo.

A casa ficava num terreno desafogado, afastada das outras construções, essas enfileiradas ao longo de uma rua única. Com efeito, depois de muito ponderar, o capitão decidira-se por uma zona nobre, junto ao forte, mas de costas para este e de frente para a deslumbrante paisagem sertaneja. Era feita de boa madeira, tinha um alpendre agradável e dois andares muito espaçosos.

Uma carruagem levou o governador e a família até à porta. Apeando-se em primeiro lugar, Maria Luísa estacou de boca aberta, arrebatada com a surpresa.

— Penso que ficarão confortáveis aqui — comentou o capitão, tentando não dar muita importância ao assunto, não obstante sentir-se excitado como uma criança ansiosa por um elogio.

— É linda! — exclamou Maria Luísa.

O rosto do capitão abriu-se num enorme sorriso.

— Foi construída pelo exército — informou-os. — Mas, é justo dizer que as gentes daqui fizeram muita questão em contribuir para a equipar. Hão-de reparar que o recheio é todo oferecido pelas pessoas. Coisas a estrear, naturalmente, mas cada qual de uma pessoa diferente. A senhora dona Maria Luísa lá terá as suas coisas, a seu gosto, mas, em todo o caso, foi de muito boa vontade.

— É... é um gesto maravilhoso — emocionou-se ela. E depois, lembrando-se dos seus pensamentos maldosos, caiu-lhe a alma aos pés. Andara o dia todo amesquinhando-se com aquela gente e agora uma destas! *Que vergonha.* Sentiu-se ruborizar.

Leonor e a pequena Luísa correram para dentro sem esperar pelos pais. Invadiram a casa e investigaram todos os cantos num abrir e fechar de olhos, impelidas pela excitação das coisas novas. Subiram a escada, viram o primeiro andar, escolheram os quartos.

Por dentro, a casa era tão grande quanto prometia vista de fora. Um verdadeiro palácio! Com efeito, o capitão entusiasmara-se com o projecto e, à medida que se ia fazendo, tinha uma ideia, lembrava-se de mais qualquer coisa, mandava acrescentar. A sala de estar, com as suas paredes de madeira, a sua lareira em pedra, os sofás de couro e o tapete de pele de zebra no soalho encerado, fazia lembrar uma rica cabana de montanha. Era muito bonita, realmente.

— Gostas? — perguntou o coronel depois de o capitão os ter deixado um tanto a custo, tão orgulhoso do seu projecto que se eternizou em explicações sobre tudo e mais alguma coisa; ele era a cozinha com o seu forno a lenha, a copa com a sua garrafeira, os quartos do pessoal doméstico, os quartos das meninas, o quarto deles com a sua cama grande de madeira e dossel.

— Se gosto?! — exclamou Maria Luísa. — Homessa, então, não havia de gostar?

— A mim, parece-me que está bem, não sei...

— Henrique, a casa é fantástica!

Mais tarde, ao desembalar os caixotes de Luanda, Maria Luísa viu-se a braços com o inesperado problema de ter tudo a dobrar. Das toalhas de mesa às roupas de cama, parecia não faltar nada. Abria uma gaveta e lá estavam os guardanapos de linho, abria outra e encontrava os talheres. Em boa verdade, a casa estava pronta a habitar desde a primeira hora. As camas haviam sido feitas de lavado, a despensa fora fornecida de tudo e na cozinha não faltavam legumes frescos ou outros alimentos necessários para confeccionar uma excelente refeição. Maria Luísa teria preferido pôr a uso o seu requintado serviço de mesa, as suas porcelanas, o seu faqueiro, mas, enfim, que fazer? Não se atrevia a melindrar as pessoas que tinham tido tanto gosto em equipar-lhe a casa, portanto resignou-se ao que havia, optando por desencaixotar apenas os pertences mais pessoais de modo a dar à casa um aspecto mais íntimo, mais familiar, escondendo uma ou outra peça de flagrante mau gosto. Para todos os efeitos, continuava a considerar a sua estadia em Malange provisória. Embora fosse verdade que a surpresa da casa lhe apaziguara bastante a urgência inicial de partir. Chegara a ter uma lágrima, comovida com a generosidade e a simpatia desinteressada daquela gente. Gente simples, mas de bom coração, havia que reconhecer.

Apesar das rabugices da mãe, Leonor não se dispôs muito a ajudá-la com os caixotes. Andava por ali a pairar, aérea, com a mente ocupada por preocupações mais sérias, atolada em perplexidades. Já sabia de Carlos. Benvinda, na sua infinita agilidade de espírito, descobrira-lhe o paradeiro sem grandes dificuldades. Uma pergunta aqui outra ali e estava deslindado o mistério. O tenente abalara para o N'Xissa, revelou-lhe no próprio dia da chegada.

— Para o N'Xissa? — empertigou-se Leonor. — Para o N'Xissa, santo Deus?! Nem posso imaginar onde fica semelhante lugar.

Ficava perto, em todo o caso, explicou Benvinda, cinquenta quilómetros para nordeste.

— Oh, Benvinda, por favor, cinquenta quilómetros nesta terra é um ror de quilómetros, é... é... é um continente inteiro!

— Também não é assim, menina.

— É assim, é. Garanto-te que é.

— Vai ver que, mais dia menos dia, ele dá as caras por aí.

— Pois, com certeza — exasperou-se. — E, até lá, o que é que eu faço?

— Vai ter de ter paciência, menina.

Mas Leonor já se afundava num desconsolo, humedecia-se-lhe o olhinho triste, tremia-lhe a voz desgostosa.

— Vê se compreendes uma coisa, Benvinda, eu não tenho paciência, acabaram-se-me as reservas de paciência.

Benvinda calou-se. De facto, naquela altura, cinquenta quilómetros era uma fronteira simplesmente intransponível. Leonor não poderia viajar sozinha, e a única pessoa que a poderia ajudar, o seu pai, seria a última disposta a fazê-lo.

Comparando com Luanda, Malange era uma quinta. A capital tinha os seus atractivos, o comércio, as confeitarias, as animadas chegadas dos barcos oriundos da metrópole, do Brasil; tinha as noites de teatro e uma proeminente e fechada sociedade. Em contrapartida, Malange resumia-se a uma rua. Ali não havia positivamente nada para fazer. Os homens não sentiam tanto a ausência de distracções, pois tinham dias extenuantes e pouco lhes restava além do descanso que o corpo reclamava nos intervalos de uma vida dedicada à sobrevivência. O interior de Angola era pródigo em episódios dignos de um território selvagem. Vivia-se na corda bamba, sob constante ameaça. Rodeada de tribos hostis e cercada por um imenso sertão, elemento natural de animais perigosos, a reduzida comunidade portuguesa só se tinha a si própria, ao seu engenho e a uma extraordinária capacidade de resistência. O exército valia-se da superioridade do seu poder de fogo e de uma ciência militar mais avançada, ao mesmo tempo que tirava vantagem de imemoráveis rivalidades entre tribos inimigas, arvorando-se em árbitro das suas questões, impondo o peso de uma autoridade conquistada na ponta das armas, mas também recorrendo a uma habilidosíssima diplomacia. Em boa verdade, a esmagadora maioria dos efectivos do exército em Malange não eram europeus, mas homens recrutados entre dois povos submissos de inteira confiança: os bambeiros do Lombe e os ambaquistas. Neste clima de hostilidade latente, de delicados equilíbrios de poder e de flagrante inferioridade populacional, a imperiosa necessidade de manter o domínio português não admitia contemplações para com as tribos rebeldes desobedientes – algumas delas contando com milhares de guerreiros. O exército era, efectivamente, implacável com os povos que não se submetiam à lei do *muene puto*.

Por sua vez, os comerciantes e os agricultores europeus não tinham vidas mais facilitadas. Condicionados pela urgência de defender os seus negócios e as suas propriedades, estes homens duros e gananciosos refugiavam-se no poder tutelar do exér-cito, ao qual juntavam as suas armas sempre que havia necessidade de unir forças para esmagar as embalas dos potentados inimigos e as libatas dos seus sobetas.

Nestas condições, o quotidiano de uma senhora de sociedade habituada a ambientes mais seguros e recatados resumia-se essencialmente à clausura do lar. Leonor, porém, não se sentia na disposição de ficar encafuada entre quatro paredes todo o santo dia. Sua alma jovem, aventureira, ansiava por partir à descoberta de novas emoções. Com efeito, Leonor recusava a resignação feminina de que via exemplo em sua mãe. Não se conformava com a ideia de que não havia nada para fazer; pelo contrário, achava aquele território bravio prometedor de muitas e boas novidades.

— Vamos, Benvinda, para a rua, que aqui não se aprende nada disse, muito determinada, logo que se recompôs do desgosto de amor. Não teria a consolação de se reconciliar com Carlos, mas também não se resumiria a uma vida de freira. E a criada, vendo a sua menina arrebitar, seguiu-a logo sem invocar a questão das conveniências. Saíram sorrateiramente pela porta da cozinha, para evitarem a oposição da mãe. O sermão ficaria para mais tarde. A pequena Luísa juntou-se-lhes, feliz por ter tanto espaço para correr e brincar, excitada com a liberdade daquela terra que lhe parecia ser um parque do tamanho do mundo!

Meteram-se à descoberta de Malange, distribuindo simpatia, entabulando conversa com as mulheres que foram conhecendo melhor, gente desejosa de agradar, fascinada com a novidade das meninas afidalgadas da cidade. Eram convidadas a entrar em todas as casas por onde passavam. As mulheres, encantadas por as receber e ávidas de boas histórias sobre a vida em Luanda, não poupavam Leonor com perguntas, querendo saber tudo sobre ela, a irmã, a família. Em breve já reconheciam todas as caras, sabiam todos os nomes e quem era quem em Malange. Com os homens era diferente, evidentemente. Fossem civis ou militares, elas não lhes davam espaço para grandes confianças. Leonor fingia que não se apercebia dos olhares óbvios dos soldados quando se cruzava com eles, em particular os europeus, atraídos pela frescura jovem da sua beleza, impossível de não se notar. A verdade é que as mulheres bonitas não abundavam por aquelas paragens e uma comissão podia ser muito longa para um jovem a cumprir o serviço militar bem longe de Luanda. Leonor sabia-se cobiçada por aqueles olhos penetrantes que a seguiam na rua, enredados em fantasias inconfessáveis, mas não se sentia ameaçada. Eram inofensivos. Sendo a filha do governador, só um tipo muito louco e totalmente inconsciente é que se atreveria a faltar-lhe ao respeito.

As pessoas eram extremamente atenciosas mas, a partir de certa altura, a cavaqueira alegre que alimentava o espírito mexeriqueiro do mulherio tornava-se fastidiosa. Havia um limite para o que Leonor conseguia aguentar de perguntinhas sub-reptícias, de bisbilhotice dissimulada, enquanto depenicava mais uma fatia do mesmo bolo e bebericava golinhos do mesmo sumo. Leonor procurava uma actividade que a preenchesse, desejava algo mais entusiasmante do que trocar dois dedos de conversa com esta e com aquela. Depressa se tornou óbvio para Leonor que em Malange tudo rodava em torno do exército. A economia da região era escassa e totalmente dependente da protecção militar. Ali, como em qualquer outro lado, mas ali especialmente, o mundo era dos homens. As mulheres lá teriam a sua importância, com certeza, mas estavam em minoria e não deixavam de se reduzir a um papel secundário. Ora, Leonor apercebeu-se do manifesto contraste entre a existência aborrecida delas e a agitação permanente em que eles andavam, e logo deduziu que só o universo masculino lhe poderia oferecer possibilidades prometedoras. Não que Leonor tivesse uma ideia clara sobre o que pudesse haver dentro do forte que fosse capaz de a interessar, mas estava decidida a romper com a tradicional resistência dos militares à entrada de mulheres nos quartéis. Os oficiais não gostavam de intromissões femininas, não queriam que elas se imiscuíssem nos seus assuntos, achavam a presença de saias entre a soldadesca um indesejável factor de perturbação.

Mas Leonor não era uma mulher qualquer, era a filha do governador.

À noite, depois do jantar, abordava o pai na sala e espicaçava-o. Mostrava-se muito interessada pelos assuntos da região, queria saber como eram os povos indígenas e como se relacionavam com os europeus. O coronel começava por lhe dar respostas monossilábicas, mas Leonor insistia no tema, fingindo não perceber a sua má vontade, e ele, deixando-se entusiasmar por aqueles assuntos apaixonantes, embalava nos comentários sobre a situação militar, as rebeldias das tribos insubmissas, as dificuldades do exército; falava das movimentações bélicas de uns e de outros, elaborava cenários, antecipava o futuro de Malange. Leonor contrapunha os seus argumentos, levantava questões morais.

— Veja bem, Leonor, os portugueses têm uma missão civilizadora. Estes povos têm séculos de atraso.

— Mas quem nos diz que eles querem ser civilizados?

— Quando uma criança nasce, ninguém lhe pergunta se quer ser ensinada.

— É verdade, mas uma criança não é auto-suficiente.

— Estes povos são selvagens.

— Selvagens felizes, talvez?

— Nem tanto. Repare, se nós permitirmos, eles matam-se uns aos outros. Quando os europeus recorriam à escravatura, eram os próprios indígenas que lhes entregavam os seus semelhantes. Era um meio expedito de se livrarem dos seus inimigos. Nunca se uniram contra os brancos, antes pelo contrário; viram foi uma oportunidade de nos usarem nos seus jogos de poder. Ainda agora, há tribos que nos pedem protecção contra outras tribos.

Leonor aquiescia, contemporizadora. E, no entanto, não via grandes diferenças em relação aos europeus. O que via é que, no fundo, os selvagens eram bastante mais parecidos com o homem branco do que este estava disposto a admitir. O próprio coronel não escondia a importância que a expansão territorial dos portugueses em África representava para as ambições nacionais. Dizia:

— Temos de defender o nosso império. Se não formos nós, são as outras potências europeias. E, evidentemente, não podemos perder esta corrida.

— É então uma questão que ultrapassa os africanos, no essencial?

— Até certo ponto, mas elesbeneficiam da civilização cristã.

— Deveras?

— Ora essa! Pois não se está mesmo a ver que sim? Nós salvamo-lhes as almas e promovemos o progresso.

Leonor gostaria de acreditar nesta tese benévola sem se deixar tocar pela hipocrisia que, no fundo, ela lhe sugeria. Mas o coronel tinha sempre um argumento terminante que resumia a inevitabilidade do uso da força.

— Em todo o caso, estamos em minoria, ou lutamos ou morremos.

— Isso é bem verdade...

Habilidosamente, deixava prevalecer o ponto de vista do coronel. Não queria contrariá-lo, queria contar com a sua ajuda para lhe abrir as portas do forte, cujos guardiões, quase se podia dizer, mais depressa deixariam entrar o inimigo do que as suas próprias mulheres.

— Paizinho?...

— Sim?

— Tenho estado a pensar que gostaria de conhecer o forte por dentro.

— Pois sim, mas não é lugar para uma mulher.

— E porque não?

— Porque não.

— Então, paizinho, não é justo.

— Talvez não seja, mas é assim.

— Ora, vou consigo, que mal tem?

— Não insista, não vale a pena.

Mas ela sabia levá-lo e não esmoreceu enquanto não o venceu pela exaustão e o convenceu a usar o seu poder mágico para lhe escancarar as portas do forte. Levou-a, efectivamente, e foi aí que Leonor descobriu finalmente o que procurava.

Alguns dias depois de o governador ter chegado a Malange, começaram a chegar também alguns dos comerciantes mais abastados do litoral que vinham inteirar-se das condições para expandirem os seus negócios ao novo distrito da Lunda. Vieram seis, todos nomes sonantes, bem conhecidos pelo peso das suas fortunas. Por esses dias, o governador teve o seu tempo tomado pelo acompanhamento das ilustres visitas, mas, não se tendo estas demorado mais do que uma escassa semana, o governador voltou novamente a sua atenção para as tarefas de organização dos serviços de administração civil, auxiliado pelo capitão Ernesto Osório dos Santos, que foi por ele nomeado chefe da secretaria militar do distrito. Estando as disposições iniciais a decorrer em perfeita normalidade, o governador decidiu fazer um rápido reconhecimento pela região, com o intuito de tomar contacto com as tropas estacionadas fora de Malange e de definir outras zonas propícias ao estabelecimento de novos postos militares de penetração. O coronel não tencionava governar o distrito atrás de uma secretária, queria acção!

O coronel instalou o seu quartel-general num edifício administrativo de um só piso, onde havia um espaço nobre apropriado para os funcionários públicos e uma divisão que lhe servia perfeitamente. Ocupou logo o seu novo escritório. Era um gabinete espartano, com uma janela aberta para a rua principal, um pesado armário envidraçado e uma mesa de trabalho simples que tinha o aspecto daquelas secretárias típicas dos professores. Atrás, pendurado no canto direito da parede, havia um quadro de ardósia preta com uma prateleirinha para o giz e para o apagador, o que acentuava a impressão de se entrar numa sala de aula, onde só faltavam as carteiras dos alunos. Havia ainda um mapa militar na parede da esquerda e a inevitável bandeira nacional dependurada num pau vertical com pé de mármore.

O gabinete era bastante inferior ao que ele ocupara no faustoso palácio do governo, em Luanda. Tinha uma mobília insípida, e as paredes tristes já pediam uma demão que as resgatasse das manchas escuras da sujidade acumulada. Tudo muito pouco digno de um governador. Mas o coronel não fez caso da aparência precária do edifício. Por ora, estava sobretudo interessado nos aspectos mais importantes do seu início de mandato. Trabalhava em estreita colaboração com o capitão Ernesto Osório dos Santos. Este pô-lo a par dos últimos desenvolvimentos no terreno, da instalação do recentíssimo posto militar de penetração no Quela e dos problemas deflagrados no N'Xissa, os quais, explicou, tinham acabado por impor um segundo posto, mercê das operações para esmagar a revolta dos bondos e da subsequente necessidade de assegurar a posição nesse complicado território.

Como se o coronel tivesse revelado um vivo interesse por esse incidente, o capitão viu-se a relatá-lo pormenorizadamente, descrevendo o papel decisivo do tenente Montanha na defesa da posição da força sitiada por cerca de mil rebeldes.

— Ah, o tenente Montanha — resmungou o coronel. Já quase o esquecera no rebuliço dos primeiros dias. Mas agora, para onde quer que se virasse, ouvia o seu nome. Tanto o capitão como todos os oficiais que lhe falavam do historial de vitórias militares na região referiam sempre o nome do tenente Montanha. Estava bem de ver que o homem havia consolidado a sua fama de herói por aquelas bandas. A verdade é que o coronel ainda tinha *entalado* na lembrança o mau bocado que o tenente fizera passar a sua família. Sentia um desejo de vingança vir ao de cima, um brando ferver do sangue nas veias, uma irritação latente que se manifestava quando alguém referia o nome do tenente Montanha.

— E onde se encontra o tenente Montanha actualmente?

— A comandar o posto do N'Xissa — respondeu o capitão. — Mas está de regresso a Malange. Pediu para ser substituído devido a doença.

Vai ser um problema, pensou o coronel, *vai ser um problema.*

63

Leonor descobriu os cavalos! E a equitação tornou-se uma nova e arrebatada paixão. Tendo feito uma visita de surpresa ao forte na companhia de seu pai e com o capitão Ernesto Osório dos Santos no papel de cicerone, foi-lhe apresentado o tenente de cavalaria Alfredo Warburg, ao mesmo tempo o melhor cavaleiro da Lunda – na opinião do próprio, de Angola – e encarregado de supervisionar os tratadores dos animais. Passou-se isto na apertada cavalariça, onde se ajuntavam os solípedes que, não obstante o espaço exíguo, se achavam todos impecavelmente tratados, não fossem estes um importante património do exército. De qualquer modo, a disciplina e o rigor militar não conceberiam outra atitude que não fosse a de uma conservação e apresentação exemplar dos animais. Leonor teve oportunidade de passar a mão em carinhosas blandícias pelo focinho dos animais que espreitavam curiosos por cima das portas das boxes. Jubilou de excitação ao dar a comer à mão cenouras a um dócil cavalo de focinho listrado com uma mancha branca.

— É difícil aprender a montar? — perguntou ela, sonhadora, de olhos postos no animal, enlevada com a sua beleza.

— Tem a sua ciência — respondeu o tenente Warburg, enrolando com dedos requintados um bigodinho fino, ao mesmo tempo que erguia uma sobrancelha vaidosa e observava apreciadoramente Leonor dando de comer ao cavalo. — Mas não é nada de transcendente.

Leonor virou-se para ele num impulso juvenil, gracioso.

— O tenente, por acaso, não teria vagar e paciência para me ensinar?

— Leonor... — rosnou logo o coronel, em tom de advertência.

— Tinha, tenente? — insistiu ela, ignorando o aviso do pai.

— Com muito gosto — disponibilizou-se ele. — Isto é, se a menina Leonor tiver a força de vontade e o empenho para um trabalho continuado.

— Ah, pode ficar descansado que tenho.

— Pois, então, se o senhor Governador não tiver nenhuma objecção, poderemos combinar algumas lições e depois se verá aonde nos leva esse seu entusiasmo.

— Posso, paizinho? — implorou ela, juntando a palma das mãos, como uma criança derretendo o coração do pai. — Diga que sim, por favor.

O coronel encolheu os ombros, pondo uma expressão aborrecida, a pensar *eu bem sabia que não devia tê-la trazido ao forte.*

— E desde quando é que eu consigo negar alguma coisa a esta minha filha? — disse, conformado, dirigindo-se aos dois homens.

Leonor, radiante, lançou-lhe os braços ao pescoço, num efusivo abraço de agradecimento.

— Obrigada, paizinho! Estou tão feliz!

— Só espero não me vir a arrepender — rabujou o coronel, embaraçado com a expansiva manifestação de alegria de Leonor.

O coronel teve o bom senso de não contrariar a filha, certo de que ela o massacraria até ele ceder. Já conhecia os seus arrebatamentos e, bem, a persistência dela quando se lhe metia algo na cabeça; ela conseguia ser francamente desconcertante. Com efeito, Leonor era de impulsos e muito obstinada. Abraçava os seus projectos com uma dedicação extrema, chegando a parecer obcecada, falando sem parar e com muita alegria das suas paixões, até estas esmorecerem na rotina dos dias e então saltar para outro capricho. Agora eram os cavalos.

O tenente marcou-lhe as aulas de equitação para as seis e meia, de modo a aproveitar a frescura das primeiras horas manhã. Escolheu um cavalo dócil, apropriado para o adestramento. Leonor comparecia pontualmente todos os dias no picadeiro ao ar livre que havia no exterior do forte, onde ele já a esperava, e aí dava os primeiros passos, montando à guia sob as indicações atentas do instrutor. O tenente Warburg era muito afidalgado, com boa pinta, altivo e cioso das suas ditosas origens aristocráticas. Filho de visconde, militar de carreira, cavaleiro por vocação. Bastante afectado, porém, quer no modo de falar pretensioso, quer nos gestos soberanos ou na escrupulosa observância da etiqueta em todas as situações. Adoptava uma atitude de indisfarçado desprezo pela plebe achamboada que o rodeava, evidenciando um perpétuo enfastiamento com a ignorância e a baixa educação da soldadesca e dos rústicos civis. Era magricela, mas surpreendentemente robusto, e já dera provas de coragem em combate, embora também de uma arrogância chocante. Sabia-se que tinha o hábito de, no final dos confrontos armados, empunhar o seu revólver *Abadie* de cano curto e, percorrendo o campo de batalha por entre os cadáveres, procurar os inimigos ainda com vida para lhes aplicar um *coup-de-grâce*. Executava-os a tiro, mas só os mais feridos e com a mesma comiseração de quem abatia um cavalo sem *recuperação possível*. Dizia em tom de resignado fatalismo: «É uma maçada, uma maçada, mas se não há como recuperar estes desgraçados, mais vale poupar-lhes o sofrimento.»

Sempre elegante na sua farda, de bota alta de montar, fazendo poses com a mão na anca enquanto dava as suas indicações com tiradas espirituosas, o tenente Warburg tornava aquelas horas bastante divertidas para Leonor.

— Por amor de Deus, Leonor. — Depressa passara à familiaridade do nome próprio. — Isso não é um *fauteuil*, não está sentada na salinha lá de casa, está em cima da sela, olhe-me essa postura.

Ela ria-se com o raspanete jocoso e endireitava-se na sela. O pedantismo do tenente, humilhante para outras pessoas, não se aplicava a Leonor, evidentemente. Warburg reconhecia-lhe a educação e o bom gosto das origens nobres, e tratava-a em conformidade. Além de que, sendo ele um pinga-amor incorrigível e, ao mesmo tempo, um calculista de primeira, não lhe passava ao lado a feliz conveniência de ela ser bonita, de boas famílias e, claro, filha do governador, decerto endinheirado. Que melhor conjunto de características poderia ela reunir? Era uma oportunidade e tanto!

64

A pequena coluna entrou em Malange quase clandestinamente, na calada da noite. Carlos vinha muito debilitado pelo esforço da jornada, aliado aos persistentes sintomas da doença que não paravam de o flagelar. Ardia em febre. A urgência de lhe prestar cuidados médicos levara o soldado Rocha a insistir que fizessem um esforço adicional e, em vez de montarem acampamento ao cair da noite, que prosseguissem até Malange naquela derradeira etapa da viagem.

Foi conduzido à enfermaria do forte, ajudado pelo soldado Rocha que, amparando-o com as suas poderosas manápulas, fê-lo pairar como se não tivesse peso. O doutor Colaço, ínclito facultativo militar que chefiava o serviço de saúde, acordou de emergência e, comparecendo num ápice com o genuíno desejo de acudir o enfermo, depressa diagnosticou a Carlos a malfadada hemoptise, tendo de imediato iniciado o tratamento.

Alguns dias mais tarde, já em franca recuperação, Carlos decidiu abandonar a deprimente enfermaria e recolher à Missão Católica das Congregações do Espírito Santo, submetendo-se a uma clausura voluntária, para ali poder descansar o corpo e a alma em perfeita harmonia, usufruindo da tranquilizadora companhia dos padres missionários e das irmãs religiosas. Carlos precisava de paz, e a Missão era o lugar a que recorria sempre que as agruras da pesada vida sertaneja o transtornavam ao ponto de sentir necessidade de algum sustento moral. Era católico devoto e nutria muita admiração pelo trabalho missionário daqueles homens e mulheres desinteressados dos bens materiais e dedicados à obra evangelizadora.

Por outro lado, Carlos não desejava encontrar Leonor, por enquanto. O seu orgulho, ferido pelas circunstâncias do passado recente, recusava a perspectiva de a encarar naquele estado de fraqueza. Consciente do seu aspecto físico pouco recomendável, Carlos depreendeu que, se Leonor o visse assim, pálido e asceta, de barba desgrenhada e magro como um cão vadio, seria assaltada por um sentimento de piedade pela sua pessoa, o que se lhe afigurava humilhante e intolerável. Uma parte de si ansiava por voltar a ver Leonor o quanto antes, mas ainda havia aquela nuvem cinzenta do ressentimento a assombrar-lhe o espírito, impedindo-o de esquecer. No dia em que a reencontrasse, Carlos queria estar em perfeita forma física, queria evidenciar o aspecto viçoso de um homem plenamente conciliado com a vida e de maneira nenhuma perturbado por um amor transviado. Ou talvez a verdade fosse outra, bem menos honrosa, talvez fosse uma questão de insegurança, um receio não admitido nem a si próprio de que, se Leonor o surpreendesse numa lástima, lhe ganharia aversão, repugnada pela sombra do homem a que ela se acostumara nos tempos em que o romance deles prosperava numa transbordante felicidade de amantes, sem a inquietante amargura da desilusão.

Também Leonor já sabia da presença de Carlos em Malange. Aquilo era uma terriola perdida num descampado maior; nada acontecia que não se soubesse logo, muito menos tratando-se do regresso a casa do mais notável dos oficiais, cuja bravura era sumamente venerada por todos, soldados e civis, embora merecesse com frequência o rancor surdo dos seus pares oficiais e dos superiores, menoscabados por não gozarem a mesma distinção admirativa da pessoa comum e dos seus próprios homens.

Leonor inteirara-se da chegada dele e, numa primeira reacção, mal se contivera no impulso imediato de o procurar. Implorar-lhe-ia perdão pelos dislates de outrora, tolices de orgulho ferido, dos quais agora, ponderando neles com distanciamento e maturação, se considerava a exclusiva responsável. Contudo, num segundo momento, a sua alma feminina conteve-se em rebuscadas perplexidades. Seria sensato procurá-lo na enfermaria? Quereria Carlos recebê-la? Não iria ela criar embaraços, mais prejudiciais do que positivos? Talvez fosse aconselhável não se precipitar, reflectiu. Normalmente, Leonor não se teria deixado deter por estas questões, pois o seu carácter caprichoso não se compadecia de cautelas medrosas. Normalmente, teria ido e pronto. Mas neste caso Leonor foi obrigada a planear, e foi esse passo que lhe travou o ímpeto.

Para ter acesso à enfermaria, Leonor precisaria da ajuda de Alfredo Warburg. O tenente poderia conduzi-la até Carlos sem qualquer obstáculo, mas era certo e sabido que não o faria sem uma boa explicação. Ora, Leonor não se sentia minimamente tentada em envolver Warburg nesta questão. Já o conhecia o suficiente para topar o seu género tor-tuoso, a sua inteligência fina, o seu estilo manipulador. Achava-o perigoso, atraentemente perigoso, por sinal, porque Leonor não conseguia resistir-lhe. Ele fazia-a rir, tinha espírito, era charmoso, atencioso, galanteador, mas também muito competitivo.

Naqueles dias, o tenente Warburg tinha vindo a fazer a corte a Leonor, mimando-a muito, cobrindo-a de atenções. Não lhe passara despercebida a forma voluntariosa como ele a ajudava a subir para o cavalo, como as suas mãos firmes lhe envolviam a cinturinha delgada para a fazer desmontar em segurança. Embora tivesse as aulas de manhã, era frequente *encontrar* Warburg à tarde, dando com ele a meio das suas deambulações pela terra, acompanhada de Benvinda. Demoravam-se a conversar na rua, felizes e indiferentes aos olhares atentos das mulheres bisbilhoteiras que já comentavam entre elas o à-vontade daqueles dois.

Leonor não imaginava uma relação séria com o tenente, mas sentia-se lisonjeada pelo seu interesse nela e não se esforçava muito para o travar. De certo modo, até alimentava aquele clima de romance que a divertia, não tendo noção do quanto ele se podia tornar vingativo caso descobrisse que ela andava a brincar com as suas intenções. Para todos os efeitos, Leonor achou por bem separar as águas e não recorrer a Warburg para chegar a Carlos. Não queria melindrar o primeiro e, sobretudo, não desejava causar um agravo de ciúmes ao segundo. E, com isto, Leonor viu-se impedida de visitar Carlos.

— Vou esperar — disse Leonor. — É melhor esperar.

Benvinda estranhou-a. Ainda não se esquecera do desespero dela quando lhe dissera, não havia muito tempo, que não aguentava esperar mais, «acabaram-se--me as reservas de paciência», tinham sido as suas exactas palavras. E, no entanto, ali estava ela cheia de paciência, dizendo-lhe que não tencionava visitar Carlos a qualquer custo. Leonor não se abrira muito com Benvinda sobre a sua recentíssima amizade com o tenente Warburg, preferindo não conferir grande importância ao caso. Contudo, Benvinda era inteligente e percebia o que ela andava a fazer. Não disse nada, para não provocar uma reacção intempestiva de Leonor, certa de que ela reagiria com indignação. Se Leonor tivesse solicitado a sua opinião, Benvinda tê-la-ia chamado à razão, tê-la-ia feito ver a armadilha perigosa em que se estava a meter. Mas Leonor não lhe pediu a opinião e Benvinda, prevendo a inutilidade dos seus comentários, remeteu-se a um avisado silêncio, abstendo-se assim de interferir num assunto para o qual não fora tida nem achada.

Havia outro motivo para Leonor hesitar. No fundo, o seu coração romântico tinha uma secreta esperança de que fosse Carlos a tomar a iniciativa de a procurar. E, como se o tempo fosse passando e ele continuasse a ignorá-la, Leonor foi esmorecendo na sua determinação, desanimada com o desinteresse de Carlos, sentindo-se triste. *Ele já não me ama,* pensou, achando agora vãs todas as palavras que tão laboriosamente entendera dizer-lhe, certa de que ainda poderiam ficar juntos, serem felizes.

Um mês decorrera desde a chegada de Carlos a Malange, e se o corpo já pedia acção, a alma ainda mais. Carlos aborrecia-se. Levava uma existência tranquila na Missão, consagrando os dias à leitura ou conversando demoradamente com os padres, à volta dos temas profundos que interessavam a humanidade pelos seus intrigantes mistérios que, diziam os anfitriões missionários, só em Deus encontravam a resposta adequada que dava sentido à vida. Um mês inteiro evaporara-se assim, agradável, devolvendo a Carlos a paz de espírito que se havia esvaído na canseira sangrenta do N'Xissa. Já recuperado, Carlos decidiu que era chegada a hora de deixar a companhia dos missionários e apresentar-se de novo ao serviço. Não era homem de ficar parado durante muito tempo e começava a sentir o apelo da aventura. Cortou a longa barba de eremita, fardou-se, partiu.

Nesse mesmo dia, ao fazer o caminho entre a Missão e a sua pequena casa de pau a pique, Carlos avistou Leonor ao longe, cruzando a cavalo o praça que se estendia à frente do seu alpendre, em parelha com o tenente Warburg. Carlos deteve-se à porta por alguns instantes, observando-a. Leonor puxou as rédeas do cavalo e ali ficou em suspenso, a olhar para ele, procurando decidir o que fazer. Warburg deixou o seu cavalo dar mais alguns passos antes de se aperceber de que ela ficara para trás, fazendo então o animal voltar-se para conseguir ver o que se passava. Leonor esqueceu o acompanhante, puxou as rédeas para esquerda e fez o cavalo andar na direcção de Carlos. Ao fundo, ele virou-lhe as costas e desapareceu no interior da casa. O coração de Leonor gelou.

— Vai a algum lado que eu não saiba? — perguntou Warburg, mal contendo a cólera súbita que o trespassou.

— Não... não — titubeou Leonor, estupefacta, detendo a montada sem tirar os olhos da casa onde Carlos entrara e sem reparar na fúria do companheiro. *Ele virou-me as costas,* pensou, destroçada.

65

Carlos entrou em casa e jogou com violência para cima da cama a mochila e a carabina que trazia ao ombro. A visão de Leonor na companhia de Warburg incomodara-o sobremaneira. Carlos desprezava tudo naquele homem. Considerava-o uma víbora, um pedante desalmado e perigoso, tinha-o na conta de um tipo, frio, interesseiro, um maldito imbecil que matava os inimigos indefesos, qual hiena faminta de sangue deambulando pelos restos do campo de batalha. Carlos e Warburg já se haviam tomado de razões numa ocasião em que, surpreendendo-o a executar um homem ferido, Carlos saltara em frente e agarrara-o pelos colarinhos, fora de si, preparando-se para o encher de pancada. Criara-se então um daqueles impasses de puro terror, dado que Warburg, defendendo-se, encostara o cano do seu revólver à têmpora de Carlos, e este, insensível ao perigo e desvairado, nem assim o soltara. Valera a intervenção rápida e firme do sargento-quartel-mestre Fernandes que pousara uma mão tranquilizadora no ombro de Carlos, apelando ao bom senso, recorrendo ao seu habitual tom ponderado para atenuar a tensão prestes a explodir. Carlos cedera ao fim de uns segundos, empurrando o outro que, ao cambalear para trás, ainda o presenteara com uma risada sinistra, grotesca, quase fazendo Carlos voltar à carga, não fosse a voz calma do sargento-quartel-mestre, dizendo que não valia a pena, enquanto o segurava.

Carlos saiu de casa, puxou a sua velha cadeira desengonçada e sentou-se à sombra do alpendre. Enrolou um cigarro, acendeu-o. Leonor há muito que desaparecera e no entanto ele continuava a vê-la, belíssima. Usava traje de montar: saia comprida castanha, camisa branca de folhos, jaqueta preta e o cabelo apanhado numa rede, debaixo de um chapéu de abas preto. Montava com as duas pernas do lado esquerdo do cavalo, à amazona. Pareceu-lhe bastante desembaraçada, tendo em conta que Leonor nunca andara à cavalo até há coisa de um mês. Carlos lembrava-se de ela lhe ter dito algo a esse respeito em Luanda, numa ocasião em que ele lhe contava as longas travessias que costumava fazer pelas deslumbrantes paisagens do interior de Angola.

Inspirou fundo o fumo do tabaco. *Um destes dias mato aquele Warburg*, pensou, remoendo o ódio, expelindo o ar que retivera nos pulmões. Vontade não lhe faltara nessa manhã, ao surpreendê-lo ao lado de Leonor. Trazia a *Kropatschek* ao ombro, teria sido fácil meter-lhe uma bala no corpo. *Um destes dias*...

— O que é que se passou ali atrás? — perguntou Warburg, como se não tivesse conhecimento da história de Carlos e de Leonor. Iam ainda a passo, na direcção do picadeiro. Leonor mantinha um silêncio perturbado, ausente.

— Nada — acabou por respondeu.

— Nada, hem? — resmungou o tenente, espicaçando-a. — Viu-se.

— Nada da sua conta, pelo menos — replicou Leonor, com uma aspereza que ele não lhe conhecia.

Warburg fez-se escarlate. O sangue ferveu-lhe nas veias, teve pensamentos vingativos, queria esbofeteá-la, *não fosses tu filha de quem és*... Houve um silêncio, marcado pelo som dos cascos a baterem na secura da terra endurecida. Warburg, impotente, via os seus planos desmoronarem sem nada poder fazer. Supusera que o romance deles eram águas passadas, rejubilara até na deliciosa fantasia de atormentar Carlos, provocar-lhe a ciumeira, andando por aí de caso com Leonor, de braço dado na rua, frequentando a casa dela, íntimo da família. Pois bem, enganara-se redondamente. Era óbvio que Leonor ainda nutria um sentimento forte por ele. *A galdéria andou a troçar de mim!*

— Vamos para o picadeiro — disse, autoritário. — A lição acabou.

— Ainda não — retorquiu Leonor. Desafiava-o agora! Warburg estava à beira de uma explosão.

— Leonor — advertiu-a —, eu disse que a lição acabou.

— Pois sim...

Chegaram ao picadeiro, ele desmontou, levou o seu cavalo pela rédea. Leonor hesitou. Mas então deu-lhe um repente, uma mudança súbita de disposição, quase como se se alegrasse com uma ideia louca.

— Tenente, não esteja assim — apaziguou-o, adocicando a voz. Vamos dar um passeio, vamos?

Warburg deu meia-volta nos calcanhares, espantado.

— Um passeio?

— Sim, um passeio por esse campo. — Apontou para a paisagem com um gesto de cabeça.

— Está doida, a rapariga! — exclamou, naquele seu estilo ligeiro, familiar, em nada ofensivo. — Não, está possessa!

— A sério, Warburg, vamos dar um passeio.

Ele vacilou ao reparar que ela o tratara pelo seu nome. Deixara cair o *tenente!* Era a primeira vez, usara só o apelido, mas enfim, era o seu nome, em todo o caso. Uma centelha de esperança iluminou os olhos frios de Warburg, pousou-os nela, estudou-a.

— Vamos, está tão sério que nem o reconheço.

— E não terei eu razões para estar tão sério?

— Razões, que razões? Aquilo de há pouco? Ora, já passou. Não me diga que vai ficar amesquinhado o dia todo por causa de uma resposta torta.

— Não foi só uma resposta torta, a Leonor sabe-o bem. Foi mais como que uma facada no coração.

Leonor não queria ir por aí, não lhe agradava o rumo da conversa. Habilidosa, fez-lhe um beicinho amoroso de bebé triste, à beira do choro. E Warburg, desarmado, desmanchou-se a rir. Afinal, pensou, talvez houvesse uma possibilidade de Leonor se interessar por ele. Ou talvez ela só quisesse vingar-se de Carlos, mas que lhe importava? Ele também queria! E, uma vez nas suas mãos, haveria de domar aquela menina mimada, haveria de moldar o estuporzinho ao seu jeito.

Deram um passeio até aos limites das plantações de café.

— Temos de voltar — disse ele.

— Só mais um bocadinho. Vamos explorar o mundo selvagem pediu Leonor, abrindo muito os olhos de falso terror. Esforçava-se por se mostrar alegre, embora sentisse uma tristeza enorme oprimindo-lhe o peito.

— Leonor, aquilo ali — apontou para o horizonte — é mesmo perigoso. Não se vai por aí sozinho. Há animais selvagens que estraçalham um homem em dois tempos.

Pois sim, pois sim, mas foram andando, afastando-se. Ele, embalado na ideia de estar finalmente a sós com Leonor; e ela desejando ir tão longe quanto possível. Só queria desaparecer dali para fora, morrer! *O Carlos voltou-me as costas...*

Atravessaram uma pequena floresta e desaguaram numa planície imensa. O calor forte da manhã começava a fazer-se sentir. Leonor ia um pouco adiantada. Atrás, Warburg preocupava-se. Trazia a sua carabina, o revólver, mas não se queria afastar, não estava a gostar daquilo, quebrou o silêncio:

— Pronto, já chega, vamos voltar.

Leonor, imersa nos seus pensamentos sombrios, mordeu o lábio para não desatar num pranto, mas não aguentou mais, começou a soluçar, deixando rolar grossas lágrimas que se lhe soltaram dos olhos desolados, descendo pelo rosto. Warburg, vendo-a de trás a sacudir os ombros, ouvindo-a chorar, esporeou ligeiramente a montada, colocou-se ao seu lado e agarrou-lhe as rédeas para obrigar o cavalo dela a parar.

— Então, então, Leonor, que se passa? — Passou o braço esquerdo por cima dela, abraçando-a. Leonor deixou-se consolar, escondeu o rosto lavado em lágrimas no peito dele. — Vamos, minha querida, acalme-se. — Warburg segurou-lhe o rosto com as duas mãos, amorosamente, limpou-lhe as lágrimas, puxou-a para si e depois, num impulso, começou a beijá-la na testa, nos olhos e, mais frenético, nos lábios. Leonor sacudiu-o, espantada.

— O que faz?!

O tenente estendeu os braços para ela.

— Leonor, minha Leonor, minha querida.

— Não, deixe-me!

— Leonor, por favor, eu amo-a!

— Está doido? Deixe-me, já lhe disse! — exclamou ela, apavorada. Mas Warburg, descontrolado, continuou a tentar abraçá-la, beijá-la. Lutaram; Leonor querendo livrar-se dele, o tenente, obstinado, agarrando as rédeas do cavalo dela com uma mão, puxando-a com a outra.

Leonor empurrou-o com força num derradeiro esforço para se soltar das mãos ousadas do tenente, soltou um grito, esporeou o cavalo com um ímpeto furioso. O animal deu um salto para a frente mas, sentindo-se preso, empinou-se nas patas traseiras, arrancou as rédeas da mão de Warburg com um violento golpe de cabeça, largou a correr. Leonor segurou-se desesperadamente para não ser derrubada no momento em que o animal se empinou. No instante seguinte viu que já não dominava o cavalo, quando este se atirou para a frente, à carga, abanando-a em cima da sela como se fosse uma boneca de trapos. *Vou morrer!*, pensou em pânico.

66

Carlos ainda fumava o seu cigarro no alpendre quando uma Benvinda esbaforida apareceu a correr, atravessando a praça, vinda do lado de lá, onde se aglomeravam as casas e os edifícios administrativos. Uma descarga de adrenalina arrancou-o à apatia das suas cogitações profundas. Antes de ela chegar junto de si, Carlos pôs-se de pé, tomado de um mau pressentimento.

O que terá acontecido a Leonor?, pensou logo

— O que foi Benvinda? — perguntou-lhe, morto de preocupação.

— A menina Leonor... — Benvinda arquejou sem fôlego, dobrada do esforço com as mãos apoiadas nas coxas, um pouco acima dos joelhos. — A menina Leonor...

— A menina Leonor, o quê?!

— A menina Leonor está perdida.

— Está perdida, como? — perguntou Carlos, alarmado, sem estar certo de que entendera correctamente o que ela quisera dizer.

— O cavalo dela assustou-se, tomou o freio, ninguém sabe dela, foram dizer lá a casa.

— Mas ela estava acompanhada. Onde está o tenente Warburg?

— Regressou a pé.

— A pé?!

— Sim. Vinha ferido, com um braço partido.

— Que raio aconteceu?!

— Não sei, não sei! — gritou Benvinda, sentindo-se pressionada, assustada.

Carlos não precisou de ouvir mais nada. Entrou em casa, agarrou na carabina, no coldre, saiu em direcção ao forte, correu como nunca tinha corrido.

A precipitação dos gestos conduzira-os a uma desastrosa perda de controlo. No momento em que Leonor gritou e esporeou o seu cavalo no meio da urgência atrapalhada de escapar aos abusos de Warburg, transmitiu ao animal o medo que sentia, assustando-o. A reacção foi imediata: o cavalo largou numa fuga desabrida, ignorando Leonor que, inexperiente, não teve a capacidade de o dominar, deixou escapar a rédea das mãos e, agarrando-se à maçaneta da sela, limitou-se a aguentar-se como pôde, na iminência de ser atirada ao solo. Um erro fatal, porque o cavalo nunca mais parou.

O tenente Warburg reagiu sem hesitar. Esporeou a montada, fincando as pernas no dorso e folgou a rédea para deixar o animal correr. «Ah!», gritou. Este, incitado pelo cavaleiro, disparou como uma bala, à carga, na perseguição do cavalo de Leonor.

Os dois cavalos, frescos, empregaram uma explosão de energia nos membros, lançando-se numa corrida sem fim através da planície que se abria à sua frente. Warburg precisou apenas de alguns segundos para alcançar Leonor. Com o seu cavalo em plena cavalgada, o tenente deslizou o corpo na sela, para a esquerda, mantendo a perna direita perfeitamente enganchada por cima do dorso do animal, segurando-se à sela com a mão direita e esticando a esquerda. O seu cavalo aproximou-se do outro, estreitando a cada passada os escassos metros que os separavam. Suspenso no ar, mantendo-se seguro apenas pela mão e perna direitas, Warburg preparou--se para agarrar a rédea do outro cavalo. *Só mais um bocadinho*, pensou.

No último instante, o tenente ergueu a cabeça e os seus olhos encontraram os de Leonor. Ela tinha uma expressão de puro terror, e ele, no meio daquele tropel desenfreado, ainda lhe sorriu, como que a dizer-lhe que estava tudo bem. Faltava pouco mais de um metro, um pequeno e insignificante metro. Esticou a mão, concentrado no seu objectivo. Um segundo depois Warburg teria agarrado a rédea e obrigado o cavalo de Leonor a parar, isto é, se não se tivesse dado então um daqueles imponderáveis golpes do destino que, sem qualquer explicação, tantas vezes condenavam as pessoas a tragédias injustas.

Quando corria pelo trilho que subia em direcção ao forte, onde tencionava ir buscar um cavalo para procurar Leonor, Carlos encontrou um soldado que seguia a pé com um cavalo aparelhado, levando-o pela rédea. Não procurou mais.

— Soldado — chamou-o. — Esse cavalo está fresco?

— Está sim, meu tenente.

— Então dê-mo cá que eu preciso dele.

— Mas, meu tenente, é o cavalo do capitão.

— Tanto melhor, é um excelente alazão, não me vai falhar.

— Tenente, tenha dó, o capitão vai matar-me.

Mas Carlos já se pusera em cima do animal e encaixava a carabina na bolsa de couro.

— Não vai, não — disse. — Descanse, que eu tomo a responsabilidade.

— Sim, meu tenente.

— É uma emergência — disse ainda, antes de esporear o cavalo. — Ah! — gritou.

Na realidade, aquele não era o cavalo do capitão, mas apenas um dos muitos cavalos do capitão Ernesto Osório dos Santos. O oficial tinha a paixão dos cavalos e, só por sua conta, havia no forte seis animais, os quais eram exclusivamente montados pelo dono ou pelo tratador que os trabalhava diariamente. De momento, o capitão encontrava-se fora de Malange, tendo levado o seu cavalo preferido para as grandes tiradas, um puro-sangue lusitano de cor branca. Acompanhava o governador na viagem de reconhecimento que este fazia pelo distrito. Tinham partido com uma pequena força de quinze praças, comandada por um segundo-sargento indígena do quadro colonial. Levavam com eles dois muares, conduzidos pelos auxiliares.

Dada a ausência do capitão, Carlos avaliara a sua situação com alguma descontracção, seguro de que não teria muito para fazer nos próximos dias. O capitão quereria certamente decidir os serviços que haveria de lhe atribuir. Montado num dos seus melhores cavalos, Carlos não pôde deixar de pensar que o homem não ficaria muito satisfeito se soubesse que ele lhe *requisitara* o animal. Carlos abanou a cabeça, admirado com a sua ilimitada capacidade de descobrir formas de indispor os superiores com a sua pessoa. De qualquer modo, pensou, se a fortuna lhe sorrisse, o capitão nem chegaria a saber daquela ousadia, desde que devolvesse o cavalo inteiro, naturalmente.

Warburg acordara para o seu pior pesadelo muito depois de a poeira ter assentado. Até esse momento o tenente permanecera simplesmente desmaiado, apagado, insensível, sem sentir dor ou experimentar qualquer outro tipo de sensação física ou psicológica. Agora, à medida que fosse recuperando a consciência, Warburg chegaria rapidamente à conclusão de que, se jamais tivesse voltado a acordar, a sua situação não teria sido pior do que esta em que se encontrava. Com efeito, o tenente teve a impressão de que o mundo desabava sobre ele. Estava metido numa enrascada dos diabos, pensou, francamente preocupado. Só então olhou para o lado e reparou no ângulo esquisito que o seu braço esquerdo fazia, todo torcido, inerte, pendendo-lhe do corpo como uma coisa morta.

Enquanto no forte ainda se organizava um grupo de resgate – juntavam-se os praças, escolhiam-se os auxiliares batedores, aparelhavam-se os cavalos –, Carlos já tomava a dianteira e ganhava terreno, graças ao seu improviso. Guiando-se pelo instinto, espicaçou o cavalo e seguiu na direcção que vira Leonor e Warburg tomarem nessa manhã. Fazendo o animal contornar as muralhas do forte a galope, ultrapassou veloz o picadeiro, correu ao longo dos cafezeiros e atravessou em seguida uma barreira de árvores, para logo entrar à carga pelo campo aberto. A paisagem era imensa e não lhe seria fácil encontrar Leonor se ela se tivesse afastado demasiado, bastando uma deriva de alguns quilómetros para leste ou oeste para que não desse com ela, caso tivesse a infelicidade de escolher a direcção errada.

Carlos sabia que, com Leonor ou sem ela, o seu cavalo haveria de encontrar o caminho de casa. Se ninguém lhe segurasse a rédea para o guiar, o animal tomaria essa decisão sozinho. Em determinada altura, um cavaleiro podia ficar perfeitamente perdido, sem qualquer sentido de orientação, mas o cavalo sabia exactamente os passos que dera para ali chegar e, em princípio, não teria dificuldade em voltar ao ponto de partida. Carlos rezava para que Leonor ainda estivesse em condições de montar, que não tivesse perdido o cavalo e que este continuasse utilizável. Eram demasiadas incógnitas, pensou, contrariado. E aquilo parecia-lhe cada vez mais uma situação desesperada. Na sua cabeça desenhavam-se cenários dramáticos, tragédias!

Quatro horas antes, algures naquele sertão infinito, Warburg havia descoberto com horror que o seu braço esquerdo se achava brutalmente afectado. Sentado no chão com as pernas abertas, estendidas, o tenente levou o seu tempo – não menos de vinte e cinco minutos – para sacudir o aparvalhamento que lhe baralhava as ideias e ganhar força e coragem para se erguer nas próprias pernas. Nesse entretanto, Warburg tentou compreender o que realmente lhe acontecera. Debalde, não se lembrava de nada, não conseguia. Teve uma vontade de chorar, uma comoção perfeitamente inconveniente que atribuiu ao choque que sofrera e, de todo, em todo a uma pieguice intolerável. *Que diabo,* espantou-se, não era dado a pieguices, por que raio não conseguia controlar aquela choradeira ridícula? Abstraindo-se das lágrimas teimosas que lhe rolavam pela cara abaixo, alheias à sua vontade, Warburg continuou a tentar lembrar-se daquilo que lhe acontecera de tão grave para ter ficado naquele estado lastimável. Piscou os olhos para limpar uma névoa que lhe toldava a vista, observou o que o rodeava, concentrado, descobriu o seu cavalo deitado de lado, a poucos metros dele. Os olhos sofredores do animal procuravam os do dono, como que suplicando porajuda. Warburg não conseguia recordar-se... *enfim,* pensou, era bastante óbvio que dera um trambolhão de todo o tamanho. Mas porquê?!

Diabo!, lembrou-se de repente, *onde se meteu a Leonor?!*

Leonor tinha simplesmente desaparecido. Aos poucos, Warburg foi recompondo os fragmentos da memória, foi revendo a cavalgada louca em perseguição do cavalo desenfreado, a sua posição acrobática em cima da montada para agarrar a rédea alheia, a expressão aterrada de Leonor, a mão dele estendida para a rédea mesmo ali à frente... *mesmo ali... mesmo ali... mesmo ali...* e mais nada, senão um grande buraco negro, antes de ter acordado naquele dó.

Warburg recuperou o controlo emocional, já não chorava sem vontade. Levantou-se devagar, sentiu uma tontura, cambaleou como se o chão firme fosse o convés de um barco. Muito pálido, a transpirar suores frios, lutou para se equilibrar, mas acabou encostado a uma árvore, a vomitar. Depois, mais seguro nas pernas, tirou um lenço do bolso, deu-lhe um nó com a mão direita e os dentes, colocou-o ao pescoço e enfiou o braço morto no lenço pendurado ao peito. Começava a sentir sérias dificuldades em suportar a dor terrível que lhe apanhava o braço todo, espraiando-se, enfraquecendo-lhe o resto do corpo. Também respirava com esforço, devido certamente a umas quantas costelas partidas.

Aproximou-se do cavalo. Constatou que o bicho tinha a perna irremediavelmente partida. Não havia nada a fazer, percebeu. Desolado, retirou a espingarda do estojo preso à sela e engatilhou-a a custo, só com uma mão. O animal relinchou um lamento, como que percebendo o que ele se preparava para fazer. Warburg baixou o cano da arma, apertou o gatilho, e o estampido do tiro ecoou na planície por segundos, ficando suspenso no ar, transmitindo uma sinistra sensação de intenso isolamento.

Colou a espingarda ao ombro e permitiu-se uma pausa, inspirando fundo e enchendo os pulmões com o ar quente, abafado, da planície. Depois iniciou a caminhada de regresso ao forte. Percorrera poucos metros apenas, quando reparou numa estreita fenda na terra e, então, compreendeu tudo. A fenda estendia-se horizontalmente pelo chão, atravessando a toda a largura o caminho dos cavalos. Leonor tivera sorte; o seu cavalo passara por cima da armadilha, já o de Warburg enfiara a pata na fenda, com o resultado catastrófico que estava à vista. Se ele estivesse atento ao caminho, teria evitado o acidente, se não fosse todo dobrado fora da sela, concentrado na manobra de apanhar a rédea do outro cavalo...

O tenente gastou duas horas para voltar ao forte. Não imaginara que se tivessem afastado tanto, ou talvez fosse ele que andava muito devagar, atormentado pelas dores excruciantes, pela dificuldade em respirar, pelo calor tórrido. Cada passo era um martírio, um esforço sobre-humano, mas Warburg não deslustrou na coragem, não desistiu. Era preciso chegar, dar o alerta, desencadear as buscas. Só parou às portas do forte, logo acudido pelos praças de sentinela. Resvalou para o chão poeirento, pediu água, fez uma descrição sucinta e lúcida da situação, desfaleceu.

67

Ao fim de uma hora a percorrer a planície, Carlos foi dar com Leonor sentada numa pedra, debaixo da sombra protectora de um embondeiro luxuriante, com uma carabina deitada sobre os joelhos e o olhar ausente. O cavalo dela pastava tranquilamente a poucos metros, aproveitando igualmente a sombra da árvore gigante. Parecia um quadro idílico, sem tons de tragédia. Ao vê-la ao longe, Carlos esporeou a montada, obrigando o cavalo a um derradeiro galope.

Puxou violentamente as rédeas, saltando da sela no meio de uma nuvem de poeira e correu para ela, gritou por ela!

Leonor não se mexeu, não reagiu, petrificada. Carlos ajoelhou-se à sua frente, segurou-lhe o rosto com as mãos, muito preocupado, obrigando-a a encará-lo.

— Leonor, estás bem?!

Estava bem, mas em choque. Não lhe respondeu, baixou a cabeça e cravou os olhos no chão, encolhendo-se, assustada.

— Como tu estás, como tu estás... — lamentou Carlos. Tirou-lhe a custo a carabina do colo, a que ela se agarrava com as duas mãos e com uma força surpreendente. — Está tudo bem, Leonor, eu estou aqui, não deixo que te aconteça nada de mal.

Carlos colocou a arma no chão e abraçou-a. E ela, tremendo numa febre, transida de medo, começou então a chorar.

— Ele... ele... ele não parava de correr... — balbuciou, sacudida num pranto, aliviando a tensão, soltando as emoções até ali reprimidas pela necessidade aterradora de se manter vigilante. — Estou aqui há... há tanto tempo... — queixou-se entre lágrimas de alívio. — Se tu visses, havia leões, passaram leões...

— Já passou, Leonor, já passou, não penses mais nisso. — Carlos apertou-a nos seus braços, embalou-a, consolou-a, sossegou-a. Ela não sabia, não podia imaginar, o pavor dele enquanto a procurava, o receio de não chegar a tempo. Abraçá-la de novo, voltar a sentir o perfume do seu cabelo, parecia um sonho.

— Não me deixes, Carlos — implorou-lhe. — Não me deixes, nunca mais!

— Não o farei, prometo que não.

Encontraram os primeiros auxiliares indígenas pouco depois de partirem na direcção do forte. Os batedores haviam passado pelo cavalo morto do tenente Warburg e tinham seguido em frente, lendo as pistas no chão. Se Carlos não se tivesse adiantado, eles teriam ido dar direitinhos ao lugar onde Leonor esperava por ajuda. Carlos trazia-a sentada de lado, encostada ao seu peito, entre os seus braços. O cavalo dela vinha atrás, a reboque. Carlos não conseguira convencer Leonor a montá-lo. Ainda trazia gravada na córnea húmida do olho arregalado de susto a imagem inacreditável de Warburg, num momento sorrindo-lhe, no momento seguinte crispado num espanto instantâneo, quando o seu cavalo tropeçou num salto mortal, estatelando-se os dois no meio de uma espalhafatosa nuvem de pó rubro. Leonor quase caíra também ao voltar-se para ver a sua salvação ficar definitivamente para trás. O cavalo de Warburg acabara de entalar a pata na fenda e, com o peso imenso do seu corpo embalado na corrida, partira-a como se fosse só um bocado de pau ressequido, enquanto os músculos se rasgavam como papel.

Leonor realizou que estava por sua conta e que teria de tomar a iniciativa para se salvar. Mas era impossível, não conseguia alcançar a rédea nem sequer usar as mãos, cravadas na macaneta da sela para não cair. O cavalo continuou a correr durante uma eternidade, quase a atirando ao chão a cada passada brutal. Leonor, sacudida com uma violência incrível, perdia as forças, sentia que não aguentaria muito mais. Então o animal começou a abrandar, cansado talvez, Leonor não saberia dizer. Ela inclinou-se para a frente, arriscou-se com uma mão, apanhou a rédea e puxou-a enquanto gritava a voz de parar, o que efectivamente acabou por acontecer.

Entraram em Malange nos finais da tarde, caídos num sentido silêncio, montados no soberbo cavalo do capitão, a passo, escoltados pelos auxiliares e por mais alguns praças que foram encontrando pelo caminho. Carlos conduziu o cavalo directamente para casa dela. Deteve-o defronte da entrada principal, desmontou, ajudou Leonor a descer e levou-a ao colo. A porta de casa abriu-se de rompante, Maria Luísa assomou ao exterior, no topo dos degraus. Atrás dela, surgiram Benvinda e Luísa.

— Minha rica filha! — exclamou, tapando a boca com as duas mãos, chocada com o aspecto dramático da cena que os seus olhos viam: Leonor, muito debilitada, segurava-se ao pescoço de Carlos, ambos rodeados pelos rostos graves dos auxiliares ambaquistas, dez ao todo, envergando trajes guerreiros e apoiados em zagaias.

— Ela está bem — disse Carlos, subindo os degraus.

— Qual quê! — empertigou-se a mãe, levando agora as mãos ao peito. Pois não se via que não?

— Está só abatida — prosseguiu ele, apaziguador, com uma condescendência na voz. — Teve um grande susto, foi só, precisa de repouso — disse — e de muitos mimos — acrescentou.

Leonor permitiu-se um sorriso fraquinho. Carlos, cuidadoso, depositou-a no sofá da sala. Uma penumbra funesta descia ali, agravada pelo clima pesado daquela quase-tragédia.

— Traz luz, Benvinda — mandou Maria Luísa, sentada na beira do sofá, debatendo-se com a escuridão que não a deixava ver bem a filha. — E os meus óculos, Luísa, no quarto.

A criada foi lá dentro buscar um candeeiro e a menina subiu ao primeiro andar. Ficaram só os três.

— Vamos lá a saber — invectivou Maria Luísa, fulminando Carlos com os olhos míopes — , o que aconteceu afinal?

— Foi uma infelicidade, um azar — explicou ele, paciente, não fazendo caso da injustiça implícita nos seus modos acusadores. — O cavalo do tenente Warburg partiu uma pata e o de Leonor assustou-se, tomou o freio nos dentes.

— Valha-me minha Nossa Senhora! Eu bem digo que os cavalos são um perigo, que a menina tem é de ficar em casa com os seus deveres. Mas qual quê! De que me vale gastar o meu latim? É como se não falasse!

— Mamã, mãezinha. — Leonor puxou-lhe delicadamente o queixo com a mão, obrigando-a a encará-la, sorriu-lhe. — Acalme-se. Estou bem, o Carlos salvou-me.

Ouvindo isto, Maria Luísa fechou os olhos por um segundo, prevendo as consequências daquele longo dia.

68

Mal recebeu a notícia do incidente com a filha, o governador interrompeu a sua jornada pelo distrito da Lunda e regressou a Malange, onde chegou no dia posterior aos funestos acontecimentos. Veio o caminho todo de mau humor, a rogar pragas ao tenente Warburg, ameaçando-o de represálias. Um castigo exemplar, era o que ele merecia, pela sua incompetência, por lhe ter colocado a filha em perigo!

— Leva uma corrida, que só pára em Moçâmedes — prometeu.

— O desgraçado está muito ferido — lembrou o capitão Ernesto Osório dos Santos, querendo apaziguar-lhe a bílis.

— Está muito ferido — resmungou o coronel. — Esse idiota devia era ter morrido!

Já no forte, o coronel irrompeu pela enfermaria, doido de raiva, fora de si.

— Onde está o tenente Warburg?! — gritou, com uma voz de trovão.

— Ali, meu coronel — apontou a medo um sargento enfermeiro muito intimidado.

O coronel atravessou a enfermaria em passada larga e parou diante de um Warburg muito pequenino e muito maltratado, prostrado de dores. Gritou no seu vozeirão de coronel:

— Que raio fez você à minha filha?!

Warburg fitou-o, desolado como um cãozinho triste e, num gesto calculado, esboçou um esforço heróico para se sentar na cama.

— Deixe-se estar deitado — resmungou o coronel, rendendo-se ao aspecto impressionante de Warburg, tão mau que lhe cortou o ímpeto inicial. Em boa verdade, era pior o aspecto do que o seu estado de saúde. O tenente safara-se com um braço e umas costelas partidas, e sem qualquer lesão interna. Não obstante, o seu rosto pisado, de um violáceo putrefacto, inspirava piedade. O coronel suspirou. Mais calmo, puxou uma cadeira, sentou-se. — Muito bem, tenente, conte-me lá essa história de uma ponta à outra.

O tenente Warburg cerrou os olhos, fazendo uma pausa dramática, antes de se lançar numa explicação condoída dos factos.

— Não sei como lhe dizer isto, meu coronel... a culpa é toda minha, não a devia ter deixado montar naquele estado de nervos...

— Estado de nervos, a Leonor? Porquê, homem de Deus?!

— Foi uma pequena questão, uma desconsideraçãozinha do tenente Montanha, mas que, enfim, a perturbou muito.

Só de ouvir o nome do tenente Montanha, o rosto do coronel tornou-se vermelho, à beira de uma explosão de fúria. E Warburg percebeu que já ganhara a simpatia do superior. Fez um esgar de dor, como se lhe fosse mais doloroso perturbar o coronel com as desgraças da filha do que o seu próprio sofrimento. E, retomando o fio à meada, explicou que nessa manhã o tenente Montanha havia voltado as costas a Leonor, em público, no meio da praça, devido a algum desentendimento entre eles, supunha, e que, bem, aquilo lhe tinha parecido uma humilhação para a pobre, «o meu coronel pode imaginar». Depois desse lamentável incidente, explicou Warburg, Leonor, muito nervosa e chorosa, implorara-lhe por um passeio a cavalo. E ele, acreditando que lhe faria bem respirar um pouco de ar do campo, acedera, «maldita a hora em que acedi». Mas, enfim, acedera. Contou o pranto de Leonor, tão perturbada, coitadinha, tivera uma fúria, pusera-se a galope, assustara o cavalo.

Warburg terminou o seu relato carregando-o com algum dramatismo heróico, descrevendo a sua acção para salvar Leonor, o seu espanto na queda, o seu sacrifício insano para voltar ao forte, dar o alarme! Tudo por causa da insensibilidade do tenente Montanha, concluiu, incrédulo, quase revoltado. E ele foi tão convincente que o coronel acabou de ouvir a sua história comovido.

— Sossegue, tenente — consolou-o. — Fez o que podia.

— Mas não foi o suficiente, receio.

— Fez tudo o que estava ao seu alcance e isso basta-me.

O coronel retirou-se em seguida, deixando Warburg todo satisfeito com o seu desempenho. Entusiasmara-se um pouco, concedeu, mas enfim, exageros à parte, não se saíra nada mal.

Leonor guardou para si o segredo da sua vergonha, a verdadeira razão que a fizera correr risco de vida. Sentia-se indignada com o comportamento indecoroso de Warburg – indignada e surpreendida, atendendo a que o tenente sempre fora a educação em pessoa, um perfeito cavalheiro. Mas naquela manhã não, naquela manhã tinha sido apenas um perfeito idiota, transfigurara-se, perdera a cabeça! Leonor ainda se interrogara se não teria tido uma reacção exagerada, mas teve de concluir que não, que Warburg lhe faltara definitivamente ao respeito, molestara-a e, com isso, pusera-a em perigo. Esses eram os factos e não havia como fugir deles. Leonor achava-se menoscabada na sua honra, despeitada na sua virtude. Contudo, ao ponderar as consequências de uma denúncia, compreendeu que iria desencadear reacções dramáticas. O pai nem hesitaria em atirar de imediato o tenente para uma prisão, talvez o despromovesse até, mas depois haveria também o falatório sem fim, a má-língua descomedida que provocava sempre danos irreparáveis no bom-nome de uma pessoa. Lembrou-se de Luanda, dos boatos maldosos sobre a sua família que haviam corrido pela cidade, infâmias injustas sobre o seu pai e Benvinda. E decidiu que não queria passar por tudo isso outra vez.

Por tais receios, Leonor calou a sua vergonha. Teve medo. Como em tantas outras vezes, a justiça não se cumpriria, beneficiando o prevaricador para não prejudicar ainda mais a vítima. Leonor também pensou em Carlos e na sua mais do que certa reacção intempestiva. Previu ciúmes, vinganças, violências que, decerto, só iriam piorar o que já era mau. E esse foi um motivo adicional para não denunciar o tenente. O efeito perverso do seu silêncio – o único que Leonor não conseguiu prever – foi que, precisamente, seria Carlos a sofrer as represálias devidas a Warburg.

69

— É uma missão arriscada — comentou o capitão Ernesto Osório dos Santos, exprimindo as suas reservas.

— É uma missão política — contrapôs o coronel.

— Mas, ainda assim, arriscada.

— Não há missões isentas de riscos — decretou o coronel. — Não neste lado do mundo, pelo menos.

— E está a pensar em quem?

— Diga-me você, capitão. Quem é o seu melhor homem? Quem é o mais intrépido e temido soldado das suas fileiras? Aquele que melhor conhece a região e o povo que nela habita?

— O tenente Montanha — respondeu sem hesitar.

— O tenente Montanha será.

Passava-se aquela conversa no gabinete do governador. O coronel e o capitão debatiam os passos a dar para expandir a influência portuguesa no distrito. O governador foi peremptório: era absolutamente vital promover a ocupação da região do jagado de Cassange, no território bângala. Enviariam uma missão exploratória, *política,* na classificação eufemística do coronel, tendo em conta os riscos que ela comportava e que ao capitão lhe pareciam demasiados.

O coronel iniciara a reunião com a aparente abertura de quem não tivesse tido o ensejo de maturar no assunto, estando, portanto, disponível para ouvir e debater todas as possibilidades. Contudo, a certa altura o capitão reparou que ele conduzia obstinadamente a conversa para a questão concreta do Cassange. E, quando deu por isso, já havia uma missão delineada, os meios a empregar e até um oficial para a levar a cabo. Para seu desespero, o coronel até tivera a astúcia de manipular de tal maneira a conversa que o tinha obrigado a escolher o tenente Montanha para a desempenhar. Ele, que nem concordava com a missão!

Mas era isso que o coronel queria, nomeá-lo sem o nomear.

Depois de ter conversado com o tenente Warburg sobre o incidente que quase custara a vida a Leonor, o coronel dirigira-se para casa arrasado de preocupação e frustrado por não ter um culpado claro. Fazia-lhe falta alguém em quem pudesse descarregar a sua fúria. Warburg tinha sido o primeiro a abater, mas, que diabo, o homem quase morrera a tentar salvar Leonor! Restava-lhe o tenente Montanha.

Encontrou Leonor deitada a descansar no sofá da sala. Sentou-se à beira dela, segurou-lhe uma mão entre as suas, beijou-lhe a testa com ternura.

— Como está a minha menina?

— Como se tivesse sido atropelada por um comboio — gemeu ela, cheia de mimo. — Mas inteira.

— Graças a Deus — suspirou. Parecia-lhe que já bastava de aulas de equitação para ela, disse. Leonor concordou.

— Tão cedo, não me ponho em cima de um cavalo — disse.

— Uma decisão ajuizada.

— Não é juízo, é medo.

O coronel fez um silêncio, fitando-a, perscrutador.

— Que foi, paizinho?

— Nada — disse, como se sacudisse uma ideia estranha do espírito. — Venho de falar com o tenente Warburg — acrescentou.

— Ah, sim...

— O pobre homem ficou bastante maltratado.

— Bem sei, coitado.

— Mas, enfim, há-de ficar fino — disse, pondo-se outra vez pensativo. E Leonor, vendo que algo o incomodava, olhou-o interrogativa.

— Foi ele, não foi? — perguntou finalmente o coronel, quebrando o embaraço.

— Ele, quem? — espantou-se Leonor.

— O tenente Montanha, quem havia de ser?

— Mas, foi ele o quê?

— O culpado desta trapalhada toda.

Leonor fitou o pai, confusa, sem conseguir perceber como é que ele chegara àquela conclusão bizarra.

— Paizinho, o Carlos salvou-me!

— Mas antes vocês discutiram.

— Disparate! — exclamou, incrédula.

— Não discutiram?

— Não, paizinho, não discutimos. Quem lhe disse isso?

— O tenente Warburg.

— O tenente Warburg é um idiota! — rosnou Leonor. E o coronel, vendo os seus olhos marejados de cólera, preferiu não insistir. De qualquer modo, era-lhe bastante óbvio que Warburg contara a verdade. Muito embora Leonor quisesse defender Carlos, o coronel estava convencido de que ele era uma influência perigosa para a filha e, a bem ou a mal, haveria de arranjar um modo de o expulsar definitivamente da vida dela!

70

A ordem não podia ser mais confrangedora. Carlos foi convocado pelo capitão Ernesto Osório dos Santos que, a mando do próprio governador, lhe explicou os fundamentos da sua próxima missão. Tratava-se, disse, de investigação, reconhecimento e possível ocupação do jagado de Cassange. Para tal, seguiria para o território bângala montado num boi-cavalo, levando consigo uma força mínima composta por um guia, um intérprete e cinco praças indígenas.

— Mas, isso é suicídio! — desabafou Carlos.

— Não, é prudência — corrigiu-o o capitão. — Quantos menos forem, menos são as probabilidades de serem considerados uma ameaça. Como disse antes, é uma missão política, tenente. De resto, não é a primeira vez que visita um sobado nestas condições e consegue submetê-lo sem disparar uma bala.

— Com a diferença de que, nas outras vezes, fui convidado.

— Pois então, faça-se convidado.

A partida estava aprazada para a aurora do dia seguinte, tendo sido escolhidos e instruídos todos os homens. O único que o capitão não nomeara, mas que Carlos não dispensara, era o soldado Rocha. E nem precisou de o convencer. Bastou-lhe perguntar se podia contar com ele.

— Do que se trata, meu tenente?
— De uma missão perigosa — respondeu.
— São as melhores.
— Sim, mas esta é *mesmo* perigosa.
— E não o são todas, ao fim e ao cabo?
— Tem razão, Rocha. Então, posso contar consigo?
— Absolutamente.

Cumpridos todos os preparativos, restava a Carlos arranjar forma de se despedir de Leonor. Não a via desde há dois dias, quando a deixara. Ela convalescia do susto e das mazelas da aventura recente e ainda não saía de casa. Carlos conseguiu enviar-lhe um recado urgente através de uma mulher que passou um bilhete a Benvinda. Leonor, recebeu-o, leu-o:

«Querida Leonor,

Parto amanhã em missão de muitos dias. Não te quero maçar com pormenores, mas informar-te de que vai ser morosa e espinhosa. E, se não morrer de um tiro, morrerei certamente de saudades tuas.

Teu, Carlos»

Nessa mesma noite, e pela segunda vez na vida, Leonor fugiu de casa para se encontrar com Carlos. Surpreendeu-o a fumar um cigarro solitário na penumbra do seu alpendre. Foram para dentro e beijaram-se com a urgência de um amor que andava à deriva havia tanto tempo e por tantos motivos que agora lhes pareciam um desperdício de questões menores. Leonor quis falar, dizer-lhe que tinham sido tolices os seus amuos, que estava arrependida, que o amava. Mas Carlos obrigou-a a calar o passado, pois estava ali com ele e era tudo o que lhe interessava. Caíram na cama com um desembaraço de velhos amantes, reencontraram-se nos braços um do outro, tiveram-se com uma paixão, uma excitação desesperada. Leonor deixou que ele a despisse sem qualquer constrangimento e depois recebeu-o feliz por estar ali, por voltarem a unir-se de corpo e alma.

Um feixe de luz azul-prateada rompia pela porta aberta iluminando o centro da choupana. No canto obscuro que a lua não alumiava, Carlos inspirou profundamente o fumo do cigarro. Um pontinho laranja--vivo quebrou a escuridão. Carlos expeliu o fumo e este atravessou a fronteira de luz, no meio da choupana, desenhando um risco claro no ar, enquadrado com a porta. Carlos encostava-se ao almofadão enquanto fumava, pensativo. Leonor estava deitada de lado, de frente para ele, com o rosto escondido no pescoço dele, aninhada no seu corpo desnudado. Tinham acabado de fazer amor e ainda continuavam juntos, entrelaçados um no outro. Leonor ainda o sentia dentro de si. Teve um desejo, uma necessidade desesperada de se manter assim, colada a ele. Carlos ouvia a sua respiração tranquila sem saber se dormia, se meditava. Passou-lhe a mão pelas costas nuas, húmidas e quentes de um suor recente. Fazia um calor abafado que não os incomodava minimamente. Leonor reagiu ao toque da mão de Carlos nas suas costas, abraçou-se com mais força, como se fosse possível colar--se mais a ele.

— Para onde vais amanhã? — perguntou Leonor, quebrando o silêncio cúmplice dos últimos minutos.

— Para o Cassange — disse. — Território bângala.

— É uma missão perigosa?

— E não o são todas, ao fim e ao cabo? — respondeu Carlos, divertindo-se com a ideia de parafrasear o Rocha.

— São... — concordou Leonor, numa voz apagada. Carlos não conseguia ver o seu rosto na escuridão, mas, a adivinhar pelo seu tom de voz, podia imaginá-lo grave e preocupado. — Explica-me o que vais lá fazer.

Carlos explicou-lhe a missão em traços gerais, procurando manter-se o mais descontraído possível, não logrando contudo iludir o apurado instinto feminino dela. Por alguma razão, Leonor pressentiu que havia qualquer coisa errada, pois teve a certeza de que Carlos não se mostrava muito seguro.

— Não pareces muito confiante — notou.

Ele respondeu-lhe com um grande suspiro.

— Carlos?...

— Sim?

— Que se passa?

— Nada, é só mais uma missão.

— Mas — insistiu ela —, o que é que esta tem de especial?

— É muito perigosa — admitiu Carlos.

Leonor afastou-se dele, levantando a cabeça no escuro, como uma gazela pressentindo o perigo.

— Porque é que vão tão poucos? — perguntou.

— Porque é uma missão diplomática, como te disse.

Mas Leonor não estava nada convencida, pairava nela uma vaga sensação de tragédias por acontecer.

Ela ficou com Carlos até ao fim da madrugada, dormitando a espaços. Minutos antes de o sol nascer, ele vestiu a farda, pegou nas suas armas e preparou-se para partir. Leonor despediu-se dele com um abraço angustiado. As duas sombras separaram-se com sussurros de amor. Leonor esgueirou-se na escuridão, desaparecendo em direcção a casa. Carlos subiu o trilho curto que o levava ao forte e, quando cruzou a porta de armas, reparou que já era dia.

Partiram. Eram uma embaixada pobre, sem força nem esplendor. Carlos e o soldado Rocha eram os únicos europeus e os únicos de farda, os restantes trajavam à civil. O tenente montado num dócil boi-cavalo, os outros a pé. Por esses dias, Carlos haveria de expor a sua preocupação pelo futuro próximo nas esclarecedoras linhas que escreveu no seu diário de viagem:

«Segui pois o meu destino, bem convencido de que difícil, se não impossível, seria desempenhar-me de uma tão arriscada missão, com uma tão diminuta comitiva e com uma oferenda em nada atraente para conquistar o respeito e a simpatia de um povo por excelência negociador e, como tal, habituado a frequentar grandes centros comerciais, portugueses e belgas, sabendo por isso calcular o valor desses artigos.»

Com efeito, o saguate que Carlos recebera para cativar o jaga bângala era de uma insignificância confrangedora. Uma garrafa de aguardente e meia dúzia de peças de fazenda para oferecer a um potentado rico e poderoso pareciam-se demasiado com uma deliberada vontade de conduzir a missão ao fracasso.

«Pelo trajecto, escreveu o tenente, cada vez mais apreensivo, *tanto europeus como indígenas davam-me informes desanimadores sobre os resultados que me esperavam de uma tal aventura, narrando que várias expedições haviam já tentado submeter aqueles aguerridos povos e foram todas derrotadas e trucidadas.»*

As perspectivas não podiam, pois, ser mais negras.

71

A pequena comitiva rumou a nordeste. Embrenhando-se no interior mais profundo do distrito, tomou a rota de Catala, seguindo depois para o posto militar do N'Xissa. Aí descansaram dois dias. Carlos matou saudades do excelente sargento-quartel-mestre Ferreira, que nessa época comandava o posto e com quem partilhou as suas perplexidades quanto ao resultado da missão.

Retomaram a marcha, derivando agora para leste, na direcção das montanhas de Caange. Era um terreno que Carlos conhecia bem da campanha dos bondos. Ultrapassando as faldas e as cumeeiras de Caange, entraram então no território desconhecido dos bângalas.

Atravessaram um vale por uma faixa estreita, ao longo de uma floresta cerrada, e foram dar a um planalto na montanha seguinte. Ali, Carlos deu ordem de alto, aproveitando umas palhotas algo descompostas que lhes surgiram no caminho e que lhes serviriam de improvisado abrigo para pernoitarem. A noite, escura e pesada, ameaçava o dilúvio.

Os setenta guerreiros surgiram do nada, tal foi a sua habilidosa aproximação até à comitiva sem se fazerem notar. Quando deram por eles, o tenente Montanha e os seus homens já se encontravam cercados, sem hipótese de fuga. Era um grupo de rebeldes empedernidos de muitas guerras e habituados a saquear caravanas, guerreiros fortes e sinistros, a quem não comovia um pingo de piedade pelas suas vítimas.

Mal caíram em cima da comitiva, os bângalas arrancaram as armas a todos, um a um, certificando-se de que os desarmavam completamente. O soldado Rocha, que se manteve junto ao tenente, foi dos últimos a quem os guerreiros tiraram das mãos uma carabina *Mannelicker*. Os guerreiros levaram-nos na direcção das palhotas, mas, no decorrer confuso dos acontecimentos nocturnos, Carlos apercebeu-se de que lá atrás, na escuridão, os seus homens se defendiam dos atacantes que, sem compaixão, os trucidavam horrivelmente a golpes de machete.

Restaram então o tenente Montanha e o soldado Rocha, atirados de mãos e pés atados para o chão duma palhota. Pelo pouco que perceberam do linguajar difícil e agressivo dos selvagens, tencionavam entregá-los ao seu régulo para que este tivesse o gosto pessoal de lhes cortar a cabeça na manhã seguinte. Tornou-se portanto demasiado óbvio que precisavam desesperadamente de escapar aos guerreiros até ao amanhecer.

Quis a Divina Providência que uma tempestade desabasse sobre eles. Carlos descreveu-a assim: «*O trovão ribombava, as faíscas cruzavam-se medonhamente por todos os lados nos ares, chovendo copiosamente. Eram os elementos que vinham a nosso favor!*»

De facto, os setenta guerreiros, desorganizados e indisciplinados, foram como que desbaratados pelo chuveiro torrencial. Enervados com a fúria dos elementos, os guerreiros dispersaram-se, uns em violentas discussões, outros a cortarem árvores para reforçarem as coberturas das palhotas. Tomando vantagem da confusão, esquecidos na palhota sem guarda, os dois prisioneiros já se debatiam furiosamente para se libertarem. O soldado Rocha inclinou-se sobre as costas do tenente e, com uma determinação voraz, roeu-lhe a corda que lhe prendia as mãos e que, por felicidade, não havia sido muito bem atada. Já com as mãos livres, Carlos libertou as do companheiro, tratando depois cada um de desamarrar as cordas que lhes apertavam os tornozelos.

Fizeram um buraco na parte de trás da palhota e passaram pela abertura, começando a rastejar por um caminho estreito entre as palhotas. A cortina de chuva tornava-os praticamente invisíveis naquela noite impenetrável. Eles próprios mal conseguiam ver para onde rastejavam. Apercebendo-se de que chegavam à fronteira entre a última linha de palhotas e um espaço aberto, de não mais de três metros até à orla da floresta, espreitaram para verem se a passagem estava livre. À esquerda, detectaram a presença de um número indeterminado de guerreiros. Não os podiam ver naquela escuridão, mas conseguiam ouvi-los claramente, envolvidos numa discussão qualquer. Carlos decidiu avançar pelo campo aberto, esgueirando-se até à floresta num movimento silencioso e muito rápido.

Mais protegidos pelas árvores que os escondiam, os dois homens levantaram-se e começaram a afastar-se do perigo. O problema é que agora o arvoredo frondoso tapava totalmente os escassos resquícios de luz e eles caminhavam às cegas. A escuridão era completa, de tal modo que Carlos não conseguia ver as próprias mãos, levantadas à frente da cara para evitar chocar contra as árvores. Ao fim de cinco minutos de penosa progressão, ouviram gritos de alarme. Carlos estremeceu com o significado sinistro da agitação que ouvia lá atrás. Tinham descoberto a fuga deles!

Era uma situação desesperante. Àquela velocidade, não iriam a lado nenhum, pensou Carlos, partindo do princípio de que os seus perseguidores, ambientados ao terreno, conseguiam mover-se muito mais depressa do que eles. O medo de serem capturados e a certeza de que não haveria segunda oportunidade levou-os a estugar o passo. Batiam contra as árvores, tropeçavam, arranhavam os braços e a cara nos ramos salientes e, tanto quanto podiam dizer, era tão provável que se estivessem a afastar como a andar em círculo.

Um rasgo de esperança iluminou-lhes as faces quando, subitamente, encontraram um trilho onde, pelo menos, havia luz suficiente para verem onde pisavam. Mas, mais uma vez, havia um grande senão a ponderar: no trilho ficariam muito expostos. Consultaram-se por sinais. *Por aqui?*, apontou Carlos. *Vamos!*, respondeu o companheiro, fazendo que sim com um firme gesto de cabeça. Arriscaram.

Andaram dez metros e depois mais dez e mais dez. Sem novidade. Começaram a ganhar alguma confiança, a respirar um certo alívio. Os seus olhos, mais habituados, já distinguiam melhor as sombras e antecipavam os obstáculos, permitindo-lhes correr moderadamente. A roupa ensopada pela água da chuva tornava-se pesava, estorvava-lhes os movimentos, mas, embora cansados e cobertos de escoriações ligeiras, cada passo que davam, cada metro que se afastavam, era um alento, um conforto para o espírito trespassado por imagens de horrores. Iam conseguir!, animou-se Carlos, um segundo antes de ser apanhado de surpresa.

Os guerreiros bângalas demonstravam uma notável adaptação ao meio ambiente, conseguindo evoluir em passo de corrida pelo trilho apertado, independentemente da falta de visibilidade, da chuva torrencial e dos rios de lama que o atravessavam. Vindo por detrás deles, o primeiro guerreiro aproximou-se a uma velocidade incrível e sem fazer o menor ruído denunciador, caiu em cima do soldado Rocha como um leão implacável. Surpreendido pelo ímpeto do atacante, o soldado desequilibrou-se para a frente e estatelou-se com a cara no chão enlameado. Na confusão do choque, o guerreiro passou-lhe por cima e caiu aos pés de Carlos. Este, reagindo por instinto, desferiu-lhe vários pontapés seguidos no rosto. Uma zagaia invisível cortou o ar com um silvo mortal, espetando-se numa árvore a escassos centímetros de Carlos. Ele levantou momentaneamente a cabeça e viu, espantado, que o soldado Rocha já estava de novo em pé e a correr na direcção contrária, atirando--se como louco contra a fila indiana de guerreiros que precediam o primeiro homem, ligeiramente avançado. Carlos percebeu que não podia deixar o guerreiro ali estendido que se levantasse, ou perderia a vantagem. O homem era muito maior e incomensuravelmente mais forte! Sem outro recurso, aplicou todo o seu peso deixando-se cair com o joelho em cima da cabeça dele e depois, num reflexo atrapalhado, apanhou uma pedra ali à mão e voltou a bater-lhe na cabeça até o deixar numa papa com os miolos de fora.

Nesse entretanto, o soldado Rocha, agigantado contra o comboio de guerreiros, atirava desesperada e arbitrariamente socos e pontapés para a frente, logrando tapar-lhes a passagem. Era uma iniciativa corajosa, mas sem esperança. Logo a seguir um dos guerreiros conseguiu furar o bloqueio e caiu desamparado para a frente, nas costas dele. Num movimento rápido, Carlos arrancou a zagaia que ficara espetada na árvore e, saltando em frente, trespassou o guerreiro de um lado ao outro do peito.

— Fuja, tenente, fuja! — gritou o Rocha. — Fuja que eu aguento-os!

— Não!

Mas ele insistia.

— Fuja, tenente!

— Porra, soldado, não!

— Fuja, já lhe disse!

O Rocha, o *Urso Branco*, era um tipo enorme, o maior e mais forte soldado que Carlos já havia visto em toda a sua vida militar. Debatia-se com uma fila de setenta guerreiros e, ainda assim, da última vez que Carlos o viu, estava a conseguir fazê-los recuar. Carlos não podia ajudá-lo, porque ele ocupava todo o espaço do trilho entre a floresta cerrada, impedindo-o a ele de o ajudar e aos outros de passarem. Era uma situação insustentável, evidentemente, uma questão de segundos – minutos no máximo – até ser derrubado e vencido. Carlos seria atacado de imediato e trucidado sem qualquer hipótese de sobrevivência. «Fuja, tenente, fuja!», ouvia-o gritar enquanto se batia com uma agilidade e uma energia demolidoras. O seu guarda-costas continuava a lutar, sacrificando a vida por si. Carlos pensou, *ele está a dar a vida por mim!* E Carlos queria viver.

Correu o mais depressa que as suas pernas permitiram, afastando-se dos gritos da luta selvagem que deixava para trás. Perguntou-se até aonde conseguiria ir antes que os guerreiros lhe caíssem novamente em cima. Não sabia a resposta, mas compreendeu que isso iria acontecer. *Era inevitável*, pensou, *sou um homem morto!*

72

Passaram quinze dias sem chegar ao N'Xissa qualquer notícia do tenente Montanha e dos seus homens. O sargento-quartel-mestre Ferreira, cada vez mais inquieto, decidiu enviar uma coluna de reconhecimento até às faldas do Caange. Dez homens devidamente municiados e outros tantos auxiliares carregadores, igualmente armados, comandados por um cabo negro, saíram na pista da comitiva. Regressaram três dias mais tarde com um morto e vários feridos nos braços. Contaram que se tinham aventurado para lá da montanha e que haviam sido surpreendidos por um grupo de rebeldes. «Cerca de setenta», disseram. Tinham formado o quadrado, aguentado o cerco e repelido vários ataques, desferindo pesadas baixas ao inimigo. Valera-lhes a superioridade do fogo das suas armas e a disciplina. Os rebeldes, embora muito aguerridos, eram falhos de virtudes militares. Agiam como se fossem um grupo sem liderança, carregando sobre os soldados, lançando-se sobre os canos das suas armas, atirando zagaias e brandindo machetes.

— E a comitiva? — perguntou o sargento-quartel--mestre.

— Chegámos a um planalto para lá da montanha, avistámos umas palhotas abandonadas — disse o cabo. — Ali perto, encontrámos vários corpos muito maltratados.

Eram eles, Sargento-quartel-mestre, reconheci-os pelas roupas.

— Meu Deus — suspirou o bom homem, assombrado. E logo animado por uma centelha de esperança: — E viu o tenente Montanha? Reconheceu-lhe a farda?

— Não, sargento-quartel-mestre — respondeu o cabo. — Estávamos aí, quando fomos atacados. Tivemos de retirar, não deu para investigar mais. E também não encontrámos o Rocha.

Era uma esperança, reflectiu o sargento-quartel-mestre Ferreira, muito pequenina, mas, ainda assim, uma esperança. O mais certo era o tenente e o Rocha terem sido mortos pelos rebeldes algures, noutro lugar qualquer. Os seus homens não tinham tido oportunidade de investigar a zona, por isso ele não sabia. Pelo seu lado, não podia empenhar mais soldados numa operação de salvamento. Ele próprio só contava com setenta efectivos para controlar a complicada região dos bondos e não seria razoável enviar uma segunda força para lá do Caange. Não podia arriscar mais vidas. Mandaria pedir ajuda a Malange, decidiu.

O Preto José chegou a Malange com a perturbadora notícia. O antigo criado do Zé do Telhado apresentou-se no forte com uma missiva assinada pelo punho rigoroso do sargento-quartel-mestre Ferreira, em que este fazia um relatório circunstanciado do trágico destino da comitiva enviada ao território dos bângalas. O capitão Ernesto Osório dos Santos levou o relatório ao governador.

— Uma tragédia, senhor Governador, *u-ma-tra-gé-dia* — frisou ele, irrompendo pelo seu gabinete, agitando a carta no ar. — Foram todos mortos, todos mortos!

— Quem, homem de Deus?! — alarmou-se o coronel. — Quem é que foi morto?

— A comitiva, a nossa comitiva aos bângalas!

— Não! — exclamou o coronel, do fundo de um abismo. — A nossa comitiva aos bângalas?

— A nossa comitiva, sim! — retorquiu o outro, pálido. — Acabo de ser informado, está tudo aqui, no relatório que me chegou do N'Xissa.

O governador estendeu a mão.

— Deixe-me ver isso — pediu. Leu.

— Enfim — disse o capitão, enquanto ele lia —, há uma esperança. O tenente não foi encontrado, um soldado também não...

O governador baixou a carta, levantou os olhos, fitou-o, admirado.

— Uma esperança?...

— Sim, senhor governador, vou já preparar uma força, uma missão de busca e salvamento!

— Não vai fazer tal coisa — disse o coronel, seco, desprovido de emoção, definitivo.

— Não vou? — estranhou o capitão, aparvalhado.

— Pois está claro que não! — gritou o coronel, colocando-se de pé com uma energia tal que fez o outro saltar da sua e pôr-se em sentido sem pensar.

— Mas... eles podem estar vivos, a precisar de ajuda.

O governador atirou a carta para cima da secretária.

— Ó homem — disse, chamando-o à razão —, você não vê? Morreram todos, como poderiam ter escapado?

— Não sei, mas não houve confirmação visual, por isso...

— Por isso enviamos uma força e arriscamos mais vidas? Por amor de Deus! Passaram quinze dias.

O capitão deixou-se cair na cadeira, desanimado. Era efectivamente verdade, tinham passado quinze dias e há muito que aguardavam notícias. A ansiedade vinha-se adensando à medida que o tempo corria sem qualquer informação. *E agora esta! Diabo,* pensou, *vai ser cá um golpe.*

O coronel arrumou a sua secretária com gestos lentos, ponderados, levantou-se, foi até à porta, virou-se para trás certificando-se de que não se esquecia de nada, colocou a mão na maçaneta da porta e deixou-se estar assim, apoiado, durante alguns segundos, abarcando a dimensão do desastre. Sentia-se responsável, claro. *O que eu fui fazer!*, pensou. Mas era uma fatalidade, confortou a alma, que raio, aquelas coisas aconteciam! O exército tinha baixas, naturalmente, o exército tinhas as suas baixas. Era inevitável, concluiu, mais tranquilizado. Abriu a porta, fechou-a, foi para casa dar a notícia à filha.

73

— Como?... — disse Leonor, confusa. — O Carlos? Não pode ser...

O coronel estava sentado diante dela, na sala. Maria Luísa, de pé, assistia à conversa, destroçada. A filha mais nova agarrava-se às suas saias, muito insegura. «O que foi, mamã, o que foi?», perguntava a pequena, perturbada, pressentindo a tragédia. A mãe abraçou-a.

Fez-se um silêncio estranho.

— Mas... mas... paizinho... — Leonor vacilou, incrédula. O seu cérebro registava o que ouvia, mas não conseguia aceitar a notícia. Não podia ser, pensava Leonor, tinha de ser um engano. — Tem de ser um engano — disse.

— Infelizmente, não é — confirmou o pai, pesaroso.

Leonor fitou-o, espantada, e, como se começasse a interiorizar o significado do que o pai lhe dizia, os seus olhos assustados encheram-se de lágrimas. Levou as duas mãos à boca, impedindo-se de gritar, paralisada no pânico que a invadiu. O pai amparou-a com um abraço protector.

Mas Leonor ainda não estava preparada para aceitar.

— Não, não, não... — dizia, abanando a cabeça, afastando-se do pai, deixando-o de braços estendidos.

— Leonor...

— Não pode ser verdade!

— Mas é, minha querida, é. Eu recebi um relatório completo. Não há dúvidas.

— Quem escreveu o relatório? — perguntou ela, limpando as lágrimas com a mão, procurando recuperar o controlo das emoções.

— O comandante do posto.

— Esse comandante viu o corpo?

— Não, não foi possível.

— Alguém viu o corpo?

— Não, Leonor, se lhe digo que não foi possível.

— Então, não me interessa. Não morreu, não há confirmação.

— Ó minha filha, por favor...

— Não, paizinho, não vê? É preciso confirmar, é preciso ter a certeza!

— Isso não pode ser! — declarou ele, levantando-se subitamente, retomando a sua autoridade.

— Como não?

— Filha, veja se percebe, eles caíram numa emboscada, morreram todos. Não posso arriscar mais vidas para resgatar os corpos.

— Mas, paizinho, se não há a certeza... Ele é forte, pode estar vivo e a precisar de ajuda!

Mas o coronel não cedia aos apelos da filha, ela não estava em si, disse, não estava a raciocinar convenientemente, exasperou-se.

— Paizinho, por favor, faça-me a vontade. Mande alguém procurá-lo.

«Não», disse o coronel; ele não lhe faria a vontade. Assunto encerrado, saiu da sala. Leonor olhou para a mãe, incrédula, *assunto encerrado?*, pensou, *assunto encerrado?!*

A CAMINHO DO FIM

74

A noite chegou tormentosa. Nuvens pesadas cobriam Malange com uma ameaça pendente. Uma trovoada seca rebentou de repente, propagando o estouro assustador dos trovões pela imensa planície, pela terra, fazendo estremecer os corações supersticiosos das pessoas, resguardadas em suas casas, encolhidas em reverente temor. Lá fora, levantou-se o vento forte que precedia a chuva, criando redemoinhos de areia vermelha no ar agitado. Na rua escura, dois cavaleiros solitários, duas sombras silenciosas, taparam o rosto com lenços e baixaram a pala dos chapéus sobre os olhos, para se protegerem da areia que os açoitava. Em seguida montaram e, sem dizerem palavra, percorreram a rua deserta, quais fantasmas deslizantes na atmosfera eléctrica, afastando-se daquela ilha de civilização, fundindo-se no buraco negro que havia para lá das casas, onde começava o sertão.

Leonor mal cabia em si de medo. Medo da aventura em que decidira embarcar, medo do futuro que a esperava, medo, enfim, de não tornar a ver Carlos. Embalada pelo suave passo do seu cavalo, ela nem podia acreditar que voltava a montar. Ainda se sentia fragilizada pelas consequências da última cavalgada, o seu corpo, a sua saúde claudicara nos dias seguintes, depois da partida de Carlos. Leonor sentira-se fraca, tivera febres, estivera acamada. Ela jurara a si mesma que não voltaria a montar, e no entanto, ali estava, a caminho do N'Xissa na pior noite do ano! Dali a pouco, começaram a cair os primeiros pingos grossos de chuva.

Três horas antes, Benvinda trouxera o Preto José ao encontro de Leonor, conforme esta lhe ordenara. Leonor entregara-lhe uma bolsa cheia de moedas e pedira-lhe que fosse arranjar dois cavalos e que partisse nessa mesma noite para o N'Xissa. O Preto José recebeu a bolsa.

— De boa vontade lhe arranjo um cavalo e a acompanho ao N'Xissa — disse. — O dinheiro é para a montada e para mantimentos. Não ficarei com nenhum para mim.

— Muito reconhecida lhe fico — retorquiu Leonor, bem impressionada com a elegância dele, ainda sem entender o que o motivava.

— O tenente salvou-me uma vez — explicou. — Esta é a minha paga.

Cavalgando agora ao lado do Preto José, Leonor não estava muito segura do que é que poderia fazer para ajudar Carlos. Num primeiro impulso decidira que, se o coronel o abandonava à sua sorte, iria ela mesmo procurá-lo. Era uma loucura, evidentemente, mas não podia ficar parada, e confiava em que, ao saber da sua partida, o pai se veria obrigado a mandar ajuda. Leonor tinha consciência do significado do seu gesto. Acabara de sair de casa. Tomara uma decisão adulta e afastara-se da sombra protectora dos pais. O coronel, possivelmente, não lhe perdoaria, e ela talvez nunca mais voltasse. Tanto pior, resignou-se, procuraria outro lar. Depois, pensando em Carlos, começou a rezar para que estivesse vivo.

Atravessaram a madrugada debaixo de uma chuva massacrante. Leonor tinha a roupa encharcada.

Sentia-se molhada até aos ossos, tremia de frio e desfalecia de cansaço. As mãos enregeladas mal seguravam a rédea, e ela já não conduzia o cavalo, o qual, no entanto, continuava a seguir o do Preto José, como se soubesse o que devia fazer, independentemente da ausência de indicações da sua cavaleira. Ao longe, relâmpagos extraordinários iluminavam sucessivamente a paisagem com uma luz branca fantasmagórica. Leonor queria parar, precisava de se proteger da chuva e de descansar. Ao lançar-se naquela jornada, algumas horas antes, Leonor não imaginara o sacrifício que tal façanha exigiria de si, não pensara que pudesse ser tão esgotante, especialmente devido aos efeitos da noite tormentosa e ao frio. Mas agora os seus olhos fechavam-se e o cérebro dizia-lhe que ela tinha desesperadamente de dormir. O Preto José vigiava-a pelo canto do olho, consciente de que ela estava a chegar ao limite das forças, mas sabendo também que não podiam fazer outra coisa senão continuar. Cavalgavam em terreno aberto e a planície não lhes oferecia abrigo. Leonor sentia-se tentada a resguardar-se debaixo de uma das raras árvores que surgiam, aqui e ali, com as suas copas frondosas; contudo, a experiência do Preto José dizia-lhe que não seria aconselhável fazê-lo. A protecção das árvores era ilusória, uma vez que a água da chuva escorria pelas folhas e ramos, e estas não proporcionavam um verdadeiro abrigo. E, pior do que isso, como as árvores isoladas tinham a tendência infeliz de atrair as descargas eléctricas durante as tempestades, qualquer incauto que procurasse a sua aparente protecção corria o risco de ser fulminado por um raio. Assim sendo, era necessário prosseguir viagem.

O dilúvio continuou a abater-se sobre a terra, qual impiedoso desígnio dos deuses. A água caía incessante, escorria pelas abas dos chapéus dos cavaleiros e dificultava-lhes a visibilidade. A determinada altura, Leonor perdeu a luta contra o sono paralisante. Não se apercebeu de quando nem durante quanto tempo adormeceu. O Preto José, ao ver-lhe a cabeça pendente sobre o peito, tomou as rédeas do seu cavalo e levou-o a reboque durante mais alguns quilómetros. Nessa altura,

o corpo frouxo dela deslizou pela sela abaixo e Leonor deu consigo mergulhada numa piscina de lama e água morna. O Preto José saltou do cavalo e foi ajudá-la a levantar-se.

— Não aguento mais — gemeu ela. A sua voz não era mais do que um murmúrio inaudível que ele não conseguiu ouvir debaixo do fragor da chuva. Leonor repetiu: — Não aguent... — começou a dizer, mas a voz extinguiu-se-lhe na garganta, e as pernas bambas não tiveram força para a sustentar. As mãos calejadas do Preto José ampararam-na e não permitiram que voltasse a resvalar para a lama.

Era inútil obrigá-la a montar. Leonor não seria capaz de dar nem mais um passo. O Preto José ponderou o problema. Havia que levá-la de qualquer modo, a qualquer custo, pensou. E, indiferente aos apelos insanos dela para que a deixasse ali, ele obrigou-a a subir para o cavalo dele e saltou para cima da sela, para trás de Leonor. Esta adormeceu nos seus braços, ou talvez tivesse desmaiado, derrotada pelo sono, pelo cansaço extremo e pelo frio.

Uma hora depois, o dia amanheceu de repente. E com ele veio um sol radioso. As nuvens abriram-se, e a chuva torrencial parou de um momento para o outro. Leonor abriu os olhos e surpreendeu-se aninhada no peito forte do seu protector. Sentiu-se fraca, febril, atravessada por arrepios de frio, embora fizesse um calor terrível e as suas roupas começassem a secar.

— Água — pediu. — Preciso de beber água.

O Preto José passou o braço em redor da cintura dela e segurou-a com firmeza para não a deixar cair enquanto se voltava para agarrar o cantil.

Leonor bebeu bastante água, com sofreguidão, engasgou-se, tossiu. O Preto José tentou convencê-la a montar o cavalo dela, mas Leonor não teve coragem para tanto e recusou. Era notório o constrangimento dele por levá-la daquela forma, e Leonor, que bem o compreendia, não pôde deixar de pensar que não daria muito valor pela vida do Preto José se o coronel visse a sua filhinha nesse momento. Teve pena dele, gostaria de o poupar àquela situação; contudo o seu corpo enfraquecido traí-a e Leonor não tinha outro remédio senão deixar que ele a levasse. Faltava um dia e meio de viagem e ela, assustada, não imaginava aonde iria arranjar forças para tamanho esforço.

Pararam ao final da manhã, quando o sol a pique acabava de sugar a terra húmida até à última gota. Uma nuvem de vapor pairara uniforme sobre a paisagem, dando-lhe um aspecto sinistro, mas agora a visibilidade sobre a planície era total e, dentro em pouco, a terra estaria dura como pedra, a estalar dos raios escaldantes que lhe extraíam a água da chuva e tornavam a superfície em pó fino. Não havia vento, apenas uma atmosfera tão quente e asfixiante que era difícil respirar.

Abrigaram-se à sombra de uma árvore, um pequeno oásis verde naquele sertão desolado. Leonor deitou-se no chão, arrasada e delirante, com uma febre latente que lhe provocava dores musculares generalizadas. Silencioso, imerso numa preocupação velada, o Preto José preparou uma refeição fria, uma mistela de feijões muito pouco apetitosa que, esperançava-se ele, pudesse restituir algum ânimo à mulher branca. Nesta altura, já estava arrependido de a ter trazido, pois era por demais evidente a incapacidade dela para suportar as exigências físicas de uma jornada tão dura. E nem precisava de ter muita imaginação para adivinhar o que lhe aconteceria se Leonor lhe morresse nas mãos. O sertão inteiro não seria suficientemente grande para se esconder da fúria castigadora do governador, reflectiu. Admitiu até a possibilidade de vir a ser acusado de ter raptado a filha do homem mais poderoso do distrito, uma possibilidade que, só de pensar nela, lhe dava arrepios.

Retomaram a viagem cerca de uma hora mais tarde. Apesar de ter descansado, o estado de saúde de Leonor continuava a deteriorar-se. Quase não tocara na comida e, a pouca que ingerira, acabara por vomitá-la, porque o seu estômago não conseguia aguentar alimentos sólidos. A temperatura do corpo teimava em subir, ela estava a desidratar rapidamente, mal se tinha de pé e o Preto José teve de levá-la no seu cavalo.

Ao final da tarde a chuva voltou a lavar a terra. A tempestade anunciou-se com um estrépito de trovoada monumental que sugeriu o fim do mundo. Mas desta vez puderam refugiar-se na reentrância de um aglomerado rochoso que lhes saltou ao caminho, numa região onde as características geográficas começavam a mudar, tornando-se o terreno mais acidentado e com arvoredos frondosos cada vez mais frequentes. O Preto José acomodou Leonor o melhor possível num tapete de folhas improvisado e entregou-se à difícil e morosa tarefa de atear uma fogueira com lenha molhada, o que, ainda assim, logrou fazer com aturada paciência. Pequenina no seu tormento febril, de braços cruzados e joelhos recolhidos ao peito, Leonor adormeceu exausta. Teve um sono agitado, acometido de tremores descontrolados. O seu rosto estava pálido e banhado em grossas gotas de suor, como se derretesse num inferno mórbido. O Preto José esgotara os seus recursos de anos de sobrevivência a palmilhar aquela terra inóspita e ponderava agora deixá-la ali para ir pedir ajuda. Calculou que, se levasse os dois cavalos, conseguiria chegar a Malange numa questão de horas, não muitas, em todo o caso bastante menos do que as gastas para ali chegarem. Era um bom cavaleiro, iria a galope e poderia ir alternando de montada, de forma a utilizar sempre o animal mais fresco enquanto aliviava o outro do esforço adicional que constituía o peso de um homem. Hesitava porém, receoso de deixar Leonor sozinha, sujeita à visita inesperada de algum animal selvagem. Não a via capaz de se defender de um ataque.

Decidiu esperar pelo fim da madrugada. Manteve-se vigilante ao lado de Leonor, foi-lhe dando a beber água do cantil, pequenos goles para lhe molhar a boca e evitar a desidratação. Os primeiros raios da manhã esponjaram o negro impenetrável da noite chuvosa. Um feixe de luz vertical rompeu as nuvens, caindo a direito no centro da paisagem que os olhos dele abarcavam, ao mesmo tempo que a chuva se extinguia. Tal como no véspera, o dia começou envolto num nevoeiro matinal, rente ao chão, enquanto o céu se cobria de tons róseos. Leonor abriu os olhos e descobriu que já não chovia.

— Deus fechou a torneira — comentou o Preto José, arrancando-lhe um sorriso ténue. Ela parecia um pouco melhor, a febre dera-lhe algum descanso, o que o encorajou a expor-lhe o seu plano de regressar a Malange para pedir socorro. — Deixo-lhe uma carabina, água e comida — disse. — Vou e volto numas horas.

Leonor ergueu-se nos cotovelos, sentou-se, enrolou-se num cobertor húmido, olhou-o nos olhos.

— Eu não fico aqui sozinha — declarou. — Aconteça o que acontecer, não me deixas aqui sozinha, ouviste bem?

Ele assentiu com a cabeça, silencioso, desanimado.

— Agora, presta-me atenção — continuou Leonor. O Preto José parou de brincar com o pau com que remexia as achas incandescentes, de um laranja muito vivo. Passara a noite a alimentar a fogueira, a tratar de Leonor e a dormitar. — O caminho que nos leva a Malange é tão longo como aquele que nos conduz ao N'Xissa? — perguntou ela.

— É mais ou menos a mesma distância para os dois lados, mas...

— Então, seguimos em frente — disse Leonor.

— Mas, em Malange há um médico e no N'Xissa não.

— Seguimos em frente, já decidi.

— Muito bem, menina — anuiu o Preto José, rendido à determinação dela.

— E eu monto o meu cavalo — prometeu, para o tranquilizar. A sua aparente recuperação iria sofrer uma recaída logo que se submetesse ao rigor infernal da longa jornada que eles tinham pela frente. Contudo, Leonor sentia o dever moral a pesar-lhe na alma condoída. *Como posso voltar para trás sem ele?*, perguntou-se, a pensar em Carlos, *e, de resto, para que quero viver sem ele?*

75

O grupo de vinte e cinco cavaleiros deixou o forte a galope, e o troar intenso dos cascos contra o solo fez tremer as casas ao lançarem-se à carga pela rua fora. A população alarmada acorreu em peso para saber o motivo da urgência. As pessoas, ainda estremunhadas pela matina, interromperam as suas rotinas e viram-se no meio da rua em camisa de dormir, engolidas por uma nuvem de pó levantada pelos cavalos em tropel. Muitos emergiram à luz do dia armados com pistolas e espingardas, julgando tratar-se de um ataque a Malange; alguns foram a tempo de registar para sempre na memória a expressão mefistofélica do governador à cabeça das tropas. Imponente na farda, imperial na postura, montava um napoleónico cavalo branco. Ultimamente deixara crescer uma barba em forma de pêra, esculpida no queixo com tiques de artista, que lhe acentuava a autoridade.

O alvoroço começara cerca de uma hora antes, na residência do governador, quando Maria Luísa surpreendeu Benvinda na cozinha e atirou-lhe à cara a inevitável pergunta que ela esperara toda a noite, de olhos abertos na cama, incapaz de dormir: «Onde estava Leonor?»

Maria Luísa vinha do quarto da filha, onde encontrou a cama feita, sem uma ruga na colcha que resistisse à ingenuidade de alguém se iludir com a possibilidade de Leonor ter dormido em cima das cobertas. Muito menos Maria Luísa, que viu logo naquele quarto vazio a imagem da tragédia de que ela tanto receara. Em pânico, foi abalada da cabeça aos pés por um mau pressentimento. Um sexto sentido de mãe disse-lhe, sem margem para dúvidas, que a filha corria perigo de vida.

Quase caiu na precipitação de descer a escada a correr e entrou na cozinha com uma pergunta acusatória:

— Benvinda! — gritou. — Onde está a menina Leonor?

A criada voltou-se num susto e deixou escapar-se-lhe das mãos uma rica faiança Companhia das Índias, a qual se desfez no chão da cozinha em premonitórios pedacinhos. Noutra altura, aquele incidente teria sido o fim do mundo, hoje Maria Luísa estava preocupada com um bem infinitamente mais precioso – a vida da filha – e nem baixou os olhos para confirmar que a sua inestimável terrina acabara de se transformar em pó.

— A menina Leonor, Benvinda, aonde foi?!

— Foi procurar o senhor tenente, minha senhora — respondeu a criada.

O coronel viu a sua própria cara contorcer-se num esgar de medo no momento em que a voz angustiada de Maria Luísa lhe chegou como um grito de alerta, desde o rés-do-chão. O coronel ficou com a tesourinha de aparar a barba pendente na mão direita, frente ao espelho da casa de banho e, sem pensar duas vezes, saiu porta fora e assomou ao corrimão da escada no primeiro andar.

— O que foi? – perguntou para baixo. Viu a cabeça de Maria Luísa a espreitar pelo poço da escada.

— A Leonor desapareceu – anunciou ela.

Quarenta e cinco minutos mais tarde, o governador conseguira formar um grupo de resgate considerável. O capitão Ernesto Osório dos Santos ficou para trás com a instrução específica, exaltada, do coronel para partir mais tarde com uma segunda força bastante mais numerosa a que chamou o grosso da coluna, sendo a primeira considerada apenas a guarda avançada. Esta constituída exclusivamente por tropas europeias, aquela formada por soldados apeados da segunda Companhia de Guerra Indígena. O coronel não hesitou em empenhar a maioria dos efectivos do forte e a totalidade dos cavalos na busca da filha, fazendo do caso um assunto militar. Subiu para a montada, virou-se para trás e avisou:

— Quero esse Preto José vivo, morto, empalado, não interessa declarou, com uma solenidade sanguinária. — Só sei que o quero até ao final do dia.

Sem saberem que já eram perseguidos há horas, Leonor e o Preto José continuaram a penosa jornada ao ritmo lento que lhes era permitido pela escassa resistência física dela. Naquela altura Leonor já perdera a esperança de chegar com vida ao N'Xissa e, em boa verdade, também já não queria saber. O sofrimento extremo costumava provocar este sentimento balsâmico nas pessoas à beira do fim, desinteressavam-se da sua própria sobrevivência, só desejavam que acabasse depressa. Leonor atingira essa fase perigosa. Lamentava contudo ter arrastado o companheiro para uma empresa impossível, colocando-o numa posição insustentável perante a autoridade. Por isso, obrigou-o a parar e, com artifícios desesperados, conseguiu escrever num papel uma simples frase a ilibá-lo de tudo. Para tal, esfregou o dedo indicador no chão e escrevinhou com o pó vermelho da terra seca a sua última vontade:

«A culpa é toda minha, não condenem o Preto José, que fez tudo para me salvar.»

Leonor recomendou-lhe pelo amor de Deus que guardasse o papel no bolso, pois era a sua salvação. Ele fê-lo, agradecido, comovido até, mas não achou plausível que pudesse ser salvo por uma boa intenção. Não podia ler a letra dela, não sabia ler, contudo tinha uma visão esclarecida da vida e, sabia, no seu mundo os homens como ele não se salvavam quando as mulheres como ela pereciam. Por si, por Leonor, o Preto José não estava disposto a desistir dela. Tentou obrigá-la a voltar a montar. Debalde, Leonor não seria capaz de dar nem mais um passo naquele sertão escaldante e mortal para uma mulher da sua condição. Coragem não lhe faltara, nem mesmo quando ainda lhe era possível voltar atrás e escolhera seguir em frente, mas Leonor não tinha preparação, falhava-lhe a resistência física onde lhe sobrava a determinação moral. Estava a morrer...

76

Depois de ter deixado para trás o fiel guarda--costas entregue a uma heróica luta de morte, o tenente Montanha encetara uma fuga decisiva através do território desconhecido dos bângalas. Carlos aproveitou o precioso avanço conseguido à custa do abnegado sacrifício do soldado Rocha, o qual lograra deter à força bruta cerca de setenta guerreiros congestionados no espaço exíguo do trilho da montanha. Carlos correu em sentido contrário à refrega até já não ouvir a gritaria selvagem dos guerreiros, trespassando com zagaias o *Urso Branco* para forçarem a passagem por cima do seu cadáver. Teve um instante para decidir o que fazer, se continuar a correr pelo trilho, se embrenhar-se na floresta virgem, escura e densa, onde quase não se conseguia progredir. Optou pela segunda hipótese, pois pareceu-lhe que a solução para se salvar não estava na fuga imediata, mas em encontrar um esconderijo. Na floresta quase não podia movimentar-se, mas no trilho, era certo e sabido, seria alcançado muito depressa pela agilidade felina dos guerreiros.

Internou-se às apalpadelas pela vegetação luxuriante e, uns metros adiante, deitou-se no chão empapado pela chuva, atrás de uma árvore, e ficou à espreita. Dali a pouco sentiu a passagem silenciosa dos guerreiros no trilho, apercebeu-se das ameaçadoras sombras deslizantes dos homens e ouviu os seus passos descalços chapinhando na lama e as vozes abafadas trocando orientações sussurradas. Passaram. Carlos manteve-se à escuta durante alguns minutos, enquanto regularizava a respiração e voltava a sentir força nos músculos das pernas, anteriormente abalados pelo medo enfraquecedor das situações perigosas. Tinha matado dois guerreiros no espaço de segundos, cada qual com o dobro do seu tamanho, mas a proeza devera-se mais à reacção automática da sobrevivência do que a uma voluntária decisão de defrontar de mãos nuas aqueles monstros armados, que respiravam guerra por todos os poros dos seus corpos excepcionalmente musculados.

Levantou-se, virou costas ao trilho e seguiu em direcção ao manto negro e desconhecido que o envolveu. Uns passos mais e, reparou, o terreno começava a entrar em depressão. A descida acentuou-se e as botas de sola lisa de Carlos escorregavam no lamaçal. Houve um momento crucial, um pressentimento, em que o seu instinto foi assaltado pelo barulho abafado de um galho partido. Um tronco velho quebrado pelo peso da chuva ou uma machadinha a desbravar caminho? Não saberia dizer. Carlos voltou-se e perscrutou a escuridão impenetrável. Os olhos não viam nada, mas os ouvidos registaram o mesmo barulho uma segunda vez. Não lhe pareceu humano, antes lhe sugeriu ser um ruído típico da floresta. Mesmo assim, ficou à espera…

Como o barulho não tornou a repetir-se, Carlos decidiu prosseguir, mas então já desviara a atenção das armadilhas do terreno e, num movimento espontâneo e irreflectido, deu um passo em falso.

Caiu durante uma eternidade. Ao perder o equilíbrio, perdeu também a capacidade de sustentar o corpo e abateu-se pesadamente na lama, tendo então iniciado uma descida descontrolada por um escorrega natural. E a queda vertiginosa nunca mais acabou! Carlos continuou a escorregar, a cair às cegas, sem ter aonde se agarrar, cada vez mais depressa, como um foguete projectando-se através da vegetação, deu saltos extraordinários, cuspido de qualquer maneira onde a natureza formava socalcos, bateu de costas uma e outra vez sobre o chão mole e perigosamente inclinado, furou a vegetação que se lhe atravessou pela frente, rompeu folhas e galhos, arranhou-se, feriu-se, embateu contra raízes e outras coisas duras que não teve tempo nem sagacidade para identificar na alucinação da queda livre. Numa tentativa de recurso para travar, fincou os tacões das botas na lama, mas, vendo-se subitamente atascado, o peso do seu corpo lançado pela força da gravidade catapultou-o para a frente, e Carlos deu um voo monumental, passando então a escorregar de cabeça, o que lhe valeu umas valentes pancadas e, mais tarde, umas nódoas negras nos braços que protegiam a cara. Finalmente atingiu o fim da descida e aterrou com brutalidade numa poça de lama.

Ficou um bom bocado deitado, sem se mexer, ainda a reflectir sobre o que acabara de lhe acontecer, a perceber se quebrara algum osso ou se, enfim, ainda estava inteiro. Concluiu que não tinha nada partido, mas quando se quis levantar, sentiu-se empenado, com dores pelo corpo inteiro. Colocou-se de cócoras, desanimou, deixou-se cair para trás, sentou-se. Fechou os olhos com a cabeça pendente sobre o peito, *só um bocadinho*, pensou, *para recuperar o fôlego*. Adormeceu. Minutos passados, despertou alarmado! Olhou em redor, encontrava-se no centro de uma pequena clareira. Arrastou-se de costas cerca de dois metros, até ao lugar onde acabava o declive, de modo a não ficar tão exposto. Escondeu-se atrás de umas folhas grandes enquanto avaliava a situação. Apesar de muito dorido, Carlos deu graças a Deus por ter escorregado pela montanha abaixo. O destino acabara por lhe providenciar uma forma expedita e meteórica de se afastar dos seus perseguidores. Com aquilo, ganhara--lhes algum terreno. Mas, ao contrário dos guerreiros, Carlos não sabia bem a sua localização. Faltavam-lhe referências, uma bússola, conhecer o terreno.

Não achou que os bângalas fossem abandonar a caçada, acreditou apenas que havia uma forte probabilidade de a suspenderem até de manhã. Quanto a ele, precisava de descansar e não iria muito longe se não o fizesse. Coberto de lama até à raiz dos cabelos e camuflado pelas folhas, Carlos podia considerar-se praticamente invisível. Fechou os olhos e apagou-se, rendido a um sono pesado.

Os dias seguintes encadearam-se numa fuga cega através do território bângala. A via de acesso pelas cumeeiras do Caange tornara-se inacessível. O trambolhão de Carlos pela montanha abaixo e a aproximação ameaçadora dos guerreiros desejosos de o matar não lhe permitiam voltar para casa pelo mesmo caminho. Era imperioso encontrar outra forma de passar para o lado de lá da montanha, e Carlos demorou duas intermináveis semanas a descobri-la. Vários quilómetros a sul da faixa que ele atravessara com os desafortunados companheiros de aventura, havia um desfiladeiro tortuoso por onde serpenteava um rio, através do Caange. Mas até lá chegar, Carlos teve de despistar os seus perseguidores e de sobreviver à fadiga e ao frio causado pela humidade persistente que, apesar de quente, se entranhava até aos ossos e arrefecia o corpo;

teve de suportar as dores dos músculos, bastante maltratados em consequência da descida abrupta pela encosta e das marchas forçadas para se afastar dos guerreiros bângalas. Nesses dias raros, sobreviveu bebendo água da chuva e escolhendo frutos silvestres comestíveis, colhidos de arbustos rasteiros.

Carlos era robusto, endurecido pelas frequentes viagens sertanejas e pela experiência de muitas batalhas. Não obstante, jamais se confrontara com um desafio tão severo como este que a sorte lhe guardara; nunca se sujeitara a condições tão extremas quanto as das actuais circunstâncias. Despojado de meios de locomoção, de víveres, de armas, Carlos contrariou todas as probabilidades desfavoráveis e alcançou o N'Xissa dezoito dias depois de ter partido dali a comandar uma expedição mal planeada e condenada ao fracasso desde o princípio.

O sargento-quartel-mestre recebeu-o de braços abertos e, com a alma amargurada pelas tragédias daqueles tempos difíceis, murmurou uma verdade lendária:

— O Muxabata voltou a derrotar a desdita.

— É bem verdade, sargento-quartel-mestre, mas desta feita fui ao inferno e voltei.

O outro recuou um passo, observou-o com uma expressão assombrada e descobriu que o tenente lhe fazia lembrar um fantasma de pele e osso, muito magro. Pareceu-lhe que encolhera. Vinha num estado lastimável, com o uniforme sujo e rasgado, o corpo coberto de equimoses, arranhões e crostas de feridas antigas quase saradas e uma barba grisalha de náufrago. O aspecto era terrível, mas, no geral, Carlos encontrava-se de boa saúde, tendo em conta a provação.

— De facto — disse o sargento-quartel-mestre — fazia-o morto.

— Não se apoquente, meu caro — retorquiu Carlos, detectando-lhe um sentimento de culpa. — Eu próprio duvidei do milagre até hoje de manhã.

— Ainda enviei uma coluna de reconhecimento à vossa procura. Um desastre — suspirou. — Vinte homens. Voltaram há cinco dias com um morto e cinco feridos. Foram atacados por um grupo rebelde.

— Os mesmos que nos massacraram, decerto.

— Pouco antes, tinham avistado os corpos desfigurados da comitiva. Tive de supor que não havia sobreviventes. Afinal... — Ergueu as mãos, desolado, deixou-as cair contra as ancas.

— Então, homem, até parece desiludido por me ver.

— Não, que diabo, não! É que, se eu soubesse... bom — sacudiu o embaraço —, sugiro um banho, uma refeição decente e uma cama.

— Um banho, definitivamente, e um charuto! O que eu não tenho dado por um charuto!

— É para já, meu tenente.

— Depois vou dormir uma semana.

O sargento-quartel-mestre acompanhou o tenente na refeição. Teve de comer muito pouco e devagar. O seu pobre estômago não recebia um alimento a sério há demasiado tempo.

— Não volto a comer um fruto silvestre na vida! — exclamou alegremente Carlos. — Nem que viva cem anos!

— Pudera...

O sargento-quartel-mestre debatia-se com a consciência, mortificado, procurando o momento adequado para contar ao tenente o que acontecera na sua ausência. Em boa verdade, não sabia como dizer-lhe aquilo, como podia destroçar um homem que acabava de regressar ao mundo dos vivos, de renascer? O tenente sofrera um grande abalo psicológico e notava-se pela vivacidade dos seus olhos esgazeados e pela excitação incontida que ainda não estava em si. Palrava como um doido, muito exagerado, achando em qualquer coisa um motivo para comentário, como se precisasse absolutamente de dar uso à voz, de comunicar com outras pessoas. E depois tinha um revés, um aperto na garganta, calava-se de repente, comovia-se, mordia o punho com os olhos marejados. Foi assim durante toda a refeição, de modo que o sargento-quartel-mestre compreendeu que o devia poupar a mais um choque, por enquanto. Primeiro era necessário ajudá-lo a recuperar o equilíbrio emocional. As más notícias podiam esperar.

77

Honrado na promessa feita, o Preto José ficara ao lado de Leonor até ao fim. Espetou quatro paus no chão, em redor da fragilidade em pessoa que era ela agora, definhando num corpo exaurido, e cobriu-os com uma manta para a proteger do sol assassino. Molhou-lhe a testa com a água morna do cantil, deu-lhe um pouco a beber e ficou à espera da chegada de ajuda. O exército já estaria à procura deles, inevitavelmente.

Mergulhada num transe febril, Leonor navegava na consciência pouco evidente do tempo e do espaço, muito embora nos seus momentos de lucidez se consolasse com a certeza romântica de que era melhor assim. Carlos tinha morrido, o pai tivera razão desde o primeiro instante, não era possível sobreviver quinze dias num ambiente hostil como aquele. Pois se ela mesma não conseguiria resistir mais de dois dias! Leonor admitia finalmente o que lhe dissera o seu coração destroçado ao ouvir a notícia da morte de Carlos: que também ela morreria. Morreria de amor, sem outra alternativa, sem alento para lutar. Se ao menos Carlos estivesse vivo, se houvesse uma razão para Leonor não querer baixar os braços. *Vou para junto dele, vou ao encontro do meu amor,* foi o seu último pensamento, antes de uma escuridão velada ter descido sobre ela.

Perto dali, o governador imprimia um ritmo desvairado à coluna, estafava os cavalos até à última. Sentia uma preocupação, um aperto no peito, um medo quase irracional que lhe dava uma energia improvável a um homem da sua idade. Mas ele temia pela filha e nada o faria parar enquanto não a encontrasse. O coronel rezava mentalmente e incitava a montada com uma fúria que não admitia contestação. Os seus companheiros, todos oficiais ou sargentos, seguiam-no como podiam. Nenhum se arriscou a sugerir ao governador que fizessem uma pausa para dar descanso aos cavalos. Em todo o caso, quatro deles foramficando para trás ao longo do trajecto, não por vontade própria, mas porque os seus cavalos não aguentaram a corrida diabólica. Na véspera, o próprio coronel tinha dado ordem de alto à coluna ao cair da noite, resignado com a óbvia impossibilidade de os animais prosseguirem depois de um dia inteiro de viagem.

Tinham dormido em tendas de campanha, debaixo de uma chuva intensa que se infiltrava por todos os buracos, e despertado bem cedo, surpreendidos com a subida das águas, a naufragar no interior dos seus abrigos. Ao despontar da aurora, debaixo de uma claridade cinzenta, o coronel saltou da tenda inútil, atravessou o chuveiro com passadas imperiais e foi de tenda em tenda chamar os seus oficiais.

Foi o primeiro a montar, coincidindo o início da marcha com o fim da chuva. Um bom presságio, se não se desse o caso de um pressentimento sinistro não dar tréguas ao coronel. Sabia que Leonor não estava sozinha, que o Preto José era um homem calejado nas armadilhas do sertão, e no entanto a violência dos elementos durante a madrugada deixara-o ainda mais apreensivo. O Preto José seria capaz de sobreviver a cem anos de temporal, mas Leonor não tinha a mesma resistência, evidentemente. Abanou a cabeça, desconcertado com a insensatez da filha, deu ordem de marcha à coluna e esporeou o cavalo.

Leonor morreu de olhos abertos, marejados por grossas e cristalinas lágrimas. Ao passar a mão por cima do rosto dela, para lhos fechar, o Preto José teve um clarão, um raio tão passageiro quanto um ténue pensamento que se lhe escapou sem chegar a formar-se. Mas mais tarde compreendeu o que era: tinha visto lágrimas de esperança, talvez o esboço de um sorriso no rosto sereno de Leonor. No decorrer dos anos que lhe restaram, o Preto José viveu obcecado por esse momento, recordando-o incessantemente com uma devoção religiosa. Tinha-se sentado ao lado de Leonor debaixo da manta presa aos paus e não desviara a atenção dela desde as dez horas, quando improvisara o abrigo. Lembrava-se de que, não obstante se encontrarem à sombra, o calor sufocante continuava a torturar Leonor. Ela ardia em febre e tremia sem parar, encharcada em suor. Para a aliviar, o Preto José foi-lhe deitando água na cabeça e passando um pano molhado pelo rosto. Sentia-se frustrado por não ter meios para lhe fazer descer a temperatura do corpo. Ansiava pela chegada de ajuda, mas não se iludiu, pois já estivera demasiadas vezes perto da morte para a reconhecer. Leonor foi vencida pela exaustão, pela febre e pela desidratação, e ele nada pôde fazer para o evitar.

Segurava a mão de Leonor quando ela lhe morreu. O coração esgotado parou e os seus dedos afrouxaram finalmente a tensão involuntária em que haviam estado toda a manhã, devido aos espasmos da febre. O Preto José fechou-lhe então os olhos com um carinho resignado. Afeiçoara-se a Leonor no decorrer daqueles dois dias, admirara-lhe a coragem e a dignidade com que suportara o sofrimento sem um queixume. Ela revelara uma têmpera pouco comum nas mulheres brancas do seu meio. O Preto José fazia-as caprichosas, mimadas, com modos superiores, de uma sobranceria ostensiva em relação aos negros. E Leonor não se mostrara nada assim, pelo contrário; a sua derradeira preocupação fora para ele, as suas últimas energias gastara-as com a aflição de escrever o recado que pretendia ilibá-lo de qualquer responsabilidade pelo seu trágico final.

O Preto José ergueu a cabeça, espreitou para fora, fixou os olhos vidrados na planície dourada. Reflectindo naquele momento que lhe mudava a vida, surpreendeu--se a contemplar um pássaro pequenino e colorido como uma bandeira, de uma espécie que ele ainda não tinha visto e que lhe desviou a atenção. O bicho aterrou ali a dois metros, debicou nervosamente a terra seca, voltou o pescoço para ele com um movimento brusco, soltou um pio agudo, como se quisesse transmitir-lhe algo, bateu asas, desapareceu. O Preto José nunca mais tornou a encontrar um pássaro igual àquele. Durante muito tempo haveria de interrogar os anciãos mais sábios das tribos com que se cruzasse nas suas caminhadas errantes pelo sertão, procurando saber por eles se havia em toda a África alguma espécie de pássaros pequeninos e coloridos como o que ele vira. E a resposta foi sempre não. Quando foi para velho e retomou a devoção religiosa que lhe fora incutida em miúdo pelos padres missionários, o Preto José assentou finalmente a sua perplexidade numa conclusão mística: convenceu-se de que naquela manhã desolada tinha presenciado um milagre na figura do misterioso passarinho. Vira a alma de Leonor subir aos céus!

Ao longe, uma nuvem de poeira elevou-se na linha do horizonte. Os olhos experientes do Preto José detectaram-na logo. Era hora de partir, pensou, renitente em abandonar o corpo de Leonor. Mas tinha de ser. Tirou do bolso o papel que ela escrevera, colocou-o na palma da sua mão e fechou-a. Saiu de baixo da sombra onde ela se achava e, já de pé, tirou o chapéu da cabeça e rendeu-lhe uma homenagem silenciosa. Depois prendeu a rédea do cavalo dela à sua sela e montou. Partiu. Desde esse dia, o Preto José desapareceu para sempre da face da terra. Não tornou a ser avistado pelo homem branco em Malange, nem no distrito da Lunda nem sequer em toda a imensidão esquecida do continente africano.

A coluna militar aproximou-se a galope daquilo que ao longe parecia ser uma espécie de tenda indígena. A comandar a coluna, o governador cerrou os olhos, atrapalhado pela tremedeira constante do cavalo em movimento. Mais à frente conseguiu identificar a silhueta de uma pessoa deitada debaixo da cobertura. Pensou que coisa extraordinária aquela, um tipo solitário a dormir no descampado. Todavia, à medida que se foram aproximando, a dramática realidade foi tomando formas mais concretas.

O cavalo estacou numa nuvem de poeira, donde surgiu o governador já apeado. Atrás, o resto dos cavaleiros detiveram-se num arco, abarcando uma cena impressionante que lhes ficaria para a vida. Ao reconhecer a filha, o governador correu a chamar por ela, julgando-a primeiro adoentada, mas só adormecida. Aproximou-se, colocou os joelhos na terra e abanou-a pelos ombros, angustiado porque não lhe respondia. Debruçou-se para ver se respirava e ficou então a saber que o pior dos seus receios se concretizara.

Destroçado, o coronel Henrique de Carvalho acariciou o rosto da filha com uma mão trémula e sentiu-o ainda quente, percebendo assim que chegara demasiado tarde, mas apenas por escassos minutos. Envolveu-a com os braços, puxou-a para si. Nesse movimento, um pedaço de papel soltou-se dos dedos de Leonor e voou para longe sem ninguém dar conta dele. O infeliz pai segurou a cabeça de sua filha com a mão, encostando-a carinhosamente ao peito. Fechou os olhos nublados com lágrimas de desespero, levantou o rosto para cima e soltou o grito mais dilacerante que os seus homens ouviram em muitos anos de tragédias naquela terra injusta.

78

O tempo no N'Xissa arrastava-se tranquilamente na rotina de sempre. Cinco dias depois de ter chegado àquele posto militar, o tenente Montanha era um homem novo. Mais sereno, sentindo-se outra vez em casa, Carlos recuperou a segurança de espírito que tão abalada ficara em resultado das longas semanas em que andara deambulando sozinho no mato, perdido e acossado pelos temíveis guerreiros bângalas. Numa das conversas amigas que manteve com o sargento-quartel-mestre Ferreira, Carlos confessou-lhe a importância decisiva da sua inquebrantável fé em Deus nos momentos em que o desespero se houvera mostrado mais penetrante.

— Nessas alturas — disse — há que agarrar-nos à protecção divina. É quando percebemos que temos o bom Deus lá em cima a velar por nós.

Com efeito, Carlos afirmou posteriormente nas páginas manuscritas onde deixou o testemunho dessa aventura, que a sua salvação havia sido um favor de Deus Pai, Todo-Poderoso. «*Não me envergonho de dizer que tive medo e que muito rezei, pedindo a Deus que me salvasse. Comigo, tinha uma cruz de prata que me havia sido ofertada pela madre Chantal, Superiora do convento das Salésias, antes da minha partida para África, e uma fita de seda que tinha sido tocada no corpo do glorioso S. Francisco Xavier, padroeiro das Índias, e que me tinha sido dada por uma pessoa de família antes do meu embarque.»*

Aproveitando o momento espiritual, quiçá esticando um pouco a conveniência moral do seu sentido de oportunidade, o sargento-quartel-mestre decidiu que não podia continuar a adiar o desgosto que, mais tarde ou mais cedo, teria de dar ao seu muito estimado tenente. Estavam nos aposentos de Carlos, a mesma casinha de pau a pique de divisão única que ele ocupara nos seus tempos de comandante do posto militar do N'Xissa. Tinham jantado aí, só os dois, sentados a uma mesa de madeira crua, carpinteirada pelas mãos habilidosas de um auxiliar. Chegaram ao fim da refeição, o tenente saiu-se com aquela, que a fé era um bálsamo para os piores momentos, e ele, sem ter planeado nada, remeteu-se a um silêncio fúnebre que chamou à atenção. Ao vê-lo assim, com os dedos entrelaçados e a cabeça baixa, Carlos olhou-o de esguelha, pressentindo que havia alguma coisa errada.

— Tenho-o visto preocupado, sargento-quartel-mestre — comentou. — É algo que eu possa ajudar?

Ele ergueu os olhos e encarou-o, profundamente entristecido.

— Não pode, meu tenente — respondeu. — Antes pudesse eu fazer alguma coisa por si, e afinal só tenho um desgosto para lhe dar.

Carlos surpreendeu-se.

— Caramba, homem! De que diabo está você a falar?

— Se o meu tenente dá licença, hoje gostaria de falar-lhe como um amigo que muito o preza, porque o que tenho para lhe dizer extravasa a condição militar e cai na nossa alçada de simples mortais.

E Carlos, ainda mais espantado, recuou na cadeira para o ver melhor, abarcando o quadro de um homem envelhecido pelo peso da notícia que haveria de lhe dar em seguida.

— Está a deixar-me preocupado — disse.

— Bem sei, meu tenente, bem sei — retorquiu ele. — Só lhe peço que se agarre a essa sua fé, porque vai ter de ser forte.

Fez uma pausa curta, tomou fôlego e deu-lhe a notícia.

— Não, bom homem, não me diga uma coisa dessas! — exclamou Carlos, desnorteado, cravando os dedos no braço do sargento-quartel-mestre. Este abanou gravemente a cabeça.

— Foi uma infelicidade — disse —, uma desgraça...

Acabara de lhe relatar as circunstâncias graves que haviam conduzido Leonor a uma fatalidade prematura. Contou-lhe que ela se recusara a aceitar a notícia da morte dele e que, de moto próprio, decidira embarcar numa aventura impossível para o encontrar. Vinham a caminho do N'Xissa, disse-lhe, ela e o Preto José, atravessando uma das piores tempestades de que havia memória por aquelas bandas. Leonor não resistira.

— O Preto José devia saber isso — reagiu Carlos a quente. — O maldito arriscou a vida dela por dinheiro!

— Pensou que, ao ajudá-la, o ajudava a si.

Carlos recusou a explicação.

— Não! — alterou-se. — Foi por dinheiro! Por minha honra que o hei-de matar!

— Calma, tenente. Não foi por dinheiro. Há uma testemunha, a criada garante que ele recusou o dinheiro.

— Mas, então, no que estava ele a pensar? E ela? Partirem de noite, com a tempestade? Não faz sentido, é uma insensatez.

— Ao que parece, ainda não chovia — explicou o sargento-quartel-mestre. — E era a única altura possível, a única forma de saírem clandestinamente de Malange. A criada disse que Leonor se recusou a esperar. Quis agarrar a oportunidade e partir o quanto antes.

— Oh, meu Deus! — exclamou Carlos, perdido. — Oh, meu Deus!

Quis partir imediatamente para Malange, mas acabou por ficar vinte e cinco dias, dissuadido muito a custo pelo bom senso do sargento-quartel-mestre. De que lhe servia, a ele, ir martirizar-se para Malange, se o funeral já se havia realizado? Ficar, ficar e recuperar-se, era o que ele precisava. Mas não, reclamou Carlos, por muito menos tinha-se condenado Leonor, indo à procura dele.

— Vou — disse. — Vou agora mesmo.

— Desculpar-me-à a rudeza, mas estou certo de que Leonor, lá onde ela estiver, prefere vê-lo inteiro no N'Xissa a saber que arrisca a saúde numa viagem inútil.

Carlos fitou-o sem palavras, pediu desculpa, levantou-se e saiu. No dia seguinte, porém, ainda lá estava. Mas nunca mais foi o mesmo.

EPÍLOGO

O tenente Carlos Montanha pediu licença para regressar ao litoral cerca de um mês após a sua chegada a Malange, onde, depois de depositar uma flor na campa de Leonor, secou as lágrimas e ansiou descarregar toda a revolta que trazia no coração numa batalha sangrenta. Talvez, pensou, tivesse a sorte de morrer de pé, a lutar pela defesa do solo pátrio.

No seu relatório circunstanciado das ocorrências no território bângala, que entregou em mão ao capitão Ernesto Osório dos Santos, ofereceu-se para ir castigar os povos daquela região, pedindo para tal uma força à altura da missão, a qual seria reforçada por três mil auxiliares disponibilizados pelo soba Munana-Méia e por um grupo de fiéis guerreiros bambeiros. Ambos tinham-se já oferecido para o seguir nessa missão destinada a aplicar um correctivo exemplar aos rebeldes pela afronta que lhe haviam feito nas montanhas do Caange.

O capitão levou a proposta ao governador que a recusou liminarmente, considerando até bastante insatisfatório o relatório do tenente Montanha. Em contrapartida, exigiu que o caso fosse mantido no maior sigilo, de forma a preparar-se uma grande operação de surpresa contra os bângalas. O governador, irremediavelmente susceptível a tudo o que dissesse respeito ao tenente Montanha, acalentava rancores vingativos contra ele, pois culpava Carlos, e apenas Carlos, pela morte da filha. E, no seu desvario, não esperou nem um mês para surpreender um horrorizado capitão Ernesto Osório dos Santos com uma decisão insana. Ordenava ao tenente Montanha que voltasse a desempenhar a mesmíssima missão em condições praticamente iguais àquelas que haviam conduzido a primeira comitiva ao completo desastre. Esta ordem, contudo, haveria de ser revogada devido à decisiva intervenção de pessoas influentes. O próprio secretário do governo levou ao coronel a opinião desfavorável do corpo dos oficiais e das forças vivas da terra. Esta ficou registada no livro de memórias do tenente e rezava assim: *«Não costumo sacudir a água do meu capote e julgo que não se deve dispor da vida de um subordinado, que tantos e tão bons serviços tem prestado ao distrito e à Pátria, como se dispõe da vida das galinhas que temos no nosso quintal.»*

Posto isto, embora contrariado, o governador não teve outro remédio senão desistir de encarregar Carlos de mais uma missão suicida. Mas o coronel era um homem perturbado, a braços com uma família desfeita, e em breve renunciaria ao seu lugar. Com efeito, embora tivesse sido o primeiro governador do distrito da Lunda, a sua passagem pelo cargo fora tão meteórica e infrutífera que praticamente caiu no esquecimento da história. O coronel regressaria a Lisboa, aposentado e derrotado, onde acabaria os seus dias tristes consumido pelo lento efeito do veneno incutido pela amargura.

Apesar de o coronel rejeitar obstinadamente qualquer responsabilidade pela morte da filha, Maria Luísa nunca lhe perdoou e, já em Lisboa, viveu com ele separada na mesma casa. Passou por cima dos anos vindouros sem ligar a nada, com excepção da filha Luísa, e tricotou o maior cachecol de que houve memória no país. Um jornalista mais entusiasmado escreveu no *Diário de Notícias* que, em esticando a extraordinária obra pátria que era o cachecol de dona Maria Luísa, poder-se-ia unir Lisboa a Paris!

Tal como a mãe, Luísa não voltou a dirigir a palavra ao pai desde que, já adulta, o acusou de lhe ter roubado a felicidade que teria sido crescer na companhia da irmã. Mesmo depois de ter casado com um elegante herdeiro de uma família do melhor que havia, e de ter dado à luz duas filhas lindas, Luísa continuou a ter uma saudade de Leonor tão forte que não havia palavras suficientes para descrever o seu sentimento de perda.

As histórias desta família e de Carlos Montanha não mais se cruzaram no decorrer das suas vidas, divergentes pelas muitas vicissitudes dos respectivos destinos. O tenente haveria de servir ainda em diversas Companhias Indígenas de Infantaria na província de Angola, com uma passagem fugaz por São Tomé e Príncipe, conforme atestava um boletim militar de mil e novecentos, que referia a sua colocação naquela província por *determinação de Sua Majestade El-Rei,* como era de uso protocolar escrever nos documentos oficiais. Nesse mesmo ano regressaria a Angola, onde permaneceria até dezassete de Janeiro de mil novecentos e onze, tendo regressado à metrópole por opinião da Junta de Saúde Provincial.

Entretanto, Portugal entrara no século XX envolvido numa crescente instabilidade política. A um de Fevereiro de mil novecentos e oito, El-Rei D. Carlos e o seu primogénito, o príncipe D. Luís Filipe, foram assassinados no Terreiro do Paço, em Lisboa, um dia depois de o rei ter assinado um decreto que conferia poderes ditatoriais ao governo de João Franco – ao que constava, declarando entredentes que assinava também a sua sentença de morte. O primeiro-ministro convencera-o. Decidido a pulverizar toda e qualquer oposição que lhe fizesse frente, João Franco já se preparava para enviar todos os *agitadores* para o degredo. Para tal, só precisava da assinatura real. «Os republicanos estão a precisar de sabre como pão para a boca», dizia ele. Com efeito, o apoio de Sua Majestade a este governo incentivara os seus carrascos, dois membros da Carbonária, uma sociedade secreta revolucionária ligada à Maçonaria secular, a pegarem em armas para o matar. Sucedeu-lhe no trono o filho mais novo, D. Manuel II, com apenas dezanove anos, mas por pouco tempo, pois que a monarquia ficara ferida de morte naquele primeiro de Fevereiro e não resistiria aos avanços dos republicanos, tendo sido definitivamente derrubada com a revolução de cinco de Outubro de mil novecentos e dez.

Em Angola, o tenente Montanha, irrequieto nas suas convicções monárquicas, acompanhava à distância estes acontecimentos com crescente angústia. E, de tal modo era a sua indignação, que a treze de Julho de mil novecentos e doze, ano e meio após o seu regresso à metrópole, se juntou à segunda revolta monárquica liderada pelo comandante Paiva Couceiro. Carlos foi um dos oficiais que entraram em Trás-os-Montes com uma companhia de cento e oitenta homens com o objectivo de tomar a cidade de Chaves. Debalde. Tendo perdido esta batalha para as forças republicanas, o tenente Montanha foi considerado desertor, julgado à revelia e condenado a vinte anos de degredo por tentar restabelecer o regime monárquico em Portugal.

Exilado nos Estados Unidos, Carlos casou com uma cidadã inglesa, de sua graça Amery Anne Augusta

Knell Naughton. Dessa época mais obscura da sua vida ficariam poucos registos, sabendo-se apenas que sobreviveu abraçando a profissão de repórter, tornando-se então correspondente da revista *ABC*. A amnistia pela sua participação nos movimentos revolucionários ser-lhe-ia concedida em mil novecentos e dezoito, bem como a reintegração no Exército, embora só tivesse regressado definitivamente a Portugal na década de trinta, muitos anos depois de ter enviuvado.

Carlos Augusto de Noronha e Montanha morreu de broncopneumonia às quinze horas e três quartos do dia catorze de Janeiro de mil novecentos e quarenta e sete, com setenta e sete anos, assim atestou a certidão de óbito lavrada na cidade de Coimbra, sua última morada. Não deixou bens materiais e o seu funeral foi custeado por um subsídio estatal de mil e quinhentos escudos, solicitado por uma jovem de vinte e sete anos, chamada Manuela de Miranda Esteves, uma protegida, recolhida em sua casa aos treze.

Desde aquele dia em que depositara uma flor na campa de Leonor, Carlos calara o nome dela para sempre no seu coração. E no entanto, cinquenta e dois anos depois, ainda era capaz de se ver a despedir-se dela em Malange. Era um final de tarde cinzento, coberto de nuvens pesadas, levantara-se uma aragem morna que lhe trazia o odor fresco da terra recentemente remexida, oferecendo àquele momento uma intensidade, uma realidade, ainda mais dolorosa. Atrás de Carlos ficava a casa de Leonor, à frente o sertão imenso era a paisagem ideal dos amores perfeitos. Carlos depositou a flor na campa e ficou ali de pé, imóvel na sua tristeza. *Não te vou esquecer nunca, minha querida, vou apenas calar o teu nome para não enlouquecer. Desculpa-me se te falhei, se não estava presente para te salvar. É uma mágoa, uma culpa que terei de carregar durante o resto da minha vida. Despeço-me agora, querida Leonor, com a certeza de que nunca voltarei a amar ninguém como te amei a ti.*

Ao fundo, atrás de Carlos, a porta de casa abriu-se. Ele não se virou, não se apercebeu. Luísa correu até ele, foi colocar-se a seu lado, calada, agarrando-lhe a mão com os seus dedos pequeninos. Trazia um vestido preto, sem mangas, meias brancas até aos joelhos. Choraram os dois em silêncio, com os olhos marejados postos na campa de Leonor. Olharam-se sem dizer nada, comungando do mesmo sentimento de perda. Carlos fez uma festa no cabelo da criança, fraca consolação, voltou-se, surpreendeu Benvinda ao longe, sentada nos degraus da casa, lavada em lágrimas, acenou-lhe vagamente. Ela levou a mão à boca, no seu desgosto incontido; ele abanou a cabeça desconsolado, foi-se embora.

Desde então, não houve uma única alma na face da terra que tivesse ouvido da boca de Carlos o nome de Leonor, mas só ele sabia que não passou um único dia sem ter um pensamento para ela. Não se permitia reflexões doentias, não se perguntava como teria sido se ela não lhe tivesse morrido, apenas reservava as recordações felizes e agradecia a sorte que tivera por a ter conhecido e amado. Carlos seguiu em frente, viveu mil aventuras mais, chegou a velho com a recompensa de ter tido uma vida cheia. Na tranquilidade da sua casa de Coimbra, recordando os inúmeros combates em que participara, os perigos inconcebíveis por que passara, os seus olhos brilhavam como antigamente, o peito enchia-se triunfante e um sorriso atrevido aflorava-lhe os lábios. *Desafiei a sorte milhares de vezes, as vezes que me deu na gana, de facto, e ainda aqui estou! Como diria o saudoso sargento-quartel-mestre Ferreira,* «o Muxabata voltou a derrotar a desdita.»

NOTA DO AUTOR

No longínquo ano de 1944, quase meio século passado desde os acontecimentos que marcaram a sua juventude ao serviço do Exército português em Angola, Carlos Augusto de Noronha e Montanha acabava de escrever as memórias desses tempos extraordinários. Vivia então tranquilamente em Coimbra os derradeiros anos de uma vida marcada pelas aventuras militares em África, pelo sentido do dever, por um patriotismo romântico e por uma lealdade ao rei que não admitia contestação. De tal modo eram as suas convicções monárquicas que, após a instauração do regime republicano, o tinham levado a desertar do Exército para comandar tropas no movimento revolucionário que, em 1912, tentou sem êxito repor a monarquia pela força das armas.

Tantos anos depois, em Coimbra, dono ainda de uma memória notável, Carlos Montanha punha em ordem as recordações de acontecimentos que, não obstante lhe parecerem que se tinham passado noutra vida, haviam permanecido em carne viva durante décadas, imunes à corrosão do tempo. Morando numa casa austera, que pagava com a modesta pensão que lhe havia sido atribuída após a reintegração num Exército a que havia prestado tão denodados serviços, Carlos Montanha ponderava que a sua vida não se podia medir pelos escassos e insignificantes bens que no final lhe restaram, mas pela brilhante carreira militar, recheada de episódios transcendentes de que, justamente, se podia orgulhar de ter protagonizado. Certo de que essa era a sua maior riqueza, Carlos Montanha entregou-se a uma última tarefa de passar para o papel, para a posterioridade, o relato da sua participação nos factos históricos que haviam ocorrido em África. Tinha a consciência tranquila do dever cumprido ao serviço da Pátria e desejava deixar para as gerações vindouras o testemunho na primeira pessoa de acontecimentos que pertenciam a uma certa época e que não lhe parecia adequado serem julgados independentemente da conjuntura e do pensamento vigente à data da sua ocorrência. Pátria, lealdade, honra, coragem eram, para ele, valores eternos que um homem de carácter não poderia nunca desprezar por mais voltas que o mundo desse. Pensava que a modernidade não devia ser desculpa para transigir com os princípios que eram sagrados aos homens de bem. Como tal, afigurava-se-lhe que os preceitos que eram válidos para um soldado português em África no século XIX, continuariam a sê-lo pelos séculos fora.

Carlos Montanha terminou de escrever o seu mais importante legado para as gerações futuras, as suas memórias, o pedaço da história portuguesa que ajudara a fazer, três anos antes de sucumbir ao peso inevitável da mortalidade. O livro, oitenta e cinco páginas extraordinárias, com o elucidativo título *Odisséia dum Pioneiro Colonial* nos Sertões de Angola, foi editado na colecção «Pelo Império», com o patrocínio do então ministério das Colónias. Era um livro sem grandes pretensões literárias, uma edição discreta que não conheceu especial projecção e que rapidamente se diluiu no universo livreiro, onde só as obras dos escritores imortais logram resistir à voragem do tempo. Tendo morrido discretamente no retiro da velhice com a idade de setenta e sete anos, Carlos Montanha podia ser um exemplo notável de sobrevivência, tendo em conta os incontáveis riscos que correra no cumprimento do dever, mas de modo algum se tornara uma figura de proa da vida nacional. Tivera os seus momentos heróicos, servira ao lado de personagens que seriam largamente abordadas pelos estudiosos, como Paiva Couceiro, ele próprio seria referido ocasionalmente nos livros de historiadores que escreveriam sobre as campanhas de Angola; contudo, os feitos maiores do arrojado tenente Montanha como que morreram com ele nesse catorze de Janeiro de 1947, data em que foi passada a sua certidão de óbito.

Décadas mais tarde, tendo conhecimento das investigações genealógicas a que o meu irmão, Francisco Montanha Rebelo, se dedicava com gosto, perseverança e fascínio pelos antepassados, uma mão amiga fez-lhe chegar uma versão fotocopiada do livro do tenente Montanha, com a qual dera por acaso no decorrer de outras pesquisas. Este documento, de extraordinário valor afectivo para alguém interessado nas vidas dos seus ascendentes familiares, levou de imediato o meu irmão a percorrer incansavelmente os circuitos alfarrabistas, com a esperança de encontrar na obscuridade das prateleiras mais esquecidas algum exemplar do livro original. A busca haveria de ser um sucesso e, posteriormente, o meu irmão dar-me-ia a ler as páginas surpreendentes que o nosso antepassado escrevera sobre as suas numerosas experiências aventurosas.

Depois de receber uma encadernação nobre, o livro ficaria cuidadosamente preservado durante uma década na sua biblioteca particular. Durante esse tempo, enquanto eu me dedicava à escrita e publicação de histórias dos nossos tempos, o meu irmão ia-me desafiando, ocasionalmente, a pegar na história do tenente Montanha e a fazer dela um romance de época. Em boa verdade, sempre me pareceu que o livro era digno de um projecto ambicioso, tal era a grandeza histórica dos factos nele relatados, bem como as suas naturais qualidades romanescas. Mas outras histórias foram sendo imaginadas e escritas, adiando sempre um romance que, eu sabia, me obrigaria a intermináveis horas de pesquisas para me inteirar de um sem-número de características, de cenários e de personagens de uma época cujas particularidades eu praticamente desconhecia.

Dez anos depois de a obra ter sido resgatada do abandono a que fora votada pela indiferença dos tempos, lá me decidi a abraçar uma empresa que se me afigurava gigantesca, mas que, de modo algum, me dava garantias de conseguir levá-la a bom porto. Com efeito, o livro que me empenhei então a escrever revelou-se um desafio permanente até à última página e demorou praticamente um ano a ser concluído. Mas, se o escrevi, à insistência do meu irmão Francisco o devo, tal como à sua inestimável ajuda na pesquisa do material que me foi dando a ler ao longo dos meses, sem a qual teria sido impossível concretizar uma história cuja metodologia de investigação exigia métodos para mim insondáveis.

É necessário, por fim, esclarecer que, embora baseada em factos reais – refiro-me, nomeadamente, aos acontecimentos bélicos aqui contados –, a história que serve de fio condutor a este romance não deixa de ser um produto da livre criação do escritor, contando com um enredo e com muitas personagens fictícias.

BIBLIOGRAFIA

Almeida Santos, José de, *Vinte Anos Decisivos na Vida de uma Cidade, 1845-1864*, Luanda. Câmara Municipal de Luanda, 1970.

———, *Luanda d'Outros Tempos*, Luanda, Centro de Informação e Turismo de Angola, 1964.

Gama, Curado da, *Saudade de Luanda*, Lisboa, Quimera Editores, 2005.

Gomes, Telmo, *Os Últimos Navios do Império*, Portugal no Mar, Lisboa, Edições Inapa, 2001.

Leitão, Joaquim, *Em Marcha para a 2.ª Incursão*, Porto, ed. do autor, 1915.

Loureiro, João, *Memórias de Angola*, Lisboa, Maisimagem, Comunicação Global, 2000.

———, *Memórias de Luanda*, Lisboa, Maisimagem – Comunicação Global, 2002.

Martinó, António M., *João de Azevedo Coutinho, Marinheiro e Soldado de Portugal*, Lisboa, Colibri, 2002.

Mónica, Maria Filomena, *A Queda da Monarquia, Portugal na Viragem do Século*, Lisboa, Publicações Dom Quixote, 1987.

Montanha, Carlos Augusto de Noronha, *Odisséia dum Pioneiro Colonial nos Sertões de Angola*, Lisboa, «Pelo Império», 1944.

Pélissier, René, *História das Campanhas de Angola – Resistência e Revoltas 1845-1941*, Volume II, Lisboa, Editorial Estampa, 1986.

Regalado, Jaime Ferreira, *Cuamatos, 1907, Os Bravos de Mufilo no Sul de Angola*, Lisboa, Tribuna da História, 2004.

Salvador, Paulo, *Era Uma Vez... Angola*, Lisboa, Quimera Editores, 2003.

————, *Recordar Angola, Fotos e Gentes, de Cabinda ao Cunene*, Lisboa, Quetzal Editores/Bertrand Editora, 2004.

MAPAS

Atlas Missionário Português, Lisboa, 1962.

Anuário Roteiro Geral do Ultramar, Planta da Cidade de Luanda.

Portugal, Itinerários, Angola, Luanda, Centro de Informação e Turismo de Angola, 1966.

OUTRAS FONTES

Revista *Viagem*, Lisboa, 1947.

Revista *ABC*, ano IX, n.º450, 28-II-29.

Arquivo Histórico Ultramarino, Carlos Augusto de Noronha Montanha, ex-tenente, pasta n.º48, processo n.º 44.

Arquivo Histórico Ultramarino, Carlos Augusto de Noronha Montanha, ex-tenente, pasta n.º12, processo n.º 8.

Novembro de 2005/Outubro de 2006

OBRAS PUBLICADAS

António Lobo Antunes, *Os Cus de Judas*
Almeida Faria, *A Paixão*
José Eduardo Agualusa, *A Conjura*
Mia Couto, *Terra Sonâmbula*
Manuel Alegre, *Alma*
Chico Buarque, *Budapeste*
Marguerite Yourcenar, *A Salvação de Wang-Fô, e outros contos orientais*
Wilhelm Reich, *Escuta, Zé Ninguém!*
João Aguiar, *Inês de Portugal*
Camilo Castelo Branco, *Amor de Perdição*
Padre António Vieira, *Sermões*
Miguel Torga, *Bichos*
Miguel Torga, *Novos Contos da Montanha*
Lev Tolstoi, *A Morte de Ivan Ilitch*
Alphonse Daudet, *Sapho*
José Saramago, *As Intermitências da Morte*
Lídia Jorge, *O Vale da Paixão*
Pepetela, *A Montanha da Água Lilás*
Ondjaki, *Os da Minha Rua*

Edgar Allan Poe, *Histórias Extraordinárias*
António Nobre, *Só*
Mário Cláudio, *Amadeo*
Jorge Luis Borges, *História Universal da Infâmia*
Manuel da Fonseca, *Aldeia Nova*
Lewis Carroll, *Alice no País das Maravilhas*
Florbela Espanca, *Contos e Diário*
Jorge Amado, *Capitães da Areia*
Germano Almeida, *O Testamento do Sr. Napumoceno da Silva Araújo*
José Gomes Ferreira, *Aventuras de João sem Medo*
Mário de Sá-Carneiro, *A Confissão de Lúcio*
José Cardoso Pires, *O Anjo Ancorado*
Inês Pedrosa, *Nas Tuas Mãos*
Mário de Carvalho, *A Inaudita Guerra da Avenida Gago Coutinho*
Rodrigo Guedes de Carvalho, *Daqui a nada*
Daniel Defoe, *As Aventuras de Robinson Crusoe*
Raul Brandão, *A Morte do Palhaço e o Mistério da Árvore*
Arthur Conan Doyle, *Aventuras de Sherlock Holmes*
Mary Shelly, *Frankenstein*
Franz Kafka, *O Processo*
Adolfo Coelho, *Contos Populares Portugueses*
Alves Redol, *Gaibéus*
Vinicius de Moraes, *O Operário em Construção*
Helena Marques, *O Último Cais*
Eça de Queirós, *A Cidade e as Serras*
Truman Capote, *Travessia de Verão*
Isabel do Carmo, *Saber Emagrecer*
Antonia Fraser, *Maria Antonieta*
Rita Ferro, *Não me Contes o Fim*

Christopher Moore, *O Anjo mais Estúpido*

Joanne Harris, *Danças & Contradanças*

Laurentino Gomes, *1808*

John le Carré, *A Casa da Rússia*

David Servan-Schreiber, *Curar o Stress, a Ansiedade e a Depressão sem Medicamentos nem Psicanálise*

Anthony Capella, *Receitas de Amor*

José Cardoso Pires, *De Profundis, Valsa Lenta*

Carlo Collodi, *As Aventuras de Pinóquio*

Charles Dickens, *O Cântico de Natal*

Gabriel García Márquez, *Memórias das Minhas Putas Tristes*

Rosa Lobato de Faria, *A Trança de Inês*

Murilo Carvalho, *O Rastro do Jaguar*

José Cardoso Pires, *O Delfim*

Miguel Torga, *Contos da Montanha*

Jorge Amado, *O Gato Malhado e a Andorinha Sinhá*

João Paulo Borges Coelho, *As Visitas do Dr. Valdez*

Alexandre Herculano, *Lendas e Narrativas*

Mario Vargas Llosa, *A Festa do Chibo*

Adolfo Simões Müller, *O Príncipe do Mar*

José Eduardo Agualusa, *A Feira dos Assombrados e outras estórias verdadeiras e inverosímeis*

Mark Twain, *O Príncipe e o Pobre*

José Cardoso Pires, *Balada da Praia dos Cães*

José Manuel Saraiva, *Rosa Brava*

Richard Zimler, *O Último Cabalista de Lisboa*

Álvaro Guerra, *Café República*

Vitorino Nemésio, *Mau Tempo no Canal*

Charles Perrault, *Contos*

Domingos Amaral, *Enquanto Salazar Dormia…*

Miguel Sousa Tavares, *Não te Deixarei Morrer, David Crockett*
Cardoso Pires, *A República dos Corvos*
John Stuart Mill, *Da Liberdade de Pensamento e de Expressão*
Mário Zambujal, *Primeiro as Senhoras*
Moita Flores, *A Fúria das Vinhas*
Gonçalo M. Tavares, *Histórias Falsas*
João de Melo, *Gente Feliz com Lágrimas*
Arundhati Roy, *O Deus das Pequenas Coisas*
José Cardoso Pires, *Jogos de Azar*
Milan Kundera, *A Insustentável Leveza do Ser*
Maria Judite de Carvalho, *Tanta Gente, Mariana*
Mario Vargas Llosa, *O Falador*
José Cardoso Pires, *O Hóspede de Job*
William Golding, *O Deus das Moscas*
Lesley Pearse, *Nunca me Esqueças*
Stieg Larsson, *Os Homens Que Odeiam as Mulheres*
José Cardoso Pires, *O Burro-em-Pé*
Carlos Ruiz Zafón, *A Sombra do Vento*
John Boyne, *O Rapaz do Pijama às Riscas*
António Lobo Antunes, *Memória de Elefante*
Fernando Pessoa, *Mensagem*
Dr. Michael F. Roizem e Dr. OZ, *YOU, Manual de Instruções – 1.º volume*
Daniel Sampaio, *Tudo o Que Temos Cá Dentro*
Stieg Larsson, *A Rapariga Que Sonhava com Uma Lata de Gasolina e Um Fósforo*
Salman Rushdie, *Versículos Satânicos*
João Tordo, *O Bom Inverno*
Haruki Murakami, *Sputnik, meu amor*
Stieg Larsson, *A Rainha no Palácio das Corrente de Ar*

Dr. Michael F. Roizem e Dr. OZ, *YOU, Manual de Instruções – 2.º volume*

Fernando Dacosta, *Máscaras de Salazar*

Domingos Amaral, *Quando Lisboa Tremeu*

Hermann Hesse, *Siddhartha*

Antonio Tabucchi, *Afirma Pereira*

Gabriel García Márquez, *O Amor nos Tempos de Cólera*

Rosa Lobato de Faria, *Os Linhos da Avó*

Eduardo Sá, *Más Maneiras de Sermos Bons Pais*

Philip Roth, *O Complexo de Portnoy*

Mia Couto, *Um Rio Chamado Tempo, Uma Casa Chamada Terra*

Jorge Amado, *Jubiabá*

Antonio Tabucchi, *Está a Fazer-se Cada Vez Mais Tarde*

José Saramago, *O Ano da Morte de Ricardo Reis*

Chico Buarque, *Estorvo*

Rosa Lobato Faria, *Os Três Casamentos de Camilla S.*

Quintino Alves, *O Amor é Uma Carta Fechada*

Philip Roth, *O Animal Moribundo*

Tiago Rebelo, *Uma Noite em Nova Iorque*

Camilla Läckberg, *A Princesa de Gelo*

Nicky Pellegrino, *Caffè Amore*

Machado de Assis, *Dom Casmurro*

Elizabeth Edmondson, *Uma Villa em Itália*

Maria João Lopo de Carvalho, *Marquesa de Alorna*

John Grogan, *Marley & Eu*

Antonio Tabucchi, *Mulher de Porto Pim*

Rosa Lobato de Faria, *A Alma Trocada*

Jude Deveraux, *Jardim de Alfazema*

Pepetela, *O Quase Fim do Mundo*

João Ricardo Pedro, *O Teu Rosto Será o Último*

Oscar Wilde, *O Fantasma de Canterville*
Camilo Castelo Branco, *Maria Moisés*
Franz Kafka, *A Metamorfose*
Madeleine Hunter, *As Regras da Sedução*
Antonio Tabucchi, *O Fio do Horizonte*
Elizabeth Adler, *Casamento em Veneza*
Agatha Christie, *Um Crime no Expresso do Oriente*
Bernhard Schlink, *O Leitor*
Mia Couto, *Venenos de Deus, Remédios do Diabo*
Camilla Läckberg, *Gritos do Passado*
Francisco Moita Flores, *Mataram o Sidónio!*
Agatha Christie, *Assassinato de Roger Ackroyd*
Sarah Addison Allen, *O Jardim Encantado*
Domingos Amaral, *Verão Quente*
John le Carré, *O Gerente da Noite*
Eça de Queirós, *Os Maias*
Paul Auster, *Timbuktu*
Milan Kundera, *O Livro dos Amores Risíveis*
Milan Kundera, *A Insustentável Leveza do Ser*
João Tordo, *As Três Vidas*
Miguel Torga, *Portugal*
Atul Gawande, *A Mão Que Nos Opera*
Haruki Murakami, *Kafka à Beira Mar*
John le Carré, *O Espião que Saiu do Frio*
Miguel Real, *As Memórias Secretas da Rainha D. Amélia*